吟留別賦

佘宗明 著
插圖 利志達

談談本書的旨趣

——編者語　陳文威

今天寫武俠小說，可謂珠玉在前。其實早在半世紀多之前，金庸動筆時，不也是同一情況，別的不說，還珠樓主的作品已是擁有萬千讀者了。

放眼世界，武俠小說這種體裁，獨樹一幟。那些功夫，那些招式，匪夷所思，浪漫之極。只要敢於去想，就會不一樣。當然，這還涉及作者的識見與才情。

還珠樓主之後，有金庸；金庸之後呢？

這裏，先從本書的《吟留別賦》談起。它是一本詩集，可是，落在某些人手裏，便會成為武學秘笈，甚至全無根柢者，也會無師自通，變成絕頂高手。這一點，作者似是解釋不多，但只要往下讀下去，便可以參透當中的玄機。因為，《吟留別賦》的奇效，與全書的主旨緊扣，有着整部小說的烘托，讓讀者漸入佳境。小說的結尾，更是高潮所在，表面上，沒有腿勁拳風，沒有刀光劍影，強弱懸殊，卻是在談笑間登峰造極。

在小說的開頭，自然沒有道出根由的需要，編者只是藉此指出，本書固然有着郭靖對楊過（金庸小說裏的人物）說的「為國為民，俠之大者」之氛圍，還有着更高的一個哲學層次，倘能頓悟，便是一個既屬意外，也不啻為最大的收穫。

然而，上面所說，只可比喻為「軟件」，對於武學門派的招式與結構等這樣的「硬件」，作者沒有絲毫怠慢，筆下的精細處，可比遍佈毫光；小說的迂迴曲折，別有洞天，也使人讀來，不時得遇驚喜，享受尋幽之樂。

金庸之後，讀者有所寄望了。

序

想寫武俠小說。為什麼想寫武俠小說？當然是因為自己也愛讀武俠小說，但不算讀得多。我老爸愛讀書，雖然都是不正不經的消閒娛樂，讀的不是推理就是武俠。最瘋狂的時候，一天讀完一本。每天都到森記租書，後來就連《武俠春秋》也不放過。那時候，我還小，雖然想讀，但實在沒可能讀得快。讀不到兩頁，老爸已經把書讀完拿去還了。惟大概太喜歡金庸的《鹿鼎記》吧，竟不捨得還，結果我第一部完整讀完的武俠小說（但其實都不算正宗武俠故事）就是《鹿鼎記》（還記得只是小學五年級的我，便已經廢寢忘餐讀到凌晨四時，翌日還得上學哩）。

讀了金庸，後來也讀了古龍，但其實還有一大堆名家未識。大家上「維基百科」，找武俠小說的一欄。作為一個overview，資料算整理得很不錯。我輩之人，認識平江不肖生還不算出奇，但真正讀過司馬翎、上官鼎和諸葛青雲等作品的就應該真的少之又少。梁羽生和金庸可被視為新派武俠小說的始創者，古龍和溫瑞安是超新派的起點，不過近年的九把刀和喬靖夫等如何再分類就不得而知了。我想寫武俠小說，既是兒時夢想，也是一時衝動。趁為時未晚，也讓一直喜歡讀武俠小說的老爸讀一下兒子的班門弄斧。開了頭，才知寸步難行。寫了一會，才不禁想，究竟什麼是武俠小說。

武俠小說固然是發生在古代武林的江湖故事，不過也當然不光是打打殺殺。武俠小說是中文文學裏獨有的文體，只有中國人才會寫。我不懂的，這種傳奇式的故事或許可追溯至唐代的傳奇小說，甚至源頭可能始至史記的《刺客列傳》。另外，其實日本亦有關於浪人劍客的故事，著名的《巖流島後的宮本武藏》，作者小山勝清，成書於上世紀五十年代。可在我心裏，就我所讀過的作品而言，近代的長篇武俠小說就是更博大精深，更氣丈萬千。首先裏面有科幻題材。

武俠小說裏面的人物大部分都是奇人異士，都有絕世武功。以前的《蜀山劍俠》，有劍仙有怪獸；就是在近代溫瑞安的作品裏，什麼「破體無形劍氣」，都一樣匪夷所思，充滿了科幻味道。而那些擁有絕世武功的江湖中人，就更像今天的超級英雄和超級大壞蛋，個個都懂得飛天遁地，一交手就天崩地裂。天馬行空，奇幻目眩，這是成就武俠小說的第一個條件。文無第一，武無第二，武俠世界裏一定有爭奪天下第一的的落墨。縱非主線，要戰勝對手，要更上層樓，要覺悟一山還有一山高，但仍須努力不懈去突破自己，這是所有武俠小說的基調。當然主角會愈來愈好打，但歹角亦一樣會愈來愈惡毒愈來愈難纏。不一定勵志，但最後的決戰就肯定緊張刺激，打亦打得更痛快淋漓。要技壓群雄，要君臨天下，要當武林霸主；光靠拳頭還嫌不足，仍須鬥智鬥力；武俠小說在這方面就似推理小說。要權要勢，要呼風喚雨；除了打倒對手，還得設計使詐。結果一定局中有局，佈局撲朔迷離，未到最後一刻都不知究竟誰才是幕後黑手。古龍先生當然是此中的佼佼者，其實金庸先生的《倚天屠龍記》裏面一樣有陰謀詭計的落墨。第四個條件是愛情線，這個不用解釋吧。基本上任何長篇故事都不能缺少情情埸埸。沒有男歡女愛，故事就不感人，也不真實。而第五個元素就是文以載道。

不一定中國文人才一派道貌岸然，總要以文載道。但因為武俠小說裏的主角幾乎一定是大俠壯士，而本來就是「儒以文亂法，俠以武犯禁」。武俠故事就是要大快人心，要儆惡懲奸，要鋤強扶弱。主角的一言一行同時也是作者的道德宣言。什麼是仁義忠孝，什麼才是有所為有所不為。也許今天大家會覺得陳腔濫調；但在武俠小說的世界裏，就是很老套，就是惡有惡報，就是自食其果，就是天網恢恢。金庸先生的《天龍八部》，根本就是一本通俗和故事化的佛經。最後，因為武俠小說是中國人的獨有文體，裏面總包含了中國獨有的文化歷史。武功本來就已經是中國獨有的文化傳統，其餘在武俠小說裏會出現的還有醫卜星相、琴棋書畫、詩詞歌賦和儒釋墨道。之所以我說武俠小說較諸其他文體更博大精深更氣丈萬千，就是這個原因。

又要奇幻又要勵志又要推理又要愛情，還得加上薫陶教化和中國的諸般學問，我懂條鐵乎？可隨着網絡的流行和讀書風氣的衰落，還有多少人會讀武俠小說？沒人讀，還寫？這樣徒勞無功的事，我最愛做。

最後，在此致歉。才疏懶惰，對歷史和佛學一竅不通，還膽敢亂寫，望大家海涵見諒。

本故事如有雷同，實屬巧合。

謹以此書獻給父親。

目錄

第一章　隴頭吟

【第一回】

以前的陸上遠行就好比海上的遠航一樣。遠航帆船上需要很多水手，各水手各司其職。同理，絲路商旅也需要很多人分擔不同工作，有翻譯有嚮導，有廚子有工匠有醫師。更需要人充當護衛，保護眾人安全。

故事就由一隊四十人的商旅開始。他們由洛陽出發，一行四十人取道隴西出玉門關，穿過大漠，然後到龜茲。隊裏充當嚮導兼首領的是一位官名叫薩寶的粟特人，身邊還帶着兩名同族手下。薩寶是當時負責管理商旅的小官，粟特人是外族，鷹鼻深目，膚黑髮粗。商隊裏再有一個粟特人，幫忙翻譯，帶着一妻一子同行。丈夫叫路政元，妻子漢人，兒子單名一個「菲」字，才十一、二歲。廚子姓杜名劍南，也一家三口上路，兒子杜如風也同樣十一、二歲。工匠更一家四口，丈夫袁何，長子天經十三、四歲，幼女天衣八、九歲。隨行還有一位醫師，姓白，所有人都叫他做白大夫。這些都是找來幫忙幹活的一般平民百姓，手無寸鐵。要保人押貨還得鏢師同行，這方面就由託運的商賈找來播威鏢局負責這次護送。鏢局在六十年前由一掌振關中郭威郭老爺創立，向來只收宗族子弟，所以鏢局內幾乎所有鏢師都姓郭。新一代好手輩出，尤以三山五海最負盛名。三山分別是當下掌權的總鏢頭和兩位副總鏢頭，總鏢頭是嫡系的郭山河，另外兩位郭山川和郭山林都是他的唐弟。而五海則是再後一代海字輩的子侄，郭海鴻、郭海江、郭海澧、郭海沛和郭海游共五位。今次負責押貨很難得就來了其中一位副總鏢頭郭山川和兩位海字輩的好手，再加兩個武師。郭山川除習得家傳的一手翻江倒海勢，而且已有當年郭老前輩五成火候外，還擅使一雙鐵筆。

另外今次還有八位官兵押着六個發配充軍的犯人同行，同時還負責運送一批朝廷送給龜茲國王的禮物。八位官兵當中，更有來自今天朝中被譽為凌霄十二將的其中兩名猛將，分別是一盞燈劉成和再世關羽秦天豹，兩人都曾是少林俗家弟子。一盞燈的成名絕技是大力金剛指，更因為智謀過人字字珠璣，猶苦海明燈，故有一盞燈的美譽。而再世關羽除留了一把美髯外，也因為他使的同樣是一把青龍偃月刀，故有此稱號。還有經苦苦央求後才得以跟隨商旅同行以獲照應的三名僧侶，由一個老和尚圓覺帶着兩名出家少年了因和了凡。商人也派出兩位代表，聯同兩名家丁隨隊看守貨物。數數手指，算起來，就是這四十人由洛陽出發，一路上衣食住行都一起，一連相處幾個月，經過隴西，出過玉門關，翻過葱嶺，然後浩浩蕩蕩來到西域的大漠上。

在沙漠上會遇到種種危險，酷熱缺水，晝夜溫差極大，更要命的還有由強風刮起的沙塵暴。沙塵可以給捲起飛到幾百尺的高空，要花一會兒甚至幾個時辰才消散下來。給困在沙暴中央，看又看不到，聽又聽不見，還呼吸困難，十分難受。很多人遇上這種大風沙，不被嗆死悶死，都先給嚇得傻了瘋了。還有海市蜃樓。本來早已認清方向，但突然看到綠洲出現，立時方寸大亂，直往幻影處衝去。走下走下就迷路，就會力竭，然後就這樣在絕望中死去的也不計其數。遇到固然不幸，若全部都給他們碰上，那不是惡運纏身嗎？但更不幸的是，他們給西天二十八宿盯上了。

二十八星宿就是把穹蒼分成四個區域，從而看斗轉星移到哪個方位。西天二十八宿就跟那星宿劃分一樣，分成青龍、白虎、玄武、朱雀，七人一組，四組共二十八人的匪賊組織。在西域犯案纍纍，殺人越貨，無惡不作。開始時可能真的只有二十八人，但後來可能都不只此數了。據說他們都是昔日樓蘭古國的遺民，無處容身，唯有落草為寇。因為國破家亡，所以毫無惻隱憐憫之心，仇視異族，對漢人尤其痛恨。見過他們真面目的人極少，碰到他們都只會九死一生，大家對他們的了解根本就不多。從倖存者的口中，只知道青龍組的人都手執一把龍劍。七把劍分做金龍、銀龍、黑龍、白龍、赤龍、黃龍和青龍，分別代表日、月、水、金、火、土、木。白虎組的人就頂上纏着白色頭巾，白布幪面，雙手提着兩把彎刀。玄武組就更神秘，傳說他們每次出現都是騎着快馬，全身黑色鎧甲，頭盔也有面罩，臉上就只有兩顆布滿紅筋像要噴火似的眼珠子露出來，左手握着刻了蛇龜圖案的鐵盾，右手挽刀，活像索命的惡鬼。朱雀組就清一色女子，身上的布很少，幾乎衣不蔽體，跳着曼妙舞姿，迷人心竅，奪魄勾魂。見到她們，死了也不知發生什麼事。

商旅中各人經過幾個月的相處，雖未發展至生死相交，但總算和洽共融，少有爭拗。尤其是那幾個小孩，沒有機心，容易投契，相處不了幾天就已經變成好朋友。男孩子很快就稱兄道弟，對女孩子就更幾乎私訂終身，小小年紀就已經海誓山盟，但當然不敢跟大人說。平時就兄弟稱呼，工匠的兒子袁天經最大，所以就是老大，翻譯的兒子路菲是老二，廚子的兒子杜如風是老三，工匠的女兒袁天衣就是四妹。雖然兄妹相稱，但人細鬼大，老二和老三都幾乎認定這個四妹將來就是自己的媳婦，非卿不娶。

就算是那六名囚犯，亦本非大奸大惡之徒。經過連日同甘共苦，都已獲得同伴接納。被判發配塞外本來都算重刑，可罪不致死。例如錯手殺人，例如冒犯朝廷官員或朝廷命官知法犯法，就會被如此發落。犯人在中原境內還得戴上手銬腳銬，但一出玉門關，官兵就會替他們解鎖。量他們也不敢逃脫，無糧缺水，在大漠亂走，自尋死路而已。這六名囚犯不是錯手殺人就是犯了官威，有錯手殺了主子的，有錯手殺了來討債的，有殺了奸夫的，有淫人妻女的，有玩忽職守犯了賭禁的衙差，亦有只不過給員外妾侍多看兩眼便招來嫉妒給員外誣衊偷竊而被重罰發配充軍的家丁。就算委屈，亦自知有錯；惟那個惹怒員外的家丁就一直深心不忿，覺得蒙冤不白，怨憤難平。各人都有傾有講有說有笑，就只有這個叫阿曼的家丁先拒人千里後被排擠在外。

官兵囚犯要千里迢迢到塞外都是迫不得已，商賈長途跋涉也無非為了金銀財富，那幾個廚子、工匠和醫師又不惜萬水千山去到塞外，還帶着家眷，有頭髮的誰也不想做癲痴，都一樣各有苦衷。那位工匠可算是被騙來的。京城的老字號「將作大坊」屹立逾百年，但今天仍能撐起這個金漆招牌的其實就全靠這位袁何的一雙巧手，不管是複雜機關還是精工細雕都難不到他。可惜店東忌才，叫他去塞外學藝，其實只是想遣走他罷了。他也知此處不留人，便乾脆到塞外碰碰運氣，也許真的可以精益求精。那個杜劍南就更無辜，他其實不是廚子，本來在涼州留守府作西賓。只因留守開罪了太尉，被罰抄家，恐受株連，才不得已離鄉別井，有恁遠時走恁遠。而另外那個粟特人路政元算很好運了，十年前隻身來到中原給商人當翻譯，後來更娶了一位漢族女子為妻，今天算是衣錦還鄉。白大夫跟眾人說有傳西方醫學高明，他是去求學。而那幾個僧侶就說要效法玄裝，要到西天取經。

禍不單行，在大漠就碰上十年一遇的大風沙。算準時機，這時白虎組七人就來偷襲。雖然商旅當中有十三人懂武功，更有一盞燈、再世關羽和播威鏢局副總鏢頭郭山川三位好手坐陣，但人生路不熟，又要照顧同行，也得兼顧財物。相反那邊的白虎組，熟習地形，乘地利之便，更趁大風沙時偷襲，實在佔盡天時地利。

正所謂夫妻本是同林鳥，大難臨頭都各自飛。風沙襲來，沙塵蔽日，白晝都仿如黑夜，目不視物，耳不聽聲。眾人都早已自顧不暇，各自蹲坐下來，以布紗蒙頭遮面，只望風沙早點散去。此時風沙中忽然走出幾個白影來。根本沒有人知道發生什麼事。只見白光閃過，已有幾人血濺當場，這時眾人才驚醒過來。三位好手尚可自保，其他官兵鏢師已經左支右絀，那些手無寸鐵的更只能束手待斃，大家立時亂作一團。為人父母者自然以保存孩子性命為首要，猶幸幾個帶着家眷的男人都總算相濡以沫，幾個父母跟三名僧侶靠在一起築成一堵圍牆，把所有孩子圍在中央，心裏都打着就算死都要比孩子先死的決心了。

那些白虎將都是殺人如麻的大盜，怎會有菩薩心腸？一向見人就殺，只不過見他們父母孩兒驚惶瑟縮於一隅，各人緊靠在一起，還有僧侶摻雜其中，不停唸經，倒也猶豫過半刻。不過最後放過他們，最主要的原因都是因為根本就沒想過要趕盡殺絕，可能還需要人去搬運貨物，今次偷襲也只求破壞他們的糧水儲備，殺掉那些會兩下子的官兵鏢師，留下一干草民百姓，叫他們捱不下去，自動投降。

就在這班白虎將幾乎把他們殺得片甲不留之際，忽然電閃雷鳴，遠處像有巨龍騰雲駕霧而來。一條巨大的黑影飛快掠過，眾虎將才即時止住攻勢，摒息靜氣地戒備着。頃刻更聽到轟天吼叫，彷彿有巨獸在天際正要撲將下來。那個看似虎將頭目的才悻悻然打起手勢，鳴金收兵。亦直如所言，來時無影，去時無蹤，轉眼間再看不到任何一位白虎將的影子。這時眾人又再一次聽到沙沙風聲和傷者的呻吟聲，良久都驚魂未定。

如是者過了差不多半個時辰，方塵埃落定。在這半個時辰內真的渡日如年啊！既聽着同伴輾轉呻吟卻又欲救無從，誰也不敢輕舉妄動。風沙蔽眼，又不知賊幫會否折返。待風沙稍歇，官兵和鏢師才敢起來察看周圍情況。只有那班帶着家眷的才絲毫無損，其餘各人都總有損傷。再點算一下人數，官兵少了五人，囚犯二人，鏢師一人，商賈一人，三名僧侶也只餘二人，少年和尚了因都不見了，薩寶官的一名粟特人手下也不在其中。另外一名鏢師沒了右手，貨主一名隨從的肚子上有很深的傷口。就只見他們的傷口處仍滴着血，但地上卻沒半具屍首，沒半點血漬，想來都給風沙埋了。雖沒屍橫遍野，甚至好像根本什麼也沒發生過；回想之前的死裏逃生，就更覺驚心動魄，猶有餘悸。此時就只有那名醫師白大夫尚能保持清醒，忙給兩位重傷者止血包紮。剩下的兩名一老一少僧侶圓覺和了凡雖失去同伴，倒算是四大皆空之人。縱傷心，也忙着唸經替亡者超渡。既筋疲力竭，身上刀傷又隱隱作痛，再看到醫師和那班婦孺竟然圓好無缺，一位鏢師率先發瘋，指控沒受傷的人都是奸細，又罵他們是瘟神。幾個僥倖生還的囚犯這時想拾起地上的兵器防身，官兵即時阻止，要替他們重新鎖上手銬腳銬。雙方劍拔弩張，彷彿下一刻就要生死相搏。最後終於由一盞燈大聲喝止，叫各人冷靜下來，執拾行裝，走完餘下的路程；不然就只會一起困死在沙漠中，無一倖免。

人性就是這樣。過去幾個月來一直融洽相處，現在就變得互相猜疑嫉忌。一千平民何曾見過如此腥風血雨，他們當然怕，但最惶恐不安還是那個薩寶官。大難不死過後仍心有餘悸，還隱約見到傳說中的巨龍出現，滿腹疑團，徹夜難眠啊！路政元十年前去到中原，十年後才衣錦還鄉，十年來都沒再走過這條路。於是那班官兵鏢師就去問那位薩寶官。薩寶官就跟他們解釋，聽說近年西域出現了四大神獸，時而以野獸本相現身，時而化身人形。這四頭神獸分別就是飛天神龍、八臂神猿、閉目神蟒和浴火神鳥。而他們昨夜所見到的，應該就是飛天神龍。

於是有人問：「這些神獸會幫人還是會害人？神不是都幫人都善良的嗎？」可薩寶官支吾以對，不置可否。眾人只益覺惶恐不安。遇上西天二十八宿就已經夠九死一生，現在還聽說有什麼四大神獸，實在不知是禍是福。但他們什麼也做不到。他們只是俎上之肉，任人宰割而已。

大部分人都不諳武功，只有三個好手，卻要保障那麼多人那麼多貨物的安全。若果三位好手只想自己活命，或可全身而退，奈何礙於情勢鑑於名聲，也不能這樣做。但在西天二十八宿和什麼神獸面前，三人合力也算不上什麼，簡直不值一哂，不堪一擊。官兵鏢師總算顧及面子，還不致於在眾人面前絕望得呼天搶地，但那幾個帶着家眷的一聽到就無奈萌生必死無疑的念頭。

大難臨頭，總要為下一代着想打算。幾個父親就商議，假如哪一位僥倖生還，就盡力撫養其他孤兒。雖未算八拜結義，亦未曾真死，但都算死前託孤，三位丈夫都向彼此許下了這樣的承諾。幾個小孩也彷彿懂得捨生取義，三位結拜兄弟決心一定要保護四妹周全。小僧了凡年少，跟幾個孩子尤其投契。遂把幾串佛珠送給了四個孩子，安慰他們從此將有佛祖保佑。兩個孩子路菲和杜如風雖年少，倒已有一腔鐵漢的俠骨柔情，把手上佛珠都戴到四妹袁天衣的手上，更說世上從沒有人手上會戴着三串佛珠，她一定會得到佛祖加倍看護，平安無事。就算他日失散，看到手上三串佛珠，便能相認。交代好後，縱誠惶誠恐，但也真的力竭筋疲，眾人在半夜都相繼沉沉睡去。難得醫師自動請纓充當哨衛，況且他還不忘不時照料兩名重傷的傷者。可惜將近黎明，那個給刺破腹腔的隨從終告氣絕。就在白大夫手忙腳亂之際，回頭一看，竟見一女子拖着工匠的女兒袁天衣正擬離去。小女孩猶未睡醒，迷迷糊糊地拖着陌生女子之手，遊魂似的。而那女子就更像野鬼，輕紗遮面。在黎明將至，黑夜漸亮，天邊透着微弱藍光的情況下，根本難辨其貌，只能從身上的服飾、面部輪廓和身材知道她是一名女子。女子望了醫師一眼。也不知是否因為事出突然，白大夫想喊叫也欲救無從，名副其實瞠目結舌，只能用眼神央求那個女子住手。身體動彈不得，叫不出聲，眼白白看着女子帶着天衣離去。女子一走，白大夫就昏過去了。

黎明一到，眾人醒來，娘親發現女兒不見了，只急得歇斯底里，恨不得立刻去把女兒找回來。但浩瀚大漠，遠看幾百里內都渺無人煙，如何去找？到哪裏找呢？白大夫眼看那位娘親肝腸寸斷也不敢做聲，說出來也於事無補，而且也實在於心有愧。眼白白看着別人擄走了小孩，自己竟然半聲不響。他又可以怎樣解釋？說出來又有誰會相信呢？匹夫無罪，懷璧其罪。雖然不是他害的，但見死不救，他都變成罪人。那對爹娘固然慘，這位白大夫都可能愧咎一生。

無可奈何，一盞燈只得催促大家盡快上路，早一步到達目的地就早一步脫險。雖然明知自欺欺人，但也實在是沒辦法之中的辦法。又走了幾日路程，那對爹娘都一直萎靡不振，傷心欲絕。其他人聽着他倆哭哭啼啼也益覺心煩意亂，心浮氣躁間官兵跟囚犯又起爭端。正爭持不下之際，失去女兒的那位娘親卻突然發瘋似的指着遠處說見到女兒。其他人跟着張眼望去，面前黃沙萬里，哪有半點人影？但那位娘親還是死命地指着遠方，堅持說女兒正向她招手。薩寶官見狀，指出這是沙漠常見的海市蜃樓，母親憶女成狂才會看到幻象，叫眾人拉住她。這時那位曾犯姦淫罪的囚犯也過來拉着那位母親，更借機輕薄。丈夫見到便出手阻止，兩人動起手來，其他人也不得不過來拉開二人。就在這些人糾纏間，那位母親掙脫勸阻，拼命地向幻影處走去。丈夫見狀也立時追上，廚子和粟特人翻譯亦無奈只得追上去打算幫忙。

那個給揍了幾拳的囚犯怨氣難消，又怕眾人秋後算賬，見那丈夫走了，竟也拔足狂奔朝反方向走去。眾人都沒加理會，只管看着工匠四人愈走愈走愈遠，大家一時間也六神無主，不知如何應對。只見給留下來的小孩不停喊着爹呀娘呀，一盞燈也無可奈何，唯有命令眾人跟着走。相信他們總有力竭之時，到時再去勸服那位娘親，勸不成就迫不得已把他們一家三口留下來好了。

他們追到去一個小小的綠洲。綠洲有大有小，而這個就是一個很小的綠洲，只有一個約三、四畝田那麼大的水池。池水又藍又綠，池邊是一個微微隆起的小山丘，山丘上有一間草寮。草寮像茶居，放了九至十張四人方桌，旁邊還有一間竹蓆搭成的斗室。

只見那位娘親跟丈夫一起跪坐在池邊與草寮之間的空地上，妻子不斷叩頭，丈夫就雙手合什苦苦哀求似的，而站在他倆身後的廚子和翻譯也一臉驚惶。

這時眾人也來到，一見到水池自然就跳入池中喝水洗身。喝夠了才去察看早他們來到的四人，見他們不是求神拜佛就是惴惴不安的樣子，不作聲不答話，眾人也感大惑不解。兩位鏢師和一名官兵就走上山丘察看，廚子和翻譯欲想阻止但又好像說不出聲來，手足無措。三人入到草寮，正想進入旁邊那斗室之際；門一開，裏面就站着一位美女。頭戴金冠，輕紗遮面，身上只有一塊薄布蓋着一雙隆起的乳房，腰纏鏈飾，下身也只披着一塊薄紗，稍一擺動就整條腿都看到了。赤足的足踝上套了很多金環，右手手腕套着一只護腕似的金製飾物，飾物上有一頭雕刻得十分精緻的展翅鳳凰，十指還戴上了很多枚寶石指環。皮膚比中原女子黝黑，濃眉深目，輪廓精緻，一看就知是異國女子。雖然非我族類，但不管怎樣看都無疑是天姿國色。在任何情況下看到這樣的美女都只盼可以多看兩眼，但偏偏在此時此地看到，就比見到鬼更教人不寒而慄。

在這窮山惡水之地乍現美女就已經夠詭異；更詭異的是，此時，她開始跳舞，跳着又好看又誘人的舞蹈。扭動身軀的方式就彷彿是女性最嫵媚動人的動作，再沒有其他動作比她展現出來的更婀娜更自然的了。那彷彿是天上的舞蹈，是天神才能展現的舞姿，凡人不可以偷學模倣，不可褻瀆。煞是好看，好看到眾人都給迷住了。本來只有從斗室出來的那位女子在跳着，但不知何時官兵身後又多了一位跳舞的女郎，不知何時鏢師腳下又鑽出另一位。一不留神，草寮內已有七位女子，姿勢動作一致地跳着同一款舞蹈。後來出現的六個女子都好像同一副樣子，身形輪廓面貌都幾乎一模一樣，打扮都跟第一位出現的女子差不多，只是頭上的金冠沒那麼大。

早前逕自離去的那個姦淫犯忽爾出現，給其中兩位女子押着，再被按在枱上。然後一位女子弓起右手，護腕上那頭鳳凰就有一把匕首徐徐伸出來。隨着匕首慢慢伸出，刀刃也慢慢刺入那犯人的肩胛骨裏。之前大家一直都迷醉在這班女子所跳的舞蹈之中，連氣也幾乎不敢透一下。那位被押着的囚犯也彷彿任人魚肉，沒哼過半句。但當刀刃刺入骨裏，他不禁大叫，面容扭曲，聲音也應該發了出來。可大地彷彿沒有了空氣，聲音無法傳導，就好像天地也不敢呼氣透氣一樣。到天地間終於重拾呼吸，用力地吸一口氣，大家終於都聽到那男子的哀嚎慘叫。這時大家才驚醒過來，兩位官兵和鏢師嚇得連滾帶爬衝出草寮外。

第一位出現的女子就慢條斯理地坐下來，朗聲道：「你們不是很想這個人死掉嗎？如此淫邪奸狡之徒不是死十次也不夠嗎？」揚一揚手，身後的女子也就一把匕首插進那囚犯的背上。只聽他悶哼了一聲，身體顫動了幾下，便再沒有聲息了。應該是首領的那位女子又再朗聲說：「我替你們做了好事，別不領情，不識好歹。」這時另一女子就從斗室帶了之前被擄拐的袁天衣出來，其娘親見到即時又急又慌，不停叩頭跪拜。

只聽那位女首領說：「留下貨物，這小女孩就送回給你們，一家團聚囉。」

這幫女子就是朱雀組。

這時薩寶官也急得慌了，結結巴巴地問：「不是送上小孩就可以嗎？就可以讓我們過去嗎？」其他人完全不知道究竟是怎麼一回事，什麼送上小孩就能安全上路。那位粟特人翻譯便拉着薩寶官質問。薩寶官也唯有慌慌張張地解釋：「我都是聽別人說，只要獻上童男童女，就可以安全過路。」

古時人命都不值幾個錢，尤其是平民百姓的命就更不值錢，小孩無故失蹤是常有之事。把小孩當成買路錢，就是因為這個原因薩寶官才讓那些工匠廚子帶着一家大小隨隊同行。但究竟誰要那些小孩呢？他們也不知道。

做父母的當然說他們不要貨，可貨物是屬於商人的，還有朝廷送去龜茲國的禮物。幾個父母都去求商人和官兵，一盞燈、再世關羽和郭山川三人都只能面面相覷，一時間也六神無主。三人當中以郭山川最深沉，也頗具俠氣，這刻也按捺不住想上前跟那班妖女拼了，但給一盞燈和再世關羽二人阻止。正當父母與商人官兵拉扯之際，本來只聞吵吵嚷嚷哭哭啼啼；但這時各人耳邊卻響起一把平靜冷漠的聲音，聲音清晰得好像直接傳入每個人的心裏。

只聽那聲音道：「留下女孩。」

不是幻聽，不是心魔，只聽那把聲音再說：「留下女孩，你們就可以走了。」

眾人回頭一望，本來什麼也沒有的池中忽然有一塊露出水面像小島似的巨石。石上長滿小草青笞，中心長着一株盛開的銀杏樹，滿地黃花。樹下一位白衣老人，屈膝盤坐。老人滿頭銀色長髮，銀白色的長鬍垂到胸前，眉毛也是銀白色，就連他身上的皮膚也白得發亮似的，一雙棕色的眼珠近乎透明。只見他木然坐在樹下，雙唇微動，聲音卻洪亮清晰，不帶絲毫感情地重覆之前的話：「留下女孩，你們就可以走了。」

眾人不知他是誰，但朱雀組的人卻很清楚，他就是四大神獸中的浴火神鳥。

朱雀組要貨物，神鳥要小孩，劉成心裏想能否讓他們兩伙先鬥個兩敗俱傷呢。正在盤算計謀之際，本來還留在草寮內的朱雀組，忽然就有一個站在一名囚犯旁邊，出奇不意地把護腕上的匕首刺進那男人的腰背，男人掙扎了幾下就頹然倒下。眾人自然驚惶失措。

那朱雀首領又再厲聲道：「留下貨物。」

那班商旅到這時只感絕望無助，完全呼叫無援。面對可以神出鬼沒的朱雀組，他們只是待宰的羔羊，死亡轉眼即至。沒有人敢求饒，也沒有人敢作任何決定。

這時神鳥又再說：「留下女孩。」

一聽到留下女孩這四個字，女孩的娘親即時急得慌了起來，那位父親袁何就再次跪在官兵面前乞求，說他兩夫婦願意一生為奴為婢，只求他可以放棄貨物來救他的女兒。

薩寶官跟工匠勸說：「只是少了一個女兒，你還有兒子。」

見他們都下不了決定，草寮內又再有一名朱雀組員一隱身，隨即站在兩名鏢師旁邊。只見其中一名鏢師驚覺女子在身邊出現就想也不想把旁邊那位斷了手的同伴推給那女人，女人也二話不說就把護腕上的匕首從那名負傷鏢師身上穿過去。眼見再死一人，大家又更慌亂。

朱雀首領再叫：「留下貨物，那麼誰也不用死了。」

醫師也理會不了那麼多，趕去察看倒地鏢師的傷勢，當然已一命嗚呼。

白大夫終於忍不住大喊：「假如失去了貨物，商人自然傾家盪產，不但一貧如洗，還可能債台高築，從此淪為奴僕，一生做牛做馬。那班官爺大人因丟失了那些送給龜茲國王的禮物，朝廷降罪，更只怕人頭不保。那些商人官爺大人都有家人，都一樣有高堂妻小。難道商人官爺就不是人？難道他們的親人也不是人？就可以犧牲他們嗎？」他還跟工匠袁何說：「那班女子只敢殺其他人，都不敢殺你女兒，看來是忌憚那老頭。看來那個老頭子是要活的，他應該不會為難她。」

想不到的是那位粟特人路政元的兒子路菲此時竟然走出來說：「換我吧，放了她，拿我去吧。」他的娘親連忙拉住他，罵他瘋了。小孩也許只是一時衝動，一時間義憤填膺，衝口而出。不過小孩都肯這樣不惜犧牲自己，工匠也不得不崩潰放棄。

只見他頹然跪下，一路哽咽一路說：「拿去。」

神鳥朗聲道：「你再說一遍。」

袁何強忍悲痛再一次大聲說：「拿我的女兒去。」

說罷，夫婦兩人抱頭痛哭，也沒氣力再站起來。

此時鳥神就慢慢動身，徐徐跨出一步，竟然可以踏着水面而行。他踏過的水面不泛漣漪，卻冒着蒸氣。到他踏上岸來，每走一步，腳下就火光熊熊。他一步一步的走近草寮。他愈走近草寮，朱雀組的女子就愈害怕，就連地上的枱腳和杜樑竟然也着火了。鳥神愈走近，火勢就愈猛烈。

朱雀組首領深心不忿，厲聲道：「你們這班人，過得了我們這一關，玄武組的人也不會放過你們。」

到鳥神走入草寮，所有朱雀組的女子已不翼而飛，消失無蹤，只留下那小女孩。鳥神走到女孩身邊。也不知是否給嚇得茫然失神，只見袁天衣用一副可憐不捨的眼神看着爹娘和幾位結拜哥哥。幾個小孩激動流涕，爹娘看着就更覺撕心裂肺，然後眼白白看着面前的大火把鳥神和女孩吞噬。

【第二回】

火勢實在太猛烈，不消一會整個草寮就塌了下來。頃刻卻下起滂沱大雨。大雨撲熄了大火，眾人連忙走進已經燒成灰燼的草寮，但當然已經找不到袁天衣。眾人都暗忖，找不到是好事。那老翁是神人，這代表女孩應該尚在人間。

既然找不到女孩，就只好收拾心情。一盞燈就催促他們趕快繼續上路，因為他們都沒忘記朱雀組首領曾說尚有什麼玄武組會來趕盡殺絕。現在他們唯一自救的方法就是盡快去到最近龜茲國的驛站。

出發時四十人，現在只剩下三位官兵、兩名囚犯、三名鏢師、一位商人跟一名家丁隨從、薩寶官和一名手下、廚子一家三口、粟特人翻譯一家三口、工匠一家三口，最後還有那位醫師和兩名僧侶，共二十四人，死了十六個。本來郭山川還想將那個貪生怕死把同伴推開的郭海游家法處置，就地正法，惟給一盞燈等人勸止，跟他說當此危急關頭，多一個幫手就計一個，日後大難不死才秋後算賬也不遲。帶着家眷的其實沒有什麼任務在身，恨不得可以走回頭路折返中原。但他們也明白，現在已經沒有回頭路，要活命就只得向前行跟着走。可向來一直討厭暴力，根本從未挽刀提劍的廚子和翻譯現在也要求兵器傍身。其實這時各人都如驚弓之鳥，對身邊所有人都起了戒心，只不過鑑於情勢才不情不願交了幾把刀給那些丈夫。

行行重行行，再走了兩天，終於安全到達驛站，那些官兵和鏢師就合力把那幾個家庭關了起來。因為這時他們都知道小孩就是最好的護身符，就是他們保命的本錢。就連一盞燈都這樣想，只有郭山川試過反對。他可以不要命，但不可以壞了鏢局的名聲。眼下可是生死存亡，權衡利弊，他也不得不同意這畢竟是權宜之計。他跟眾人說，過到這一關，日後必帶人來救回小孩。不過其實他亦明白，到時小孩都未必有命；就算活着，他找得到嗎？他有能力去救嗎？就算動員鏢局內所有鏢師，只怕都找不到，也打不過。

官兵和鏢師都已經同流合污，薩寶官和商人再不同意也不會反對，囚犯就更加沒有置啄的餘地。縱使醫師和那兩名和尚想爭辯，但他們又可以怎樣呢？誰會聽他們指揮？驛站內就只有三名官兵，其中一個還老得幾乎隨時會死掉似的，臉上的皺紋就跟驛站內土泥牆上的裂痕一樣，斑斑駁駁，縱橫交錯，多不勝數。

其實驛站就像一個小小的城池，派駐驛站的都是朝廷官兵。驛站除了是換馬的地方，也作為貨物書信的轉運站和物資的補給站，甚至是情報的收集站，尤其是收集有關塞外的情報。只可惜他們去的這個驛站已幾近荒廢，被外族團團包圍監視着，可以發揮的作用有限；所以都被朝廷冷落，沒幾個官兵駐守。

既然這個地方如此不堪一擊，他們又怎會以為這裏是銅牆鐵壁？想過放棄，想過就這樣臨死前大魚大肉一番，做個飽鬼好了。也想過不如不去龜茲，就這樣把絲綢和朝廷的送贈分了，然後各走各路，遠走高飛。又想，雖然絲綢金器都價值不菲，還有朝廷送贈的禮物，但也不應該引來這麼多人虎視眈眈。而且龜茲只是小國，送贈的禮物應不會價值連城，很名貴的話就會找大軍押送。想過把那些禮物打開來看一下，可私自打開朝廷送給別國的禮品是大罪。雖然大難臨頭，但也不想多添一條死罪，那就真的想活也活不成。最後還是想到，只有到達龜茲國，叫龜茲國王派軍隊護送他們回中原才是上策，才是真正的活路。所以他們最後決定只留一晚，翌晨一天光就立刻出發去龜茲國。餘下的路程亦大概只剩兩天罷了，腳程快的話可能一天就到達。另外把那些一家大小留下來，當奉獻給什麼神龍神鳥，作個保險又好；可以快馬加鞭，不用照顧那麼多人都好。再者，在旅程的最後階段，什麼廚子翻譯也不需要了。擬定好計劃，就一心只等這一晚快點過去，快點黎明。

長夜漫漫。

囚犯之中只有兩個未死，那個被員外加害的阿曼被差去站哨。奇就奇在不只他一人站哨，還有那個老到隨時會死掉的老兵。一個憤世，一個就不久於人世，幹嗎差這兩個人去負責一項如此重要的任務？原來根本沒有人叫過那名老兵去站哨，甚至根本沒有人留意過他的存在。但他可不是一個簡簡單單的老頭，他會唱歌，而且還唱得很好。此時，他唱着翁綬的《隴頭吟》，「隴水潺湲隴樹黃，征人隴上盡思鄉。馬嘶斜日朔風急，雁過寒雲邊思長。殘月出林明劍戟，平沙隔水見牛羊。橫行俱足封侯者，誰斬樓蘭獻未央。」

將近黎明，遠處揚起漫天塵土。

玄武組始終殺來了。

玄武組各人都身穿黑色鎧甲騎着黑馬，背上插着白色旌旗，頭戴面罩，只露出凶光的一雙眼。阿曼看着他們轉眼就要來到驛站，本應立刻敲鑼打鐘示警，叫眾人預備迎戰。但看着遠方那幾面白旗飛舞過來，猶如鬼魅飄至，他就是忽然間什麼都不想做。

那老兵問他：「你想死？」。

阿曼不但想死，他想所有人都死，說：「既然天下人負我，我也不用救天下人。」

那老兵說：「好唷！」

只是阿曼轉念又想，見死不救，跟親手殺人有什麼分別？

頃刻敵人就要殺到來，在最後關頭這個阿曼還是懸崖勒馬，敲響了警鐘。那老兵搖頭嘆息。

室內聽到警鐘的官兵鏢師也無暇細想，只得立刻抄起枱上兵器出去迎戰。

烏合之眾，哪有什麼戰術？他們唯一的戰術就是命餘下那個囚犯去把那些一家大小押出來，以圖又再有什麼神仙來打救，到就可以用小孩的命去換眾人的性命。

生死關頭，他們也不理會什麼仁義道德了。猶幸醫師和兩名和尚趁只得囚犯一人去押解那些婦孺就一擁而上，把他打倒，然後救出那幾個工匠、廚子、翻譯及其家人。這時外面已殺聲震天，血花四濺。一盞燈三人加上幾個平庸的官兵鏢師又怎會是那班玄武組的敵手。不消片刻，驛站內這班官兵鏢師已死傷大半。

那位一盞燈倒算有兩下子，但他長於赤手空拳對敵，不擅兵器。開始時還可以跟玄武殺手鬥個旗鼓相當，過不了多久已感狼狽吃力。更糟糕的是，玄武殺手所使的鐵盾正正是劉成那大力金剛指的剋星。鐵盾堅硬厚實，任你金剛指練得再高火候，可以揑得爛穿得破那些鐵盾嗎？任金剛指攻勢再凌厲，都給鐵盾一一擋了下來。

再世關羽本是陣中最有機會殺出重圍的一個，一把青龍偃月刀舞得虎虎生威。慣常一夫當關，衝陣殺敵總是一馬當先，以攻為守。奈何此刻只管保命，守多攻少。手底功夫本來還勉強技高半籌，但現在心理上卻輸了自信，亂了陣腳，只能使出本來實力的六、七成。久戰之下，亦未敢樂觀。

郭山川一雙鐵筆本也着實厲害，但同樣犯了失去自信的毛病，沒有拼死的決心。自身難保，已經沒想過救其他人，但看到兩個海字輩的子侄轉眼給人開膛破腹，難免心怯。一怯，就輸了九成。其實三人打從盤算後着，打從懷着以小孩換取神仙打救這個心思開始，就已經注定一敗塗地。

那個薩寶官轉眼給人一刀就斬開兩截了。那位商人，胸膛都給黑刀前面入後面出。薩寶官的手下和商人的家丁，在敵人未殺到來之前都已經嚇得屁滾尿流，慌張之下一個給馬踩死，一個被削去半邊頭顱。

在場誰不心膽俱裂，不過那個老兵卻看得愈來愈眉飛色舞愈來愈心情興奮，甚至興奮得整個人生龍活虎起來，樣子忽然年輕了許多，傴僂的身軀也變得英挺筆直。本來一副老弱殘軀竟一下子變成昂藏七尺虎背熊腰，威風凜凜，殺氣騰騰。

阿曼見到眼前老兵的變化，只嚇得結結巴巴地問：「你是誰？」

阿曼身邊本來只有那個本來是老兵的壯兵，但此時身邊就多了一個人出現，多了一個禿子。身材高大，臉色陰沉，有一股迫人的氣勢，衣領上露出來的脖子和衫袖上伸出來的雙臂都有刺青，不期然叫人聯想他可能整個身體都畫滿了圖案。最重要還是他的一雙眼，給黑布幪了起來，身後還竄出一條二十尺長的巨蟒。

阿曼不禁叫了出來：「閉目神蟒！」

神蟒就指着對面那位英風凜凜的壯兵說：「他就是八臂神猿。」

神猿說：「呵呵！老夫已經很久沒動手，殺那班白虎病貓都不好玩，殺這班玄武龜孫子才過癮。」接着又對神蟒說：「別多管閒事，不要插手。」

然後他就像飛將軍般跳下城牆，衝入去跟玄武組的人交手了。他本來就已經高人一等，手臂又較常人長，更匪夷所思的是兩邊腋下竟然多伸出一雙手臂來。雙拳自然難敵四手，更何況神猿兩雙鐵臂都好像鐵鑄一樣，刀槍不入。刀來臂擋，四手同攻互捕，單獨任何一個玄武組組員根本無法招架得住。以為中了一下右拳，正想反撲，誰不知還有另一記右拳，這比面對兩個敵人更難應付。久經戰陣，拆招擋格都變成自然反應。擋了對方右手的來犯，自然會防備對方接下來左手的攻勢。誰不知剛擋下對方右手的發招，接下來卻不是面對左手的攻擊，竟然又是右手？中了一拳，便無法避開，只得再中一拳。捱了一招，就無可避免隨即又再捱上同一招。以為輸掉一招半式，也可重張旗鼓；但面對這樣的四手，輸一次變成輸兩次，中一拳變成中兩拳。只是神猿並不急於求勝，反而樂在其中，享受把對手玩弄於股掌之中。閉目神蟒沒有加入戰圍，卻閒步於正在廝殺的人群之中。站在神猿旁邊，冷嘲熱諷，一面批評神猿又一面數落一盞燈等人。跟再世關羽說這樣擋格不就門戶大開嗎，跟一盞燈講這樣搶攻不就顧此失彼嗎，又向郭山川嘮叨如此運勁只會力不從心。

他竟能同一時間去到他們面前評頭品足，恐怖之處就在這裏。他不只在神猿旁邊出現，張眼四周，他幾近無處不在。校場空地上竟然有兩個神蟒。這是眼花吧？眨下眼再看，不是兩個，是三個神蟒。再眨眼再看，不是三個，是四個。不是四個，是五個，是六個，是七個。場內有七個神蟒，穿着同一裝束，都蒙着雙眼，都在旁邊瞧着別人打鬥，都在旁邊不停指指點點。

其他人見狀本應覺得恐怖可怕，只是都不知是在殺戮中變得捨死忘生，沒有餘暇理會其他人；還是怕得不敢造次。既然神蟒沒有干涉他們，他們也就不敢招惹他。在場眾人都好像沒為意神蟒的存在，不是忙着殺人，就是忙着被殺。

那班廚子工匠給醫師及和尚救了出來後也走到校場。本想趁混亂逃走，但又怎逃得掉？一位玄武組組員一過來就殺了那個粟特人翻譯。刀劍無情。再來一刀，就連他的夫人也立斃當場。

玄武殺手正要挺刀殺他們的兒子，廚子本想拼死護着，殊不知那老和尚竟擋在他身前。也不知是真的我佛慈悲，還是內咎沒讓他們給佛祖庇佑，竟挺身而出捱了那致命的一刀。

惡刀再襲，巨蟒突然對付那位玄武殺手。倒算他機警，因有鐵盾護身，不致被巨蟒鎖死。用力迫開巨蟒，正要橫刀把巨蟒一分為二之際；場中分成七、八個分身的閉目神蟒忽然一下子重回真身，電光火石間來到玄武殺手身邊，俯前猛吼一聲，那個玄武殺手就立刻被震得肢離破碎，散攤在地。

此時本來享受着跟玄武殺手比劃的八臂神猿也突然抖擻精神，發起狠勁，只消兩三下就把場中其餘玄武組殺手斃了。

不過神猿並非為了救人，只是被漏網之魚逞兇，覺得沒面子罷了。

走到重傷倒地的一盞燈身旁，神猿問他：「用小孩來做護身符，如此卑鄙無恥，你該不該死？」

一盞燈又痛苦又害怕，不過也好像萌生悔咎之情。神猿四手齊轟，一盞燈立刻變成肉醬。場上只餘再世關羽和郭山川還顫顫巍巍地站着，神猿去到他倆面前。也不知是無力還手還是於心有愧，只見神猿二話不說就四拳一起揮過去，再世關羽要到下一世才可以做關羽了，那個郭山川也給打得山崩地裂，一命嗚呼。空地上躺着十數具屍體，所有官兵、鏢師和玄武殺手都死光了。商旅成員就只剩下廚子一家三口、工匠一家三口和栗特人翻譯的遺孤，還有醫師白大夫和少年和尚了凡。

神猿問神蟒：「又想要小孩嗎？」

神蟒冷然答道：「我的事不到你管。你還想殺人嗎？你不是說過地獄不滿，誓不成佛？」

神猿答他：「地獄是空是滿都不關你事，我殺不殺人也不到你管。」然後就轉身離去，逕自走回室內。一路走身軀一路慢慢縮小，本來斗大的鐵拳又再變回一雙嶙峋的老人手掌。

父母被殺的路菲撫着雙親的屍首哭泣。其餘各人都害怕得膽顫心驚，不知面前這個蒙着雙眼的黑衣禿子又要對他們怎麼樣。只聽他毫無感情地說：「挑一個吧。」

實在無計可施，廚子杜劍南竟把自己的兒子推了出來。

杜劍南只想到，除了自己的兒子，在場就只剩下翻譯的遺孤和工匠的兒子。工匠已經失去了女兒，如果連兒子都失掉也實在太慘了。要從路政元的兒子路菲和自己的兒子杜如風兩人之中選一個，也實在教人肝腸寸斷。就好像推孩子去死一樣，這叫人如何抉擇？難，但總要選一個。

神蟒問杜劍南說：「這是你的孩子？」

杜劍南無奈垂淚點頭。

神蟒再問：「你想清楚？為何不挑別人的孩子？」

杜劍南含淚答：「袁大哥已經失去了女兒，我不忍心他連這個兒子也保不住。我也應承過路大哥，如果他有什麼不測，我一定會替他照顧他的孩兒。倘若在下能夠生存下來，將來還可以再生過另一個小孩，路大哥已經沒有這個機會了。」

此時其妻已經哭得死去活來，杜劍南轉頭，對着杜如風說：「大丈夫要頂天立地，就算死都要做一個男子漢，知道嗎？」

杜如風很堅強，還跟爹娘說：「孩兒不怕，我不會有事的。」他跟神蟒走時，雖然都強忍着眼淚，但就居然頭也不回。可憐他的父母都傷心得倒在地上，幾乎昏死過去。

哭了一會，天已發亮，他們要起行了。

了凡師祖那堤三藏在五十年前由龜茲國帶了很多梵文經籍遠道來到中原預備翻譯成漢語，曾叮囑若有經籍未完成翻譯就要送回龜茲國。五年前師祖圓寂，尚留下一本《起世因本經》未曾翻譯，於是了凡師徒三人就打算今次隨商旅一起運絲綢到塞外時便可以順道得到照應順利把經書送回給龜茲國，誰也想不到一次尋常的經商之旅會演變成地獄之行。幾乎所有成員都被殺，師父和師弟也死了，但既然能僥倖生還，了凡就想盡力完成這次使命，不辱師命，也不致讓師父和師弟枉死。

其他人本來可以不用跟着他，但留下來又可以幹什麼？難道在驛站終老？先不說驛站是否有足夠物資可以讓他們生活下來。就算可以，又可以讓他們活多久？一年？半年？三個月？在驛站就安全？玄武組還有餘黨嗎？就算玄武組已經死乾死淨，那些朱雀組呢？還有一開始就已經對他們虎視眈眈的白虎組呢？應該還有什麼青龍組吧。去龜茲國是唯一活路。到那兒定居又好，到那兒找救兵都好，眾人都想，還是先到龜茲國再作打算吧。

只有那些帶着家眷的才走，醫師也跟着同行。阿旻就決定留下來。眾人都不知他心裏在想什麼。了凡和尚堅持要把那些屍體處理，然後給他們誦經超渡。不過如此多具屍體，也不可能挖那麼大的坑來把他們埋掉，只好把他們燒了。

把屍體火化後，他們就執拾行裝上路。

看着那些絲綢金器和那些朝廷送去的禮物，袁何心裏閃過，有了這些財物，縱不富甲一方，也可以讓他們在異地開創新生活。但先是了凡和尚說什麼也不要，白大夫跟着也不要，廚子杜劍南想了一會都說他不要了。

杜劍南說：「人為財死，今次旅程荊棘滿途驚險重重，就是因為這些財物禮物。如今劫後餘生，我不想再跟這些不祥之物扯上任何關係。大難不死必有後福，我相信大家平安到達龜茲國，以後的日子一定會一帆風順。而且，光憑我們幾個人，又不諳武功，帶着那些貨物只會是負累，只會更危險。倒不如輕裝上路，快點去到目的地，方為上策。」

兩天後，他們終於安全到達龜茲國。

了凡和尚要去見龜茲國王。一去到就見到了。

國王本來應該住在皇宮，不會隨隨便便就讓他見到，，但這個龜茲國王偏偏就坐在市集的茶寮裏等他們出現。又見他身上沒有龍袍，頂上沒有冠冕。一身粗衣麻布，頭戴青巾，穿着漢人的裝束。一出現，市集裏所有人即噤聲跪下，誰也不敢抬起頭來看一下。其身後站着七個男人，個個手裏都握着一把寶劍，七把寶劍都不同顏色，分成金、銀、黑、白、赤、黃、青。

這七個人就是青龍組。

國王身邊還坐着一位美女，頭戴金冠，幾乎衣不蔽體，右手手腕上戴了一隻瓊堆玉砌的護腕飾物，上面還鑲了一頭展翅鳳凰。女子身後也站着六個裝扮跟她差不多的美女。

這七位女子就是朱雀組。

再看清楚這位國王的樣貌，雖然身穿男服，但看上去卻完完全全就是一個女人。烏亮的黑髮，水汪汪的眼睛，白皙細嫩的肌膚，豐滿的身材。本是美人胚子，但濕潤的紅唇上有兩撇薄薄的鬍鬚。眼見他抱着那位朱雀組首領，意態親暱。而且他一開口，就是一把男人的聲音，可招呼小孩時卻十分溫柔。他連哄帶騙似的叫路菲過去。

雖然怕着，但又不敢拂逆國王的意思。廚子各人本來都跪着，這時杜妻就戰戰兢兢地帶着路菲走前。那個看上去無論如何都像女人的國王竟然蹲下來摟着孩子，又摸又親，簡直好像重逢失散多年的兒子一樣，疼惜不已。問孩子幾歲，又問孩子身體好嗎，吃得飽穿得暖嗎。愈問下去，杜妻就愈害怕，害怕得眼淚奪眶而出。

國王問她：「可以給我嗎？」

此時忽聽馬蹄沓沓，白虎組的人轉眼就來到。

白虎組的首領躍下馬來，厲聲跟國王說：「你要你的小孩，我們只要那個和尚。」

國王答他：「我小孩又要，和尚都要。」

白虎將再說：「我只要那部經書。」

國王又再答他：「我小孩又要，和尚又要，經書都要。你當日以為經書在那幾個僧侶身上，但你找不到？」

白虎將答他：「找不到，老和尚說他把經書收藏在運送的貨物裏。」

國王又問：「不在？」

虎將答他：「都不在那些貨物裏。」

國王再問：「那麼你認為經書現在應該就在這位小和尚身上？」

虎將這次沒有答他。

西天二十八宿一路追殺過來，原來都不是為了那些金銀財物，覬覦的其實就只是那部經書，一開始就只是打那班和尚的主意。

當日趁風沙偷襲，他們已經揪出那個老和尚來問，還殺了其中一名弟子來要脅他，也搜查過他們身上的衣服。他們沒帶在身邊，說已把經書收藏在貨物裏。

假如這班和尚一開始就交出經書，那班官兵鏢師也不用死了。

只是了凡也不知道他們只是為經書而來。如今知悉真相，也覺得愧咎惋惜。

國王叫了凡行前，問他：「這部是什麼經書？」

了凡答：「是《起世因本經》。」

國王問：「是說什麼的？」

和尚答：「述世界之初，萬物起源。」

國王又問：「哦！那麼這本經書此刻在你身上嗎？」

了凡沒有答他，只點了一下頭。

國王再問：「你願意交出來嗎？」

這時少年和尚只凜然直視，沒有答腔。

國王賭氣，隨便拋下一句：「斃了他。」然後好像已經興味索然，懶洋洋似的說：「不過先斃了那班病貓。」

名副其實迫虎跳牆，白虎將激動得幾乎眥眼欲裂，喊聲道：「我要公平一戰。」

國王說：「好，給你公平一戰。」

說罷，身後排在最後的一名青龍組組員就好整以暇地走出來。手握青龍劍，劍鞘以碧綠翡翠製造。青龍劍排在所有龍劍之末席，明顯就是瞧不起白虎組，以青龍組的最弱對白虎組的最強。

白虎將領說：「假如我勝，我把人頭留下。假如我死，我白虎組所有人願效犬馬。」

只聽國王說：「你死不掉再說吧。」

青龍殺手走出茶寮。

剛巧了凡就站在青龍殺手與白虎將領之間。

白虎將拋出彎刀，彎刀像斷線風箏般飛去，但目標不是青龍殺手，而是向着少年和尚的頭顱飛去。了凡見彎刀飛來，嚇得自然反應地立刻跌坐在地上。

只見青龍劍一出鞘就直如青龍出洞，龍影翻飛，把彎刀擋下。原來白虎將領的一雙彎刀繫着鐵鏈，虎將揮舞鐵鏈，就如臂使指般控制着兩柄彎刀。

奈何任彎刀如何以不可思議的角度飛將過來，白光閃動，就總會碰着青影攔截。彎刀久攻不下，青龍劍也只守不攻。可憐了凡變成替罪羔羊，只要青龍殺手反應慢一點，只消電光一閃，他的頭顱就要搬家。

肉隨砧板上，把心一橫，乾脆盤坐不動，了凡口中唸唸有詞，竟然唸起佛經來。

在後面觀戰的白虎組員早已看得心底發毛手心冒汗，也激動得恨不得一擁而上，拼個同歸於盡。

本來在場所有人都摒息靜氣地集中看着青龍殺手與白虎將領的對決，但這時四周忽然響聲隆隆，好像有什麼龐然大物在他們身邊飛快走過。時而在東，時而在西。但見這邊擺賣的攤檔給掀個翻天覆地，另一邊幾十個簷篷又隨即給推倒下來。一轉身就瞥見不遠處彷佛有巨獸的尾巴掠過，白虎將眾人見狀都緊張得紛紛拔刀，害怕不知何時就會有巨獸出現。

就當各人都驚惶失措之際，回頭一看，國王已經不在茶寮。

這時更歪風大作，吹得教人幾乎站也站不穩，連眼睛也張不開來。徐徐抬頭一望，只見本來氣定神閒地坐在茶寮裏觀戰的國王，現在已經拖着路菲的手，凌空站在他們的頭上。直如天神降世，飛龍在天，睥睨眾生。

龜茲國王就是飛天神龍。

青龍殺手跟白虎將領猶未停手，只見青龍劍猛力一挑，青龍殺手使出一招龍飛九天，繫着彎刀的鐵鏈應聲截斷，被震飛的彎刀拋向高空。神龍彈指一伸，彎刀又再猛地朝下方飛去，方向正是了凡坐着的位置。

眼看彎刀正要飛插下來，少年和尚快要被彎刀從頭頂破開，一分為二之際……

此時了凡胸膛豪光乍現，身上從頭到腳忽然套着一金一銀一大一小的光輪，光輪上還隱約看到由懸空細沙所寫的的梵文經文。

兩片光輪上下走動，一升一降，輪流交替，就好像有生命般護着主人。飛墮而下的彎刀一碰到光輪便即彈開。

只見了凡仍然盤膝唸經，彷彿禪坐入定，渾然不知身邊發生着什麼事情。

此時浮在半空的飛天神龍興奮得大笑起來，向眾人宣布：「天降神將，日月經輪再現，新一代的四神終於出現，終於降生了。」

朱雀組員聞聲即走到了凡跟前跪拜，青龍組也跟着走出茶寮，一個一個的跪下。白虎將領茫然放下手上的彎刀，也跪了下來，後面其餘虎將也跟着一併跪下。

一不留神，眾人抬頭，已不見神龍蹤影。

回看驛站。白虎組來到龜茲國之前不是去了驛站，才發現經書不在那些貨物裹嗎？捉着留在驛站的阿曼盤問，阿曼根本一無所知，白虎組的人二話不說就狠下殺手。

八臂神猿望着奄奄一息的阿曼，問：「你該不該死？」

阿曼又痛苦又不甘心，勉力想搖頭。幾乎用盡最後一口氣，咬牙切齒道：「那個老員外跟他的小賤人才該死，我什麼也沒做過。」

神猿問他：「如果你死不去，你想去報仇嗎？」

阿曼痛得說不出話來，但眼神卻異常堅定。

神猿再問他：「除了不想死之外，你還有什麼心願？」

阿曼真的沒氣力了，但仍奮力呢喃著什麼，神猿唯有欠身讓阿曼在他耳邊說。

只聽阿曼氣若遊絲地吐出兩個字：「武……功……」

神猿站直身子，豪氣地大笑起來，說：「你真貪心，好呀！哈哈！有意思，有意思。」

第二章　越王府

【第三回】

今天學武也許是為了強身健體，但在古時應該沒有這等閒情逸致。學武，不就是為了變強，沒多少個心裏想着行俠仗義鋤強扶弱。大概不被人欺負，可苟存於亂世就已經很好吧。不管因為什麼理由而要學武功，武功都不是酒樓飯菜，想要就有。也不是擔擔抬抬的手板眼見功夫，一學就曉。愈高強的武功就是愈高深的學問。要麼來自書香世代，家底豐厚，自然可以找高人指點，學成下山後就逍遙快活。要麼學武就等如學一門手藝，學成後就用武功來謀生。

懂幾下花拳繡腿的就只可以去賣藝。必須是貨真價實的大宗師才敢開宗立派。不然給人挑戰，不堪一擊的話，就萬劫不復。不光刀劍無情，更殘酷的是從此臭名遠播。勝敗絕非兵家常事，是真的輸命，每次比試都是把名聲把生命押上去豁出去。那些有身分有地位的，等閒都不輕易出手。

若不想賣藝，又未有資格授徒，還可以做什麼？走上白道，為朝廷效力，去做捕快去做錦衣衛去當將軍。去做俠盜又好去當匪賊都好，那就是走上黑道。一般百姓不想驚動朝廷，又不想招惹黑道，要處理法外之爭，要主持私怨倫常，這時就到俠士出場。俠士就是替人出頭。武功高的就是俠士，武功低的只是打手。見錢開眼的還不算俠士，真正仗義幫忙的才算。雖然付出了，也不是每次都有報酬，但十次也總有一兩次獲得酬謝。不然難道個個俠士都高強得只消餐風飲露，真的出世到不吃人間煙火？而所謂闖盪江湖就是去找生意。

抱打不平當然也可以發自真心，但同時也幫助建立名聲，讓江湖上知道有你這一號人物，方便大家他朝找你幫忙。所以說人在江湖，身不由己，就是這個意思。就是要不停出手去抱打不平，要有響噹噹的綽號，要聲震遐爾，不然就不能在道上混。名聲愈響，就愈多達官貴人走來巴結，酬謝也會愈豐厚。

另外沒有所謂天下最強的武功。學海無涯，練功也一樣。功夫也許真的有高下，但人才真正各有不同。功夫只是利器，始終執着着利器的是人的手，這雙手才是勝負關鍵。所以功夫縱有優劣，也不是關鍵，關鍵是人。要考天份，要勤練習，還得靠經驗，不過最重要是明理。

最高強的武學都是心領神會是秘技，都是無法解釋的異功神能，無法明言。能夠明言的，可以傳授的，都不是最上乘的武功。然而神功難求，退而求其次，能夠接觸到可以學回來的功夫都已經很不錯了。學得到的，就不是秘技。叫得做武學，是因為可以解釋，可以推敲，可以說明。於是在學武之前，先要明理。明白箇中道理，自然舉一反三。沒有道理的武功，除非異能，不然就是騙人的伎倆。不能被研究，無法再精益求精的功夫，又怎會是一套好的武功？

所有大宗師，除了手底功夫了得外，他們最想做的就是要整理出一套道理來。道理說得通，那麼放在誰人手上，都一樣能夠發揮出來。這種人人都可以練得好練得出色的功夫，才算是高深的武學。不少武學泰斗窮其一生都想去構思出一套最合情合理的武學系統，而其中一派就是這個忠恕門。

曾子說：「夫子之道，忠恕而已。」

曾子以兩個字來總結孔子的教誨，一以貫之，就是忠恕。於是這個開宗立派的磐石先生就把這二字放到武學上，同樣一以貫之，以忠恕作為他的武學基礎。

既奉老莊的無為思想，又尊孔子的忠恕之道，認為不打就是最高深最牢不可破的武學道理，所以他叫自己做磐石先生。道理穩如磐石；武功也靜如磐石，　動不動。

可以的話，他都不打。可以的話，他都跟敵人說理辯論，盡量用道理去說服敵人。

但若然非打不可，他可以打，而且幾乎打遍天下無敵手。

他又號稱拳劍相絕。

拳是清風拳旨，意謂清風吹來，紋風不動，水波不興。
劍是玲瓏劍訣，心竅玲瓏貌亦奇，榮枯只在手中移。喻靈巧細密，變化多端。

要打出最好的功夫，先要有最好的狀態。最好的狀態就是人如清風，不慍不躁。人處在這個最好的狀態，就能動而不累，靜而不怠。試想像一下，若果能夠不停打一兩個時辰都竟然汗不出氣不喘，縱不把敵人打死，都把敵人累死了。沒想過殺敵，只要求敵人罷手就好。

另外，紋風不動，水波不興。那麼究竟是水在動，還是風在動？無風不起浪也。磐石先生想到這一點，就明白攻敵破招之要訣在哪裏。浪隨風來，力從地起。任何情況之下，都必須要有支點，才能發力。力從地起之後，會經過不同的關節支點，力量一點一點地累積放大才去到手臂末端的拳上。要破招就得先解開那些關節支點。沒有關節支點，力就發不出來。而且其他武功招式的目標都是殺敵，將心比己，他們的防衛也是為了抵禦對方的殺招。換言之一般武功的守招都是守着人身幾個大穴和那些重要部位，護頭護心，護腹護陰。要去攻擊這些地方，自然較難，會遇到抵抗。但磐石先生的武功根本就志不在殺敵，所以他都不攻擊對方的身體。只攻擊對方的手和關節，叫對方無從發力之餘也防不勝防，然後再打持久戰，叫敵人知難而退。所以自創出清風拳旨後，就未嘗一敗。

他的劍就更厲害。清風為樞，玲瓏為機。玲瓏即榮枯，即攻守，即變化。以天干為攻，以地支為守。十式攻敵，十二式守招，每次都一招兩式，攻守兼備，合共起來就有六十種變化。再加上這六十招的先後不一，甲子有時跟着就乙丑，有時接下來卻是乙未，教敵人無從捉摸。磐石先生教導弟子時就問弟子，可以一個打多少個。

臨陣對敵很多時都靠自然反應靠應變。但自然反應又好，隨機應變都好，能夠同時洞悉十個人的攻勢嗎？可以不停應變而不出錯嗎？一出錯就得死，所以不能出錯。任憑如何應變，也總有機會出錯，但磐石先生不會錯，因為他都不應變。

不是不變，只是不應變。勿待時機，勿隨境遷。不惑於物換，而是自己主動求變。那麼任你面前是一個敵人又好，是十個敵人都好，都一般處理。當年磐石先生創招時就花了三個月時間，三個月後可以由第一式甲子順序演練到最後一式癸亥，也可以由最後一式癸亥倒序一式一式的使出來使到第一式甲子。甚至隨便組合，也能不假思索地把變化準確地使將出來，這就是玲瓏劍訣的精要所在。不隨物變而常自轉換，為之「玲瓏」。

只可惜他不在了，十七年前因病去世，死時才五十多歲而已。幸虧他有傳人，自號「清涼先生」。當今天下五劍，東羅、西河、南道、北漠、中千羽，當中的南道就是指這位清涼先生。

名為南道，但其實並非道士，只是一派道學先生的風範。姓李，名坊，字宗道。官宦之後，家道中落，幸天資聰敏，小時已熟習四書五經，後跟隨磐石先生，盡得真傳。正步入耳順之年，樣貌平凡，老老實實的樣子。總是和顏悅色，說話客客氣氣，謙恭有禮，甚至有時謙虛得有點過份。跟其師父一樣，總滔滔不絕，愛說教，也愛說笑。就是正經得來，看在旁人眼裏，總有點詼諧滑稽。就好像此刻明明就刀來劍往，他還一副教書先生的模樣，在旁邊好整以暇地指點着女徒兒如何以一敵三。

前文說過，道闖盪江湖，實質就是去找生意。如今生意已經有了。

話說播威鏢局在十二年前的塞外之行全軍盡墨之後，好事不出門，壞事傳千里。朝廷雖沒降罪，但也聲譽受損，從此一蹶不振。總鏢頭郭山河更鬱鬱而終，當年的三山五海如今只剩一峰三洋。八年前郭山林當家，但鏢局生意未見起色。人心思變，幾個月前已榮升二當家的郭海鴻竟連同胞弟郭海江帶着幾個心腹離去，傳聞就是去了投靠越王府。

可武林有十戒。

一戒欺師滅祖，二戒偷學秘傳，三戒同室操戈，四戒養蠱侍鬼，五戒暗算偷襲，六戒恃強凌弱，七戒乘人之危，八戒貪生怕死，九戒助紂為虐，十戒絕仁棄義。

投靠別門別派，就等如欺師滅祖，犯下了武林大忌。

當家郭山林自然氣得七孔生煙，恨不得立刻就去把那幾個忤逆弟子殺之而後快。但既不想太過張揚，讓天下英雄恥笑；也擔心去到越王府也不得要領，拿不到人，那就真的名譽掃地，丟盡祖先的面子，萬死難辭其咎。更何況剛接下朝廷交來的一宗大買賣，有望重振鏢局聲威。權衡利害，他就更不可以冒這個險。惟今之計，唯有找高人相助。而他所找的高人就是這位清涼先生。

清涼先生跟其師父磐石先生一樣，從不殺人。去找那兩個背叛師門的弟子，亦只打算去跟他們說道理，叫他們迷途知返。況且鏢局此刻正用人之際，如果他們肯回去誠心悔過，郭山林願意再給他們一次機會。

而越王府則是一塊鑄劍的地方。

五年前才又東山再起，屹立於昔日越國所在的琅琊山上，裏面的鑄劍師盛傳是昔日越國後人，保存了春秋時代越王勾踐命人所鑄的八把寶劍。這八把越王寶劍分別名為掩日、斷水、轉魄、懸翦、驚鯢、滅魂、卻邪和真剛。以此越王八劍為基礎，過去五年他們就造了不少神兵利器，名聲跟天下五劍的西河齊名。

西河姓河名源，是當今最負盛名的鑄劍師，憑藉鑄劍之術被世人奉為天下五劍之一，七年前幫忙重建青鋒劍廬。其中青鋒三老，亦享負盛名，江湖上人稱「巨正無形」。但近年河源彷佛已經退隱，江湖上再聽不到他的消息，可劍廬仍在。今天武林人士和公侯將相想要一把寶劍，不是去找青鋒劍廬就是來求這個越王府。發了財，也顯了名聲，越王府近年開始不斷招兵買馬，不斷吸納高手，想把已成為朝廷御劍坊的青鋒劍廬的生意搶過來，替國軍製造部分兵器。

就是因為如今越王府開始跟朝廷打交道，郭山林更不敢問罪興師，但求捉回那些門生弟子就息事寧人。

清涼先生是有身分之人，怎會一開始就親自出馬？於是他就派徒弟凌雲飛去說項，怎知卻給越王府的人捉了。為何要捉他？清涼先生也心裏雪亮，明白越王府何以要扣押他的徒兒。不能殺，也未能放，讓他離去不代表事情告一段落，事情未解決，清涼先生還是會來。既然清涼先生會來，那麼還是留下這個徒弟作個保險好，越王府的人就是打着這個心思。於是清涼先生就唯有親自帶着女徒兒小白上山。

清涼先生就只有這兩個徒弟，其實都已經太多。其師父磐石先生規定門人今後授徒只一生一徒，不多收門生。因為他認為這樣才能傾囊相授，把功夫和做人處世的道理真正好好的傳授下去。不過嚴格來說，這個小白都不算是清涼先生的徒弟。如果要排資論輩，小白可以說算是他的師妹。十七年前磐石先生經過一條遭泥石流淹沒的村落，救了一個女嬰。見女嬰父母俱亡，孤苦無依，先生不忍見死不救，便收她為養女。到磐石先生病歿，照顧孤女的職責就落到清涼先生手上。雖然輩份可說是師妹，但年齡實在相差太遠，於是小白就變成清涼先生的徒弟。師兄是此刻被俘的那個凌雲飛，師妹就是這個機靈聰敏、跳脫可愛的小白。近年都是三人同行，一路在江湖上走動，一路做師父的就以身作則，讓徒弟耳濡目染師父的行事作風。清涼先生又愛跟他們講述武林掌故軼事，跟他們評論是非得失，好讓他們辨別曲直對錯。三人就親如家人，師父待徒如子女，徒弟也視師父如親父。今次徒弟被俘，清涼先生便立刻帶着小白趕來。而他倆現在就來到琅琊山的山下，遇上阻止他們上山的越王府門人。

越王府的人明知他們會來，不讓他們上山，只是要秤秤他們的斤量，核正他們的身分。

府中弟子使的名為太越劍法，祖傳自春秋時期，八式劍招由越王八劍而來，分別為劍出無光、分水不合、陰盛陽滅、斬翼截羽、鯨鯢入海、屠魑宰魅、退妖除魔、切玉斷金。

此來的越王府門人都不是好手。小白遵從清涼先生吩咐，使出玲瓏劍訣抗敵。小白只顧把一招又一招的劍法使將出來，渾沒留意對手的招式攻勢。清涼先生叫她使丙寅，她就使丙寅；叫她變辛亥，她就變辛亥。清涼叫得快，她就使得快。清涼叫得慢，她就使得慢。詭異的是，使得快時，越王府的人彷彿還可以勉強招架；反而小白動作越慢，他們更左支右絀，險象橫生。

小白以一對三，猶游刃有餘。其實小白還年少，只有七、八年功夫，還說不上到家，更遑論登堂，而且她現在也只使上本身實力的五成。如果蒙着眼，效果更好。常言以不變應萬變，玲瓏劍訣講求的是以萬變應萬變，不為物動，只求自變。經驗淺的難免受對方劍招所影響，所以蒙着眼才能更隨心所欲。

練得二、三十年，有深厚火候，就能像清涼先生那樣，視而不見，聽而不聞。

本來就不是生死相搏，越王府的人只是要查明對方身分，一見小白使出玲瓏劍訣已知對方是誰，只是交上了手就難以立刻抽身而退。鬥得一會，越王府的人愈發不得要領，正好撒手，作揖賠禮。而這時越王府的二當家夏侯昌明也適時現身，恭請清涼先生上山。

只見沿途走出數十名侍婢僕役，排在路旁兩邊，五步一站，或侍茶，或奉果，就算皇帝出遊也不見得有這種排場禮遇。但見侍從在路上即席煮茶。侍奉的茶有西湖的龍井，有洞庭的碧螺春，有武夷山的岩茶，有安溪的鐵觀音，有雲南的普洱，有江蘇的茉莉，還有什麼蒙頂甘露、鳳凰單欉，全都是最上乘的茶。頓使滿山茶香，教人彷彿置身於茶園之中。甚至這一刻還以為自己在閩南，下一刻就彷彿已經去了蘇杭。迷失於茶香之中，不知身在何處。

又見碟上的水果，五花八門，琳瑯滿目。有天津鴨梨，有新疆葡萄，有哈密的甜瓜，有奉化的水蜜桃，有煙台的蘋果，有福建的枇杷，還有閩越的香蕉甜橙。夏侯昌明還不忘賠禮，解釋只因時值入冬，如果是夏天就更可以找來荔枝、菠蘿和山楂，這才齊全。

越王府的人都是有心炫耀。清涼先生也就老實不客氣，狼吞虎嚥似的。一路吃還不忘一路跟夏侯昌明求證那些茶葉水果的出處和來源，又不忘跟小白解釋這些茶葉水果如何珍貴如何出眾。

小白都不敢吃，他就說：「淺嚐一下，不耽逸樂，就當增廣見聞也好。」他自己則大快朵頤，還解釋：「年輕時才顧及身分，裝清高扮瀟灑。如今已達耳順之年，都不再拘泥於禮教體面。難得人家如此厚待，何不賞臉？不領情，才有失禮數。夏侯賢侄，老夫說得對不對？」夏侯昌明當然點頭稱是。

本來就已經是入冬時節，再走一會，山上的氣溫就愈低，草坡上已經舖了薄薄的一層雪。這時又見路旁僕役捧着獸皮侍候，什麼貂毛、兔毛、狼毛、狐毛，一應俱全。就連虎皮和熊氈也有很多張，而且一張大過一張。

這個越王府不但設想周到，而且有錢，但王府建築不見得特別金碧輝煌。走過內院，去到正房大廳，已見高朋滿座。夏侯昌明就帶賓客逐個逐個去跟清涼先生問好引見。

給面子之餘，同時也給清涼先生瞧一瞧越王府的氣勢。給他引見的賓客就有當今被譽為茶狀元的陳季雨，沿路侍奉的佳茗都是他帶來的。除貴為今天關中最大的茶商，傳聞他能以杓為錐，專攻人身大穴，手底功夫也不弱。另外一位就是獸王朱軍，那些皮裘自然是出自他的手筆。旁邊還站着兩位手下，一位樣貌似猴，一位體形像牛，人稱猴王牛王。除了茶狀元和獸王三人，座上的賓客還有三刀門的掌門李山君，擅使雙刀之餘，還腰纏一條鏈子刀。殺將起來，旋身飛擊，就三刀齊施。不過最厲害還得數這刻並未現身的那兩位姐妹趙清梅和趙清蘭，諢號天鷹雙姝。據說兩人合作無間，動起手來都不要命，瘋了一般，十分難纏，可性情孤僻，木訥寡言。她們一來到就窩在房內，從未步出過房門。夏侯昌明說剛巧天鷹雙姝這幾天也來到府中作客，惟二人怕生，又怕人多，所以吩咐在下先跟先生賠禮，明早再親自去跟先生問好。

越王府早已做足準備，其他人都是特意邀來，惟獨天鷹雙姝真的剛巧來到。只是既然人已在此，何不借她倆的名聲增添威勢，好等清涼先生更會以為越王府面子很大，人強馬壯。

最後夏侯昌明就帶他的大哥也是王府的當家夏侯昌太及妹妹夏侯純去跟清涼先生問好。

面對眾多高手，或許這個清涼先生再藝高人膽大也不敢發難，越王府就是打着這個主意心思。

大當家夏侯昌太說：「難得先生賞面光臨，王府上下自當盡地主之誼。舍弟最愛交朋結友，吃喝玩樂的本事更勝鑄劍造刀的技術。先生就安心在此盤桓數天，讓昌明安排，好等他帶先生遊山玩水，看盡琅琊山的風光名勝。難得獸王也在此，朱老大已預備好百獸宴，教大家一嚐難得的熊掌猴腦虎膽象拔。」

他完全沒提過播威鑣局的事，也沒提到扣留着先生的徒兒凌雲飛。

清涼先生仍不動聲色，連聲叫好，說：「哎喲！如果一早知道如此好玩，老夫實在應該早點前來打擾，失策失策。」

清涼先生城府甚深。上山之時，腦內已有盤算，他叫小白上到山後一定要忠言逆耳，一定要違抗師命，一定不可以聽從師父吩咐。

於是正當師父跟那個夏侯昌太客套之際，小白就忽然大喊：「別惺惺作假，我們不是來吃飯寒喧，快放了我的大師哥，也快點叫那兩個龜孫子郭海鴻和郭海江滾出來。」

清涼先生自然叫她休得無禮。但就是清涼先生愈叫她住口，她就愈口沒遮攔。罵道：「口蜜腹劍，說什麼聞名不如見面，其實你們心裏恨不得立刻就把我倆師徒煎皮拆骨。本來就是正邪不兩立，還裝什麼傻扮什麼懵，痛痛快快手底下見真章，成王敗寇，不是你死就是我亡。」

只聽徒弟一輪搶白，清涼先生真的涼了半截，滲出冷汗來。

夏侯昌明總算見過世面，叫道：「姑娘，別衝動，正經事就等大人慢慢商量好了。」

小白渾沒聽到對方說話似的，連師父的說話也完全充耳不聞，直向場中各人大聲叫陣：「誰要領教忠恕門的玲瓏劍訣就即管來吧。」

場中有人已經恨得牙癢癢，恨不得立刻就走去教訓這個小女孩。惟各人都自重身分，不想以大欺小。正要叫清涼先生好好管教徒弟之際，夏侯純就快手拔出侍從捧着的寶劍，大喝一聲：「等我來教訓你。」

雙方人馬都想看一下對方的武功招數，所以誰都沒去阻攔。只聽清涼先生叫着：「小心，劍利。」頃刻兩人已對上十數招。

夏侯純雖然一副嬌俏的樣子，但卻是名小辣椒，脾氣很大，驕生慣養，平時兩位哥哥都順着她意，故可以說是王府的小霸王，誰都不敢拂逆她。武功還可以，八式太越劍法也耍得似模似樣。

不過忠恕門的玲瓏劍訣亦是宗派武學，博大精深。雖然只有七、八年火候，但除非遇到真正高手，不然對着一般武者，小白還應付得來。可是一來是小白首先挑釁，二來見對方也是少女就更起了爭拼之心。但忠恕門的武功都主張被動，玲瓏劍訣更講求處變不驚，自求多變。小白此刻卻犯了衝動的大忌，想主動想搶攻，失去了本來的平常心。若是其他武功，發起狠勁來可更威力倍增。但使忠恕門的武功卻恰巧相反，沒心平氣和，就注定一敗塗地。

當夏侯純使出一招鯨鯢入海，把小白的劍鋒抖開。正要再使一招分水不合，劍尖轉眼已來到小白左腹而小白又根本無法躲避之際，有人出手了。

但出手的不是清涼先生，而是那個三刀門掌門李山君旁邊的年輕人。

只見他腰上的鏈子刀一揮就把夏侯純的利劍盪開。不過夏侯純的寶劍實在太鋒利，鏈子刀應聲斷開數截。此時這名年輕人就拔出雙刀，右手招呼着夏侯純的太越八劍，左手應付着小白的玲瓏劍訣。

夏侯純個性剛烈，招數使出來都是又狠又快；相反小白卻是溫純聽話，玲瓏劍訣也可快可慢，此刻小白的劍招就愈使愈慢。在旁人眼中，只道這少年本門功夫真箇練得不錯，雙刀舞得密不透風滴水不沾，左右逢源仍游刃有餘。只有清涼先生瞧出他所使的可不是什麼本門功夫那麼簡單。三刀門都是在過去五、六年間才崛起的小幫派，雖然沒有雄霸一方，門下弟子也不多，但清涼先生倒算見過幾個三刀門的人，見識過他們的功夫，知道他們的雙刀舞得快，但絕非如此神妙。

其實這位少年所使的就是兩位姑娘的功夫。

他右手在使小白的玲瓏劍訣來對付夏侯純，而左手則用夏侯純的太越八劍來應付小白。少年使出名為移花接木的奇功，把左邊襲來的攻勢轉移到右邊去，又把右邊面對的招式送到左邊來，而這絕非三刀門的武功。此刻他就變成了一個容器，其實都仍然是夏侯純跟小白過招，只不過兩人卻沒再正面交鋒，而是各自的招式都由這位少年演繹出來。

只見夏侯純的太越八劍愈使愈快，可少年借來的玲瓏劍訣卻愈使愈慢。另一邊小白的玲瓏劍訣愈使愈慢之際，從少年手上施展出來的太越劍法卻愈舞愈急。功夫沒分高下，優劣都是人。可現在兩套劍法都是由同一人使出來，就更難分軒輊，三人就此一直膠着。忽爾少年變招，大喝一聲「退」。本來慢條斯理地施展玲瓏劍訣的右手陡地使出急快的太越八劍，一下子就把夏侯純迫開去。同時本來用太越八劍的快招來對敵的左手突然使出玲瓏劍訣，也同樣一招就立刻把小白的攻勢盪開。兩位姑娘的距離一拉遠，少年立刻收招，還刀入鞘。

清涼先生連隨大聲讚好，走上前道：「真的英雄出少年，三刀門也着實臥虎藏龍，敢問小兄弟如何稱呼。」

少年答：「晚輩杜如風。」

清涼先生道：「非池中物也，無可限量，無可限量。」

經過這番皮笑肉不笑的擾攘，眾人的氣都消了，彷彿沒事一樣。夏侯昌明又來一番什麼不打不相識的客套話，說什麼當晚大家一定要喝個痛快不醉無歸。讓下人送清涼先生師徒到廂房之後，獸王就急不及待拉住夏侯昌明問：「那頭畜生還在？」

夏侯昌明面有難色地答：「有勞朱老大了。」

即使刎頸之交，但所謂江湖，還不是另一塊名利場。沒利益，誰也不願蹚這淌渾水。其他人還不知，但獸王肯拔刀相助，原因除了錢，還因為這頭畜生。

劍客，自然對寶劍如蟻附羶。

獸王，自然對珍禽異獸特別有興趣。

過去幾年江湖上已經傳說琅琊山下有一個百獸谷，但從來沒有人知道究竟在哪裏，也沒有人堅決要去一探究竟。傳聞都是從上山採藥回來的工人口中說出來，大家都只當茶餘飯後的奇聞怪事來聽。一般人沒心裝載，但聽在獸王耳裏，就像自稱天兵神將但從未踏足過南天門一樣。如有機會總要來看個究竟，現在機會就來了。且隨眾人去到後山，兩面山壁之間就是一處深不見底的山谷。

朱老大問：「下面就是百獸谷？」

但越王府的人也不清楚，夏侯昌明說：「在下曾派人到山下打探，嘗試找出入谷之路。試過幾次，都無功而還。那彷彿是無人之境，與世隔絕。除非懂得飛天遁地，不然根本就不得其門而入。」

朱老大又問：「過去可曾被猛獸騷擾？」

夏侯昌明答：「恰巧相反，幾乎連老鼠蟑螂也未見過一隻。聽說山谷裏住滿珍禽異獸。可更無稽的是，傳說裏面有懂得說人話的猛獸，這才叫附近的人議論紛紛。後來謠言愈傳愈誇張，說什麼有雙腳走路的麋鹿，有穿衣戴冠的黑熊在溪邊唱歌，有神龍盤踞山上，愈傳愈荒誕。致使大家都恥之談論，不再理會，淪為無知婦孺的迷信怪談。」

只見斷崖上搭了一條索橋，橋的對面不遠處隱約可看到一個山洞。洞裏彷彿有光影閃動，又彷彿聽到野獸低沉混濁的呼吸聲。

夏侯昌明解釋：「洞裏有一囚室，是我們囚禁犯人敵人之用。」說罷頓了一會，面有難色，不期然低頭說着：「其實都不想跟清涼先生交惡，但光派個徒弟來，我們就立刻交出播威鏢局兩名郭氏兄弟，也實在太失威風，叫我們顏面何存。本來只打算把那個淩雲飛暫時關押，待先生親自來到就立刻放人。以禮相待之餘，更預備寶劍相贈。如果能夠化敵為友，交上清涼先生這個朋友自是最好不過。假若不領情，我們越王府也犯不着為了兩個平庸之輩而得罪這位當今武林的泰山北斗。誰不知過了兩天，洞內忽然出現一頭猛獸，我們派去送飯的下人都全給這頭畜生殺了。裏面的那個淩雲飛也不知是生是死。如今想息事寧人也不得要領。面對如此不明不白的兇獸，就想到，還是要請朱老大出手，方可解困。」

他們本來打算讓獸王等人早點來到，把那頭兇獸解決掉，便可照原定計劃嘗試跟清涼先生修好議和。可惜偏偏好事多磨，獸王等人都只是比清涼先生早一步來到，現在唯有見步行步。就算萬一真的鬧僵了，雙方打起來，現在有獸王和三刀門等高手助拳，也未必打不過，鹿死誰手還未可料。

朱老大朱軍問：「那頭是什麼野獸？」

但夏侯昌明等人尷尬地搔頭，說他們也不知道。身驕肉貴，怎會以身犯險？夏侯昌明續說：「派人去監視，兇獸白天都不出洞。夜間走過出來幾次，但也不知是太黑還是太遠，下人都說看不清楚。只說那頭畜生身軀龐大，外形像狼像狗，但又有一頭馬那麼高。而且一身白毛，夜裏映着月色，彷彿一團白影。試過用箭射牠，不但皮堅肉厚，刀槍不入；更彷彿懂武功似的，張牙舞爪，盡把來箭擋開。」

帶着眾人來到後山，就是希望大家給個意見。兄弟兩人也想過叫天鷹雙姝同來商量，但獸王似乎跟那對姐妹相處不來。權衡利害，還是跟朱老大更易溝通合作。況且在場對猛獸最瞭如指掌的，自然非獸王莫屬。其他人即使武功再高，過去都只是跟人交手，何曾應付過巨獸猛獸，所以此刻都為獸王馬首是瞻，不敢答腔，等候朱老大的決定。朱軍心想，面對如此不明不白的兇獸，他也着實沒有把握。但人家請來，總得露兩手。雖然時間緊迫，也不急於一時。即刻動手，只會太過張揚。惟今之計，只好待今晚酒酣耳熱之際，乘這空檔一舉來把這頭畜生偷偷滅了。朱老大在眾人面前當然不動聲息，更誇下海口說這只是舉手之勞，叫夏侯當家放心，他回去準備一下就好。此時之前出手讓兩位小姑娘罷鬥的少年杜如風就向夏侯當家請示，想去見一下清涼先生。

過門都是客，這個年輕人也算懂得禮教分寸，夏侯純對他又再添了幾分好感，多了幾分關注，問大哥杜如風為何要去見清涼先生。

在旁的茶狀元陳季雨忍不住說：「公子是去賠禮。」

夏侯純更摸不着頭腦，問：「他何時得罪了那個老頭？」

夏侯昌太聽她稱呼清涼先生為老頭，連忙責備她：「不得無禮。」

陳季雨笑着說：「公子得罪了那位小白姑娘，自然就等如得罪了她的師父。」

夏侯昌太明知妹妹不會明白，接着解釋：「之前公子不是出手擋開你的劍嗎？」

夏侯純更丈八金剛，說：「既然他擋開的是我的劍，他得罪的不應該是我嗎？不是應該來跟我道歉嗎？」

夏侯昌太當着眾人面前，本來不想明言，但此刻也只好說個明明白白，道：「其實那位姑娘的劍早留有後着。正所謂否極泰來，以為敗象畢呈，接下來的後着才是制敵致勝的一擊。杜公子壞了先生徒兒的好事，挽回了你的面子，自然開罪了先生。如今杜公子去跟先生賠禮，其實亦等如代越王府向先生致歉。」說罷，夏侯昌太就向杜如風抱拳道謝，說：「這番恩情，我們越王府上下當銘記於心。那就有勞公子了。」

之後，杜如風隨下人去到清涼先生的廂房，適時小白也在。

杜如風也不轉彎抹角，一開口就說：「晚輩之前在大廳貿然出手，實在班門弄斧，還望先生見諒。」清涼先生當然不會跟他計較，大家又再客套一番，說什麼名師出高徒呀說什麼公子前途無可限量呀。此時清涼先生突然說：「既然公子如此客氣，親來跟老夫問好，不知如果老夫問公子師承何人，可會如實回答？」

畢竟在江湖混了大半生，清涼先生閱人無數。見眼前這個少年一派斯文，亦算清秀俊朗，絕不像一般粗粗魯魯的武夫，更不似會甘心獃在如三刀門這種小幫派。功夫不俗之餘，所使的可是比三刀門那些刀法更上乘的武功，當時又沒請示過掌門就妄自出手。足見他不是不把掌門放在眼內，在幫中地位超然，就是根本並非三刀門的人。

不錯，他就是當日西域商旅中廚子杜劍南的兒子，當年給神蟒捉了去的杜如風。

杜如風忙說：「晚輩自少跟家師學武，只是一向莽撞，常常自把自為，實在失禮，還望前輩見諒。」

清涼先生再問：「都知你不會輕易跟老夫明言。你既不是三刀門的人，想必那位也不是什麼三刀門的掌門，不過你當然也不會跟老夫說清楚那個假扮掌門的是什麼人吧？」

杜如風問：「晚生不明白前輩的意思。」

清涼先生解釋：「雖然老夫不知道李掌門如今身在何處，但知道數月前李掌門已不理俗務，有傳過去數月來李先生根本都未曾露過面，亦有傳聞李掌門早在兩個月前已得急病去世，只是三刀門不向外宣揚，所以實際情況自然也無從得知。說失禮哩，公子着實冒失。阻我徒兒取勝在先，現在又來瞞騙老夫敷衍老夫，當老夫是三歲小孩。再者，此刻你身在此地，本來就是來跟老夫作對，說不定一會兒之後彼此就兵戎相見，你就不怕老夫此刻就出手斃了你？還是公子有恃無恐，自信可在老夫劍下全身而退？」

杜如風連忙說：「晚輩不敢。」

小白聽到師父說要斃了這個杜公子也嚇得衝口而出想阻止。荳蔻年華，自然含苞待放。並非害怕驚動各人，純粹擔心杜如風有事。小白由懂事以來都只接觸過兩個男人，不是師父就是那位大師哥，兩人都有板有眼。雖然不算嬌生慣養，也一直受到照顧呵護，何曾受過責罵委屈。跟師父和師哥闖蕩江湖以來，都未曾真箇受過考驗，未曾敗過在任何人手裏，今次是第一次敗在這個年輕人手上。還談不上喜歡，可印象深刻。雖然她自己都不曾察覺，對這個杜如風已經萌生好感。

清涼先生城府甚深，又怎會如此輕舉妄動？說：「公子連翻得罪老夫，還說來賠禮，但手上一點表示也沒有。而且本來就敵我分明，你叫老夫如何不生氣？」也不等杜如風答腔，續說：「不如就請公子幫老夫一個忙。」

杜如風只好答：「前輩請吩咐，如若晚輩能力所及，自當悉力以赴。」

先生說：「公子一定做得到，很簡單。老夫要去見一個人，公子只須陪伴小徒留在房中即可。小徒少不更事，煩請公子多加留神照料，千萬不可出此房間。若有閃失，唯你是問。」話剛說完，不等杜如風回答，便從窗口竄出，施展輕功，一縷煙似的飛了出去。

【第四回】

清涼先生霸王硬上弓，把杜如風留在房裏，自己就偷偷溜了出去。

光憑剛才一番交談，清涼先生已知這個杜如風也不是衝動妄撞之人，而且就算給他通風報訊，跟越王府鬧翻了，他也不怕，衝突本來就是早晚之事。反而杜如風才如坐針氈，不知如何是好。心想：「前輩應該不會得悉其徒兒被囚的地方，而就算給他誤打誤撞找到，也不容易把人救出來，況且其徒兒是生是死亦未可知。若果真的死了，惡鬥在所難免。既然如此，我更應盡量置身事外，犯不着於此刻挑起事端。若果半個時辰後都未見先生回來，到時才打算吧。」只是孤男寡女共處一室，實在於禮不合。杜如風只好正襟危坐，不發一言。小白自少於江湖走動，不拘禮教；但也明白女子應自重矜持，而且本來性格就害羞溫馴。見杜如風如木人般一動不動，自己也只好呆坐在一旁發悶。

當清涼先生一踏足西廂的內庭，屋頂的飛簷上即時無聲無息落下兩條人影，形成合圍之勢，就彷彿兩頭正準備合作捕殺獵物的獵鷹一樣。更奇怪的是旋即兩人身旁又落下兩頭痲鷹，同樣一副兇猛精悍的樣子。可最奇怪還是眼前兩姐妹完全是兩個不同的人。

諢號天鷹雙姝，雖然並非孿生，可兩人着實姐妹相稱，年紀若三十出頭。但眼見一個膚黃髮黑，另一個則褐髮膚白，樣子不像中土人士，甚至不似來自同一宗族。兩人都應該是西域人，卻絕對不似一對姊妹。

兩人心裏以為清涼先生想先下手為強，想避免她們跟朱軍等人合力，以眾凌寡。誰不知清涼先生是來報訊。

清涼先生率先開腔：「久聞天鷹雙姝大名，今日終於有幸可一睹兩位姐姐的風采。」

只聽趙清梅冷冷道：「要麼動手，要麼給我滾。」

先生說：「老夫知道兩位在找一個人，其實整個江湖都知道兩位姐姐在找一個叫白八松的人。兩位姐姐在過去三年走遍大江南北，挑翻了半個江湖，觸怒了很多人，有幾次更幾乎踏進了鬼門關，為的就是要找出白八松這個人。初時老夫也不知道這個白八松跟兩位姐姐是什麼關係，後來才打聽得到原來是兩位姐姐的義兄。而這位白兄在十二年前更跟隨播威鏢局去過西域，可惜那次西域之行慘變死亡之旅，播威鏢局的郭山川跟當年凌宵十三將的一盞燈劉成及再世關羽秦天豹都命喪大漠。傳聞當年所有隨行之人都無一生還，但亦有傳言當中有幾人倖免於難，逃過一劫。而兩位姐姐就深信你們的義兄尚在人間。」

白八松即當年的白大夫。最後他也跟了凡和尚和廚子等人去到龜茲國。

只聽趙清梅冷冷道：「你還知道些什麼？」

清涼先生續道：「過去三年來兩位姐姐所到之地，盡皆是傳有珍禽異獸出沒之處。每次都一定要親眼去看一下那些傳聞古怪稀奇的動物。人家不讓你看，你們就硬來，就是由此而種下一些嫌隙結下幾段仇怨。我當然也不知道那些古怪動物跟你們要找的這位白兄有什麼關連。但你們今次肯來，自然不是為了向獸王打聽哪裏還有什麼珍禽異獸，就是聽聞有一個什麼百獸谷在琅琊山上，想去一看究竟。」

這次輪到妹妹趙清蘭問：「我已問過了，那個朱什麼的什麼都不肯說？」

清涼先生解釋：「其實朱老大只是殺豬宰牛的屠大一名，極其量也只是一名有點武功的屠夫獵人。什麼珍禽異獸在他眼中，都只是一副皮囊或一些給蒸燉燜煮的肴肉，都是貨物而已，怎會珍惜？怎會在意？就算他知道，亦一早已經給他捉來煎皮拆骨，怎會留到今天，然後再說給兩位姐姐聽呢？」

姐姐趙清梅狠狠道：「那頭臭豬，我早晚宰了他。」

趙清蘭再問：「那麼百獸谷呢？誰知道這處地方究竟在哪裏？」

清涼先生答：「都只是坊間傳聞，誰也沒去過。堅稱去過的都糊裏糊塗，沒一個能再找到入谷之路。近一年，江湖上更傳百獸谷內有什麼神龍出現，想來姐姐也不會相信這荒誕之說無稽之談吧？」

聽罷，趙清蘭都沒理會他的問題，只問：「既然知道我倆來意，但又說沒有人可以幫得到我們，難道你有答案？」

清涼先生答：「老夫又怎會知道？但老夫知道誰知道。」

趙清梅即刻追問：「誰知？」

清涼先生答：「越王府。」

趙清蘭說：「早已問過，他們也說什麼都不知道。」

清涼先生說：「也許他們騙了兩位姐組，也許之前真的什麼也不知，但現在總會有一點眉目吧。」

姐姐趙清梅已經急不及待想動身，對妹妹說：「我們現在就去問越王府的人。」

清涼先生忙說：「不用。」

趙清梅問：「為何不用？」

清涼先生答：「因為如今老夫也知道了。」

「快說。」

「踏跛鐵鞋無覓處，得來全不費功夫。」

「就在這裏？」

「老夫可以告訴你，但有一個條件。」

「什麼條件？」

「老夫想知白兄跟珍禽異獸有什麼關係？為何你們要找人卻會輾轉追查起什麼奇怪動物來？」

「不關你的事。」

「可老夫愛多管閒事，就是想知。」

「知了又如何？」

「沒如何。」

妹妹用眼神詢問姐姐意見，姐姐想了一會然後點頭，趙清蘭就說：「說了也沒用，你都不會相信。」

「姐姐說，我就信。」

「好，我跟姐姐本來是一對獵鷹，七年前在西域跟烏鴉天將與獅子天神聯手跟神龍相鬥，本已戰死，是義兄把我倆救活過來，把我倆的魂魄送到兩個女子身上。花了幾年，我兩姐妹才終於重逢相認。之後我倆就一塊兒走遍大江南北去找我們的義兄。因為義兄有這個把人和動物交換魂魄的本事，但要找本來是動物的人實在太難，所以我們就找原來是人的動物，希望循這個方向可以查出義兄的下落。事情就是如此，你滿意吧？」

清涼先生沉吟半晌，緩緩說：「明白了。」

趙清梅問：「你相信？」

先生答：「為何不相信？滿天神佛，蠱術巫術，世事無奇不有。老夫福緣淺，未有奇逢，未及兩位姐姐有此等造化。只盼姐姐可以早日尋獲親人，一家團聚。」

趙清梅嚷：「那麼到你說。」

可先生答：「我還有另一個條件。」

「你敢？」

「敢，因為你們的義兄就比我這副老骨頭重要，不是嗎？」

趙清蘭問：「什麼條件？」

清淙先生別過天鷹雙姝，回到房時，杜如風和小白已不在房內。這時剛巧下人也來到邀請他去大廳用膳。只見清淙先生步進大廳，原以為應該已經高朋滿座，怎知大廳上就只坐了數人。

本來預備了十二人席位的酒桌，此刻只有夏侯昌明坐在主席，右旁首席就預留給清淙先生，左邊坐了茶狀元陳季雨，再過去還有朱老大兩名得力猴王及牛王，夏侯昌太、夏侯純、朱軍、三刀門掌門李山君、杜如風都未見坐在席上，小白也不在，天鷹雙姝更自然沒有出現。

原以為是什麼鴻門夜宴，怎麼如今變得如此冷清？清淙先生這樣想着，便說：「難道各人恥與老夫同席，都不肯賞面來跟老夫喝一杯嗎？就連主人家都不在，看來我是否應該識趣些早點下山離開好了？」

雖然聽到先生說要自行離開，夏侯昌明心底都不禁閃過一絲奢望，恨不得最好就是如此；但他當然知道事情不會就此作罷，於是連忙賠禮，說其他人都有點急事趕着要辦。待事情一辦完，他們就立刻來跟先生敬酒賠禮。

先生真的深藏不露，這時還能以退為進，問夏侯昌明：「不會跟我的不肖徒兒有關吧？」

經他這樣一問，自然席上四人都無言以對。

先生再問：「又難不成會跟郭海鴻兩位賢侄有關吧？」

猴王跟牛王這時首先按捺不住。本來就是屠狗宰羊之輩，斯文客套了一整天本就已經叫他倆憋着一肚子氣，還不及破口大罵刀來劍往痛快。此時兩人就發難，喝罵：「別說了，動手吧。」

更教人意外的是，先生也跟着大喝：「好，我們就鬥一場，鬥喝酒。」

清涼先生這樣說，各人都愣了半晌，不知如何反應。

先生再說：「鬥功夫就俗了，我們鬥喝酒。聽聞牛王兄千杯不醉，老夫倒想領教一下閣下的喝酒功夫。」

聽見對方竟然挑戰自己最拿手的絕技，牛王也想不了那麼多，只望速戰速決，務求先挫對方銳氣。以免他反口，於是語氣也客氣了幾分，說道：「賤名吳大春，先生想怎比法？」

先生想也不想就說：「我們就比快喝。吳兄可是千杯不醉，比拼酒量，都不知鬥到何年何月。不如我們比誰喝得快。」他差下人找來兩缸大酒埕，各有十斤。指着酒埕，先生說：「我倆就比一比誰最快將它喝光。」

喝得多已經不易，還要快喝，就更難上加難。雖說江湖腥風血雨，但同時也縱酒狂歌，江湖人就是愛這份放縱的豪氣瀟灑自由自在。所以歷來好勇鬥狠的人固然多，愛喝酒的只會更多。功夫練得有點火候都能抗拒酒力保持清醒，一整晚要喝上十斤甚至二十斤或三十斤，很多人都做得到。但說到要快飲，要在頃刻間就把十斤烈酒灌進胃裏，卻完全是另一回事。縱使你能夠放開喉嚨猛灌，但烈酒落到胃裏，還在這麼短時間之內一下子倒進那麼多，別說烈酒，就是水，也沒可能，體內臟腑會自然排斥。要喝得如此快，就得連體內臟腑也能控制，練到隨心所欲才成。試問從來練武之人練功，何曾有人會特意去練心練肝練脾練肺。而且，想練，就練得成嗎？雖未如生死相搏，但如此鬥法，可比拳來腳往更艱難百倍。

清涼先生說，鼓樂一起即開始。夏侯昌明在旁邊預備了幾名樂師奏樂助慶。此刻雖沒有劍拔弩張，但個個都摒息靜氣，聚精匯神留意音樂的起伏跌宕。

到琴音戛然而止，半晌，鼓棍敲落，幾乎同一時間清涼先生就舉起酒埕，張口就倒。那邊廂牛王吳大春也只慢了半分，同樣提起酒埕往口裏猛灌。

牛王的喝酒本事在江湖上都算是一宗美談，曾用一張嘴和三十斤酒，放倒了在湖北一帶專門販賣私鹽的藍海幫。大家雖然都還未弄清楚這樣比鬥有什麼意思，但也不禁緊張起來。雙方沒有血海深仇，不過始終楚漢分明，大家都想牛王贏，心裏暗自替他打氣。可也明白清涼先生功力深不見底，有什麼喝酒秘技也說不定。

原以為無論如何都會有一番龍爭虎鬥；怎知看着牛王起勁地吞，倒進口裏的酒都幾乎有一半給倒在身上。回頭看一下清涼先生，只見他張口不動，喉頭也彷彿沒有動過，酒就源源倒進口裏。這邊牛王才剛被嗆到，停了下來。那邊清涼先生手上的酒埕，流出來的酒已經愈來愈少，轉眼間已經把整埕燒刀子喝光。牛王自然氣餒，其他人也看傻了眼。

難得這個吳大春還算是條漢子，大聲叫好，然後　摔酒埕，跟先生說：「我輸了，以後見到先生掉頭便走就是。」說得出做得到，說罷就真的掉頭離開。清涼先生也沒挽留，視線繼而落在猴王身上。

猴王也知避不了，說：「雖然我不是牛王，但我卻叫彭大牛。你想比什麼？」

清涼先生說：「久聞彭大哥輕功了得，老夫一定及不上，都是不比武功好了。」只見滿枱食物，雖然沒有之前所說的什麼熊掌猴腦，但菜色也算豐富。清涼先生續說：「只得我們幾人，着實可惜。比完喝酒，我們就來比一比吃飯吧。」他指着枱上的包子說：「我倆各吃二十個包子，不准喝酒喝水，比一下誰吃得快。」

其實猴王自知根本沒有一項本事可勝得過眼前這位天下五劍之一的一代宗師，奈何騎虎難下，總不能臨陣退縮，未戰先降。況且先生剛才才乾了十斤燒刀子，接下來就能啃二十個包子，猴王也不禁懷疑他究竟有沒有這個能耐。另外自己也未試過不喝酒不喝水的話能啃到多少個，也許真的可以跟清涼先生鬥個旗鼓相當也說不定。考慮了一會，猴王終於鼓起勇決定放手一拼，就當賭一下自己的運氣好了。

江湖中人除了沉迷縱酒狂歌，也愛賭，賭命賭運氣。沒多少個飽讀詩書，沒多少個肯動筋，大部分都沒腦袋。想不通，沒法想，無計可施，就總搬出各安天命這一套，賭一賭自己的運氣彩數。此時，猴王也是這樣想。清涼先生就叫二當家夏侯昌明發號施令。看來都是無法阻止的了，夏侯昌明和茶王陳季雨也不禁好奇，自己當然沒試過這樣做，也從來沒看過有人會這樣做，究竟這兩個人可以吃下多少個包子呢，他們也想知道。

只聽夏侯昌明一聲開始，猴王彭大牛就立刻拿起一個包子塞進嘴裏。幾乎第一個包子都未完全放進嘴裏，他已經急不及待拿起第二個包子又往嘴裏塞。相反清涼先生卻好整以暇，慢條斯理地把包撕開，逐小塊逐小塊地往口裏送。雖然開始時肯定是猴王快，但吃到第七個包子時，他的動作已經慢了下來。嘴裏塞滿了包子，都好像再吞不下去似的。幾次還不經意想拿起枱上的酒杯，如果不是夏侯昌明叫住他，他一喝，比試就輸了。且看清涼先生開始時落後很多，但此時已吃掉了八個包子，還坐下來，正要拿起第九個的時候；對面的彭大牛又嘔又吐，把口裏的包子全吐了出來，氣沖沖地說：「不鬥了，我彭大牛也一樣，你以後也不會見到我。」然後掉頭就走。

好一個清涼先生，都未曾動過刀劍，光憑說話和喝酒吃包，就已經解決了天鷹雙姝和猴王牛王，除去了越王府三個援手，真的兵不血刃，不戰而勝。不過如此順利，也因為對方根本就不想戰。此刻大廳上樂聲如常，但席上就只剩下清涼先生、夏侯昌明和陳季雨三人。

茶狀元問：「先生接下來打算拿什麼來比試。」

清涼先生答：「不用再比試了。與其比試，不如拼命，如何？」

夏侯昌明和陳季雨兩人面面相覷，不禁心底發毛，暗自運勁。

先生還是一派和和氣氣的語氣說：「夏侯先生廣結人緣，近年在江湖上的聲望誰不羨慕。老夫絕對明白為什麼大家都渴望能夠交上夏侯先生這樣的朋友，也可以推敲還有什麼理由可以吸引大家不惜千里迢迢來到越王府作客。若論交情，越王府雖然如今聲名顯赫，但聲譽日隆都只是過去五年的事。以前越王府的人也不算在江湖上頻繁走動，實在談不上跟任何人有什麼深厚交情。若論錢，誰不富甲一方？獸王固然在遼東人脈甚廣，無人不識，官紳商賈走來巴結都惟恐不及。陳先生的大名就更舉國皆知。凡有口的，都喝過茶。凡喝過茶的，就總聽過茶狀元的名字。今天茶中三寶，宜興紫砂，瀧泉季雨，方為上品。先生的生意也愈做愈大，舉國都有你名下的茶園，只怕一位親王的財產也未必有先生那麼多。天鷹雙姝是世外高人，自然不騖錢財。至於三刀門，老夫着實摸不透。不涉交情，不為錢財，就必然還有其他原因。」

說到這裏，先生停下來，呷一口酒，再說：「雖然近年江湖上流傳一句順口溜，說什麼金龍劍、青龍潛、神龍附體、飛龍在天，但可從來沒有人知道當中所指究竟是什麼意思。到後來又傳出有什麼神龍在百獸谷出沒。但我猜想，朱老大也未必是為了什麼珍禽異獸又或者什麼百獸谷而來。其實關鍵一定是夏侯先生向朱老大動之以情，說什麼非朱老大出手不可之類的奉承說話。朱老大最愛面子，這樣他就一定會來。趙氏姐妹也是為了百獸谷而來。只有三刀門掌門幹嗎又來湊這個熱鬧，我實在猜不到。當然老夫都有點關係，不過老夫過去未曾跟他們有過任何過節。昔日無仇，今日無怨。可以不動手的話，他們也樂於袖手旁觀，心裏都只是打着做過證人主持一下公道又或者以越王府賓客的身分幫忙一下以壯聲威的心思，都算向越王府賣了一個人情。可是說到陳先生，就只有你，是一心來跟老夫作個了斷吧。」

夏侯昌明跟陳季雨聽着清涼先生如此仔細分析他們的盤算和意圖，想不到此人不但武功高絕，謀慮彷彿猶在武功之上，聽得心都涼了半截。

陳季雨當然否認，跟清涼先生說：「你誤會了。」

清涼先生答：「老夫沒誤會，先生也不用假裝下去。陳先生十年前還只不過是雲南一個小小茶商。先生固然眼光獨到，對茶的諸般學問也了然於胸，但更重要是在過去十年先生不斷收購各地的茶園茶莊。不肯賣的，你就派人去恐嚇要脅，甚至把人家殺了，強佔別人的茶園。又或者在其周邊種植，再以賤價兜售，令附近一帶的茶農都難以經營，之後你才再低價收購他們的農田。這等事，先生在過去十年都做了不少吧？」

陳季雨也不再狡辯，默言不語。

清涼先生再說：「有人恃強凌弱，亦有人鋤強扶弱。這等事，老夫在過去十年也同樣做過不少。你這刻派人來搶地，下一刻我就去把那些人打走。你這刻跟地方官商疏通勾結，下一刻我就去跟地方官商痛陳利弊。可惜我只得一張嘴兩條腿，實在無法一一阻止你遍布全國的惡行勾當。這幾年來，我最想可以親自見你一面，勸你住手。你又何嘗不是一直想見到我。不過你想見到的是老夫的屍首吧。沒多少人知道南宮世家的六爺南宮慰遲竟是個會為錢而去殺人的所謂正道人士，但你都知道。可惜你太高估了他，又或者太小覷老夫吧。你何不找現今最惡名昭張的殺手組織璇飛九宮？也許他們會幫得到你。」

這個陳季雨也算是個人物，此刻都毋須再惺惺作態，乾脆直認不諱，說：「找過了，只是先生威名實在太響，他們沒有十足把握，所以不肯接下這宗買賣。」

清涼先生說：「真可惜。」

「實在有點可惜。」

「幸好多得夏侯先生的安排，我倆終於可以見面。那麼先生現在打算怎樣？你應該不是打算親自跟我交手吧？」

「豈敢？做生意最重要是講求眼光，如果陳某連這點自知之明也沒有，縱然手段再高明，也難有今日的成就。」

「你打算跟其他人聯手？」

「的而且確是聯手，不過並非跟其他人，在下想跟先生聯手。」

清涼先生也不明白。這時陳季雨就從懷裏取出一張紙，說着：「這張契約上已有官府的印押，只要先生也願意在上面寫上名字，從此季雨茶莊就有一半屬於先生。」

說到這裏，到這位茶狀元胸有成竹似的，好整以暇地拿起面前的酒杯，呷一口，繼續說：「以前在下想不通，現在已經洗心革命。跟先生合作，以陳某的知識，再加上先生的仁德，我相信季雨茶莊的名聲可以更響亮，生意可以做得更大，甚至成為朝廷的御茶坊都指日可待。」

清涼先生也感到意外，問：「老夫向來兩袖清風，你以為金錢利誘就可以打動到老夫？」

陳季雨答：「那不光是為了先生自己，還可以為白姓造福。試想以後不再有紛爭相鬥，生意愈做愈好，茶農自然更安居樂業。有先生的監督，陳某自然也不敢亂來，對合作的茶農只會更公道更老實，對他們實在百利而無一害。」

「你甘心把一半財產分給我？」

「若果生意做得更大，利潤多翻一倍，在下不是把原來送給先生的，又賺回來了嗎？」

「倒想得周到，好像老夫都沒有理由拒絕。」

「實在沒有理由拒絕。」

這時清涼先生就把視線移到夏侯昌明身上，說：「那麼二當家又如何？」

夏侯昌明即時答：「僅遵先生吩咐。」

「不知播威鑣局兩位賢侄如今身在何處。」

「他們已經在昨晚連夜下山了。」

清涼先生沉吟半響，喃喃自語似的說：「既然無法留住他們，但要將他們二人交給老夫，如此失信於人，如此出賣來投靠的人，傳了出去，又着實為難，試問越王府今後又如何再在江湖上立足。最妥善之策自然是把他們兩人送走。老夫了解，老夫了解。可夏侯兄不會騙我吧？」

夏侯昌明說：「瞞得一時，瞞不過一世。晚輩不敢。」

清涼先生又再沉思片刻，道：「嗯！兩位賢侄也會想，越王府是獃不下去的了，還不如早走早着。如此都好。那麼老夫兩個小徒呢？」

只見夏侯昌明向下人示意，下人就從內堂雙手捧着一把劍走出來。夏侯昌明接過劍並同樣雙手遞到清涼先生面前。

清涼先生問：「這是什麼意思？」

夏侯昌明答：「自古寶劍贈英雄，這把是我家祖傳八把越王寶劍之一的懸翦，如今就贈與先生。」

清涼先生接過寶劍，握着劍莖，緩緩把劍刃拔出。只拔到一半，劍刃鼓鳴，似要急不及待出鞘飲血一樣。清涼先生還劍入鞘，說：「的確是好劍。想不到夏侯先生都以為老夫是如此之人，可以隨便收買。」

夏侯昌明凜然說：「越王府雖然勢孤力弱，也沒什麼本事，但上上下下各人還算是條漢子。仰慕先生俠膽仁骨，才想跟先生交個朋友。之前實在不知先生原來跟播威鏢局私交甚篤。把先生徒兒留在府中作客，也不過是想一睹先生風采。奈何中間出了點意外，如果先生肯不計前嫌，小人就立刻帶先生去跟凌兄相見，小白姑娘亦已經在那兒。若然先生一定要問罪，越王府上下也不是貪生怕死之徒，自當奉陪到底。」

先生問：「出了什麼意外？」

夏侯昌明也不得不老實回答：「敝府安排淩兄到後山一處暫住，但突然來了一頭猛獸擋在他的屋前，教我們進去不得。我們唯有找來獸王相助，此刻他們應該已經把猛獸解決掉。事不宜遲，我們此刻就帶先生去看一下吧。」

事已至此，越王府的人也唯有見一步行一步。之前以為可以助一臂之力的幫手如今都不能依靠，不是不知所蹤，就是更有可能倒戈相向。只盼清涼先生是講道理之人，明白他們無心加害，最後可以免卻一場相鬥。

教人完全意想不到的是此時清涼先生竟說：「不急。」然後問：「其他人都去了後山？」

夏侯昌明不明清涼先生幹嗎這樣問，但也如實回答：「是。」

聽罷，清涼先生突然拔出手中那把懸翦。夏侯昌明跟陳季雨倒算機警，立時飛身後退。清涼先生把手中寶劍飛插到身邊的棟柱上，再左手握着劍莖，右手食指中指一彈，寶劍從中斷開兩截。再回頭對夏侯昌明說：「這把其實都算是一把好劍，但一定不是什麼祖傳越王寶劍，世上也許根本就沒有什麼越王寶劍。敢問二當家造劍造了多久？」

夏侯昌明猶有餘悸，問：「不知先生是什麼意思？」

清涼先生再說：「老夫想夏侯兄學習鑄劍之術，也只有兩三年的光景，甚至夏侯兄可能根本就不懂得鑄劍，閣下雙手的皮膚實在太光滑了。又或者，讓老夫猜一下，看老夫猜得對不對。老夫猜這裏根本就不是什麼鑄劍的地方，這裏就連半個懂得鑄劍的人都沒有。這裏附近既沒有礦場，也沒有充足的水源。既不見爐火烽煙，也沒見到樹林被坎伐。老夫猜想，過去被認為是越王府鑄造的劍，其實都不是在這裏鑄造。不知道鑄劍的地方究竟在哪兒，也不知是由哪位高人所鑄，難道其實全部都是出自青鋒劍廬的手筆？會否所謂互相競爭都只是幌子，本屬一家，競爭只為掩人耳目而已？夏侯兄可以指點一下老夫嗎？老夫還猜想，與其鑄劍，這裏更似是貯存火藥的地方。剛才斗膽私下在府中走了一會，但見處處都放了一筒筒的泥沙，是以備救火之用嗎？青鋒劍廬造劍，這裏就弄火藥。有這樣的裝備，夏侯兄可以建立一支軍隊了。」

夏侯昌明沒有答腔，清涼先生就繼續說：「想必公子也不會如此輕易就告訴老夫。所謂越王寶劍其實都是新鑄的吧？既然有八把，那麼其餘七把呢？何不一一拿來給老夫開下眼界。」

這時清涼先生的眼神突然變得十分凌厲，就好像捕獵者盯着兩頭逃不掉的獵物一樣。他又盯着陳季雨問：「你說把一半財產分給老夫，那麼另一半呢？假若你死了，你的家人又死了；那麼那另一半，官府會判決，都由老夫來承繼嗎？或者我又問下兩位，假若你們二人聯手，你倆又猜一下，可以接到老夫多少招？」

話說宴會一開始，其餘各人已到後山準備獵獸。但兇獸神出鬼沒，所以首先得引牠出洞。野獸一嗅就能認出很多人也分辨不來的毒藥，要毒殺牠們不易。而且要毒殺巨獸，毒性要更猛烈，那就更難騙過牠們，所以只能用蒙汗藥。獸王就預備滲入了蒙汗藥的生肉作餌，由下人將誘餌放到洞前。

要過斷崖到對面的山洞便要先走過連接兩邊山壁的索橋，兩名下人戰戰兢兢地捧着生肉過橋。由踏上索橋的第一步開始，兩人已經腳軟，恨不得立刻回頭，但此刻又怎到他們作主。好不容易走到橋的中央，耳邊忽聞嗚嗚聲響。聲音由腳下深不見底的山谷傳上來，而且還好像愈來愈大聲。往下一看，好像有一團黑雲。黑雲愈來愈大，叫聲愈來愈響亮，就似黑雲正從谷底急速升上來一樣。還沒意識到究竟是怎麼一回事，那團黑雲已經像有生命般從橋下衝上來。叫聲也愈來愈接近，震耳欲聾。兩名下人此刻已嚇得魂不附體。

只見黑雲衝將上來，直把索橋衝擊得猛烈翻動，即時已把兩個家丁拋出橋外，跌下萬丈深淵。定睛一看，原來這是一大群烏鴉。

一見烏鴉出現，天鷹雙姝也不知從哪裏走出來，連聲叫道：「是鴉天將。」

接着趙清蘭就衝到夏侯昌太面前要他交出囚室鑰匙，說要去救人。夏侯昌太原以為天鷹雙姝還在大聽跟二弟等人一起用膳，自然不知她兩姐妹是答應了清涼先生來救人才會得悉一干人等都來了後山。接過鑰匙，二話不說，二人蹤身踏上索橋，幾個起落，已飛到對面的山崖。幾乎都還未着地，洞內立刻衝出一頭猛獸，向二人撲將過來。猶幸趙清梅二人輕功了得，單足一點，已足夠借力旋身閃開。這時各人才終於看清楚，眼前那頭兇獸原來是一頭白虎。

各人還未鎮定下來，只隱約聽到天鷹雙姝彷彿在跟白虎說話，問牠本來是人嗎，問牠究竟聽不聽到她們說話，問牠認不認識白八松，再聽到趙清梅跟妹妹說：「先救人。」

獸王朱軍等人才猛然回過神來，夏侯昌太立刻挽弓拉弦，向那頭白虎放箭。朱軍跟着抄起長矛奮力投擲過去。朱軍天生神力，長矛後發先至。可白虎彷彿真的懂武功似的，先躲開長矛，再擋下冷箭。乘這一刻，天鷹雙姝已繞到白虎身後，衝入山洞。白虎回身想再追，第二輪的冷箭和長矛又再飛來。

看着白虎連番擋下箭矛的攻勢，三刀門掌門李山君激動不已，扯下臉上的假鬚，大聲喊叫：「李郎，是我，我是鳳凰呀。」接着叫獸王等人住手，再對身邊的杜如風求說：「幫我。」然後即刻往索橋方向走去。

當然其餘各人都大惑不解，都不明白究竟是怎樣的一回事。杜如風連忙解說：「那位是李夫人，李掌門在月前失蹤，李夫人一直在找他。曾聽說李掌門想去百獸谷，但之前我們都找不到入谷之路。難得今次敝府相邀，李夫人就喬裝易容而來，希望找到入谷的秘道。」

李夫人輕功也算了得，幾個起落已去到索橋中央。白虎見狀便走到橋的另一端向正在走過去的李夫人吼叫。都不知是牠真的認得夫人，還是只憑本能向走近的人發出警告。此時群鴉再起，從深淵中彷彿噴出六條黑壓壓由烏鴉組成的飛泉，每邊三道排在索橋兩邊。時值黃昏，風雪又起，數之不盡的烏鴉還不停從黑柱中飛出來。無數的烏鴉夾雜風雪擋在李夫人面前，阻止她繼續前進過橋。白虎見狀立刻瘋了一樣大聲咆吼。

此時天鷹雙姝已把凌雲飛救了出來，小白見到自然歡喜得大叫師哥。白虎本能反應，見身後有人便回頭大聲吼叫，然後立即撲將上去。都是自然反應，見猛獸又再攻擊，夏侯昌太又隨即挽弓再射。杜如風本來想走去相助李夫人，見夏侯昌太又再放箭，便即時喝止。獸王見杜如風要來阻止，又不禁拿起長矛要擋着杜如風去路。

白虎這時已經跟天鷹相姝等人再糾纏起來。凌雲飛過去幾天一直都跟這頭白虎相處，也許知道當中一些秘密原委，他竟然叫天鷹相姝別傷害這頭畜生。但天鷹相姝脾性古怪，從來不喜歡聽人差使。本來都沒想過要傷害這頭白虎，但聽到凌雲飛這樣說，趙清梅竟惡言相向：「老娘的事輪不到你來管。」

凌雲飛出手阻止，趙清梅手上的鐵爪就向對方身上招呼過去。小白一見到師兄，本已想過橋相見。

此刻見師兄跟趙清梅糾纏起來，身邊又有猛虎跟趙清蘭相鬥，就更心急如焚，再顧不了那麼多，直向索橋方向走去。

在場就只有夏侯純一人六神無主，見其餘各人都分身不暇，見小白要過橋，竟然跟着追上去阻攔。她自己也不明白幹嗎就是對這個小白看不過眼。除了之前一開始就已經交過手，還輸過給對方，要杜如風出手相救；還因為剛對那個杜如風萌生好感，但又竟見他沒理會大當家反對而擅自帶小白來到後山，更出手跟兄長相鬥起來，心裏就認定杜如風跟這個小白是一伙。這時就妒火中燒，禁不住要出手教訓她。

夏侯純跟小白打起來，這邊懸崖又見杜如風跟夏侯昌太和朱老大糾纏，那邊懸崖就見趙清梅跟凌雲飛交手，白虎又襲擊趙清蘭。

但其實這一切都只是發生在電光火石之間。杜如風只是跟夏侯昌太和朱老大過了幾招便想撤手，奈何此時牛王正趕到來。牛王見他跟老大相鬥，便二話不說施以偷襲。杜如風本來還不致如此不濟，奈何此刻正想罷鬥，戰心一鬆懈，卻即遇偷襲，冷不防就給牛王一拳轟開。腳步一錯，一踏下已經是萬丈深淵。

在場眾人跟這個杜如風非親非故，根本沒一個會理會他的死活，只有夏侯純和小白二人對他有點不捨，嚇得驚叫起來。而幾乎與此同時，另一邊天鷹相姝所練的全是殺招，如今對着白虎要避重就輕，所以只使出本來實力的三成，對着發狂的巨獸難免左支右絀。一個不小心趙清蘭也被白虎巨爪一揮，整個人也給震出斷崖。姐妹情深，趙清梅見妹妹墮崖便即縱身跟着跳了下去。

此時，索橋兩邊由烏鴉組成的六條黑柱倏地消散，眾人才再次看到橋上原來還站着三人，李夫人站在橋的中心，小白和夏侯純才剛踏上橋不久。不知索橋是否經之前群鴉衝擊，已變得鬆散脆弱。烏鴉一散去，整條橋立時四分五裂，橋上三人也跟着一起墮下。白虎見狀，想去搶救，即時縱身躍下。凌雲飛見師妹掉進深谷，亦想也不想就跟着跳了下去。就這樣一瞬間，幾乎所有人都掉進山谷裏，崖上只餘夏侯昌太、獸王朱老大和牛王吳大春三人。

夏侯昌太到此刻還未意會究竟發生了什麼事，不能相信一瞬間前所發生的一切。妹妹掉下懸崖，害死了清涼先生兩名徒兒，難道越王府今天就要蒙上滅門之禍？接下來要怎麼辦？平息干戈已經沒有可能，難道真的要拼死一鬥？越王府可有勝算？

這時忽然有一個少年現身，青衫一襲，身形略瘦，相貌也算眉清目秀，卻滲着一點深沉冷漠，輪廓明顯有胡人的特徵。驚見這位少年竟然可以神不知鬼不覺間在他們面前出現，夏侯昌太都驚訝得說不出話來。還是朱老大久經風浪，也見慣神出鬼沒的野獸，喝道：「你是誰？」

且聽少年說：「璇飛九宮受人所託，乾字號特來取閣下幾位性命。」

未幾，當猴王來到後山之時，後山斷崖上已經一個人都沒有。只見地上有一塊布碎，上面繡了一個「乾」字。

徬徨了一會，猴王返回大廳。大廳裏又是一個人都沒有，不見清涼先生，不見夏侯昌明，不見茶狀元陳季雨，就是整個越王府上下，竟然一個人都沒有，也沒有血漬，所有人都好像無端消失了一樣。如果飯桌上不是杯盤狼藉，猴王可能會以為根本就從來沒有任何人在這裏出現過也說不定。但地上有一把斷劍，也有摔破了的酒埕，之前牛王跟清涼先生鬥酒的事是真的，他猜想他離開大廳之後一定發生了什麼事。但究竟發生了什麼事呢，就是任他想破腦袋也想不出來。

第三章　流星千羽

【第五回】

在武林這個腥風血雨的世界裏，有真情存在嗎？

親情固然是真。愛情縱有見異思遷寡情薄倖，但都一定有矢志不渝海枯石爛。那麼友情呢？

沒有永遠的敵人，所以也沒有永遠的朋友？

不是文無第一，武無第二嗎？

論英雄爭第一，誰不想天下無敵。無敵，就寂寞。

不過，仗義每多屠狗輩，江湖中人重義氣。赴湯蹈火，出生入死，都是為朋友。可又有人說，朋友都是用來出賣。江湖上朋友決裂，兄弟鬩牆，也不會少。反而，有時對着敵人，才能真誠相對，才能推心置腹。至少你未必會真正了解你的朋友，但就會想認真去了解你的敵人。

假如是命中注定的敵人，彼此對對方的了解就更深。

東羅、西河、南道、北漠、中千羽。西河是一代鑄劍師河源，傳聞就是他在七年前重建青鋒劍廬，但兩年後又突然消聲匿迹，不曾再在江湖露面。南道是清涼先生。北漠是近兩三年才冒出頭來的大漠蒼龍。沒有人知道其來歷和本來姓名，只知道他手執一把青龍劍，是為錢殺人的殺手，消息都是從黑道傳出來。

東羅是端木流星，出身自武林世家，祖傳星羅十八劍，到他手上已經是第七代。而另一位就是中千羽，人稱神劍千羽，後來又名美鶴公，是當朝天子的外甥，貴為南陽侯的宇文旗。

端木流星祖籍山東，算是來自東面。宇文旗出身在大都，亦算中原。清涼先生的師父磐固先生是蘇杭人士，勉強都可以說是來自南方。但那個大漠蒼龍，眾人根本都不知其來歷，其實他就是昔日西天二十八宿其中一位青龍殺手，當年跟白虎組老大爭奪《起世因本經》的就是他。至於西河，就更神秘，傳聞只說河源長於鑄劍，從未聽聞他會使什麼功夫。

不過事情就是這樣，愈神秘愈有叫座力。總而言之大家覺得天下五劍就是動聽過順耳過天下四劍，但端木流星和南陽侯宇文旗是不會承認有這回事的。兩人貨真價實，成名最早，早在十多年前已名滿天下。在今天人材凋零的武林，在少林、華山和崆峒等大門派都青黃不接的這十多二十年間，就數端木和宇文為當世最強的兩大劍客，天下第一根本就只是這兩人之爭。

學武之人，誰不想技勝一籌？不打不比較，又如何得知天外有天？又如何再上層樓？再加上是是非非的壓力，無論如何都總要分過高下吧。東羅端木流星跟中千羽宇文旗本來應該是一對命中注定的敵人，但兩人卻成為了好朋友，當中始末就得從七年前說起。

七年前他們相約在天山南麓輪台縣的梧桐林外比武。端木流星手執一把承影劍，劍長四尺，刃長三尺，重三斤十二両，使的當然是祖傳的星羅十八劍。南陽侯宇文旗握着一把七星劍，劍長三尺，刃長兩尺六寸，重五斤十四両。幼時師承百家，後來自創一套千羽劍法後，未嘗一敗。學武之人，就跟讀書治學一樣，學然後知不足。武功去到一個境界，與其求勝，他們更想一敗。這樣他們才可以開天闢地，才可以再創高峰。但勝負畢竟繫於生死，還關乎一生榮辱。雖然沒說明到時一定得生死相搏，可始終刀劍無情。南陽侯是皇室貴族，享盡榮華富貴，向來都只算是半個江湖人，甚少介入武林糾紛。端木流星也來自武林世家，偏安山東一隅，可算逍遙度日，亦從來不涉入江湖鬥爭。兩人根本都沒興趣要爭什麼天下第一的虛名，純粹只是基於對武學的追求，出於好奇，總想會一會對方。再加上過去總有宇文旗殺不到的奸徒去到山東一帶，卻給端木流星拿了下來；又有僥倖在端木劍下逃過一劫的匪黨，卻栽在宇文旗的手上；兩人就是這樣更想親自領教對方的劍招。於是終於相約在七年前的十一月十五戌時，梧桐林外的湖邊，決一高下。

過幾天就小雪，當晚天氣驟寒，皎月低掛，湖邊三面圍山，梧桐合攏。在湖邊一個細小的淺灘上，率先來到的就是東羅端木流星。

也許真的命中注定瑜亮爭輝，合該如此。宇文旗從小在皇宮長大，錦衣玉食，幸好沒有養成驕縱蠻橫的性格，但也總有點公子氣，吃喝玩樂無所不精，又好交朋結友。學武後眼界大開，更練就廣闊胸懷，樂觀豁達，不拘小節，大情大性，笑看風雲。相反端木流星出身世家，自小被教導要光耀門楣，規行矩步，一開始就被加上了守住家業的重擔，不可以丟了端木家的名聲，不可以失卻星羅十八劍的威風，不可以隨心所欲。還未到弱冠之年，已經一副老成持重的口吻，不苟言笑，終日愁眉不展的樣子。兩人就好像銅板的兩面，不但性格南轅北轍，一個笑口常開，一個苦口苦面；就連劍道也各走極端，一個遠攻，一個近搏。甚至連樣貌也可說大相逕庭，宇文旗給公認為天下的美男子，面如冠玉，舉止優雅；可端木流星卻滿臉麻子，無論如何也不算好看。

當晚端木流星只等了半炷香的時間，宇文旗也到了。縱非望穿秋水，雙方也等這一天等了數載。可是來到此刻，兩人頓感心境平靜，並不急於立分高下，甚至有點空虛寂寞。因為不管此戰結果如何，都彷彿此生已盡，再沒有事情值得他倆希冀追求。兩人都知道彼此昨日無仇今天無怨，但切磋武藝，真的能夠做到點到即止嗎？若彼此功力只在伯仲，那麼就真的可能要決生死，才能分高下。

餘暉晚霞，映得漫山梧桐像着了火似的一片紅一片金。湖面映出天空樹林，就更又藍又紅又黃又綠。兩人都從未見過大自然竟然可以如此五彩繽紛。可常言道夕陽無限好，只是近黃昏。良辰美景稍縱即逝，人生豈非若此？宇文旗拿起隨身帶着的酒壺，遞給端木流星。東羅從不沾酒，宇文旗也沒再多勸，逕自灌了幾口。只感縱然都未開打，面對如此絢麗又如此短暫的美景，身邊是當今另一位大劍客，亦足慰平生矣。端木流星深居簡出，對此其實感受更深。

宇文旗拋下酒壺，緩緩拔出佩劍。端木流星也跟着把佩劍拔出，雙手輕握。一聲不響，宇文旗率先進招。千羽劍法，以拖纏拉絞為樞，以刺剖削挑為機。羽毛雖輕，可千羽也總會有一點份量吧。劍走輕盈，但以重劍使出，則剛柔並濟。並且以進為退，幾乎沒有守招。創招以來，未嘗有人能在他劍下走過十招，之前只有一個名叫拓跋狐的劍客能叫他全力以赴。

星羅十八劍則劍勢大開大合。江湖上大家都以為這套劍法有十八式劍招，其實十八所指是劍氣。臻化境者，劍氣縱橫十八尺。方圓十八尺範圍內為劍氣所罩，日月無光。但自端木家先祖創招以來，已再沒人能有此造詣，所以後人也從沒解釋。雖然沒有如此神技，但東羅運劍成鞭，劍氣於八尺之內，亦足可削玉斷金斬虎屠龍。過去對戰，從未有人能走近他三步之內。

兩人對決，猶似一進一退，一攻一守。南陽侯劍招以攻為守；端木流星則以退為進，企圖盡量拉開彼此的距離。星羅十八劍的劍氣就像旋風，只有核心風眼位置才是最安全的地方。旁人如果看着，就會以為宇文旗佔盡上風，實情是幾經險阻才能擠近東羅身邊。但只要對方迫近，端木流星就即展身躲遠。看似一追一逐，不過被追的反而佔了上風。可運劍如鞭，耗力極鉅。相反千羽劍劍走輕盈，以柔馭剛，輕使重劍，隨便一沉一揚一壓一盪都有千鈞之力。久戰之下，千羽劍漸有反撲之勢。端木流星沒再走遠，就輪到宇文旗步步進逼。近戰讓南陽侯佔優，遠攻就輪到東羅劍氣取勝。由此兩人忽攏忽合，忽聚忽散，真的難言誰勝誰負。

相鬥至此，兩人都已經渾然忘我。誰一鬆懈，難保對方止勢不及殺招即到。慢一分，又或者少一點勁力，隨時送命於對方劍下。此刻，彼此的生死已經不在他倆掌握之內，彷彿兩人都掉進了殺戮的旋渦，再身不由己。大概兩人就算未至於斃於對方劍招之下，最後都會力竭而死。

要知道生死相拼，雙方都出盡全力，只消片刻都已經力竭筋疲。才一炷香的時間，已彷彿晝夜互替。在生死邊緣遊走，一生就更似在眼前掠過。彷彿一瞥間，一天一地，一生一滅，又已換過另一個世界。

就在他倆戰況膠着之際，身後樹林彷彿有巨獸走過。整個山頭的梧桐樹都隨勁風擺動，千株老樹一齊搖晃，沙沙聲響猶如雷鳴。聽到如此巨響，兩人都即時嚇了一跳。因為聲音同時傳進兩人耳裏，不分先後，所以兩人都能同時收招。還來不及收斂心神，看清周圍狀況，電光火石間又看到彷彿有巨龍翻過山頭。但如果是真的話，那條巨龍就要比鯨魚更大，龍身可遮掩半個山峰。如墮夢中，還在迷糊間，復再聽到遠處湖面又傳來霍霍聲響。聲音單調而密集，一瞬間已響過千百下；而且聲音愈來愈大，明顯愈來愈近。轉瞬間，眼前彷彿有一團黑壓壓的烏雲飄至。一開始腦海就自然這樣聯想；但雲根本沒可能如此低飛，顏色亦沒可能如此烏黑，更沒可能飄得這麼迅速。再看一眼，原來有過百頭烏鴉正朝着他倆迎面飛來。更難以置信的是，搶在烏鴉之前，竟然有一個人以更快的速度在水面滑行。任你走遍大江南北，放眼天下，又有誰看過如此荒誕詭異之事。面對環山搖撼，漫天群鴉，水面飛行，南陽侯宇文旗和東羅端木流星都只能瞠目結舌，呆立怔住。

一般人早已嚇得雙腿都發軟，但他倆是當今兩大劍客，藝高自然膽大。奇人和群鴉在身邊飛快似的掠過，兩人不假思索就追上去也。可群鴉好像收到指示般忽然掉頭衝向二人，二人亦本能反應揮劍自保。縱然這些烏鴉比尋常見到的要大一點，可畢竟不是什麼烏鴉天將，遇上淩厲劍招，自然立遭斷翼截啄，死傷大半。已走遠的奇人立時回身吆喝，叫兩人住手，頃刻間更衝到兩人跟前，正欲奪劍。宇文旗和端木流星兩人何曾遇過身法如此快速的高手。語聲甫落，人已來到眼前。總算兩人是當今武林的鳳雛臥龍，未致於讓奇人一出手就奪去手上佩劍。兩人旋即還招，可眼前奇人卻仍能以一敵二。須知宇文旗的千羽劍法擅於近身搏擊，可奇人的鷹爪擒拿更靈活多變，不但能夠躲開劍鋒，更幾次差點就奪過其手中七星。而星羅十八劍長於遠攻，每次端木流星想展身退開拉遠彼此距離，都總給奇人的擒拿絕技拉扯回來。奇人以雙拳牽制兩柄利劍，竟游刃有餘。

糾纏片刻，兩人都驚覺眼前奇人是他倆平生遇過最厲害的高手，意識到眼前戰況比剛才互相對決更兇險百倍。只因剛才是公平對決，可現在兩人夾攻一人，並且仗着兵器之利，竟佔不到半點優勢，而且更發覺奇人根本未盡全力，由此愈鬥愈着急焦慮。就在此時，宇文旗面對奇人進招，彷彿有千百隻手在眼前翻動，然後全部都穿過七星劍所祭起的劍網，彷彿同時間有數十頭雀鳥以嘴啄從無法想像的角度點中南陽侯身前身後多處大穴。與此同時，奇人又以大鵬展翅之勢，掃開端木流星斬來的劍氣；再以樹葉為鏢，只消小小一片樹葉就已經把端木流星撞開數丈。敗陣下來還未算始料不及，兩人幾乎同時中招才教宇文和端木兩人驚駭莫名。成名以來，何曾敗得如此乾脆。更教他們無所適從的是兩人竟一點傷都沒有，這份勁力的拿捏才更教他倆聞所未聞，見所未見。

奇人見他倆中招後都呆若木雞，失神地佇立在原地，動也不動，便再沒理會，轉身離開。方展步，兩人又擬起動，便不得不開口勸說：「你們打不過我的。想再打的話，七年後，到琅琊山找我，看看到時你倆再聯手可以接到我多少招。」

當面被對手奚落，叫你回去再苦練七年，然後再要兩人聯手，都肯定落敗，只是有機會可以多接幾招罷了，他們還可以怎樣？雖然應該是奇恥大辱，從來未受過這般委屈，但事實擺在眼前又真箇技不如人，而且實力竟然還有一段距離，這可是他們兩人從來想都未想過之事，甚至根本想像不到，發生了都仍然叫人難以置信。只好眼白白看着奇人跟着群鴉遠去。焉有勇氣再追上去糾纏？

要知道武功練到一個境界，要再有寸進，比什麼都難。

最初一年，兩人的而且確不斷苦思如何再進一步。事實上經過今次兩人對決，再遭逢奇人異事，兩人都感眼界更闊，武功又再去到更高層次。可即便如此，卻同時又更清楚明白到自己跟那位奇人之間實在還有一大條鴻溝，難以逾越。彼此之間的距離，已不是日夜苦練就能拉近。想通了此點，心情倒變得輕鬆。鬱鬱寡歡了年餘，昔日豪氣干雲縱酒狂歌的南陽侯終於回來了。茅塞頓開，想到自己也糊塗了差不多兩年，料想端木流星也必然如此。假若不然，也好奇他幹嗎可以比自己更早迷途知返。於是兩年來第一次跟東羅通信。其實端木流星跟宇文旗的情況也一樣，苦練不果，難有寸進，亦明白到即使再練十年廿年，亦難望那奇人項背。突收到邀函，也曾懷疑過對方是否已神功大成，正要來向自己耀武揚威一番。不過知己知彼，既不相信宇文旗武功可以再突飛猛進，也相信他為人不會如此小家子氣。若然真有奇遇，縱然不忿，也實在替對方高興。不知究竟用意何在，但也大方赴約。

兩位都肚可載舟，落落大方。甫見面，彼此心領神會，知道對方再沒有驚人突破，倒忽爾放下心頭大石。事而至此，明白再執著要變得更強也只是枉然，心情豁然開朗，兩人竟從此不再談論功夫。宇文旗慣了花天酒地，倒知道端木流星並非放縱耽樂之人，便帶他去尋畫舫，賞丹青，聽妙樂。端木流星沒什麼嗜好，惟對茶道還有一點研究，就帶這個南陽侯訪名川，煮茶賞花。兩人年過三十，可因為過去都醉心武學，尚未娶妻。又都心高氣傲，不屑隨俗，沒做什麼八拜之事。雖然宇文旗比端木流星大一歲，但兩人都不論長幼，仍然互稱對方先生。可自此兩人卻親如摯友，常常結伴遊山玩水吃喝玩樂。雖然都盡量避開人雜的地方，但五年這麼長時間，總會給人遇上。再加上他兩人曾聯手大敗入侵中原的西夏軍，直搗對方軍營，斬下了西夏軍幾名猛將。從此江湖上就流傳一句順口溜，什麼「流星千羽，莫不可禦」。武林跟中原國境亦真的迎來了幾年太平安逸，誰都怕惹怒了這兩位大劍客。跟其中一人作對都已經肯定倒楣；如今得罪一個還可能同時招惹兩人，試問又有誰有這個膽量？

轉眼七年之後的十一月十五就是越王府遽變後的翌日，兩人清晨就開始上山。純粹帶着獵奇探險的心情，滿心期待當年的奇人會否有更厲害的功夫，可教他倆大開眼界。一來不想驚動越王府，那麼就只好由山腹入谷；二來近年流傳那裏有神龍出沒，他們要找當日跟巨龍和群鴉出現的奇人，自然要去百獸谷。

琅琊山是小山脈，環山合抱，百獸谷就蟄伏其中。越王府在主峰上，還有路可循；其他山峰或陡壁或密林，根本無路可走。

雖然沒再為武功費煞思量，但也並非全無準備。為了這七年之約，兩人都各自籌謀，計劃如何入谷。沒有再為武學上競爭，但兩人也想鬥上一鬥，比試的就是入谷的方法。宇文旗愛鶴，府中闢仙鶴院，養了過百頭丹頂鶴。其中兩頭特具靈性，彷彿可懂人語，跟宇文旗異常親近，呼來召去，任隨差遣。身軀碩大，勉強可坐人。宇文旗近年更專心練就輕身功夫，從山腹斷崖躍下，分別在兩頭鶴上站一會。輪流交替，只消一會，就宛如仙人下凡，翩然降下百獸谷內。

端木流星早已想到或許他真的有此一着，所以也不忙趕路，好整以暇騎着也是近年才找到的駿馬白蹄烏徐徐登山。此馬毛黑發亮，四蹄踏雪，亦屬異稟。黑夜能視，嗅覺靈敏，耳聽八方。從密林登山，無路之餘，樹冠閉天，方向難辨，但白蹄烏卻能自行找路。端木流星甚至可以閉目養神，任由袴下神駒帶領。大概一個時辰後，眼前景物豁然開朗，流水淙淙，鳥鳴啾啾。小寒將至，山谷內氣溫更低，一些地方已見積雪。東羅猜想宇文旗必然比他早一步來到，引吭長嘯，迴音響遍整個山谷，宇文旗也呼嘯回應。嘯聲不絕，驚動萬千群鴉。忽然漫天飛鳥，彷佛整個山谷也甦醒過來似的。

氣象萬千，壯麗宏偉。但對某人來說，卻是擾人清夢，被吵醒的就是白八松，就是十二年前隨商旅出發到龜茲的白大夫，也是天鷹雙姝要找的義兄，更是東羅和中千羽七年前在梧桐林外所遇到的奇人。此刻的他，五、六十歲的年紀，樣貌像野人一樣，頭髮鬍鬚都又長又亂，已然斑白。穿着一件到處都破爛磨損的長袍，外面再披上一件獸皮。不過與其說像野人，他更像一個瘋子，目光呆滯，滿臉皺紋，骨瘦如柴，舉止魯魯鈍鈍呆呆笨笨。

不似那些西域神獸，不是瞎子，也並非人妖，更不會像神猿那樣可以變身，不懂得飛天，不會放火，不會神出鬼沒，亦沒有兩對手。但要說怪異，也算怪異，他身邊站着一頭活生生的雄獅。更怪異的是，這頭獅子會說話。

牠說：「哎喲！這麼早就到了。糟糕！怎麼死了？」

在獅子和白八松面前有一堆黑色物體，像一團黑色蟻丘。但當走近，蟻丘竟爆開似的。原來那是一大群烏鴉。當烏鴉飛散後，大家就看到地上竟躺着三人，一個是越王府大當家夏侯昌太，一個是獸王朱軍，最後一個是牛王吳大春。

從後山掉下來的所有人本應沒一個會死，因為都給烏鴉天將護着，不過就個個都昏倒了。白八松就是想叫他們一直睡着，好讓自己安靜下來。只是他也沒想到，夏侯昌太等三人不只是掉了下來，他們早在掉下來之前就給人打傷了。

也許當日璇飛九宮乾字號殺手的目標本來就只有越王府的大當家，也不知是否獸王朱軍皮堅肉厚，竟還未完全死掉，一息尚存。這時獅子就問身邊的白八松，又彷彿自言自語似的說：「怎辦？還是先救人要緊吧？你說該不該這樣？」不過旁邊的白八松還是一副呆頭呆腦的樣子，沒有答腔。獅子就說：「就這樣吧，把他帶回去，先救活他再說。」白八松臉上仍木無表情，只是像木偶一樣，聽着吩咐，便抱起地上的獸王，然後跟在獅子身後離去。

死人就由烏鴉蓋着，活人就由白蝶護着。到白八松和獅子一走，白蝶紛飛，只見旁邊躺着四人，就是清涼先生兩個徒弟凌雲飛和小白，另外還有夏侯純和杜如風。此時他們也相繼醒來。各人險死還生，都好像造了一場噩夢，尚有點迷迷糊糊。回想起之前從千尺墮下，竟然大難不死，之後就想到究竟身在何處呢？環顧四周，白雪滿地，群山圍抱，意識到此處正是山谷之中。再看到正飛到遠處的白蝶，漫山白杉，四周一片白濛濛，彷似人間仙境，心情也頓感放鬆下來。可此時看到不遠處的地上卻躺着兩人，夏侯純率先認出其中一人就是她的大哥，連忙上前察看。見大哥已死，即傷心痛哭，其餘各人都不敢上前安慰。

夏侯純傷心欲絕，無處渲洩。本來已經對那個小白看不順眼，此時就更想到全因為她及其師父來到，才橫生陡變，這一切不就是她幾師徒害的嗎？不找那師兄算賬，自然是向他的師妹動手。

師父清涼先生從不殺人，小白更沒可能想到越工府當家之死跟自己有關，錯愕間見夏侯純挺劍刺來，竟全無反應。幸好師哥凌雲飛江湖閱歷較深，早已提防。而且看顧師妹在過去幾年不但是師父吩咐下來的責任，也是發自內心的真心真意，所以能及時拾起地上師妹的佩劍出手擋格。

夏侯純本來就已經不是小白的對手，對住已修得清涼先生五成火候的凌雲飛就更無法匹敵。再加上此刻歇斯底里的心情，攻勢根本全無章法，幾招下來就已經被凌雲飛迫退。只是她苦纏不休，不是對方讓着，早已受傷。也許本着鋤強扶弱，又或者見這個凌雲飛欺負女流，本來站在一旁的那個杜如風還是忍不住出手。一接過對方的發招，兩人竟愈來愈認真，相鬥得愈來愈激烈。

也許都是雄性動物的本能，兩人都俊朗，面前又有兩個少女，不能失卻威風，而且畢竟年少衝動，竟打得益發起勁落力。

不但兩位少女着緊誰勝誰負，就連在遠處觀看二人相鬥的東羅端木流星和神劍千羽宇文旗竟也好奇起來。

雖然江湖中人都習慣排紛解難，好做架樑，不過這兩大劍客卻有另一番打算。自七年前悟桐林之戰後，兩人已不再存相鬥之念。但畢竟心底裏還是想較技，想勝過對方一招半式，卻又怕傷了難得建立下來的情誼。之前比試入谷之法都總算聊勝於無，現在看着兩個年輕人相鬥，就更激起他倆較量之心。選擇各支持一方之餘，又想到各自都沒有家室後人，又沒有收徒傳授武學。假若今次跟奇人重遇，真的比併起來，萬一死於對方手上，那麼一套自創的千羽劍法和祖先留下來的星羅十八劍都會從此失傳；遂不禁萌起要即席收這兩個年輕人為徒之念。

雖然一看他們相鬥都知道兩人資質不錯，但品性如何卻完全無從得知。假若當面被拒，更不是貽笑天下嗎？難道要脅迫利誘，強人所難？費煞思量之際，還是玩世不恭的南陽侯主意較多，想到與其硬來，不如使軟。端本流星雖仍覺此舉顛三倒四，可畢竟是無辦法之中的辦法。而且過去幾年跟這個南陽侯作伴，也感染了一些他的不正不經。主意既定，兩人即展身躍出。直如飛將軍一樣，一個騎鶴飄至，一個策馬躍下，突然出現於四個年輕人面前。

兩個小子才到弱冠之年，兩個少女就更二八年華。在江湖行走，雖然聽過長輩談論武林軼事，但何曾真正見過當今天下五劍。驟然間見一個騎鶴一個彷彿駕馭飛天神駒從天而降，還真的以為是神仙下凡。

兩位高人問明始末，可始終有理說不清，太多不明就裏，不知道究竟是誰人殺害夏侯昌太。雖然清涼先生嫌疑最大，但始終沒有真憑實證。

南陽侯說：「惟今之計，還是江湖事江湖了，先殺了再算。」他此刻正擋在凌雲飛面前，於是就順理成章站在清涼先生弟子這一邊，跟凌雲飛和小白說：「好，既然如此，我就替你們殺了那個杜如風好了。」

說罷，眾人都萬分錯愕，完全想不到這位前輩竟然會得出如此結論，完全不講道理似的，在場沒有人敢接腔應上一句。宇文旗見端木流星也沒反應，就打眼色叫他開口。一生人做事都光明磊落，有板有眼，何曾如此胡鬧過。端木流星經宇文旗提點才勉強裝模作樣，學着他剛才的口吻說：「這也好，我也幫你殺掉那個凌雲飛吧。」但說時心虛，連望後面的杜如風和夏侯純兩人一眼都沒有。

四個年輕人都完全摸不着頭腦，都不知此刻究竟發生了什麼事。眼前兩位前輩如仙人下凡，武功一定超凡入聖。要打是打不過的了，要走也應該逃不掉，難道真的要拼命，真的要命喪此地。死得如此不明不白，當然不甘心。四人完全不知所措，亦根本不相信事情會發展到這個地步。

宇文旗見四個年輕小伙子都愣住了，沒啥反應，怕他們不相信，惟有將戲再演下去。拔出七星劍，大聲向杜如風叫陣，喝道：「小子，接招吧。」端木流星依樣葫蘆，也同時把承影劍拔出來，同樣向凌雲飛叫喊：「小子，接招吧。」

總算杜如風更深沉練達，跟背着他的端木流星說：「前輩，且慢。事情都還未水落石出，而且這本來就只是越王府跟清涼先生的瓜葛，實在不應該勞煩前輩操心。」

這當然是道理，端木流星怎會不知？只是他跟宇文旗另有意圖，經杜如風一說，也為之語塞，不知如何把這場戲演下去。還是南陽侯心思古怪靈敏，即時對着端木流星說：「你殺不殺是你的事，這個姓杜的小子我就殺定的了。」

此時到凌雲飛不得不開口勸道：「前輩，晚輩認為杜兄的說話也有幾分道理，不如暫且把干戈放下，待查明真相再從長計議？」

宇文旗扮作不耐煩地說：「剛才你不是想把他置諸死地嗎？幹嗎現在又來替他求情？」

凌雲飛解釋：「是剛才晚輩冒失，一時衝動，請前輩恕罪。」

端木流星又有樣學樣，問杜如風：「你剛才不是想把他殺了嗎？現在又不想了？」

杜如風答：「晚輩亦只是一時衝動，一切都可能只是一場誤會。我跟凌兄和小白姑娘無怨無仇，只是夏侯當家慘遭奸人所害，大家一時亂了方寸。此時此刻最重要是將真相查個水落石出，方對得住夏侯先生在天之靈，才不致讓真兇逍遙法外。」

聽罷此番言語，端木流星心想這個姓杜的小子倒算明理而且處變不驚，誠可造之材。卻忽聽宇文旗怒氣沖沖似的說：「不行，還是要殺。」

實在沒有人敢接腔，宇文旗唯有繼續說下去。他先問：「你們知道我是誰嗎？」

陡變橫生，兩位前輩從天而降，一開口就話要殺人，都來不及推敲細想。到此時經宇文旗一問，才仔細思量，眼前這兩位究竟是什麼人，難道真的是仙人下凡。凌雲飛首先開腔：「見前輩乘鶴而來，仿若神仙下凡。若果前輩不是神仙，想來有此神能，又有靈鶴相伴，怕且世間上就只有神劍千羽南陽侯美鶴公一人。」

宇文旗洋洋得意地說：「倒算小子你有點見識。」然後指着端木流星，又問：「你又知道他是誰嗎？」

凌雲飛道：「晚輩見識淺陋，只是當今世上能跟前輩並肩的可兩三人而已。」凌雲飛心想，名為天下五劍，師父固然跟他齊名，其餘西河北漠兩人實力如何就不得而知，人數還是說得愈少愈好。接着對住端木流星恭恭敬敬地說：「近年江湖傳誦，流星千羽，莫不可禦。晚輩大膽猜想，前輩就是名滿天下的端木大俠。」

宇文旗一聽就滿臉不悅，啐道：「誰跟他並肩？誰跟他齊名？我才不跟這種人同流合污。」

在場個個又再一次錯愕萬分。誰不知道過去幾年流星千羽兩人常常結伴同行，一起抵抗西夏軍，一起儆惡懲奸。但宇文旗此刻竟然對着這個知己惡言相向，完全大出他們意料之外。就連端木流星本人也沒想到他會這麼說，心裏又不禁暗暗覺得好笑。

且聽宇文旗續道：「過去幾年我倆無時無刻都在比併，都要分出個高下，偏偏就是打來打去都打不出個結果來。難得今次終於讓我們找到一個機會。剛才見你們二人相鬥，鬥得難分難解，旗鼓相當，這就最好不過。既然我們兩個自己打都分不出勝負，你們兩個又難分高下，這就最公平了。唯有借你倆的人頭一用。誰先殺掉你們其中一人，自然就技勝一籌。」

之前聽他們二人要殺掉自己都已經覺得不可理喻，現在凌雲飛和杜如風再聽到他們要殺自己的理由就更覺匪夷所思，難以置信。又怎會想到這兩位武林名宿行事竟會如此荒誕，實在啞口無言，不知如何是好。

這時小白忍受不了，急嚷：「怎可以如此？你們兩位是人所敬重的大俠前輩，怎可以如此胡來？拿別人的性命來開玩笑。」

宇文旗怒道：「臭丫頭，幾時輪到你來教訓老夫。我們可不是開玩笑。要知道高手較量是何等莊嚴認真之事，可不是小孩子玩泥沙。」然後別過頭，問凌雲飛：「你可願意幫老夫一把？」

凌雲飛只得無奈說：「謹遵前輩吩咐。」

宇文旗道：「你就跟這個端木惡賊打，我就過去殺了那個姓杜的小子。你要盡力招架，別那麼快死啊！」

聽着如此吩咐，也實在不知要生氣還是要發笑。可以幫的忙就是盡量遲死一步。可早死遲死，早晚都是要死，這個忙又叫人如何幫得上？

聽到小白反駁，夏侯純也忍不住插嘴道：「這件事根本完全跟杜兄無關，要殺就殺我吧。」

宇文旗真的有點氣了，罵道：「不知天高地厚，你哪有資格？其實你們兩人可以讓我倆出手都已經三生有幸。別囉嗦，快點動手。」

凌雲飛不得不問：「前輩，可有其他方法？」

宇文旗沒耐性地說：「哪有其他方法？我們相鬥多年，就是想不到其他法子。你有法子嗎？」

這時杜如風終於試着說：「晚輩倒有一個想法，不知道可不可行。」

宇文旗說：「不知道可不可行，即是不可行。兩個小子怎麼如此貪生怕死？真麻煩，你即管說出來聽聽吧。」

不是上陣殺敵，又不是抵抗外侮，只是想避免無謂的爭鬥，又怎算是貪生怕死？不過對着這兩個無理取鬧的前輩，有理都說不清，也無謂多費唇舌辯駁，杜如風說：「既然前輩想借我倆的手分出高下，也許此法可行。勞煩端木前輩指點晚輩如何打敗凌兄，南陽侯大人就指導凌兄打敗晚輩的方法。既不用兩位前輩動手，還可以彰顯前輩的武學心得。常言道知己知彼，除了手底下的功夫，有時候洞察識見更是致勝關鍵。以柔制剛，以弱勝強，以寡敵眾，都是這個道理。不用前輩親自動手，但又可以分出高下，還見證到兩位前輩的武學修為，豈不更兩全其美？」

正中下懷，妙計得逞，兩人都竊竊暗喜。可宇文旗還是覺得要裝作勉為其難，方更真實可信，於是皺眉道：「不敢妄稱天下第一，可對天下武學總算有點認識，亦自有一番見解。不過萬一你倆其中一人蠢鈍如牛，那豈不失卻公平一戰的意義？」

杜如風也沒想到這一點，一時語塞。既不能說自己聰明絕頂，也不便替凌雲飛辯護，正惆悵苦惱之際；倒教端木流星着急了，怕就此功虧一簣，竟衝口而出：「即便蠢鈍如牛，我也準調校得好過你教出來的勞什子。」

其實這本來只是強詞奪理，但正好讓宇文旗接下去：「好，既然你這麼說，就這樣決定。就看一下你有什麼板斧教人脫胎換骨。」說罷，都不等幾個年輕人反應，不讓他們思量，轉身就叫凌雲飛：「跟我走吧。」

這時輪到凌雲飛不知所措。未經師父允許，拜師於別派門下，誠武林大忌。凌雲飛戰戰兢兢說：「難得前輩不吝賜教，晚輩受寵若驚，只是師恩浩蕩，未敢或忘。」

宇文旗二人早已料到他們會有此難處，即罵道：「我不是要收你為徒，只是指點你幾招。清涼先生的絕學，在下也好生敬佩，不敢妄言自己的功夫有猶勝玲瓏劍訣的地方。我只是以前輩的身分，仗着多你幾年閱歷，跟你討論一下一些武學見解而已，怕什麼？別嚕嚕嗦嗦婆婆媽媽。若然不喜歡跟老夫研究，那就用回之前的方法好了。」

跟前輩討教，還是跟前輩拼命，傻瓜都知道應該怎樣選擇。其實這都已經不是選擇，根本就叫兩個年輕人無法推辭。凌雲飛跟杜如風唯有向兩人叩謝。與其改良一招半式，宇文旗覺得這次妙計收徒才是他過去幾年最得意之作。

縱不算荒山野嶺，但也實在寒風凜冽，總不能就這樣在山坡草地上教招授武。宇文旗本想即刻騎鶴而去，但又想自己的鬼主意成功，剛才又好像在主持大局似的，這時還是讓端木流星出一下鋒頭好，就假裝不客氣道：「端木老賊，聽聞你那頭畜生甚具靈性，就叫牠去找個大一點的山洞吧。」

端木流星心裏想笑，知道對方只是為了讓自己顯一顯威風。他已不需要這種虛榮了，也學着宇文旗裝模作樣地回答：「宇文老賊，叫你那兩頭臭鶴飛上天，轉一下就找到，別那麼麻煩。」

於是南陽侯就跟兩頭丹頂鶴吩咐了幾句，牠們就振翅高飛。

趁這個時候，杜如風就拉着夏侯純，先去埋葬了夏侯昌太和吳大春二人。凌雲飛也想過去幫忙，但知道對方一定不依，只好袖手一旁。不消一盞茶的時間，兩頭仙鶴就飛回來，在南陽侯身邊跳了幾下舞步似的，便又再飛走。待埋葬二人後，眾人就跟着仙鶴的方向走去。

兩人過去幾年都慣了吃喝玩樂；但賞花聽樂，又怎及現在臨陣授徒好玩。可兩人都未曾教過弟子，端木流星更古板嚴肅，不懂變通。要他教人，他就學着以前父親所授的那一套，先唸口訣，然後再逐招試演。杜如風留神傾聽，心無旁騖。夏侯純頓覺孤苦伶仃，走到一旁暗自垂淚。端木流星見宇文旗都不拘俗例，同時授招與淩雲飛和小白二人，他也跟着叫夏侯純過來一起坐下，難得一派慈父似的說：「都只是研究武學，不用忌諱。」

此時各人躲入山洞，以避風寒，生火取暖，兩位前輩也分了一些乾糧給幾位年輕人。由此分成兩組，真正各自修行，各師各法。宇文旗五歲學劍，跟過多位名家，閱歷廣，加上性格使然，所以能自創新招，不囿於一格。這刻對着兩個年輕人，竟然真的跟他們分享過去領會得來的武學心得。之前還擔心是否真的要學別派武功，盤算若假裝學習，萬一之後比試，卻完全使不出來，豈不露出馬腳，到時惹怒這兩位前輩，可不知如何收拾。但聽前輩真的跟自己討論武學心得，很多以前不明白的道理也豁然開解，淩雲飛登時精神抖擻，聽得入神。

也許神功神能可返璞歸真，一言以蔽之。然普天下之武學，又怎是三言兩語就能道盡，怎可能朝夕就學會。不經不覺，說了幾個時辰，教的教得起勁，學的聽得入迷，轉眼已夜幕低垂。既因為學武的心思猶勝女孩，而且將來比試都落在這兩位少年身上，宇文旗就差派兩個心在不焉的女孩去找幾頭山雞野兔回來裹腹。一個嬌生慣養，一個一直都有師父和師兄照料；夏侯純幾時聽過別人差遣，小白也從來沒幹過粗活。可被宇文旗叫去做事，再不情不願也得走出洞外。夏侯純一直認定小白師父就是殺人兇手，恨不得立刻就上前對她拳打腳踢。小白雖然有師哥陪伴，但見杜如風袒護這個野蠻少女，心生醋意；而且再想整件事的禍端都是由他們越王府扣留她的師哥而起，不但咎由自取，甚至現在還連累她們二人，也一樣想上前狠狠打她一頓。一出洞就各自分道揚鑣，一個向東一個向西。

剛才在山洞裏眾人齊集，現在自己一個，又想起從此孤苦伶仃，大哥慘遭被殺，二哥也生死未卜，從前萬千寵愛，何曾受過委屈。愈是在象牙塔裏生活，愈是經不起風浪；夏侯純想着想着又不禁傷心流淚，痛苦淒涼，瑟縮在一角不停飲泣。另一邊廂，小白雖然都闖盪江湖了幾年，但真正跟敵人交手的次數寥寥可數，未殺過人，就連雞也未劏過一隻。現在要出來打獵，幾乎跟要她取人性命一樣艱難，都不知從何入手。而且名字雖然叫百獸谷，只見翠鳥烏鴉粉蝶甲蟲，卻是連山雞野兔也沒一隻，都不知要去哪裏找。時值晚照，要在漆黑之中找到獵物就更難上加難。小白瞎忙了一個時辰，還是空手而回。正擔心要給前輩教訓之際，卻見眾人竟在大快朵頤。

之前夏侯純哭了半個時辰就垂頭喪氣回到洞裏，什麼也沒交代一聲就躲到一角蹲下來，沒再理會其他人。宇文旗正想去責罵幾句，卻聽到有人正走近山洞。端木流星也從腳步聲聽出並非小白，兩人即凝神戒備。不過洞外的丹頂鶴和白蹄烏都沒有躁動不安，來人應該沒有惡意。到離洞口不遠，大家終於看到一個跟宇文旗和端木流星差不多年紀的中年男人，可身材更魁悟高大，虎背熊腰。不過此人彷彿看不到洞內有人似的，臉上沒有表情，神情呆滯，只是一直盯着前面看。左手提着一個竹籃，右手捧着幾塊獸皮。來到洞口，就把東西放下，沒說過一句話，沒跟任何人有眼神接觸；然後就逕自轉身離去，活像行屍 走肉，又像中了邪術。

大家從南陽侯口中已知道這裏就是百獸谷，但兩位前輩為何會在此出現自然不敢過問。聽說沒有入谷之法，自然也沒有出谷之路。兩位前輩武功超凡，又有仙鶴又有神駒，自然來去自如。可幾個年輕小輩如何出谷，四人都在心裏想過一遍，仍然茫無頭緒。不過眼前最迫切的難關還是先擺脫兩位前輩，出谷之事容後再想好了。

但見有陌生人出現，所有人都只感奇怪。杜如風更大感意外，好像之前認識此人。夏侯純最是按捺不住，想上前打聽出谷之法，卻給杜如風攔住。按常理，在這渺無人迹之地忽見怪人出現，本應尾隨在後探個究竟。但在兩位大劍客心中，再怪也怪不過七年前遇上的奇人，猜想此怪人一定是當年那位奇人的僕役。反正要跟奇人一雪前恥，早晚總會再遇上，也不急於此刻就要查個水落石出；而且當前還是跟兩位後輩傳授劍法要緊，只盼他們可以領悟多一分就多一分，便叫杜如風幾人別多管閒事。

只見竹籃上有烤魚和烤蕃薯。雖然餓了一整天，可是食物不明來歷，送來之人又陰森古怪。而且意會到此刻彷彿流落荒島，被困在這裏；兩個少女都沒有食慾，提不起勁。還是兩個少年明白到，無論如何都必須要有氣力才可以靜待轉機，見兩位前輩都不怕食物有問題，便分別勸身邊兩個少女多少都吃一點。

從前山珍海錯都嫌乏味，現在卻只能吃烤魚蕃薯，夏侯純又再傷心淌淚，跟杜如風說：「杜大哥，我知道此事連累了你。假如小女子要死在這裏，煩請大哥把所有始末告訴我的二兄。假若二兄也遭遇不測，就……」說到這裏，又已經泣不成聲。

杜如風心想，若果真的難逃此劫；要死，我都可能比你先死吧。不過還是細心安慰她，說夏侯昌明一定吉人天相，他們一定能夠回到山上，並且一定能夠找出真兇，為她的大哥報仇。

兩位前輩功力深厚，再細聲的說話也聽得清清楚楚。之前為難他們只為了要將自己的武學留傳下來。現在兩個少年都已經學過他們的武功，雖然未算盡得真傳，可也掌握了當中的神髓，只消再多兩三天幫他們融會貫通，亦算大功告成。不忍再叫他們憂心掛慮，宇文旗跟端木流星交換了眼色，便朗聲道：「到時兩頭白鶴和端木先生的神駒自會帶你們出谷，怕什麼？吃完，就早點睡，明天再繼續。」

其時四個年輕人都身心俱疲，聽到南陽侯如此承諾，倒放下心中其中一頭大石。小白只擔心，到時師兄要跟那個杜如風交手。當然希望師兄能夠取勝，但心底裏也不想那個杜如風有事。甚至想，看這裏與世隔絕，清幽恬靜，也許在這裏靜度餘生，也並非壞事。凌雲飛當然不知師妹此番心思，以為她只着緊自己，又怕從此被困在這裏，再見不到師父，便安慰她說：「放心，只是切磋武藝，又不是生死相拼。而且我有信心。你放心，先休息一會吧。我們很快就能離開這裏。」

當幾個年輕人都蓋着獸皮，安安靜靜地睡去之後；宇文旗就跟端木流星走出洞外，看着深邃寧靜的山谷，怔怔出神。兩人都心有靈犀似的想到很快就會重遇奇人，至此已經了無牽掛，可以盡情放手一搏，竟有點壯士一去不回的心情，又悲涼又瀟灑。不過論瀟灑，還是宇文旗略勝一籌，嘆道：「雖然這幾年總算四海昇平，邊疆安定；但在宮中又怎會少了勾心鬥角。改朝換代，滄海桑田，一切都是天數，我倒沒有什麼放不下。能夠交上你這個知己良朋，又有機會遇到這等奇人異事，何等風騷？試問世間上有多少人能有這般際遇？」

端木流星聽罷，更感釋懷，道：「除了你，還有我。」

「想不到以前不苟言笑的東羅端木流星，現在也學會開玩笑，這才是我畢生最大的成就。」

「不錯，不要臉的，南陽侯中千羽也算天下第一，小弟甘拜下風。」

「我終於有一件事勝得過你。」

「你本來就百倍勝於我。」

「到跟他交手時，讓我先出手。」

宇文旗忽然問端木流星：「先生可有想過成家立室？」

端木流星只感奇怪，答：「先生幹嗎此時忽然問起這個事情來。」

「別說過去一生都在追求劍道，無暇兼顧什麼兒女私情，成親拜堂可花不了多少時間。」

「真的沒想過。」

「為何？」

「因為一個原因。」

「什麼原因？」

「你不知道嗎？」

「我怎會知道？」

「不知道就算吧。」

「唏！幹嗎忽然婆婆媽媽起來。這樣吧，假如在下有一胞妹，仍待字閨中，你會考慮嗎？」

「你有個妹妹？未曾聽你提起過。」

「唏！宮中之事，我向來都很少跟你提及，你都沒興趣。」

「皇親國戚，不敢高攀。」

「她跟我一樣，沒有那些紈袴子弟的俗氣，別一篙竹打一船人。」

「她跟你像嗎？」

「猶孿生兄妹。」

「多謝先生青睞，心領了。」

「沒興趣？」

「沒興趣。」

「為什麼？」

「我醜。」

「誰說你醜？」

「天下人。」

「好，以後誰敢說你醜，我就挖了他雙眼下來。」

「哈哈！好，若今次我倆能走出這個百獸谷，就去找天下人，碰見誰就問他，我醜不醜。一說醜，你就殺。大快人心唷。唏！那麼先生你幹嗎又尚未娶妻？」

「因為我太英俊了。」

「我料想你一定是如此回答。」

「事實如此。」說罷兩人對望一下，竟一起哄笑起來，簡直就如兩個大頑童一樣。

凌雲飛偷看二人背影，心想：還記得之前宇文旗已改稱對方端木先生，再看他們如今二人，哪裏像冤家仇敵。這時再看到原來杜如風也醒着，兩人一個眼神交往，彷彿有着一點默契，互相點頭示好。兩人都隱約覺得這一切都只是兩位前輩的惡作劇，並非存心要加害自己。想到此刻暫無危險，心情頓時輕鬆了不少，遂相繼沉沉睡去。

【第六回】

一宿無話，到晨曦初現，夏侯純已經醒來，躡手躡腳走出洞外。只聽馬鳴嘶嘶，原來她要去盜馬。

兩大劍客又怎會不知她在打什麼主意，只是量她一個小女孩也幹不出什麼來。端木流星又知道愛駒桀驁不馴，就算是一般高手也難以駕馭，更何況一個乳臭未乾的小娃兒。而且自重身分，不跟小鬼計較。凌雲飛不便出手，就是杜如風也覺為難，還是小白忍不住，要走出去阻止。

夏侯純對着那頭白蹄烏固然不得要領，見小白衝出來，也許急得慌了，就走去想騎在白鶴身上。要騎上神駒都已經不易，要控制仙鶴就更難。白鶴見她走來，就飛遠一點，夏侯純就去追，小白就再追上前阻止。白鶴且飛且走，夏侯純既要捉鶴，又怕小白追來；結果兩頭鶴跟兩個少女就愈走愈走愈遠。宇文旗看着她們走遠也不以為意，相信兩頭靈鶴過會兒又會把她們引導回來。未幾，另一邊又見昨夜那個又盲又聾又啞又像中了邪術的大漢出現，想必今次是給他們帶來早點吧。

昨夜天黑還不敢肯定，如今白晝天亮，杜如風看得清清楚楚，這個虎背熊腰但神情呆滯的男人不就是三刀門門主李山君，亦即是十二年前的白虎組首將嗎？

不但只他，此時他身後還衝出一頭猛虎，虎背上還坐着一位婦人。是之前跟杜如風一起掉進山谷裏的白虎和三刀門的門主夫人。

南陽侯見白虎從後跑來，好像要對那個送飯的人不利，就飛身上前預備相救。可一展身，就給兩頭獵鷹不知從哪裏飛來攔截。後發先至，端木流星就搶去營救送飯的人，這時天鷹雙姝也來到跟宇文旗糾纏。兩個小子也立即奔出洞外一探究竟，見端木流星跟白虎和李夫人相鬥起來，即同聲喝止，大叫：「前輩，且莫動手。」

杜如風自稱是三刀門的人，而且早在十二年前已跟那白虎首將見過面。那個凌雲飛則跟那頭白虎在越王府的山洞內共處了數天。不曉得他倆得悉當中多少秘密玄機，但至少比宇文旗和端木流星兩人清楚一些。兩大劍客以為白虎要傷人，另一邊李夫人就以為宇文旗等人要傷害那位白虎首將。

本來就沒傷人之意，聽兩個小子求情，宇文旗跟端木流星兩人就更退讓三分，都沒拔出佩劍，只以劍指分別應付着天鷹雙姝、白虎及李夫人四人，兩個後輩就只得在旁着急。突聽到一下尖叫的女聲，眾人都被這叫聲嚇了一跳，便即住手罷鬥。杜如風等人聽出是夏侯純的叫聲，知道準是出了事，正要向發聲之處走去；這時又再傳來一聲震耳欲聾的獅吼，頃刻又聽到另一把大叫的女聲，可大家一聽就知道這卻是小白的聲音。這時就連天鷹雙姝和李夫人等也大為緊張，然後所有人都一股腦兒飛身往聲音傳來的方向而去。

眾人穿過一大片森林，只見不時有一大群烏鴉從天空掉了下來，全都死掉。彷彿整個山谷都面臨驚天大變，遇上滅谷災難似的。衝出森林，前面平原上首先映入眼簾的是一大群烏鴉在某人面前吱吱啾啾地報告着什麼似的。眾人出現，群鴉散去，背後之人果然是之前那頭雄獅和旁邊的白八松。白虎一見就仇人見面一樣，即時衝了出去，雄獅也立刻迎上。只消幾下扭打縱撲，雄獅就已經把白虎按在地上。眾人正擬走近，雄獅猛地大吼一聲，猶似天下旱雷，眾人都佇立當場。宇文旗跟端木流星縱未見過這頭雄獅，也認得站在遠處曾輕易打敗兩人聯手的奇人。其餘各人都彷彿知道當中一些端倪，並未顯得十分詫異。真正出乎他們意料之外的是天鷹雙姝竟無懼雄獅的威勢，一起上前抱着該頭獅子。雄獅也立即溫馴下來似的，跟她兩人十分親近。而更叫他們詫異的是，這時開口說話的，不是站在後面的白八松，而是眼前這頭獅子。

只聽獅子說：「先換回李掌門的魂魄再說。」說罷就逕自走回白八松身邊，繞過他身後，再俯伏在他身旁。未幾白八松就如夢初醒一樣，雙眼回復神采，精光乍現。接着他就走到白虎跟前，挺掌在他天靈蓋上虛空一送，原本呆呆站在李夫人身旁的李山君就跌坐在地上，彷彿虛脫乏力，而那頭白虎也即時嚇了一跳似的急忙走遠。

白八松遂解釋道：「人有三魂，胎光、爽靈、幽情。胎光是生之魂，爽靈為覺之魂，幽情為識之魂。生之魂只管生存，覺之魂給我們見聽味嗅寒熱痛苦之感，而識之魂就是生來後所學懂的生離死別善惡美醜。有人沒死得徹底，但沒有知覺沒有言語，就是只餘生魂，覺魂和識魂都沒有了。亦有人生不如死，失去覺魂，雖猶生，仍有七情六慾，卻動彈不得。又有人失去識魂，縱仍生存，仍行動如常，卻如迷失心智，或記不起前塵往事，或瘋瘋癲癲，就好像剛才李掌門一樣。因為白虎只有識魂，而沒有生魂和覺魂，所以不懂言語。而老夫則將覺魂和識魂都移到雄獅身上，所以牠就能開口說話。」

各人聽着都大感嘩然，縱然聽過什麼三魂七魄，但何曾聽過竟然可以這樣將魂魄搬來運去。

白八松續道：「老夫懂勾人三魂，原本學來也只為救人醫病。若身受重傷，或須開膛剖腹，或須接骨續脈；縱使身體能挺得來，精神也挨不住，太辛苦就會痛不欲生。若然把覺魂識魂都暫移別處，寄居在別的動物體內，先讓身體慢慢復元，然後才將二魂歸回，這樣不就可以救回一條性命嗎？但原來三魂分離，自會變得脆弱不安。若分離得太遠太久，更會迷迷糊糊混混沌沌而不懂重聚，十分危險，結果老夫也未曾真箇向病人施行。就是用在自己身上，也不敢跟肉身分離得太遠，我總會一直跟着那頭獅子，形影不離。當日李掌門怒氣沖沖地來找老夫，我一時技癢，把他的識魂打了出來，送到白虎身上。原想只等一會，待他冷靜下來，就去把他的魂魄喚回，怎知那頭白虎愈走愈走愈遠，竟失卻其去向。之後若生出了什麼禍端，實乃老夫之過。在此老夫向大家請罪乞恕。」

在場眾人都聽得心旌搖曳，一時間都說不出話來。於是白八松就說：「先不理老夫這一筆，大家請過來一下。」然後引他們到不遠處。只見地上躺着兩隻白鶴，一頭已然死掉，另一頭也奄奄一息。宇文旗連忙走近察看，輕撫安慰，白鶴張啄哀叫了一聲，就閉眼死去。

旁邊的白八松解釋：「老夫來到時只見一個身披黑色斗篷的大漢先打傷了兩頭白鶴，然後捉住一個小姑娘，這時又有另一個小姑娘想上前相救，見我從後追來先嚇了一跳，旋即也給那個大漢擄去。只因我當時寄魂在雄獅身上，身手不夠靈活，未能將大漢攔下。不過縱使回復真身，也未必勝得過那黑衣人。他只消幾個翻躍，就已經飛進山林裏裏去，看來應該是當今四神之一。」

凌雲飛聽得師妹被擄，自然想即刻趕去營救；但勢孤力弱之餘，連出谷都不得要領。白八松先安撫他說：「此人武功極高，經已走遠。況且要殺要剮，可立斃當場，兩位姑娘暫時應沒有性命之虞。說到其他事情，沒有人會特意走入這個百獸谷內來找姑娘的，這個你亦可放心。至於如何營救，且等大家從長計議。」

眾人先把兩頭仙鶴埋了，然後就跟着白八松去到他居住的茅舍。茅舍旁又有個馬棚，裏面養了幾匹馬。屋內只有一張簡陋的方桌，宇文旗和端木流星坐下，李山君和夫人也坐了下來，其餘各人站着。

白八松沉思了一會，才喟然道：「這一切都得從十多年前說起。那時老夫還是一名在陝西關中的郎中，跟師弟二人一起學醫。可後來我倆二人鬥氣，要比較誰更有本事，我就毅然離開，決心要尋遍天下名醫，學得最精湛的醫術。有天救了兩位無親無故的孿生姑娘，就是現在大家眼前的天鷹雙妹，但她們本來的樣貌不是這樣的。哎！都只怪我不懂分寸，天大的福氣，讓我同時得到一對姊妹的錯愛。可我實在不想她們爭風呷醋，也不想她倆為我傷害姊妹情誼，老夫也實在不知如何從兩人之中取捨抉擇。與其糾纏不清，不如孑然一身好了，便偷偷離去，跟隨商旅遠走塞外。又有誰會想到那次西域之行，竟換來家破人亡妻離子散。在西域遇上西天二十八宿，又遇到四大神獸。」

兩位大劍客雖聽過西天二十八宿的名字，也所知有限，什麼四大神獸更是聞所未聞。凌雲飛年紀尚輕，完全丈八金剛。其餘各人都知道是什麼一回事，沒太驚訝。白八松就粗略說起他們的來龍去脈，續道：「什麼四大神獸，其實本來都是當地的平民百姓。神龍本名姬伯，神蟒叫賴非，神猿叫胡憶，神鳥是扶桑國來的異族人，本名望月五右衛門，後來才改名換姓，叫米可。這些人後來在機緣巧合下學了絕世武功。但也許真的有神明主宰，天道若此。每一輪或兩輪就新舊交替，新一代的四神就會取代舊的四神。而且此消彼長，新的四神功力愈來愈高之際，就是舊人敗亡之時。

「當日隨行的少年和尚了凡率先成為新一代的四神之一，並且更成為龜茲國的國王。我們幾個劫後餘生的，都留在龜茲國內，更因為了凡的關係而當上了這個小國的大臣。做工匠的袁何最有機心。失去女兒，未幾妻子憂傷過度而死，他也跟着性情大變，誓要為自己討回公道，要從此有一番作為，要享富貴榮華，要操生殺大權。我跟本來教書的杜兄都只覺心如止水，但求平安度日，不想跟他爭權奪利。於是他做了太宰，掌管朝政。杜兄就去當太傅，教導那些貴族子弟四書五經。老夫就姑且當個皇宮總管，幫助處理一下宮內雜務。但其實那麼一個小國，人口又少，資源有限，跟本朝大國是雲泥之別。更何況了凡當了國王後，就只管在宮內召眾授徒，弘揚佛法。與其說那是一座皇宮，叫它做佛堂可更貼切。老夫閒來無事，就到宮內的藏經閣讀書。難得如此一個小國，竟然藏書甚豐。老夫在那裏讀了《黃庭經》、《太清丹經》、《九鼎丹經》和《龍門心法》等道教典籍，學到一些五斗米道和奇譎的醫學病理。後來就更發現一本叫《吟留別賦》的奇書。看似只是一本記錄樂府歌賦的詩集，誰不知裏面寫着的都是神功絕技的口訣。而且更神奇的是竟然不用操練試招，只消默誦心記，持之以恆，武功自然就長在體內。

「就在此時，之前一對趙氏姊妹竟然千里迢迢來到龜茲國找我。明白到她倆心意已決，老夫也不再逃避，跟她們留在龜茲國一起生活，閒來無事就跟她倆一起研集書上記載的神功。又過了幾年，此時上代國王神龍姬伯忽然走來找我，要我帶她回來中原。既打算從此在異地跟兩位妻子靜度餘生，心內亦惴惴不安，總覺得這個姬伯心懷不軌，便拒絕了她的要求。雖然明知她神功蓋世，但也不知是不是因為自己身上也有了武功，倒不怎麼怕她了。她見我不依，就偷走了《吟留別賦》，要脅以此交易。我本來就不懂武功，而且當時都已經學到一些，足可傍身，並沒貪戀更強武學，便沒再理會。可此人真箇歹毒，竟然擄走了我兩個妻子。老夫自然出手相救，大戰了幾日幾夜。見仍不能將我壓下，她更心生毒計，不能迫我就範，就不惜殺害我兩位妻子，好等我矢志復仇，自然對她窮追不捨。老夫當時也心神大亂，只好臨時把她兩姊妹的識魂送到剛巧飛過的兩頭獵鷹身上。想來那兩頭獵鷹又不知為何各散東西，後來去到不同地方，兩姊妹的識魂就又輾轉寄居到如今在你們面前看到的這兩位小姐身上，並把原來兩人的覺識封閉起來。她們兩人現在雖然是我兩位妻子的性情為人，可面目已經全非。送走兩人的魂魄後，老夫也迷失理智，只想殺了這個神龍姬伯。當時就想，不光為了復仇，誅殺此獠，亦算是為蒼生除一大害。一路追殺下來，就在那時碰巧遇上兩位俠士。」

他說的就是當時在梧桐林外所遇上的端木流星和宇文旗。

白八松續道：「進入中原國境，神龍姬伯那廝卻愈來愈虛弱似的。給我逮着時，竟然已變成一副老嫗的模樣，老夫又怎忍心再向她下手。而且之後聽她解釋，更明白事關重大。哎！天道淪亡，生靈塗炭，都是天數。」嘆息了幾聲，白八松繼續說下去：「混沌伊始，本無善惡，亦善惡相隨。孟子說性本善。荀子說人之性惡，其善偽也。其實善惡相混，才合天道。四神者，本就善惡不分。到今天，四神熾座智力降世。熾天神主變，座天神主權，智天神主智，力天神主武。老夫竟陰差陽錯成了熾天神，當日的了凡小僧就成了智天神。可其餘兩位，我仍明查暗訪中。有些天機是那位姬伯臨終前告訴老夫的，有些則是這些鴉天將替我收集情報得來。」說時茅舍四周就有不少烏鴉走來走去，或在窗前，或在地上，猶似同時聚精會神地聽着一樣。

「若果老夫跟了凡大師是善的話，另外兩位天神就代表惡。本可善惡相抵，奈何天道將亡，人間勢必迎來一場天大浩劫。姬伯更跟我說，未來這幾年間將神魔逆轉，邪可勝正，魔長道消。子殺父，臣弒君；國殘民，民叛國；人心不古。他又說什麼『金龍劍，青龍潛，神龍附體，飛龍在天』。老夫試推敲，恐怕是指只要集齊這幾樣事物，就能化身飛龍，莫可匹敵，唯我獨尊。從此或窮兵黷武，或誅殺異己，或勞役百姓，民不聊生，眾生皆苦。後來姬伯覺魂滅了，只餘生魂和識魂還在，儼如活死人一般。老夫自覺有責任要阻止這場浩劫發生，就把神龍姬伯的屍首收藏在這百獸谷內。」

白八松從未向任何人透露過這些秘密，但想到既然魔長道消，自己一個也孤掌難鳴，實在需要集合正義之士，共抗邪魔外道。白八松遂說：「之前的種種經過大致就是如此。老夫最初也以為李掌門是覬覦什麼神功而來找神龍的屍首，所以才出手阻撓。但後來想到世人本不知神龍已死，猜到李掌門應為別的原因而來。不過此中關係始末，還是讓李兄親自向大家明言好了。」

在今天四神之一的熾天神面前不敢有所隱瞞，也着實想更清楚交代過去的種種恩怨情仇，李山君道：「在下本是樓蘭古國的遺民，二十多年前還是孩童稚兒時就被姬伯擄去。當時那幾個瘟神每年都會要求當地居民或路經的商旅獻上小孩，以消災解困云云。我們很多弟兄姊妹和一些來自不同地方的小孩就這樣跟四神學功夫，後來更成為了西天二十八宿。既各自為政，又對四神恨之入骨，但又不得不聽命於他們。與其既敬且畏，不如說又恨又怕。到少年和尚登基為王，我們各人以為可以從此不再受這些瘟神操控擺布。事實上之後我們也各自歸隱，總算過了幾年平民百姓的安逸生活。在下跟之前朱雀組的赤鳳凰都無父無母，互生情愫，終結為夫婦。原打算生兒育女，從此跟刀頭舐血的日子做個了斷。怎知有一天姬伯攜著一個小孩出現，要我帶着孩童一同遠走，可走之前要我召集昔日舊部黨眾。不明就裏，實在不願答允。她就恐嚇，說要殺光所有昔日西天二十八宿的餘黨；惟大發慈悲，只留在下跟妻子和小孩的性命。如若不依，就連我們三人也斃了。當時在下委實六神無主，想到既然無一倖免，卻可以帶妻子和小童逃出生天，實在沒有不答允之理。於是臨走之前，就跟鳳凰召集昔日部下，騙他們是久別重聚，但其實就是叫他們來送死。我倆夫妻雖然躲過此劫，逃離到中原來，之後還創辦了這個三刀門。但其實每天都受良心譴責，又想到過去濫殺無辜，害了不知多少條人命。實乃報應不爽，要我無兒無女，要我寢食難安，食不知味。」

說到這裏，李山君執着妻子的手，又愧咎又難過，不禁垂下頭來。半響，才重拾勇氣續說：「幾個月前讓我遇上昔日的青龍殺手，亦即是如今大家所說天下五劍之一的大漠蒼龍，從他口中才知道當日真相。誅殺白虎和朱雀兩組舊眾的原來並非姬伯本人，而是一眾青龍殺手。之前也不明白她為何功力不及從前，聽剛才前輩解釋才得悉原來竟有此消彼長之事。姬伯沒法以一己之力殺敗各人，就先遣走我倆夫婦，再借青龍殺手之力，來個兩敗俱傷，到雙方久戰下力竭筋疲才出來坐收漁人之利。當日青龍組最年輕的七弟因為不算威脅最大反而能得以虎口逃生，避過一劫。是他親耳聽到姬伯要以眾人的精血來為自己增補功力和延長壽命，結果當年所有西天二十八宿的黨眾都死清光，只有那位七弟和我倆夫妻逃出生天。我聽罷委實後悔不已，想到假若當日不是貪生怕死，結合眾人之力，定可把這個姬伯殺了，是我累死了昔日出生入死的兄弟，恨不得可以將此獠碎屍萬段。當近月聽聞神龍在百獸谷出現，苦思良久，不斷掙扎，實在按捺不住，要來為死去的兄弟報仇，便終於在月前來到此地。之後的種種波折，大家也略知一二了。」

白八松接着向眾人解釋道：「姬伯要我帶她來中原，就似要避開什麼，料想自己可能正離死不遠，才要我出手相助。最初也不以為意，後來漸想她始終是禍根，不應留下。可想到要毀其屍首時，屍首卻不見了。唯老夫感覺到其龍魂還在，相信它仍在谷內，只是隱藏起來，可終究遍尋不獲。」

說罷，白八松望向眾人。剛才一番始末，過去十二年的種種經過，實在匪夷所思得教人難以置信，各人都不知如何反應。白八松道：「當務之急，須先尋得兩位小姑娘的下落。可茫茫人海，又苦無頭緒，正要垂詢各人高見。」

如此峰迴路轉曲折離奇，又有誰拿得出什麼主意？凌雲飛就想到，既然如此，還是先跟師父會合，便跟大家說：「家師答應給播威鏢局助拳，跟他們一起押貨送鏢。晚輩想，此刻還是先回越王府，只盼家師還未離去。而且也應跟越王府交代過去幾天發生的種種波折，以免再添嫌隙誤會。」說罷，他第一時間望去的，可不是白八松，而是南陽侯宇文旗，只盼他能明白此刻十萬火急，救人要緊，不會再勉強他跟杜如風較量。

宇文旗當然明白他的意思，道：「在下並非要為難兩位公子，只是見兩位公子身手不凡，根基很好，我跟端木先生才禁不住技癢，想較量一下誰可以助你們二人更上層樓，希望兩位不要介意。」

杜如風忙上前叩謝，道：「晚輩得前輩指點，不敢或忘。」然後跪下叩拜，凌雲飛也跟着跪下來。

宇文旗忙上前扶起二人，道：「在高人面前論武，實班門弄斧而已，兩位請起。救人如救火，刻不容緩。事不宜遲，如兩位公子不介意的話，在下跟端木先生便同去越王府，作個照應，如何？」

兩位後輩都未敢作聲，白八松就插嘴道：「兩位等了七年，原不想兩位俠士空手而回。可兩位天神還未現身，又有神龍再現的迷團尚未解開，此乃更關乎天下蒼生存亡禍福，實在還有諸般重要事情等着去辦，武功一事本應暫且放下。但也明白到兩位必會耿耿於懷，視為憾事。假如老夫手上還有《吟留別賦》這本奇書，當可相贈兩位俠士，可惜奇書已被姬伯所毀。這樣吧，老夫自從得窺書內所載的絕世神功，經過數年，也逕自琢磨出一套功夫來，可依常法掌握修練。何不現下就等老夫施展出來，讓兩位大俠指教斧正。」宇文旗跟端木流星同說愧不敢當，可也實在好奇。明知不是眼前神人對手，但也實在想再領教他的神功神能。聽到此乃並非神功，而是紮紮實實的功夫，就更躍躍欲試。白八松也完全不避俗規，開心見誠，叫眾人都先留步觀看，也許從中得到什麼啟發，亦算聊表對眾人的一番心意。

白八松謂：「老夫名其為飛鳥九擊，招式都是借飛鳥矯健遨翔的姿勢模仿出來。須以深厚內力輔助，可一招多變，環環相扣，生生不息，愈打愈有勁力，愈使愈有精神。甚至打得久了，可像天鳥滑翔，反而不費氣力似的，可勁道速度依然，甚有神效。此九擊分別為天鷹下凡、飛鴻踏雪、精衛填海、勞燕分飛、大鵬展翅、雁渡寒潭、杜鵑啼血、群鶯亂舞，百鳥朝凰和鳳舞九天。」

才說九擊，但卻有十招，眾人心裏都有這個疑問。可瞎想也沒意思，親自去領教一下不就了然。南陽侯在過去七年專心苦練輕身功夫，本為應付星羅十八劍的劍氣。而端木流星也沒疏懶，之前劍氣只遠及身周八尺之內，現在又增了兩尺，可達十尺。兩人一遠攻一近搏，本來不適合聯手。可兩人結為好友後，默契萌生，近搏時就南陽侯主攻，距離扯遠了就輪到端木流星進招。由此教對手應接不暇，完全沒有喘息機會。當今兩大劍客，隨便一人都可問鼎天下第一，此時更兩人聯手，又異常合拍，兩位後輩何曾見過如此驚天動地的攻勢。不過對手卻是世外高人，天神降世。只消白八松把飛鳥九擊使將出來，勁道排山倒海，兩人都只有防守招架的份兒。

使一招天鷹下凡，就似有巨鷹壓將下來。宇文旗重劍激盪，才僅僅擋開勁招。到了飛鴻踏雪，飛腿真的快若驚鴻。扯動的氣流，跟端木流星的劍氣相碰，竟旗鼓相當。接着的精衛填海，就像有無數細小的蜂鳥飛來銜着劍尖，準能後發先至，在宇文旗和端木流星發招前就將其截下。然後一式勞燕分飛，竟能同時牽引着兩人的劍勢。再來一招大鵬展翅，兩道勁力左右排山倒海似的送出去，就把兩人推出幾尺之外。勁力剛中帶柔，猶自消弭，沒傷到二人分毫，這份拿捏才更驚世駭俗。

到此二人明白若不拼盡全力根本難以招架，白八松也怕再下去就會誤傷二人。但之前答允過要盡展所有招式，於是逕自向着旁邊的瀑布發招。使出雁渡寒潭時，寒勁竟把水流即時凝結成冰。但始終水流湍急，旋即冰塊破開。再使杜鵑啼血，柔勁捲起一片冰塊，發勁射出，猶似急箭勁鏢，穿透合抱的樹幹。當祭起群鶯亂舞時，雙手頓化百千飛鳥，又如千手觀音，掌影紛飛，教人目眩神迷。再使百鳥朝凰，就更一人化作百鳥，人影幢幢，難辨真身。最後把之前九式合而為一，人如百鳥衝天，又如火鳥升空。人在半空，徐徐飄下，直如天降神將；教在場眾人瞧得瞠目結舌，嘆為觀止。

趙氏姊妹本應殞命，現在只是暫借別人身軀，白八松始終覺得此舉不當，於心難安。況且已過耳順之年，再無情慾紛擾，只盼餘生，兩位紅顏知己識魂猶在，常伴左右，於願足矣。經白八松開解，一對姊妹縱有不捨，最終仍覺夫君所言甚是，遂遵從吩咐。白八松就把兩位妻子寄居在這兩位異族女子身上的識魂移送到兩頭跟來的獵鷹身上。因為本來的覺識給封閉得太久，回復原來神智的兩位異國女子仍昏迷不醒。未等白八松開口叫兩位劍俠相助，宇文旗和端木流星已自告奮勇，擔起護送兩女子回鄉的責任。而李山君本來只為殺神龍報仇而來，如今神龍生魂還未找到，他就決定跟夫人留在谷內幫白八松繼續追尋。此時李山君就叫杜如風過去，給白八松引見，道：「此子就是當年姬伯送來叫我一併帶走的小孩，亦是那次商旅其中一個被擄去的孩兒，前輩可認得他嗎？」

杜如風向白八松抱拳行禮，說：「白叔叔，孩兒是如風。」晃眼十二年，竟能在此地重遇故人，見杜如風也長得瀟灑俊朗，白八松也深感安慰。杜如風問起父親境況，白八松就說雖闊別多年，想來杜劍南兄在異國當太傅，生活也算安逸穩定，叫杜如風放心，並囑他早日去迎爹娘回來，共敘天倫。忽爾想起杜如風本來是由神蟒賴非帶走，好奇他怎麼又會輾轉由姬伯送來，然後又再問起路菲和袁天衣之後的遭遇如何。李山君說他也不知道。

凌雲飛要去找師父清涼先生，而清涼先生之前答應給播威鏢局助拳，今次押貨的路線就正好是往龜茲國的方向，杜如風就想或可順道重會爹娘。而且雖然並非真正繫於自己身上，但夏侯純曾托自己給夏侯昌明傳話。今夏侯純被人擄去，下落不明，總覺自己有責任要去救她回來，於是就跟凌雲飛一起先去找清涼先生。眾人之中只有端木流星帶了白蹄烏跟來，宇文旗的兩頭白鶴都死了，白八松就借出幾匹馬給各人出谷之用。兩大劍客也說待護送兩位異國女子回家後，定當再來百獸谷向白八松和李山君請教武學心得。臨別時，雖沒有師徒名份，端木流星和宇文旗都分別把隨身的承影和七星寶劍贈於兩位後輩，叮囑他倆要勤加練習，思考揣摩如何把新學的招式跟自己的武功融匯貫通，方可更上層樓，甚至青出於藍。兩位後輩再次叩謝過後，就急忙出谷，登山往越土府去。

第四章 璇飛九宮

【第七回】

杜如風和凌雲飛回到越王府，可人去樓空，人影都不見一個。而且府內窗明几淨，不似沒有人居住，但就像所有人都在一夜間搬離此地似的。四周愈寧靜平常就愈透着詭異的氣氛，杜如風二人完全摸不着頭腦，只益覺憂心如焚。六神無主，猜想清涼先生定是去了跟播威鏢局會合，杜如風二人也只好趕緊追上去。

半個月後，二人來到往龜茲國必經之路的青海湖邊。時近冬至，大雪紛飛，他倆就在湖邊一間小屋裏暫避。小屋裏已有不少人同樣來到這裏躲避風雪，不計他們兩位，共有十二人，但就是沒有清涼先生的蹤影。不認識屋內任何一人，杜如風二人心內忐忑，寒冬季節，苦寒之地，怎會剛巧有這麼多人急着趕路？

石屋不算大，大約兩畝的面積，凌雲飛背後是大門，中央地上開了一個地炕，上有柴火。他倆就坐在炕邊。對面還有兩人。雖然包着頭巾，但看得出對面那二人，一個五十多歲，一個三十出頭。

雖然杜如風二人都是江湖中人，可三刀門只是一個小幫派，杜如風更甚少在江湖上行走。凌雲飛比他閱歷深，可清涼先生是今天的泰山北斗，又是正派人士，甚少跟黑道來往，六大門派等同道還算見過幾個，其他三山五嶽的就沒多少個認識了。只覺周遭氣氛古怪，各人都摒息靜氣，一臉凝神戒備似的。杜如風完全毫無頭緒。惟凌雲飛還聽過師父述及播威鏢局之事，猜想如果郭山林和郭海澧真的就在此間，最有可能就是眼前坐在對面這二人。因為除了年紀樣貌符合師父的描述，兩人面前的枱上還擺着兩對判官筆，這是他們擅長的兵器。但百思不得其解的是，他們不是要押鏢嗎？怎麼不見其他鏢師，也不見要護送的貨物。

他們右邊不遠處也坐着二人，身上裝束跟郭山林二人差不多，兩人都三、四十歲年紀，膚色黝黑光亮，看來不似中土人士。兩人身上都帶着劍，制式古怪，不像中原的劍。右上方的矮桌上坐着兩人，都一樣包着頭巾，穿着蒙古人似的裝束。雖然席地而坐，但也能瞧出二人不高，其中一人就更是十歲小孩的身材似的。但兩人臉上都有顯眼的刀疤。裝模作樣，完全瞧不出本來的面目，應該經過易容。右下方角落還獨坐着一人，完全看不清楚長相，卻見他旁邊的地上擱着一把用布包着長長的東西，應該是劍。

然後左方是炕床和炊爐，有一男一女在打點，兩人都是二十出頭，猜想應該是這裏的主人。最後就是左下方的三人，容貌都沒啥特別，年紀都在五十歲左右。惟只匆匆一瞥，杜如風就心頭一震。他好像認識其中一人，但一時間又說不出在哪兒和什麼時候見過。

坐在杜如風對面兩人的而且確就是播威鏢局今天的當家郭山林和兒子郭海灃。本來以為自十二年前的慘役之後，終於時來運轉守得雲開等到朝廷委派下來的差事，可以藉此重振聲威。誰不知原來今次不是押貨，而是保人。只知要護其萬全的是當今二皇子身邊的大紅人、應奉局的大總管董帥。而同行的除了副總管何園之外，還有昔日凌霄十三將之一而如今已貴為工部尚書的殷天鵬。

一盞燈劉成和再世關羽秦天豹於十二年前在那次西域之行客死異鄉。其餘的，在過去十二年，有的告老歸田，有的染病歸天，有的戰死沙場，有的在爭權逐利下被降罪入獄，有的被暗殺，當年威名顯赫的凌霄十三將如今就只剩下這個殷天鵬。

這三人微服出宮，郭山林給告知他們是去替皇上尋花，名鬼蘭，總之就是一種十分稀有的蘭花品種，郭山林既不懂附庸風雅，也不敢多問。心忖，當今皇上就是喜歡奇花異草珍木怪石，自然有人投其所好，討好奉承。得皇上歡心，所以這個應奉局總管才可以親近二皇子，才可以近年幾乎在宮內隻手遮天，呼風喚雨，影響朝局。但兒子郭海灃不明白，問父親：「那麼為何要鬼鬼祟祟偷偷摸摸似的？」

郭山林細聲罵道：「不可胡說，以後記住要謹言慎行。皇上的事，豈容你月旦？賞花畢竟不是什麼正經事，玩物喪志，所以只能低調行事，不能大費周章，以免予人口實。而且亦為了安全着想，勞師動眾反而容易成為攻擊目標。董大人貴為當今朝中紅人，樹大自然招風，總有人恨不得除之而後快。亦可能有人覺得這個公公比任何一位貴公子更身驕肉貴，供擄人勒索，供籠絡要脅，皆屬奇貨可居。於是為了掩人耳目，便只帶了副總管和尚書大人同行，所以我倆二人責任重大，務必打醒十二分精神。這裏的人，只怕全都不懷好意，個個都神神秘秘，彷彿正等待我們自投羅網似的。」

郭海澧問：「怎麼清涼先生未到？」

郭山林說：「為父也不知道。只盼他能及時趕到吧。」

兒子又問：「阿爹，你瞧剛來的那兩個小子，他倆會是清涼先生的徒弟嗎？」

郭山林低聲罵道：「我不是跟你說過清涼先生只有兩個徒弟，是一男一女嗎？」

「可是個個不是喬裝易容就蒙頭遮面，刻意隱藏本來身分，但他兩人卻大剌剌的走進來，毫無掩飾。」

「也許欲蓋彌彰。你看一下他們手上的劍。」

「孩兒看不出有什麼特別。」

「如果為父沒看錯的話，一把是東羅端木流星的承影劍，另一把則是美鶴公南陽侯的七星劍。你當然未見過兩位高人，但為父不是讓你看過那些名劍的圖像嗎？沒出息，都沒記住。」

「他們兩人沒可能是當今天下五劍之一吧？」

「當然不是。」

「是他們二人的徒弟？」

「未聞他們兩人曾經收徒。雖然江湖上不少招搖撞騙之流，手上的所謂名劍也只是仿製；但膽敢拿當今兩大高手的名聲來欺神騙鬼，而且偏偏在這個時候出現，只怕亦非一般泛泛之輩。還是小心一點，盯緊一些吧。」

那兩個膚色黝黑的，的而且確是外族，西夏人。一對兄弟，長兄野利求榮，胞弟野利求義，是當今西夏國大將軍膝下的一雙兒子。當時民間已流傳「契丹鞍、西夏劍」。西夏軍的佩劍為何如此鋒利？因為都是由青鋒劍廬的匠師傳授鑄劍之術。得利劍之助，軍力日盛，國勢日隆。這時劍廬又派人來傳話，說朝廷有人願意作內應，可共謀推翻當今中土朝廷，擁新帝立國，到時封地賠償，必可助西夏雄霸大漠，教遼國和蒙古莫可匹敵。

當今太子趙弘殷與二皇子恭王趙弘毅爭位，宮內分成兩派鬥爭。應奉局總管董帥是恭王身邊的紅人，也深得當今皇上寵信。今次微服出宮，美其名是替皇上訪尋傳說中的鬼蘭，但其實是來到跟西夏使者商討結盟之事。

野利求義問兄長：「我看過那個董帥的畫像，坐在二人中間那個肥頭耷耳的就是吧。」

野利求榮再偷偷瞟了那邊一眼，點頭道：「應該是。」

「真的一副閹人的嘴臉。那麼他身邊兩人應是隨身侍衛。但屋內其餘各人會否也是他們的護衛保鑣？」

「如此倒好，就只怕走漏風聲，來了太子的人？」

另外那兩個經過易容的小子都甚少溝通交談，個子更小的那個簡直就好像睡着着了一樣。與其說兩人提防着其他人，倒不如說兩人刻意不理會其他人，亦想其他人別理會他們似的。自十二年前西域一戰後，西天二十八宿幾乎給連根拔起，從此大漠周邊小國迎來了幾年的太平盛世。惟近年又再出現另一股勢力，寒雲、殘月、橫行、出林、斬樓蘭，名為隴西五鬼。雖沒殺人如麻，但一樣攔途截劫。不過有傳他們都是劫富濟貧，而且從不草菅人命，濫殺無辜。又有傳他們都擅長易容喬裝，所以沒多少人知道他們的廬山真面目。今天在此屋內，就來了兩鬼。高大一點的是老大，外號寒雲；身材矮細的是老三，卻叫橫行。

在此出現，當然並非為了越貨劫財。他們都是收到匿名委託，只要殺掉此間兩名西夏人，既可救國，免卻外敵入侵神州之患，還可領黃金千両。不義之財還須三思；如此義舉，還有報酬，哪有理由拒絕？另外那個獨坐一隅的也是這副模樣，根本沒把屋內各人放在心裏，一心只等着某人出現。

有人說世上最古老的職業是妓女和殺手。但不是很多職業都由來已久嗎？例如廚子，例如乞丐，又或者醫師，這些職業不是都很古老嗎？當部落或城邦出現，因為分工，才會假手於人。更原始的時候，什麼也得一手一腳親力親為。要吃就自己打獵耕種，要煮飯就自己伐木燒柴。在最初的世界，用身體去換取報酬就是最自然最原始的做法。女人用自己的身體，男人一樣用自己的身體；只是一個不動，一個要出力地動。這就是最原始的職業。屋內沒有妓女，但就有殺手。是太子派來的殺手。

要成為最好的殺手？功夫好是必須的。但空有一身功夫，若無勇無謀，沒有周詳的計劃，沒有最可靠的線報，不知道目標何時出現，不知道目標有什麼壓箱伎倆，功夫再好都於事無補，再有十條命也不夠死。要成就一個出色殺手，背後其實有很多人做支援的工作。而一個一流的殺手組織，其實就是一個一流的情報組織。

璇飛九宮既是一個殺手組織，也是一個情報組織。先有準確可靠的情報，才會有一擊必殺的殺着。情報上說有夫妻二人在此間結廬，以捕魚為生。此地偏遠荒蕪，本人迹罕至。惟青海湖中的裸鯉，魚身沒有鱗片，肥美甘飴，為青海湖獨有，常有老饕慕名而至。夫妻二人便以此款客，每年三月至八月，生意還算做得不錯。只是一踏入秋冬季節，寒風刺骨，就再沒有人來。

原來那對夫婦已經死了，今天這一男一女並非夫婦，而是兄妹。長兄柳翼是璇飛九宮震字號殺手，幼妹柳燕是坤字號。

此刻柳燕一路唱着歌，唱着「蒹葭蒼蒼，白露為霜。所謂伊人，在水一方。溯洄從之，道阻且長。溯游從之，宛在水在央。」就一路端着稀粥出來，跟眾人說：「苦寒之地，沒什麼上品招呼各位。惟此地盛產裸鯉，青海湖獨有，尚算美味。可惜時值寒冬，未能嘗鮮。我倆夫婦弄了幾條煙燻的，伴粥來吃，亦具風味。」

雖然如此禮貌周周，但在場無一人有興趣一試，就好像沒有人聽到她說話似的。杜如風只感奇怪，正欲拿來一試，即給凌雲飛止住。接過枱上兩碗稀粥，冒着風雪拿出門外，隨便就往地上倒了，然後抵着風雪愈走愈走愈遠。至幾十步外，用地上積雪洗刷過木碗，再用碗盛了一些乾淨的雪，然後才回到屋內。把碗放在炕上烘一會，冰雪溶掉，才拿回給杜如風。跟他說江湖險地，還是謹慎一些好。此時只見其他人也一樣，拿出隨身帶着的水囊，喝自己帶來的水，吃自己帶來的乾糧。

如此提防戒備，令屋內氣氛更凝重。大家此刻如箭在弦，只消有誰打個噴嚏，亦會觸動大家的神經，就這樣打起上來也說不定。

此時，本來一直裝睡的橫行，細聲跟老大問：「姐姐，我又有點不明白了。既然朝中兩位皇子正為皇位之爭勢成水火，那個董帥怎會在這個時候輕率出宮，讓敵人有機可乘，難道他就不怕途中給人行刺暗殺？」

雖然樣子打扮成男人，但寒雲跟橫行其實都是女兒身，寒雲答道：「姐姐也不知道，可能是迫不得已吧。」

橫行又問：「既然太子那邊的人叫我們出手對付那兩個西夏人，那麼誰去刺殺那個董帥？會是那一男一女的店主嗎？還是剛來的那兩個小子？還是一直坐在角落裏那個男人？應該不會是那兩個老頭兒吧？」

「妹妹如此聰明都猜不到，姐姐又怎會知道呢？可能全部都是。」

「都費時失事，那個太子也實在太笨了。派支軍隊來圍剿，不就一了百了？」

寒雲想了一會，道：「也許之前無憑無據，所以怕打草驚蛇。又或者根本無法短時間內調動大批兵馬。總之，三妹，你要認住那邊坐在那個叫董帥旁邊的長輩，不能讓他有事啃。」

「放心，大姐，我曉得了。」

在場各人都暗懷鬼胎，就只有那對郭山林父子，仍然糊裏糊塗。太子那邊廂計劃周詳，成竹在胸，守株待兔，既安排了璇飛九宮的殺手，又找來隴西五鬼。但難道能夠助二皇子謀反的董帥就是一個莽撞輕率沒頭沒腦的蠢蛋？謀反可是誅九族的大罪，由一開始生出這個念頭，就已知這是一條有去無回的不歸路。每一步都必須算無遺策，每一次行動都必須計劃周詳步步為營。也許董帥未必聰明絕頂，更不是膽大包天；可副總管何園卻真的狼子野心，而且思慮縝密。更何況他根本才是整件事的主腦。

東羅、西河、南道、北漠、中千羽，西河姓河名源，而這個副總管又叫何園。

河源被譽為天下五劍之一，是因為他重建青鋒劍廬，鑄劍技術天下無雙，後消失於江湖。如今西夏鑄劍技術之高，亦多虧青鋒劍廬之助。此何園，即是彼河源。

不過，不管是河源，還是入宮之後改名換姓，都不是真名。他的真名叫袁何。

他就是當日隨商旅到龜茲國的工匠。

當日幼女袁天衣被浴火神鳥擄去，妻子憶女成疾，不久就病死了。白八松說他之後性情大變，變得貪權戀位，當了龜茲國的太宰。後來更不屑龜茲國小，要有更大的一番作為。回到中原，重建青鋒劍廬，之後更攀上權貴，巴結到這位應奉局總管，當了個副總管。今天的他更儼然是發號施令的那一位，董帥對他也得唯命是從。今次安排出宮，也全是他的主意。

首先皇上根本不會知道什麼稀世鬼蘭，都是他拋磚引玉，引起皇上的興趣，製造出宮的機會。然後利用青鋒劍廬跟西夏人打好關係，部署對付太子或將來謀朝簒位一事。甚至之前的越王府也是由他一手扶植，製造跟青鋒劍廬競爭的假象，其實全都是由他一人在背後隻手遮天。

而千里迢迢來到這裏，也只為因利乘便。一來走得遠，方似千辛萬苦為皇上尋花。二來，更可以避人耳目。第三，他早已計算過，即便有埋伏，也不會千軍萬馬。因為這裏是青海湖邊，現在是蠟月時節，寒風勝雪，湖面結冰，四野根本無處藏身，無法預先埋伏大批人馬。所以即便來的，也只會是幾個高手。既有播威鑣局總鑣頭郭山林父子坐鎮，又請來清涼先生助拳，而且他根本就從沒擔心過。

太子不知他才是幕後主腦，故此目標只會針對那個董帥。殺了，還平白給他晉升為總管的機會。借刀殺人，正求之不得。捉了去，也不怕。沒其他人證物證，料皇上也不會盡信太子的片面之詞，二皇子也會力斥抗辯這純粹是含血噴人插贓嫁禍。雖然兩國使者會面密謀，定下什麼盟約，都會有蓋上官印的書信作憑證；但密函此刻在自己身上，袁何有信心世上沒有人可以從他身上拿走任何東西，連一顆鈕扣一條頭髮也休想。如目標是那兩個西夏人，那就更不用擔心。因為隴西五鬼其實是他的人，而且還是他最信賴的人。

再加上，就算所有人都死掉都沒關係，他此行的主要目的根本就並非來跟西夏使者見面。

表面上是來尋找傳說中的鬼蘭，其實是暗中來跟西夏使者會面；但原來這些都並非此行最主要的目的。多重煙幕，多番計謀，卻原來另有所圖。

爭權逐利，爾虞我詐，從來都不單單鬥力，還得鬥智。

他此行的真正目的，其中之一其實是找死。

他是要引蛇出洞。

昔日的凌霄十三將，當中不少都是二皇子的親信黨羽。沒歸順的便受到打壓，被勸退被排擠，最後唯有藉詞年老請求退役回鄉。不過那些已投誠的，在過去幾年不是在軍營中被親信所殺，就是無故病歿，又或者以前的貪贓枉法被人揭發後鋃鐺入獄，又一些在府中被人行刺。總之就是傷的傷，死的死，幾乎死乾死淨，如今就只剩下這個殷天鵬。親信被人逐個翦除，二皇子在宮中和軍中的影響力從此大打折扣。他們相信是太子借助江湖力量來瓦解其勢力。他們在明，敵人在暗，處於被動，縛手縛腳，受制於人，就連根本敵人是誰都糊裏糊塗。袁何把心一橫，兵行險着，乾脆以董帥為餌，引敵人上釣，到時他就可以反客為主。

袁何就是有恃無恐。既有清涼先生壓陣，又有隴西五鬼倒戈，最重要是他相信自己的實力。就是任殺手再厲害，最怕他們不來，只消現身，他都有信心可以一一手到拿來。

因為他不但懂武功，而且可能是當今天下第一。

因為他跟白八松一樣，都曾經在龜茲國當官，都曾經入過皇宮內的藏書閣，都讀過那本《吟留別賦》。

不同人讀會有不同的領悟，會悟出不同的武功。未學武之前，袁何已經是一位十分出色的巧匠。論聰明悟性，不會比白八松遜色。只不過他貪心，同時間修習了三種神功，分別是火影掌、魔光劍，還有青龍潛。

早前神龍姬伯留下一句謎語，什麼「金龍劍、青龍潛、龍神附體、飛龍在天」。青龍潛原來是一種武功，而袁何身上就有這種武功。相信世上懂得這套武功之人應該沒多少個，甚至可能只得袁何一人。那麼最有可能破解這個如何飛龍在天的秘密之人，就是他。這樣的話，他還需要一樣東西。龍魂此刻應該還在百獸谷內。那麼在這裏可以找到的，不是金龍劍，還會是什麼？

所以引蛇出洞都只是其中一個主要目的，袁何不惜千里迢迢來到這裏，就是為了那把金龍劍。當年飛天神龍在龜茲國市集出現，身後站着七個青龍殺手，手執七把龍劍，分金、銀、黑、白、赤、黃、青。金龍劍由黃金鑄造，銀龍劍由白銀打造，黑龍劍是玄鐵，白龍劍劍鞘由白玉製成，赤龍劍劍鞘是珊瑚，黃龍劍用琥珀，青龍劍用翡翠。而他需要的就是七把龍劍之中歸首位的金龍劍。

又尋花又見西夏使者又引蛇出洞，但最終目的其實是來尋劍。不過也不用尋，劍已經找到了，只等人送來。

正當大家緊張兮兮，劍拔弩張之際，大門推開。走進來的是一個年若三十歲的僧侶與及一個二十多歲的年輕人。

在場只有幾個人一眼便認出此兩人是誰。不過，雖然認出，但始終叫人意外。郭山林父子固然丈八金剛，一頭霧水，只感又多加一人就多加一些變數，危險又再多添一分。野利求榮兄弟也覺事情愈來愈複雜，本來以為密謀之事無人知曉，但見這刻愈來愈多人出現，而且隱約覺得他們不是衝着自己而來，反而覺得好像有什麼比他們密謀造反更重要更驚人之事將要發生。感覺不是味兒之餘，又束手無策。柳氏兄妹也如鍋上螞蟻，殺人時最怕就是有意料之外的事情發生。杜如風和凌雲飛的出現已經打亂他們的陣腳，現在竟然再多添兩人。之前收到的線報當然也沒有這二人的資料。最不為所動應該就是獨坐一隅的那個男人，好像下一刻這裏的人互相廝殺然後全部死掉對他來說都不算意外，亦沒有所謂。

杜如風首先認出那個和尚，雖然事隔十二年，但因為裝扮造型跟十二年前都沒有太大分別，只是留了短髮，可身上仍穿着僧服，所以雖然容貌變了一點，但仍然十分眼熟。可隴西五鬼的老大寒雲卻完全沒理會那個和尚，只一直注視着那個二十多歲的男子。此人一派文弱書生的打扮，一張敦厚老實的臉，表情還有點靦腆害怕。手上握着一把用布包着的長物。

兩人入內，環伺一周，當男子見到袁何，就恭恭敬敬地上前，喊了一聲：「爹。」

當日工匠之女袁天衣被浴火神鳥擄去，後來杜如風就給閉目神蟒帶走，最後那個栗特人的兒子路菲也落在飛天神龍手上；但由始至終袁何的長子袁天經還是一直留在龜茲國內，平平安安。這個男子就是袁天經，跟他一起來的和尚就是當日的了凡，亦即是今天的龜茲國王。

當日七個青龍殺手聯手殺敗一眾白虎和朱雀兩組舊部後已筋竭力疲，之後再戰飛天神龍姬伯。黃台之瓜，何堪再摘？垂死一搏，最後幾乎全軍盡墨，只餘手握青龍劍的七弟僥倖生還。這個七弟虎口逃生，醒來後猶有餘悸，慌不擇路，趕忙離去。其餘六把龍劍根本就沒人理會，留在原地。龜茲國本來就民風淳樸，由了凡繼位後就更積極弘揚佛法。國民個個從此早晚誦經唸佛，人人都本着慈悲為懷之心守望相助。之後來調查處理命案的官兵都不敢造次，把寶劍呈上去交到了朝中大臣手上。而袁何之所以深諳鑄劍之道，後來重建青鋒劍廬，其中原因亦因為研究了這六把寶劍，有了心得。後來更習得絕世武功，寶劍對他再無裨益，所以離開時並沒有把這些劍隨身帶走。而當時長子袁天經已跟他在朝中辦事，自然也知道這批劍的下落，知道它們給收藏在宮中何處。

到近年江湖流傳那句「飛龍在天」的謎語，袁何才想到也許這句謎語暗藏了如何成為神人的玄機，所以便派人叫兒子從宮中盜出寶劍來給他。只是他想不到，除了兒子之外，了凡也跟來。

兩人見面，先寒喧客套一番。昔日君臣關係，今天了凡還是稱呼袁何為太宰，很有禮貌地跟他說：「袁太宰，數年不見，身體可好？」

袁何應道：「皇上，微臣已不再是太宰，如今只是中原國內一個小小的副總管，皇上不必再稱呼微臣為太宰。」

了凡微笑道：「雖然你我君臣緣盡，但太宰你還不是口口聲聲稱呼貧僧做皇上，又自稱微臣嗎？稱呼都只是一種叫法，愛護尊敬之情還是在心裏。不用介懷，貧僧還是稱呼卿家做太宰好了。叫慣了，不用改。」

袁何也欣然答道：「這樣也好，微臣受教，謹遵皇上吩咐。」

當日在市集親眼見證這個小和尚身上豪光乍現，率先成為新一代的四神之一。後來了凡當了新帝，得他提拔，袁何也搖身一變成為朝中重臣。對於這個既像天神又是國君的恩人，袁何還是心存感激和尊敬的。只是待自己也習得神功後，眼界闊了。本來憑藉一雙巧手，早已心高氣傲，今天更幾乎目空一切。妻子去世後，頓感過去一直委曲求存的生活錯了，過去一直逆來順受的心態更是錯到不得了。他要擁有一切，他要把一切都掌握在自己手裏。今天重遇故人，袁何心底裏即時想到事情也許並未如他預期那般順利。

只見了凡走到柳燕身旁，跟她說：「姑娘，貧僧匆忙趕來，身上沒預備糧水，可否向姑娘乞求一碗清水。如果再有一點糕餅，就真是救貧僧一命，恩同再造。」

柳燕不虞竟有人主動向她要求食物，之前誰也不敢碰她弄出來的魚粥。根本沒去細想，她隨手就把炊爐上的魚粥遞到了凡手上。

了凡點頭道謝，說一聲：「多謝施主，阿彌陀佛。」便逕自坐回袁何身邊。正準備舀一口到嘴裏；各人都摒息靜氣，誰也不敢發出一丁點聲音來。

還是袁天經忍不住，叫着：「師父，別吃。」

了凡瞪了袁天經一眼，慍然道：「一粥一飯當思來之不易，況且人家好心待客，你怎可如此無禮？」說罷便緩緩別過頭對住袁何，卻還是跟袁天經說：「啊！貧僧錯怪徒兒，徒兒一定是難得跟父親重聚，想給父親吃吧。如此孝義，為師怎會想不到？袁太宰，你吃吧。」

眾人都不禁緊張起來。郭山林父子和兩名西夏人都沒想到，這個副總管儼然比董帥更有地位，原來曾經是某藩邦小國的太宰；而這個和尚，又居然是一位國君，都不知他們兩人究竟有何瓜葛。但又聽那少年叫那個和尚做師父，叫那個副總管做阿爹，幾人關係錯綜複雜。還聽少年出言警告，只怕粥裏真的有毒。那麼那一男一女究竟是什麼人，是二皇子派來保護董帥的救兵，還是太子派來行兇的殺手。而和尚和副總管二人都好像不怕粥裏有毒，難道兩人都有武功底子，而且功力深厚？種種疑團，只教郭山林父子和那兩名西夏人如坐針氈，惶恐不安。另外寒雲也擔心不已，一臉憂慮。

只聽袁何道：「世人常道什麼無色無味的毒藥，都只因世人慣了吹牛胡扯，又不學無術。世上沒有無色無味的毒藥。以為無色無味，只是一般人看不出嗅不到而已。」說罷把碗湊近鼻子一嗅，想了一會，再道：「味帶杏仁，色泛靛藍，這應該是從身毒找來一種叫天仙子的毒藥。中了此毒的人不會死掉，只會呼吸不順，氣促如喘，混身乏力，大汗淋漓；但又發寒哆嗦，如墮冰窖。」

了凡稱讚道：「太宰真箇學識淵博，觀察入微。」

袁何道：「皇上過獎，這些都是拜昔日白大夫跟微臣指點，微臣不敢邀功。」

了凡道：「那麼太宰敢吃嗎？」

袁何問：「皇上敢吃嗎？」

了凡並非知道袁何要謀反作亂，此番前來只是希望袁何可以放棄那把金龍劍。

袁何的目光落在剛才端粥奉客的柳燕身上，溫言道：「這就是璇飛九宮的手段？應該不只這些吧。如果姑娘沒有什麼真才實學，只得這些伎倆；老夫倒要替你擔心了。也許還有什麼後着援手，就快點召來吧。晚了，恐來不及。」

璇飛九宮每次辦事殺人，都總會留下一些蛛絲馬迹。就如在越王府時，那個什麼乾字號殺手不就是留下一塊布屑，上面繡了一個「乾」字。殺手組織不能光明正大打開門口接生意，便唯有這樣，才可以讓大家認識這個金漆招牌。除了留下布碎，天仙子都是他們慣使的毒藥。

之前還和顏悅色，對着袁天經，就一副責備的口吻，袁何說：「聽你剛才稱呼皇上做師父，原來你已皈依我佛。」轉頭又跟了凡說：「常言道身體髮膚受諸父母。皇上要微臣孩兒做和尚，豈不是叫微臣絕後？猶喪之子痛，如殺子之仇啊。」

了凡溫言道：「卿家勿怒。復還生死，度脫眾生。天經只是跟我學佛修法，並未真正出家。不過如果他想，卿家又願意，貧僧樂意給他剃度。」

袁何還是怒氣未消，瞪着袁天經叫道：「把劍拿來。」

袁天經戰戰兢兢地把劍遞過去，袁何一手接過，即仰天苦笑。量在手中，一秤就知並非真正的金龍劍。

了凡勸道：「這孩兒痛苦掙扎了很久才來找貧僧商量。卿家既已習得絕學，昔日在我國都只是一人之下萬人之上。友恭子孝，不可再貪。假如還嫌不足，貧僧願意退位讓賢，讓卿家來當國君，又何須強求什麼天下第一？」

只聽袁何喃喃自語：「手握金龍劍，身負青龍潛，再覓得龍魂附體，就能飛龍在天，成為神人一樣，天下第一。」

權力令人腐敗，擁有絕對權力就腐敗得更徹底。所以了凡要阻止袁何成為天下第一。了凡欷歔道：「卿家莫再執迷。」

袁何凝望着眼前的了凡，彷彿木無表情，又似惋惜哀悼。此時他徐徐拿起桌上的魚粥，跟了凡說：「微臣先飲為敬。」然後真的呷了半碗，接着遞到了凡面前。

了凡也從容不迫，接過魚粥，口中唸着：「阿彌陀佛，這又何苦？」隨即把餘下的半碗魚粥倒進口裏，一點不剩。

眾人都緊張得透不過氣來。郭山林父子原先以為只須陪着什麼大總管出來訪尋名花，小菜一碟而已，都不是什麼危險任務。可途中發現原來那位副總管就比董帥更有權勢似的，已覺事有蹺蹊。來到此間，瞧各人藏頭露尾，再知道真的有人窺伺在側，陰謀落毒，敵人竟然原來是璇飛九宮的殺手，就更覺大難臨頭。雖然半生在江湖打滾，也從未見過有人竟如此藝高人膽大，明知是穿腸毒藥也照喝如儀，完全不放在眼內。而且不獨一人是這樣，眼前還有兩個瘋子。郭山林此刻才知自己過去如井底之蛙。今見世界之大，實在又驚又怕，自慚形穢。

野利求榮兄弟二人則完全摸不着頭腦，這班人究竟在搞什麼花樣。看來大戰將一觸即發，但原來都事不關己，便盤算稍後一交起手來即找機會溜之大吉。柳氏兄妹二人也一樣六神無主，以為己方甕中捉鱉，誰料此際身分曝露之餘，還完全處於被動，手上沒一樣壓箱本錢可以藉此翻身。敵人不但不怕毒，武功更彷彿深不見底。獵人者頃刻變成獵物。到此田地，唯有見步行步。

凌雲飛完全一頭霧水，根本連發生什麼事也搞不清楚，不知各人之間的千絲萬縷，也不明箇中的來龍去脈。杜如風心裏也十分混亂，想不到昔日認識的袁伯伯今天竟變成一個如此強悍霸道的高手，口蜜腹劍，殺氣騰騰。不過在場最焦慮最着急的還是那個老大寒雲。當各人還強作鎮定之際，他已恨不得衝過來跟他們交涉。當袁何喝下半碗魚粥時，他更驚呼。只是在場眾人的焦點都集中到袁何和了凡身上，只有杜如風留意到他的反應異常。

重重煙幕，機關算盡，又找到隴西五鬼幫手，以為萬無一失，殊不知還是人算不如天算。

只聽袁何苦笑着說：「智者千慮，必有一失。想不到是失在至親之人手中。」說罷，看着手上的長物。把布包打開，拿出那把偽造的金龍劍，嘆息道：「忤逆還可說是大義滅親。但手工如此粗劣，枉費我多年悉心教導。不思進取，眼高手低，一事無成，辱我名聲，這才是真正的大逆不道，罪無可恕。」恕字一出，袁何手中金龍劍向前飛出，即時刺中跟前袁天經的身軀。

寒雲大叫：「爹，不要！」

驚呼間，袁何雙掌已經跟了凡雙掌接上。

只見了凡頭上有金輪懸浮，雙掌又各祭出兩個銀輪，輪上還有梵語經文顯現，所使的正是他的獨門絕技日月經輪。而袁何一接上了凡雙掌，身上即時燃起火燄一般，雙掌生出熊熊的火光，所使的就是火影掌，並旋即吐出剛才喝下去的魚粥。

兵不厭詐，袁何並非完全沒有中毒，只不過沒有了凡中得那麼深就足夠了。

見二人動起手來，其餘眾人立刻擺起架式，亮出兵器。只是二人相鬥激烈，其他人都不禁好奇觀望，亦不敢妄動。

既被假金龍劍刺中肩胛，復遭勁力帶走，跌飛出六、七步之外。寒雲立刻撲上前抱着受傷倒地的袁天經，急得淚如雨下。杜如風也心情激動，見到昔日的袁伯伯變了第二個人。見到昔日曾經結拜的大哥，還未能說上一句，還未能招呼相認，就已經重傷倒地，自己又竟然什麼也做不到，連究竟應否出手相助也六神無主。再見到這個寒雲反應異常，再看到他手腕上穿上了三串佛珠，心頭更是被大鐵鎚敲着一樣，腦袋空白一片，如靈魂出竅，恍惚失神。

了凡跟袁何兩人功力本來就旗鼓相當，但此消彼長，一個中毒較深，一個中毒較淺，自然是中毒較淺那一位佔了先機。初時見兩人竟無懼喝下毒藥，兩人必然都有超凡藝業。再見袁何出手又快又狠，先傷兒子，再接下了凡大師的勁招，實屬當今天下武功最強之列。又見了凡頭上金輪懸浮，袁何身上冒出赤燄，都是眾人前所未見，更覺匪夷所思。但自兩人鬥掌後，卻又不見勁風流竄，沒感到兩人氣勢迫人。眾人正感疑惑之際，室內竟愈來愈熱。雖然地炕上有爐火，但外面始終是漫天風雪。不過此刻屋內就如仲夏正午，人人口乾舌燥之餘，額上還滴下斗大汗珠。脫去毛裘，其餘各人還是恨不得把身上棉襖也脫下來。奈何眼下危機四伏，焉敢輕舉妄動，讓他人有機可乘？又想到，跟袁何有幾步之遙都已經如此灼熱難受，跟其對掌的了凡大師要抵受何等高溫也可想而知。簡直就好像遭烈燄焚身一樣，形勢愈來愈兇險。

這裏沒有了凡大師的朋友，只有杜如風一人認識了凡。但此刻他就像中了邪一樣，失魂落魄，完全不知所措。

不是常說，敵人的敵人就是朋友嗎?柳氏兄妹好應趁此機會出手。奈何高手環伺，也不敢輕舉妄動。到決定不再理會那麼多，豁出去就是了，可先機已失。原以為會鬥得更天昏地暗，誰不知了凡掌上雙輪的梵語經文首先愈來愈模糊，接着消失，最後雙輪也崩碎瓦解，只餘頂上金輪還若隱若現。兩人席地對掌比併內力，本來互相抵着的兩雙手慢慢分開。

了凡仍神元氣足似的說：「犧牲了親情，只盼太宰可以早點迷途知返。」說罷頭上光輪也給燒熔不見了似的，人隨即頹然倒下。

稍待片刻，相信了凡不會再站起來，袁何才收起身上火勁，幾乎站也站不穩，猛然吐出一口鮮血。跟當今四神之一對掌，能夠獲勝都已經萬幸，焉有不受傷之理。乘人之危，此刻才是最好時機。可率先發難的卻非柳氏兄妹，而是野利氏兄弟。二人拔出那兩把西夏劍，二話不說就向袁何身上招呼過去。

見識過袁何身上的神功和他的手段，跟這種人打交道無疑與虎謀皮。縱使今日結盟，他朝決裂，中土始終是西夏人的大敵。既然如此，何不先發制人，趁機殺了這個高手，免除後患。而且之前計劃合作，無非都是為了覬覦封地賠償，可謀反不一定成功。當知道董帥是皇上寵臣之後，就已經改變初衷，打算出賣二皇子，告發他們的陰謀，並用此人來跟中土黃帝交易，皇帝一定恨不得親手宰了他。用他來換取封地賞賜，豈不更十拿九穩？

真的智者千慮，袁何又怎會想得到竟然還有這種變卦。而且出乎他意料之外的事還陸續有來。

其實野利氏兄弟一出手，柳氏兄妹也立即發難。這邊廂，播威鑣局的郭氏父子和工部尚書殷天鵬也不敢怠慢。殷天鵬的斬馬刀接下了野利氏兄弟的一雙西夏劍。柳翼一雙鐵臂猶如刀槍不入，所使的是一套名為天雷地震的霸道拳法，此刻就對上了郭山林祭起翻江倒海勢的掌影。柳燕用指，名為天機靈動，認穴奇準。被她點中即渾身乏力，如遭電殛。郭海澧對着她，未幾已左支右絀。

那個獨坐一隅的仍然獨坐一隅，這一切一切就好像都跟他無關，好像完全沒看到一樣。

寒雲仍抱着袁天經，忙着止血急救。橫行則伏在寒雲身邊。

杜如風仍然一臉疑惑，惘然若失，沒理會在場的龍爭虎鬥，只一直凝望着寒雲三人。

凌雲飛可左右為難，想問杜如風該怎麼辦，杜如風又不理他。但既然本來是跟師父來給播威鑣局助拳，此刻看他們出招，已知誰就是郭山林父子。本來對播威鑣局中人也心存嫌隙，可此刻見郭海澧被柳燕迫得險象橫生，卻反而益覺義憤填膺，連忙出手。

凌雲飛對郭氏父子看不順眼，是因為在他心目中，播威鑣局都有份害死他父母。凌雲飛父親本來是在絲綢店打工，十二年前僱主託播威鑣局押貨到西域，他亦有份同行，不幸客死異鄉。妻子之後從店主手上領到一些撫恤接濟，但始終長貧難顧。而且她一直怪罪鑣局沒有好好保護其夫君，心生怨恨，不時到鑣局門前生事謾罵。鑣師其實都是打手武夫，見她是婦孺才沒有一開始就出手教訓，但幾次之後還是忍不住把她打傷了，不久凌雲飛的母親也病歿。清涼先生從鑣師口中得悉此事，去了解一下。見凌雲飛慘變孤兒，就收了他為徒。

過去一直持劍衛道，但不想跟女人交手，唯有不佔兵器之利，沒用上七星劍，凌雲飛只使清風拳旨跟柳燕相鬥。頃刻想到之前這個女子給他吃粥，對自己這個從不認識的陌生人也二話不說就狠下殺手，便沒再留力，攻勢還愈來愈凌厲。由此形勢急速逆轉，由本來佔盡上風到現在一人應付郭海澧和凌雲飛，柳燕漸感不支。

此時，凌雲飛心裏只想，希望師父快點趕到。

誰不知，一想起師父，清涼先生就到了。

【第八回】

清涼先生終於來到青海湖邊。

他要是不來；一來，就殺。

大門一打開，風雪襲來。隨風雪而至，劍一出鞘，野利求榮兩兄弟率先倒下。說時遲，那時快，彷彿同時間凌雲飛聽到師父喊叫：「雲兒，退開。」退開，郭海澧先中劍。幾乎連眨一下眼的時間也不夠，劍鋒亦已來到郭山林的頸前。郭山林一驚覺眼前握劍的竟然就是清涼先生，還未想到是怎麼一回事，鮮血就已經從他破開的脖子裏飛濺出來。

一現身就殺人，眉頭也不皺一下，就好像殺人亦只不過是天天都會做的瑣碎事情一樣。殺過人後，這個清涼先生還不忙回去把大門關上，口中嘮嘮叨叨地投訴着：「現在的年輕人真靠不住，什麼事情都得老夫自己親力親為，實在不能依靠任何人。」

清涼先生為何要殺人？因為他的工作就是殺人。有些人的工作就是要殺人。殺手就是其中之一。

袁何叫播威鑣局請來清涼先生助拳，誰不知清涼先生一來就先殺了郭山林父子和那兩名西夏人。此行引蛇出洞，明知璇飛九宮的殺手會在此埋伏，想不到出手的竟然就是清涼先生。

袁何此刻才恍然大悟，問：「先生是璇飛九宮的人？」

清涼先生昂首答道：「老夫就是璇飛九宮的老大。」

袁何沉吟一會，朗聲笑道：「只怪本官魯鈍，應該一早就想到。縱橫江湖數十載，功夫又高，聲望又隆，個個都想來巴結，人人都走來吐苦水；還有誰比先生更了解江湖間的恩恩怨怨，又有誰比先生更清楚各門各派之間的瓜葛糾紛？要成就一個出色的殺手組織，先要造就一個出色的情報機關，先生就掌握住最佳的情報，跟各門各派都關係良好。有情報，就有生意。呵呵！生意滔滔哩。可有生意，也並不代表一定要去接。先生為何要當殺手？」

清涼先生本來不想答，但對住袁何如此有份量的高手，他還是答了，說：「因為老夫需要錢。」

袁何說：「我有錢。」

清涼先生答：「老夫不要別人的錢，不需要別人幫忙，要自己賺。老夫不要日後看別人的面色，不需要賣任何人的賬。老夫要的錢，老夫自己賺回來。」

袁何問：「先生為何要錢？」

清涼先生只知袁何是副總管，叫何園，遂冷笑道：「何大人倒也問得奇怪，誰不要錢？」

袁何輕描淡寫道：「錢不是目的，錢只是手段，買生活買理想。沒有生活，沒有理想，錢就跟一堆狗屎沒有分別。」

清涼先生猶豫了一會，答：「說得好。真人面前不說假話，老夫要買一個門派。」

袁何問：「忠恕門不是一個門派？」

「忠恕門是一個門派。」

「只可惜不夠大。」

「對，只可惜不夠大。」

「先生想要一個更大的門派？」

「老夫想要一個更大的門派。如此好的武功，本來就應該值得擁有一個更大的門派。」
袁何問：「但先生恩師磐固先生並沒有這樣做？」
清涼先生答：「對，先師並沒有這樣做。」
「所以由先生你來做，由先生來開創一個更大的門派。」
「對，所以由老夫來做，創立一個更大的門派。」
袁何問：「所以先生需要錢？」
清涼先生答：「對。」
袁何想了一會，又問：「不知先生覺得尊駕的武功厲害，還是本官的功夫稍勝？」
清涼先生答：「大人的武功天下無雙，自然更勝一籌。」
「只是稍勝一籌？不是勝兩籌？又或者高出許多嗎？」
「也許稍勝兩籌，高出許多就未敢苟同。」
「即使稍勝一籌，那麼本官不是更有資格更應該開宗立派？」
「大人所使的是神功，並非人人可學；但老夫所修習的是正宗武學，任何人都可以修練，都可以藉此強身健體。」

「所以還是應該由先生來開宗立派。」

「對」

「本官就應該成全先生，死去好了。」

「若果大人肯成全老夫，老夫定當不忘大人的大恩大德。」

「到時本官都死了，先生忘掉也好，不忘也好，對本官又有何裨益？」

「說說而已。」

「聽聞先生來這裏之前拜訪過越王府一趟，未知本官好友、兩位夏侯世兄一切可好？」

「早登極樂，可喜可賀。」

「先生知道越王府也是本官所有的嗎？」

「當然知道，不然又怎會特意去替大人將那裏殺個雞犬不留。只可惜忙着趕來，無暇一把火把那裏燒掉。而且那裏貯存了大量火藥，只怕一起火，到時整個山頭也會給炸掉，着實危險。未能即時替大人收拾那個爛攤子，實在處理不周，有欠妥當，還望大人見諒。不過大人也不用為如此小事費心，安心上路好了。」

「先生有信心殺得本官？」

「先中了天仙子的毒，雖然不深，但再經一輪內力比併，料想大人此刻只有五成功力。老夫願意一試。」

「其他人呢？如今這裏這麼多人知道了先生的秘密，先生也不會放過他們吧。你殺得了那麼多人？」

「今日殺不了，可以明日殺。總之保證他們回不到中原。」

經清涼先生這麼說，在場眾人立即如驚弓之鳥，紛紛運勁戒備。

沒有人知道清涼先生下一個目標是誰。凌雲飛是其徒兒，柳氏兄妹同屬璇飛九宮，或許這些人可倖免於難；但其他人下一刻都很有可能遭其毒手。杜如風只擔心寒雲的處境，一心想着無論如何都要保護他安全離開這裏。寒雲本來還只擔心袁天經的傷，但到清涼先生出現，聽到他要大開殺戒，知道袁何如今功力只剩五成，他也開始擔心起袁何的安危。

在場眾人個個都萬分詫異，不過最感詫異，最不能接受眼前發生的事的，還是凌雲飛。

此刻的他只感晴天霹靂。過去十數天，他的人生就如墮進一個比一個更黑暗的谷底。先是被擒，給關進牢裏。後來又跌入百獸谷，暗戀的師妹又給高手擄去，生死未卜。跟師父和師妹失散，自己屢次身陷險境，以為此時終於等到跟師父重逢，豈料又聽到這個如此教人心碎的秘密真相。過去一直視如親爹的師父，竟然是一個為錢而殺人的殺手。背後的理由好像情有可原，但做法天理難容，凌雲飛實在無法接受。彷彿一下子所有親人都離他而去，從此孤苦無依。雖然堂堂男子漢，但也不禁留下男兒淚。又見師父竟對自己怒目而視，惡狠狠地道：「你竟然未死？師妹呢？」

凌雲飛本來想質問師父為何如此不擇手段，但給師父問起師妹下落，便又心中有愧，無言以對。

清涼先生見他不答話，就更兩眼噴火，恨不得一劍就將凌飛殺了似的。再看其餘各人，目光落在杜如風、寒雲和橫行三人身上。手上握着的劍，更指向杜如風。

凌雲飛過去十數天跟杜如風結伴同行，言談甚歡，十分投契。由之前好像勢成水火，到如今縱非知己良朋生死之交，亦算摯友。見師父好像要對杜如風出手，也不知從那裏生出一股怒氣。過去從未對師父大聲說過一句話，但此刻卻喝道：「住手。」

既不屑師父的所作所為，又想保住杜如風的性命，還想到師父如今對自己似乎已無半點師徒之情。之前不恥那個袁何竟連自己親生兒子也可以傷害；可此時在他心裏，師父跟這個副總管也只是一丘之貉。凌雲飛的心腸就是如此，自幼給師父教導要鋤強扶弱。眼見如今袁何等人就像待宰的羔羊，他就不期然義憤填膺，要站在弱者那一方，要帶袁何等人逃離此地，殺出重圍。

袁何那一邊還有工部尚書殷天鵬，有寒雲和橫行。如果還再加上凌雲飛，要應付清涼先生和柳氏兄妹二人，其實也並非完全處於下風。袁何一點也沒擔心過，因為他還有最後一着。

此時一直獨坐一隅的男人要起身了。

只聽袁何冷冷的對清涼先生說：「連徒弟都不賣你的賬，你這個師父都算失敗。」

清涼先生未出手之前已一早洞悉屋內整個形勢，偵探各人身上的氣息，他又怎會不知道還有高手未現身。只是一直不加理會，因為在場眾人實在難分是敵是友。聽袁何譏諷自己，倒算清涼先生按捺得住，未有即時發難。

袁何不禁洋洋得意，笑道：「我也只是圖過萬一，特意邀大漠蒼龍來湊熱鬧。想天下五劍竟有三劍聚首一堂，都算一時無倆。怎料到今天變成南道對北漠，那就更是武林中一大盛事，值得記在史冊裏。」

清涼先生問那剛站起來的男子：「尊駕就是大漠蒼龍？」

大漠蒼龍亦即是當日死裏逃生、七位青龍殺手中的七弟。當年十七八歲，事隔十二載，今天亦未過立命之年，可清涼先生已近耳順之數，惟他仍對這個手執青龍劍的年輕人禮數十足，可見其人城府極深，行事謹慎。

年輕人沒有答腔，清涼先生再問：「老夫不才，不知道尊駕高姓大名。」

大漠蒼龍終於開口：「不用如此客氣，我自幼無父無母，你就叫我青龍好了。」

清涼先生說：「青龍先生，你這是要助紂為虐？」

青龍道：「我不認識幾個字，沒唸過幾本書。不過誰是商紂，誰是周武王，還未可料。」

清涼先生大笑道：「好一句還未可料。那麼先生手上就是傳說中七把龍劍之一的青龍劍？」

「正是。」

「我手上也是一把從越王府中找來的寶劍，名掩口，應可跟先生手上的青龍寶劍比併一下。哪管今天未能完成手上的買賣，但能跟當今四大劍客之一的大漠蒼龍交手，總算不枉此行。」

清涼先生刻意不提天下五劍，沒袁何的份兒，就是要惹他衝動生氣。但袁何又怎會不知這是清涼先生的激將法，便沒理會他。

只聽青龍說：「我不會跟你打。」

在場所有人都覺得奇怪，不過最感意外還是袁何。一聽到這句話，他就有一種預感，今天他將會一敗塗地。之前機關算盡，怎知真如智者千慮。而且簡直就像連鎖效應般，一子錯滿盤皆落索。一個意外便生出另一個意外，教他之前所有計劃部署全盤落空。他不禁想，究竟是哪裏出錯了？由哪兒開始事情發展就跟他所想的方向愈走愈遠？

青龍跟清涼先生道：「我從小就被訓練成當殺手。我什麼也不懂，只懂殺人。但我不想為任何人殺人，我只為自己殺人。只消對象武功不錯，我就有興趣殺。當初應承來這裏，也只因為聽說這裏有高手可殺。我不知道你會出現，不知道原來可以殺你，當然也不知道是否殺得到；不過不殺過是永遠不會知的。如今決定不殺，不是因為我覺得殺不到，我只是不想殺。看到那個當官的傷了自己的親生兒子之後，我就沒興趣殺其他人，我只有興趣殺他。」接着又對袁何說：「況且剛才你露了一手，看來你也是什麼新一代四神之一。我最痛恨就是你們這班鬼魔神佛。自問不是你對手，難得你受傷。如今不殺你，還待何時？」

今回袁何真是作繭自困，自己害死自己。他行錯的那一步，就是出手傷害了自己的兒子，就是露出手底功夫。如今面對大漠蒼龍加上清涼先生，還有兩名璇飛九宮的殺手，袁何等人還有多少勝算？

「如今那個又叫袁太宰又叫何大人的高手雖然受傷，應該還可以跟師父或大漠蒼龍其中一人周旋。縱然跟師父決裂，說到底我也不願跟師父交手。而且功夫都是從他身上學來，自己的優點缺點，他都瞭如指掌。由我同杜兄跟那個青龍交手，讓那個何大人對付師父。由他們那邊的護衛獨自一人應付那對璇飛九宮的殺手或稍嫌不足，但加上負傷男子身邊兩人，應可一拼。」凌雲飛迅速考量當前形勢，心裏就有了這個打算，然後細聲跟身邊的杜如風說。

本來的確是這樣，只可惜他們不知道袁何如今他連五成功力也沒有。兵行險着，跟了凡一起服毒然後再對決，雖使詐取勝，實在已元氣大傷，只剩不足兩成功力。再者，杜如風心思更細，回想之前清涼先生的話，清涼先生是殺手，他的目的是殺人。不用急於一時，亦不一定要單打獨鬥。他甚至可以此時離開，等待其他更好時機才下手。正如他剛才自己所說，今日不殺，可以明天才殺，防不勝防，總之叫他們回不到中原就是。而且更重要是，杜如風根本就不想那個寒雲冒險。

拼死一搏，根本就不是方法，只是無計可施。

個個都平安脫險，誰都可以全身而退，固然最好。但有時候，要成功，就不得不犧牲。不想犧牲別人，就只好犧牲自己。

此刻杜如風已經心專志堅，一心只想着勢必要讓寒雲逃出生天。

回想寒雲之前見袁何出手傷害兒子時，曾驚呼大叫，喊「爹，不要」。再看到他手上戴着三串佛珠。還記得當日西域之行，了凡給幾個小孩相贈佛珠，安慰他們從此將有佛祖保佑，然後二哥路菲和自己都把佛珠送了給四妹袁天衣，說世上沒有人會有三串佛珠那麼多，並說將來縱使失散，見到手上三串佛珠便準能相認。杜如風肯定眼前這個滿臉刀疤的漢子就是他至今仍魂牽夢繫的四妹。

由始至終都念念不忘，甚至覺得當日袁天衣被神鳥帶走，都是自己無力護花，愧咎至今。所以今天他就打算不惜一切，甚至犧牲自己也要救這個四妹擺脫魔掌，逃出生天。

可犧牲自己還未足夠，他還需要多一個人願意捨己救人。

杜如風暗中跟凌雲飛耳語，說：「凌兄知道尊師如今最想殺的是誰嗎？」也不等凌雲飛答，杜如風逕自解釋：「其他人說清涼先生原來就是璇飛九宮的殺手都未必可信；但由其徒兒揭露，原來大名鼎鼎正氣凜然的清涼先生，其實是一個人面獸心假仁假義的殺手，就應該更有說服力。」

凌雲飛也黯然道：「不錯，我甚至覺得他最想殺的人，就是我。」

杜如風說：「凌兄，愚弟有一事相求。愚弟無論如何都要保住眼前那個臉上有刀疤的男人的性命。他對在下有救命之恩，愚弟即使要死一千次一萬次也在所不辭。」

凌雲飛道：「難得天下間還有此有情有義之人，杜兄有什麼即管吩咐。雲飛如今孑然一身，無親無故，無牽無掛，這條命就交給你好了。」

杜如風嘆道：「多謝凌兄成全。」回頭，杜如風對着清涼先生問：「聽凌兄之前提過，前輩曾教導江湖有十戒。晚生魯鈍，不記得了。前輩可否再不吝賜教。」

清涼先生仍氣定神閒，答道：「你想指責我，為人說一套做一套，人面獸心？」

杜如風回應道：「暗算偷襲，乘人之危，恃強凌弱，絕仁棄義，此刻前輩一次過就犯了四戒。」

清涼先生冷冷道：「老夫當日在越王府說過你這小子就是來跟老夫作對，果然如此。而且老夫說過，徒兒小白有什麼事，都唯你是問。老夫都未跟你算賬，小子竟敢來跟我找碴！好，老夫過去殺人，都知道目標姓名。今天你有幸死於老夫劍下。老夫不記得你叫什麼名字，再報上名來。」

杜如風不想袁天衣知道自己為她犧牲，以免她內咎難過，便說：「晚生賤名何足掛齒。只是晚輩死前有一個請求。」

「你不是說過，老夫既非光明正大，如今亦非較量切磋；你以為我會答應你的請求嗎？男子漢大丈夫，死就死吧，別嚕嚕嗦嗦。」

剛才這番話，杜如風感覺似曾聽過，雖然不是字字一樣，但語氣意思相近。當日南陽侯宇文旗說要殺他，說話就是這番語氣。實在巧合，如今他想到的逃生之計，就是借鑑當日南陽侯即席授招的做法。只聽杜如風說：「晚生手上是當今天下五劍之一、東羅端木前輩的承影，凌兄手上則是神劍千羽南陽侯宇文前輩的七星寶劍。」

清涼先生冷然道：「又如何？」

杜如風說：「晚輩兩人都有幸給兩位高人指點過劍上功夫，雖然還未能跟兩位前輩相比，但手中寶劍還是想跟青龍劍和掩日爭鋒較量。但見剛才何大人的驚世絕學，相信只要經他老人家再指導點化，晚輩相信定能跟兩位前輩鬥上一鬥，兩位前輩亦可藉此跟星羅十八劍和千羽劍法比併一下。只不知兩位前輩可有這個胸襟？」

清涼先生笑着說：「哈哈！老夫年近半百，也實在未聽過如此荒唐之事，真虧你這個混賬小子想得到。你竟然叫一個殺手等你學好功夫再來殺你？你嚇傻了，還是原來一直都這麼笨？」

可青龍卻忽然說：「有些意思。」

清涼先生不虞青龍竟會受騙，連忙說：「先生，別上當，小子不知在玩什麼把戲。別夜長夢多，現在就斃了他們吧。」

青龍卻充耳不聞，只問：「要學多久？」

杜如風答：「一炷香的時間。」

清涼先生忙說：「廢話連篇，一炷香的時間能學到什麼？」

青龍還是很好奇，問：「真的一炷香的時間就足夠？」

清涼先生此刻已恨不得連那個青龍也殺了。只是若跟青龍聯手，收拾面前這班人可說易於反掌。若不然，此時跟青龍反面，平白再添大漠蒼龍這個敵人，則只會自討苦吃。

正當清涼先生躊躇之際，杜如風說：「只消青龍先生肯答應晚輩這個請求，晚輩臨死前定當告訴前輩神龍姬伯的下落。」

一聽到姬伯的名字，青龍如遭雷轟電殛，想也不想就答：「好。」

杜如風記起，當日在百獸谷內，李山君道出過去恩怨。當日能夠虎口餘生的七弟，就是今天眼前的大漠蒼龍。杜如風猜想，李山君要找姬伯報仇，這個青龍對姬伯只會更仇深似海。若有可以打聽出姬伯下落的線索，他一定不會放過。

清涼先生心忖，青龍日後一定要殺，只是並非此刻。盯着凌雲飛，仍然一派嚴師口吻，問：「你手上的真是七星劍？」

凌雲飛答：「真的。」

清涼先生再問：「你真的跟過宇文先生學藝？」

雖然給南陽侯教過一些千羽劍法的要旨，但都沒放在心裏，之前甚至可以說想刻意忘記。可是如今聽師父問起，卻怒火中燒，就是要跟他作對。可稱呼慣了，一時改不了口，說：「不錯，徒兒有幸，曾讓宇文前輩指點。」

清涼先生是做大事之人，不以為忤，淡淡一笑，說：「為師不仁，徒兒亦懂欺師滅祖，倒算我倆臭味相投。念在師徒一場，為師只能向你保證，留你一個全屍，亦算仁至義盡。」

凌雲飛到此刻終於死心，引證了杜如風的判斷，這個李宗道一定不會放過自己，因為只有他才有能力揭破這個所謂大俠的假面具。

其實一炷香的時間又焉能脫胎換骨？杜如風的目的只是要救人，而且不是救所有人，他只須要救到袁天衣就足夠。所以他並非要戰勝對手，他只須要纏住對手，要對方無暇兼顧其他人，要敵人遠離天衣，愈遠愈好。腦裏盤算着，只消跟凌雲飛一起纏住清涼先生和青龍二人，製造機會讓袁何父女和其他人離開。相信合袁世伯和那護衛二人之力，要應付那一男一女殺手，應綽綽有餘。

此時清涼先生就差柳燕去燒香，叫柳翼去搬開地上的屍體，好騰出空間讓之後四人比試。

杜如風要跟袁何父女交代接下來的計劃。他知道兩人身分，但袁何和袁天衣都不認得眼前這個俊朗少年就是當年曾經跟自己一起出生入死的男童。一來不獨女大十八變，男孩子也會長高許多，會長鬍子，聲音也不同了。二來，袁何和袁天衣可從未想過會在此地重遇故人。

只聽杜如風跟袁何說：「大人見諒，請恕小人無禮，未經大人同意就擅作主張。但如今生死關頭，小人實在迫不得已。小人不是真的要大人賜教武功。待會兒，小人前去跟他們交手，會借機引他們離開這裏。到時大人就立刻帶其他人離開。」

但袁何似乎根本沒在意如何逃走，只問：「你真的知道神龍的下落？」

杜如風也不虞袁何到這個時候仍沉迷於飛龍在天一事，竟然仍一直記掛着要成為天下第一，但也很快回過神來，說：「只是騙他們，小人並不知道。」

杜如風只是想救天衣，但天衣又怎會丟下父親不離；即使這個父親喪心病狂，連親生兒子都可以傷害。其實杜如風也恨不得當場就把這個袁何殺了；只是當着天衣面前，他又怎可以這樣做。雖然袁天衣此刻是男子模樣，但在杜如風眼裏，她還是昔日小女孩的樣子，笑靨如花，活潑機伶；還是昔日被神鳥擄去時的模樣，楚楚可憐。當時的情境到今天仍叫杜如風心如刀割，內咎自責。

轉眼又再分離，可能從此再無相見之日，杜如風凝望着眼前這個臉上仍然劃滿刀疤的醜男人，依依不捨地叮囑：「絕不能有所耽誤，因為兄長無能，不知可以支撐多久，你一定要趕忙離開。日後好好保重。」袁天衣不明白為何這個少年無緣無故會挺身而出，出手相救，而且跟自己說話時還如此溫柔體貼。可她也並非貪生怕死之徒，便拉着杜如風的手說：「兄台，別衝動，我們可以一起殺出重圍。」

給天衣搭着手臂，杜如風只感天可憐見，死而無憾矣。

杜如風不想天衣冒險，袁何也不想拼命。既元氣大傷，最重要是今次機關算盡，竟落得一敗塗地，他已經信心盡失。以為萬無一失，之前出手傷害親兒，無非是為了引了凡大師相救，好讓自己可以偷襲；但了凡大師竟沒上當，也沒理會袁天經的生死，只一心要對付自己。以為西夏人是盟友，誰料到結盟失敗。以為清涼先生是後援，怎知引狼入室。以為人漠蒼龍是最後的保險，又竟然橫生陡變，臨陣倒戈。過去野心勃勃，目空一切，此刻卻如喪家之犬。袁何就是不想拼，也沒心思去研究為何眼前這兩個年輕人願意拔刀相助。於是勸住天衣，說：「這位小兄弟所言亦不失為一個好方法。」天衣想繼續說，也給父親止住。

袁何問杜如風：「只是小兄弟可有信心擋得住他們？」

杜如風答：「小人一定捨命一拼，盡力而為。」

袁何沉吟一會，招手叫杜如風和凌雲飛兩人湊近，說：「老夫不知道小兄弟師承何人，只知這位是那個清涼先生的高足。亦不知此法會否行得通，只是老夫以前都是這樣做，如今就看你兩人的造化。待會兒跟我一起唸，盡可能把老夫接着跟你們唸的句子記在心裏，記得愈多愈好。如果可以的話，稍後跟那兩人交手時仍默誦於心。聽明白嗎？」

袁何打算給他們唸《吟留別賦》。

修練《吟留別賦》書上的武功都是因緣和合。有人讀一百遍都沒事發生；有人只看了一句，身上就有了武功。從來驚天地泣鬼神的神功，都不是練回來。是武功找到你，而不是你去學回來。

都只是即管一試，袁何亦知道未必人人都能領會。而且他亦只是自救，並非存心要幫助他們。他預計兩人必死無疑，只望他們可以替他爭取多一分時間，讓他速離此地，逃得愈遠愈好。

一炷香的時間已過，清涼先生已等得極不耐煩，掩日亦已經出鞘。

杜如風望住袁天衣，情深款款，提醒她：「記得到時大叫：別走，他們才會深信我倆真的只顧自己逃命，如此準會追來。」

說罷跟凌雲飛相視而笑，心忖：「清涼先生要殺人滅口，青龍要查出姬伯下落，兩人一定會對咱倆窮追不捨，但願如此。」

只是一瞬間，兩人回頭。凌雲飛對着眼前的授業恩師，如今卻變成誓要殺死自己的敵人，頓感一腔悲憤，不禁流下了兩行男兒淚。杜如風則想到臨死前都終於能夠見到袁天衣，可以為她而死，實在心存感恩，竟也通達舒懷；不過畢竟要跟天衣訣別，也不禁熱淚盈眶。清涼先生倒不為所動。青龍卻想，難道他倆真的視死如歸，打算同歸於盡。

此時杜如風輕聲跟凌雲飛說：「凌兄，別忘記我們還要去找人，別死。還記得來時經過那個石窟嗎？我們在那兒再會，不見不散。」

然後二人拔出手中的承影和七星，即各走一方，飛身穿出屋外。一時間眾人都反應不來。袁天衣猛然想起杜如風最後的叮囑，即大叫：「別走。」

聽罷，清涼先生和青龍才彷彿清醒過來，目光掃過面前袁何和董帥等人，隨即想到還是去追那二人要緊，遂展身跟着飛出屋外。就這樣，四人轉眼間走掉。

袁何等人也一時間反應不來，想不到眼前最大威脅竟然真的一下子就解除了。更奇怪的是，杜如風等四人離去後，那對柳氏兄妹也走了。

不知道是認為殺不了還是不想殺，只知柳翼跟妹妹打個眼色，兩人即轉身離開。前一刻還危機四伏，此刻卻偃旗息鼓，有一股風雨過後的寧靜蕭殺。眾人不敢開腔，又或者都是等袁何發號施令。袁何從懷裏揣出一支小瓶，放到仍昏迷不醒的袁天經身上，說：「這是白世伯後來調配的金創聖藥，療效神奇，經兒不會有事。」本想說句為父也只是迫不得已，但明知女兒不會即刻原諒自己，結果還是沒再說什麼。而且畢竟仍然身處險地，不容耽誤，敦促殷天鵬護着董帥，便趕忙離開。

父親一走，天衣趕忙替兄長敷藥。這時袁天經的傷勢也稍緩過來，張開眼跟小妹點頭，示意暫沒大礙。此時這個滿臉刀疤的男人才終於稍為寬心，破涕為笑。不過這裏始終是凶險之地，還是盡快離開為妙。於是天衣就叫旁邊的橫行背着兄長，也急忙跟着離去。

這個橫行雖然身材矮小，卻力大無窮似的，背着高他尺許的男人，也輕鬆自如。只不過走起路來卻有點拐，原來她的左腳是有點跛的。

當所有人都走了，他才出現。

當日在越王府最後出來殺掉夏侯昌太等人的那個乾字號殺手，此時也出現在青海湖邊的石屋。

路菲，路政元的兒子。有一半胡人血統，父親是粟特人，母親是漢人。十二年前給飛天神龍姬伯帶走，十二年後他變成了一個殺手，而且更可能是璇飛九宮中繼清涼先生之後武功最高和最可靠的殺手，幾乎每次重要任務都有他的份兒，負起的是清道夫的工作，以防萬一，專責對付漏網之魚。正因為有他這最後一着，所以過去組織接下來的買賣差不多全都能順利完成。

他本來是奉命來殺董帥和袁何，又或者更正確的來說，總之誰未死，他就殺誰。

這邊廂袁何以為自己機關算盡，奈何智者千慮。那邊廂清涼先生亦以為運氣靠在自己那一邊，雖然萬料不及袁何竟然真人不露相，亦想不到大漠蒼龍會在此現身，消息指會作援手的隴西五鬼又竟然是對方的人。但幸虧途中殺出一個了凡大師，而青龍又竟陣前倒戈。不過儘管千算萬算也總有意料之外，想不到自己徒兒竟出來攪和，想不到柳氏兄妹亦會無緣無故臨陣退縮，更想不到布下的最後殺着也竟然下不了手。

杜如風可以捨命相救，路菲又怎會落井下石。

如果杜如風都覺得十二年前沒救到那位四妹讓他愧咎不已，那麼這個二哥就只會覺得更難辭其咎，幾乎認定自己是罪魁禍首。還記得當年第一個被神獸帶走的小孩就是袁天衣，路菲曾自願代替，只是當時被父母阻止。後來到驛站給玄武殺手狙擊，父母慘死當場，本來當時就輪到他給閉目神蟒捉去，又竟然讓杜如風替其受罪。雖然最後都逃不出神龍姬伯的魔掌，可當時小小年紀的他已確定自己的命是袁天衣和杜如風先後給他救回來的。

了凡出現後，姬伯退位，把龜茲國交到了凡手上，但生活起居仍然錦衣玉食，對路菲也客客氣氣，甚至愛護有加。不過愈平安無事，路菲就愈覺得對兩位三弟和四妹不起。常擔心他們若不早已殞命，也必然受盡折磨，過着艱苦淒涼的生活。終於一天他鼓起勇氣問姬伯兩個弟妹的下落，問這班神人要他們幾個小孩來幹什麼？

姬伯就這樣跟路菲說：「無色界中有四地，分做空無邊處、識無邊處、無所有處和非想非非想處。太深了，簡單點說，就是見無邊、戀無邊、思無邊和無思之境。眼前無邊無際，心不掛一事，思不記一物，最後根本就連思念記掛都不存在。四地都有代表人物，鬼居見無邊地，魔駐戀無邊地，神現思無邊地，佛見無思之境。之前什麼新一代四神都只是中間的轉折，我們真正要找的就是這四個鬼魔神佛。熾座智力四神都只能做到善惡相分，正邪對立，鬼魔神佛才真正可以令天下大亂。那些勞什子青龍白虎就更不中用，只能做一些雜役粗活。你們這幾個孩子很好，有潛質可以更進一步。」

路菲想了一會，就問姬伯：「那麼我是什麼？」

姬伯答：「你是神。」

路菲再問兩個弟妹會變成什麼。

姬伯說：「跟大蛇和猴子一起的只能當魔，跟着那頭怪雞則更只會是鬼。」

路菲不明：「那麼佛呢？」

姬伯答：「佛現人間。」

想了一會，路菲說：「我要做鬼。」

「為什麼？」

「我不想四妹做鬼。」

「鬼魔神佛本無分別，只是怨怒憂悲屬性不同而已。」

「我就是想做鬼。」

「可那頭怪雞也不賣我的賬，老奶奶我也改變不了。」

「那麼我做魔。」

於是姬伯就帶着路菲去找閉目神蟒和八臂神猿交涉，跟賴非和胡憶解釋：「智仁勇，這頭胡人小子勇氣可嘉，而且心裏有一股怒氣，他更適合跟着你們。」

結果，就這樣杜如風跟着姬伯，而路菲就給交換到賴非和胡憶手上，之所以為什麼後來姬伯要回中原，交託到李山君夫婦手中的會是杜如風而非路菲。

由那時開始，路菲就跟着神蟒和神猿學功夫，後來更當了殺手。這十二年間，如行屍走肉，沒一刻開心過，甚至可以說根本沒一刻真正活過。有飯就吃，有床就睡，有人就殺。其實杜如風跟他一樣，何嘗不是渾渾噩噩過日子。只是杜如風在三刀門中的生活還算安穩寧靜，可路菲多年來都是在腥風血雨中渡過。沒目標沒方向，日子過得一日就一日。以為今次的任務是來殺朝廷命官，誰料竟重遇故人。之前在越王府率先發現杜如風，奈何未能相認。及見這個三弟被牛王吳大春偷襲跌下萬丈深淵，心中既愧且怒，所以一出手就先斃了牛王。

路菲習得神蟒的兩大絕技之一的白行夜渡，能日行千里，神出鬼沒，輕功了得。手上所使的則是來自神猿的天雷地震和天機靈動。此際在青海湖畔，早在清涼先生來到之前，他已經一直窺伺在側。知道杜如風竟能死而復生，腦海已閃過一絲希望，盤算應否跟這個三弟相認，從此脫離殺手組織，跟三弟一起浪迹天涯。可轉眼又得悉義兄袁天經陪同了凡大師出現，又發現原來那位副總管竟是昔日的工匠袁伯。雖然未箇親眼所見，但各人之間的瓜葛糾紛和交手激戰，他都知道得一清二楚。

因為他就一直躲藏在地下的密室，密室就在袁天衣的腳下，所以就連杜如風如何叮囑天衣，他都聽得清清楚楚。雖沒見到天衣手上的三串佛珠，但從她口中聽到喊爹住手，知道她如何着緊袁天經的傷勢，再加上杜如風如何拼死相救，路菲亦已經幾乎肯定頭上之人就是他小時痛惜不已的四妹。

十二年前少不更事，跟三弟一起爭着要娶她做媳婦。如今雖然只活了二十多個年頭，卻如滄海桑田，自己雙手沾滿鮮血，哪敢再有娶妻之念。而且年少才鬥氣衝動，如今又怎會有跟三弟相爭之心。知道他冒死也要替四妹解圍，把清涼先生和青龍引開，更料想他一定仍然對四妹情深一往。可這一切都只是路菲腦裏的猜想，一直未見到袁天衣的臉，就一直都未可證實。

肯定各人都離去後，他才從地下的密室鑽上來。本打算第一時間就去解救三弟，助杜如風對抗青龍。但其實心裏一直掙扎着，因為他此刻最想做的就是追上去，想知道那人是否真的就是袁天衣，恨不得可以得見一面。

也許世間萬事萬物，其轉變發展，都只是一念之間。正躊躇之際，有一個人幫他決定了。

當時石屋內除了給清涼先生解決掉的那四個人，分別是來自西夏國的一對兄弟和播威鏢局的一雙父子外；還有一人，就是了凡大師。

其他人也許沒這份心思，都沒留意；又或者沒有這個聽力，因為真的氣若遊絲了。不過路菲給訓練成為一位埋伏偵察的高手，聽覺嗅覺異常靈敏。先見到專門啄食腐屍的烏鴉已經有幾頭撲到其他四人身上，再聽到屋內竟有人還有氣息，而且很快就知道是從了凡大師身上傳來。他立即過去為大師運功療傷。

直過了差不多一盞茶的時間，了凡大師終於吐出一口烏血，眼皮終於可以微微張開。雖然身體還是十分虛弱，可性命總算撿回來了。不過還是應盡快離開此地，覓地休養。可是在此苦寒之地，四野無人，又逢風雪漫天，實在不知道最近的莊稼獵戶在哪裏。即時想到的就是跟隨袁天衣等人的方向走，他們既然要救回袁天經，附近必有落腳處。那麼只要追上他們，找到他們幫忙，了凡大師還有望可及時得到醫治照料，不然縱使撿回一命也可能從此武功盡失。而且一定要盡快趕上，若再耽誤片刻，縱有過人的追蹤能力，大雪也會把所有留下來的足迹線索遮蓋。於是扶起了凡大師，撕下破布，把布條綑成繩索，讓了凡大師在自己背上固定好，便立即追上去。

路菲輕功了得。縱背着了凡，速度還是比一般高手快，本應可以追上袁天衣等人。奈何好事多磨，有人擋路。

臘月時節，西北的大雪山中，斜陽墜落，餘暉猶在，卻是天欲藍，頓映得一大片雪地又紅又藍，如雪女的羞臉，如粉面上的紅霞，如海底的紅珊瑚。前面茂密的杉林，樹影重疊，黑壓壓一片。風吹過，樹影撩動，猶海中巨獸翻舞。而當中，就有一條小魚隱身在巨鯨身後，潛伏在巨大的黑影之中。可路菲經過長年累月的訓練，對周圍的殺氣十分敏感。一進入樹林，已覺有人虎視眈眈。

第五章　隴西五鬼

【第九回】

敵人不是來對付路菲或了凡大師，只是來阻止二人繼續前進，是來保護袁天衣等人。

隴西五鬼只出現了兩鬼，此時出現的正是其餘三鬼之一，殘月是也。

擅長狙擊埋伏，曾試過三日三夜不眠不休等目標人物出現。若果她也成為殺手，可不比路菲遜色。

練的是火影斬，徒手揮舞，火勁如刀割體，殺敵於無形。

剃人頭者亦剃其頭，想不到過去老是伏擊敵人的路菲，今次輪到被人狙擊。

璇飛九宮的主力，輕易就擺平夏侯昌太等三人，武功自然了得。況且之前袁何給杜如風兩人誦唸《吟留別賦》，路菲就在他們腳下的密室，聽力又過人，都同樣聽得一清二楚。本無心強記，卻就是縈繞心中，揮之不去。如今在雪地上趕路，詩句自自然然在腦海中浮現，竟更身輕如燕。雖然背着一人，卻走得比以前更輕鬆似的。

以往，路菲可能二話不說就衝過去。可如今重遇故人，頓萌從此洗手不幹退出殺手組織之念，心裏已經沒有動不動就殺人的念頭。而且開始時根本不知對方來意，不知道對方究竟是衝着自己而來還是想對付他背着的了凡大師，不知來者究竟是男是女，是老是少。還是先探虛實，先禮後兵。便朗聲道：「晚輩並無惡意，此番是要去救人。還望前輩引路，指點迷津。」

萬籟俱寂，彷彿世上再沒有聲音似的。整個大雪山，就似只有自己一人。可疾風吹過時，又似草木皆兵，世間一切都在一瞬間千變萬化。漫山樹影抖動，時而右邊有人影出沒，時而左方有快影閃動，任路菲原是此中高手竟也一時間束手無策。不過他深深明白，獵人靜待時機出擊，獵物也在覷準時機逃生，捕獵者和獵物之間的角力就是比耐性。誰按捺不住，誰就露出破綻。

再想之前接獲的情報都沒有了凡大師這個人物，料想他的出現應是變數。而自己的出現，就更不應該有人預先知道。這時他已想到，或許來人是袁天衣的夥伴，目的只是想阻止他再追上去。而且過去的經驗告訴他，捕獵者一定會選擇最好的位置來預先埋伏。如果目標是身後背着的了凡大師，敵人應該在他後面。可如今他清楚知道敵人就在前方，只是不知隱身在哪株巨杉後面，所以目標一定是自己。

此際刻不容緩，既要救人，又要盡快追上去，不然之前袁天衣等人留下的足迹和袁天經身上金創藥的藥味都將會盡被大雪掩蓋和強風吹散。

本來最保險的方法就是跟捕獵者鬥耐性。這方面路菲也不遑多讓，試過在雨夜等候目標出現，淋了兩天的雨，身都沒動過一下，半步都沒走開過。可此際實在不容他跟對手耗時間。雖然敵暗我明，可狙擊者務必一擊即中，不然暴露所在位置，便即時失去埋伏狙擊的優勢，換成雙方平等對決的局面，這是狙擊者最不想遇到的情況。而且路菲有信心，憑他的輕功，只消敵人一現身，他準能制敵於彈指之間。

於是兵行險着，把本應是負累的傷者，變成有助取勝的優勢。既然相信對方的目標是自己，便毅然轉身，把背上的了凡大師向着前方。一展輕功，如箭離弦，向後疾飛過去。埋伏的捕獵者原以為佔了地利，頃刻優點頓變缺點。不容細想，局勢有變，就要即刻行動。而且狙擊者的第一法則，就是敵不動我不動，敵欲動我先動。

路菲轉身背飛其實都只是一念之間。路菲快，殘月的火影斬更快。地上腳步一展，樹上黑影一晃，一道火勁即從其中一株樹頂飛射下來。只是萬料不到，火勁快，路菲的白行夜渡更快。不用躲遠，只消僅僅避過，路菲就乘此一瞬間掉轉方向衝向火勁發出之處。頃刻，攻守互換，捕獵者變成獵物，變成路菲狙擊殘月。火影斬連珠炮發，路菲如影隨形，左縱右躍，每次都總能從匪夷所思的角度避過火影斬的攻擊。

白行夜渡最厲害的地方除了可日行千里外，短時間內的爆發力也十分驚人。而且一口真氣竟可分成多段爆發，讓他有餘力在飛簷走壁間突然轉換方向，速度絲毫不減。才一瞬，路菲已來到殘月面前幾丈而已。及此，路菲才看到眼前的敵人竟是一名少女。思緒一閃，想到對方必然是袁天衣的夥伴，敵意即除。面對又再射來的火勁，竟不閃不避，運起天雷地震的護身氣勁，舉起雙臂擋格。自己也嚇了一跳，全身竟如包在金色光球內一樣。隨即借勁彈開。不再戀戰，轉身就走。

天邊落霞如火，杉林如燭。走出杉林，可前無去路。面前一大片雪地，但兇險處可比後面被殘月火影斬波及而起火的杉林更有過之而無不及。

隴西有五鬼，只擺脫了殘月，當然還有其他人。

此時忽見長影斜落，一位身穿青裙、披着狼毛大裘的姑娘站在不遠處，頷首低眉，右手握劍，左手持着一支竹桿，如瞎子向前探路。

面前就是隴西五鬼的四妹，眉清目秀，長髮烏亮，膚白勝雪，如綽約仙子。只可惜一對招子廢了，雙目緊閉。

只聽出林溫柔婉約地說：「多謝公子之前手下留情；可老大吩咐，行蹤要保密，恕小女子未能讓公子通行，請回吧。」

說罷，出林刻意露一手示警。頭上剛有烏鴉飛過，她頭也不抬，右手一揚，手上長劍即劃出一道火舌，可比黃昏紅霞更耀目璀燦。火舌一捲，剛飛過的烏鴉就給燒着掉了下來。所使的正是火影劍。

之前那個袁何跟了凡交手時用的是火影掌，剛才殘月用的是火影斬，這個出林使的是火影劍，全都源出《吟留別賦》。

隴西五鬼，情同姊妹，而且各人各司其職，擅長不同的功夫和工作。

袁天衣當日被浴火神鳥帶走。神鳥米可本是扶桑國異人，本名望月五右衛門。神鳥只收女孩為徒，所修的是《吟留別賦》內所記載的火影大法。除袁天衣外，他還收了另外三位女弟子。年紀相若，又各染頑疾，過去幾年這班女孩都一起生活，相依為命，後來就更結義金蘭。因為常易容喬裝，沒多少人知道她們的廬山真面面，又神出鬼沒，江湖上便給他們改了一個隴西五鬼的諢號。

過去露面都是打家劫舍，可劫的是馬賊的窩，打的是惡棍淫賊，栽其手裏的武林敗類不下百數。發號施令運籌帷幄的自然是老大寒雲。二妹殘月十歲時父母被仇家所殺，之後大病一場之餘，又怕跟人接觸，漸變啞子，從不說話。都是美人胚子，可性格孤僻，冷漠陰沉，不喜不怒不憂不恐。三妹橫行看似年紀最小，但其實患了一種罕有的不老病，不長高不變老，智力也只有小童的程度，但其實都已經有十六、七歲。左腳不良於行，卻力大如牛，練的是火影拳，她是寒雲的貼身保鑣，向來只聽老大的話。整天黏着老大，猶小孩跟着媽媽一樣。四妹出林自幼視力欠佳，出身邊城望族，惟十歲時家園給戰火摧毀，父母俱亡。眾姊妹中，出林讀書最多，也一派大家閨秀模樣。不愛偷襲，不會乘人之危，每次都會公平對決，火影劍造詣不凡，跟凌雲飛比較或不相伯仲。橫行總黏着寒雲，出林就一直照顧着殘月，亦只有她聽得懂這個從不開口的二姐的心事。而五妹斬樓蘭呢？則沒多少人見過。每次要對付一大班人，就是斬樓蘭出場的時候，可平時都不見她的蹤影。

此刻要阻擋路菲繼續追尋袁天衣的就是這個四妹出林。按之前部署，於此地戒備以防後有追兵。排在殘月之後把關，武功自然更勝二姐。

見對方沒有主動出手，深信對方只是要阻撓自己追查袁天衣的行蹤。路菲便再試，喊着：「在下真的絕無惡意，只想求隴西五俠救人，在下跟寒雲姑娘更是舊識；而且救人要緊，還望姑娘帶路。待在下跟寒雲姑娘相見，便知在下並無虛言。」

出林不知了凡是誰，更不會知道路菲原來是老大寒雲故友；默言不語，此刻她只想像自己是一道閘，要做的就是不可以讓任何人通過。

救人事小，見人事大。路菲從來都未為過自己而活，沒有目標沒有方向，可如今終於有一件事想為自己而做，就是去見一見袁天衣。這是他有生以來第一次有一個奮鬥的目標，甚至可以說是他生存下去的唯一目標，又怎會輕言放棄。也許要鬥個旗鼓相當，他只使出八成功力就可以；可如今要背着受傷的了凡，又要不傷害對方，又得速戰速決，路菲便必須豁出十二分功力不可。

知道瞎子只能靠聽聲辨位，路菲猜想出林一定是從所處位置築起一道橫向平行的防線。誰接近這條界線，她都有信心可以一劍就把對方擊落，不容任何人或物再前進一步。甫念及此，路菲竟拳轟地下，運起天雷地震十二成功力，不停在出林面前東竄西跑，把地上厚厚的積雪激盪得如白浪翻天。

出林目不視物，本也不為所動。直至腳下的積雪也因周圍的餘勁帶動而揚起，腳步一錯，那條平行的防線即刻移位。也許沒有人可以在她面前衝過去，但現在變成敵人可以在她面前掠過，出林已沒十足把握。先機已失，再要聽聲追逐路菲身影已遲。而且一副心思都放在阻止對手繼續前行的部署上，再加上之前路菲對殘月都手下留情，沒有咄咄相逼；遂沒想過對方竟會向自己出手。可路菲臨陣對敵的經驗畢竟比出林豐富，佯裝要衝出重圍，詎料轉身即施展白行夜渡的絕世輕功，欺近出林身前，使出天機靈動，點中她左臂的天泉穴。她左臂乏力，沒能拿穩手杖。瞎子掉了手杖，猶常人忽然目不視物一樣，會即時方寸大亂。此時出林也驚慌得胡亂出劍，運劍成火網，以防敵人再欺近。乘此倉皇間，路菲即展身逃去。

雖只一瞬間，但已足夠讓出林收歛心神，甫聽出路菲逃走方向，火影劍即後發先至。火勁從後襲來，路菲本應可以避得過，怎料背上的了凡大師突然好像很辛苦似的叫起來。路菲以為他中劍，關心則亂，稍有遲疑，慢了半拍，錯了半步，左腳小腿就給火勁掃過。

一般武者，怕且整條小腿已經給削了下來。倒算路菲功力深厚，天雷造就一雙鐵臂，地震修成一對鋼腿。可火勁歹毒，灼熱處如星火燎原，傷口會如火勢般一直蔓延，愈來愈大，愈來愈深。

路菲再向前走了數百步，上了一個小山丘，眼前頓現山壁下一間小木屋，瞥見一男子正扶着一位傷者入內。之前走過半個山頭，危機四伏，過關斬將，還不算千里迢迢；可此刻跟故友只是數十步之隔，卻彷彿天各一方，咫尺天涯。

見路菲追來，也不明對方身分來意，此刻只關心兄長傷勢，不想給任何人騷擾，更不可以暴露行藏。入屋前，頭也不回，袁天衣吩咐跟在身後的橫行說：「斃了他。」

之前拼命追來，雖沒給殘月的火影斬劈中，可衣衫已有多處給火勁燒焦；左腳小腿受傷處又愈來愈痛。傷疲交煎，到此刻彷佛見到伊人身影，一顆心更登時軟了下來，緗緊的精神也一下子鬆懈，再使不出半分勁力似的；路菲已無氣力再行前一步。

過去十二年來從未在人前示弱，此刻終於有機會見到故友，但擔心這個男人根本就不是袁天衣，又怕她不再記得自己，甚至閃過幾經波折卻到最後關頭還是無法相見之念，竟不期然把過去一直隱藏的軟弱也一股腦兒流露出來。又急又慌，路菲不禁大叫：「四妹！」可喊聲一過，橫行的火影拳已殺到。

黃台之瓜，何堪再摘。此刻的路菲渾身沒勁，只憑本能舉臂擋格。給火影拳一轟，即如風中敗絮，從小山丘上掉了出去。只是身上有一股英氣支撐，潛意識裏想着不可讓背上的了凡大師再受牽連，竟能不跌個四腳朝天，勉力弓背紮馬穩住身形。但也實在支持不住，猛地吐出一口鮮血，跪倒在地。

聽到有人喊叫四妹，即時以為所指是出林，可向來都是姐妹間才會如此稱呼，怎會有男人叫出林做四妹。而過去一生人中，聽過男性喊一聲四妹的，就是來自兩位義兄；袁天衣心頭一震，如遭雷殛，想到對方呼叫的，會否其實是自己，便大聲叫着：「住手！」更即時飛奔出來。幸好及時喝住，不然橫行正要上前追加一拳，把路菲給斃了。

袁天衣出來看到跌倒在地的路菲，之前沒認出杜如風，因為男大也一樣十八變之餘，亦實在沒想過會在那裏重遇故友。如今聽別人喊叫四妹，路菲又有胡人血統，樣貌與中土人士始終有別，而且袁天衣一生人就只認識路政元這一家胡人，故一見面便能認出對方。十二年來跟親人闊別，雖然曾經想過去找他們，後來知道娘親離世，父親又失蹤，只有兄長應還留在龜茲國內；但自己身染怪病，過去也殺了不少人，雙手沾滿血腥，總覺得沒面目去見兄長，便拖延至今。可世事就是如此難料，多年不見，卻竟一天之內就重遇父親和兄長，此刻居然還見到一直朝思夢想的二哥。不過天意弄人，父親竟變得野心勃勃，冷血霸道。一見面，大哥即身受重傷，二哥更差點死在自己手上。

此時殘月和出林亦已趕到。袁天衣見到昏迷的路菲，又再急得哭了。橫行跟着這位大姐，只當大姐又是慈母又是嚴父，何曾見過她如此脆弱傷心，竟兩番落淚。其餘兩個妹妹自然也大感詫異，不知如何是好。袁天衣忙吩咐三個妹妹扶了凡大師和路菲到屋內，給他們敷藥之餘，袁天衣和幾位妹妹還分別替了凡大師和路菲輸送真氣。了凡大師傷勢本應最重，然內力深厚，經一輪推宮過血，已能自行運功療傷。袁天經所受的畢竟是皮外傷，經敷藥後，已無大礙。此時反而路菲傷勢最重，先中火影劍，復捱火影拳，內外俱傷，一直昏迷。袁天衣便徹夜照料，未敢有一刻離開他的身旁。

袁天衣當然知道兩位義兄都喜歡自己，初時亦沒有特別偏愛哪一位，只當兩小無猜，大家開開心心一起，根本沒有真正男歡女愛之念。及至後來被朱雀組擄去，當天開口說要代替自己獻給浴火神鳥的就是路菲，路菲那一句說話便一直記在天衣心裏。雖然過去十二年來，總算跟幾位妹妹相濡以沫，也沒再想過有機會跟這位二哥相見。但每當想到家破人亡孤苦無依時，能夠讓她有鬥志有勇氣繼續捱下去，就是路菲那句說話，就是有人願意為她而死，就是只有這個二哥可以不要性命來保護自己，所以她也只好咬緊牙關活下去。

第一個被神獸帶走的是袁天衣，第二個是杜如風，他們都不知之後發生了什麼事。而且只有神龍姬伯才客客氣氣，其餘三位神人都兇神惡煞，見面都是教授武功，從來沒半句溫言暖語。袁天衣和杜如風便沒有問過其餘各人下落，以為他們都凶多吉少，只有路菲從姬伯口中得知各人也許尚在人間。到後來他們長大，竟無意中各自都隱藏了行蹤，一個變成隴西五鬼的寒雲，一個變成璇飛九宮的殺手，一個變成細小幫派三刀門的門人，本來的身分沒半點兒透露出去。

路菲想見袁天衣一面，到真正有機會見到，反而怕功虧一簣，怕最終好夢成空。半夜悠悠甦醒，眼前竟是換回了女裝的袁天衣，只以為一切都是造夢，便喃喃自語：「我是在天國嗎？」

袁天衣既驚且羞，驚者是想到路菲以為自己死去到了天國，怕他真的有什麼不測；羞者是想到路菲看見自己，便以為自己是天國仙子，從來都未聽過男子讚自己貌美，更何況是自己芳心暗許的人，更覺又羞怯又開心。

此時的袁天衣已換回女裝，肌若凝霜，別有一番冷艷。對着兒時的故友，收起往昔的世故冷靜，就更展露出難得一見的天真嬌柔。只聽袁天衣溫柔地安慰說：「二哥，我是四妹，你不會有事的，我就在你身旁。」

乍見天衣，也不知是真是假。只覺就是假，也實在皇天不負有心人，讓他在死後也可見到伊人一面。路菲像夢囈似的說：「太好了，我一直都在找你，找了很久，找得好苦。你沒事，就好了。」

從來最堅強的人，在親人身邊才最沒防備，才會禁不住暴露自己的軟弱，才能抒發一直掩藏着的悲傷委屈。此刻的寒雲就變回昔日八、九歲時的小女孩，依偎在路菲身上。過去的艱辛悲苦都統統如潮般湧至，猶劫後重生，又開心又覺得委屈，不禁淚如雨下。

袁天衣折騰了一整天，情緒起伏又大，又驚又怒，又喜又悲，再兼徹夜未眠，一直在擔心路菲傷勢。見二兄醒來，應無性命之虞，繃緊的精神終於放鬆下來；此時她再也支持不住，伏在路菲身上沉沉睡去。

如此又過了半天，反而路菲先醒過來。也不知是否因為夢中感到天衣就在身旁，體內不期然生出一股勁力，要盡快復元，要挺身而出保護這個四妹，再不能讓她受驚遇險。總之，身上的傷，就是神奇地快速痊癒。醒來後，感到天衣伏在自己身上所傳來的暖意，再看到她手上的三串佛珠，終於肯定那不是造夢，面前這個就是他生存在世唯一的目標，就是他最疼惜的四妹。春宵苦短日高起，從此君王不早朝。路菲本來也想就此再躺一會，可一來擔心了凡大師的傷勢，又怕四妹這樣躺着受涼，便悄悄下床，把被褥蓋在天衣身上，然後走出房間。

走到廳中，只見一黑衣少女獨坐窗前眺望遠方，正眼都沒看自己一下。路菲認出，這不就是之前在杉林裏伏擊自己的少女嗎？不期然看一下自己身上的衣衫，被火勁燒焦的痕迹還在，實在不知好氣還是好笑。此時，一個小孩似的女童進來，猛盯着自己，鼓腮賭氣，一臉不悅似的。路菲也猛然想起這不就是最後一拳把自己打得倒地不起的人嗎，原來竟然是一個小女孩。但為何她仍然對自己惡狠狠，不懷好意似的呢？

撐着竹桿的青衣少女來到，跟那小孩說：「三姐，別這樣，他可是大姐的二哥，亦即是我們的二哥，是我們的親人，要好好對他才是。」

只聽橫行說：「又是哥哥？為何忽然多了兩個哥哥？」然後指着路菲，問出林：「怎麼他沒死？」

原來橫行過去甚少出手，對付敵人都是殘月、出林的工作，橫行只顧保護袁天衣，又只聽袁天衣的話。情非得已出手，她都一定毫不留情，每次出手都總把對方擊斃；故她以為她一出手，對方必死無疑。現在路菲竟然沒死，這還是她第一次遇到。

出林嫣然一笑道：「這位二哥就是武功了得，與別不同；所以才可以做我們的二哥。」

橫行不明所以，問：「那麼那個大哥呢？他又有什麼了不起？」

出林答她：「大哥讀過很多書，學問很好的。」

橫行轉頭好奇地打量着路菲，傻氣地問：「你的武功真的很了得嗎？」

路菲當然不敢妄自尊大，卻見出林跟他連使眼色，便尷尷尬尬地點頭。

誰料橫行竟說：「那麼你教我武功吧。」

路菲也唯有說：「好，我教你武功。」

聽到路菲肯教她武功，橫行態度即時轉變，拉着路菲的手，叫他坐下，喜孜孜說：「快點吃吧，四妹做的麵，很好吃的。」

看到路菲一臉疑惑，出林一貫溫柔地解釋：「我也叫四妹，不過這只是我們姐妹間的稱呼，兄長叫我出林好了。」然後向他逐一介紹兩位姐姐。又說：「之前不知二哥跟大姐相識，多番得罪，小妹還未向二哥請罪，也請兄長恕過幾個小妹無禮。你不介意我叫你二哥吧。」

「當然不介意。」

「腳傷好多了嗎？」

「很好，都不痛了。」

「可惜我們都是女兒家，沒衣服給兄長替換。」

路菲正感疑惑，怎麼這個出林，明明瞎了眼，卻好像什麼也看得見似的。

出林卻彷彿聽到路菲心中的疑問，逕自答：「實在失禮，平時粗活都是由我來做。雖然瞧不見，不過倒沒有什麼不方便。」彷彿知悉他心中所想，教他更感奇怪。

出林又說：「一點也不奇怪，二哥是好人，跟二姐和三姐一樣，正直善良，心裏的聲音都特別大，很容易聽。」

路菲只感難以置信，他覺得這個出林的能力可比什麼神功更匪夷所思。

出林跟橫行說：「糟，忘記了廚房中還有一些酸菜。三姐，你可以去幫我拿來嗎？」

橫行嘟着嘴問：「你為何自己不去？」

出林道：「妹妹我看不到嘛。」

橫行連忙道歉：「別生氣，忘記了，我去拿吧。」

待橫行離去，出林就向路菲解釋橫行心智有損，猶似小孩；殘月就寡言怕生，從不跟人說話；而自己則目不能視，諸多失禮，叫路菲莫怪。

路菲說想去探望袁天經，出林勸他吃過東西才去。吃罷，她就帶他去見袁天經。此時袁天經雖然仍然臥床，但已能半躺，跟路菲互道過去的種種，路菲也不介意在這個大哥面前坦白自己本來是殺手一事。

袁天經問：「那麼你會在此時於這裏出現，也是因為……」

路菲臉有愧色答：「不瞞大家，我是奉命來殺袁世伯和那個叫董帥的大官。」

袁天經反而安慰他說：「你看，冥冥中早有主宰。若果你不是有任務在身，又怎會千里迢迢來到這裏，又焉能跟我們重逢？塞翁失馬，焉知非福。過去的就由它過去吧，最重要是今後能改邪歸正，重新做人。」

路菲跟袁天經見過面，也不敢打擾他休息。之後就去見了凡大師。回想昔日了凡就好比一個大哥哥一樣照顧自己幾個義兄弟妹，又親眼見到他如何身套光輪，成為新一代的神人，故今天路菲對着這個了凡大師還是畢恭畢敬。

身負奇功，又休息了差不多一日一夜，了凡已經可以自行運功療傷。雖未神元氣足，倒也精神奕奕，只是功力還未恢復而已。路菲向了凡憶述大師受傷昏迷後的種種經過，說到之後杜如風如何使計引開清涼先生和大漠蒼龍兩人，又說如今大師有四妹照料，他正打算出發去追尋三弟的下落。而且已經耽擱太久，恐義弟有什麼不測，實在刻不容緩。路菲這番解釋，也正好全部給醒來站在寢室門外的袁天衣聽進耳裏。此刻袁天衣才知道救她性命的是杜如風，真在又愧咎又焦急。急得她也顧不得禮儀，衝入房內說：「我也要去。」

之前兩人獨處房中，猶劫後重逢，真情畢露；可如今對着長輩，而且都已經冷靜清醒過來，此時又正商討救人一事，故兩人見面反而顯得靦靦腆腆。

了凡卻道：「救人當然要緊，可此刻有一件更重要的事情等着你們去做。」

了凡大師對着袁天衣說：「杜兄弟當然要救，但救人跟救蒼生，還是有輕重緩急之分。此際令尊未能如願，未能得到金龍劍，難保他已另派援手去搶。天下蒼生禍福當繫於此劍之上。此劍萬萬不能落入任何人之手。貧僧也想何不毀之，一了百了。但擔心如此草率，若生出更大的禍端就難辭其咎。於是本想着以己之力，圖力挽狂瀾。可實在不自量力，想不到令尊武功亦臻化境。之前也想到，若未能勸退尋劍之人，如何是好？把劍收藏起來，對方遍尋不獲，殺人洩憤，大開殺界，貧僧一樣罪孽深重。故把劍交到杜太傅手上，由他保管定奪。」說到這裏，了凡轉過來對着路菲說：「杜太傅亦即是杜兄弟的父親。貧僧只怕奸人找上太傅，對他不利。與其茫無頭緒去找杜兄弟，倒不如先去救他的爹。既可解救蒼生，貧僧相信杜兄弟亦希望你們這樣做。」

路菲跟袁天衣面面相覷，一個是殺手，一個是賊匪，本無解救天下之心，只是大師當面相求，實在不知如何是好。

袁天衣先說：「妹妹聽二哥的說話就是，你要去那裏，我就去那裏。」

路菲聽在心裏，那兩句就跟嫁雞隨雞一樣，感動開心，但也難過，怕有負伊人。不過畢竟是男子漢，古代的男人或多或少總有這份救國救人的心腸，便跟了凡道：「謹遵大師吩咐。」

了凡遂說：「你們務必要把劍拿到手，不可交予任何人，亦不用送回來，找個地方隱居，把消息傳出去，說劍就在你手上。」

當仁不讓。不管是誰藏有此劍，都只會招來惡運，惹來武林人士爭奪。了凡本想過由自己去把劍藏起來。也許顧慮到身負一國之君的重責，還有國家要打理。又或者顧及到路菲與袁天衣既兩情相悅，從此帶着劍相宿相棲，亦未嘗不是一件好事。又或者考慮到兩人都已經沒多少個親人，敵人無法捉拿親人當人質來要脅；最重要是，想到最大的敵人就是袁何，縱狼子野心，也虎毒不吃兒，袁何應不會向女兒下毒手。

了凡道：「此去東面二十里有一赤土石窟，杜太傅就在那裏。快去吧。」

路菲頓感詫異，說他之前聽聞杜如風就是相約凌雲飛在那裏見面。

了凡大師不無感慨地說：「也許真的冥冥中自有天意。」

【第十回】

袁天衣重逢親生兄長，可轉眼就要分離，甚至可能從此不再有機會相見，卻沒有說可能要遭全個武林追捕，只是說要跟路菲去尋找三哥杜如風。

這個袁天經有點耿直魯鈍，不明白為何小妹面帶憂傷，只以為她擔心杜如風的安危，遂安慰她道：「不用擔心，吉人自有天相，你一定可以找到三弟。要帶他回來，好等我可以當面向他道謝。」

聽他這樣說，袁天衣更不禁淚盈於睫。

袁天經還是不懂，只管一腔正義似的教訓道：「傻妹子，你可不是三歲小孩，別動不動就哭。有二弟關看照料，我也放心。雖然曾誤入歧途，但我相信二弟還是昔日那個古道熱腸的傻小子，頗有俠氣。你也別介意他的過去就是。」

袁天衣唯有默默點頭。自己曾在江湖殺戮，雙手沾血，面對這個不諳江湖的兄長，反而覺得他的天真才是難得的善良。

跟大哥道別後，就去見幾個妹妹。雖然天衣沒說可能一去不回，而且更刻意收起臉上憂色。可瞎子就是挑通眼眉，眼盲心不盲；四妹出林縱然瞧不見袁天衣的神情臉色，卻就更能洞悉她的心事。殘月不愛說話，也不愛聽別人說話，袁天衣沒跟她說什麼。只拍着三妹橫行的頭，撫着她的臉，說：「我不在的時候，你要幫忙照顧二姐和四妹，要保護她們，也要聽四妹的話，知道嗎？」

橫行只悶悶不樂地說：「你不用我保護你？」

袁天衣安慰道：「這次行動很輕鬆平常，有二哥同去就可以。你要保護這裏四個人，責任更大，你做得到嗎？」橫行嘟噥着：「做得到。」

此時路菲也幫忙開解說：「我回來之後就教你武功。」

橫行頓時興奮過來，說：「一言為定。」但轉念又想到，說：「哎！你不是我對手，是我手下敗將。幹嗎我要跟你學功夫？」

路菲也一時語塞，袁天衣就幫忙解釋：「當時二哥受了傷，所以才打你不過。」

橫行即說：「我們再比試過。」

袁天衣忙說：「二哥此時還有點傷，等他完全康服過來，就再跟我們的三妹比試。」

橫行問：「何時回來？」

袁天衣看一眼路菲，才幽幽道：「很快，兩三天的事。」說罷就來到四妹出林跟前，拉着她另一隻沒拿竹桿的手，溫言道：「要辛苦四妹了。」

四姐妹中，其實最堅強就是這個瞎子出林。她本來也難掩離愁，但明白不應令大姐更內咎難堪，只說：「放心，大姐，去做你要做的事，四妹料理得來。」

袁天衣聽到四妹如此為她着想，更感難過，嘆道：「沒有我在身邊，三妹準會很傷心，一定會嚷着要去找我。」

出林安慰說：「到時若真的攔不住，就帶她到中原走一回，反正我們幾姐妹都未去過中原。也許到時花花世界，她就會樂而忘返，連大姐也忘記得一乾二淨了。」

袁天衣明知出林只是說着安慰說話，心裏明白三妹橫行又怎會忘記自己。實在差點兒就想改變主意，留在三個妹妹身邊。

此時，一直躲在一旁的殘月走過來，拉起袁天衣的手，在手上寫道：「回來。」

正因如此，袁天衣反而下定決心，無論如何，要走的話，要避世的話，也一定回來找回幾位妹妹才一起隱居。遂跟殘月說：「等我回來。」

難得二人共處，本應卿卿我我，奈何風雪飄搖，寒霜欺鬢，此去縱沒凶險，可之後就等同跟整個武林為敵，跟父親袁何決裂，艱難處實在比過去任何一次劫貨暗殺都有過之而無不及，而且更孤獨無助。袁天衣過去一向深沉冷靜，指揮若定；只是這兩天，一時做回女兒，一時變做小妹，霎時間當了個弱者。此際跟幾個義妹分離，依依不捨，頓使她尋回大姐本色，重新披上寒雲的戰袍，跟路菲說：「二哥，待取回劍後，要回去帶幾位妹妹一起走。」

路菲想，與其到時難捨難離，糾纏不清，不如現在就說清說楚，便說：「四妹不用走。拿到劍後，四妹就代替二哥繼續去追尋三弟的下落。如果如此幸運，到時已經重遇三弟，你們兩人就回去帶着幾位妹妹，退出江湖，隱居山野，從此過些逍遙快活的日子，別再跟什麼爭逐天下第一和神人神獸扯上任何關係了。」

倘是在不久之前，袁天衣可能會即時急得淚如雨下，問着路菲究竟發生什麼事；可現在已經變回寒雲的身分，遂強作鎮定地問：「二哥不是要跟妹妹一起生活嗎？」

她雖然小時有父母教導，可成長時的青葱歲月已經要特立獨行，更孤身在江湖上打滾，用拳頭和刀劍殺出一條條的血路；並且一直感染江湖中人的習氣，快人快語，少了一般人的禮教拘謹，私訂終身也只是自然不過的一回事。簡簡單單一句話，不光是表白，簡直就等如女兒家主動向男子求親。

袁天衣這番心思，路菲又焉會不知，但他只能說：「二哥慣了獨來獨往，獨個兒生活根本不成問題，之前還不是這樣過日子。當一個殺手，本來就是跟整個武林為敵。你二哥我輕身功夫還算不俗。放心，沒有人會找到我的。跟蹤功夫就更了得，過得三五七年，二哥自會來找你跟三弟重聚。」

路菲本來一心就要成全三弟和四妹，再加上當了殺手，就更認為自己沒資格成家立室。

袁天衣問：「你是這樣想？」

路菲答：「我是這樣想。當日四妹喬裝易容，想來三弟一定是認得你手上的佛珠。假如當日不是三弟足智多謀，犧牲自己去引開清涼先生和大漠蒼龍，之後都不知會發展成怎樣，後果可能不堪設想。」

之前路菲已跟眾人交代過他為何會在這裏出現，袁天衣知道原來當日他就是藏身在她腳下的密室。

袁天衣問：「若三哥沒去引開他們，難道你不會出來救我們嗎？」

路菲說：「我當然想過出來跟三弟並肩作戰，但畢竟這不是上上之策，混戰起來，易出差錯，還是三弟這方法最穩妥。而且那兩名殺手還在屋內，想過殺他們一個措手不及，誰不知他們竟會放棄任務。為防璇飛九宮除了我之外還派了其他殺手來趕盡殺絕，所以才一直躲在密室內監視着。本來打算待你們安全離開後，就即刻去幫三弟對付那個大漠蒼龍，但又不可以丟下了凡大師不顧。若三弟有什麼不測，那都是我的錯。」

袁天衣彷彿都沒理會其他事情，只問：「你不是追上來見我的嗎？」

見路菲猶豫，又道：「曉得了，我們還是快點趕路吧。」

不錯，一天前，杜如風本應死了。

雖然這個青龍只是當年青龍殺手中的七弟，應該是武功最低的那一個，但當年已可跟白虎組的老大拼個旗鼓相當。再經過十二年的磨練，武功更上層樓，不然也不會被譽為天下五劍之一。杜如風無論如何都不是這個大漠蒼龍的對手。自知功力跟青龍仍然有一大段距離，杜如風走不了多遠就已經停下來，跟青龍講道理。

杜如風說：「我不會跟你打，你殺了我吧。」

青龍問：「你不怕死？」

杜如風答：「當然怕，只是我也怕很多其他東西，怕見死不救，怕後悔一生，怕背信棄義。」

青龍說：「你無非想把我引開，想救那幾個做官的，如今已經做到了。你只消告訴我姬伯下落，或許我可以饒你不死。」

杜如風答：「就是因為不可以告訴你，所以才叫前輩殺了我。」

雖然意外，青龍倒也一派鎮定，說：「別叫我前輩，我才大你幾歲罷了，我不吃這一套。我記起了，你就是李山君救了的小孩，當日姬伯就是帶你去找他。所以你才知道我跟姬伯的事，但其實你根本不知道那老賊的下落。」

杜如風竟然說：「我的而且確知道，只是不能告訴你。」

「你這是在消遣我嗎？」

杜如風搖頭。

青龍終於有點生氣，威脅道：「好，你不怕死。我就回去殺了那班狗官，諒他們也未能走遠。」

杜如風說：「雖然未必能追上前輩，但總能趕到，到時晚輩一定會盡力阻撓，救不到也要替他們報仇，最後還不是死在前輩劍下。既然如此，前輩乾脆現在就殺了我好了。」

「不是叫你別叫我前輩嗎？料不到你真的想死。好，就成全你。」話畢，青龍劍已出鞘。

杜如風淡淡然說：「且慢。」

「我以為你真的不怕死？」

「晚輩不能相告，但晚輩可以帶前輩去。」

「你敢再說一次前輩，我就即刻斃了你。你還有什麼條件？」

杜如風答：「晚輩認識一位高人，此高人清楚姬伯下落。惟因為未經高人允許，所以未敢把高人住處告知尊駕。晚輩願意跟尊駕一同前往採訪，不過必須跟凌雲飛一起去。」

「誰是凌雲飛？」

「就是清涼先生的徒兒。」

「兜兜轉轉，你就是要我去幫你救那個什麼凌雲飛，幫你將清涼先生打發掉。」

杜如風仍不亢不卑地說：「若果凌雲飛死了，晚輩也不會獨個兒去找那位高人。」

「你以為我會答允嗎？會受你要脅嗎？我也聽過有什麼神龍在百獸谷出沒的傳言，我不一定要聽你說的。」

「晚輩沒有要脅尊駕，晚輩只是陳述自己的情況。」

「別再說什麼前輩尊駕，晚輩也不可以說，聽得我頭昏腦脹。假如我知道你騙我，我一定把所有你認識的人統統殺掉，什麼凌雲飛什麼何大人，一個不留。」

杜如風答：「我明白。」

青龍問：「好，往那邊走？」

就這樣他們立刻動身一起去找凌雲飛。

話說凌雲飛發足狂奔，幾乎使盡所有力氣，終於來到跟杜如風約定會面的赤土石窟。

他的輕功本來不會比師父好。可以不讓清涼先生逮着，一來是拼了命的走；二來，為了心無旁鶩，一心一意只管把清涼先生引離湖邊石屋，凌雲飛於是心裏默誦著袁何給他唸的幾句詩詞歌賦。說也奇怪，跟路菲一樣，就是一路唸着，一路狂奔，身體竟愈發輕飄飄似的，竟然可以一直跟清涼先生拉開一段距離。

終於來到石窟，完成了目標，心情放鬆之餘，也實在無以為繼，筋疲力竭矣。清涼先生也感奇怪，以為手到拿來，卻一直未能追上。而且這次行動，實在詭譎多變。人老，就不會衝動，會小心謹慎，會預留後着，會諸多顧忌。不敢豁盡全力追截，就是怕中途有什麼譎變意外，而且也相信凌雲飛總會力竭。如今，他眼前就是一頭待宰的羔羊，要殺這個不肖徒兒可說不費吹灰之力。

清涼先生不屑地說：「走不動了嗎？」

當時塞外不少胡族都篤信由西域傳來的佛教，在青海湖不遠處的山壁間就開鑿了幾個石窟，裏面都畫滿了佛經故事的壁畫，又或者供奉着不同菩薩的巨型石雕佛像。因為泥土呈赭紅色，故當地人都叫那兒做赤土石窟。山壁間開了十數個洞穴，此時小白和夏侯純聽到外面有聲音，就從其中一個石窟走出來探看。

凌雲飛見到二人，大感錯愕。還以為，杜如風跟他相約在這裏會合再去找師妹下落，無非只是杜如風跟他說的鼓勵說話。來到這兒也只是心無雜念，下意識慌不擇路，一心想着跟杜如風的約定，便自自然然朝石窟這個方向走，竟然在此地真的重逢師妹。

一見到小白，便本能地大聲喝止：「別過來。」

清涼先生乍見小白，只會更感意外，喃喃自語似的叫着：「小白……你未死！」

小白跟夏侯純兩人已拔出佩劍，衝向清涼先生。小白使出玲瓏劍訣最後一式癸亥，夏侯純運使太越劍法最霸道的切玉斷金，二話不說就向清涼先生身上刺過去。

好歹是一代宗師，殺招臨門，步法一展，再加上爐火純青的清風拳旨，只是一招，清涼先生已將兩人攻來的劍勢盪開，厲聲喝住：「小白，你瘋了嗎？」

小白和夏侯純都渾然聽不到清涼先生說話似的，一招緊接着一招攻過去。凌雲飛怕師妹有什麼閃失，也抖擻精神，挺劍加入戰團。雖然合三人之力，清涼先生也不會看在眼裏，但始終不明小白為何一見面就向自己出手，故仍然忍讓三分。拔出掩日劍，一劍就掃開三人的攻勢，雙方距離到此才拉遠一點。

只聽小白率先開口說：「師兄，我們合力殺掉這廝惡賊。」

雖然獲悉師父原來是璇飛九宮的老大，但除了之前在湖邊石屋內的幾個人之外，外間知道這個秘密的人應該少之又少，為何師妹和那個夏侯純卻一見到這個李宗道就仇人見面似的呢。凌雲飛正疑惑之際，夏侯純已急得哭了出來，嚷着：「他就是殺死我兩個大哥的兇手。」

小白也哭着說：「我父母都是他殺死的。」

凌雲飛腦海即時閃過，當日跌下百獸谷，見到夏侯昌太的屍體，亦曾經想過行兇者會否就是自己的師父。但說到小白雙親之亡，則一直被師父告知是天災所致，怎麼如今都算到這個李宗道頭上？不過也毋庸細想，他過去一定殺過不少人，殺了小白父母一點都不出奇。

清涼先生喝道：「小白，你聽什麼人亂說？老夫怎會是殺你父母的仇人？你快點過來。」

凌雲飛忙擋着小白身前，說：「這個李宗道其實就是殺手組織璇飛九宮的幕後主謀，他已經殺了播威鏢局的郭山林父子，現在還想殺我滅口，大家別信他。」

如今風頭火勢，有理也說不清，更何況原來是璇飛九宮幕後主腦的身分被徒弟知悉，清涼先生更自知理虧。以一代宗師的身分，也不屑跟兩個徒兒作口舌之爭。眼下最重要是先宰了凌雲飛和夏侯純，其他事容後再想辦法好了。殺意萌生，殺氣暴現，什麼甲子、丁酉、庚辰、辛亥的劍招自自然然地祭起來。奇怪的是，不知是因為以前徒弟都是跟師父如此練習，師父試演什麼招式，徒弟就跟着模仿；還是有着什麼更詭異的牽引作用，淩雲飛和小白也不由自主地使出甲子、丁酉、庚辰和辛亥這幾招。結果四人交戰，三人都用上同一種招式。清涼先生目標其實只有淩雲飛一個，一使勁就先把小白的劍招盪開，掩日更即時把小白的佩劍削斷；然後勁招全都向淩雲飛身上招呼過來。

雖說玲瓏劍訣以防守為主，但若到清涼先生如此數十年的火候，一招未完一招又起，猶似幾十人圍攻一樣，哪管再不狠毒的招式，也準可以把對手千刀萬剮，大卸八塊。激戰至此，夏侯純根本連插手夾擊的機會也沒有。清涼先生忽然轉身迎向夏侯純的攻勢。淩雲飛想到夏侯純根本無法招架，一接即死；竟本能反應追上前想纏住師父。怎料清涼先生這招只是聲東擊西，根本從來目標都只有淩雲飛一人。一轉身，一回頭，殺招已來到淩雲飛胸前。電光火石間，淩雲飛毫無意識地使上千羽劍法以柔御剛的法門把清涼先生的劍招卸開。錯愕間，總算清涼先生臨陣對敵的經驗豐富，竟臨危不亂，再使清風拳旨，直取淩雲飛面門。又再一次，無意之間，淩雲飛挺指迎擋，指尖竟生出豪光。雖片刻即逝，已足夠在清涼先生的左臂上劃出一道口子。一代宗師未能一舉把三個乳臭未乾的小輩殺敗已感面目無光，如今竟被徒兒所傷，就更老羞成怒，遂運起十成功力，祭起玲瓏劍訣，勁力澎湃，一發招便把淩雲飛等三人震飛開去。

使得出一招，不代表可以使出第二招，淩雲飛根本完全不明白自己如何死裏逃生。想再回憶一下千羽劍法的劍招又或者如何發出劍光，腦袋竟空白一片，茫無頭緒。清涼先生由本來氣定神閒變成如今殺氣騰騰，目露兇光，惡形惡相。凌雲飛和小白從來未見過師父這個模樣，心底也不禁發毛，同時亦想到這可能才是這個李宗道的真面目。清涼先生認真起來，若全力施為，凌雲飛等三人根本毫無勝算。

凌雲飛自知再難倖免，急叫道：「師妹，快走。你們兩個，快走呀！」

清涼先生背着小白和夏侯純兩人，根本沒把她們放在眼內，只一步一步向凌雲飛迫近。此際，破風之聲響起，飛刀從後襲至。可憑藉高手的本能，感應到還有更強後着。飛刀快，劍招也緊隨其後。清風拳旨盪開杜如風發出的飛刀，玲瓏劍訣接下青龍的劍勢。清涼先生守得固若金湯，一氣呵成，連消帶打。青龍一心只想着試招，未使全力。然青龍劍跟掩日劍均為當世名劍之二，再由當今兩位大劍客揮舞起來，猶兩顆殞石相擊，劍勁激盪四周，鏗鏘之聲震耳欲聾，兩人也各自退開數步。可一個攻一個守，清涼先生失了先機，但竟然還可跟青龍鬥個不相伯仲。青龍心忖對方畢竟比自己多二十年火候，看來還是技高一籌。這趟也許要自討沒趣，非豁盡全力不可了。

看到小白和夏侯純竟在此出現，杜如風也大感意外；不過此刻無暇細想，先去護着凌雲飛以防清涼先生殺人滅口。

看凌雲飛傷勢，只是受了點內傷，並未重創。杜如風問：「凌兄如何？」

凌雲飛答：「你這個朋友真守信用，沒枉交。只是若杜兄遲來半步，愚弟就要到奈何橋那邊等你了。」

杜如風說：「只怪愚弟風流，途中去了找姑娘，耽誤了一會，望凌兄見諒。」

凌雲飛問：「姑娘標緻嗎？」

杜如風答：「幸好不甚標緻，愚弟才能及時趕到。」

凌雲飛笑着說：「真要多謝那個醜八怪救了我一命。」

此際生死關頭，危在旦夕，兩人竟還調侃起來。不過也許就是愈凶險愈要開玩笑來紓緩緊張情緒；而且愈凶險愈不當一回事，不把敵人放在眼內，無非是為了惹清涼先生生氣，希望他失去冷靜。

清涼先生看在眼裏，不禁冷冷道：「想不到你們兩人竟結為好友。也好，黃泉路上不愁寂寞，為師也替你高興。」然後轉頭對着青龍說：「老夫不知那個混賬小子說了什麼能騙到先生閣下，但老夫一向敬重先生，無意跟先生為敵。既然先生都是幹殺人的買賣，可考慮跟老夫合作，老夫的一半江山亦可讓先生掌管。到時老夫專心打理門派幫務，先生就坐上璇飛九宮第二把交椅，榮華富貴唾手可得。如此安排，實在對我們兩個都百利而無一害。」

想不到今天清涼先生竟會用回當日茶狀元陳季雨的伎倆，以利誘之。當日清涼先生貪得無饜，今天這個青龍會就此滿足？

青龍想了一會才答：「你的提議實在不錯，可惜那個小子開出的條件更吸引。他說只要我殺掉你，他朝若遇到什麼醜八怪，都必讓給我。你曉得嗎？我最喜歡就是醜八怪的了，實在無法拒絕。」

清涼先生近耳順之年，怎會沉不住氣。單打獨鬥，清涼先生不信自己會輸給面前這個青龍。可自成名以來，以清涼先生的威名，其實認真出手的機會已經很少。換上璇飛九宮老大的身分，暗殺任務都由其他殺手執行。即使遇上棘手的目標，也計劃周詳，用計使詐，確保萬無一失，一擊必中。過去幾年來根本不用真正出手，很久沒試過跟高手對陣比併。如今身驕肉貴，就更不想犯險。要對付面前的青龍，必須使上十成功力；還得提防徒兒凌雲飛和另外那個小子，而凌雲飛剛才又展示了出人意表的上乘功夫。此時清涼先生心裏最怕的就是冒險，怕打沒把握的仗，怕意料之外。

常言道，留得青山在，哪怕沒柴燒。返回中土的路程，還需十數日，準可找機會了結他們，根本不用急於一時。權衡輕重，清涼先生已打定退堂鼓。只是將來要重建忠恕門，青龍亦必然要除去，何不趁此機會再摸清一下他的底細。於是一聲不響，掩日劍就向青龍身上刺去。

若說端木流星可運劍成鞭，青龍劍法更劍走龍蛇，更無迹可尋，完全不像硬物一樣。無堅不摧的青龍劍彷彿可轉彎拐角，可捲可絞可纏可套，運使起來，根本不像一把劍。倒算清涼先生功力深厚，玲瓏劍訣已臻化境，不為青龍劍的龍影翻飛所動，逕自變招。

當日東羅跟神劍千羽兩大劍客決鬥難解難分，今大南道北漠對戰應可更日月無光。因為端本流星跟宇文旗都只是切蹉比武，可如今清涼先生跟青龍卻是生死相拼，敵我分明。玲瓏劍訣變化萬千，清涼先生深信千招過後，總能叫對手疲於奔命，敗象畢呈。可實在太花時間，當中實在可以有太多意外，他不可冒這個險。遂突然展身飛退，朗聲道：「日後必再領教閣下高招。」

前陣子才徒弟臨陣棄戰，想不到一會兒後輪到師父抱頭鼠竄，在場各人一樣反應不來。

還是杜如風夠機敏，立刻向青龍叫說：「他回來殺掉凌雲飛或我，都一樣沒有人帶你去找姬伯。」

本來已經被清涼先生的劍招激起鬥心，恨不得可以再跟玲瓏劍訣分個高下，再經杜如風一說，青龍便立刻追上去，臨行前向身後的杜如風說：「你們兩個最好別死，誰死掉，我就送另一個去陪葬。」

兩人走後，留下杜如風、凌雲飛、小白和夏侯純四人。杜如風和凌雲飛此刻最着緊的是，要知道小白和夏侯純怎麼又會此時在這裏出現。

回說個多月前在百獸谷內，兩位少女被人擄走，白八松曾經說過可能是當今四神之一的所為。那麼當今四神究竟是誰？

了凡率先成為新一代的四神。今天四神分熾座智力。白八松說了凡是智天神；他自己是熾天神，主變。可其餘兩位呢？袁何可以跟了凡大師拼個兩敗俱傷，青龍猜想他也是四大神明之一。

不錯，袁何就是座天神，主權。而擄走小白和夏侯純兩人的就是餘下的那位力天神。可他並未向小

白和夏侯純透露其身分，

劫走兩個小娃兒，就是要她們替他辦事。

替他把金龍劍拿回來。

都已經是神人，還覬覦金龍劍，也許想更天下無敵。但教人百思不得其解的是，何不自己去搶回來？為何要兩個女娃兒代勞？夏侯純和小白當然也未明當中原委，亦不由她們反抗。

只見這個力天神身上披着黑色斗篷，身形魁悟，一臉陰沉，老是沒精打采的樣子，看似五、六十歲的年紀，語氣冷漠。卻又刻意裝作友善，先禮後兵，找來當日死裏逃生的茶王陳季雨來跟小白和夏侯純二人做證，指出當日在越王府的後山上殺死夏侯昌太的就是來自璇飛九宮的殺手，而璇飛九宮的幕後主腦就是清涼先生，二當家夏侯昌明就更是清涼先生親手所殺。

夏侯純本來已認定兇手就是清涼先生，經陳季雨指證，就更深信不疑。

然後這個力天神就跟小白說：「你以為自己跟這位小姑娘一定是前世掉亂骨頭，有隔世宿怨。但老夫跟你說，你倆關係密切，其實十分親近；而且同病相憐。清涼先生殺了她兩位兄長，同樣清涼先生也殺了你的父母。你完全沒這個記憶，只因他用內力把你的記憶封閉起來。現在就讓老夫幫你把記憶召喚回來吧。」

只見力天神單掌成刀似的抵着小白的天靈蓋，一幕幕的兒時畫面就如潮浪般湧進小白的腦海裏。小白身軀無法動彈，就連臉上表情也無法改變，可看到父母死在清涼先生劍下，眼淚卻不期然直流。待天神刀掌離開，小白頹然倒下，整個人虛脫了一般，就連眼淚也好像一下子哭乾了。

力天神再說：「你爹本是邊關守將，正直不阿，奈何宮廷鬥爭，你爹不賣賬給當今的太子，太子又抓不到他失職枉法的把柄，便唯有借助江湖勢力，找來璇飛九宮的殺手來替其除了這顆眼中釘。這也是那個李宗道的第一宗買賣。首次為錢殺人，還未夠心狠手辣，不忍連當時是稚童的你也斬草除根，你才有幸活到今天。換作今天的清涼先生，一定雞犬不留，做得更乾淨利落。」

清涼先生是殺手組織主腦的秘密，本來就只有三個人知道，一個當然是清涼先生自己，一個就是這個力天神，另一個則是青鳥閣的閣主。而這一切一切，在背後播弄操縱的就是這個力天神，他使的根本就是催眼蠱惑之法，讓小白信以為真。而陳季雨亦根本沒看到路菲在後山行兇，不過他親眼看着清涼先生殺掉夏侯昌明倒是真的。

力天神就說：「若果你們二人把金龍劍給老夫帶回來，老夫就助你們手刃仇人。可要知道，老夫賞罰分明。」說罷即從懷裏揣出四顆藥丸，並吩咐面前三人和水服下。

其實直到此刻，這個力天神都沒有用強，一直淡然地說着過去的來龍去脈，只是說話中總有股無法叫人抗拒的威嚴，教人不敢拂逆。小白和夏侯純分別把藥丸吞掉，茶王更服了兩顆。不消一會，茶王臉上開始出現多處紅腫，又痕又癢似的，不禁用手去抓，即時皮開肉爛。這個陳季雨痛得失聲哭叫，竟神智不清似的只管往臉上和身上亂抓。

看着茶王毒發，只嚇得小白和夏侯純二人花容失色，心膽俱裂。夏侯純更控制不住，瘋叫起來。再過一會，茶王終於動也不動，臨死前的臉頰幾乎給抓得深可見骨。她們二人從未看過如此恐怖的死狀，即時閉上雙眼，但之前的慘叫聲仍在腦海揮之不去，差點兒給嚇得昏死過去。

此時這位力天神又一派淡然，好像剛才根本什麼事也沒發生過一樣，木然說：「這叫離骨散，是一位專門用毒的朋友給老夫調配，藥效不錯。你們只是吞了一顆，不會即時毒發。可倘若七七四十九日後都未服解藥，當如此人一般，肉潰離骨，所以這毒才叫離骨散。」

也許女兒家沒報仇之決心，但也會怕死；縱然不怕死，女兒家也一定怕毀容。這樣軟硬兼使，就確保二人必會盡心盡力替其辦事。

力天神再說：「老夫並無惡意，只是想你們辦事時更留神落力。相反老夫還會替你們着想，冤家宜解不宜結，更何況你倆本同是天涯淪落。此去西域，你們兩人好應趁此機會冰釋前嫌，互相照應扶持，做一對好姐妹。若只有一人回來，就只有半顆解藥，終身要受蟲爬蟻咬之苦。所以你們兩人一定要相親相愛，一起平安回來。」

兩位少女還可以怎辦？不就是趕快上路。於是他們就去到龜茲國。雖然兩人功夫不算高，但已足夠闖入皇宮。不過經了凡大師和太傅杜劍南之前的部署，宮中侍衛就告訴他太傅已經攜劍到赤土石窟恭候。如是者，兩人便來到此間。

幾番轉折才來到赤土石窟，耗掉了不少時間。即使此刻可以即刻回程，來來回回都會花上三十多天。若途中再生枝節，隨時未能趕及於毒發之前回去服用解藥，由此小白二人都已急得如鍋上螞蟻，恨不得可以立刻起程回中原。

只是杜劍南一心以為來奪劍之人必然是窮兇極惡之徒，又或者是袁何派來的高手，詎料來的是竟然是兩個少女，便裝聾扮啞，跟小白兩人說根本就不知道金龍劍是怎麼一回事，聽也未聽過。此番來到石窟，只是來求神拜佛，參憚問道。

小白二人根本就沒耐性跟他糾纏。夏侯純小姐脾氣，過去在越王府都是萬千寵愛。自從慘劇發生後，頓變孤苦無依，碰到的遇上的都是比自己厲害百倍的高手。如今更身中劇毒，隨時花容盡毀而死，滿肚子冤屈實在無從發洩。此際終於碰到一個不懂武功的酸秀才，遂即發難，二話不說就拔劍在杜劍南臂上劃上長長的一道口子。可憐杜劍南又怎會料到兩個女娃兒竟然比一般打手和武林中人更兇神惡煞更蠻不講理。

本來以平時小白的性格，準會出手阻止。奈何如今跟夏侯純同坐一條船。雖然過去十數天的相處說不上融洽和諧，倒也相安無事，並且名副其實唇齒相依，彼此都明白不能讓對方遇險。萬一有個什麼閃失，未能一起回去，除了只能領到半粒解藥之外，也怕那個力大神不知又會想到用什麼方法來折磨自己。所以小白任由夏侯純繼續向杜劍南迫問金龍劍的下落。

杜劍南本已有犧牲自己的決心，只是深信兩個少女並非袁何派來的人，便無論如何都不肯如實相告。正當夏侯純作勢要廢了杜劍南一臂時，忽聽到洞外有聲，兩人循聲出洞察看，便見到清涼先生正追殺凌雲飛。不共戴天的仇人就在眼前，兩個少女竟心思一致，想也不想就衝上前要為兄長和雙親報仇。也許潛意識都本着同歸於盡的決心，總好過毒發爛面而死。可如今清涼先生走了，衝動過後，就不想死了。

此時杜如風、凌雲飛、小白和夏侯純四人面面相覷。雖然只是分開十數天，實有恍如隔世之感，萬料不到此刻竟能重逢。四人在個多月前還互不相識，詎料個多月後，竟變生死之交，患難與共。當日在百獸谷就已經仿若劫後餘生，後來再遭巨變，竟又先後千里迢迢來到西域。路上朝夕共處，兩位少年名副其實肝膽相照。兩位少女雖然被迫，亦都算生死相隨。

夏侯純再見到杜如風，滿腹凄酸，實在按捺不住，不禁撲進對方懷裏。杜如風雖是守禮之人，但也不忍推開對方，一時間不知如何是好。凌雲飛重遇師妹，也一樣喜不自勝，想上前拉着師妹的手。只是小白此番記起曾經給清涼先生封閉記憶，對過去跟着師父和師兄的種種便心存芥蒂，懷疑會否一切都是虛情假意，一切都是給師父播弄蒙騙。又懷疑師兄是否知情，只是一直都同流合污。打從知悉師父原來是殺父母的仇人之後，對師兄的愛慕之情也大減，反而對杜如風卻常記掛在心。此際見到夏侯純撲進杜如風懷裏，就更尷尬靦腆，不欲杜如風誤會他跟師兄有超越師兄妹之情，便不期然跟師兄凌雲飛保持距離。

見師妹神情有異，凌雲飛問：「小白，你沒事嗎？」

小白心不在焉地答：「沒事。」

凌雲飛問：「師父的事，你怎知道的？」

小白答：「說來話長，日後再說。」

「你們為何會來到這裏？當日究竟是誰將你們擄走？之後發生了什麼事？」

凌雲飛一連串的追問，但夏侯純二人都默不作聲。

此時杜如風遠遠見到有人從其中一個石窟中走出來，身影依稀可辨，心頭驀地一震，竟覺有點眼熟。不由自主地輕輕推開夏侯純向前走近數步，已然認出，那人不就是老父嗎？忙飛身去到那人跟前。

兒子認老父易，成年人容貌沒太大變化，也明知老父仍身處西域。可杜如風由小孩變成玉樹臨風的男子漢，又沒想過會在此地重遇當年被神蟒帶走了的兒子，杜劍南可一時間也認不出眼前的俊朗少年就是不見了十二年的兒子。

知道父親不能認出自己，杜如風更感內咎，雙膝跪在老父跟前，流着男兒淚道：「孩兒不孝，爹，我是風兒呀！」

杜劍南傷了右臂，猶有餘悸，神不守舍。還見到甘才刺傷自己的少女，心底還是惶恐不安，根本沒為意眼前這幾個年輕人究竟是誰，更不曾想過會是自己認識的故人。及見少年竟在自己面前跪下，迷迷糊糊地聽到有人喊爹，才回過神來定睛一看，眼前人的而且確有幾份似自己的兒子。再細看對方熱淚盈眶的樣子和真切的神情，這不就是失散了十二年的孩兒嗎？意外得說不出話來，只下意識地扶起兒子，眼淚奪眶而出，不停地喊着：「長得很高，很好，很好，很好。」

隴西五鬼中，出林本出身望族，書讀得最多。而在十二年前西域之行中結義金蘭的幾個兄妹中，則以杜如風最知書識墨。其父本來就是西賓，一派讀書人的風骨。沒有江湖中人的俠氣和大情大性，只輕輕摸着杜如風的臂胳，感覺到兒了體格結實，氣宇軒昂，便欣慰感恩，卻嘆道：「只可惜你娘歸天，不然看到你這樣子，她一定會很高興。」

聽到娘親不在，杜如風更覺愧咎，忍不住哭出聲來。

杜劍南拍着他的肩膊安慰說：「但她在天之靈，會看到的，會看到的。」

杜如風哽咽着說：「爹自幼教導孩兒要孜孜不倦頂天立地，可惜孩兒不孝，過去數年都一直一事無成，所以才沒面目回來見你們，但孩兒心裏其實一直都記掛着爹娘。孩兒實在應該一早回來找你們，是風兒錯了。」

杜劍南撫着兒子的頭不停安慰，只感過去縱有諸多不幸，也不要緊了。見到孩子長大成人，亦再沒有什麼遺憾。夫人去世後，以為兒子亦可能一早已經死了，孑然一身，了無牽掛，杜劍南便答應了凡在此等候來搶奪金龍劍的人。如今重遇親兒，杜劍南便再沒有同歸於盡之心。

杜如風看到父親臂上的劍傷，緊張地問：「爹，發生什麼事？」

杜劍南不答，問兒子：「這幾位是你朋友？」

杜如風接着把各人逐一向父親介紹。只有凌雲飛喊了一聲杜世伯，其餘兩位姑娘都心中有愧，不敢作聲，只點了一下頭。

杜如風始終記掛老父傷勢，柔聲問：「要緊嗎？等我給你先貼上一些金創藥。」

杜劍南說：「不要緊，已止了血，我們回去再說。」說罷便連忙拉着兒子的手，想快點離去。

夏侯純竟衝口而出說：「走不得。」人更即時閃到杜劍南身後，小白也竟然擋在杜如風與杜劍南之間。杜如風正錯愕間，還未為意究竟發生什麼事；夏侯純已把杜劍南扯到自己跟前，小白也即時走過去，變成兩人前後夾着杜劍南。

杜劍南不禁叫着：「風兒。」

杜如風也叫着：「不得對我爹無禮。你們幹什麼？」

凌雲飛當然也大惑不解，叫住小白：「小白，你快讓開，你怎可以這樣對杜世伯？」

杜劍南叫着：「他們要搶金龍劍。」

杜如風佯作不知：急問：「什麼金龍劍？」

可凌雲飛沒這個機心，衝口而出問：「你們為何也來搶金龍劍？是誰叫你們這樣做？」

杜如風此刻只關心老父安危，說：「你先放了我爹再說。」

小白連忙解釋：「現在只有杜世伯知道金龍劍的下落，我們一定要拿到金龍劍。」

倘好言相問，也許杜劍南了解到她們的情況，自會願意相助，把金龍劍交到她們兩人手中，根本不用把事情鬧僵，弄到如此沒轉寰餘地。只可惜兩人年紀輕，沒經驗，又慣了武林中人的做法，動不動就用武動粗。而且實在焦急慌亂，竟沒有考慮周全。最重要是力天神說過要保守秘密，不能向任何人洩露此事。小白二人實在怕得死，又怎敢不聽那廝惡賊的吩咐。一聽見杜劍南要離開，就只管要把他留住。

而且之前已經這麼做，下意識就故技重施。

夏侯純向來又衝動又自私，根本從來沒為過他人設想。在她心裏，根本沒有其他方法，唯有杜劍南把劍交到她們手上，她們才有活命的機會。而且力天神不准她們向任何人透露一點一滴，所以就連開口叫杜如風幫忙，也不知從何說起，不知如何解釋。

杜如風作勢動身搶前，夏侯純竟嚇得挺拇指抵着杜劍南的太陽穴。雖然夏侯純沒可能指發劍光，但要運勁插入一般人的頭顱，料想也可以做得到。杜如風見狀即厲聲喝止：「你敢？」

各人從來都未見過杜如風如此嬲怒，夏侯純只給嚇得哭了起來，嚷着：「不要逼我，我不想的。」

小白也急得慌了，叫着：「杜世伯，你快點告訴我們，劍在哪裏？」

凌雲飛也着急的問：「你們究竟要金龍劍來幹什麼？是否有誰要脅你們？你跟師兄說，我們一定替你想辦法解決。有我和杜兄弟在，什麼天大事情也可以辦得到，你們先放了杜世伯再說。」

夏侯純哭着說：「沒有其他方法，你們幫不到我們。」

用強不行，杜如風就使軟，溫言道：「夏侯姑娘，你先放了我爹。我杜如風保證，一定會把金龍劍交到你手上。」

夏侯純也給自己迫得歇斯底里，叫着：「我此刻就要。」

如今兩個女孩都好像瘋了一般，完全不可理喻。杜如風和凌雲飛也感束手無策。

杜劍南重遇親兒，即刻打消犧牲的念頭。可是如今又再落入兩個姑娘手中，又不知自己孩子武功不凡，只怕如此僵持下去，會累及孩兒，竟又重拾犧牲的決心，說：「好，我帶你去。」

杜如風不再向兩個女孩相逼，轉而問父親：「究竟發生什麼事？爹你知道金龍劍在哪裏？」

杜劍南答：「皇上拜托你爹看管金龍劍，以防此劍落在奸人之手。」

杜如風即刻想到要替父親解圍，就說：「爹，你告訴我在哪裏，我帶她們去拿就是。」

杜劍南看着兒子，良久，竟不再驚恐，一派慈父似的微笑着說：「阿爹帶他們去好了。之前沒相告，因不知她們是什麼人。既然是你的朋友，便可以了。」說罷，就逕自轉身回去之前的石窟，夏侯純跟小白二人仍一直貼身跟着，杜如風和凌雲飛便跟在後面。

甫踏進石窟，見夏侯純和小白跟父親位置有一點距離，杜如風即展身上前，抱着父親飛身後退。兩個女孩驚覺想回身追截，已給凌雲飛攔着。兩個女孩只是想捉人，並沒有拼死之念，而且凌雲飛武功比她兩人高，清風拳旨又以防守為主。凌雲飛一出手，就把兩人迫退開去。

原以為尚有生機，但轉眼又跌回絕望的深淵，夏侯純和小白一時間也接受不了，失魂落魄似的。

凌雲飛問：「師妹，告訴我，究竟發生了什麼事？」

她無法答辯，不期然想起茶王的恐怖死狀，想起力天神那把毫無感情卻又教人毛骨悚然的聲線語調，想起自己若無法將金龍劍帶回去就要學茶王那樣毒發而死，夏侯純真的瘋了一般，竟拔劍抵着自己的頸項，歇斯底里地叫着：「我死掉好了。」

小白見狀，也一樣急得瘋掉似的，竟一樣拔劍架着自己的脖子，聲淚俱下地說着：「師兄，我求你，你不幫我，我就死在你面前。」

凌雲飛也六神無主，看着杜如風，等他決定。

杜如風對凌雲飛說：「她們二人一定遇上什麼天大的麻煩，被人要脅着，那人一定手段毒辣，而且武功很高，勢力很大，光憑我們兩個根本無法匹敵，所以她們才想也沒有想過要我們去幫忙。」

凌雲飛問：「會否是那個何大人？」

杜如風答：「如今什麼事情都有可能。誰會想到你師父竟是璇飛九宮的老大。而那個何大人，真名叫袁何，曾經在龜茲國當太宰，是我爹的同僚，我跟他的子女更是結拜之交。可又有誰會想到他如今竟然神功大成，做事心狠手辣，他一定在策劃着什麼陰謀。」

凌雲飛的父親本來就跟杜如風等人於十二年前一起出發到西域。之前從百獸谷出來，聽到什麼神獸，又見識到白八松的神功，凌雲飛滿肚疑問。沿路來青海湖時，杜如風就向他詳述十二年前的一切，所以淩雲飛對袁何和袁天衣等人的名字和過去也略知一二。

杜如風跟淩雲飛說：「如今唯有先把劍交給她們，然後我倆偷偷跟蹤，才有望知道背後的來龍去脈，知道她們究竟受誰人威脅。」主意既定，就跟父親說：「爹，可否先把劍借給她們，孩兒之後一定會把劍拿回來。」

可是杜劍南卻說：「此劍不可交與任何人。」

這樣局面又再僵住，杜如風正思量還有什麼其他方法，此時杜劍南卻又說：「好吧，我去把劍拿給他們。」

不可以把劍交出來，這是皇上的叮囑。可如今知道有十分厲害的高手覬覦此劍，而兒子又必然會牽涉其中；那麼與其讓兒子冒險，做父親的便寧願犧牲自己。

杜劍南正要動身，杜如風就拉着父親說：「爹，我去拿吧。」杜劍南執着着兒子的手，用力握着，語調卻十分溫柔地說：「我去好了，你們二人給我把風。之後為父還有事吩咐你做。你就在這裏等我。」

巨佛雕像下有一個地台，地台差不多有一個人那麼高。杜劍南過去推開地台上的暗門，跟兩個女娃兒說：「你們兩個跟我來。」小白和夏侯純還是有戒心，恐防有詐，等杜劍南先入才跟着進去。

雖然放心不下，但杜如風還是聽從老父吩咐，在外面等候。

甫穿過暗門，杜劍南就拿出火摺子點上，前面霍然展示出一條秘道。

進入秘道，夏侯純兩人自然凝神戒備。可心底裏還是下意識認為杜劍南是長輩，又不懂武功，杜如風還在外面等着，應該不會加害自己，便悶聲不響跟在後面。

走過第一條秘道，後面即有石門落下封上了，小白二人驚叫起來，喝問：「怎麼回事？」

只聽杜劍南說：「別擔心，跟着走吧。」

勢成騎虎，根本容不得她們決定，只能跟着走下去。面前此時出現左右兩扇石門，一道開着，一道關着。杜劍南想也不想就走過開着的那道門，三人魚貫穿過。未幾，後面那道本來開着的路口又有石門從上落下，轟隆一聲，直嚇得小白二人心裏發毛。

如此這樣走着，小白已發覺路面都好像有點向下斜落，換言之自己是一直往下走，而且愈走就愈深入地底。而那些秘道又不是一直向前，有時轉右，有時拐左，有時又向橫伸延好一段路，愈走愈遠。

過了半炷香的時間，夏侯純終於按捺不住，拉着杜劍南質問：「你究竟要帶我們去哪兒？」

杜劍南冷冷地說：「你們不是要取金龍劍嗎？沒有老夫帶路，你兩個小丫頭休想可以覓路回去，所以我勸你們還是對長輩尊敬一點吧。」

沒再理會二人，杜劍南繼續前行。如是者每條秘道前面都有一道生門一道死門。穿過生門，大石落下，生門頓變死門。有時生門死門互換，有時又沒有變化，有時兩道都變成死門。共穿過三十二道門後，眼前豁然開朗，竟是一間偌大的石室。杜劍南首先摸黑去把牆上的火炬點上，四周頓現光明，室內竟然什麼也沒有。只是出口處兩旁竟然還有多個出口，連剛才通過的那一個，合共八個。而金龍劍就這樣隨便擱在其中一個出口前面的地上。

夏侯純急忙把劍拾起來，自然反應想拔劍看一下，竟拔不出來，劍鞘牢實地套着。夏侯純再運勁試了很多次，劍莖跟劍鞘竟像黏得天衣無縫一樣，任夏侯純如何使力都不能將劍刃拉出來。小白在旁一直看着，只能乾着急。

夏侯純憤而把金龍劍擲下，拔出自己的佩劍，衝向杜劍南那裏，怒道：「老匹夫，竟敢戲弄我。」

杜劍南不閃不避，不驚不恐，完全把生死置於度外一樣。

夏侯純雖然盛怒，也只是想唬嚇他，怎料對方竟然一派鎮定，如此倒叫夏侯純吃驚了。彷彿一切都盡在對方掌握之內，自己反而變成一籌莫展，不知所措。

杜劍南逕自走開，拾起地上的金龍劍，也嘗試拉動一下，竟真的紋風不動，遂自言自語似的說：「這把的而且確是金龍劍，是老夫從皇宮中帶來的。可老夫不懂武功，從來沒想過要拔劍。想不到竟會如此，也許真的是天意。」

小白不禁問：「什麼天意？」

可杜劍南並沒有答她，只道：「我說過可以帶你們去取劍，卻沒有說過你們可以把劍帶走。」然後走到八個出口的中間位置。

石牆上有一個比拳頭小一點的孔洞。他就站在孔洞旁邊，比平常大聲一點地說：「這原是昔日袁太宰的構思。袁太宰未當太宰之前是一位巧匠，精於構思各種前所未見的機械和工具，甚至機關。當了太宰之後，公務也不算繁忙，閒來無事也會構思一些新玩意來排解寂寞，這裏的一切就是他的主意。可在袁夫人病歿後，他就性情大變，好研究有關權術的學問。後來得到幾把龍劍，就更沉迷鑄劍之術。老夫見太宰愈來愈迷失方向，變得喜怒無常，愛爭權逐利。便跟當時還當皇宮總管的白伯伯商量，把這個八卦陣建造出來，圖勾起太宰昔日喜建機關造工具的興趣，圖喚回他的本性。奈何事與願違。

「這個八卦陣只有一個入口，卻有八個出口，中間經過多條秘道。秘道錯綜複雜，縱橫交錯，又像蟻窩，又似迷宮。秘道本來分做六十四個關卡，每個關卡都有兩道門，一生一死，一開一關，當中道理都是由八八六十四卦演變而來。但因地方所限，我們只能鑿出三十二條秘道。每一條秘道地下都裝有巧妙的機關，能感應重量。當有人經過，就會觸動機關，有時生門變成死門，有時又沒有變化，有時又會兩道都變成死門。從入口通過秘道，總能來到為父如今身處的石室。可走過的秘道因其中有些或給封死，有些或因生死門互換而給改道，結果原來的通路已經沒有了。從其中一個出口走出來，想從原路走回去已不行。要從其餘七個出口覓路返回地面也並非沒可能，只是當中只有一個出口跟入口連接相通。要從七個出口之中選中那一個，茫無頭緒。選錯的話，就會給困在秘道之內，走不出去。」

杜劍南站在孔洞旁邊說話，而且說時又刻意大聲一點。原來那個孔洞就是連着一條長長的管道，一直通到上面的石窟，讓地下石室的聲音傳到上面去。杜劍南根本不是在跟小白和夏侯純說話，他是說給兒子聽的。

首先給嚇得心膽俱裂的自然是小白和夏侯純兩人。小白已忍不住掩面痛哭；夏侯純更差點迷失心智，罵道：「騙人，騙人，你快點帶我們出去。」說着說着，手上握着的劍一直送前，劍尖已刺入杜劍南的胸膛。但杜劍南明知兒子在上面石窟聽着，強忍痛楚不叫出聲來。

見杜劍南倒地，想到再沒有人可以帶她走出石室，更感絕望；夏侯純只感天旋地轉，掉下佩劍，失聲痛哭。

小白看到杜劍南受傷，害怕連最後讓杜劍南回心轉意帶她們返回地面的一絲希望也沒有，便連忙走去察看杜劍南的傷勢，叫着：「杜世伯，你沒事嗎？」

在上面的杜如風聽到小白的說話，又沒聽到父親的聲音，已猜到兩個少女可能發難，父親可能已經受傷，更焦急惶恐，忙向着傳來聲音的孔洞大聲問着：「爹！爹！你們別傷害我爹！爹！我即刻下來，你等着我。」

正要推開暗門，又聽下面傳來老父的聲音。只聽之前雄壯的聲音已細弱許多，好像有氣無力似的說：「風兒，別來。來到也於事無補，一樣沒可能找到出路。大丈夫有所為有所不為，為父要做的終於做到了，你也有你要盡的責任，做一個頂天立地的男兒，跟世人說金龍劍已長埋於此，叫世人別再打此劍的主意，這就是你如今要做的事。咳……咳……還有，別妄想用火藥炸開秘道，建造此迷宮時我們已想到這一點。只消其中一條秘道被炸，所有秘道都會即時坍塌下來，把石室埋掉。風兒，走吧。為父能夠臨死前看到你長大成人，老天爺已待我不薄，為父於願足矣。而且泉下有知，你娘親亦不會想你枉送性命。你要留着有用之軀，為國為民做點事，這才算真正報卻我們養育之恩。唉！風兒，其實娘親跟我一直好後悔當日讓那些神獸將你帶走，只怨天道淪亡，邪魔當道。風兒，你孝義，要謹記為父的說話，不可以辜負為父的一番苦心。走吧，快點離去。咳……咳……。」

當日老父見着兒子被帶走，今天輪到兒子聽着父親將不久於人世，欲救無從。

聽到杜如風的聲音，夏侯純登時又閃過一絲希望。雖然不知為何會聽到杜如風的聲音，也不知自己的聲音如何可以傳到杜如風那裏；只管向天大叫：「杜大哥，救我。」

聽到夏侯純的聲音，到凌雲飛按捺不住，對着孔洞大叫：「師妹，師妹。」

第一次聽到師兄的聲音，小白也叫了起來：「師兄，師兄。」

凌雲飛問：「你們怎樣？」

小白戰戰兢兢地說：「我們沒事，只是杜世伯受了點傷。」

凌雲飛問：「怎會這樣？」

小白當然不敢如實相告，便沒作聲。

杜如風問：「傷得重嗎？」

小白其實也不甚清楚，卻唯有說：「我正替他貼上金創藥，應無大礙。」說罷就把隨身帶着的少許金創藥塗在杜劍南的傷口處。幸劍傷不深，但血水還是不斷滲出，而杜劍南此時亦已因失血和之前傷心動氣而變得迷迷糊糊。

夏侯純沒聽到杜如風的慰問和答腔，認定對方必不會原諒自己，竟發難說：「你們不下來，我就殺了這個老頭。」

夏侯純只是想多幾個人陪伴。又想到也許杜如風和凌雲飛來到，就準會想到辦法。總之無論如何都勝過此刻無助絕望。

小白此時說：「師兄，你真的不知道師父殺了我父母？」

凌雲飛不明小白幹嗎忽然這樣問，只老實答道：「真的不知道，完全不知情，我都是剛剛才知道師父原來是殺手組織的老大。亦聽你剛才所說，才知道他是殺你父母的仇人。」

小白聽後稍感寬懷，相信師兄沒有跟師父同流合污，續說：「我跟夏侯姑娘給奸人擄去，被迫服下穿腸毒藥，才會如此鹵莽，鑄成大錯。師兄，杜大哥，你們別怪夏侯姑娘。我們弄到如斯田地，都是自作自受。只是連累了杜世伯，我實在死有餘辜，後悔不已。師兄，你別再回忠恕門，不要再跟着那廝惡賊。我只希望師兄可以從此逍遙自在地過活。你們沒有對不起我們，一切都是我們咎由自取。」說到這裏，已泣不成聲。

可是夏侯純卻不這樣想，拉着小白，叫她：「不是這樣，你快叫師兄來救你，他們一定可以救我們出去的，還有希望的。那個老頭只是虛張聲勢，一定有出路。我們一定可以找到路回去。」

小白只是一直傷心地搖頭，實在不願再糾纏下去。

夏侯純又再大叫：「凌雲飛，你快點下來，你師妹很需要你，你快點下來救她。」聽不到二人回覆，夏侯純又再傷心絕望，喃喃自語地哭着說：「你們快點下來，快點下來救我們，我不想死。」

杜如風和凌雲飛兩人怎會忍心見死不救。知道師妹中毒，凌雲飛就更非下去不可。一個要救師妹，一個要救老父，兩人互望一眼，已知對方所想，再不用多言。杜如風即刻推開暗門走入秘道，凌雲飛連忙點上火摺子。

可連第一條秘道都已經無法通行。前面只有一道門，門卻已落下。找遍周圍，完全沒有開關或暗掣。如今竟然連第一道門也通不過，害怕擔心變成氣餒失望。

不能放棄，就只好死馬當活馬醫，只好兵來將擋，水來土淹。門擋着，就破門好了，管它是巨石還是金鐵。幸好兩人手上都是當世罕有的神器。雖說削鐵如泥，到真的要破石分金，卻絕非斬瓜切菜般輕鬆。從隙縫處着手，的確可以把罅隙愈鑿愈大，但也得費時。沒有其他辦法，就只好愚公移山，逐少逐少去鑿。直花了一個時辰的功夫，縱然外面寒風刺骨，杜如風和凌雲兩人都已經大汗淋漓，而且雙手發軟。但仍只是鑿穿了一雙手掌那麼大的窟窿。幸好是削鐵如泥的寶劍，不然在堅石上如此亂刺亂鑿，早已變成爛銅廢鐵。

此時兩人就輪流運掌拍打在窟窿周邊，又再拍打了半個時辰，終於把下邊半度門打碎掉，可兩人都已累得筋疲力竭，連矮身爬過去的力氣都沒有。幸虧如此，未幾上半截的石門霍然落下，此時整度石門終於四分五裂。

花了個半時辰才破開第一度石門，調息了一會，到外面抓了一些雪來解渴，便又再動身。之後所有秘道前面都分別有一生一死兩度門。無暇細想，有門就入。一口氣穿過三十二條秘道，眼前頓現光明，兩人終來到地下石室。若在石室回望八個出口，之前杜劍南等三人是從右面第二個出口來到，而如今杜如風二人則是從左面第三個出口走出來。杜劍南的確沒有騙大家，真的每一次跟入口連接的出口都是不同的。

經過差不多兩個時辰，室內又有點悶熱，三人居然已經各自睡着。杜如風連忙走去察看老父傷勢。雖然仍有鼻息，但脈象已弱，杜如風連忙運真氣給老父保命。

小白感到在睡夢中好像給什麼人輕輕推着，驚醒過來，面前竟然是一張熟悉的臉孔，初時還以為自己仍在造夢。再看清一會，才相信眼前現實，也情不自禁倒在凌雲飛的懷裏。可轉念又想到杜如風也必來到，便又不期然把身軀縮後。

凌雲飛還是關切如初，溫柔地問：「沒事嗎？」

小白搖搖頭，又感激，又愧咎，又想如果這番話是杜如風問的就更好了。

此時夏侯純也悠悠醒轉過來，赫然看到凌雲飛和杜如風真的來救她們，竟完全忘卻之前自己如何發瘋失控，如何刺傷了杜劍南。見杜如風正替老父運功，便害怕得忙說：「我不是有心的，不是有心的。杜大哥，別怪我，別怪我。」

杜如風此刻只擔心老父傷勢，而且也實在氣難下怒難消，根本不想理會這個刁蠻少女。

夏侯純見杜如風不肯原諒自己，便又傷心飲泣，退在一旁。

杜劍南給兒子運真氣療傷，也終於甦醒過來。一感到自己倚在兒子身邊，同樣不禁又感激但又自責，哭着道：「風兒，你為何這樣傻？阿爹連累你了。」

杜如風什麼也沒說，只抱着老父虛弱的身軀，心裏感恩。縱然真的要困死在這裏，至少可以跟老父一起，亦死而無憾。

凌雲飛見杜劍南暫無性命之虞，也稍覺寬心。問小白之前是從那個出口進來。知道小白她們真的是跟自己從不同的出口來到，便引證杜世伯所言非虛，這真是一個叫人有入無出的迷宮陷阱。

接着就唯有走到杜劍南面前，再一次求證，問道：「杜世伯，這裏真的無路可逃？」

杜劍南搖頭垂淚，說：「老夫真的不知哪一個出口才對。」

凌雲飛用眼神詢問杜如風意見，杜如風亦只能搖頭嘆息，對什麼八卦陣一無所知，對易經八卦也從來未涉獵過，根本無從推敲，一絲頭緒也沒有。要走，就只能碰運氣。

室內沒有糧水，幸虧來之前杜如風兩人把一些冰雪倒入隨身攜帶的水袋內。此時凌雲飛便把水分給眾人解渴，到最後才分給夏侯純，以防她不理他人，一開始就把水喝光。接着就安慰小白，說杜兄一定可以想到辦法，不用擔心。然後又問起之前的種種，怎會來到此地，幹嗎一定要拿取金龍劍，究竟是誰人要脅指使。

事已至此，再不能不說。而且小白心想，恐怕未毒發都已經先渴死餓死在這裏，便將過去黑衣人如何把她們擄去如何迫她們服毒的經過和盤托出。

小白和夏侯純都不算最慘，最倒楣最坎坷其實是凌雲飛。自幼先後喪父喪母，到之前在越王府被囚禁，又跌落山谷，又跟師父反目，如今還被困在地下石室裏等死，沒一刻好過。但他的性格就是這樣，逆來順受，不以為苦。

凌雲飛知道師妹中毒，便急忙嘗試替她運功療毒。可直過了半個時辰，小白身體都不覺得有什麼改變。

夏侯純一面看着凌雲飛給小白運功，一面感懷自身。小白有師兄相陪，杜如風亦可相伴老父，只有自己孤苦伶仃，無人疼惜。又想起中毒之事，頓勾起心中恐懼。又傷心又絕望，便胡思亂想，心忖：「你們這班人在這裏等死亦覺此生無憾，我自己一個人去賭命去賭自己的運氣彩數好了。」便竟然沒說一句，頭也不回，直走進離她最近的出口。拿出火摺子，見路就走，見門就穿。

凌雲飛和小白見她衝了出去，本欲阻攔，都給杜如風叫住。

凌雲飛追了一回，看到她身後石門落下，生門變死門，火光不見，亦只好放棄追截。

小白本來也擔心若跟夏侯姑娘分離，回去也只能拿到半顆解藥。但轉念想，此刻縱使拿到解藥又有何用，可能兩三天後都已經先渴死了。

【第十一回】

經過幾個時辰的趕路，路菲和袁天衣終於也來到赤土石窟。

兩人當然不知杜劍南等人就在地下石室內，可路菲擅長追蹤，既有靈敏的鼻子，又有仔細的心思。甫到赤土石窟附近，路菲已察覺有異，首先就是偵察不到人的氣息，即一開始他已猜想杜劍南已經不在。於是他即刻留意現場所有細節，發覺地上有少許血漬，從滴下來的形狀可推測並非激戰所致，而是先在別處受了傷，血未止，才流到此地。然後追蹤血漬，便發現之前眾人身處的石窟所在。

再看到佛像地台旁有暗門虛掩，地上腳印凌亂，必有不少人曾經在此進出。拿出火摺子點上，再看到秘道不遠處有亂石攔路，推想應是類似石門的東西破碎後遺留下來的石堆。

本來以路菲一貫謹慎的態度，是不會貿然再探究竟。只是他隱約聽到有人聲在交談，奈何微弱難辨，其他人更根本不會聽得到。縱使袁天衣其實武功不弱，但她也聽不到有聲音。路菲經長期訓練，才有如此靈敏的聽覺。雖然難辨其內容，卻依稀聽出是三弟的聲音。如果不是聽到彷彿是三弟的聲音，憑路菲的謹慎態度和偵察能力，必能發現聲音是從石牆上的孔洞傳來。可是現在只記掛着三弟安危，又以為既然有人通過秘道前行，那麼經秘道去追查，必有發現。

另外本來袁天衣作為隴西五鬼之首，向來行事決策也一樣十分冷靜謹慎，絕非鹵莽之人。可如今正跟路菲鬧彆扭。心忖：「既然急於要找三哥，好快點離自己而去，就不阻撓，免你以為我想阻止，想拖延時間。就算有危險，也跟着你就是了。等你內咎又好，等你後悔也好。你叫我死嗎？我也去死就是了。就看你真的是否如此狠心。」

女孩子的心思就是如此，口裏埋怨，心裏仍是依依不捨。進入秘道前，袁天衣對着巨大的佛像，雙手合什，默默祝禱，只望救回三哥後，能夠跟二哥和幾位妹妹從此避世隱居，過回無憂無慮的簡單生活。

袁天衣跟着路菲，便往秘道走去。同樣見門鑽門。誰料通過秘道，後面的生門驟起變化，或由生轉死，或完全封住。後無退路，只好硬着頭皮，勇往直前。路菲不敢再掉以輕心，步步為營。到將近出口，便停住腳步，也示意後面的天衣別發出聲響。待打聽外面動靜，才謀而後動。只聽外面有兩把聲音在悄悄商量事情。

之前夏侯純盲衝瞎撞走進其中一個出口，至今已大約一個時辰，還是悄無消息。假如她可以逃出生天，按理就算不知會一聲，到達上面石窟也自然歡天喜地。石窟有動靜的話，透過傳聲管道，下面的石室也應該會聽得到。按理，杜如風從傳聲管道，也應該聽到有人來到上面石窟。奈何路菲和袁天衣就是慣了偷偷摸摸，向來行事都多秘密進行，故入到石窟都一樣躡手躡腳，不發出一點聲音來。

假如他們發出一點聲音，讓杜如風知道，杜如風自然就會阻止他們。也許真的天意如此，就是叫各人都注定被困於石室之內。

無逃生之法，惟有商量尋死之計。小白和杜劍南又沉沉睡去，正好趁此時機商量好之後的安排。

安排誰先死。

各人體質不同，功力有分高下。若然不管，必然是杜劍南先支持不住，之後就是小白；但杜如風就是不忍心讓老父先行。

雖然自己先死，也必教老父傷心不已；但只要不死，就還有生機，也許真的能等到奇蹟出現。所以無論如何，杜如風都不肯讓老父比自己先行一步。那麼如何先死？就是放血，讓身上的血給其餘各人續命，所以必須一個一個犧牲，這樣才有望令餘下的人可以多活幾天，多幾分生機勝算。

凌雲飛就說：「你不捨得老父，我也不會丟下師妹不理，你我其中一人必先行一步。父子有親，夫婦有別，君臣有義，長幼有序，朋友有信。這點倫常，愚弟也懂的。兄妹之序又怎及父子之親？我先死，小白就拜托杜兄好了。」

杜如風也不爭拗，只深呼吸一下，忍住傷感，跟凌雲飛說：「之前路上曾跟凌兄提及愚弟以前在西域的遭遇，那時曾跟幾個小孩誼結金蘭。雖然十二年沒見，愚弟仍然一直把他們當作我的親兄妹，記掛至今。上天待我實在不薄，想不到我今天竟然還可以多交一個知己。凌兄，你願意跟我結為異姓兄弟，八拜之交嗎？」

凌雲飛也滿腔熱血，差點兒就激動落淚，說：「父母早死，我又沒有兄弟姐妹，就只有一個師父及一個師妹。誰不知過去認賊作父，還以為自己從此無親無故。我記得杜兄比我年長半歲，如今我終於有一個兄長，老天爺待我才真的不薄。」

於是兩人就席地向天跪拜，凌雲飛叫一聲義兄，杜如風叫一聲義弟。

杜如風再說：「我有兩位義兄，一個四妹，雖然不知你跟四妹年歲相差多少，但你不介意的話，我就乾脆叫你五弟，你叫我三哥好了。雖然都叫不了多時，但好等他日黃泉路上，大家若有幸相認，也易於招呼，你說這樣好不好？」

凌雲飛開懷地說：「再好不過，一下子我不但多了一個兄長，竟然還有兩個大哥和一個姐姐，如此美事，一定是我前世修來的福，我怎會不應承？」

此時卻忽然聽到一把聲音說：「沒經我這個二哥同意，就多收一個義弟，還說什麼記掛至今，我想你根本就沒把我這個二哥放在心裏才真。」

一聽到聲響，杜如風和凌雲飛即刻提高警覺，拔劍戒備。再聽下去，杜如風也不知應如何反應，竟然有人自稱是二哥，難道真的會是十二年沒見的路菲二哥嗎？

從出口走來，但見一男一女。男的英挺昂首，傲氣不群。女的寒霜披面，但眼神溫柔，猶似外冷內熱，又似聖潔慈慧，教人不禁由敬生愛。杜如風簡直看傻了眼，眼前兩人不就是自己一直記掛於心的二哥和四妹嗎？看着二哥時，頓感豪氣干雲；看着四妹時，就嚮往神馳。實在不敢相信，人之將死，竟能重遇兩個最親近最想見的故人。但轉念一想，此地雖無烈火猛獸，亦無邪魔外道，卻實在如十八層地獄。一墮此地，不是九死一生，而是必死無疑。急問：「二哥，四妹，你們怎會來此？唉！你們可知這裏實在有入無出，都是我害了你們。」

杜如風把這裏的情況跟兩人說了一遍。路菲竟然不甚驚訝。也許過去每次行動都只是生死一線間，早已勘破生死之別，所以才勇者無懼。而且驚惶懊悔也無補於事。他首先把身上水袋解下來叫各人喝上一點，然後就叫杜如風給他介紹各人。

路菲說：「聽五弟昔才一番話，已知五弟鐵血丹心，能在死前多一個兄弟，死又何懼？應該高興才對。」

凌雲飛也覺這個二哥豪氣不凡，才剛認識，對他已佩服不已。見那個四妹，雖然寡言淺笑，但也感溫柔可親。再見到她腕上的三串佛珠，突感眼熟，不知在哪兒見過。

袁天衣也毋須隱瞞，道出兩天前在湖邊石屋的刀疤大漢就是自己。

小白見他們各人又親密又投契，只覺自己變成局外人，心裏滿不是味兒。見袁天衣比自己又漂亮百倍，杜如風對她又熱情又溫柔又尊敬，就更醋意翻弄，心裏又苦又怒。

路菲叫杜如風帶他去察看杜世伯傷勢。也不理自己其實傷癒未久，也堅持再替杜劍南運功療傷。然後杜如風就跟袁天衣互道彼此間過去兩天的種種經過。待路菲傳功完畢後，就到袁天衣去替杜劍南運功，又由路菲交代過去十二年的多番遭遇和自己曾是璇飛九宮乾字號殺手的身分。由此各人都終於清楚由四大神獸到如今熾座智力四神的發展，以及清涼先生如何介入朝中兩位皇子爭逐奪嫡的始末。

路菲經常出生入死，身上有保命的大還丹，袁天衣又有袁何給的金創聖藥。給內服和外敷聖藥後，再經各人輪流輸送真氣，杜劍南身體已好了很多。但始終劍傷在身，力氣雖復元了不少，但還是疼痛難當。

知道小白身中劇毒，路菲跟袁天衣也幫忙試着作療治。惟奇毒非比尋常，二人都不得要領。

經過各人交代過去，細數從前，和一番發功療傷後；三個少年其實都已經筋疲力竭。但面前是義妹、師妹和老父，又怎可以比他們先倒下來，唯有強振精神，商量逃生之法。

三個少年你一言我一語，爭拗着誰的主意行得通。例如可否照辦煮碗，使勁打破石門逃生。這當然是沒可能，杜如風跟凌雲飛二人出盡九牛二虎之力，花掉個多時辰才可以打破一道門，要打破餘下三十一道石門簡直是天方夜譚。再想，過去三批人分別從三個出口來到這個石室，照理逃生出口必然是餘下五個出口之一。不過雖則範圍縮窄了，還是有五分四機會選錯，風險實在太大。又想到如今石室內共有六人，杜如風要照顧父親，只計五組；不就可以分別走進五個出口，至少應該有一組可以逃出生天，總好過六人同葬於此。但又想到即使能夠活命，僥倖生還的那一個只會更感生不如死，愧咎一生。想來想去，都沒一個辦法行得通。

袁天衣是隴西五鬼老大，過去一直運籌帷幄，可此刻就是跟幾個兄長賭氣，看他們可以想出什麼辦法來。

雖然見過袁天衣給杜劍南運功療傷，知道她內力不弱，但真的有多厲害，在場各人沒一個知道。其實都並非輕視女子，只是路菲一心要保護四妹，心裏潛意識不想四妹操心，便事事挺身而出。唯有杜如風卻對這個四妹又敬又愛，便問袁天衣：「四妹，你有沒有什麼想法？」

袁天衣賭氣道：「終於來問我嗎？」

各人頓感語塞。還是杜如風更着緊這個四妹的感受，便說：「四妹莫怪，只是大家都有點慌了，又怕四妹擔心，才忘了問你意見。你說吧，我們應該如何是好？」

女人就是這樣，古怪的女人就更心意難測。三哥對她總是溫柔體貼，二哥對他卻老是忽冷忽熱，可她的心就是總倚在二哥那一邊，愈若即若離就愈叫她牽腸掛肚。只聽她幽幽的說：「幾位哥哥，你們知道我們幾個妹妹為什麼給人改了個隴西五鬼的諢號嗎？」

杜如風答：「三哥不知道。之前沒問，是怕你不想說；但其實三哥很想知道你過去幾年是怎麼過的。」

袁天衣想了想，也不是悲傷，只是有點難以啟齒似的道：「小妹在十二年前給浴火神鳥帶走，後來就結識了幾個都是給神鳥擄劫過來的妹妹。神鳥米可是扶桑國人，他有一套武功叫火影大法，我們幾個就跟他學武。師父倒算對我們不錯，只是從來沒多說幾句話，只着緊我們學武的進境。我們幾個女孩子自幼就各有殘疾，但其實本來都不算嚴重。後來我們才發現，愈是武功進步了，病情就愈發加深。二妹殘月本來只是不擅辭令，如今卻如啞子一樣，不能言語。三妹橫行本來只是有點腳傷，又不願長大，如今竟然不良於行，而且智力樣貌猶如十歲小童一般。四妹最初只是瞧不清楚，視力模糊，如今卻名副其實一個瞎子，完全看不到東西。」

說到這裏，袁天衣就停了下來，好像等人追問，又好像必須儲夠勇氣才可以說下去似的。

這時輪到路菲忍不住問：「你呢？你都有病？」

袁天衣甚至不敢看着幾個哥哥，低頭道：「我被師父帶走後，常常怨恨，恨幾位哥哥為什麼沒來救我。偷偷發脾氣，偷偷惱恨自己，是不是我做錯了什麼，所以幾個哥哥都不理我了。這股恨意隨着武功日進就更愈發不可收拾。每次控制不到，就好像變成第二個人一樣，會發狂打自己，會想找什麼來發洩一下。那時我會走去林間，殺一些動物。我不是要打獵，殺那些動物不是為了牠們的肉和皮，不是為了裏腹，我只是純粹想殺戮，想流血，想雙手沾滿鮮血。我會殺猴子殺虎狼，總之見到什麼就殺。」

各人聽到這裏已不禁心裏涼了半截，想不到眼前這個美人竟有如此可怖的一面。路菲和杜如風就更感內咎，原來妹子真的一直以為自己會去救她，害她失望自責，間接造成了她思想偏激，導致她得了嗜殺發狂的怪病。

袁天衣也明白不應如此，奈何就是控制不了，這才叫病。且聽她繼續說下去：「我說出來，並非叫兩位哥哥內咎難堪。我也知道根本不應責怪任何人，可當時就是控制不了，也不知道後來兩位哥哥也給其他神獸帶走。二哥見過我三位妹妹，可我們名為隴西五鬼，二哥卻只見過當中四人，二哥不覺得奇怪嗎？」沒等路菲答腔，就接着說：「也許二哥都沒把妹妹的事放在心上，才不曾為意。」

路菲明知四妹在生自己的氣，便不敢辯駁。可杜如風糊裏糊塗，還替他解圍，忙說：「四妹別誤會，二哥怎會不擔心，只是……只是……這兩天實在發生太多事，沒找到機會問個究竟罷了。」

在場幾乎所有人都知道這個四妹是在跟二哥鬧彆扭，就連小白也清楚看出這明明是女兒家跟情人耍小性子，就好像只有這個杜如風仍矇然不知。小白心裏清楚，杜如風記掛的是這個四妹，可四妹心裏卻只有那個二哥。

凌雲飛疼惜師妹，小白卻傾慕杜如風，杜如風只記掛袁天衣，可袁天衣心裏又只有路菲，而路菲卻又想成全三弟和四妹。從來少男少女的戀情就是如此兜兜轉轉。

袁天衣只是想刺一下那個路菲罷了，便沒再糾纏，繼續說：「雖然各有殘疾，又常易容喬裝，但我們幾個就算怪裏怪氣，也並非十分嚇人，未致於如鬼魅般可怖。只有二哥見過我幾個妹妹，你們其他人也知道我們幾個妹妹的名字嗎？」

杜如風就說：「寒雲、殘月、橫行、出林、斬樓蘭，出自翁綬《隴頭吟》的詩句。隴水潺湲隴樹黃，征人隴上盡思鄉。馬嘶斜日朔風急，雁過寒雲邊思長。殘月出林明劍戟，平沙隔水見牛羊。橫行俱足封侯者，誰斬樓蘭獻未央。是誰給你們起這幾個名字？起得很好。」

袁天衣雖然心儀二哥，但又怎會不知道這個三哥對自己也一往情深；聽杜如風如此關注自己，又知道他們名字的底蘊出處，還是心存感激，溫柔地說：「還是三哥細心，學問又好。名字是師父改的。」

這幾句雖然在稱讚三哥，可同時也不忘跟二哥挖苦一下。再道：「二哥只見過殘月、橫行和出林三位妹妹，未見有什麼五妹；而隴西五鬼名字的由來，其實全因為我這個五妹。你們想見一下我的五妹嗎？」

但石室裏明明只有六個人，何來什麼五妹？難道袁天衣可以忽然把一個人變出來嗎？又難道五妹是一個布偶，可以收藏在衣袖內？難道五妹是一個寸長的小人，可以躲在袁天衣的衣衫裏？

只聽袁天衣說：「妹妹本來實在不想兩位哥哥看到我此番光景，但如今危急關頭，又無計可施，只好如此。幾位哥哥妹妹，別怕。我如今已經控制得了，五妹不會傷害任何人。」

在場各人全都丈八金剛，完全搭不上嘴，根本連想問一下也不知從何問起，只得默默聽着袁天衣解釋，可心裏還是不禁有點擔心，不知她接下來究竟要做什麼，又幹嗎叫他們不用怕。

只見轉眼袁天衣面容扭曲，狀甚痛苦。杜如風更嚇得即刻想上前幫忙，但又發覺四妹好像正要把什麼從體內迫發出來似的。正躊躇如何是好之際，但見一下子，從袁天衣身上走了另一個人出來。

那人是袁天衣的模樣，身材樣貌相同，卻穿着勁裝緊衣，手上更多了一把大刀，表情兇狠嬲怒，一臉殺氣。再定睛細看，此人身影朦朧，如月下輕紗，又如水中倒影，總不真實。或者更直接點說，人如鬼魅。想再瞧清楚一點，已然飄遠，接着更從其中一個出口飛了進去。

室內各人簡直看傻了眼，誰會想到竟有人可以活生生的變一頭鬼出來。只有路菲在十二年前曾聽姬伯說過什麼鬼魔神佛，心裏疑問，難道真有其事，袁天衣已變了一頭鬼？假若屬實，自己又真的會變成魔？完全不敢相信，可事實又擺在眼前。三個少年和杜劍南還強作鎮定，可小白已嚇得躲在凌雲飛身後，不敢張望。

此時忽見站在身前動也不動的袁天衣突然十分辛苦似的不斷搖頭，就如着魔中邪，又似心裏有什麼事情想不通，正苦惱掙扎着。原來由她身上變出來的鬼魅正勘探那些秘道，欲找出哪個出口才能通往上面的入口。在錯綜複雜的秘道內穿牆透壁，來去自如。驟見秘道內躺着一人，正是之前在秘道內亂走的夏侯純。給困於其中，絕望發狂過後，已昏迷過去。鬼魅是袁天衣的分身，亦可以說是她那邪惡兇殘的一面，只好殺戮，見活就殺。見夏侯純躺在那裏，就想過去殺了。而袁天衣知道，就在心裏極力阻止。以前或許未能控制得了，但經過多年來的訓練，袁天衣已可控制鬼魅。每次以寡敵眾，迫不得已下，袁天衣就會把這個五妹斬樓蘭召喚出來。鬼魅過處，所向披靡，片甲不留。雖然沒有實體，敵人捉摸不着，可鬼魅卻能殺人於無形。大刀劈去，當然並非真的能夠斬人首級，斷人手腳。只是一切痛楚恐懼皆由心生，感知其實都由腦袋主宰。若以為被刺，就痛苦呼叫，無力再戰。過去給斬樓蘭打倒之人，其實都沒有即場死掉，只是嚇破了膽，或失心瘋，或昏迷倒下，之後或再給殘月及出林等殺掉。但無可否認，之前每次召喚斬樓蘭出來，從來沒一次不血流成河。可如今叫她不殺人，還是第一次，袁天衣才得努力阻止，苦苦掙扎。

在場所有人都目定口呆之際，鬼魅已偵察回來，惡狠狠地瞪着各人，然後重回袁天衣的身上。

袁天衣收回鬼魅後，就如大戰了一場，幾乎站也站不穩。路菲即時上前攙扶。

袁天衣嫣然一笑，搖搖頭示意沒大礙，說：「嚇到大家了，真失禮，讓大家看到我這個模樣。」

待稍事歇息，袁天衣就再解釋：「剛才那個就是我五妹，以前有人見過，便以為我們一夥五人。其實五妹亦是我。也不記得由何時開始，有時無緣無故盛怒不已，我就把這份怨念寄托在第二個人身上，由她代我去怨去恨。明知這樣想不對，但就是控制不了，把所有恨意都交到所幻想出來的另一個自己身上。漸漸本來只是怨自己，後來怨天怨命，之後更怨所有人，覺得所有人都愚昧，所有人都錯，所有人都虧欠了自己。怨念愈大，那另一個我就更鮮明更活躍更強大，強大到最後竟然真的可以從我身上分離出來，變成鬼魅一般。開始時完全控制不了，不知她何時會出現，不知她會做什麼，亦完全改變不了她的想法做法。經過幾年，現在那個鬼魅就如藏在我身體裏另一個妹妹一樣。」

眾人聽罷還是一時間難以置信，惟杜如風禁不住上前摟住袁天衣，憐惜着說：「難為你了。」

袁天衣也想不到這個三哥竟會對自己如此痛惜。其實把五妹召喚出來，她是一萬個不願意的，可實在沒有其他辦法。而且她深信三哥可能會被嚇倒，但路菲一定不會介意她有如此怪病。殊不知弄巧反拙，如今杜如風只會對自己更依依不捨，更不離不棄。

袁天衣輕輕推開杜如風，急忙說：「大家還是事不宜遲，快離開這裏。剛才妹妹在裏面走了一遍，我已知道那個出口可以回到地面。恐防有變，我們快走吧。」然後自己一馬當先，直朝左面第一個出口走去。其餘各人連忙跟着。

凌雲飛拾起地上的金龍劍，跟杜劍南和杜如風說：「杜世伯，三哥，我要拿這把劍去幫師妹討解藥。待討得解藥，三弟定當親自將劍交回。」

杜如風說：「背後加害小白姑娘的惡賊一定武功高強。還記得白前輩說過嗎？他可能就是當今四神之一，我又怎會掉下五弟自己一個？而且你師父可能還一直窺伺在側，你我必須互相照應。不如跟我回去，先讓我安頓好爹爹之後，才一起出發。」此時路菲也走過來說：「之前了凡大師叮囑我要把金龍劍帶走，躲到荒島去，讓世人找不到。但既然金龍劍早已在此，為何還要我來？當中是否有什麼誤會差錯，我非回去弄個明白不可。四妹也要回去找幾個妹妹。待我們把事情辦完，便也來跟大家會合，一起去會一會那個什麼四大神明之一。」

凌雲飛說：「此人武功高強，心腸歹毒。五弟不敢叫二哥和四妹冒險。」

路菲惱然說：「你當義兄是什麼人？結拜之事豈同兒戲，做哥哥的不會掉下弟妹不理。別囉囉嗦嗦。」

凌雲飛聽罷也不再多言，滿腔熱血，差點感動得流出淚來。

由袁天衣帶路，一路都有生門在前，見門就穿。穿過生門，生門死門互換，赫見之前被困的夏侯純昏迷在如今開啟的死門之後。恐再觸動機關，也猶豫過應否搭救。杜如風義不容辭，卻給路菲攔阻。路菲說：「二哥輕功不錯，等我來。」

路菲名副其實飛簷走壁，只靠石牆借力，撿起地上的夏侯純甩出秘道，自己即便彈出，腳不及地便救了夏侯純出來，大家佩服不已。袁天衣將夏侯純扶起，七人走過三十一道關卡，終於前面綻放光明，來到入口處，重見天日。

原來各人在石室內已過了整整一天半，此時黎明方起，旭日初升。雖然仍是冬日，但陽光和煦，彷彿已有春意。各人本筋竭力疲，但經陽光一灑，倦意全消。雖得又再分離，可重會之期已約，各人務必在元宵節之前趕赴洛陽，不見不散。接着各自抖擻，昂然上路。

第六章　雁癲袁狂

【第十二回】

力拔山兮氣蓋世，時不離兮騅不逝，騅不逝兮可奈何，虞兮虞兮奈若何！

此刻的袁何就像一敗塗地的西楚霸王。

未能奪取金龍劍，失去了越王府，也不會再有西夏國的支援。沒有人馬沒有兵器，如何興兵作亂？哪有本錢再跟太子爭權奪位？

而且對方已經知道自己身分，但他還未知道相助太子的是什麼人。當然對太子身邊的人也詳細調查過；但究竟背後誰如此神通廣大，可以叫當今最厲害的殺手組織為其所用，他仍然被蒙在鼓裏。而且對手每次都總好像能洞悉先機，清楚自己每一下的部署，掌握他每一個行動。

袁何不禁問，問自己錯在什麼地方。

本來於朝中呼風喚雨，如今卻被呼來喚去的應奉局總管董帥也終於按捺不住，破口大罵：「都是你，想到什麼引蛇出洞。好了，如今真的被蛇咬了，還咬得你深咬得你血肉淋漓。那班天殺的西夏雜種，我早就跟你說過他們是禽獸，一班野人，怎會懂得守信重諾？」

此時殷天鵬也忍不住插嘴道：「他們怎會突然變卦倒戈？」

袁何都還未答，董帥又再罵：「幹嗎突然又殺出一個和尚來？都只怪你要去拿什麼金龍劍。如今什麼都沒了，如何是好？你快點想個辦法來。虧你還編出什麼去找鬼蘭的餿主意。好了，如今連草也沒一條，你叫我如何去跟皇上交代。你別以為可以置身事外。我要死，你也休想活。都怪我當初錯信了你。什麼神功蓋世，什麼一人之下萬人之上，什麼榮華富貴。如果今次皇上不斬你的頭，都是因為我，是因為信我忠心耿耿，才可以保住你條狗命。」

話說回頭，當初這個董帥會讓袁何當上副總管一職，還不是因為利慾薰心。當時袁何已經手握青鋒劍廬和越王府，財源滾滾，於是他就用錢去疏通去打關係，終於讓他跟董帥聯繫上。願意將一半財富瓜分，董帥怎不動心？更何況董帥是閹人，沒女色可近，惟沉迷賭博。可朝廷頒下禁賭令，他唯有到地下賭坊。在三教九流的地方，那些流氓爛命一條，誰管你是朝中紅人，欠債就是要還錢。很快他就債台高築。而且知法犯法，罪加一等，官威也派不上用場。本來都不夠膽作反造亂，既私吞公款，又變賣獻給朝廷的貢物。人窮就志短，而且一件污兩件穢，泥足愈陷愈深，已回不了頭。此時袁何走來利誘，還不正中下懷。袁何更獻計，找來工部尚書合作，那麼朝廷的糧餉軍備都由他們三人來調動。鑄造兵器的工作都交到青鋒劍廬手上，偷工減料之餘，再將劍廬的收益由三人攤分。甚至跟西夏國勾結，先是在邊境挑起爭端，製造大戰一觸即發的氣氛假象，那樣就能要求國庫多撥軍餉。銀両就是這樣源源不絕。

先以利誘，取得董帥和工部尚書的信任。接下來就以武脅之。

話說當日袁何宴請董帥和殷天鵬到聞鶯樓尋歡作樂。聞鶯樓是洛陽最神秘最高級的青樓，仿昔日永寧寺的舊貌興建。木構建築，高九層，一百丈餘，地下牌匾寫着四個大字：「柳岸聞鶯」。

入到去還以為只是一間平常販賣雀鳥的店舖。抬頭望去，天花吊下無數雀籠，裏面有相思、畫眉、鸚鵡、鷯哥、金絲、文鳥、雲雀、百靈、大山、金翅，應有盡有。鳥籠就更五花八門，柴檀象牙，竹絲玳瑁，甚至金雕玉砌，鑲滿寶石珊瑚的也有不少。百鳥齊鳴，幾震耳欲聾。

可地下的雀店只是掩人耳目，由此而上，上面七層分成「酒肉伎行色財秘」。酒是喝酒的地方，天下美酒，無不俱備。肉是吃飯的地方，熊掌象鼻猩唇駝峰，南北奇珍，盡在於此。伎是歌伎舞伎表演的地方，行是給客人服用寒食散之地，色樓美女如雲，財樓則盡皆賭桌。秘樓就更神秘，讓喜歡受虐的達官貴人在這裏給男娼女妓或鞭或笞。男人要找男人，女人要找男人，女人要找女人，要觀賞別人行房，要看別人施虐受虐，都是來到這一層。而且一層比一層收費更高，所招待的人亦一層比一層更神秘更尊貴，沒封侯沒拜相的都無法登高樓，而最頂層就是最神秘最高級的地方。

在那裏，你要什麼就有什麼。傳說，你要天上的月亮，聞鶯樓都有本事給你拿下來。就連天皇老子都得不到的，聞鶯樓就是有方法替你辦得到，可以滿足任何人的慾望要求。

而當天，袁何就是跟董帥和殷天鵬在此密謀，共商大計。袁何找來這個工部尚書，除了殷天鵬並未投靠太子那一方，還因為他可動用軍餉，可安排由青鋒劍廬代造兵器。所以袁何就更刻意巴結奉承，搬出三人攤分利益的提議。本來殷天鵬還猶豫未決。可就在當夜，發生了一件事，不得不教這個工部尚書俯首稱臣，從此聽命於這個身分地位本來比自己低許多的副總管。

話說他們三人正酒酣耳熱之際，侍酒的婢女突露出腕上的短劍，要行刺這個工部尚書。

昔日的凌霄十三將，不是死了就是退了下來，死了的又全都死於非命，其實當中不少都是給璇飛九宮的殺手所暗殺，都是太子那邊的人所下的命令，昔日的十三將如今還留在朝中的就只剩下殷天鵬一人。已算他行事謹慎，一直留在宮中不敢在江湖上走動。可不知是走漏風聲，還是璇飛九宮真的如此消息靈通，抑還是有人存心要引蛇出洞，刻意洩露行藏，總之當夜殷天鵬在聞鶯樓現身，而且還在最隱閉最神秘的頂樓，殺手還是可以混入其中，伺機出手。

殷天鵬當然逃過一劫，不然他也不會跟袁何等人去到青海湖邊。有袁何在，殺手又焉能得逞。本來袁何也想袖手一旁，看一下殷天鵬的功夫，瞧一瞧他有多少斤両。可是殺手露出腕上短劍，即時勾起他的回憶。回想當日劫走女兒天衣的一眾朱雀組妖女，腕上也是套着差不多的短劍。原來當日行刺的正是璇飛九宮中的离字號殺手，諢號我五。另有三名師兄，分別叫天九、地八和人七，跟袁天衣他們一樣都曾被神獸擄去，跟過賴非和胡憶習武。她所使的正是朱雀組的獨門兵器，名鳳凰短刺，其餘三人所使的都依稀有着昔日西天二十八宿的功夫的影子。天九用的雖是一隻九龍環，可使的卻是青龍劍法的套路。地八使的是一雙旋棍，耍的是白虎殺手的刀法。人七用的是一隻鐵盾，就跟昔日玄武殺手所用的無異。惟今次只有我五單獨行動。

甫見我五腕上的鳳凰短刺，袁何立刻怒火中燒，雙眼欲血。雖然明知對方不是那班朱雀妖女，但也仇人見面一樣。不待殷天鵬出手，右臂一伸，魔光劍一現，已立刻把我五右臂削了下來。袁何再左掌一張，我五就連反應也來不及就已經給制服。袁何一掌就把我五的頭顱按在桌上，五指在我五的臉上使勁，火勁暴射。我五欲叫，卻張不開口，撕心裂肺的狂吼都只能從喉頭發出，但那種嗚咽低鳴就是聽得人更心裏發毛。

董帥早已嚇得屁滾尿流，殷天鵬亦本想叫他住手，好留活口以便查問。但袁何完全瘋了一般，充耳不聞。手上加勁，火勢愈猛，轉眼間本來一張也算俏麗的粉臉頓成焦炭。袁何一出手就把我五斃了。殷天鵬雖然心裏早已有數，知道這個袁何絕非善男信女，不然也不能短短幾年間就將青鋒劍廬的鑄劍之術推上天下第一。但就算明知他手段高明，又怎會想到他武功竟如此高強，出手又如此兇殘？

見識到其厲害，殷天鵬和董帥二人都只好對袁何唯命是從，聽他差遣。當日袁何就是想到這招引蛇出洞，終於讓他知道過去那些凌霄十三將的舊部都是給殺手所殺。為求徹底查明對方身分，見引蛇出洞這招可行，便再故技重施，乾脆帶同兩人到青海湖走一趟。猜想這次一定能引來更厲害的高手現身，憑藉自己幾近天下無敵的神功，到時定能大殺三方，重挫對方。

果然一切都是袁何意料之內，預計之中。

只聽袁何如失心瘋似的，喃喃自語地說：「為何你們不信我？」

董帥見他仿若神志不清，就更肆無忌憚，罵道：「還虧你自吹自擂說武功才智都百年一遇，天下無雙。等我還以為你真的有什麼雄才大略，原來都只是一個癡心妄想的瘋子。誰不是為自己打算？難道你還真的以為我們會心甘情願為你賣命？莫說大難臨頭各自飛；沒利可圖，跟你多言半句都嫌費時失事。你在官場打滾的日子尚短，這次大難不死的話，還是乖乖跟我辦事，等我教你如何處世，如何安安份份做一條狗吧。」

董帥滿腹牢騷實在抑壓已久，如今以為袁何已經大勢已去，萎頓頹靡，便禁不住發難，趁機反客為主，取回主子的地位。

還是殷天鵬謹慎，不敢即時翻臉，仍裝作關切地問：「何大人，你沒事吧？」

袁何還是失魂落魄似的問：「既然人人都只顧自己，為何會有死士？」

其他殺手組織是去收賣墮落沉淪的高手，可璇飛九官的殺手都是由力天神訓練出來。除了殺手，他還訓練了一批死士。武功高的才能獨當一面，武功弱的就只能當這種死士。

誰也不想做炮灰當死士，也許被威迫，但受利誘的就更多。或天災或戰禍或貧病交煎，無計可施之下，又懂點拳腳功夫，就會當上這種死士，以命換錢，以自己的命去換家人的性命。此時袁何三人正來到西溪之濱，兩岸垂柳，景色秀麗。可情隨景遷，前面人馬雜沓，只感蒼涼蕭殺。董帥見有大批人馬攔路，已嚇得雙腿發軟，一個踉蹌，跌倒在地，再也爬不起來。相反殷天鵬乍見死士現身，反而精神一振，興奮莫名似的說：「何大人，你想一下，為何如今一敗塗地？」

袁何迷迷糊糊似的答：「出賣。」

殷天鵬又再興奮一點，再問：「不錯，那麼是誰出賣了你？」袁何眼神惘然，自然自語似的說：「夏侯惇。」

青鋒劍廬三老之一。

越王府由昔日越國遺民所創，但向來低調，沒多人知道其歷史底蘊。來到第二十七代夏侯博當家，其弟夏侯惇天資聰敏，對鑄劍之術和太越劍法均有一番心得。惜因庶出，到兄長早逝，家業就由嫡系長子夏侯昌太承繼。袁何先將青鋒劍廬打造成當今第一鑄劍坊，之後再收賣了越王府。越王府繼續由夏侯昌太打理，只作幌子，沒再鑄造兵器，改而製造火藥鎗炮。袁何誠一代巧匠，構思出不少可以發射火藥的武器，均前所未見。

青蜂劍廬本為伍福所有，伍福為伍子胥後人，祖先承繼了龍泉寶劍，後研之，遂流傳一套鑄劍之法，傳至伍福這一代。因樣貌奇醜，又身染頑疾，不能人道，沒有成家，後繼無人。再加上年屆天命之年才真箇掌握鑄劍之道，鑄出薄如蟬翼的無形劍。惜嘆時不與我，夕陽遲暮，難有作為。就是此時遇上袁何，得對方激勵，重拾信心。明白黃昏雖近，可夕陽餘暉還是燦爛如火，一剎那的綻放也總勝過灰暗一生。最初劍廬位於閩越冶城湛盧山下，經袁何悉心經營發展，幾年後便在各地建立分舵，以便把兵器運送到各州各縣。此時青鋒劍廬就分成中西南三部，分別由三老掌管。而青鋒三老分別就是夏侯惇和伍福，另外還有西夏人拓跋狐。

十年前拓跋狐年方三十，正值盛年，雄心萬丈，手握一柄西域胡人用的巨劍，圖逐鹿中原，妄想當上中原第一劍客。惜敗於南陽侯宇文旗之手，從此意志消沉，消聲匿迹。之後巧遇袁何，得對方指點，誓要回中原一雪前恥，遂當上了青鋒三老之一。

巨劍是拓跋狐，正劍就是夏侯惇，而無形當然是指伍福手上的無形劍。江湖上將他們三人合稱青鋒三老「巨正無形」。雖然都讓袁何寒天遞暖，雪中送炭；可夏侯惇並未甘心於只當青鋒劍廬三個總管之一，他要獨當一面，他的目標是要奪回越王府。

所以他就出賣了袁何。

也許世人都知道其餘二老的本來身分，但之前越王府都一度韜光養晦，甚少在江湖走動，沒多少人認識夏侯惇。就算知道他曾是越王府的人，亦只以為他廢典忘祖，沒有人會想得到青鋒劍廬跟越王府原來都是袁何所有。但清涼先生就是知道，原因只有一個，就是有人通風報信。而恨不得把越王府推倒重來的，就是夏侯惇。

袁何並非一早已猜到夏侯惇背叛了他。到清涼先生跟他說已滅了越王府，他才想到。

不過就算夏侯惇倒戈，也只是失去了一個越王府。之後在青海湖邊的種種變卦，也並非夏侯惇一人所累。雖然不知道給身邊何人出賣，可如今十面埋伏，卻是意料中事。

只聽殷天鵬洋洋得意地說：「真枉費司馬大人一番苦心，還以為何大人你真的算無遺策，雄韜偉略，但竟蠢得以為只有一個夏侯惇不把你放在眼內。」

袁何木無表情地問：「殷尚書也出賣了老夫？」

殷天鵬縱聲狂笑着：「之前並未跟其他凌霄十三將的舊人一樣遇害，因為本官本來就是太子的人。當日在聞鶯樓以為只是做一場戲，等你以為我都是璇飛九宮的目標之一，想不到你竟然真人不露相。之前一路走來，沿途跟線眼通報，你以為我是給你們在打點一切，我是叫司馬大人去佈下天羅地網，等你來送死。好了，當日你殺了他們師妹，今日三位師兄就來要你填命。」

說罷，袁何身後遠處就閃出三個人影，他們分別就是天九、地八和人七。

前面有三十個死士和殷天鵬，後面又有三個璇飛九宮的殺手，袁何如今名副其實孤軍作戰，不過這都是意料中事。

前方的人叢中率先傳來連番慘叫，原來拓跋狐已無聲無息掩至，一把巨劍正把一眾死士殺個措手不及。

殷天鵬乍見竟有人來相助袁何，頓感意外。見袁何忽然雙眼精光暴現，之前還一臉垂頭喪氣，如今卻如餓虎撲羊，殺氣騰騰，還一步一步向自己走近。雖貴為昔日凌霄十三將之一，一把斬馬刀亦曾所向披靡，可回想當日袁何如何殺掉我五，也不禁心裏發毛。

殷天鵬立即退後，拉開與袁何之間的距離。後面天九三人也趕至，將袁何包圍其中。

只聽袁何說：「世人就是如此愚昧。夏侯惇為了一個越王府而出賣老夫，區區一個越王府算得上什麼？那個清涼老頭都是一丘之貉，區區一個門派又算得上什麼？那班西夏人就更混賬，區區一個西夏國又算得上什麼？你們這班蠢才庸才個個都只為自己着想，以為自己所思所想都是理之所在。沒有國焉有家，沒有昌盛大國的庇蔭，一個越王府一個忠恕門一個西域小國又如何立足？還不危如累卵。老夫要的是天下。過去子承父位的做法都是錯的，應效法堯舜之風，有能者居之。老夫就是最合適的人選，老夫就是應該當皇帝，就是應該由老夫來帶領你們這班無知之輩，替神州開創更偉大的盛世。到時超越秦漢又有何難？司馬大人，你認為老夫說得對不對？」

袁何不是對着殷天鵬說，他是對着司馬大人說。司馬大人來了嗎？他又究竟是何方神聖？

此際殷天鵬已退到溪邊。雖叫西溪，可跟一條河也差不多，寬五丈。對岸此時已集結大批兵馬，大約一百個官兵在對岸守侯。為首三人，只有一人騎在馬上，此人正是太子趙弘殷。旁邊二人，分別就是太子小保司馬秋雁和剛才提及過的夏侯惇。

太子率先發怒，罵道：「大膽逆賊，皇恩浩蕩，豈容你在此說出如此大逆不道的說話。本王亦沒打算饒你，若束手就擒，也許可饒你誅九族之罪。哈哈！區區一個應奉局副總管都竟敢如此膽大包天，如今趙弘毅亦已向皇上招認勾結西夏國，圖謀篡位作亂。天理不容，現已被關押天牢，不日候斬。其餘一眾黨羽，罪當同誅。皇上命本王徹查，不容漏網之魚。如今本王已派兵圍剿青鋒劍廬各地分舵，料想此時亦應已把所有餘孽盡剿。若你肯供出還有什麼合謀之人，本王或許可留你全屍。」

可袁何根本沒把太子的話聽進耳裏，充耳不聞，只對着司馬秋雁問道：「西蜀地動山崩，河南旱災，閩越風災，關中河水泛濫，大理蝗害。各州各縣，天怒人怨，民不聊生，何來順應天道？天子之名何來？由沒長識沒修德之人來治理天下，猶禍國殃民。司馬大人可有同感？」

議論朝政已經是死罪，但更叫太子怒火中燒的是眼前這個副總管竟完全不把自己放在眼內，大叫：「來人，誰將此人人頭拿下，重賞千両。」

司馬秋雁出言阻止：「且慢，卑職還有事要查問清楚。」也不等太子回應，已道：「也不知應稱呼大人為何大人還是袁大人才對。」

袁何問：「原來司馬大人認識老夫，難怪總事事早着先機。可老夫實在眼拙，只料太子身邊一定有高人相助，但實在不知司馬大人原來如此深藏不露，老夫的確輸得心服口服。惟雖然老夫未曾在江湖走動，但也做過一番調查，可着實不知司馬大人師承何方高人，又是否真箇早已認識老夫。」

司馬秋雁道：「袁大人能夠改名換姓，本官又何嘗不是。只不過十數年前，袁大人雖一介布衣，但潔身自愛，又豈會跟我這種階下囚為伍。」

袁何仍然沒啥頭緒，那個司馬秋雁就繼續說：「本官才疏，何為天道這等大事不敢妄語。不過大人一番見解着實教人耳目一新，道前人所未聞，示前人所未見。說到新思維新氣象，本官都有一番體會。昔日學武，要拜入門下，循序漸進。但君不見如今你我神功大成，又何嘗苦苦練過一招半式。也許正如大人所說，天道逆轉，萬象更新，巨變在即也說不定。」

袁何追問：「難道司馬大人也讀過《吟留別賦》？」

司馬秋雁答：「可惜本官沒這個福份，只是給幾個混世魔王指點過一下而已。」

面前的司馬秋雁，跟袁何年紀相約，步入天命之年。可寒霜欺鬢，愁眉鎖眼，看上去就似一個六十歲的老頭。一臉倦容，穿着官服，身披斗篷，惟身材魁悟，腰健聲洪，氣勢迫人。他就是當日在百獸谷內擄走夏侯純和小白的黑衣人，亦即是當今四神之一的力天神，是十二年前隨商旋發配充軍到塞外，被員外誣衊的階下囚，也就是最後被八臂神猿救回一命，跟胡憶說要學武功要報仇的阿曼。

之後的經過袁何也不知道，不過依稀記起有這個人物，亦開始覺得眼熟。

昔日的阿曼，亦即今日的太子少保司馬秋雁不勝欷歔似的說：「當日大人都沒為意在下，十二年後，人面桃花，袁大人又怎會認得本官？即便認得，袁大人神功無敵，智珠在握，又怎會將本官放在眼內？」

袁何仍一派氣定神閒似的說：「常言道，知己知彼。老夫連真正對手是誰都糊裏糊塗，受點教訓也是活該。」

司馬秋雁雖大感意外，倒也不以為憾，還彷彿有點興奮似的說：「難道亡羊補牢，為時未晚？」

袁何道：「老夫自信神功大成，可也不敢妄自尊大，目空一切。只是一息尚存，就總有希望。司馬大人要老夫的命，只怕還未是時候。」

司馬秋雁竟然嘴角泛笑，道：「沒神仙打救吧？」

袁何斬釘截鐵的答：「若蒼天有眼，便知，老夫就是神。」

語畢，對岸兵馬後排又傳來連番慘叫，青鋒三老之一的伍福殺到。手握一把無形劍，如狼入羊群，當者披靡。

司馬秋雁見狀，便不屑似連望也不望一眼，眼睛仍然盯着袁何，卻跟身邊的夏侯惇說：「你去吧。」

夏侯惇聽罷即轉身衝入人群。正劍跟無形劍，還是首度交鋒。

縱然神功無敵，任誰也沒可能未卜先知。只是之前已作最壞打算，若時不與我，也能有所準備。袁何早已想到或有機會一敗塗地，但即便如此，也可置諸死地而後生。若失敗，就要失敗得更徹底，好等敵人以為你已成強弩之末，到時才能摸清對手的底細。如今，至少他終於知道自己真正的對手是誰。

太子趙弘殷一直聽着兩人絮絮不休，完全不把自己放在眼內，已極不耐煩。見袁何援手趕到，就更又驚又怒，喝道：「還不斃了他？」

雖然明明聽到太子發號施令，可天九三人卻充耳不聞，並未動手。太子也感錯愕，不期然心生怯意，看着司馬秋雁。司馬秋雁此時才點一下頭，對岸天九三人才亮出兵器。天九手握九龍環，地八拿着一雙旋棍，人七鐵盾護身，成合圍之勢，把袁何圍在中央。

雙方劍拔弩張之際，司馬秋雁還是忍不住問：「想來袁大人都不是真心要扶掖二皇子爭位稱帝。只是本官又不明白，袁大人既有救國之心，要如何部署，難道將來打算弒君然後另立新朝？」

難得袁何仍躊躇滿志地答：「雖然那個趙弘毅平庸怯懦，難成大器，倒有一顆赤子之心。老夫只望通究古今，助其治理國事，並未貪戀名聲。弄權，只為撥亂反正。虛名，猶鏡中花水中月，老夫不曾貪慕依戀。」

司馬秋雁惺惺相惜似的嘆道：「好一句鏡中花水中月。」袁何又說：「想必司馬大人也有奇逢，身負曠世奇功，自不故步自封，也不會甘心只當太子身邊的一條狗。看來司馬大人都必另有所圖，自有另一番打算。」

且聽司馬秋雁第一次笑起來，道：「自以為是，還想挑撥離間？老匹夫要跟本官比較，還差得遠哩。

了結他吧。」說畢，天九三人即動手。

魔光劍跟火影掌同為殺敵之用。如今雖然經過連日調息，功力已回復五成，可兩大神功還是極耗真氣體力。猶幸袁何還留有一手，才敢如此有恃無恐。只見他祭起青龍潛的勁力，身軀即給一團金光包圍住，任九龍環呀旋棍呀鐵盾呀如何砸如何撞，都盡給那團金光擋着，根本連動也動不到袁何身上一條毛。

乍見袁何使出奇招，太子又惶又恐。相反司馬秋雁卻嘴角泛笑，喜上眉梢似的。

再見袁何腳底抹油，一展身，就似金光帶着他疾走，衝入死士群中，先帶走已殺敗十多名死士的拓跋狐。再渡河，撓到官兵後面，捲走正跟夏侯惇鬥得難分難解的伍福。金光帶着三人，竟能足不着地，讓三人浮在江上，隨水流去。

事出突然，誰又見識過如此神功？正瞠目結舌之際，司馬秋雁卻連聲叫好，朗聲笑道：「竟有此等神功，妙極妙極。」

說罷，隨手一揚，刀勁暴發，竟可把河水從中分開，刀勁更直取給金光圍住的三人。只見刀勁碰上金光，光球給從中破開，但三人亦給彈飛得更遠。袁何勉力再次聚起光球，三人立隨金光順流而下，眼看已難追截。

見袁何神功匪夷所思，太子本來亦有點心驚膽怯。可如今見他逃逸，便由驚轉怒，對司馬秋雁罵道：「蠢才，還不派人去追。」

司馬秋雁不但沒有一句卑職領命，反而回太子一下冷眼。給司馬秋雁狠狠一瞪，太子心裏已涼了半截，還來不及想到如何應對；司馬秋雁一下轉身離去。太子正想問個究竟；夏侯惇舉劍一揮，這個趙弘殷已人頭落地。

司馬秋雁居然把太子殺了，但他不是要相助太子登基做皇帝嗎？過去跟袁何跟二皇子鬥個你死我活，不是要坐上一人之下萬人之上的寶座嗎？這個司馬秋雁是瘋的嗎？

也許不是瘋；但如果袁何是狂，他就是癲。

狂者情緒高漲，自以為是，狂妄自大。癲者鬱鬱寡歡，淡漠少言，終日沒精打采。

一眾官兵見太子被殺，無不嚇得魂不附體，誰會想到竟有人膽敢殺害太子，還在眾目睽睽之下？旋即想到殺人滅口，其中一些思考較快的，掉頭就逃，可夏侯惇的劍更快。劍光一閃，又有幾顆人頭在腳下滾過。

此時本來在對岸的三個殺手也一起同時使勁一蹬，把泊岸的扁舟推過對岸。趁漁舟還在河中，以此為踏腳石，幾個起落，三人已躍到對岸，加入屠殺官兵之列。而那些還未死的死士也配合行動，紛紛撲入河中，追捕一些想游水逃走的官兵。

頃刻，殺聲震天，又似戰場，又似修羅場。近百官兵都是太子的近衛，更是精英中的精英。可如今面對四個高手，猶羊入狼群，根本不堪一擊。其實如果鎮定下來，重整隊形，要八十多名精兵力壓四人，亦非全無勝算。只可惜一開始就軍心散亂，各人只顧逃命，一盤散沙，只落得任人宰割的下場。

背後連番廝殺，可司馬秋雁卻完全不聞不問，簡直當沒事發生一樣，逕自走上剛才給天九三人使勁推過來的漁舟。身邊一個年老隨從，只得獨臂，單手掌櫓，又搖過對岸。

司馬秋雁招手叫殷天鵬上船，叮囑他說：「你帶董大人回去，跟皇上稟報，自己過去跟董大人一直虛於委蛇，忍辱負重，終引出二皇子幕後同黨。太子命你裏應外合，把袁大人引到西溪之濱。本來打算甕中捉鱉，來個一網打盡。只可惜袁何此獠實在武功太高，太子不幸遇害，太子的近衛軍更全軍盡墨。你本來都九死一生，幸太子小保司馬大人捨命相救，才能虎口逃生。惜司馬大人卻給袁何打入河中，水流湍急，遍尋不獲，生死未卜。記得嗎？」

殷天鵬也沒料到司馬秋雁居然連太子都殺了，當然也完全猜不透這個瘋癲之人心裏究竟在打什麼主意。但此刻又怎敢拂逆，只嚇得連番點頭，差點就要在司馬秋雁面前跪下來，開口求饒。

司馬秋雁連看也不屑看他一眼，別過臉說：「要　字不漏。」

殷天鵬忙說：「小人謹記。」

司馬秋雁就擺一擺手，示意叫殷天鵬回到岸上去。

殷天鵬跳回岸上，司馬秋雁就鑽到篷裏，悶悶不樂地坐着。對後面傳來的殺聲慘叫固然無動與衷，甚至對剛才退袁何殺太子一事也不再感興趣。一臉不暢快，一肚子不滿，只感了無生趣似的。

西溪位於洛陽市郊，蜿蜒數里。司馬秋雁一直順流而下，來到將近河口，河面闊了，水流也沒有之前那麼湍急。此時兩艘漁筏突從天而降，分別落在司馬秋雁的扁舟左右兩邊。左面漁筏上站着清涼先生，右面則是大漠蒼龍。

兩人竟聯成一夥。

司馬秋雁卻仍一臉不悅，就好像剛吃了一籮酸檸檬一樣，滿肚子不是味兒。即便當今兩大劍客突然現身，他仍不聞不問，對他二人一點興趣也沒有似的。

過了良久，都沒人開口，還是清涼先生先按捺不住，跟司馬秋雁招呼道：「一切都在大人掌握之內，李某佩服得五體投地。」

司馬秋雁回應道：「李先生要來跟本官算賬嗎？」

清涼先生倒城府極深，還一派從容說：「李某不敢。在下如果不是得大人提攜，也不會有今日，璇飛九官也不能在短短日子就生意滔滔。一眾手下過去都得大人悉心栽培，李某實在感激不盡 。」

司馬秋雁冷言冷語道：「李先生究竟想說什麼？」

清涼先生說：「得青龍先生提點，李某才知天外有天，有什麼四大神獸和四大神明。只怪在下孤陋寡聞，過去坐井觀天。」司馬秋雁此時才有點興致，問道：「李先生何時跟青龍先生結為知交？本官收到線報原指青龍先生是來跟先生你作對，怎麼如今兩人竟臭味相投，連成一線？難道想聯手來對付本官？」

「李某豈敢？只因李某答應幫青龍先生手仞仇人，才冰釋前嫌。」

「敢問青龍先生的仇人是誰。」

「上一代四大神獸之一，飛天神龍姬伯。」

「有趣有趣。既然如此，那麼先生兩人又為何於此時此地出現？」

「李某有一事相求？」

「什麼事？」

「但願大人可以向夏侯惇解釋，並非李某存心殺害越王府的人。」

「哎喲！這就麻煩。雖然是本官叫你去擺平那個越王府，但沒叫你將那裏的人都趕盡殺絕，雞犬不留。先生自己跟越王府的仇怨，難道要算到本官的頭上？」

「不敢，只望大人可以從中調停一下。畢竟李某過去對大人算得上鞠躬盡瘁。」

「哈哈！先生不愧是一個人物，做事不轉彎抹角，本官欣賞。但如此這般，對本官有什麼好處？」

「李某相信，大人將來還有用得着小人之處。」

「好，其實本官最喜歡做好人，最喜歡就是做好事。為人為到底，你倆知道姬伯藏身所在嗎？」

「小人正想跟大人打聽。」

「不用打聽，本官碰巧知道。不過你們兩人要幫本官辦一件事。」

「莫敢不從。」

「你們去找袁何，帶他同往百獸谷，姬伯就在谷中。」

「只怕小人難以勝任。」

「你跟他說，本官到時會派人把金龍劍交到他手上。」

「敢問大人已經將金龍劍據為己有？」

「你以為本官要騙他？」

「無憑無證，只怕袁先生不會輕易相信。更何況是由大人你相送，就更教人小心提防。」

「唉！只怪世人都自私自利，只為自己打算。金龍劍落在誰人之手都只是得物無所用，可本官剛才見識過袁何的青龍潛神功。若到百獸谷真的有幸找到神龍姬伯，那麼就只有他才有機會引證什麼金龍劍、青龍潛、龍神附體、飛龍在天的傳言是否屬實，本官只是想知道那究竟是怎麼一回事。」

「司馬大人就不怕袁何從此真的再上層樓，變得神功蓋世，天下無敵？」

「天下無敵又如何？」

「小人知道太子剛遇不幸，如今大人還說要把金龍劍拱手相讓。不為權，不為名，不求天下無敵，大人胸襟實在海闊。可小人着實不明白。」

「難道本官要跟你交代解釋？」

「小人不敢。但小人可否問一下，大人真的相信什麼飛龍在天之說？」

司馬秋雁想了一會，才說：「反正無聊，說一下給你們知道又何妨。一般人學武都是練招練功。若有天份，再假以時日，或有所成。就好像李先生和青龍先生如此造詣，已十分難得。但真正驚天地泣鬼神的武功都不是你能學回來，是武功找上你。當今兩大奇書，分別是《起世因本經》和《吟留別賦》，分別都記載了絕世武功，可不是一般人能夠讀懂。與其說是你去學到書上記載的武功，毋寧說是書上的武功走進你體內。《起世因本經》每次只認一個主人，如今的主人就是那個了凡和尚。待了凡歸天，才再會有人能得到書上記載的日月經輪。《吟留別賦》就更神奇，它可以是一本詩集，亦可以是所有詩集經籍。你燒毀了一本《吟留別賦》，可仍有成千上萬本《吟留別賦》。即使是同一本書，你讀，身上就有武功；

我讀，卻真的只能讀到風花雪月傷春悲秋。過去四大神獸都是從《吟留別賦》身上獲得神功加持。後來他們把武功傳授下去，因為不是由奇書加持，任你如何苦練，終究難以登峰造極。本官是由兩大神獸直接把功力傳到我身上，此是第三種獲得神功的方法。後來聽說神龍姬伯找到第四種方法，就是只消手握金龍劍，身負青龍潛的內力，再找來什麼龍神附體，就能脫胎換骨，甚至羽化登仙。此事從來未有人做過，亦根本不知是否可行。如此神妙，本官當然想欲成其事，見證一下人間造化。順帶提醒你們一下，所謂神龍見首不見尾，貿然入谷，也不一定見到神龍。但若然有人身負青龍潛內力又手握金龍劍，神龍或許會自動現身也說不定。」

此時，司馬秋雁忽然對青龍先生說：「青龍先生恁地安靜，沒有問題想問本官嗎？」

青龍說：「十二年前你也曾隨袁何等人一起到過西域？」

「不錯。」

「你得到神蟒賴非和神猿胡憶傳功？」

「正是。」

「他們二人還在？」

「早已歸天。」

「可曾留下神魂？」

「不曾聽聞，也許只有神龍才做得到。」

「姬伯仍在？」

「也許。」

「你如何得知他在百獸谷？」

「江湖傳聞。」

「你沒見過？」

「沒見過。」

青龍對着這個司馬秋雁也不得要領。倘若不是剛才見過他出手，不是相信他武功超凡，實在恨不得立刻上前一劍把他斃了。只聽司馬秋雁懶洋洋地道：「自己去看一下，不就行嗎？囉囉嗦嗦。本官勸你們還是快點動身，不然袁何愈走愈走愈遠，要再追蹤就難矣。到時報不了仇，又或者被整個武林追殺，可別來怪本官。」

從來強權就是道理，而且連當今太子都敢殺，還有誰敢跟他作對？再者，假如知道他目的何在，也許可從中找到其弱點破綻。但現在就是連他究竟有什麼詭計有什麼意圖都不知道。人到無求品自高，道理放到這個瘋癲之人身上，都可勉強說得通。

清涼先生和青龍遂去追尋袁何的下落，司馬秋雁也回到洛陽。時值元宵佳節，到處張燈結彩。沒有回皇宮，卻來到聞鶯樓。

雖說元宵節是為真正有情人製造邂逅結織的機會，逢場作興之地於此刻應避忌一些收斂一下；但即使少了人客，也不應如此冷清。整幢聞鶯樓，就連一個人客也沒有。甚至連伙計小二也不見一個，歌伎樂師統統不在。仿若人去樓空，已然結業。正因過去夜夜笙歌，更顯得如今冷清孤寂。常說鳥鳴山更幽，如今卻是鳥鳴樓更空。

一般樓宇，房子都靠近外牆而建，方便採光通風。此樓卻因太高，又顧及私隱，布局不同，房子都是堆到裏面中央，外圍是盤旋而上的階梯。此刻司馬秋雁就如受傷動物回到老巢一樣，步履蹣跚，老態龍鍾，滿臉倦容。

自古以來，要生存，就要賺錢，千古不變。任你再神功蓋世，都一樣要吃喝拉睡。清涼先生當殺手，袁何造兵器，司馬秋雁就開青樓妓寨，聞鶯樓就是他的老巢。

司馬秋雁拾級而上，來到第三層就停了下來。

【第十三回】

之前司馬秋雁吩咐小白兩人，拿到金龍劍後就來聞鶯樓找他，此刻他們終於來到。可惜夏侯純當日被困八卦陣內，以為必死無疑，給嚇得失去心智，如今仍然渾渾噩噩，猶遊魂野鬼，沒有思想沒有靈魂。杜如風一直陪着她，而凌雲飛就帶着小白，四人來到聞鶯樓，跟在司馬秋雁後面。只是跟着司馬秋雁身後，就如一步一步踏進鬼門關一樣。

路菲和袁天衣二人則帶着殘月、橫行和出林，守仕三樓外面的屋檐。如此分成兩隊，成合圍之勢，以防司馬秋雁逃掉。

只聽司馬秋雁有神沒氣地說：「唉！為何全都選在今天來找本官？本官今天很累了，別來打擾，回去吧。」

杜如風說：「大人，金龍劍我們已找到了，請大人給我們解藥吧。」

「什麼解藥？」

「離骨散的解藥。」

「她倆根本都未有中毒，何需解藥？」

「大人，當日……」

「真囉嗦，幾個小子都沒啥長進，都還只是一味吵吵嚷嚷。當日兩位小姑娘的確是服了離骨散，但離骨散是要跟腐心草同吃，才會引發毒性。當日只有那個陳季雨兩種藥都服了，所以才毒發當場。兩個小娃兒都沒事，吃什麼解藥？你們以為我是個十惡不赦之徒嗎？你們看，假如不是本官從中穿針引線，你們當年幾個小鬼，今天又豈能重聚？真的好人當賊辦。不過本官也不怪你們，也許老夫命數如此，老是被人冤枉。」

誰會想到原來一直都是被欺騙播弄，不過杜如風他們又可以怎樣。一來知道這個司馬秋雁神功了得；而且仍然受他威脅，想發難想乾脆跟他拼命也不行。

只聽杜如風說：「大人，晚輩還有一個請求，請大人放了柳老先生。」

柳老先生，姓柳名忠良，是柳翼和柳燕的父親。

柳翼和柳燕是璇飛九宮的震字號和坤字號殺手，當日在青海湖邊的石屋，假扮屋主夫婦的兩兄妹，就是他們二人。

無緣無故牽扯到他們父親身上，只因杜如風等人來到聞鶯樓之前，在路上就是給柳翼兄妹攔截。

他們不是來殺人，他們是來求人。

之前杜如風送老父回龜茲國後就帶着凌雲飛、小白和夏侯純來到洛陽，而路菲則跟袁天衣回去與幾個妹妹一起出發。他們先後來到京城，但並未相約何時和在哪兒碰面。

某天三更過後，忽感城內有高手出現。不明就裏，還是先探虛實，杜如風固然一馬當先。那邊廂殘月蠢蠢欲動，路菲就跟隨照應。三人不約而同循聲尋去。

原來當日柳氏兄妹任務失敗，司馬秋雁秋後算賬，這天殺手人七追殺柳燕，兩人來到一間荒廢大宅的庭園。正對峙間，殘月率先趕到。路菲有心相讓，亦為了視察四周，以防埋伏，故未有現身。此時，杜如風也來到。人七見有高手出現，不知是敵是友，早已打定退堂鼓。柳燕走避不及，狗急跳牆才拼死一搏，如今節外生枝，正好趁機腳底抹油。殘月只是好奇好勝，聽大姐寒雲說什麼三哥五哥功夫了得，恨不得立刻領教一下。杜如風也未見過袁天衣的幾位妹妹，根本不知道眼前這個黑衣少女就是殘月，卻認得柳燕就是青海湖邊所遇的璇飛九宮殺手之一。

見柳燕正擬動身，杜如風即先向柳燕出手。可殘月不明就裏，純粹見男子欺負女子便代抱不平，並且後發先至竟擋下杜如風的進攻。人七見狀即借機逃去，路菲本想追截，奈何還是想到先阻杜如風跟殘月相鬥要緊。

此時，忽聞哨聲暗號響起，柳燕循聲逃去，路菲跟着。杜如風也察覺事有蹊蹺，不再跟殘月糾纏，連忙趕上，殘月自然也一併追上去。只見眾人在黑夜飛簷走壁，如履平地。發暗號者所走方向竟分別經過凌雲飛和袁天衣兩班人分別下榻的兩間客棧 。此時，凌雲飛也怕敵人來襲，囑呼小白照顧夏侯純，便飛身出外查看究竟。另一邊廂袁天衣更跟兩位妹妹一起追截。

本來還相距幾十丈，只見袁天衣突施暗器，兩枚鐵彈急勁如電般射向那發暗號者的身後。倒算那人身手不俗，轉身運拳成盾，盡把鐵彈擋開。可鐵彈一碰即爆，散出白色粉末。神秘人恐防有毒，連忙揮拳如風把煙霧吹散。但經此一阻，已被袁天衣等人追上。煙霧散開，只見神秘人正是柳燕的哥哥柳翼。正好此時，妹妹柳燕也趕到來，之後跟隨路菲一起追來的杜如風、殘月和凌雲飛也一個個來到。就這樣，眾人在古廟前的空地上，面面相覷。

兩兄妹忽然跪下來，兄長跟路菲他們解釋：「幾位英雄，在下柳翼，此位是小妹柳燕，本來都是璇飛九宮的殺手。我倆自知罪孽深重，難求乞恕，只望幾位看在我倆的孝心份上，救一救我們的爹。大恩大德，沒齒難忘。」

杜如風幾人完全丈八金剛，不知如何反應，且聽柳翼解釋：「父親昔日是都城員外，有一妻一妾。後因妒忌侍妾對下人阿曼親暱便誣告阿曼盜竊，更跟官府私通，把阿曼重判發配邊疆。阿曼當日應該是跟幾位英雄一起去到西域，遇上西天二十八宿和神獸。阿曼後來得神猿相救，更學到絕世神功，回到中原之後就計劃報仇。

「他先改名換姓，叫自己做司馬秋雁。並要脅阿爹幫他疏通，讓他到皇宮當一個守門的官兵。可此人實在處心積慮，又神功大成，不消兩年已因屢建奇功，甚至救過太子性命，最後終於晉升到當上太子少保的地位。期間他一直對阿爹都算和和氣氣，又教我和小妹學武。我倆當時只得十五、六歲，根本不知他原來狼子野心，一心回來就是為了報仇。

「到他當上少保後，有權有勢，再無忌憚，便露出本來面目。他簡直就是一頭惡魔厲鬼，全無人性。當着我和小妹面前，要阿爹親口承認當年如何陷害他，然後更當着我們面前把娘親和二娘姦殺，之後對阿爹百般凌辱。我和小妹多次本着跟他同歸於盡的決心跟他拼命，奈何此老賊武功實在太高。他給阿爹服食腐心草，又不知如何竟可以封了他的感官。他說假如天機靈動功力深厚，就能把人的覺魂封住。如今阿爹目不能視，耳不能聽，口不能言，食不知味，甚至寒熱疼痛都感覺不到。還怕我們不信，竟在我們面前把爹的手斬了下來，大笑着說：瞧，你爹連叫一聲也沒有。阿爹常受皮肉損傷，因為都不知傷痛危險。而且還一直受着腐心草的煎熬，每隔十數天便會受撕心裂肺之苦，痛不欲生。他每次又會替阿爹運功鎮痛，他就是要阿爹這樣不停痛得死去活來，每次都要我們親眼看着親耳聽着，要我們受盡折磨，給他洩憤。

「我和小妹真的想過，與其生不如死，倒不如乾脆死掉，總勝過給他凌辱發洩千倍萬倍。又有誰想到他竟如此惡毒又如此仔細部署，竟倚着權勢，把我們祖先山墳之地也強搶了回來。恐嚇着只要我們一死，就把所有山墳毀掉。縱使阿爹有錯，亦罪不至此。而且要抵罪都抵過，苦都受夠了。再百般不是，也總不能累及先人。」柳翼一面說，眼淚一面地流，旁邊的小妹柳燕更泣不成聲。同時也聽得在場各人又心寒又髮指又傷心。

杜如風卻不為所動，問：「若柳兄所言不虛，你們的遭遇實在值得同情，但又跟我們幾兄妹何干？」

柳翼彷彿早已料到他們會有此一問，答：「璇飛九宮真正的幕後主腦就是這個司馬秋雁，清涼先生對他也得唯命是從。我兩兄妹跟路兄一樣，都是迫不得已才當上殺手，替他賣命。到青海湖邊，我們本來是被派去刺殺幾位大人。但見識到那位何大人的神功，便跟小妹商量，若問誰有能力可以對付此司馬惡賊，就只有那何大人一人。所以我們最後都沒有出手就離去。之後無意中得悉各位行蹤，見幾位英雄一起，便猜想幾位就是司馬惡賊口中曾提到的幾個金蘭兄妹。在公，此人根本就是一個大魔頭，若他一日還在，都不知還有多少人會遭其毒手。在私，你們不是那位何大人的朋友嗎？路兄不想脫離組織，不再受他擺布嗎？我兩兄妹實在無計可施，才斗膽請各位英雄相助。我柳翼別無他求，只望可以帶老父回鄉，在祖先面前自盡，以死贖罪。我知道金龍劍在你們手上，你們是要去交給那司馬惡賊。只希望幾位見到那惡賊時，能以此作為交換條件，替在下提出這個請求。求幾位英雄成全，因同再造。無以為報，將來在下和小妹及家父在天之靈，必保佑各位逢凶化吉，從此遠離江湖險惡，安福永享。」說罷，兩人就只管一味叩頭，望杜如風等人應承他們。

路菲等人其實也不敢盡信柳氏兄妹的片面之詞。若所言屬實，那麼這個司馬秋雁就不但是魔星降世，亦是白八松口中的四大天神之一。縱然合眾人之力，亦以卵擊石而已。

左思右想，於是路菲等人在去找司馬秋雁之前的一晚，就夜探聞鶯樓。

與其硬拼，不如智取。前一夜，他們已來到聞鶯樓附近監視。雖然聞鶯樓獨處一隅，仿若城堡，四周都沒有其他樓房。路菲、杜如風、凌雲飛和袁天衣四人到周圍查探了一下，發現原來周圍附近都有探子站哨。他們捉了幾個探子問過，知道樓內今夜有特別安排，不接待賓客不做生意。既好奇，亦想也許有機可乘，他們就決定夜闖。

因為要照顧小白和夏侯純二人，而且連日來橫行又一反常態，常悶悶不樂似的，所以出林和殘月就留下來照顧她們。況且，本來打算只打探一下消息，為免打草驚蛇，還是愈少人愈好。

再者，只為拿解藥，若果柳氏兄妹所言非虛，能夠救人就更好。總之無論如何都不是為了跟這個司馬秋雁拼命。那麼如果可以趁當晚樓內有重要宴會或其他特殊情形，樓內的人分身不暇，疏於防範，便有機可乘，可以偷藥，可以偷偷把柳老先生救出，不是勝過正面衝突百倍千倍嗎？

所以他們在前一晚就偷入聞鶯樓——但其實不用偷，樓內都空無一人，人去樓空似的。不過就是沒有人才更顯得危機四伏，陰森可怖。袁天衣心裏有股不祥的預兆，但又不敢開口，唯有跟着。

四人拾級而上，沿路都碰不到一個丫環僕役，但又隱約聽到樓上有人聲夾雜音樂傳來。他們一路循聲尋去，直去到頂層的八樓，聲音就是從這層傳來。從聲音辨別，中央的大廳內應集結了逾百人。聽到有樂師奏樂，當中鐘鼓齊鳴，莊嚴肅穆，又如天外梵音，動人心旋。

甫把音樂聽進耳裏，各人便已不知不覺間沉醉其中。又似迷迷糊糊，又似神推鬼使，竟逕自推門入內。只見大廳上有差不多上百人跪在地上叩拜，面前有十數人頌唱經文，再後面又有十數人在敲鐘打鼓，就似在進行着什麼祭祀儀式。後來地上眾人更開始寬衣解帶，盡把身上衫褲脫去。由此面前數十人，不論男女，都赤身露體。未幾，眾人更開始互相接吻愛撫，旁若無人。有些一男一女，有些一男數女，有些一女數男，全都肆無忌憚地行着周公之禮。既似慾火焚身，又似身不由己，猶着魔中邪一樣。

本來是看着，但奇怪的是本應看得傻了眼之同時，路菲幾兄妹眼前卻又慢慢換過另一幅映像。

袁天衣眼中所見是之前大雪山中的木屋。她內心惴惴不安地走進房裏，只見路菲正收拾行裝，她誠遑誠恐的問：「二哥真的要走？」

路菲答她：「我要去找三弟。」

天衣急得眼淚奪眶而出，忍着淚說道：「三哥定吉人天相。別走。」

路菲執意要離去。可正要動身，卻忽然之間已躺在床上，而且動彈不得似的。袁天衣就站在床邊，溫柔地問：「二哥不喜歡四妹嗎？」

可是路菲不但動一根手指也不能，就連想動一下舌頭，想發出一點聲音也辦不到，只能睜着眼乾着急。

袁天衣再問：「二哥，你要我怎麼做你才不會離開。」

路菲沒有答她，也許就算想答，他也發不出聲音來。袁天衣就在路菲前面，脫下身上的衣服。此時，從外面走進房裏來的，還有殘月和出林。她倆站在門邊，也跟着袁天衣一樣，把身上的衣服脫下。

袁天衣瞇着眼說：「如果我一個還不夠，我們三姐妹也一起服侍你。等橫行再大一點，她也可以來服侍你。你說，這樣好嗎？」

可在凌雲飛面前的卻又是另一幅景象。

但見在琅琊山上越王府前站着一班人，似要逐個來跟凌雲飛比武分高下一樣。

率先踏前挑戰的竟是之前已被清涼先生所殺、播威鑣局的郭山林。郭山林雙手翻飛，招式如行雲流水，力隨勢發，如驚濤拍岸，一浪比一浪凌厲；可凌雲飛的清風拳旨恰巧就能剋敵制勝。

無風不起浪，凌雲飛的拳總能在郭山林發勁之前就將他的掌勢止住，由此本來可以翻江倒海的攻勢頓變得風平浪靜，完全發揮不出應有的勁度力量。就當郭山林被縛手縛腳之際，凌雲飛欲使猛招，風高自然浪急，隨着凌雲飛拳勢愈猛，郭山林反而更得心應手，掌勢更能乘風而起，甚至可以反客為主。想不到的是，凌雲飛未能連消帶打力壓對手，手上就居然多了一把七星劍。一個旋身，一下疾刺，郭山林還以為對方攻來的是直拳，挺掌迎上。七星劍穿過郭山林掌心，再刺入其胸膛，就是郭山林到斷氣那一刻也不明白凌雲飛手上怎會多了一把劍。

殺掉郭山林後，下一個就輪到清涼先生。

清涼先生是凌雲飛師父，玲瓏劍訣的火候比徒弟足足多了二十餘年。任凌雲飛再有奇遇，劍法套路都盡在師父的掌握之中。另外雖然當年磐石先生創招時並未刻意針對各門各派的劍法來構思，但天下武功皆為破解或抵禦其他功夫而想出來。換言之，任何武功大致上都是為破招而生，為對敵而設。玲瓏劍訣要應付的本應是別門別派的劍法刀法，凌雲飛當然從沒想過，也從未試過要跟自己的玲瓏劍訣對陣。不過吊詭的是劍訣竟然暗藏相生相剋之道，而清涼先生就深諳箇中玄機。

就好比生肖相沖，鼠馬不配，牛羊不和，虎猴相剋；於是子午沖，丑未沖，寅申沖。兩招對沖，力強者勝。凌雲飛當然不明就裏，猜想儘管師父功力雖然比自己深厚，但也未致於好像每一招均被師父料敵先機，不管如何變招都總給師父壓將下來。不過又再一次變戲法一樣，凌雲飛的七星劍竟陡生劍光，劍刃暴長，一下子衝破清淙先生祭起的劍網，直取其胸膛。

接着來到凌雲飛面前的竟是白八松。凌雲飛二話不說，搶先進攻。為當今四大神明之一，縱非天下無敵，亦罕逢敵手，白八松的飛鳥九擊更驚世駭俗。可是凌雲飛手握七星劍，玲瓏劍訣與千羽劍法交替施展，再加上魔光劍的無形劍刃，白八松竟然全無招架之力，一下子就敗下陣來。魔光劍一揮，白八松即身首異處，丟在地上的卻居然是一顆雄獅的頭顱。

殺敗白八松後，凌雲飛振臂高呼，掉頭走去站在不遠處觀戰的小白，一路走一路嚷着：「師妹，師妹，我終於成為天下第一。我是天下第一，你開心嗎？」

這究竟是夢境還是魔障？

杜如風眼中所見又是另一番光景。

置身在聞鶯樓外面的樓頂，杜如風正扶起受了傷的路菲，問：「二哥，如何？司馬老賊呢？」

路菲就好像連站起來的力氣也沒有，虛脫乏力似的，有氣無力地說：「那個司馬老賊中了我的天機靈動，從這裏掉了下去，世上從此再沒有什麼四大神明。沒事了，以後我可以跟四妹一起，從此退出江湖，過一些簡簡單單男耕女織的生活。三弟，你替二哥高興嗎？」

杜如風只感百般滋味在心頭，又妒又恨，又喜又悲。

此時，只聽袁天衣急着叫道：「二哥，二哥。」

杜如風聽到袁天衣的聲音，卻如聞喪鐘，既驚且慌，竟不期然鬆開正扶着路菲的手，甚至微微用力，輕輕一推。

路菲幾油盡燈枯，全身乏力，給杜如風一鬆手一推，腳步一退，即踏出樓外。

袁天衣趕到樓頂，卻遲來半步，只見路菲跌出樓外，杜如風怔住失神，袁天衣給嚇得失聲欲叫。

只有路菲眼前還是一幕幕人慾橫流，無數男男女女恬不知恥，就此席天幕地幹起男女之事。只有他沒有墮入魔障，沒有受迷術所惑。

卻見歌伎樂師後面鑽出一個人來。此人身材矮小，老態龍鍾，滿臉皺紋，就連牙齒也彷彿掉光了，雙眼卻精光暴現。一步一步向路菲走近之時，身體卻不斷變化，時光倒流一樣，容貌和身材也逐漸變回年輕的樣子，口中問着：「好哇！好哇！還是我的好徒兒好定力，不為所動。難道徒兒你沒有未完的心願，不須要為師幫忙嗎？」

路菲答：「佛才四大皆空，鬼只是身不由己，神可為所欲為；而欲求不滿，就魔由心生。師父教我，魔是幫人的。所以徒兒也沒有什麼願望，徒兒只想幫人。」

「哈哈！好！好！不錯。徒兒你看，為師只是幫他們實現願望罷了。他們不敢做，甚至不敢想的，為師就幫他們，鼓勵他們，給他們勇氣信心。」

「也不辨是非？不分善惡？」

「何來是非？哪有對錯？這些都是神佛編出來蒙騙世人的廢話。何謂因？何謂果？佛說種當下的因？我呸！若果死後沒有輪迴，沒有十八層地獄，世人還怕嗎？世人為善，都不是一心向佛，他們只是怕而已，怕賠本，怕得不償失，怕受罰。沒有果報，則人人任意妄為，人性若此啊！獅子吃羊，羊吃草，難道草很可憐嗎？羊作惡了嗎？所以魔才最公平，才最明白天道所在。天道若何？我的好徒兒應該不會忘記為師跟你說過何為天道吧？」

路菲說：「天闇道寂。」

天闇道寂時，沒有光，也沒有道。

神猿胡憶向眾人施展迷術。假如定力不足，就從此活在夢中，以為夢境就是真實，再走不出夢境，從此癡癡呆呆。又或者深深被夢中的遭遇所感染，即使醒來後也性情大變，矢志要實現夢中所想，再不會顧慮什麼忠孝仁義，再不會理會別人死活。

這種迷術就比任何武功更恐怖，完全是殺人於無形，輕易就毀了別人一生。但在胡憶眼中，他這樣做才是成就別人一生，他才是世人的大恩人。

就在胡憶一步一步走近路菲，當他正逐漸回復壯年模樣之時；路菲就走進各人的夢裏。

在袁天衣的夢裏，他就突然走入房內，先出手點中了殘月和出林的穴道，叫她倆動彈不得，然後喝止住正在脫去衣服的袁天衣，大聲說：「住手，二哥是不會跟你一起的。」

在凌雲飛的夢裏，他又變成倒在地上身首異處的白八松，站起來厲聲指着凌雲飛叫道：「你不是天下第一。」

最後，他在杜如風的夢裏，本來正從聞鶯樓的屋頂掉下去，卻竟然可以從空中飛回天上，凌空浮在杜如風的頭上，喝道：「你是殺不死我的。」

到各人夢中出現，其實都只是彈指之間。

一瞬間，變回壯年的胡憶雙拳轟來，路菲在電光火石間把胡憶的雙手捉住。可是胡憶脅下再有兩手伸出，幸好杜如風等人及時甦醒過來，一隻手給杜如風扣着，另一隻則給凌雲飛鎖着。不知何時袁天衣亦已走到胡憶身後，雙手拍在他的背上，催運火影大法。瞬間雙掌冒火，胡憶卻未損分毫。突然，五人一同墮進地洞之中，如身處火山洞穴之內，四周熊熊烈火，又似火海煉獄。

袁天衣默唸當日父親給杜如風和凌雲飛兩人誦讀的《吟留別賦》，功力竟頃刻提升。火影大法原分五個境界，赤橙黃白藍。之前天衣只能發出赤火。如今一面唸着《吟留別賦》，一面發功，身泛金光，功力竟提升至黃火境界。

赤火還奈何不了胡憶，可黃火的熱度再高兩級。只見胡憶身上開始冒煙，衣衫着火，皮膚也開始燒焦，但他竟然還樂不可支地大笑道：「好哇！好哇！那頭火雞竟後繼有人，鬼魔神佛很快就可以現身。呵呵！燒得我好暢快。來，好娃兒，再燒猛一點可以嗎？」

黃火熱度奇猛，胡憶尚且招架不來，路菲等人更感灼熱難耐。不過就在此時路菲與凌雲飛跟袁天衣一樣，忽然身泛金光，各人身體內的青龍潛內力竟自行喚醒過來，護着三人。可奇怪的是，當日杜如風也一樣在場聽着袁何給他們唸《吟留別賦》，但就只有他沒有學到任何武功。

要學絕世武功都講因緣，也許杜如風就是沒有這個緣份。杜如風小時都讀過詩詞歌賦，袁何唸的詩句有些也曾聽過，明白箇中意思，便真的當詩歌般來唸。可其他人卻不曾讀過，只當符咒般來記住，不明所以，反而能讓神功走進體內。

杜如風沒有青龍潛的護身氣勁，無法抵受袁天衣的火影神功，不得不撒手退開。

胡憶如今有一隻手可騰空出來，左手不再被杜如風扣着，便慢慢伸去路菲的心房。眾人見狀無不驚駭着急，但又欲救無從。可胡憶只是指着路菲的心，諄諄教誨似的說：「魔由心生，魔心、鬼魂、神識、佛性。徒兒你一定要好好保存這個魔心，才可以魔渡世人唷。」

心是情，魂是心底慾望，識是目標嚮往，而性卻與生俱來。換言之，魔由情感所生，鬼可身不由己，神是超越自我，而佛則天性若此，人皆有之。再推說下去，就是魔渡鬼迷神救佛證。所以胡憶說魔渡眾，鬼迷人，神救世，而佛證道。這些都是胡憶以前跟路菲說過的。

此時袁天衣已豁盡所有功力，聽胡憶言語，竟不當一回事似的，便再豁盡餘力，黃火變白。

白火一現，即見白火從胡憶身上燒出來。不消片刻，這個曾經教人聞風喪膽的八臂神猿就只剩一堆黑炭枯骨，一點血肉都沒再留下。

決戰胡憶都只是瞬間之事，但路菲眾人卻像大戰了三日三夜，袁天衣幾近虛脫。

胡憶死去，四人回到現實。回過神來時，望去大廳，那些赤身露體的男男女女慌忙走避，頃刻人去樓空。

沒想過會在此間遇上上一代的神獸，更想也沒想過可以把對方打敗。雖然口裏叫師父，但其實對路菲來說，這班神獸就是害死他雙親的罪魁禍首。如今終手刃仇人，心情一下子也未能平復下來。杜如風等三人則曾墮魔障，剛才的夢境還歷歷在目，叫他們忐忑不安，於心有愧。又緊張，又迷惘，又力竭，四人都沒氣力沒心思再去找解藥和救人。於是到了翌日晚上，他們就帶着金龍劍來到聞鶯樓跟司馬秋雁交易。

只聽司馬秋雁道：「幾個小鬼，竟敢來跟我談條件？金龍劍本官也不需要，你們拿去吧。」說罷就走，繼續累趴趴似的爬着樓梯。

這廝惡賊的行事反應實在叫杜如風等人捉摸不透。之前一直擔心他不會輕易交出解藥，但小白二人根本未有中毒。以為可以用金龍劍來要脅他，他又竟然連劍都不要。杜如風等人束手無策，只得眼巴巴看着惡賊離去。杜如風心裏着急，明白若談判不果，二哥路菲準會發難動手。到時打起上來，只怕己方眾人難以全身而退。任誰受傷，他都不願。只好硬着頭皮叫住司馬秋雁：「大人，一個垂垂老矣的老頭都沒啥用處，大人需要別人侍候，小人可以代勞。」

此言一出，在場眾人無不錯愕萬分，就連凌雲飛等人事前也未聽過杜如風有此等計劃。路菲在外面監視樓內情況，因窗戶開着，外面各人聽到杜如風要犧牲自己，也一時間又惶又恐。

杜如風自幼給老父教導要捨身成仁，而且昨夜被胡憶帶進夢裏，對自己在夢裏的所作所為仍愧咎不安。再加上，他根本就想不到其他方法。

司馬秋雁停下來，沒好氣地回頭跟杜如風他們說：「你們幾個小鬼倒算一副古道熱腸。但你們不明白，本官本來就是一個好人，是那個老頭喪心病狂，誣告本官，害我被判充軍。你們知道我在獄中受過多少苦嗎？給人毒打，受盡奚落。是他不仁在先，我都沒有要他的命。好，你們要替他求情，就帶他走吧。」

杜如風連忙說：「既然大人如此海量，也請大人替他解去身上腐心草的毒，並回復他的感官知覺。」

司馬秋雁聽罷，閉目沉思。

此時他們來到四樓，突然有什麼從五樓那裏丟了下來。以為是什麼毒針暗器，杜如風跟凌雲飛護着小白和夏侯純退到牆邊躲開。雖然只匆匆一瞥，可兩人也瞧出那是一條血淋淋的臂膀。還未定過神來，已聽到下面柳燕的呼叫和哭聲，從中夾着一把老者的悲鳴。原來柳燕已找到父親，並趕到來聞鶯樓。

上面必有事發生，外面眾人見狀，殘月率先按捺不住，衝破頭頂的屋檐上到五樓，出林緊隨其後。橫行本來也想跟去，卻給袁天衣拉住。

殘月看到樓內情況，目眥欲裂，恨不得即刻衝入去大開殺戒。原來在五樓處，兩名殺手正押着柳翼，剛把他的右臂從肘處斬了下來，又再提起他的左臂正要斬下，另一把刀就架在他的脖子上。殘月本想衝入去，卻給出林拉住。

刀落臂斷，但柳翼沒哼一聲。殺手放開柳翼，叫他下去。此時殘月才看到，原來柳翼雙目被刺，嘴巴張開，但沒有舌頭，顫危危地倚着欄河一步一步走下來。經過司馬秋雁身邊，惡賊還一副嫌他齷齪邋遢的嘴臉，皺起眉頭，側身避開。凌雲飛見狀即上前扶着柳翼，樓下的柳燕也走了上來擁着兄長痛哭。

各人無不滿腔怒火，司馬秋雁還一副苦口婆心的口吻說：「天道無情，萬物無序，由盛而衰，由立至破，世道本如此，終至天闇道寂。不受點苦，又焉知天道若何？本官受過了，你們也受一點，方知天理所在。那個袁老頭還以為自己很了不起，要解救蒼生，井底觀天，都不知大道所在。蒼生就是要蒙難，才順應天道。本官只是順天而行，效法自然。我根本就是一個好人。柳氏兄妹任務失敗，未能拿下袁何的人頭，本來就要受罰。本官格外開恩，都沒有降罪，如今還給你一個將功補過的機會。柳燕你就帶着金龍劍去百獸谷，交給那個袁老頭，然後才回來接過兄長和父親，從此便可一家團聚。幾個小鬼呀，你們也一起去吧。昔日的白大夫就在百獸谷內，如今那個姑娘應該識魂遊離，只有白大夫懂召魂之術，也許能幫到那位小姑娘。唉！為人為到底，柳燕也帶父親同去，希望白大夫能夠醫好你父親吧。外面那個穿藍衫的姑娘是袁天衣嗎？你父親也會到百獸谷，到時你們不就可以父女重逢嗎？你們看，本官實在處處替你們設想，你們還好意思一直錯怪本官。」

外面的路菲此刻終於按捺不住，大喝一聲：「滿口歪理，我們不會再受你擺佈。」

路菲正要衝入去之際，司馬秋雁搶先出手，飛身攻向杜如風。

可司馬秋雁根本只為聲東擊西，路菲才是目標。原來司馬秋雁也懂白行夜渡，一經施展，仿似瞬間消失，又瞬間回頭出現在路菲面前。總算路菲輕功了得，兩人同使白行夜渡的輕功，忽倏消失忽倏現身，只見人影幢幢，一個追一個躲，都不知他倆真身所在。

只是司馬秋雁功力實在比路菲高出許多。幾個起落，路菲已被迫出樓外。電光火石間，惡賊挺指，指勁直射路菲。猶幸路菲已能掌握青龍潛內力，金光一現，人即被一團金光包圍，及時擋住司馬秋雁那天機靈動的指勁。可是司馬秋雁另一殺着隔空刀卻是青龍潛的剋星，光球給刀風劃破一道缺口。司馬秋雁指勁再射，正中路菲眉心。路菲即時失去知覺，先跌在樓檐，再幾個翻滾，轉眼就要從五樓屋外掉下去。

袁天衣即刻迎上，祭起撒豆成兵，從她身上竟能同一時間發出七七四十九種暗器，又星形鏢又鐵蒺藜又袖箭又飛刀又銀針又火器，全部都不同重量。先穿過四樓屋檐，再以不同角度和速度射向司馬秋雁身上三十六處大穴。

司馬秋雁不怒反喜，一面狂笑一面向上飛退，道：「好啊！」

司馬秋雁盡得神蟒賴非和神猿胡憶兩大神獸的真傳。胡憶的絕技是天雷地震和天機靈動；賴非除了白行夜渡，另一神功是隔空刀。不用提氣聚勁，不旋身不擺架式，刀隨心發。司馬秋雁冷眼一掃，刀勁盡把暗器擋開，可是還有一發火器射中左肩。趁惡賊身形一窒，再借火藥釋出的煙霧掩護，殘月和出林的火影斬和火影劍又無聲無息殺到。司馬秋雁續使隔空刀，先擋殘月，再拒出林。兩人給掃開後，從中再殺出一個橫行。誰會想到這個樣子猶如小孩的姑娘，內力竟如斯霸道？更教人意想不到的是橫行所使的卻居然不是火影拳。雙拳往上送來，一雙手腕竟分別乍現兩圈光環。

橫行出招竟比司馬秋雁心思更快，而且隔空刀雖然不用身體發力，卻需要從空氣借勁。來不及祭起隔空刀，司馬秋雁運起天雷地震，使出五成功力。一雙斗大的鐵拳碰上一雙小手所握起的拳頭，可是給震飛的竟然是司馬秋雁，如斷線風箏般給拋上半空，但仍只痛不傷，狂笑着：「太有趣了。」

這邊廂袁天衣和三個妹妹先行退敵，那邊廂就到杜如風負責救人。從三樓飛出樓外，正好接住從高空掉下來的路菲。

其實這一切都只是發生在電光火石間。司馬秋雁人在樓頂，重整旗鼓，筆直俯衝，撞入樓內，一晃眼已衝過幾層樓的地下天花。凌雲飛本能地感覺危險迫近，想也不想便挺身而出，擋在小白和夏侯純前面，運勁戒備。恁地奇怪，身邊竟驟現一團金光，及時擋開從樓上飛射下來的雷霆一擊。

可司馬秋雁並未窮追猛打，轉身一把抓住受傷的柳翼，隨即又從對面方向衝出樓房。只聽他一面走一面說：「有趣有趣，幾個小子竟然都身負青龍潛的內力，實在太好，你們非要去百獸谷一趟不可了。路菲小子沒有覺魂，只有百獸谷的白八松可以救他。柳燕要救兄長，亦務必親手把金龍劍交到袁何手中。好自為之，後會有期。」人愈走愈遠，話音卻彷佛迴盪不止。

可危險未除。樓上樑柱紛紛塌下。

凌雲飛即抱起身邊兩位姑娘，又叫柳燕護着老父，從窗戶跳出去。五人甫着地，整幢閏鶯樓即四分五裂，頹然坍塌。司馬秋雁神功名副其實摧枯拉朽，竟能憑一己之力赤手空拳就把整座九層高的高樓拉倒下來。漫天塵埃還未落定，過百頭雀鳥掙扎飛出。眾人驚魂未定，猶驚鳥四散，只感死裏逃生。

【第十四回】

少林寺是一個很大的組織，分兩堂三院，兩堂分別是羅漢堂和般若堂。所有弟子都是先入羅漢堂，這裏教的是基本功。到略有所成，就會給擢升到般若堂，有機會下山去闖盪江湖，去開眼界去見世面去結交天下各路英雄去抱打不平。遇到有慧根有俠骨有仁心的，更可收為俗家弟子，傳授少林武功。

對少林寺有功績，便可再擢升至戒律院，這是少林寺內部的執法和司法單位。佛門弟子犯錯，就是由戒律院主持跟方丈定奪發落。再經過幾年甚至十幾年的浸淫，給各院主持和方丈觀察夠了，認為基根夠厚，武功夠高，對佛學理解夠深，就可以再進入菩提院，除修習本門更高武學外，更可以研究別派武功，以資長進。而達摩院就不但是少林寺權力的核心，也是武學的最高殿堂，亦只有這班佛門高僧才有機會修習易筋經和金鐘罩等少林絕學。

昔日一盞燈劉成和再世關羽秦天豹都是少林俗家子弟，他們還有一個師弟叫田沖，諢號飛天金剛。手上的金剛掌固然厲害，輕功也十分了得，同為凌霄十三將之一。劉成跟秦天豹十二年前於西域遇害，十二年後師弟被派當汴州留守，為二皇子所用，結果就給司馬秋雁派柳氏兄妹暗殺。

三人當年同跟般若堂的玄空學藝，今天玄空已升為般若堂主持。自田沖死後，其部屬一直都想為主帥報仇，奈何查來查去都查不出璇飛九宮的底蘊。可兩天前卻突然收到匿名密報，指殺死田沖的兇手就是柳氏兄妹，而二人此間正往琅琊山的路上。

雖然未知是否屬實，但寧可信其有。不過一班部下始終是軍中武將，雖當中亦有人曾於江湖走動，但畢竟已非江湖中人。一來不方便擅離職守，二來也應按江湖規矩查清問楚。於是便聯絡少林寺，相邀玄空下山幫忙，況且玄空亦曾許諾要給弟子討回公道。

結果如今玄空就找上杜如風等人。

因為柳燕就是跟杜如風等人在一起。

柳燕要帶老父去百獸谷找白八松，又要帶金龍劍去給袁何，杜如風和袁天衣都一樣要帶夏侯純和路菲去找白八松醫治。既然大家同路，自然一路互相照應。

可如今玄空主持來到要人，如何是好？難道乖乖地把柳燕交出來？難道要替一個殺手出頭，為了一個殺手而跟少林寺為敵，跟朝廷對抗？難道要為了一個殺手而去殺一個打算主持公道的高僧？為了一個殺手而去殺一班忠心耿耿的軍人武將？

幾兄妹當中，就以杜如風最有學問，最機智過人，但他也不知如何是好。此時，竟由橫行挺身而出，跟玄空辯論。

但橫行不是智力有損，猶如小孩嗎？要說明這一切，就要從當日他們在赤土石窟逃離石室之後說起。

路菲要回去跟了凡問清楚，既然金龍劍都已經收藏在密室內，又有八卦陣這個機關，根本無人可盜，為何還要他去把劍取出來如此多此一舉。但他再問不到了。

因為了凡大師已經死了。

就在袁天衣和路菲離開後，橫行無所事事，就去找了凡傾偈。了凡跟她足足傾了一個下午，出林也覺得奇怪，從來這個三姐都跟小孩一樣，沒耐性，總定不下來，但竟然可以獃在了凡的房間內近兩個時辰。

到黃昏，出林走去叫她們吃晚飯，但只有橫行走出來，說了凡大師很累，想先睡一會。她們吃過晚飯後，未見了凡大師出來，出林便端飯菜入房給他，只聽床上傳來沉睡的鼻鼾聲，出林便把飯菜放在桌上，沒再打擾。當晚橫行也不知為何好像很累的樣子，很早就上床就寢。

到翌日醒來，去拍了凡的房門，沒有回應。出林入去察看，了凡已經沒有氣息，而且身體冰冷，好像已死去多時。事出突然，又心頭一震，不知道為何心裏湧起一陣不安，怕之前整天都跟了凡一起的橫行出了亂子，連忙去找橫行。這個三姐竟然還未起床，而且還得讓出林搖了一會才慢慢醒過來。

要知道練武之人，警覺性特別高，有什麼風吹草動都會立刻醒過來，斷沒可能這樣賴床貪睡。出林探她脈象，竟然沒半分內力似的。出林從來處變不驚，比大姐寒雲袁天衣更鎮定，可這刻也方寸大亂，不知如何是好。跟橫行說了凡大師死了，橫行卻不認識此人似的，只說：「是嗎？」

接下來，橫行一直獨自一人坐在屋前，默言不語，跟以前的她判若兩人。出林和殘月見橫行這般都擔心不已，可又束手無策。到袁天衣和路菲回來，出林便跟他們商量。奇怪的是到袁天衣回來後，橫行又變回以前的樣子，活蹦亂跳，整天黏着大姐，對了凡死去一事完全沒放在心上，就好像從來沒見過這個人，不認識此人似的。

毫無頭緒，他們只好收拾心情，埋葬了大師後便趕快上路，趕往洛陽跟杜如風等人會合。沿途天衣不時替橫行把脈，看她龍精虎猛，但體內依然沒半點真氣，像完全沒有內力一樣。他們完全不明白了凡大師為何會在一夜之間死去，而三妹又在一夜之間武功盡失。

路上一直惶恐不安。本打算先讓橫行到別處安置，待拿到解藥後才去接回她。但橫行又怎肯離開大姐半步，天衣唯有一路擔心她的安全，一路小心看護着她。誰料在聞鶯樓，路菲率先出手，司馬秋雁又神功無敵，袁天衣忙着替路菲解圍，便沒法兼顧三妹，讓橫行貿然出招。不過更意外的是橫行不但沒有廢功，功力竟更勝從前，而且使出的居然是了凡大師的日月經輪。

唯一解釋，就是了凡大師把武功傳了給她。但為何要這樣做，可能永遠也找不到答案。

大戰過後，當務之急是要盡快送各人到百獸谷。

凌雲飛也想過不應受惡人擺佈，奈何路菲不省人事，夏侯純心智迷失，柳老先生又只剩半條人命，還要救回柳翼，根本沒有選擇餘地。

本來一班人浩浩蕩蕩出發去琅琊山內的百獸谷，但有一個人沒去。

是小白。

她不是怕危險，卻怕孤獨。

喜歡的人，心裏沒有她。不喜歡的，卻隨時捨命相救。小白既非冷血，亦非無情，跟着同去，徒添傷感，亦只會成為師兄的負累。她便跟凌雲飛說：「師兄，我不跟你去了，我想回故鄉。」

凌雲飛沒想過師妹會這樣說。雖然心裏閃過叫小妹別蹚這渾水，可不知如何開口。師妹主動想離開，又到他依依不捨，說：「不是被山泥淹沒嗎？」

「既然父母原來是給李宗道那老賊所殺，也許故鄉根本沒有遇到天災，亦可能那裏根本就不是我的家鄉。總之我想去看一下。」

「好，你在那兒等我。師兄辦完事之後，就去找你。」

小白衝口而出：「不用找我。」

凌雲飛心裏被刺了一刀一樣，問：「為什麼？」

小白明知將要面對更大的危機，敵人就是那個曾經把自己捉去的司馬秋雁，親眼目睹他如何對待茶王，親眼見到他赤手空拳就推倒一整座高樓，心裏閃過想叫師兄別去蹚這渾水的主意，但難道叫他留下來陪自己嗎？為免這時才讓他心煩意亂，她說：「我意思是不用找，我不會亂走。你們快點起程吧。我會照顧自己。」

可是凌雲飛隨即又想到司馬秋雁可能還會對她不利。

小白說：「都不知那廝惡賊在打什麼主意。但如果他要害我，我一早就死了，你根本救不到我。」

也許講者無心，但聽者肯定有意。但有什麼辦法，凌雲飛問自己，小白有說錯嗎？她沒說錯，他根本救不到她。但這句說話可教他心如刀割。

結果凌雲飛看着師妹離開，自己跟着杜如風他們，僱了兩輛馬車，出發到琅琊山去。可是路上一直神不守舍，一直反覆想着師妹最後跟他說的兩句說話，「不用找我、你根本救不到我。」

僱了兩輛大馬車，讓路菲和柳忠良分別躺下。想過棄陽關大道取羊腸小徑，避人耳目。不過如此一大班人，浩浩蕩蕩，本來就惹眼。又一班少年俠客的模樣，更何況當中還有幾個年輕貌美的少女，怎會不引人注意？與其風餐露宿，倒不如投店更輕鬆。

過了數夜，來到滁州，這晚投宿在聚芳館。此後都是山路，再無店可投。

過去數天，起得最早都是袁天衣、杜如風和凌雲飛三人。袁天衣記掛路菲，杜如風一早起來就視察周圍，而凌雲飛只是失魂落魄，睡得不好。

可是這朝，黎明初起，天色剛明，橫行已經坐在樓下的食堂。對面坐着一位老僧，店外還有一個和尚，但店小二和掌櫃卻不見蹤影。甚至整間客店都散發出一股空蕩蕩的氣氛，好像一夜之間人去樓空，所有人都走了一樣。

正正坐在橫行對面的就是玄空，在店外守着的是他的師弟玄澄。

一般人若能拔升到般若堂，都渴望可修習更高深的少林武學，然後一步一步向上爬。雖然只有達摩院的高僧才可以修練的易筋經和金鐘罩，實在遙不可及，但仍有不少是般若堂甚至戒律院和菩提院的弟子才可以修練的神功，就成為了差不多所有佛門弟子除佛理禪修以外最大的追求和目標。不過玄空和玄澄兩師兄弟卻不這樣想。與其貪多務得，倒不如精益求精。他倆花了幾十年的時間，都只在羅漢拳和金剛掌這兩套少林入門功夫上鑽研，終練至如今前無古人的境界。

雖說是入門功，但其實已包含武學之中的精要。內拳三十六式，外拳七十二式，合共一百零八式，拳法和內力雙修。氣行六脈，守心住緣，止心不亂，既內又外，既神又形，既靜又動。臻化境者，不但內力充沛，行招如雲，更可助其禪定去執，見性成佛。玄空入門較早，而且功力更深，遂順理成章成為般若堂主持。

玄空半夜已經來到，就命掌櫃叫所有人不得出房門半步，以免招禍。然後自己好整以暇坐在食堂等待杜如風等人出現。之前從線報和掌櫃口中已得知他們幾個年輕人的一些資料，本以為幾個年紀較大的年輕人會先出現。可是出乎意料之外，一早起來的竟然是名副其實一個乳臭未乾的丫頭。

不知橫行是傻裏傻氣，還是存心作弄嬉戲。食堂內空無一人，她卻大剌剌地坐在玄空對面。沒看他，只顧一味玩着自己手上的拔浪鼓，搖來搖去咚隆咚隆地響個不停。

玄空忍不住開口道：「小姑娘，可以借你手上的玩具給我玩一下嗎？」

橫行才第一次抬起頭望着玄空，問：「你真的想要？」

玄空笑了一下，道：「我真的想要。」

不過橫行沒有給他，反而更收在懷裏，問：「給了你，我不是沒有了嗎？」

玄空說：「我只是玩一會兒，不是拿了去。玩過一會，就還給你。」

橫行又問：「你好一個大人，幹嗎想玩小孩子的玩具？你想做小孩子？」

玄空覺得面前的孩子恁地有趣，好像腦袋不甚靈光，但又似話中另有玄機，都不知她是真傻還是假懵，答道：「我不是真的想玩，只是想試探一下你捨不捨得把它讓我玩一下。」

橫行又問：「為什麼要試探我？」

玄空隱約覺得這個孩子不簡單，但也爽快地答：「想跟你說分享的道理，想讓你知道分享的快樂。」

橫行又問：「我給了你，你就快樂？」

玄空答：「不是我快樂，我想你快樂。」

橫行又說：「我快不快樂，關你什麼事？」

玄空開懷笑着：「小姑娘，我的任務就是要使大家快樂，脫離苦海，往生極樂。」

說着時，袁天衣跟杜如風和凌雲飛三人也來到，出林跟殘月就留守在路菲房中。玄空見到他們三人，也即起立行禮，三人也合什還禮。

玄空說：「各位少俠有禮，老衲冒昧，此番前來是想見柳燕施主，跟她求證一些始末，勞煩幾位少俠引見。」

這個玄空倒一直客客氣氣，對幾個後輩也一直禮賢下士。

三人都見過世面，明白來者不善的道理。而且食堂內一個人也沒有，更覺事有蹺蹊。但明白真人面前不說假話。

杜如風道：「不知大師找柳姑娘有何訓示，晚輩可代為轉達。因過去幾天舟車勞頓，又要照顧受傷年老的父親，柳姑娘身體抱恙，未能起床，請大師見諒。」

玄空明白好事多磨，當然不會輕易就問出個究竟，但他也不會善罷甘休。說：「出家人不打誑語，老衲只是想問柳姑娘曾否替璇飛九宮辦事。幾位少俠若知道內情，可否相告？若不清楚，就勞煩幾位轉告一下。老衲在這裏等着好了。」

杜如風等人不虞此刻竟有人來尋仇，而且還是佛門中人。究竟是誰通風報訊，洩露柳燕是殺手的秘密，還清楚他們的行藏，追蹤至此？答案只有一個，就是司馬秋雁。在場三人一時間也不知如何是好，難道叫他們出賣柳燕嗎？但難道又叫他們跟玄空翻臉？

就在他們還猶豫不決之際，玄空解釋：「汴州留守田沖大人為人正直不阿，鎮守要地，屢抗外侮，保疆衛士。老衲雖方外之人，亦心存敬佩。更何況田大人曾受老衲指點，都算是少林弟子。可惜一年多前為奸人所害，有消息指兇手就是璇飛九宮的殺手，更清楚指明是柳姑娘及其兄長所為。田大人的部屬獲悉這個消息，便來找老衲商量，希望老衲可以代其查明真相，主持公道。老衲絕不想冤枉好人，幾位少俠還是請柳姑娘出來相見，說個明白。」

凌雲飛不等杜如風答，搶着問：「敢問大師法號。」

玄空說：「老衲法號玄空，那一位是我師弟玄澄。」

凌雲飛接着說：「玄空大師，假若柳姑娘說沒有做過，你就會相信？」

玄空仍氣定神閒地答：「片面之詞，如何盡信？」

凌雲飛又問：「既然大師都不會相信，又何須多此一問？」

玄空說：「不瞞幾位，老衲看過田大人的致命傷口，相信若見着姑娘，見識到她的能耐，便有分曉。」

凌雲飛忍不住說：「那麼大師打算跟柳姑娘出手？」

玄空也理直氣壯地說：「切磋一下，又可引證謠言真偽，老衲正有此打算。」

凌雲飛答：「晚輩實在不知誰是誰非，只是假如大師想動手，晚輩奉陪好了。」

以前凌雲飛總聽師父清涼先生吩咐，如今就是配合着兩位兄長的行動，甚少擅作主張。此刻如此衝動，只因過去十數天都一直悶悶不樂，鬱結難解。小白那一句「你根本救不到我」仍如大石般壓在他的心頭。就算不敵，就算被打到口青面腫，也算抒了心中一口悶氣，凌雲飛此刻就是想打架。

幾位兄妹之中，最不愛受世俗道德規範的其實是袁天衣，過去隴西五鬼幹的都是殺人越貨的勾當。雖說殺的都是賊寇匪黨，可至少從來沒考慮過什麼慈悲為懷，沒煩惱過有否錯殺過一個好人。看到從來最大義凜然的凌雲飛都竟如此任意妄為，袁天衣實在也想二話不說就跟眼前這個老和尚翻臉。只是記掛受傷的路菲，不想節外生枝，才投鼠忌器。

還是杜如風沉穩冷靜，道：「既然大師也說片面之詞豈可盡信，那麼柳燕姑娘是璇飛九宮殺手之說自然也未必是真。此刻好應叫柳燕姑娘出來澄清，奈何柳姑娘實在帶病在身，而我們又有急務趕着要辦，恐怕只能叫大師白走一趟。待事情辦妥後，晚輩當親自跟柳姑娘到少林寺謁見大師，以證清白。大師慈訓，不敢有違，還望大師見諒。」

好一個杜如風，不亢不卑。

可玄空不會就此作罷，仍一派慈祥地說：「敢問少俠如何稱呼？」

杜如風禮貌周周地答：「晚輩杜如風，出身自一個小幫派，不足道哉。其餘幾位都是晚輩的義弟義妹，不曾在江湖走動，大師毋須理會。」

袁天衣是隴西五鬼老大。也許清涼先生原來是璇飛九宮之人這個秘密如今在江湖上亦已給宣揚開去，凌雲飛是他的首徒，自然脫不了關係，也許有人會以為他都是殺手也說不定。全部都惡名昭張，若然透露他們的身分，只怕更似蛇鼠一窩，朋輩為奸。所以杜如風才不敢說出幾位義弟義妹的名字。

可是此地無銀，玄空對這幾位年輕人的身分就更沒懷疑。之前已接到線報，得悉當中同行的就有在西域出沒的隴西五鬼，還有清涼先生的首徒凌雲飛，杜如風的名字反而不曾在江湖流傳。

玄空道：「隴西五鬼在西域的所作所為，老衲不曾詳細了解。雖遠在異地，但假如真的多行不義，替天行道，老衲亦義不容辭。清涼先生是否真如傳聞所言是璇飛九宮的幕後主腦，凌兄弟又是否同流合污，老衲未曾查明，亦不敢妄語。幾位年輕人聯手，老衲亦未敢輕言一定能夠應付得來。但受人所託，而且義之所在，老衲今天一定要查過水落石出，一定要跟柳燕姑娘當面對質。希望杜兄弟能夠明白老衲的決心，免卻一場無謂的爭鬥。」

正當杜如風不知如何是好，袁天衣也舉棋不定之際，還一直坐在他們旁邊的橫行卻一面搖着拔浪鼓一面說：「五哥，你就去跟外面那位大叔打一場。和尚伯伯，你坐下來，我有事要問你。」

在場眾人都給橫行的說話嚇了一跳。

只聽橫行敦促凌雲飛說：「快去吧。」然後再跟玄空說：「那位大叔是前輩，可以讓一下後輩嗎？假如一百招之內都未能分出勝負，就當我五哥贏。和尚伯伯，可以嗎？」

從來藝高，自然就膽大。見橫行好像胸有成竹似的，玄空也想知道這個小姑娘有什麼計謀可以出奇制勝，便微微點了一下頭。

橫行又再問：「和尚伯伯，柳燕姐組做錯事了嗎？」

玄空又再點一下頭。

橫行問：「和尚伯伯，什麼是錯？」

玄空雖然明知這個小姑娘一定是裝傻扮懵，一定是在耍什麼把戲，但說到對錯，也不能苟且，便正正經經道：「佛曰十惡，一殺生，二盜竊，三邪淫，四妄言，五兩舌，六惡口，七綺語，八貪婪，九憎嫉，十邪見。小姑娘，邪見即愚癡，不辨是非，不知對錯，明白嗎？」

橫行問：「犯錯，就要受罰？」

「眾生之苦，都是由十惡而來。死後就墮三惡道：或畜生道或餓鬼道或地獄道，不斷受苦。不知悔改，就萬劫不復。」

「那麼和尚伯伯，你犯了錯，也會淪為畜生餓鬼嗎？」

「眾生都一樣，但老衲犯了什麼錯？」

「剛才和尚伯伯要問我借這個拔浪鼓來玩一下，但原來你都不想玩，伯伯騙我。欺騙即是妄言，和尚伯伯要死了嗎？」

「哈哈！老衲只是想幫小姑娘，不算妄言。」

「只要想幫人，就可以犯惡嗎？」

「當然不可以。」

「但伯伯不是這樣做嗎？」

玄空一時語塞，想不到面前這個小丫頭，辯說起來頭頭是道，便收起輕視之心，凝重地說：「老衲沒有傷害姑娘，一切都只是為了姑娘着想。」

「伯伯來找柳燕姐姐，也是為了別人？」

竟然給一個小姑娘以說話套着，無論說是為了替田沖報仇或替他的舊部出頭，都一樣犯了殺生憎嫉之惡，而且還陷別人於不義。玄空不敢小覷眼前這個好像只得十一、二歲的小姑娘，正顏厲色道：「誅奸除妖，替天行道。」

橫行說：「伯伯又妄言，你剛才不是說要替那位什麼田大人的部屬去查明真相去主持公道嗎？」

「替天行道，固然萬眾一心。」

「天是什麼人？他叫你幫手？」

「老衲只是奉正道除惡業。」

「伯伯可以幫天，那麼可以幫一下柳燕姐姐嗎？她也很需要你的幫忙。」

玄空真的不虞此著，一時間也想不到應如何作答。

橫行便繼續說：「伯伯是好人，任務就是幫人，要幫那班人替什麼田大人報仇，又要幫柳燕姐姐改過自新，又要幫什麼天去走什麼正道，伯伯好忙。不過伯伯，你要幫自己嗎？」

聽到這裏，玄空頓感眼前一白，四周悄無聲息。與其說是在跟眼前的小姑娘鬥嘴，他忽然覺得自己好像在聽道，而且道理竟從未如此清楚淺白，如此觸動心靈。

橫行又說：「有善無惡，一心想救人，想幫人。可若人人平等，人人皆善，那麼根本就無善無惡。或普渡眾生，或摩訶衍那，或修菩薩行，皆由去我執而起。人法皆空，一切皆由幫助自己開始。和尚伯伯你去看一下外面，他們正鬥得難分難解，你心裏幫着誰？」

玄空循聲望去，正如橫行所說，只見師弟玄澄和淩雲飛正鬥得難分軒輊。

此時外面正下着滂沱大雨，兩人在雨中交手。玄澄勁走全身，打在身上的雨水都給灼熱的身軀蒸發掉，身上就是冒着濃濃的水蒸氣。縱然沒有玄空那樣超凡入聖，但那幾十年的功夫也不是白練，尋常一掌一拳都有開山劈石之勢。可任玄澄的羅漢拳和金剛掌如何霸道，遇上凌雲飛的清風拳旨，就像遇上剋星一樣，完全發揮不出預期的效果。

清風拳旨本已專攻對手關節，令對方力不從心。而且行招如清風吹來，不徐不疾，就好像不費氣力似的。再加上如今的清風拳旨更融入了千羽劍法的精髓，以柔御剛，以弱制強。此消彼長，縱然玄澄內力比凌雲飛深厚得多，但始終無法在凌雲飛身上結結實實地打一拳印一掌。

玄空看在眼裏，也不禁問自己，真的應該幫師弟嗎。即使只是心裏偏幫，也不應該嗎？玄空一直望着，但其實已沒再看到他們兩人相鬥的情形，只一直思考着應否幫忙這個問題。

橫行再問：「若偏幫大叔，是因為正邪不兩立，還是因為他是你師弟？」

玄空惘然若失，也在心裏問自己究竟是因為什麼原因而要幫師弟。

橫行搖動手上的拔浪鼓，幾下幾下咚隆咚隆，就似把玄空的魂魄召喚回來一樣。玄空回過神來，腦袋空白一片。

橫行再說：「伯伯剛才想我把這個讓給你，那麼到我給了你，後來又有人要來跟你拿，你又讓給他，之後又有人想要，又讓來讓去，沒完沒了，不煩嗎？倒不如一開始就沒有，不就乾脆？」說罷，把玩具放在手中。手腕上光環乍現，一握拳，那個拔浪鼓就如憑空消失一樣，化成點點塵埃。張開手，就隨風而散。

同時間，玄澄老羞成怒，豁盡畢生功力，使一招雙龍出海，勁力排山倒海而至。凌雲飛運起雙臂擋着，竟有一圈金光包着自己。玄澄雙掌碰上光球，凌雲飛給彈後數尺，卻完好無缺，絲毫無損。

凌雲飛甫着地，橫行便大聲喊道：「第一百零一招。哈哈！五哥贏了。」

玄空忍不住問：「小姑娘，你是誰？」

橫行笑嘻嘻地答：「我是我。」

杜如風和袁天衣的心情一直七上八落，一方面擔心凌雲飛如何是眼前五十多歲的高僧的對手，另方面更擔心橫行語無倫次，只怕惹怒玄空這個老和尚，鬧僵了就更一發不可收拾。豈料凌雲飛居然能不落下風，甚至竟然有神功護體一樣，可以擋開玄澄的全力一擊。橫行的表現就更匪夷所思，居然可以跟玄空討論佛學，甚至好像可以教訓他一樣，讓他啞口無言。而露出那手日月經輪的功夫就更教他們瞠目結舌，難以置信。袁天衣不禁想，了凡大師的魂魄是否寄居在三妹身上，她才會忽然間如此雄辯滔滔。

玄空站起來，正欲離去，但忽然想到什麼似的轉身問橫行：「那麼柳燕姑娘已改過自新？」

橫行收起笑臉，認真地答：「已放下屠刀，伯伯不用擔心。」聽到橫行如此說，玄空頷首合什，接着說：「阿彌陀佛，善哉善哉。可老衲不能妄語，回去後定如實相告。若不能說服他們，汴州守軍或會再派人來追捕各位。還望各位施主珍重，盡快離開為上。」

說罷就去叫師弟一同離開。玄澄丈八金剛，既深深不忿，不明白凌雲飛年紀輕輕，為何能立於不敗之地，更不明白師兄為何突然改變主意，不再追究。

明白縱然能說服玄空不再追究，但田沖舊部定會窮追猛打。無暇細想，各人立刻執拾細軟，趕忙上路。不過杜如風又想，對方行軍如電，己方始終倚賴兩輛馬車，沒可能快，不消一兩天就會給對方追上。雖然縱使對方帶來過百兵馬，杜如風都有信心可將之擊退，但始終不想多傷人命。柳燕又的而且確殺了他們的主帥，再加上不想行程被耽誤，希望可以快點送二哥到百獸谷給白八松醫治，之前走陽關大道，如今迫於無奈真的要取羊腸小徑。杜如風安排他們走山道，繞過峭壁而行，而自己就殿後，阻截汴州的守軍追來。

既不能將柳燕交出，但又想避過一場大戰，再聽到橫行說最重要是去我執，要人法皆空，就自然想到，最理想的做法就是犧牲自己。而且其實杜如風這幾天的心裏跟凌雲飛一樣一直悶悶不樂，同樣恨不得可以大打出手發洩一下。

只見數日來袁天衣一直照顧着昏迷不醒的路菲，看到她一臉擔心的樣子，已清楚這個自己過去一直朝思夢想的四妹芳心誰屬，怎不神傷？怎不黯然？而且他有信心可獨力擊退追兵才提出此方法。

可是袁天衣和凌雲飛始終不放心，天衣就叫出林留下相伴，叮囑他們只消阻延，別鹵莽逞強。

翌日一早，兩輛馬車幾經險阻，終於繞過峭壁上的峽窄山道。之後杜如風就跟出林留下來，擋在險道盡頭。

險道一面是峭壁，一面就是萬丈懸崖。而且窄如瓶頸，闊度僅能讓兩匹馬並排通過。杜如風和出林擋在道上，打算憑二人之力，盡把追兵拒諸門外。

出林從來一向處變不驚，最手足無措的那次就是見到橫行武功盡失又一副失魂落魄的樣子，可如今又回復一貫的笑臉迎人。即便大戰在即，她也一派從容。杜如風自愧不如。另外因為袁天衣他們又叫出林做四妹，為免混淆，三位大哥就唯有遷就一下，改口叫袁天衣做大妹，叫出林做小妹，而殘月和橫行就依舊喚作二妹和三妹。

此時杜如風問出林：「小妹，三哥很佩服你，你總是一派樂天，從容自若。接下來可能要面對千軍萬馬，你不怕嗎？」

出林嫣然一笑，道：「從來解決方法都只在腦裏和雙手，又不是在臉上，愁眉苦臉可嚇不退敵人吧？」

「哈哈！你們幾個丫頭實在太聰明，你們一定覺得我們幾個兄長個個都蠢鈍如牛吧？」

「怎會呢？我見過二哥的功夫，他的輕功實在很好。啊！雖然我其實看不到，但知道。昨天五哥跟少林高手比武，我都知道，他也很了不起。那位老和尚功力十分霸道，但五哥居然連一招半式都沒輸過。」

杜如風問：「那麼我呢？」

出林答：「想必三哥的武功也一定很俊，只是小妹未有機會見識。」

杜如風又說：「我也聽二哥說過你的劍法十分了得，三哥也想見識。如今還有時間，何不我倆就此切磋一會？而且我剛領悟到新招，也想讓小妹給我指點一下。」

「三哥，別取笑小妹。小妹武功粗疏平常，怎敢胡亂批評？」「小妹，你我兄妹相稱，大家就是一家人，一家人就應坦誠互諒，不用說客氣話，不用裝模作樣。如果你武功高過我，就應提點我。如果我武功高過你，也會提點你。而且武功高低跟識見也沒關係，也許我武功低，但見識廣。別說那麼多，讓三哥看一看你的火影劍法。」說罷隨即擺起架式，拔出掛在腰間的兩把神劍。

杜如風小時給神龍交換回來，但都沒給姬伯教過什麼武功，只有一套移花接木的心法，可借力打力，借勁使勁，把攻來的招式勁力轉嫁出去。之後就跟李山君學刀，擅使一雙鏈子刀。但自從給牛王打落百獸谷，雙刀就失去了。後來給端本流星贈與承影劍。跟出林一起留下來之前，杜如風就向五弟借劍，再纏上布條，現在一對承影和七星就如一雙鏈子刀。

雖然之前為了入赤土石窟的秘道，兩把寶劍都給磨得有些缺口，可神威猶在。曾給端木流星傳授星羅十八劍，融會貫通，如今杜如風把雙劍揮舞起來，更虎虎生威。雖然未能完全發揮星羅十八劍的威力，但也劍風霍霍，猶似劍氣縱橫。

其實火影劍法都有幾分星羅十八劍的影子，只是劍氣未如後者那樣連綿不斷。火勁須蓄勢待發，而且耗力極鉅。所以如今出林只能運劍擋着杜如風的一雙飛劍，偶爾吐一兩下火勁把雙劍震開。但雙劍連着兩條布索，就如兩條飛龍一樣，左右夾攻。又如兩條毒蛇一樣，上下夾擊，叫出林一時間也應付不下，手忙腳亂。

由此兩人雖然比試着，但彼此的距離卻愈拉愈遠。杜如風以劍風攻去，出林就以火勁還擊。杜如風一面攻卻一面退，退到峭壁上的險道，突雙臂使勁，連環揮舞，雙劍頓變巨輪翻滾。杜如風不斷把雙劍打在旁邊頭上的峭壁，猶巨斧開山。山壁竟給雙劍劈出一道深坑，無數巨石滾下，正好攔在險道上，隔開了自己和出林。

巨石攔在兩人中間，杜如風見不到出林，只大聲叫着：「小妹，你回去吧，三哥料理得來，我一個人去擋着他們就可以了。你回去跟他們一起上路，我自會叫那班官兵知難而退，之後就會盡快趕去百獸谷跟你們會合。別打算走過來，三哥把你打回去的呀。」

雖有巨石阻路，但其實一樣可以攀爬過去，只是費時。如此這般，巨石攔路，杜如風更有信心可以一夫當關。而且他本性就是如此，跟出林聯手，他只會一直記掛小妹的安危。如今一夫當關，可更豁盡全力，更專心一致。

出林不斷叫着：「三哥，讓我過來幫你。」

杜如風叫她回去叫了幾次便不再作聲。出林無可奈何，想過繼續留下來，以作支援，這可以確保，即使敵人能攀過巨石，她也能把來人逐一擊退。

沒聽到她離開，杜如風又再叫嚷着：「小妹再不回去，三哥就跳下懸崖，不再理你。」

他當然只是想唬嚇出林而已。小妹還在，便始終會有所牽掛。便跟出林解釋：「小妹，你走吧。你走了，我才能更專心，不然我會一直記掛着小妹，三哥一定心神不定。你也不想害死我吧？放心，我一定沒事。你在百獸谷等我回來吧。」

還可以怎樣，無可奈何，出林便轉身離去。雖然也想過不如躲在不遠處，以便到時出手相助。但不知為什麼腦內糊裏糊塗，心裏七零八落，只一直記着剛才杜如風那兩句說話，從來沒有人跟她說過這樣溫柔的話：「我會一直記掛着小妹，你在百獸谷等我回來。」

第七章　群魔亂舞

【第十五回】

袁天衣等驅策着馬車，此時正擬穿過竹林，忽聞頭上沙沙作響，又見遠方的竹枝大幅度擺動，料想一定有人借竹枝的柔韌彈力，在竹頂上騰躍飛蹤。袁天衣等人一面快馬加鞭，一面凝神戒備。

明白璇飛九宮殺人無數，擔心柳燕兩兄妹不只結卜田家軍一個樑子那麼少，若司馬秋雁存心將消息洩露出去，只怕還有不少人會來找柳燕算賬，那麼如何是好？但他們忽略了，路菲曾為璇飛九宮效力。今次來尋仇的可不是柳燕的仇家，而是衝着路菲而來。來者只有五、六人，縱非輕功獨步天下，但飛簷走壁的縱躍功夫亦甚了得。敏若靈猴，動若脫兔，全部都得過猴王彭大牛悉心指導。

他們是獸王朱軍的人，是萬獸幫的幫眾。

朱軍跟牛王失蹤，群龍無首，萬獸幫內鬨。猴王死裏逃生，回到幫內，卻感護主不力，無顏取代幫主一職。要選新幫主新當家，其他人自然是手底下見真章。但此時傳來找到殺死幫主兇手的消息，得悉路菲等人正前往琅琊山的途中。便想到，與其傷害同門之誼，倒不如誰能手仞仇人誰就名正言順坐上新任幫主之位。

萬獸幫雖非大幫，不可跟污衣幫相比，可幫眾也有成百上千，不但分散在中土各處，還遠至邊陲之地，因為萬獸幫就好比古時的工會，只要是獵戶屠夫就有資格成為幫中兄弟，給幫會保護，可保生計，不過當然也要上繳會費。若幫會有難，也須聽侯差遣，為幫會出力。而來的這五、六人，是來送信的。

只見其中一人在竹頂朝馬車方向擲出一支長矛。獵人狩獵，除了設置陷阱，就是埋伏偷襲，用的都是箭弩。擲長矛都是其中一種方法，專門對付大型動物，如野豬等。長矛急勁射來，但對付野豬還可以，要傷害袁天衣等人簡直是異想天開。

只見坐在外面策馬的殘月火影斬一晃，長矛登時斷為兩截。不過火影斬一揮出，殘月同時渾身一抖。當然長矛根本沒沾到她，但她卻遭電殛一樣。不由自主運勁，硬生生把前面兩匹馬勒停下來，迫得兩匹馬人立嘶叫。

殘月彷彿仍然十分害怕，戰戰兢兢地下馬，望着那支被她用火勁截下來的長矛。策着另一輛馬車的凌雲飛見狀也即時把馬車停了下來。坐在車廂內的袁天衣就更覺驚訝。她清楚明白，橫行不怕是因為根本不懂事，都不知道危險。出林不怕是因為她深思熟慮，比自己更心思縝密；但其實出林本來出身好，很怕吃苦的。在三個妹妹之中，最衝動最狠辣的就是殘月，一向天不怕地不怕，也吃得苦。何曾見過這個二妹如此驚惶，袁天衣心裏有一股不祥的預感，將會遇到前所未有的危機，不禁也有點害怕起來。

當殘月一下馬車，竹頂上的人就紛紛逃去。

殘月走近細看，那支根本不是長矛。袁天衣走下馬車一看，亦認出那是出林用的手杖，上面綁住一張字條。

袁天衣把字條打開，上面只寫着七個字：「路菲救人大水坑」。

幾乎一打開字條，一看到信上七個字，殘月已經不見了。袁天衣惘然若失，愣呆呆地看着那七個字。

回過神來，袁天衣把字條遞給來到身邊的凌雲飛看，然後回到車廂內察看路菲的情況。他仍然一臉安祥地沉睡着，真的好像完全不知道周圍發生了什麼事，鼻息調勻，手腳也沒有冰冷，但就是不會醒來。袁天衣依依不捨地看着路菲，忍不住伸手撫着他的臉龐，就好像要跟他訣別，從此天各一方，再不能相見一樣。

凌雲飛看在眼裏，首先想到杜如風只是一廂情願，這個大妹真正喜歡的其實是二哥。接着就想到杜如風跟出林同去，如今出林有事，那麼杜如風呢？這些念頭在他腦內閃過都只是一瞬之間。之後又即刻想到，那麼如今要怎麼辦？

正打算跟大妹商量之際，大妹已回頭，神色凝重地說：「五哥，我要去救小妹。二妹衝動，我也怕她有事。我跟三妹一起去，五哥你就帶着他們去百獸谷。我救到小妹後，就會追來跟你們會合。別再耽誤。」

袁天衣說話斬釘截鐵，凌雲飛完全沒有反對的餘地，只能說：「小心。」

袁天衣跟三妹說了一聲：「走。」橫行就二話不說跟着袁天衣離開，問也沒問過一句。

見識過大妹如何靈魂出竅般變了一個五妹出來，也知道她的火影大法着實霸道厲害，但始終擔心。凌雲飛如今就只能相信她們，並在心裏一直祈求，希望她們可以吉人天相。雖然外號南道，祖師爺磐固先生更鑽研過練丹飛升等道術，但清涼先生其實並非道教中人，亦不曾叫過凌雲飛和小白要拜什麼太上老君或真武大帝。可此刻，凌雲飛一生人第一次，想求神拜佛，想有神明打救。

此時凌雲飛想起，在玄空出現之前的一晚，跟袁天衣跟橫行跟杜如風三人在食堂吃晚飯的情景。

路菲、柳忠良和夏侯純三人都需要人照顧，為方便照料，便要了一間大廂房。柳燕留在房裏照顧老父。出林也留在房中，習慣照顧二姐，也幫忙照顧其他人。殘月不愛見人，而且見其他人或昏迷或傷殘或癡呆，只感同病相憐，難得主動幫手照料。本來袁天衣也想留在房中照料路菲，只是橫行好動活躍，路上一直給困在馬車內已悶得發慌，嚷着要出來抖一抖氣，袁天衣便陪着她跟兩位兄長在食堂用膳。

雖然一桌佳餚美酒，可袁天衣記掛二兄，凌雲飛想念師妹，個個都悶悶不樂，弄得橫行也鼓起泡腮，悶聲不響，愁眉苦臉似的。

杜如風就說：「大妹，放心，二哥一定吉人天相。我見過白伯伯，他如今神功蓋世，一定能醫好二哥。五弟，完事之後，三哥陪你去找小白姑娘。不，你獨個兒去找小白姑娘，我半年後再去找你們。一切都一定順順利利。別這樣垂頭喪氣。你們看，弄得三妹也沒精打采。三妹，你想去哪兒？之後三哥帶你去。」

橫行說：「我哪兒也不去，我只跟着大姐。」

杜如風大笑道：「哈哈！好，我們是一家人，去哪裏都一家人去。好不好？」

聽着杜如風這樣說，人家也感心頭暖暖，臉上重現笑容。

此刻凌雲飛也這樣想，只望真的可以如願，日後都是一家人開開心心。天下再亂，世道再暗，他們都可以共同面對。

萬獸幫的人要來找路菲尋仇。之前蒐集線報，已知其中有隴西五鬼的四名少女同行。雖不知其詳細底蘊，但料想亦一定十分難纏。一路追蹤下來，忽見其中一人落單。獵人心思，正好讓他們布設陷阱伏擊。假如成功，有人質在手，那麼就勝算更大。於是夾手夾腳，布下天羅地網。

出林聽了杜如風幾句溫言暖語就神魂顛倒，目眩神迷間來到林中。本來瞎子的聽覺應該特別靈敏，也許出林就是命中該有此劫，胡思亂想之際竟未察覺有異。到感覺林中有人埋伏，已然四面楚歌。

急箭射來，火影劍一揮，箭到途中已經被焚毀。間不容髮，毒針如雨點從四方八面射來，出林舞劍成盾。剛擋過密如雨下的毒針，無數長矛又至，且擋且退。任何風吹草動都避不過出林雙耳，唯死物無聲無息，才叫她防不勝防。腳踏圈套，萬獸幫的人一拉繩索，即把出林左腳套着，連隨將她倒吊起來。

出林剛把套着左腳的繩索斬斷，頭上又再有漁網罩下。漁網用千年蠶絲織成，堅韌無比。出林未能及時將漁網撕破，被漁網纏身。火影劍法講求大開大合，動作被牽制，不夠靈活，出林更感慌亂。猛地掙扎，漁網愈纏愈緊。再退開幾步，左腳踏中早已布下的絆腳夾，痛得她不禁大叫一聲，站也站不起來。再中毒針，終頹然倒下。

如果不是一開始就心神恍惚，根本不會讓敵人有機可乘。不是一開始就亂了陣腳，憑出林的輕功，不作糾纏，亦可以全身而退。奈何走錯第一步，就注定禍不單行，亦只能嘆造物弄人。假如要捉的是殘月，殘月慣了伏擊，擅偷襲，不慣公平對決，定會且走且退，而且一眼關七，也不會輕易墮入陷阱。可惜出林就是光明磊落，就是慣了勇敢面對，而且目不視物，才讓萬獸幫的人逞兇得手。

袁天衣帶着橫行來找出林。雖然事出突然，殘月又自把自為，但其實四人過去相依為命，經歷過無數出生入死，心裏早有默契。

將近到大水坑時，袁天衣就停下來，跟橫行說：「跟以前一樣，大姐要叫五妹出來，你就去牽制住他們。記住，要等二姐救了四妹，才出重手。知道嗎？」

平時橫行都言聽計從。大姐叫行，她不會停下來；大姐叫停，她就不會走。可今次她卻說：「大姐，不如不要叫五妹出來，大姐跟我一起好嗎？」

袁天衣此刻比過去任何一次行動都更着緊更焦急，沒理會三妹為何一改常態要勸阻自己，只趕着說：「別鬧彆扭，聽大姐話，四妹等着我們去救。」

說罷也不再理會橫行，逕自走到旁邊的叢林，找到一棵千年柏樹。樹幹竟有十抱，枝節茂盛粗壯。袁天衣飛身上去，盤膝打座，靈魂出竅。未幾，袁天衣如老僧入定，紋風不動，甚至連呼吸也好像停了下來一樣。此時從她身上走出另一個人來，一身勁裝，頭上戴着頭盔似的織帽，目露兇光，手上提着九環大刀，威武不凡。這個五妹斬樓蘭下意識地怒目一掃，好像要確定一下附近有沒有人窺視，如有人得悉此秘密便即殺之似的。見附近沒有人，就轉身飄去。

大水坑其實是一道石澗，兩旁坡道松樹茂密，最適合隱藏埋伏。只見出林被留在溪澗之中，披頭散髮，衣衫不整，身上衣衫被撕破了大半，雙手放在後面給牛筋縛着，雙腳也給牛筋纏着。兩旁兩頭黑熊虎視眈眈，張口欲噬，各給幾十人用鐵鏈勒住，才未能撲向中間的出林身上。萬獸幫的人原以為萬無一失，溪中人質有黑熊看守，只消兩旁任何人一鬆手，黑熊都會即時向出林撲去，旁人欲救無從。如此部署，敵人絕不敢輕舉妄動。

獵人擅長伏擊，卻料不到要數偷襲的高手，如果路菲是第一，那麼殘月就是第二。萬獸幫共來了六十人，牛王和猴王兩派各有三十人。牛王那邊的老大如今是吳大春的親弟吳大冬；猴王那邊則是彭大牛的唐兄彭貴虎。兩人都想坐上幫主之位，說到什麼報仇雪恨，藉口罷了。

萬獸幫只是烏合之眾，可田家軍卻真的熱血熱腸。江湖中人唯利是圖，不少貪心怕死。軍人才真的給訓練到視死如歸。

此刻田家軍中二十人正由田沖之子田剛帶領，終於追到來峭壁的險道之上。躍馬揚鞭，二十匹精騎沿著險道追趕，正要走到盡頭，赫見前面一人擋路，此人後面更有巨石封路。名副其實懸崖勒馬，後面有些衝勢不止，撞向前面，幾乎就滑腳掉落山去。為首一人正是田剛，大聲喝道：「汴州官府辦事，田將軍在此，誰敢阻路？」

杜如風凜然道：「昔日柳燕已死，如今的柳姑娘已洗心革命，重新做人，望將軍網開一面，放她一條生路。大恩大德，銘感五內。」

田剛叫道：「玄空大師為佛門高僧，慈悲為懷，自有好生之德。不過家有家規，國有國法，殺人填命亦天公地道。本將軍只會秉公辦理，執行國法。如有阻撓者，殺無赦。識趣的，就快讓開。」

杜如風再說：「柳姑娘亦自知罪孽深重，只是此刻老父命危。請容柳姑娘先救老父，事後晚輩定親自帶柳姑娘到汴州向將軍大人負荊請罪。懇請大人通融數天。晚輩向天發誓，絕不食言。」

田剛怒道：「江湖草寇，哪有資格跟本將軍討價還價？快讓路！」

田剛其實只是比杜如風大幾歲，為求平息干戈，杜如風已經盡量忍氣吞聲，可對方全不領情，誓要追究到底。無計可施，唯有叫道：「此地兇險萬分，稍有不慎，掉下去就粉身碎骨。草民賤命一條，死不足惜，只是實在不願再多傷人命，多添罪孽，懇請將軍大人三思。」

田剛聽罷，口出狂言四字一出，即策馬向前；杜如風也立刻揮舞雙劍，運成巨輪，猛地打在旁邊的峭壁上。即時塵土飛揚，沙石滿天。待塵埃稍落，杜如風與田家軍之間出現一道深坑，原來杜如風已把隔開兩人之間的險道搗個稀巴爛，如今隔開杜如風和田家軍的是一道缺口鴻溝。

杜如風前路被斷，後路被封。田家軍要過這一關，首先就要跳過缺口，再放倒杜如風，然後更要攀過攔路的大石。

束手無策，田剛唯有叫後面的將領慢慢退後。要知道叫馬匹向前走易，向後行就難。花了一些時間，後面十多匹馬都退到較闊的路面。各人紛紛下馬，亮出兵器，似再要一個個走過來拼命。

昨夜下了一整天的雨，水氣在山中聚結，煙霞瀰漫，如白雲飄絮。田剛就借白雲在身邊飄過，隱身其中，一下子跳過缺口，走上峭壁，使展壁虎功，手執月牙戟，從山壁上斬殺下來，甚有乃父飛天將軍的氣勢。杜如風運使雙劍，就如兩條靈蛇攀牆而上。縱使田剛居高臨下，也未能取得任何優勢。

就在雙方戰況膠着之際，那邊的田家軍突然射來冷箭。名副其實穿雲箭，箭給煙霞掩護，到發現時，已然太遲。幸杜如風反應也快，扭身閃避，急箭擦臉而過。乘此空隙，田剛已能翻身躍到杜如風面前，月牙戟在雙手一轉，眼看就要把杜如風的頭顱砸個稀巴爛。好個杜如風，不知如何釜底抽薪，竟能一劍鎖着戟上的月牙刀刃，另一劍則已抵着田剛的咽喉，叫田剛不敢妄動。

後面的田家軍見狀自然想衝過來給主帥解圍，杜如風就大聲喝止：「別動！」手上承影又向前遞進半分。

田剛總算是一條漢子，厲聲說：「要剮要殺，就快動手。公平對決，技不如人，我死而無冤。閣下高姓大名？」

「在下杜如風，師承一個小幫派，將軍不會認識的。」

「好！大夥兒聽着，日後絕不能跟杜兄弟尋仇。不過杜兄，殺父之仇不共戴天；而且田家軍個個忠心耿耿，誅奸除惡亦義不容辭。柳氏兄妹殺我親父，殺了軍中主帥，殺了朝廷命官，這可是不容輕恕的惡行，田家軍日後仍必定會將她追捕緝拿，你叫她還是自首好了。」

「田將軍，不錯，殺人填命，天公地道。但杜某一心要幫柳姑娘重新做人，她亦真已洗心革面。既然殺人填命，就由在下一命換一命好了。」

說罷，杜如風挪開抵着田剛的承影劍，向田剛鞠躬行禮，又向對面的田家軍一拜，口中說着：「只望將軍成全。」

然後背向田剛，雙手垂下，蹤身一躍，轉眼就墮下萬丈懸崖。

山中水氣縈繞，漫天煙霞，大水坑兩邊樹林都給煙霞籠罩住。牛王猴王屬下兩路人馬埋伏其中，以為萬無一失，詎料煙霞亦有助殘月神不知鬼不覺地混入人群之中。而且殘月除了輕功了得，她更能將自己隱藏於周圍的景物之中。此時她已悄無聲息地來到山澗旁的樹林之中。

原以為萬獸幫守株待兔，應胸有成竹，此刻卻個個惶恐不安。一開始要為前幫主復仇都已經是意氣之爭，大部分幫眾加入都只為混飯吃，討便宜，個個都是牆頭草，哪有一個真心為前幫主討回公道？成功擒獲出林更是好彩數罷了。獵戶打獵都是碰運氣，抓時機，而剛巧當時出林就失魂落魄，又目不視物，萬獸幫才有機可乘。如今以出林作餌，再來引君入甕，不應十拿九穩嗎？可此時定下神來，等候敵人現身，個個都只感忐忑不安。

不知原來路菲已經受傷，只想到要對付璇飛九宮的殺手已經不易，還有隴西五鬼。愈想愈覺得不對勁，便盤算也許得些好意須回手。到對方來要人時，只要對方供出幕後主使者的身分，便息事寧人，說什麼萬獸幫一向處事公平公正，前幫主的仇就算到主使者頭上好了。心裏有了個底，便等路菲現身。

但此刻從水澗另一端走來的卻竟然是一個十二、三歲的小女孩，個個老粗莽漢一時間都不知如何是好。

只聽吳大冬大喝：「臭丫頭，這裏沒啥好玩，快回去。」

橫行當然充耳不聞。

之前在客棧跟玄空辯論，仿若變了第二個人，可如今又回復昔日小孩子的神情模樣，手裏握着一個拔浪鼓，咚隆咚隆地搖，口中卻喃喃自語，不停細細聲唸着：「大姐，不要有事。大姐不會有事，大姐不會有事。」

見名副其實一個傻丫頭似的，彭貴虎也不耐煩，嚷着：「誰去趕她走吧？」

就在此刻，樹林內有人大聲叫喊，原來斬樓蘭已被發現。

誰見到鬼魂出現都會大叫吧，而斬樓蘭一被發現即開殺戒。

一知道五妹被發現，殘月也立刻配合，火影斬連環出擊，先放倒拉着黑熊的幾個嘍囉，再重手斬向黑熊頸部。另一邊拉着另一頭黑熊的人也立時方寸大亂，手一鬆，黑熊即張口欲噬。殘月一連發了多記火影斬，已後繼無力，唯有舉手迎擋。左手給黑熊咬着，右手一劈，終於把第二頭黑熊也解決掉。

斬樓蘭在後面樹林大殺三方，所向披靡。

人質被救了，前面把守的幫眾一時間也不知如何應對。樹林那裏好像有大軍殺到似的。要再去脅持人質嗎？但又想到不是之前已打算息事寧人嗎？況且真正要等的路菲都尚未現身，會否對方還有其他後着援手？而此時橫行亦已來到跟前。

只見橫行把拔浪鼓插在腰間，然後閉起雙眼，雙手一金一銀光輪並現，猛喝一聲，挺掌發勁。掌風隔空打在其中一名嘍囉身上，那名嘍囉即彈飛老遠，五臟六腑盡碎，立斃當場。見同伴被殺，其餘幫眾也本能反應向橫行撲去。橫行左右開弓，連珠炮發，一個又一個壯漢就如遭雷殛炮轟一樣，紛紛倒下。又有誰會想到一個稚童此刻竟如惡鬼索命，見人就殺。

這邊廂橫行一掌一個，那邊廂的斬樓蘭也如斬瓜切菜般將萬獸幫的人嚇到魂飛魄散。

過去無父無母，幾個姐妹相依為命；又在刀頭舐血的江湖，過着不是你死就是我亡的殺戮人生。而且之前殺的盡是惡賊奸黨，又一向對大姐袁天衣唯命是從，大姐叫她們殺的就一定是該殺之人。殘月不近人情，橫行更沒半點道德倫常之念。所以如今袁天衣叫她們出手，殘月和橫行就只管遇神殺神，遇佛殺佛。如今名副其實血流成河，一條大水坑，流的水都是紅色的。

吳大冬和彭貴虎兩人只給嚇得心膽俱裂，雙腿發軟，連逃生的能力也沒有。要爭做幫主，要替前幫主報仇，這一切言猶在耳，彷彿才前一刻發生的事。前一刻還意氣風發，還幻想着日後當上幫主如何威風；如今竟墮人間地獄。六十名萬獸幫的人，不消一刻，連吳大冬和彭貴虎在內，至今只有六人仍然活着。

江湖就是殺戮戰場，刀光劍影之下，為這個江湖添上異色的就是一條又一條的人命。

理應全軍盡墨，無一生還，因為斬樓蘭是不會留下活口的。只是此時斬樓蘭卻如無主孤魂，再不受袁天衣控制，霎時間如脫韁野馬，只感驚惶失措，掉頭就走。

拉不到牛來，但猴王部下卻帶來了一大群猴子。猴子極具靈性，見主人被殺，也給嚇得驚慌四竄。而在樹林間倉皇逃生的猴群就恰巧經過袁天衣藏身的柏樹。袁天衣靈魂出竅，不能行動，給猴群撞倒，就從樹上掉了下來。此時袁天衣識魂跟斬樓蘭連繫着，就如練功練到緊要關頭不能被騷擾一樣，稍有差池即走火入魔。如今肉身被擾，原來的識魂又被封住。袁天衣失去識魂，既不能再操控這個五妹，同時也跟路菲一樣，昏迷不醒，更被猴群拖着帶走，消失於叢林之中。

此時到另一人來找凌雲飛算賬。

黑狗得食，白狗當災。本來是向清涼先生討債，凌雲飛只是代罪羔羊。可報仇也得講斤量論實力。找路菲算賬的還有機會根本不知道路菲的能耐，但膽敢要從清涼先生手中討回公道的就一定不會不自量力。

當袁天衣帶着橫行去救出林之後，就只剩下凌雲飛和柳燕兩人來照顧昏迷了的路菲、仍然癡癡呆呆的夏侯純和年老的柳忠良。凌雲飛為方便照料，便將眾人安置在同一輛馬車上，自己駕着馬車，讓柳燕留在車廂內照顧三人。

來到當日神劍千羽騎鶴飛入百獸谷的山邊，突心頭一震。回頭一看，煙霞隨風飄至，也傳來濃厚殺氣。凌雲飛立即把馬車停下，明白到如今只有自己和柳燕兩人可以禦敵。便照着當日青海湖邊的做法，由自己去引開敵人，總之不可以讓路菲等人有危險。

回到樹林，雖未見敵人蹤影，卻已感危機四伏；而且心頭惴惴不安，總覺得大禍臨頭，教他最害怕的事情將要發生似的。

凌雲飛一生人從未如此害怕過，就是當日被關在越王府後山，被清涼先生追殺，又或者被困在赤土石窟，甚至小時娘親病歿，從此剩下他孤苦無依，不管如何九死一生，必死無疑，都沒有像此刻如此害怕。

只見煙霞消散，白霧中走出一個人影來。

可凌雲飛沒見到來者何人，他只見到來者手上拿着的東西。

那是一個人頭。

只消一眼，幾乎腦袋都未認出那個人頭是誰；他已經瞎了眼，天地頓時一片漆黑。

他也即刻斷了氣，心不再跳。

世界在一瞬間分崩離析，人間亦頃刻變成煉獄。

那是小白的人頭。

夏侯惇一派正氣凜然似的說：「你不認識老夫。我叫夏侯惇，是越王府的人。李宗道滅我越王府，老夫也禮尚往來要毀了他的忠恕門。李宗道殺我夏侯家，老夫也只好照他那樣，殺掉他的徒子徒孫。」說罷就隨手把小白的人頭扔到地上。

堂堂一位武林名宿，竟下手殺一個女流後輩。只嘆，若正道興，則仁禮足；若歪道長，可邪行現。聽命於司馬秋雁，不辨是非曲直，連太子都可以殺，還有誰不敢殺？就是如今對着手無寸鐵的凌雲飛，他也不會手下留情。

凌雲飛將他的七星劍借了給杜如風，金龍劍則一直由柳燕保管着。凌雲飛兩手空空，手無寸鐵。

夏侯惇淡然道：「小子去拿劍，老夫也想見識一下真正的玲瓏劍訣究竟有幾厲害。你那個小師妹實在太沒出息，又哭又叫，兩招都接不了。」

其實凌雲飛等人可算是夏侯家的大恩人，一直給他們保護着夏侯純。就算夏侯惇不感恩不領情，也大可拿夏侯純來當人質。

只是凌雲飛又怎會想到這些，如今他腦袋空白一片，心也被掏空了一樣。

一切盪然無存，過去二十多年的寒暑白過了。沒一樣東西捉得住，沒一樣東西值得留戀，將來亦沒一樣事物值得記掛值得追求值得期待。腦海唯一閃過的，就是之前跟小白分開時對方所說的一句話：「你根本救不到我。」如今事實擺在眼前，他就是救不到小師妹。師妹死了，一切都煙消雲散，天下之大又如何？自己無能為力，微不足道，對誰也無關重要，亦幫不到任何人。凌雲飛此刻只感這個世界不值得他活下去，而他也不值得活在此世上。與其惱恨眼前殺死師妹的兇手，凌雲飛更恨自己，恨自己的無能，恨自己的軟弱。

夏侯惇見他全沒反應，反而惱怒，不屑道：「似乎你很喜歡你師妹，可惜。那麼你為何不在她身邊呢？雖然你都救不到她，你連你自己也救不了。既然一無是處，又生無可戀，死去好了。」

說罷，即展身，夏侯惇拔出八把越王寶劍之一的真剛，使出太越八劍第一招劍出無光，直取凌雲飛的心房。

手無寸鐵，又傷心欲絕，猶孤魂野鬼，如何是一代宗師夏侯惇的對手？眼看真剛快要刺進凌雲飛心房之際，凌雲飛雙手竟生出兩道劍光，運劍成盾。面對寶劍真剛，竟仍守得固約金湯。

也許真的冥冥中自有主宰，之前在夢中跟師父對決，竟不經意洞悉玲瓏劍訣原來暗藏相剋之道。既然可以相剋，自然亦可以相生。蛇與猴合，鼠與牛合，馬與羊合；固子丑合，午未合，巳申合。如今凌雲飛雙劍合璧，左手出甲子，右手使一招己丑；左手變壬午，右手變丁未；竟能發揮相合之效，相生相長，攻勢比使單劍時凌厲百倍，猶似生生不息，綿綿不絕。再加上如今心無罣礙，靈台清明，將之前學到的千羽劍法融入其中，以柔禦剛，以弱勝強。此刻的凌雲飛就似脫胎換骨，功力絕對不比夏侯惇遜色，甚至猶有過之。

任夏侯惇的太越八劍如何純熟如何變招，都始終被凌雲飛的兩把魔光劍所牽引。夏侯惇又怎會想到清涼先生的徒兒竟有青出於藍的能耐。原以為自己跟那個李宗道相比大概也在伯仲之間，過去未被捧成天下五劍，不是武功不及，只是名聲不夠響亮，沒在江湖上揚名立萬。怎料此際遇上凌雲飛這個後輩，竟也落於下風，隨時陰溝裏翻船。

狗急跳牆，不惜祭起畢生功力。夏侯惇年過半百，功力始終較凌雲飛深厚。而且《吟留別賦》的武功雖不用苦練而成，但也得花時日在體內滋長。凌雲飛的魔光劍才剛生於體內，還未成熟，難以隨心所欲。就在夏侯惇傾盡全力之際，魔光劍卻陡然黯淡無光。眼看真剛又再一次要刺入凌雲飛的心坎，凌雲飛又再一次絕處逢生，身體竟自然催運青龍潛的護身氣勁，立時被一團金光包裹住，及時把真剛拒諸門外。

渾然忘我，並且萬念俱灰，凌雲飛只管勇往直前，只想殺了眼前這個天殺的老頭子。雙掌一推，金球隨身而動，把夏侯惇迫得節節後退。退到山邊，再無路可退，夏侯惇正要蹤身躍開，金球竟也將他包圍在內，就好像當日袁何用金球帶走青鋒二老一樣。如今金球包裹住凌雲飛和夏侯惇二人。夏侯惇窘態畢現，無計可施，在金球內動彈不得。可凌雲飛控制不了，衝勢不止，夏侯惇不禁大叫，兩人轉眼就一同掉落山下。

田剛親眼看着面前的杜如風跳下萬丈懸崖，只道他有死無生。一路急馬趕來只為報仇雪恨，如今竟有人願意替柳氏兄妹贖罪求情，而且人都死了，他們還應該追究下去嗎？況且本來技不如人，假如杜如風要殺，自己早就死了。既放過自己一馬，又自願犧牲，田剛實在找不到理由不答允杜如風臨死前的請求。於是只好一言不發，悻悻然回到部下那一邊，牽過坐騎，帶隊離去。

而杜如風由一開始就已經胸有成竹，當然沒事。雙劍並使，既為新招所需，更重要是作逃生之用。

掉到過百丈的山下，杜如風發勁狠狠把承影插進山壁穩住下跌之勢。有了倚靠，便把用布索連着的七星劍拋到頭上再釘着上面的山壁，然後飛身去抓着七星劍。穩住身形後，又照辦煮碗，將承影飛插到上面的峭壁。如此輪流交替，拾級而上。

上回地面，田家軍已離開多時。妙計得逞，杜如風心情開朗，急不及待回去跟眾人會合，告訴他們危機已除。

如今還留在馬車上的就只有四人，柳燕看顧着昏迷不醒的路菲、仍癡癡呆呆渾渾噩噩的夏侯純和虛弱不堪的老父。

由一開始踏上往百獸谷之路，柳燕已經愧咎不安。小白和夏侯純二人根本未有中毒，假如不是為了跟柳忠良求情，他們一班兄妹也許根本不用再跟司馬秋雁糾纏，那麼路菲就不會受傷。之後玄空來到客棧討債，又是由他們替她解圍。在房內看着幾個姐妹不辭勞苦地照顧着路菲和夏侯純，雖然幾個女孩都身染殘疾，又盲又啞，但見她們泰然自若，姐妹情深，相依為命，只教柳燕感懷身世，又羨慕又難過。過去十年被司馬秋雁凌虐，過着地獄般的日子，沒一刻開心過。但隴西五鬼幾姐妹也不是一樣身世可憐，從小無父無母，從小就顛沛流離，在腥風血雨的江湖中掙扎求存嗎？幸虧她們幾姐妹可以互相扶持，如今更有幾位兄長給他們遮風擋雨。柳燕心存感激，除了感激他們仗義幫忙，還感激讓她感受到一點人間溫暖。

可轉眼間杜如風跟出林殿後對付追來的田家軍，接着又到出林遇險，袁天衣等人至今未回。頃刻危機又至，淩雲飛二話不說就獨自走去應付。所有人都去了拼命，只剩下她一個。雖然曾當過心狠手辣的殺手，但此刻的她就是變得十分軟弱，一心只想由杜如風和淩雲飛來保護自己，甚至幾乎不記得自己原來也識武功一樣。

見到淩雲飛跟那個夏侯惇一同掉落山谷，欲救無從，柳燕頓感心力交瘁，萬念俱灰。她不想再拼，對自己的武功完全失去信心，覺得連累了很多人。兄長給司馬秋雁殘虐，縱使日後能把他救出來，他亦只會感到生不如死。而且縱使能夠一家團聚，但過去殺人無數，此後還不是一直為避仇家追殺而亡命天涯。此刻她只覺得很累，覺得絕望。

看着手裏拿着的金龍劍，想到袁天衣他們如何信任自己，把最重要的金龍劍交給自己保管，可此刻她不想再背上任何重擔，不想再連累任何人。自己又好，老父又好，兄長都好，日後都只會成為別人的負累。柳燕想，他們都應該很累了。

此刻，紅唇半張，歌聲竟不期然從她的口中唱出來。她小時最喜歡就是唱歌。開始時輕輕哼着：「明月幾時有，把酒問青天，不知天上宮闕，今夕是何年？*」唱到後來就愈來愈大聲，唱得愈來愈自然動聽。接下來又唱：「相見時難別亦難，東風無力百花殘，春蠶到時絲方盡，蠟炬成灰淚始乾。」可一路唱就一路嗚咽，一路唱一路拿出匕首，一面唱一面把匕首刺進老父的心裏。可憐柳忠良皮肉不覺得痛，但心坎被刺，還是會痛得魂飛魄散。舌頭無力，只能從喉頭發出教人心寒的悲鳴。叫了半晌，泫然斷氣，死不瞑目。

見老父沒了氣息，不期然由心生出一股怒意。柳燕一改之前的曲調唱腔，滿懷悲憤地唱着：「怒髮衝冠，憑欄處，瀟瀟雨歇。抬望眼，仰天長嘯，壯懷激烈。」轉身向着路菲，跪坐在他跟前，叩了三個響頭，反手把匕首刺入自己心窩。

杜如風在追蹤馬車走過的路上，有一樣事物一晃眼已吸引他注意。再定睛細看，赫然發現是出林平時用的手杖，旁邊還有一張字條，拿起一讀，上面三行字「路菲 救人 大水坑」如催命符咒一樣。杜如風一看，如墮冰窖，又驚又急，接着即刻想到還是先找到馬車再跟其餘各人商量。於是立展輕功，拼命疾走。未幾，地上又有一樣事物教他一看如遭五雷轟頂。

他見到小白的人頭。

此時杜如風腦海也幾乎空白一片，只想到大難臨頭，不知還有誰已遭遇不測。及見擱在山邊的馬車，四野無人，由輕紗圍起的帳篷內隱約見到柳燕的半身背影，擺出彷彿舉手欲刺的姿勢。以為她要殺人，杜如風雙手一送，兩條飛索連着雙劍飛去，但始終鞭長莫及。劍風一掃，只能把車頂和帳篷扯破帶走。

杜如風飛身來到車上，拉開柳燕，竟毫不費勁。細看，柳燕胸口插着一把匕首，已然氣絕。真箇晴天霹靂。前一刻還心情興奮，自己單人匹馬就把追來的田家軍打發掉。此刻卻愁雲慘霧。小白死了，凌雲飛一定傷心欲絕，可此刻五弟又去了哪裏？柳忠良死了，柳燕也死了。匕首是柳燕自己的，是誰殺了他們父女二人？只見夏侯純仍一直癡癡迷迷，二哥仍一直昏迷未醒，為何二人又能安然無恙？究竟是誰下的毒手？袁天衣等人又去了哪裏？小妹出林的手杖從不離身，在她身上又到底發生了什麼事？

忽聽遠處傳來走近的腳步聲，杜如風如驚弓之鳥，立跳下馬車，凝神戒備。未幾，眼前出現的竟是橫行，身後跟着扶着出林的殘月。只見橫行瞄了一眼地上的人頭，然後就刻意不望自己，但仍難掩一臉不悅。殘月則狠狠地盯着自己，但見她左手前臂血肉模糊，似受了重傷。身邊的出林則萎靡不振，見她衣衫不整，又全身濕透，走近杜如風面前時就下意識抱緊雙臂，羞愧不已。並且垂下頭來，不想理會任何人，亦不想任何人理會自己。杜如風想上前，也不知自己究竟是想慰問還是想幫手攙扶，殘月不禁怒目而視，叫他退開。

杜如風惘然佇立，恐懼襲上心頭，難道袁天衣已經遇害。

只聽橫行冷冷道：「大姐不見了。」

究竟如何不見了？死了？失蹤了？被敵人劫走？此刻杜如風六神無主，只想到，一定是自己的錯。留下出林一人，教她遇險。及後袁天衣等去救人，再連翻損折。如今袁天衣不見了，難道已經死了？殘月受傷，出林衣履不整，更可能遭受污辱。一切都是自己的錯，都是自己自以為是，一意孤行。又想到之後一定再有敵人來襲，凌雲飛孤掌難鳴，柳忠良父女被殺，五弟也可能凶多吉少。再看到自己手上握着兩把寶劍，凌雲飛卻沒劍傍身。假如他不是拿了五弟的劍，也許他就不會遇害，至少可以自保。

默然不語，杜如風逕自去掘了三個土墳，埋葬了柳忠良父女和小白的首級後。此時出林亦已換過衣服，殘月亦已包紮好傷口。橫行則坐在夏侯純旁邊，緊緊地握着她的手。

過去一個時辰，沒有人哼過半句，沒有人說過一句話。杜如風想起之前還跟小妹說自己一定沒事，叫出林在百獸谷等他。又想起才半日前的出林，樂天可人，聰明秀麗，彼此還有說有笑。可如今的出林卻陰沉膽怯，滄桑萎頓，而且跟自己如同陌路。

只是杜如風也沒為意，此刻的他也判若兩人。昔日豪邁開朗，亦算風度翩翩；如今卻信心盡失，腦袋變成糊狀似的，渾渾沌沌，什麼也想不到。

杜如風迷迷糊糊，就由横行發號施令，叫他繼續上路。眾人擠進馬車，由她策驅着。杜如風則將另一匹馬牽過來，以防不時之需。也沒坐上去，只牽着馬走。由於車廂的帳篷之前已給杜如風撕掉，車廂內各人就蓋着被舖，以擋風寒，猶似逃亡的難民。由本來浩浩蕩蕩幾兄妹從洛陽出發，到如今有死去的有失蹤掉的有受傷的有昏迷不醒的有失魂落魄的。才幾天，這班年輕人已沒一個能做回昔日的自己，沒一個可以回頭，沒一個有能力重新振作。

＊在「吟留別賦」這個故事的時空裏，這幾首詞應該還未出現，但本書作者就是喜歡這幾首詞，可以輕易唱出來。如此安排，還望見諒。

【第十六回】

杜如風牽着馬走，横行驅着馬車。

横行跟杜如風解釋萬獸幫捉了出林的前因後果和如今各人狀況。殘月左手傷口深可見骨，就算痊癒，亦難再使勁。出林沒被污辱，只是受驚過度，如今脆弱驚惶。她本是大家閨秀，最受不了別人侮辱，只怕她從此不敢再跟人相處，比殘月更害怕跟人接觸。而每次呼喚五妹斬樓蘭出來，袁天衣就如靈魂出竅。她們救出小妹後，回去找大姐，卻遍尋不獲，一定發生了什麼事。

橫行跟杜如風說：「不過這一切都不關三哥你的事，不是你的錯。也許命數如此，劫數難逃。但我相信我們幾兄妹一定可以度此難關。你別再自責。三哥，你必須振作，我們還需要你帶我們去找那個什麼白八松，只有他才可以救到二哥和夏侯姑娘。」

之前對他不瞅不睬，他還只悶在心裏；如今橫行出言安慰，杜如風更感內咎難過，悲從中來，竟不禁流下男兒淚，甚至痛哭起來。他只想到，三個妹妹和義弟遭遇不測，就連小白和柳忠良父女的死，全都是他害的。恨錯難返，縱然到了百獸谷，找到白八松，救得到路菲和夏侯純，也救不到殘月的手，救不到出林的心，更不可能教小白三人死而復生。一路想着，杜如風就一路哭個不停。

轉眼間原來已來到當日他們離開百獸谷時的地方。本來無路可行的樹林，樹木竟從兩旁挪開騰出中間一條通道一樣讓馬車駛過。樹上站滿了烏鴉，然後有一頭烏鴉開始呀呀地叫。接着有另一頭呼應，之後三頭四頭十頭二十頭，過百頭烏鴉齊聲亂叫，嘈吵得仿如天崩地裂。拖着馬車的兩匹馬受驚，不禁人立起來，不受控制。杜如風顧不了牽着的馬，放手讓牠走去。馬車前的兩匹馬發狂掙扎，猶幸橫行神力按住才不至人仰車翻。杜如風連忙拔劍斬斷連繫馬跟車的車轅。馬匹獲釋，即發狂逃去。兩頭獵鷹飛過，群鴉才噤聲停叫。兩頭獵鷹停在不遠處的枝頭，眼珠子骨碌骨碌地瞪着各人，就似等杜如風他們跟上來一樣。

杜如風臉上仍滿是淚痕，走到車尾，雙手搭在車邊，發力推前，馬車紋風不動。橫行跳下來，想走去幫忙。那邊獵鷹怪叫一聲，樹林裏有猛獸走過，竟是一頭白虎在旁邊的樹林裏虎視眈眈。橫行見猛虎出現，即凝神戒備。杜如風不知是因為早知白虎是誰，所以不甚驚訝；還是根本渾然忘我，只管豁盡全力，發起蠻勁，推動坐上了四人的馬車。

要推動馬車向前之餘，還不能推得快。地上老樹盤根，地勢崎嶇不平，馬車走來顛簸跌宕，要穩住車身就更難。只見杜如風默不作聲，咬緊牙關地推。橫行也沒去幫忙，只在旁掠陣把風，觀察周圍形勢。

再蠕行一段路，茂密的柏樹換成桃花處處。時值初春，桃花盛開，兩旁名副其實桃紅柳綠。枝頭上站着一頭白鶴，引頸高吭，似向誰人報告着什麼似的。此時剛才的群鴉又再聚集在周圍的桃花樹上。過百頭烏鴉，還有兩頭獵鷹、一頭白虎和一頭白鶴，幾百對眼睛緊盯着杜如風等人，就此整個世界都在留神着他們幾個人的一舉一動一樣。

群鴉張口，卻聽不到呀呀聲響，反而有一把聲音從山谷中迴響起來，說着：「金龍劍，青龍潛，龍神附體，飛龍在天。」過了一會，又再重複：「金龍劍，青龍潛，龍神附體，飛龍在天。」就連躲在一旁的白虎也唸着：「金龍劍，青龍潛，龍神附體，飛龍在天。」前面的白鶴和兩頭獵鷹也跟着唸：「金龍劍，青龍潛，龍神附體，飛龍在天。」

此刻烏雲蓋頂。

前一刻還陽光明媚，可一下子天昏地暗。在越王府的後山，群鴉亂飛，司馬秋雁站在當日夏侯昌太等人掉路山谷之處，身後站着天九、地八和人七三人，也彷彿聽到山谷下不斷傳來的那幾句：「金龍劍，青龍潛，龍神附體，飛龍在天。」

山谷內的白八松也一樣在聽着百獸齊聲誦讀這幾句說話，而他身邊再沒有一頭雄獅，卻換來一頭白熊。

只聽白熊問着：「白兄，姬伯現身了？」

白八松答：「還未，快了。朱老弟，快了。」

白熊環顧四周，他倆腳下，竟是一具又一具的屍體。

白熊嘆道：「這些人妄想成為天下第一，執迷不悔。料不到龍魂最終還是落在一個年輕人手上。」

白八松說：「上天早有安排。」

白熊說：「是你早已安排。」

白八松道：「不錯，我就是天。」

樹林外的淺灘，五匹精騎，坐在馬上的五人，份量亦一時無倆。

中間一人正是袁何，四人分站兩旁，一邊是清涼先生和大漠蒼龍，另一邊就是巨劍拓跋狐和無形劍伍福。

袁何看着眼前樹林上空烏雲密佈，似有所悟，吐出一句：「看來我們來遲了。」

此時在杜如風等人前面就走出一人。

此人一身黑衣，身上畫滿刺青，黑布蒙眼，頭上一根頭髮也沒有。

就在神蟒賴非出現在眾人面前之時，一條通體透白的龐然巨蟒就在後面的樹林上悄悄欺近，一面吐信一面說着：「好徒兒呀！好徒兒！如今只有路菲身上藏着青龍潛的內力，你只消把金龍劍插進他的心裏，龍魂就會附到他身上，到時他不但能夠甦醒過來，而且更會得神力加持，成為新一代的神龍。」

杜如風木然佇位。

樹上的烏鴉、變成白虎的李山君、變成白鶴的赤鳳凰、變成兩頭獵鷹的趙清梅姐妹，還有百獸谷內的白八松和指使他們來的司馬秋雁，再有突然出現的賴非和那個什麼神龍姬伯，杜如風此刻就是不禁想到，自小時那趟西域之行後，他的一生就是被這班人所擺布操縱。由本來只是一個尋常小孩，一心只想着讀書寫字，只想着孝順父母，可如今卻要做什麼呢？自從跟姬伯和李山君學功夫，至今從未殺過一個人，他可以下得了手？把劍插入心房，還可以活命？但為何個個都叫他這樣做？這班究竟是什麼人？他只記得最開心就是十二年前在旅程上結識到兩位義兄和義妹，可如今又如何？又再一次各散東西，生離死別。大妹和五弟下落不明，生死未卜，二哥就昏迷不醒。然後這班人竟叫他把劍插到路菲身上，這班人為何要他這樣做？這班人究竟有沒有理會過他？

杜如風又想到人人都喜歡路菲，大妹喜歡二哥，當日姬伯帶路菲來跟賴非交換自己，接他回去之後就告訴他是路菲犧牲自己來救他脫離魔道，所以他一直心生內咎。當日沒救到大妹，又連累了二哥，到今天更可能害死了大妹和五弟。之所以過去一直都義不容辭挺身而出，是因為杜如風覺得自己虧欠了幾個兄妹。此刻就更自責，一切都是他的錯。

好，一直都是為他人設想，卻事與願違。杜如風把心一橫，今天他就要為自己而活。

只聽他怒火難歇，喊着：「就算我錯，你們這班瘟神也難辭其咎。我不會再受你們這班瘟神擺布。要生要死，要做什麼神龍，都是我杜如風的事，你們管不着。」說罷即想拔出插在腰間的金龍劍，卻竟然拔不出來。

賴非聽着，怒道：「大膽。」語畢，即歪風大作。

杜如風感到勁風撲面，連忙抽出承影和七星兩把寶劍，及時擋開賴非的隔空刀。隔空刀本來就是賴非的絕技，手不揚身不展，就能風中生勁，刀風勢如破竹，直向杜如風身上劈去。

杜如風雙劍一出，即揮動連着的布索，如臂使指地舞動着兩柄寶劍，運劍成輪，擋開無形的刀風。

一招被擋，賴非卻不用回氣不用聚勁，隔空刀心隨意轉，如風勢不止，連環進攻。杜如風的雙劍一舞，亦如貫進了生命一樣，運轉不息。任隔空刀如何從四方八面攻來，由雙劍所運成的兩大巨輪都總能把刀風擋開。

賴非老羞成怒，沉腰猛喝一聲，刀風集中吹來。連着雙劍的布索抵受不住，溘然撕裂。盪開雙劍，刀風直透杜如風身軀。

身後巨蟒驚呼提醒：「小心。」

巨蟒要提醒的可不是杜如風，牠是想向賴非示警，再喊：「他懂得……」

話音未歇，杜如風中刀後，一個轉身，刀勁竟從他身上反彈飛射回去。到巨蟒說到移花接木時，刀勁已不偏不倚劈中賴非。可白行夜渡一經使展，瞬間消失，再出現時賴非已飛身來到杜如風眼前。蒙着雙眼的黑布從中間斷開，雙目緊閉，但眉心處竟張開第三隻眼。賴非的神識就在此一瞬間傳到杜如風身上。

第三隻眼只張開了一下，便即闔上，賴非亦頹然倒在杜如風跟前。

與此同時，掛在腰間的金龍劍竟蠢蠢欲動，欲自行出鞘。杜如風連忙拔劍，金光乍現。跟賴非的神識交往，在杜如風的腦海內只出現一個字：「蛇。」

頭也不回，杜如風手上金龍劍一揮，金光掃去，即把樹上巨蟒的頭斬了下來。

龍魂就這樣依附在金龍劍的劍刃上。

幾個神人都能感應到谷內的情形，司馬秋雁跟身後天九三人說：「杜如風將要得到龍魂了。」

天九問：「大人不是要得到龍魂嗎？」

司馬秋雁說：「本官要龍魂來幹什麼？」

那邊廂，白八松就跟身邊的白熊說：「看來，終於可以成功了。」

而另一邊廂，在樹林外面的袁何也若有所感，吐出一句：「原來如此。」

但見雲開光灑，青龍也感受到事態發展，掉下一句：「姬伯死了。」

谷內眾人都摒息靜氣，靜望着杜如風的一舉一動。

杜如風盯着手上散發孃孃金色煙雲的金龍劍，二話不說，猛地反手把劍插進自己的心房，只痛得他張口欲叫，卻又一點聲響也發不出來。

插入去時痛徹心扉；可拔出來時更痛得他差點魂飛魄散，不禁狂嚎猛吼，汗如雨下。

只見傷口處血如泉湧，但只流了一會，金煙牽繞，傷口竟不消一會就癒合。

右手握劍，在左手手腕上劃過一道口子，血汩汩而流。他首先把血餵了給路菲吃，又餵了給夏侯純，再來到出林跟前。

出林雖然目不能視，卻彷彿清楚周圍發生的一切。

杜如風先把她的手放到自己的左手上，示意她自己把他的手遞到自己嘴邊，溫柔地說着：「沒事的，喝一口。喝一口，就好了。」

出林猶豫了一會，最後還是照他吩咐將他的手腕湊近，輕輕吸吮。本來閉起的雙眼微微張開，面前竟映出朦朧的映像顏色。出林不敢相信，掩口欲喊，眼淚奪眶而出。

然後杜如風再去到殘月跟前。

殘月向來桀驁不馴，強悍不屈，但也攝於杜如風如今的威嚴，只垂下頭來。橫行喊住她：「二姐。」殘月不敢再躲開。

杜如風先將手腕上的血滴在殘月左手的傷口處，然後又把手遞到她嘴邊。殘月第一次定睛望着身邊的杜如風，臉上竟掛上關心的表情，杜如風溫柔地點頭，說：「三哥很好，沒事。」聽罷，殘月才慢慢在杜如風左手手腕的傷口處吸吮了幾下。

杜如風站起來，想再走到橫行跟前，橫行卻說：「三哥，我不用了。」

杜如風也彷彿驀然想起道：「不錯，你身上已經有日月經輪。」

橫行問杜如風：「三哥，你做了神龍嗎？」

杜如風微笑着說：「三妹還是我的三妹，不是什麼四大神明之一。三哥依然是三哥，不是什麼混賬神龍。這樣好嗎？」

橫行又回復昔日的天真漫瀾，開開心心地說：「這樣就好。我喜歡三哥，不喜歡什麼神龍。」

白熊問身邊的白八松：「我們的任務完成了？」

白八松竟難得興奮地說：「哈哈，任務才剛開始，我們還有很多工作要做哩，老夫都未出手。」

卻見白八松掉頭疾走，白熊趕忙跟上。在杜如風那邊的白虎、白鶴、雙鷹和群鴉也彷彿收到消息般紛紛離去。

而在越王府後山的司馬秋雁也彷彿完全洞悉整件事的經過，跟身後的天九三人說：「這裏的事已告一段落，我們也事不宜遲，快點把府裏的火藥運走，我們這邊也有很多事情趕着要辦。」

只見樹林外袁何等人後面竟來了一個不速之客。

一身戎裝，可穿的卻是扶桑國人的軍服。站在淺灘上，周圍的海水竟不斷沸騰冒煙。

袁何皺眉道：「浴火神鳥？」

青龍補充：「他本來是扶桑人，真名望月五右衛門。」

只聽神鳥說：「昔日你們把《銅函經》傳到我國，害我國征戰連年。報應不爽，好了，如今你們有《吟留別賦》。老夫就來看你們如何武功蓋世，之後又如何由盛而衰，由盡而窮。到你們窮兵黷武，到你們爭戰不斷，殺戮不止，仇恨不息，內亂不竭，相鬥不休，就是你們滅國之時。老夫就是在等這一天。」

袁何見着這個神鳥，可說仇人見面。較諸姬伯，他更痛恨這個扶桑人，因為當日就是他搶走他的女兒。可袁何仍沉住氣問：「如今你是好心來提醒我們，還是什麼？」

望月五右衛門道：「我是來下戰書，你有膽量接戰嗎？」

袁何道：「求之不得。」

望月五右衛門再說：「三個月後，閩地會城，我軍兩萬，等着你來送死。」

袁何道：「閣下的頭就暫且保管在你那裏，到時袁某親自來取。」

望月五右衛門聽罷，不禁怒火中燒，身上竟真的燃起了火燄。展示過神功後，掉頭飛去，轉眼就不見了。

拓跋狐大惑不解，問：「什麼是《銅函經》？」

袁何答：「老夫也未見過，傳說是我國特別編寫，用來愚弄鄰國，讓使者帶回去的偽陰陽方伎之書。由此傾覆鄰國的國運，讓神州大地國勢歷久不衰，不受鄰國威脅。」

袁何閉目神馳，想了一會，回頭對住四人說：「我們幾人過去縱有嫌隙，都只是私人恩怨，在國家大事面前，不值一哂。伍先生要振興青鋒劍廬，拓跋先生要一雪前恥，李先生要光大門楣，青龍先生可能只是為了報仇雪恨，但各位都想過揚名立萬吧。如今就有一個機會，有什麼比保家衛國更可以名垂千古？老夫就打算去會一會那班扶桑人，誰願意跟老夫一同並肩作戰？」

青鋒二老想也不想就答：「謹聽大人吩咐。」

清涼先生道：「難得袁大人腹可載舟肚可撐船，而且大是大非，毫不含糊，誠真君子也。李某這個假道學真小人甘願跟隨，聽侯差遣。今後再沒有清涼先生這號人物，袁大人叫我原名李坊好了。」

各人等侯青龍回答，青龍看一看各人，笑道：「我向來獨來獨往，但這麼有趣的事情，有高手可殺，又怎可以錯過？」

主意既定，五匹精騎就這樣浩浩蕩蕩向會城出發。

百獸谷內，只見杜如風拾回地上兩把承影和七星寶劍，跟金龍劍一起插在腰間。

然後竟如當年神龍姬伯一樣，騰空飛升，臨走前跟横行叮囑：「待二哥醒來，你們就去找大妹，你們一定要找到她，她一定尚在人間。我去找五弟。三個月後在洛陽再會。但若果要找一年，我們就一年後重聚。要找十年，我們就十年後重逢。不見不散。」說罷，轉眼就飛走了。

第八章　神道篇

【第十七回】

端木流星一副老老實實的樣子。假如沒拿着劍，不但只像個普通人，甚至可以說是最不起眼的一個，誰也不會多瞧他一眼，誰也不會想到他可是當今天下五劍之一。

他偏安山東一隅，平時固然深居簡出。府邸也樸實無華，既不大也不富麗堂皇。與其說富戶大宅，倒不如想像成落難皇孫在家道中落之後所居住的地方更貼切。身邊亦沒幾個人，雙親早逝，又沒有兄弟姐妹，連遠房親戚也沒一個。家裏只有兩名老僕，孫大嫂給他燒飯裁衣，三東叔給他當跑腿做雜役。

過去既沒替人消災解困，也不愛在江湖走動，又沒有收徒授武，收入都是來自先祖留下來的幾幅田房地產，過去就是由三東叔給他收租以維持生活開支。雖然間中都有儆惡懲奸，但更多時候就是留在家中練劍，足不出戶，日日清茶淡飯，生活平淡乏味。但自從認識南陽侯之後，就不同了。

雖未致於性情大變，但也着實開朗了不少，至少也多了到外面走動，或泛舟賞花，或訪名山大川，總之就是周圍去。端木先生本來就不是聲色犬馬之人，平素淡薄恬靜。但跟南陽侯這位風流大俠留連高級地方，也不免要穿着得光鮮體面一點。

端木先生由細到大的衣著都是孫大嫂給他造的，此時忽然要造華衣美服，可難倒一向只造粗衣麻布的孫大嫂了。於是他就叫三東叔去給他找來縣中最好的綢緞莊。

「瑞祥號」未必是縣中最好的綢緞店，只是老板花布張跟三東叔已經是幾十年的老朋友，於是三東叔就帶花布張到家裏替端木少爺度身造衫。造幾件優質的圓領長袍當然不成問題，可端木流星卻忽發奇想，想造幾件背上繡有白鶴的半臂外套送給南陽侯，這可難倒花布張了。

花布張年紀大了之後，大部分工作都已經交由女兒代勞，針黹細工就更由女兒一手包辦。可造了兩三件都不合客人心意，花布張只好迫於無奈，硬着頭皮帶閨女來見端木少爺。女兒叫張素娥，是這位鼎鼎大名的端木大俠暗戀的第一位對象。

山東一帶的富商巨賈誰不想有這位天下五劍之一的東羅作他們的東床快婿。以前求親的人簡直絡繹不絕，就連當時的知縣大人也曾派人來提親，只是這位端木大俠不但對庸脂俗粉看不上眼，就連那些千金小姐的嬌生慣養，也教他倒足了胃口，從來見也不見。不勝其擾就乾脆出門遠行，沒一年半載都不回來。

如今這位張素娥都已作人婦，嫁了給在店內打工的男僕，還誕下了兩名孩子。她既要兼顧裁剪刺繡，還得相夫教子。既然一向都只是襄王有心，神女都不曾知悉有人暗戀自己，又何必到今天才去吹皺一池清水。

三東叔也老了，七、八年前已開始交給侄兒李晉代理替少爺收租一事。而這名少年又不但勤奮好學，還品性善良，得端本家接濟資助，兩年前高中狀元。之後到前任知縣調遷，他更成為了新任知縣。

李晉為了報答端木先生的知遇之恩，就去幫他完成幾件未了的心願。而其中之一就是來到這間「瑞祥號」，吩咐店主把夫人叫出來，然後將一件半臂外套遞到這位張素娥面前，外套背上繡了兩頭白鶴，並跟她說：「你可認得此物？」

張氏當然認得，式樣花紋已經特別，而且「瑞祥號」也並非首屈一指的名店，根本沒多少人客訂製高級服飾。

李知縣就差下人捧來百両黃金，續說：「這是預繳的費用，你今後二十年，每年造兩件這般的外套，於春分秋分之日送來衙門便可，明白嗎？」

一介草民，見到縣大老爺都已經心驚膽怯。再看到如此巨款，那些錢已足夠他們再買一間店舖，甚至省吃儉用的話，已夠他們一家人一世無憂。簡直是天官賜福一樣，誰又會相信竟然會交上這樣的好運？一時間不敢相信，也不知如何應對。

這個張素娥只意外得說不出話來，結結巴巴地說：「為什麼？為什麼？」

她當然知道是誰委託她造這些衫，但究竟為什麼要對她這麼好，竟然一次過預繳了所有費用，而且那些錢也實在遠超本應所需。另外為何端木先生不親自來交代，好等她可以當面道謝，而又竟然可以勞動知縣大人替他奔走。這一切一切就將成為她一生最傳奇的段落。在她心底裏已認定端木先生就是她私人的觀音菩薩。以後每有煩惱，她便在心裏默默祈求端木先生可以替她指點迷津。

端木流星不親自去見她一面，是因為這位張氏已為人妻，無謂惹人家夫君猜疑。驚動知縣大人去替他當跑腿，就是為了教其他不法之徒不敢亂打主意。一個窮等人家突然懷有巨款，或會招來賊盜騙子。由縣大人出手，就是叫那些鼠竊狗偷別打這家人的主意，別在太歲頭上動土。

雖然沒親自去跟人家道別，但整個過程，端木先生還是一直看在眼裏。隱身在對面的客棧，看到昔日暗戀的女子感激流涕，確保她日後生活無憂，於願足矣。

完成了第一件心事，還有第二件。端木先生第二位暗戀的對象叫陳詩詩。

當時流行喝茶。既有一般平民百姓可去的茶寮，也有高級精緻的茶館。茗茶之餘，還提供蜜餞糕點。陳父開的茶館叫「禪茶社」，位處獨山湖畔，遠離市街，環境清靜，布置清簡。几桌也細，又沒有唱戲奏樂，就是不想三五成群，只想人客獨個兒來，閒坐靜思；又或兩三知己，一起研討佛理，店內還有佛經供人客借閱。端木先生是這裏的常客，愛這裏環境清幽，一個月總會來幾次，而且每次來到都總會多付銀両，叫陳父別再接待其他客人。

熟絡後，陳父也不避禮數，叫女兒出來跟端木先生打招呼。陳詩詩精於廚藝，造的玫瑰酥、太師餅和灌藕尤其精緻。端木流星每次來到，陳詩詩都會特別為他烹調，這樣已教這位平素木木獨獨的大俠心猿意馬，流連忘返。

心裏曾經閃過跟陳父提親的念頭。也許真的冥冥中自有天意，那次本擬開口，卻來了一名少年。這林子康是當地最大茶商「永泰號」的公子。見兩人態度親暱，害羞木訥的端木流星即時打消提親的念頭。

李知縣此時就去到「禪茶社」，跟陳父交代：「我有一位長輩，他對這裏一杯一碟一枱一几都甚是喜歡，時常掛念。但將來也許不能常來，便叫本官代他多來，也叮囑本官要對你們多加照料。他甚至已買了這裏，這張就是這兒的地契，已寫上你的名字。他本來叫本官千萬別跟你透露他買地相贈一事，甚至叫我待得三五七年等你們都把他忘了才將地契還你，以免你們費神記掛。但本官實在不願意。」

陳父感激流涕，不住叩拜，又忙問：「小人實在不知說什麼好。大人如此厚待，已教小人無以為報。還有大人那位長輩竟如此厚德善心，佛祖轉世。小人一定要當面拜謝，來世為他做牛做馬，方能報答他的恩德。請大人告知小人該位恩公姓名，就算不能當面叩謝，也好讓小人可以時刻替恩公誦經祈福。」

李知縣沒有應他，只囑他叫女兒出來。

陳詩詩出到店面，陳父連忙把恩公買地相送之事跟她說了。陳詩詩又再一次叩謝，把老父之前的一番說話又再說一遍。

李知縣也不等她說完就打斷她道：「他不但是你們的恩公，也是本官的恩公。好了，你們要跟這位恩公道謝也不難，只消以後本官來到，姑娘就跟招呼我這位恩公一樣，預備好一碟玫瑰酥、一碟太師餅和一碟灌藕就好了。」

聽到這三味糕點，兩父女又怎會不知是誰出手相助。

李晉就再跟陳詩詩說：「你實在要多得這位大恩人。姑娘之前不是周圍向人打聽林子康的下落嗎？本官也曾差人向你通報他們一家正被開封官府扣押。此刻端木先生就去了開封替你將愛郎救出來。他日你倆兒孫滿堂，可別忘記端木先生的恩情。」初時聽到獲送贈房地一事只覺意外得難以置信，如今聽到愛郎即將可以安全歸來就更喜極而泣。

回說李晉到過「瑞祥號」之後，就到對面的客棧跟端木先生會面。

只見李晉來到端木先生面前，端木夫人先作叩拜，道：「勞煩知縣大人操心，小女子代老爺向大人謝過。」

李晉連忙還禮，道：「夫人，不敢當。若少時不是得先生提攜救助，別說今天不能報效朝廷，就算沒餓死街頭，亦沒可能潛心苦讀，也許早已當了苦工雜役，今天還在當下人做苦差。如今區區小事，實不足報先生大恩大德之一二。夫人不要客氣。」

原來端木流星已經娶妻，而妻子更是那個不是趙清蘭的趙清蘭。

還記得當日在百獸谷時，天鷹雙姝趙清梅和趙清蘭兩姐妹本寄魂在兩名異族女子身上，後來給白八松喚回魂魄，之後就由端木流星和宇文旗兩人分別護送兩位女子回鄉歸國，而這位端木夫人就是其中一位異族女子。

本名叫吉本拉姆，吐蕃人。

覺識一旦被壓制，人就變得迷迷糊糊。而且還被壓制這麼長時間，令原來的覺識更虛弱。待醒轉回來，昔日的記憶都變得肢離破碎，模糊不清，連家人的姓名樣子都幾乎忘記得一乾二淨。回鄉找不到家人，路上又已經完全倚賴端木流星照顧。日久生情，再加上舉目無親，自然就投向對方懷抱。端木流星從未跟任何一位女性如此親近，況且吉本拉姆縱非天姿國色，但亦算眉清目秀。眉宇間更有一股吐蕃人獨有的的靈氣，既溫馴恬靜但又堅強不屈，跟木訥寡言的端木流星都算天作之合。

更有趣的是，宇文旗也同樣娶了另外那位異族女子。那位卻是鮮卑人，原名獨孤沙羅。而宇文旗本來就有胡人血統，先祖也是鮮卑人。四人就這樣成雙成對，就更似命中注定一樣。

以前李晉叫端木先生做恩公，自當了官後，端本流星不准他如此叫法，他才改口叫恩公做先生。

此時李晉跟吉本拉姆說：「夫人，你就跟先生一樣叫我晉兒好了。先生待我恩重如山，夫人不要客氣。」

想起此番是幫端木流星去接濟昔日心儀的女子，恐夫人吃醋，連忙說：「其實那些人是對晉兒有恩，先生只是代晉兒報恩罷了。」

吉本拉姆莞爾一笑，李晉不明夫人意思，端木流星才懶洋洋似的說：「別騙她，她知道那些是我以前喜歡的女子。」

李晉尷尬得漲紅了臉，不知如何打圓場，反而讓吉本拉姆安慰他說：「一切都是因緣，能夠相識相知都是幾世修來的緣份，都應好好珍惜。而且幫人造福都是好事，哪有不妥？」

李晉忙說：「難得夫人如此大方體貼，並且洞悉人間世情，令晉兒茅塞頓開，日後定必好好向夫人學習。」

端木流星又說：「吐蕃人篤信佛教。不少前塵往事，夫人已不記得了，惟禪學佛理倒還常在心中。」

李晉道：「也許夫人就是佛陀轉世，天生一副菩薩心腸。」可轉念又想到，今後夫人要跟先生分離，難道夫人真的如此看得開，真的一點難過不捨之情也沒有。於是不禁問：「先生真的要即刻動身？」

端木流星只是點了一下頭，李晉便不敢再問，反而吉本拉姆放心不下，問道：「那個什麼刺史真的不會在此時加害永泰號的人？」

李晉見端木先生都不回應，便連忙解釋，但也不知夫人知道多少原委，便唯有從頭說起：「此事歸根究底都是那個袁何種下的禍。自那個應奉局副總管謀亂作反，殺了太子殿下後，所有相關人等自然都成為朝廷欽犯。而那個什麼南道李宗道不但原來是璇飛九宮的殺手，如今還竟敢跟逆賊連成一夥，還有什麼大漠蒼龍。而那個李宗道又不知怎麼跟季雨茶莊扯上了關係。朝廷獲悉之後，便立刻查封所有季雨茶莊的資產。原來這裏那間永泰號亦在幾年前賣了給季雨茶莊，姓林的那家人恐受株連，連忙溜夜逃亡，卻落在昔日曾在這裏當知縣而現已貴為開封刺史的劉枝汝手上。先生曾親身去到那邊代為求情，但那個劉枝汝因先生當年不肯做他的東床快婿而懷恨在心，固然不肯賣賬，還出言譏諷。跟先生說縱使武功蓋世亦不可目中無人。即使武功再高，也高不過天；功夫再強，也強不過官威皇法。當然先生要取他性命，簡直易如反掌。只是礙於侯爺關係，不想日後教侯爺為難，才饒他一命。劉枝汝大概也在心裏盤算，若侯爺出面，到時才順水推舟，人情都是賣給侯爺，所以才堅決不肯放人。後來朝廷查出那個李宗道是以非法手段奪得季雨茶莊的物業，便逐一把之前關押的人放了。我也曾派人去打探，他們說已經將永泰號的人放了。幸好我有一個兒時朋友在那裏當獄吏，他跟我說那個劉枝汝根本沒有放人。一心等事過境遷，就迫他們把永泰號賣掉，然後拿錢來贖人。」

端木夫人不禁問：「但會否走漏風聲，知道奸計被悉破，就馬上殺人滅口？」

端木流星終於忍不住，插嘴道：「宇文先生已安排好了。晉兒，你跟夫人解釋吧。」

李晉點頭，便繼續說：「也許夫人都知道，早前侯爺送了一封信來給先生，叫先生幫忙，先生一口答應，但其實我也不知信上內容。」

此時到端木夫人接上道：「我倒看過，很容易記，信上只寫着：甚念，情非得已，須借先生快劍一用，可九死一生。代向嫂子問好。」

李晉聽罷也不禁莞爾，但也明白兩位高人實在肝膽相照，毋須多言，便讚道：「先生跟侯爺真箇世外高人，義薄雲天之餘，還豪氣干雲，實在教晉兒佩服不已。如今整個神州大地也知道，南陽侯要召集義師一起討伐逆賊。既然那邊廂竟齊集天下五劍中的三人，那麼流星千羽又怎可不再度聯手？不過江湖之事我也不太清楚，想必未來跟那三人交手，一定凶險萬分。先生後來就跟我說要安置夫人到宮中暫住。只怪晉兒沒半點本事，未能保護夫人萬全。」

吉本拉姆安慰道：「老爺除了擔心我，也擔心你，怕你受牽連。」

雖然太子並非袁何所殺，但殷天鵬是這樣跟皇上稟報，所以如今朝廷就是要捉拿袁何。既然流星千羽要聯手，宇文旗就怕袁何會打吉本拉姆主意。

端木流星以前孑然一身，了無牽掛。而且一心求道，跟高手公平對決本就是他夢寐以求之事。可如今只算被迫出手，而且已成家立室，顧慮難免多了。既然連家眷也要遣離家園，夫人就問他還有什麼心事未了。得夫人鼓勵，端木流星才決定幫以前暗戀的兩個女子做點事。另外，安排夫人到宮中暫住，則是宇文旗提議，以免端木先生有後顧之憂。

李晉續說：「先生武功蓋世，一定吉人天相。」

可端木流星也不禁說：「天外有天。」

李晉聽罷，料想未來大戰，一定凶險萬分。南陽侯在信中也說到九死一生，一時間也不知如何開解，不知如何讓夫人安心。反而吉本拉姆安慰他說：「你知道老爺也曾經問過我嗎？問我是否不想他去犯險。」

端木流星答腔：「夫人常說因緣。我問她，既然一切都是因緣，自有天數。若對方氣數已盡，自然劫數難逃，又何須我出手？若然氣數未盡，我亦無能為力。你知道她如何答我？」

夫人續道：「不錯，各有因緣。做與不做，都種下不同的果，難斷好壞。除非真正四大皆空，不問世事，跳出六道，不然總會結下千絲萬縷。既然未能看破，就隨心所欲好了。人生匆匆數十寒暑，求的不外乎快樂自在，心安理得。老爺不去，只會耿耿於懷，抱撼終生。況且老爺根本就想去會一會那班高手。我都想去見識一下哩。」

李晉也不禁附和，說：「對。我自幼認識先生，但都從來未見過先生出手。」

吉本拉姆其實都已經廿八九歲，可此刻卻流露出小女般的情懷，調皮地說：「我也未見過哩。」

端木流星還是一直綳緊着臉，但語氣卻難得溫柔地說：「今次不就帶你去嗎？」

此時李晉才想起，道：「對，先生不是約了那個劉枝汝在什麼慶綵樓見面嗎？晉兒已經派下屬到開封接應。只待劉枝汝一出衙門，我們的人便會到牢房救人，然後護送他們回來。只可惜，晉兒未能跟先生同去，一睹先生儆惡懲奸的手采。」

吉本拉姆又問：「我剛才就是擔心這個。萬 他們得悉有異，又或者只是忽然膽怯生畏，要殺人滅口，我們如何營救？」

李晉不敢立即答腔，等先生指示，可吉本拉姆已心急如焚，催促道：「老爺都只管叫我放心，晉兒快給我說清楚。」

李晉望一望先生，端木流星卻木無表情，好像存心跟夫人鬥氣一樣。李晉印象中的端木流星老是一臉嚴肅古板，可如今卻有時表現得佻皮鬼馬，比以前和氣從容得多了。

他便說：「其實劉枝汝並不知道會跟先生會面，只知道到時兵部侍郎來給他引見一位重要之人。我收到消息，他們猜想會是南陽侯宇文大人。能夠跟朝中兵部侍郎攀上交情，劉枝汝都已經沾沾自喜，以為時來運到，從此官運亨通。假如真的可以見到侯爺一面，就更是千載難逢的機會，這半個月來都一直為此事緊張不已。此刻關乎日後升官發財，料想他必不敢輕舉妄動。而且我已派人在那裏侯命，一有風吹草動，自會隨機應變。」

端木流星也說：「其實那個兵部侍郎不是來見劉枝汝，他是來接夫人進宮。也許陰差陽錯，又或者事有湊巧。此行除了救人，還有另一個目的。劉枝汝身邊有一位護衛，叫除一刀，從來一刀致命。是少林的俗家弟子，師承前般若堂主持玄靜大師。一套破戒刀法聽聞更青出於藍，可為人心術不正，姦淫擄掠。玄靜要清理門戶，反被他暗算殺害。少林寺本來想捉他回去，他就投身官場，當上了劉枝汝的近身護衛。那班和尚不得不投鼠忌器，不敢公然跟官府對抗。如今朝廷要治劉枝汝的罪，再沒有官府在背後撐腰。拿下他，既可送少林寺一個人情，又可試一試他的刀。我都想知，究竟是他的刀快，還是我的劍快。」

端木流星的星羅十八劍本應快絕江湖，奈何過去一年都從沒出手，怕丟疏了。而且心有牽掛，也怕沒昔日般乾淨俐落。

此時，下人已在門前備馬，李晉去「禪茶社」，端木先生和夫人去開封，要出發了。

端木先生偕同夫人來到開封，兵部侍郎左承弼已微服在城郊等侯，待入城後才換過官服。之後帶端木先生來到衙門附近，待劉枝汝離開官衙，等兵部的官兵和李晉的手下把永泰號一家人安全救出來，他們才動身前往慶綵樓。

這位新任開封刺史已等得焦急萬分了，過去差不多整整一個月都是盼望着這一天。可以結交朝中重臣，甚至想到可能會受侯爺賞識，怎喜不自勝？雖然沒啥危險，但還是帶隨近身侍衛在身邊，都算顯示一下排場實力。劉枝汝知道徐一刀武功高強，身邊有一位這樣的高手，只覺自己的身價地位也抬高了不少。此時，下屬走上來稟告，兵部侍郎已來到大街，頃刻就到。可跟左侍郎同來的，卻不似南陽侯爺。該人滿臉麻子，身邊還跟着一位異族女子，看似是他的夫人。

聽到滿臉麻子，劉枝汝自然即時就想到端木先生。雖然明知流星千羽名滿江湖，但一向以為端木先生獨來獨往，從沒聽聞他跟朝中其他人士有交往。已知事非尋常，可事已至此，亦只好到時察言辨色，隨機應變。可旋即又想到端木先生的出現，會否再次跟「永泰號」的一干人等有關，還是小心為上，於是叫徐一刀立即回去將「永泰號」一家從牢房移到別處，以防萬一。

當徐一刀正擬動身之際，已聽到兵部侍郎大叫一聲：「徐護衛請留步。」

話聲剛歇，左侍郎已從一樓的窗戶飛了入來。

劉枝汝和徐一刀也嚇了一跳，可臉上都不動聲色。

左承弼就說：「徐護衛要去哪裏？」

劉枝汝隨口說：「只是下官剛想起有些要事急務，便叫徐護衛回去處理罷了。」

左承弼說：「徐先生不是劉大人的近身護衛嗎？此刻劉大人身在這裏，有什麼比保護大人更重要之事？」

劉枝汝倒也能言善辯，讚道：「剛才見大人一展身手，一般高手都難望其項背。在左大人面前，下屬那一丁點微末功夫實在不值一哂。」

左承弼即刻說：「只是一般高手才給比下去？假如是非一般高手的話，本官就非應栽不可，只好跪地求饒？」

劉枝汝自知失言，也不明這個兵部侍郎一來就要跟自己找碴似的，一時間也不知如何善罷。

左侍郎也不等他，續說：「可徐護衛卻絕非一般高手，手中的破戒刀法固然厲害。更能人所不能的是，弒師殺友，插贓嫁禍，陷害忠良。」

一聽到這裏，劉枝汝和徐一刀已知對方此行並非會友，而是來問罪。徐一刀即時已謀定退路，可此刻端本先生亦已攜同夫人來到一樓。

劉枝汝只望對方來找的只是徐一刀的晦氣，可即使下屬犯錯，當上司的也難辭其咎，遂開口辯說：「未知左大人是從哪兒聽來這般閒言閒語？徐護衛在當卑職下屬之前確實是江湖中人，錯殺良民或許有之；但自從當下官護衛後，安份守已，克盡已任，做事一向公正守法。望大人明鑑。」

左承弼見端木先生已至，也不再轉彎抹角，直言道：「過去貪贓枉法已不計其數，就陷害永泰號林府一家，擄人勒索，開封刺史劉枝汝，知法犯法，罪加一等，可知有罪？」

如今話已說盡，也不給時間對方多想，左承弼竟朗聲說：「聽聞徐先生刀法不錯，一刀致命。念在徐先生也算一般高手，端木先生願意相讓一下。三招不敗，可饒你不死。」說罷連忙跟端木先生道歉：「先生莫怪，這是侯爺吩咐下官說的，下官不敢不從。」

不知南陽侯是要在端木流星面上貼金，還是想加害於他。既然叫得做一刀致命，如今竟說要用上三刀，自然是指端木先生豈比常人。但說到底，這個徐一刀也決非膿包，開出如此條件，若然端木流星未能在三招之內取勝；放虎歸山事小，名譽掃地事大。

端木流星說：「烏龜王八蛋。」

左承弼一臉愕然，不知他究竟罵誰。

端木流星再說：「他日有機會宇文先生一定會問大人我此刻如何反應，大人你就跟他說，我罵他烏龜王八蛋。」

左承弼也幾乎忍不住笑了出來。試問天下間誰有膽量敢對南陽侯不敬，可如今竟有人罵他烏龜王八蛋，還夠膽叫人轉告。不期然在腦海預演到時情境，左侍郎恨不得侯爺即時出現，看一看他的反應。

當前本應劍拔弩張，可端木流星那一方談笑風生，渾然不將徐一刀放在眼內。以徐一刀的功夫修為，要殺那個左承弼也許不難。但殺害朝廷重臣，縱使今次能逃之夭夭，之後被全國通緝，何處藏身？再加上一個端木流星，就更感絕望。已經不是九死一生，而是實死無生。可如今若公平對決，還有三招之限，那可是唯一的一線生機。徐一刀明白當前利害，他就只等端木流星出手。

自從當日把承影劍送給杜如風後，端木流星就再沒隨身帶劍。一來還未再遇上寶劍，二來也實在沒此需要。對付一般武者，根本毋須用劍，而且過去一年又真的從未出過手。此時他就問左侍郎借劍一用。轉頭跟徐一刀說：「請。」說罷即蹤身跳出窗外，落到樓下大街。

徐一刀千頭萬緒，要打？要逃？也許真的賊性難改，心腸歹毒。暗忖，左侍郎手上已沒有兵器，向他偷襲，又或者脅持他身邊那位女子，都比拼命逃走或生死相搏更有勝算，成功機會更高。這一下決定其實都只是轉念之間。徐一刀甫展身向夫人方向撲去，劍氣已如影隨形從樓下風捲而來，擋其去路。退後一步，劍氣又至。總算徐一刀修為不淺，臨陣對敵的經驗也豐富，知道再退一步，劍氣即往身上捲來，只好拼了。而這一念更只是電光火石。退無可退，便挺刀撲向端木流星。江湖傳聞亦所言非虛，徐一刀的刀的確快。一剎那，鋼刀已來到端木流星面前。

可徐一刀始終不如神劍千羽，不知道星羅十八劍的劍氣猶如強風，風勢初起時只會愈吹愈急，一劍比一劍快，一劍被一劍強，而且愈遠愈受風勁波及，反而近身搏鬥才感風力稍竭。鋼刀來到端木先生面前五寸便停了下來。

只聽端木流星說：「破戒刀是殺人的刀法，假如一開始就向我出手，也許還有三成機會。」

說罷，徐一刀便應聲倒下，身軀差點分成左右兩截，原來身體已被劍氣破體而過。

回看慶綵樓，被劍氣掃過，猶被中間破開一樣。樓上的劉枝汝已給嚇得魂不附體，就是那個兵部侍郎左承弼也神眩目迷。只知道天下五劍威名遠播，但也未曾見過南陽侯出手。不是江湖中人，當然更無機會見識過其餘四位名劍的手采。見到端木先生此刻神技，方知天下武功猶如大海，難登彼岸。

端木夫人跑到樓下，看着夫君，淚盈於睫，一臉憂心的問：「原來老爺武功如此高強，你要去對付的人都一定很厲害。」

公然在鬧市誅奸除惡，沒去衙門興師問罪，就是為免在對方地頭動手，以免多添死傷。而如此調虎離山，以策萬全，更十拿九穩。

幹掉徐一刀，官兵把劉枝汝收押後，左承弼便帶着一隊兵馬，浩浩蕩蕩地護送端木流星兩夫婦到往嵩山少林寺的路上。

明知夫君寡言，不欲多說，但此刻驚覺夫君此行實在凶險萬分，不禁憂心忡忡，吉本拉姆便追着那個兵部侍郎，問個明白：「大人，剛才之事，好像特意要讓很多人知道似的，究竟有什麼用意？」

左承弼也不敢隱瞞，便說：「夫人果然冰雪聰慧。不錯，侯爺就是要端木先生在天下人面前大顯身手，讓江湖上所有人都知道流星千羽再度聯手殺敵，讓他們知道我們已整裝待發，矢志跟逆賊周旋到底。」

夫人問：「既然是謀反作亂，朝廷幹嗎不乾脆派兵討伐，而要我夫君冒此大險？那班人武功再高，只怕亦難敵千軍萬馬。」

左承弼再解釋：「夫人有所不知。大約一年前有一班扶桑人干犯我土，常有賊船在沿海一帶搶掠作亂。只恨各地官府疏於練兵，而那班扶桑人又實在個個都武藝高強。再加上朝中橫生陡變，太子殿下不幸歸天，二皇子又因通販賣國被押天牢。朝野無不人才凋零，才致神州大地竟被蠻夷小國欺侮。奇怪的是行兇刺殺太子殿下的逆賊袁何，卻又糾黨聚眾，竟集合了東面沿岸幾個大幫，共抗外侮。沿海百姓都視他們為大英雄大豪俠，那廝袁何更自稱什麼東海霸王。以致朝中對出兵討伐他們一事也竟意見分歧，有人贊成，有人反對，就連海師提督也認為應先攘外後安內。但皇上實在難忍喪子之痛，南陽侯爺只好臨危受命。以侯爺半個江湖人的身分，圖江湖事江湖了，由侯爺召集江湖義士，去跟袁何那班人作個了斷。雖然此事難斷對錯，但決定了就只許成功不許失敗。侯爺就是要整個江湖都知道他正召集義士共誅奸邪，不容許有人混水模魚，做牆頭草，各門各派都必須表明立場。去還是不去，都要讓天下人知道。這樣無形中就在他們之間形成一股壓力。不錯，去或許九死一生，但不去就有可能被江湖同道恥笑貪生怕死。縱使無意跟朝廷作對，但也表明跟侯爺是敵非友。再者，有資格被邀才與有榮焉，沒被侯爺招攬只會面目無光，如此人人都會爭相加入，恐落人後。」

夫人不無感嘆，說：「可庸才低手，再多也於事無補。」

左承弼也嘆了一口氣，道：「夫人高見。寂寂無名的才想趁此機會揚名立萬，薄有名氣的無不想明哲保身。就連華山、崑崙等大門派雖然答應參與，都只是唯唯諾諾，派來的都是些平庸後輩。更流傳在門下不受歡迎、無甚建樹的才會被送來當炮灰、做擋箭牌的說法，致使集合來的人根本個個都無心戀戰，士氣低落。」

夫人說：「所以宇文先生才要跟夫君親自去少林寺一趟？」

左承弼答：「雖然侯爺跟端木先生均為當世無雙的兩大劍客，可獨力難支。畢竟少林寺是武林的泰山北斗，有少林寺的參與，大家都會覺得勝算更高，有助提升士氣。至今少林寺方面都未有答覆，看來還舉旗未定。」

夫人說：「始終是出家人，一定有人反對多添殺戮。」

左承弼答：「正是如此。」

一行人來到郊區山邊便停了下來，眾人下馬。

端木流星難得在人前表現出鐵漢柔情一面，拉着夫人的手，說：「宮中規矩甚多，又沒有熟人，難為夫人了。」

夫人反而安慰他說：「左大人遲些就會帶孫大嫂和三東叔入宮陪我，老爺不用擔心。」

雖安排成江湖之爭，實猶如行軍打仗一樣。古來征戰幾人回？此刻只感生離死別，欲語已忘言。

夫人突然說：「老爺，假如我跟你說，我腹中已懷了你的骨肉，你會不會更着緊回來？」

本來就已經是人中龍鳳，跟宇文旗相知相交後，更感染到對方的大情大性，率性而為。如今還娶得此女中豪傑，就更感海納百川。念天地之悠悠，萬般諸法，功名利祿，還不外乎一個「情」字。

端本流星逕自走到左侍郎跟前，說：「大人不是打算送拙荊入宮後要去剿匪嗎？」

左侍郎答：「不錯，荊州刺史向本官求助，希望本官可以幫手對付一個剛冒起的黑幫。」

端木流星說：「不勞大人送拙荊進宮了。待大人剿滅匪幫後，送拙荊與我會合即可。」

左承弼不容細想，衝口而出道：「先生，這不是太冒險嗎？」忽聞幾聲嘹亮的鶴唳，由遠漸近。

端木流星也沒再理會左侍郎，回頭牽着夫人的手，慢慢走向崖邊。聽他說：「國家民族，天下蒼生，千秋萬載又如何？我只求跟夫人生死與共。」

吉本拉姆心中感動不已，可臉上只淡淡一笑。

端木流星也沒停下腳步，只大聲說：「左大人，假如孫大嫂跟三東叔沒啥急務要事，也叫他們跟着我吧。」

左侍郎也不再勸阻，只感南陽侯過去行事一向玩世不恭，我行我素。真的近墨者黑，想不到如今連這個端木流星也受他感染，愈來愈離經叛道，瀟灑不羈。

端木流星跟夫人說：「等我一會，很快就回來。」吉本拉姆也不再多言，只微笑點頭。

端木流星放開夫人雙手，走到崖邊，只聞鶴唳已近在咫尺，突然蹤身一跳。身後眾人無不嚇得說不出話來。好一個吉本拉姆，只有她對夫君充滿信心，仍氣定神閒。

未幾，遙見兩人從山下慢慢升上來，分別腳踏一頭巨型白鶴背上。衣袂乘風飄揚，仿若神仙下凡，騰雲駕霧而去。

這日是黃曆三月十七日，穀雨至，狂風起，烏雲低飛，如巨鯨翻山，大雨傾盆而下，彷彿要把整個山林沖走一樣。兩頭巨鶴不勝雨打，穿雲而上。雲上卻是烈陽普照，金光燦爛，跟雲下天淵之別。朝陽如火，宇文旗跟端木流星迎日而飛，頓感開天闢地。但覺與其睥睨天下，更感人之渺小。

宇文旗感嘆着：「即使武功再高，跟天地比，猶螢燭跟日月爭輝。此去成敗與否，定有天數，盡其綿力，只求無愧於心。」

端木流星應着：「人生在世，不外如此。」

【第十八回】

端木流星跟宇文旗要去說服少林寺班和尚，意外的是已經有人代替他們先去少林寺做說客。是一個從扶桑國來的和尚和他身邊的一個小沙彌。

少林寺能夠成為中原武林的泰山北斗，除了功夫厲害，自然還因為武德兼備。出家人普渡眾生，向來行事光明磊落，為正道之首，故口耳傳頌，一直備受武林同道景仰。但能夠成為武林翹楚，最重要還是因為少林寺人多勢眾。

少林寺雄踞嵩山五乳峰上，寺裏住了五百多名僧侶。這邊廂，為官不仁，苛政惡法，戰亂頻仍，再加上天災連連，就民不聊生。都無處容身，只好出家求道。就算不信佛不拜神，但至少有飯可吃有瓦遮頭。那邊廂，佛寺除了供僧侶修道，也為了弘揚佛法，自然要廣納善信，廣植福田。但其實也不是任何人也可以皈依我佛，年老多病，眾孽深重，不能守清規戒律的，也無法留在寺裏。畢竟少林寺並非瑤池玉林，這裏的和尚是要捱苦的。

而相比之下，其他門派就少人得多。除了避免濫竽充數，怕害群之馬有辱師門之外；最根本的原因是大多數門派都養不起那麼多人，餵不飽那麼多張嘴。邪派還可以擴張勢力，不斷收納蝦兵蟹張嘍囉痞三，甚至愈多愈好；正派卻只能精挑細選。原因是邪派經營的是大生意，正派卻幾乎無利可圖。走私販毒，包娼庇賭，殺人越貨，無本生利，人多自然好辦事。而且為匪作歹，不擇手段，才多衝突多糾紛，這樣就打架多過吃飯，人又怎會嫌多？可名門正派卻只能排憂解難，正當人家可能都去找官府申訴，未必一定會找上這些武學宗派幫忙。而這些武學宗師又不是來者不拒，還要挑對手，論輩份。從來行俠仗義行善積德都沒明碼實價。雖然有些門派有田有地，但主要收入來源還是來自捐獻酬謝。除非攀附權貴，但又怕同道譏諷利慾薰心貪圖富貴。所以不少正派掌門雖然身分尊貴，但都只是兩袖清風，淡泊茹素。既然沒錢，自然不能養太多人。

所以相比之下，在所有名門正派之中，就數少林寺擁有最多弟子。

少林寺分做兩堂三院。所有入門弟子一來到就是被編進羅漢堂，如今羅漢堂有三百多名僧侶。待他們拼得十年八載，武功上有進境，又或者佛學禪修方面有所領悟，就能晉升到般若堂。但不一定個個都能獲擢升提拔，有人可能一世都獃在羅漢堂裏。日常功課除了習武誦經，就是負責所有雜務，煮飯打掃，洗衫修葺，羅漢堂的入門弟子就是少林寺的勞動力。分做八房，每房約四十人，跟般若堂的四房加起來，合共十二房，以十二因緣命名。

般若堂只有四房，合共一百六十多名僧侶。除可修習更上乘武功之外，僧侶還可以從這裏畢業，下山繼續修行。而所謂下山化緣修行，就有幾樣事情可做。向外宣揚佛法，去其他寺院教導僧侶粗淺的自衛功夫，或遇到有緣人就收為俗家弟子，傳授武功之餘，還同時向外顯示少林武功的實力。最後就是跟那些名門正派一樣，一樣會有人來少林寺要求主持公道。而武功德行都有一定修為的，才可以到外面鋤強扶弱，並跟其他武林同道交友切磋。

之後就是戒律院，院內只有約五十人。僧侶破戒犯罪，就交由戒律院裁決懲處。般若堂的人要下山，也是經戒律院的高僧甄別考核。從來只有武功最好佛法最深的大師才能一步一步晉升來到菩提院。而能夠在菩提院修行的，無不已經在少林寺花了二、三十年的光陰。在這裏除了可以修習少林寺最上乘的武功外，還可以研習別派武學，以資借鏡，不斷改良少林本派武學。過去菩提院的人數一直都只維持二十餘人，當中不一定全都是高手中的高手，亦包括對禪理有深厚研究的佛學高僧在內。而達摩院則是少林寺的權力中心，院中只有十數人。亦只有曾到達摩院深造的才有機會日後被委派當各堂各院的主持。可如今魔道長，正氣消。達摩院內只有五人，他們亦自然是當今兩堂三院的主持及方丈，同時亦是少林寺內武功最高的五人。

當今武林人才凋零，不少門派自上一代掌門離世或退隱後，接掌的後起之秀都沒多少個出類拔萃的人才，少林寺也不例外。今天的玄見大師之所以成為方丈，不是他武功最高，佛法最深，只因為沒有人願意做。

玄空是般若堂的主持，為人擇善固執，看他堅持只修練羅漢拳和金剛掌這兩套基本入門功就可知一二。他認定自己道行未夠就堅持不肯當上方丈一職，其他人有沒有資格、勝任與否他都不理會了。其師弟玄澄則升為羅漢堂主持。玄木大師是戒律院主持，為人剛烈暴躁，深受同門敬畏。可其中畏的多，敬的少，他亦自覺不是最理想的方丈人選。最後只剩玄覺與玄見，二擇其一。

上代方丈慧真大師年事已高，同輩師兄弟都沒多少個在世，之前的工作其實都已交由玄覺與玄見打理，由他兩人分別管理菩提院和達摩院。到慧真七十多歲圓寂時，方丈人選還未定下來。而這五人其實都是玄字輩，是同輩師兄弟，在少林寺一起共同度過三十多個寒暑，熟知彼此脾性之餘，還總算相處融洽，沒勾心鬥角，沒積怨心病。玄覺為人謹慎，其實更適合做方丈。而玄見則一心追求更高武學，不過卻受資質所限，到五十歲才修習易筋經，只覺為時已晚，練到第一層紅級浮屠已感體力難支，無法再修練下去。不過也許幾個師兄弟都真的相處久了，誰都沒有機心計算。既然上代方丈沒交代誰掌方丈一職，則盡量維持現狀，繼續由玄覺當菩提院主持，而玄見則身兼達摩院主持和方丈。雖然玄見是方丈，但自執掌少林以來，所有大事幾乎都是跟幾位師兄弟共同商議。

所以今次有關協助南陽侯討伐逆賊袁何一事，也不例外。此刻師兄弟五人就正在方丈院內共商此事。

玄空率先表態，只望留在寺中繼續潛修苦學，深信羅漢拳和金剛掌兩套絕學還有無窮無盡的進步空間。玄澄在五師兄弟中排行最末，一切為各師兄馬首是瞻。玄木為人性急暴躁，他就力主帶同寺院眾弟子相助南陽侯合力抗敵。不過玄覺素來思慮較深，既感不應冤冤相報，也怕損兵折將，更擔心在寺內滋長以暴易暴、以武止戈的想法，有違佛祖教誨。並且如今袁何等人對守護沿海居民有功，除去袁何就等如將沿海百姓置於水深火熱之中。有人支持，有人反對，有人中立，有人棄權，換言之一錘定音的任務還是落在方丈玄見大師一人身上。

就在他還猶豫不決之際，那個從扶桑來的和尚就來到少林寺求見。

只聞鐘聲急響，已有弟子撞鐘示警。知客僧慌慌張張地走到方丈院外，卻又不敢直衝入去。可事態實在太嚴重，冒着被方丈責罵也不得不衝入去稟告。

如此緊急，只因雙方已打起上來。

要知少林寺貴為當今武林聖地，門禁甚嚴，上山之路早有僧侶看守。而寺內古剎又一間接着一間，首先是天王殿，之後就是大雄寶殿，後面依次才是藏經閣、方丈院及立雪亭。後面幾處就更是寺內禁地，若非主持或首座都不得擅自進入。不速之客根本極難闖入，武功再高，來到大雄寶殿之前都一定已經給過百僧侶包圍攔截，再難行前一步。可如今這個番僧竟能大模施樣就在立雪亭出現，嚇得幾個在那裏看守打掃的小僧急忙召喚各院首座來戒備。幾位首座基本上一見來人竟然私入寺內禁地，已經不由分說想衝上前去教訓一頓。結果就真的說不上兩句，一言不合，番僧就已經跟幾個羅漢堂及般若堂的首座打起上來。

幾位首座不得要領，可番僧也未盡全力，未施重手。只見番僧剛擊退兩名羅漢堂首座，玄木大師的寂滅掌已悄無聲息掩至。兩人雙拳雙掌一拼，各自震開。旋即聽到番僧口裏嘰哩咕嚕地大叫：「左多媽爹。」玄木以為他自知不敵，竟大喊爹娘，又聽到身後方丈玄見喊着：「住手」，便再沒追上去。

此時眾人雖撒手停戰，但氣氛仍然緊張。只見己方已有幾名弟子或給打得口青面腫或手腳骨折，幾個趕來的主持都既驚且怒，眼前番僧絕對不是易與之輩，當小心處理。

其時大雨滂沱，各人都已衣衫盡濕，數名小僧立即將幾把紙傘拿來，替五位主持和幾位首座擋雨。而番僧跟小沙彌幸好披着蓑衣笠帽，不過仍受着風吹雨打。既帶着笠帽，又風雨交加，都瞧不清楚番僧面目，此時卻聽同行的小沙彌大聲說：「原來這就是中原大國、武林翹楚和佛門高僧的款客之道，實在教人眼界大開，我們總算見識過了。」

聽眼前小孩說話竟世故練達，也的確出乎眾人意料之外。不過亦有部分弟子心有不甘，在後面喝罵：「臭小子，放肆。」又有人辯說：「是你們擅闖禁地，無禮在先。」幾個主持面面相覷，還是等方丈發言。

立雪亭其實只是一個小小的亭台，僅能容六、七人在亭內乘涼避雨，前面是一大塊沙池。上幾代方丈開建此處，只為靜觀自然，看四季更替，領略無常有常。

畢竟幾個主持都學佛多時，不存怨懟。稍斂心神，玄見和和氣氣說：「實在是敝寺怠慢不周，還請兩位施主稍移玉步，到亭中等老衲再去跟兩位賠罪。」

眾人去到亭台那一邊，只有玄見及玄覺進內，並且只見方丈一人坐下，其餘三位主持只持傘在外守侯。部分弟子就扶受傷的同門回去治理敷藥，留下來的都分站四角聽候差遣。玄見叫弟子把乾布帶來，讓客人擦臉。雖然聲量不大，卻彷彿百里可聞。

此時對面兩人才除下身上雨具。只見小沙彌一臉稚氣，才不過十一、二歲，而且還是一個小女孩。番僧約四、五十歲，本應一臉英氣，只是蓋上了眼罩，左眼應該是瞎了，致使整張臉好像失去了焦點平衡。既不俊朗但也不猙獰，既非兇惡但亦非慈祥。給人第一個印象就是了無生氣，活像一張木偶的臉，沒有表情，甚至好像根本感受不到絲毫冷暖情感。

打量兩人裝扮，對方身上穿着黑色僧服，這是扶桑僧人的裝束。眾僧此刻正為應否跟袁何一夥一戰舉棋未定之際，袁何不但是朝廷心腹大患，也是扶桑海賊的剋星，此刻竟有扶桑僧侶到訪，必然來者不善，善者不來。

既然如此，亦無謂轉彎抹角，玄見開口就道：「剛才實在是敝寺魯莽無禮。老衲法號玄見，暫代少林寺方丈一職，在此再向兩位施主賠罪。不知兩位貴客到來，有何賜教？」

小沙彌別過頭去跟那番僧耳語。看來番僧不懂漢語，要靠小沙彌翻譯。

小沙彌聽了一會，就對玄見說：「我倆千里迢迢來到，又操勞了一會，實在有點兒口渴，方丈大師可否先給我們兩碗清水。」

玄見竟然不客氣地說：「佛門乃清修之地，從來未敢貪圖享樂。兩位施主若然想安樂逍遙，何不下山入城。城中客棧茶館甚多，佳餚美饌亦應有盡有。施主要走，老衲亦既往不咎，不會強留。」

既感對方來意不善，又見兩人裝模作樣，細聲耳語，態度無禮，番僧至此仍然一言不發，小孩說話卻又話中有刺；玄見也耐性有限，乾脆跟他們直話直說，不讓他們故弄玄虛。

番僧又再跟小沙彌耳語了一會，小女孩方說：「想不到闊別三十載，少林寺仍然如此吝嗇，竟然連一碗清水也不肯予人方便。中原有句說話不是叫己所不欲嗎？想到出家人到處化緣，假如人人都學少林高僧那樣慷慨，只怕這裏的佛門弟子很快就可以餓死渴死。不過如此倒好，早登極樂。」

玄見倒沉得住氣，臉上也未見慍色，只冷冷道：「若然施主只為口舌之爭而來，老衲不才，不擅辭令，認輸好了。那麼兩位施主可以下山離去。」

聽番僧耳語後，女孩又說：「吐蕃國有辯經傳統，答辯討論都是明心見性之途。方丈未明箇中關鍵，只怕佛學修為未深，看來仍須孜孜不倦。」

聽到小孩出言衝撞，實在已有多人按捺不住，不禁磨拳擦掌。玄見亦開門見山道：「施主是要來指教少林功夫？」

女孩卻一改之前的針鋒相對，溫柔地說：「家師知道貴寺仍為是否應助朝廷討伐逆賊一事而費煞思量，家師便特意來跟幾位大師解憂。」

眾人明知袁何跟他們扶桑海賊勢成水火，不管他此番來到是說服少林寺參與其中，還是來勸少林寺袖手旁觀，都一樣居心叵測。

只聽玄見道：「施主要來叫少林寺幫你對付敵人？」

可女孩的反應卻完全出乎眾人意料之外，她說：「非也。家師根本不知道那班所謂逆賊究竟所犯何事，家師更沒有跟任何海賊勾結。雖然對他們騷擾商船和沿海居民一事也不敢苟同，可始終不曾放在心上。家師只心繫中原武林同道，畢竟也算一脈相連，所以才會專誠來奉勸各位大師。討伐逆賊一事，事在必行，非去不可。」

砌詞並非來替海賊當說客，卻叫少林寺一定要幫手對付袁何。眾僧早已料到他們的來意，就看他們如何狡辯，還有什麼藉口。

只聽小孩繼續說：「吐蕃人學佛有辯論的傳統，道理愈辯愈明；學武亦一樣。過去幾十年來中原武林青黃不接，就是因為太平得太久，相安無事，少有紛爭。名門正派又龜縮怕事，只求偏安一隅，不敢與邪魔妖道對抗。就連各門派之間也甚少來往，各據山頭，各自為政，但求保住自己的地盤。好聽點說就是和氣生財，但其實就是懦弱怕事，胸無大志，只求安穩度日。武功就是要比較，才能長進。想安穩度日，去耕田養牛好了。假如方丈都一樣一心只為修成正果，無苦去執，那麼乾脆將少林所有武學秘笈燒毀，從此退出江湖，叫所有佛門弟子以後只專心誦經坐禪好了。方丈捨不得那些祖傳古籍，家師可以代勞。你只消告訴我倆藏經閣在哪裏，我們就去幫方丈把那裏一把火燒清光。」

再四大皆空，也實在佛都有火。其實早已想到兩人是來挑釁找碴，玄見反而不感意外，泰然道：「言則小施主認為中原武學日夕凋零，每況愈下，就是因為不求上進？」

小女孩斬釘截鐵地說：「一句說話，就是不敢打。」

玄見強忍怒氣，不再跟小孩糾纏，直視眼前番僧，森然問：「言下之意，大師深信閣下武功比中原武林各門各派的武術都更勝一籌？」

小女孩卻搶着答：「不敢。不過假如是什麼六大派的話，家師敢說其中之一已名過其實。」

玄見也好奇，便問：「敢問是哪一派？」

少女卻笑意盈盈地道：「方丈伯伯，請放心，家師還未領教過少林功夫，不敢妄下定論。只因貴派向來吝嗇忌才，家師曾虛心求教，卻只能換來手中的一顆眼珠子。」

少林僧眾也感錯愕，只等女孩繼續說下去。

兩人再耳語一番後，女孩就接着說：「聽聞貴寺上代方丈慧真大師已圓寂升天多年，奈何未能當面對質，只怕各位大師未肯盡信。不過事實就是事實，不證自明。三十年前家師曾到貴寺求慧真大師收留。時值寒冬，大雪紛飛。當年方丈不肯就算，卻跟家師說，假如天降紅雪，方可破例。家師一片赤誠，竟自剜一目，說：晚生如今所見，白雪盡皆赤紅。可那臭禿顱竟出爾反爾，說家師太過執迷，不宜學佛。哼！滿口胡言。」

聽對方言語無禮，後面玄木已忍不住大喝：「大膽。」話聲未竭，掌風已到。

玄見及時出手把掌風掃開，細聲道：「畢竟是一個小孩。等她把話說清楚再教訓也不遲。」

女孩還是一臉笑意地說：「雖然不會傷得到我，還是多謝方丈伯伯替我解圍。」

玄見也實在氣惱，道：「小姑娘，你真的對令師的武功很有信心，你就不擔心一會兒後再無法如此得意洋洋？若令師不敵，你可能就要客死異鄉。」

小女孩卻裝作萬分驚訝，問：「你們會連小孩子也不放過？」此時卻聽到玄見身後的玄覺說：「佛門中人怎會輕犯殺戒？不過留姑娘在寺中禮佛修行，住上五、六十年，都未嘗不是一件積善成德之事？」

可小女孩卻眉飛色舞地說：「就算住上五、六十年，我仍是每天都會喊死禿顱、賊禿顱，你又奈我如何？難道要斬我雙手，拔我舌頭？」

玄見不想在此事上糾纏，便問：「老衲失禮，還未請教令師法號。」

小女孩答：「家師法號一心。你不問我？我還未受具足戒，所以未有法號，你叫我小丸好了。」

玄見就說：「小丸姑娘，也許因令師不懂中原漢語，所以我們上代方丈才未肯收他為徒。」

小丸卻說：「家師當年已娶漢人為妻，我娘親教過他漢語。雖然不像我說得這般流利，不過阿爹在家都是跟娘親說漢語，一般閒談應對絕對不成問題。」

聽到對方竟然能說能聽漢語，只感被對方戲弄了大半天，不禁怒火中燒。但又聽到小女孩突然叫眼前番僧做阿爹，可對方明明是出家人，難道這又是他跟少林僧眾開的玩笑？

就連玄見亦只能忍住怒氣問：「令師是小施主的父親？」

小丸胸有成竹地答：「家師料想你們必會疑問。其實你們也應該學一學，我國出家人一樣可以結婚生子，甚至營商買賣也沒問題。不能隨俗，焉能知俗世之苦？不懂人生七味，不曾墮入塵網，解脫得道又從何說起？出世得先入世，出家得先有家。都還未了解人間造化，如何談四大皆空？」

一個小女孩竟敢教訓起幾個少林主持來。都來不及消化女孩口中所言，由她來說道理，已教幾個主持怒火中燒，根本都沒聽到她在說什麼。

玄見咄咄相逼，再問：「一心大師能說漢語？」心想，只消對方一點頭，便擺明是存心戲弄，便不再跟他客氣，明刀明槍拼個高下好了。

可小丸姑娘卻說：「只因之前去華山，家師發願，假如能殺敗華山掌門，便禁說漢語十天。明天十日之期就屆滿，所以本來打算明天才來少林，但途中卻收到消息指什麼流星千羽今天會來少林寺，我倆才只好今天趕來。一來怕那什麼流星千羽未能說服眾位大師，二來也想看看那兩位流星千羽何許人也。」

只聽得眾位少林主持義憤填膺，本來已預備即刻動手，但還是難掩心中疑問。

玄木跟華山掌門樓觀道是舊識，雙眼欲血，殺氣暴現，瞪着眼前番僧厲聲問：「你真的殺了樓掌門？」

「看來他說的不假，本侯途中收到陝西飛鴿傳書，華山樓掌門的而且確已遭人所害。」說話的正是南陽侯宇文旗。

端木流星跟南陽侯尊重少林寺，還是由正門進入，叫僧人通傳；而此時就由幾位羅漢堂首座帶路來到立雪亭。

兩人跟各位主持見過禮後，就來到亭內。宇文旗先禮後兵，亦不以中土皇族自居，而是以江湖人的身分，率先跟番僧招呼道：「閣下是扶桑高僧一心大師？在下是宇文旗，幸會幸會。」

番僧也不敢無禮，起身合什還禮，跟身邊小孩耳語了幾句，還是由小丸開口說：「難得一睹兩位中原大俠的丰采，實在深感榮幸，亦不枉此行。看來要少林寺出手一事，亦無需貧僧再多費唇舌。想來各位之後還有很多事情要商量，不耽誤各位，貧僧就此別過。」

哪有走得這麼容易？亭外幾位主持即時散開，封阻番僧去路。

此時小沙彌才首次露出驚惶神色，道：「你們要以多欺少？」

宇文旗也不等幾位大師，應道：「降魔伏妖本不須顧慮什麼江湖規矩，但這裏各人個個都光明磊落，不似大師般會暗算偷襲。就由本人向閣下領教幾招，為華山派討回公道好了。」

小沙彌卻一臉冤枉似的說：「家師才沒有暗算偷襲，家師是光明正大跟他的師父比試。那個我師父的師父還叫他的弟子不得插手，說明這是公平一戰。」

見所有人都一臉疑惑，一心大師又再跟小孩耳語了幾句，小丸解釋：「家師自從被那慧真和尚欺騙後，就到其他門派學藝，二十年來先後到過青城派、崆峒派、崑崙派、點蒼派和華山派拜入其門。雖然在各派逗留的時間不長，中土人又個個都心腸險毒心胸狹窄，沒一個願意傾囊相授。但家師勤奮堅毅，在每個門派中都總算學到一招半式。回國後，天可憐見，終於讓他學到我們扶桑國最高武學萬川集氣功。過去一年更經兩位前輩指點，終融匯貫通，自創三毒心法。此番前來中土，就是要跟昔日幾位師父印證所學。而且聽聞各派掌門都不欲聯手結盟，我們才好心去幫你們教訓這班龜縮之輩。只是青城派在巴蜀，崆峒派在甘州，崑崙派在西域，而點蒼派就更遠在大理，路途遙遠，各據東西，所以我們才先去華山。本來打算最後才來少林寺，但聽到什麼流星千羽也要來，家師才臨時更改行程。我們是來鼓勵大家要不斷力求上進，勵精圖治，又替你們教訓那班無膽匪類。你們竟然還恩將仇報，好人當賊辦。」

在場各人聽小孩大放厥詞，半信半疑，一時間沒有人說話。

番僧又跟小孩說了幾句，小孩戰戰兢兢似的說：「既然你們要打，家師也不敢托大，只能以一敵二。若三人齊上，那麼毋須動手，我們兩個束手待斃好了。」

只聽宇文旗剛說一個好字，就給玄見方丈打斷，搶着說：「好！大家都是佛門中人，老衲亦相信大師不會妄語。既然大師光臨本寺，自當由本寺招呼貴客。」

給一個小女孩譏諷揶揄了大半天，本來得證涅槃都給氣得要即時還俗。玄見步出亭台，各人亦再站遠一點，形成玄見一人對着一心大師。

可此時又聽那小丸姑娘說：「若然家師僥倖得勝方丈伯伯，但之後又來一個和尚叔叔，一個接一接來跟家師動手。真的不被打死，都累死。再打幾個時辰，就算不累死，也餓死渴死。既然如此，你們還是亂刀把我們砍死吧，我最怕肚餓的了。」

玄見吩咐弟子準備茶水饅頭後，就對小丸說：「我們這裏五名師兄弟，隨大師任擇其一。」

剛說到這裏，宇文旗走到玄見身後，不讓一心聽到，以內力傳音跟玄見說：「至少要打兩輪，好讓我們可以瞧清楚他的功夫路數。」

玄見明白，即改口說：「既然大師口口聲聲光明正大，我們亦只好公平對待，一視同仁。大師二人同來，我們也派兩人來跟大師較量好了。你選中哪位主持，就由他的弟子跟小丸姑娘切磋，這樣亦不負公平二字吧？」

只見一心大師跟小丸嘰哩咕嚕說了幾句，小丸就說：「以大欺小還敢說公平公正？方丈伯伯亦毋須使計，更不應欺侮小僧。家師雖不是金剛菩薩，亦非達摩轉世，不過要應付兩位大師，勉強還應付得來。幾位要看清家師的功夫，就由家師來接兩位主持的高招好了。」

玄見本就打着這個心思，亦不理對方揶揄，更不容對方改變主意，快說：「那麼，挑一個吧。」

【第十九回】

弟子送來清水饅頭，兩位番邦師徒大模施樣地吃喝休息，幾位主持也呷了幾口清水。

小丸還含着滿口饅頭，咿咿哦哦地說：「剛才那位大師跟家師對掌，未分高下。家師想問，這位是玄木大師嗎？」

玄木站出來，怒目相向，只哼了一聲，也沒答腔。

小丸再說：「聽說玄木大師一手破戒刀一手慈悲刀，攻守兼備。家師的三毒心法，亦一樣攻守兼而有之。就讓家師領教大師的刀法好了。」

亦毋須叫喚，玄木弟子隨即為師父遞上一雙戒刀。對方一心大師也好整以暇，喝光一碗清水，就緩緩站起身來。

剛才大雨稍竭，可此刻狂風又起，山雨欲來。一心大師手上拿着的禪杖，幾個鐵環隨風搖晃，叮嚀乍響。玄木一口烏氣已憋了半天，二話不說，挺刀向對方攻去。玄覺在旁大叫：「提防對方使毒。」

小丸不慌不忙，一面吃包，一面糾正他道：「叔叔放心，我們不似自命不凡的中原人，我們不用毒的。難道幾位大師不知三毒是什麼嗎？三毒指佛學中的貪瞋癡，攻守皆由此領悟過來。貪者務多，喻密。瞋者為怒，怒者力猛。癡者為迷，纏繞不休，解脫不得。以此三毒為本，即可化為掌法劍法，出招又快又猛，還可困住對方攻勢，使其陣腳自亂，破綻畢呈。」

眼前幾個大師大俠，無不身經百戰。習武幾十年，但何曾聽過有人臨陣對敵竟逕自道破自己功夫的訣竅底蘊？如果不是目中無人，就是光明磊落得過份。宇文旗跟端木流星比幾位高僧更多實戰經驗，而且對各派武學亦所知較詳。只見那個一心大師時而使出好似青城派雌雄龍虎劍的招數，時而又似崆峒派追魂奪命鏟的勁招，轉眼間把一根禪杖當劍來用，儼然有點蒼派回風舞柳劍法的影子，但旋即卻變成華山劍法的套路，並且的而且確招式可快可勁，有時還可把玄木的一雙戒刀纏住。兩人都不禁驚嘆此番僧武功之奇，雖然看似雜亂無章，但又隱約自有其一套嚴謹井然的法度，實在見所未見，聞所未聞。

玄木一上場已招招奪命，矢志為華山掌門報仇，一雙戒刀也舞得虎虎生威。時而左手使破戒刀法，右手使慈悲刀法，時而互換，真的教對手應接不暇疲於奔命。端木流星跟宇文旗兩人都自問劍法已臻化境，但要跟玄木對陣，暗忖只怕沒二百餘招以上亦無法將其壓下。

流星千羽看得入神，其他幾位少林主持只會更着緊擔心。五人除了玄澄明顯修為較淺外，其餘四師兄弟的功力其實都只在伯仲之間。眾人都找不到一心大師的破綻，但同時亦想不到如何破解玄木雙刀齊施的方法。

端木流星忽然問宇文旗：「此戰，你以為，勝負關鍵在哪？」

宇文旗凝神看着，答：「本來是力強者勝，但看來兩人應功力相若。招式上亦各勝千秋，難分輕軒。論鬥心，我相信兩人都心堅意專，不會退讓。」

端木流星說：「也許是性格。」

宇文旗也贊同，道：「不錯。有人狠，手起刀落。有人天性善良仁慈，出手總留半分。有人賭徒性格，愛兵行險着，往往釜底抽薪，反敗為勝。但亦有性格保守謹慎之人，事事總留餘地。更有人不愛使詐，從不聲東擊西。」

但端木流星又改變初衷，說：「可不見得心狠手辣的準能取勝，而慈悲為懷的就一定吃虧。」

宇文旗卻說：「但若能了解對方性格，自能知己知彼。」

此時玄見神色凝重，插嘴道：「是習慣。只怕師弟要不敵了。」

破戒刀法着重攻擊，慈悲刀法只顧防守，玄木雙刀一直攻守兼備，這是他的習慣。從不會雙手齊使破戒刀法，亦不會雙手齊用慈悲刀法的守招。一心在二百多招後就是看出這一點。僵持了一會，兩人各自退開，均感對方實在是平生少見之高手。不過一心卻一副成竹在胸的得意模樣，大聲用扶桑話跟小丸說了幾句，小丸就說：「大師的刀法着實精湛，可也並非毫無破綻。家師已想到破解之法，不消二十招就能取勝，請各位耐心再等一下就好。」

雖然是出家人，但個個都給氣得七竅生煙。

玄木也實在不敢大意，喝道：「好，來吧。」

守得固若金湯，但卻反而中了一心的圈套。一心只一味強攻。砸下來的禪杖就似一下比一下重，又一招快過一招。玄木無暇進攻，又再不能單刀防守；可兩手齊使慈悲刀法，卻又總使不慣，耍起來總嫌拖泥帶水。到最後一心大喝一聲：「退！」玄木就被震退。

當然若生死相搏，玄木可奮不顧身再撲上去；但若只切磋較技，就勝負已分。

玄見怕師弟受傷，即喝住：「一心大師勝。」

玄木當然心有不甘想再打過，但已給幾個師兄弟攔住勸止。

見識到此番僧的武功，除了流星千羽二人仍然有信心外，其餘四名高僧已無人敢輕言穩勝。但只剩一仗，自然許勝不許敗。四人都心裏清楚各師兄弟手上有多少斤両，故無人敢挺身而出，唯有聽天由命，讓一心大師自己挑選下一個對手好了。

此時小丸更洋洋得意，輕佻俏皮地說：「既然兵器上的高低已較量過，就來比一下拳腳功夫。家師有一套我國的絕學萬川集氣功，雖然或許比不上你們少林寺的金鐘罩和童子功，未致刀槍不入，但亦算拳腳不侵。敢問那位大師拳勁了得，可以出來領教一下？」

四位大師暗自盤算，不過又都同一副心思。面前這個一心大師雖然有點陰陽怪氣，又是番邦蠻夷，行事更不按常理，但功夫上的招數還算正大光明，沒有陰險使詐。只恨世道若此，少林寺也着實跟其他門派一樣，青黃不接，過去幾十年來都再沒有佛門中人能練成如易筋經、洗髓經、金鐘罩、童子功和一陽指等少林絕學。

四位主持跟方丈更因各自不同脾性喜好，修習不同武功。玄木的一雙戒刀本已被譽為中原武林最強，天下刀法無出其右，可如今都一敗塗地。方丈玄見醉心劍道，達摩劍法已練得爐火純青，可拳上功夫卻不甚了了。玄空跟玄澄只練羅漢拳和金剛掌，純剛陽一路。玄空修為更深，本應由他接下第二戰就最合適不過，但始終怕對方故弄玄虛，恐防有詐。玄覺手上的空明拳亦算雄渾霸道，而且另一絕技因陀羅爪可擒可拿。有這兩手準備，或可更能隨機應變。幾師兄弟心有靈犀，都不用等方丈指派，玄覺已挺身而出，向前踏出一步，說：「就由老衲來領教扶桑絕學。」

玄覺也不討對方便宜，解釋：「老衲法號玄覺，待會兒將會使出本門的空明拳和因陀羅爪。空明拳不及羅漢拳剛猛，卻仍屬剛陽一路；而因陀羅爪則以擒拿取勝。大師小心。」

眾人心想，雖然一心和尚不曾明言會相助扶桑海賊，但若然並非一夥，又怎會平白無故於此刻來這裏惹事生非。那麼，縱然沒打算要取對方性命，也得留他在少林寺十年八載，面壁思過。既可削弱海賊實力，又可報卻華山掌門被殺之仇。

玄見開出來的條件就是要一心大師必須兩戰全勝方可全身而退。若只勝一局都是輸。不服輸的話，一眾高僧再加上流星千羽就可群起而攻之。試問世上有誰能在他們七人手上脫身？

易筋經呀洗髓經呀等是難學易精的武功，一旦練成，威力無窮。但其實羅漢拳都一樣可以威力無儔，只不過易學難精，要練上五、六十年方見奇效。而玄覺向來為人穩重謹慎，空明拳跟因陀羅爪就是中庸之道，不算很易學，但又不算很難精。三、四十年的火候已綽綽有餘。玄覺的兩項絕技，絕不在玄空的羅漢拳與金剛掌之下。

運起拳勁，全身骨骼格格作響，玄覺雙拳更隱泛亮光。其時天色昏暗，大雨滂沱，視野模糊。更因光暗反差，一心就只看到面前兩團白光如鬼火般倏來忽往，捉模不定，教人眼花撩亂。晃眼間，白光已閃現眼前。更甚者，拳影只是掩眼法，玄覺竟能在千鈞一髮間變招，埋身肉搏，即改用因陀羅爪的擒拿手。總算一心大師似乎真的學過不少不同門派的高招，攻時就使出青城派的天罡掌，守時就用上崑崙派的落雁掌，以三毒心法御之貫之，做到攻守兼備。而且雖然兩派掌法齊使，可行招間仍然一氣呵成，如行運流水，整合統一，完全不似混合了兩派不同掌法的招數。在場亦只有宇文旗能看出其中一點端倪。

且聽他不停跟端木流星解釋：「太快了，之前那招應該是天罡掌的掌上藏機，之後削向玄覺脅下的那招應是落雁掌的西施浣紗。剛才那招就又是落雁掌的昭君出塞，不會錯。可這招卻又變回天罡掌的神仙指迷。這位一心大師真的不易應付。」

只見玄覺跟一心兩人如站樁般，四條腿就似落地生根一樣，紋風不動。兩人兩雙手卻快得幾乎肉眼難辨，這邊廂掌影翻飛，那邊廂卻爪影幢幢。

不相伯仲就得看耐力看法度，可今次輪到玄覺佔到先機。儘管把兩派掌法混合得絲絲入扣，但畢竟不同門派的武學就有不同的吐納運勁法門。如今強行把兩者結合起來，難免時間一久，兩套掌法互換之際就會出現少許窒礙不順。假如對付一般高手，根本未到十數招已可將對手解決。可如今面對少林寺的菩提院主持，半分窒礙半刻不順都足以讓對方有機可乘，鑄成大錯。玄覺就是乘對方那一瞬間運氣吐納的不順暢，左手的因陀羅爪挪開對方雙掌，迅速變招，右拳驟使空明拳，結結實實地打在一心的胸膛上。

然而吃驚的不是一心，而是玄覺。

因為對方根本沒當一回事。甚至乾脆中門大開，任由玄覺窮追猛打。

原來小丸提到的那套扶桑絕學萬川集氣功，雖然未能讓人金剛不壞，但一般拳勁已難損其分毫。功效如其名。對方打來的拳勁就如河川入海，頓然消失得無影無蹤。不過每次集氣亦只能逐小逐小的收集，從而慢慢消化在自己的丹田氣海之中。一次過收集得多了，只會令自己難受，不吐不快。

在場眾人無不看得手心冒汗，心驚膽跳。只見一心和尚任由玄覺一拳一拳的打在自己胸口上，節節後退，而玄覺則一直追身上前拳如雨下。可在場幾位高手兼對戰兩人都深明，被打的才佔上風，打人的卻愈發泥足深陷。玄覺雖然知道自己已自投羅網，卻又身不由己，只得急停止住衝勢，務必拉遠彼此距離，免得力竭時正落在對方跟前，可雙拳還是不停使喚似的連珠炮發。

一心門戶大開，玄覺只能繼續出拳，不然稍有停頓，打亂節奏，有時間讓對方還招，到時不堪一擊的必然是自己。不過情況更壞的是，此刻玄覺不再衝前，雙腳站定下來，但仍揮拳不止。空明拳能虛空發勁，拳勁如光球激射。玄覺修習菩提心法，功力連綿，卻勁道有限。如此虛空發拳，耗力極巨，猶一次過掏空體內所有功力。透支過度，多過十拳，玄覺必力竭而死。

猶幸一心大師亦無法再吸納拳勁，積聚的真氣已脹得像要從他雙手的經脈破體而出。玄覺擊出六發虛空的空明拳，一心即雙掌一送，把之前攻來的部分勁力彈回過去。玄覺右拳擋格，兩股勁力雙交，猶天降旱雷，爆出震天巨響。玄覺不勝四散的氣勁激盪，只感天旋地轉，左手拳勁只能胡亂揮出。就是這一記虛空的空明拳要了他的命。

眾人見玄覺傷重敗退當然又失望又擔心，但都不及另一件事教他們更害怕驚惶，個個如墮冰窖。

只聽小女孩的一聲歡呼：「好哇！」話聲甫起，卻戛然而止。

萬川集氣功雖可把一般外力消弭，但玄覺的空明拳勁猶如江河決堤，洶湧而至，一心根本承受不了。勉強收納，最終不勝負荷，把功力送回出去，就似放洪洩水，連自己原來的功力亦一洩而注，如今的一心也累得筋疲力竭。不過此刻動彈不得，不是因為身體太累，而是遭逢巨變。只覺魂飛魄散，腦袋一片混沌。

只怪玄覺最後一記虛空的空明拳給胡亂揮出，哪裏不好打，卻偏偏擊中小丸的頭顱。

縱使是在少林學武十年的弟子，也抵當不了這一記空明拳，更何況是一個完全沒有功夫底子的十二歲女孩，當場就斷氣了。

部分少林僧眾剛才還惱恨小女孩處處針鋒相對，語言無禮；此刻卻懷念起她的笑語盈盈、機伶跳脫，不禁心有戚戚，有些更忍不住哭了出來。

一心終於回過神來，撲到小丸身邊。只見她肝腦塗地，絕對還魂乏術。頓感周圍漆黑一片，彷彿身處荒野，猶似天崩地裂。縱然幾位主持跟流星千羽已活過四、五十歲，在江湖上打滾了至少二、三十年，手上亦沾過不少鮮血，但此刻也不勝欷歔，只感徬徨愧咎，不知如何是好。

玄木跟玄空扶着玄覺，替他運功療傷。玄覺幾乎油盡燈枯，右手抵擋不了一心送回來的勁力，已五指臂骨盡碎。得兩位師弟輸送真氣，不一會兒才總算拾回一點力氣，忙掙扎起來，顫顫巍巍走到小丸跟一心跟前，單手合什，囁嚅道：「阿彌陀佛。但願小姑娘早登極樂，大師節哀。貧僧愧對佛祖，亦不敢乞求大師寬恕。只望大師聽貧僧一言，以武止戈，猶火上加油。冤冤相報，終萬劫不復。」

說罷徐徐緊握左手，運起僅餘的殘力，左拳白光微現，便舉拳朝自己前額轟去，身軀隨即如一攤軟泥般倒了下來。

奇怪的是幾位師兄弟彷彿也猜到玄覺必然會這樣做，而且肯定玄覺已一定斃命，都沒有上前搶救，只各自合什默唸：「阿彌陀佛。」

一心目眥欲裂，發出如受傷猛獸般的哀嗥。首次聽到他說話，是漢語：「既已破戒，從此也不再是佛門出家人，我就做索命夜叉，殺光你們這班中原人。」說罷抱起小丸屍首，一步一步走出少林寺。幾位主持固然沒加阻止，其他小僧更不敢攔截走近。

如今出師未捷，宇文旗這邊已先損失一名猛將。

玄見也不等南陽侯開口，先道：「貧僧知道討伐逆賊一事迫在眉睫，刻不容緩，不過如今師弟遭遇不測……」

玄空忍不住插嘴道：「剛才師弟臨終前才告誡我們以武止戈猶火上加油……」

宇文旗也搶着說：「袁何大逆不道，殺害太子，罪當五馬分屍，九族連誅，乃念他對抵抗扶桑海賊一事有功，但仍功不抵過。如今更集結幾個沿海賊幫，自稱東海霸主，實乃邪魔外道無異。此去既為國效力，亦算為武林斬妖除魔，替天行道。」

玄空還記得自己曾幾何時對一個小女孩也說過類似的一番話，卻給她點破提醒。回想起來，就跟着說：「大道之行，天下為公，更應仁愛兼備，方證大同。我佛慈悲，修十善升天，更要止殺戒嗔。」

玄見雖然沒跟一心對戰，但也覺彷彿大戰一場，不欲此時再添爭拗。示意師弟玄空不用多說，跟宇文旗道：「剛才小女孩也說過我們中原武林如今實如一盤散沙，也許言過其實，但亦非不無此憂。侯爺召集武林同道，眾志成城。少林為武林一脈，實責無旁貸。奈何畢竟是禮佛修行之人，不宜多添殺戮。普渡眾生的工作，亦需有人薪火相傳。敝寺就派出五十人跟老衲同去助侯爺抗敵。侯爺，如此可以嗎？」

宇文旗合什回禮，道：「多謝方丈大師成全。」

玄見接着走到玄空跟前，拉着他的手說：「師弟近年對諸般道理有更深體會，打理少林一職本來就應該一早交到師弟手上。你亦別再推辭，好好為玄覺師弟誦經超渡。日後弟子除勤修精進外，也叫他們練功不可躲懶。惟你自己卻毋須勉強，我們幾師兄弟都仍然執迷不悔，可不能重蹈覆轍，辜負先師栽培，亦有違佛祖教誨。而且皮囊都無作用，何事不清閒？」

玄澄忍不住，走來說：「我跟方丈師兄一起去。」

玄見道：「不必了，有玄木師弟同去已足夠，你就留下幫玄空師兄打理寺務。你去叫所有戒律院和菩提院的弟子出來吧。」

待所有戒律院和菩提院的僧侶都齊集到立雪亭來時，玄見就向大家宣布：「雖然玄覺師弟不幸歸天，只望他早登極樂。出家人亦一早勘破生死，在世之人更應抖擻精神，努力不懈。大家謹記，玄覺師弟是自盡輕生，並未為任何人所害，切勿心存怨念，更不可有絲毫復仇之心。少林寺跟扶桑高僧一心大師從此亦絕無瓜葛牽連，日後再有弟子提及此事此人，當杖責二十，逐出寺門。」

說到這裏，眾人難免議論紛紛，尤其是菩提院內玄覺大師的弟子就更鼓譟投訴。玄木大聲用真氣唸出六字大明咒「唵嘛呢叭咪吽」，聲如洪鐘，響徹整個山頭，眾人才噤若寒蟬。

玄見等回音漸竭，續道：「如今奸邪當道，得南陽侯爺振臂，一呼百應，少林自當跟武林同道同氣連枝，合力誅奸除妖。由戒律院主持挑選的五十人，將隨老衲於一個時辰後出發起行。另外亦由此刻起，少林方丈一職將由玄空師弟接掌，日後所有安排當聽其吩咐。」

經過之前玄木發怒，此刻再沒有人敢發出半點聲音。有部分弟子只默默點頭，有些則想到即將跟同門分離或就此永訣而黯然神傷。

此時大雨剛歇，雲開光現，和煦的陽光灑照大地，雨過天晴。

玄見在眾人面前，向南陽侯和端木流星合什行禮，道：「難得當世兩位大俠光臨敝寺，老衲有一個不呈之請。」

宇文旗還禮，說：「謹遵大師吩咐。」

玄見續道：「剛才小姑娘提醒了老衲，坐井觀天才不知天外有天。昔日先祖弘忍大師考驗慧能，方有菩提本無樹之句。觀摩切磋才能互助互長。老衲未能勘破開脫，還執迷於劍道之上，故厚顏向兩位大俠請教。」

宇文旗道：「不敢，大師請說。」

玄見問：「敢問劍道若何？」

宇文旗道：「既然大師問到，在下不敢不說。只是天資所限，所言不是，還望大師指點斧正。若然大道之行，天下為公。赤膽丹心，可昭日月。不妄言，不邪念，持劍衛道就是劍之正途，高下勝負又何須介懷。」

玄見微笑道：「侯爺俠膽仁心，自然無所畏懼無所執迷。但若然真的只爭朝夕，只求劍術登峰造極之道，又何有法門？」

宇文旗說：「道法自然，劍道亦如此。一個須彌山都不及一個天下，一個天下又不及一個小千世界，更何況有三千大千世界。在下以為登峰造極之路亦千萬條，不能一概而論。就以當世幾位劍客而言，各擅勝場，亦無一相同。在下的劍主要以柔制剛，端本先生的星羅十八劍則快絕天下。雖然李宗道原來假仁假義，但其師磐石先生磊落光明，忠恕門的玲瓏劍訣，其變化萬千亦早已傳遍江湖。而那位大漠蒼龍，聞說其青龍劍法劍走龍蛇，詭異非常。在下更聽聞如今跟袁何一夥的幾個人，其中無形劍伍福，劍出無形，疑幻似真，教人防不勝防。另外巨劍拓拔狐手執一把三石重劍，當以力制勝。還有那個逆賊袁何，手上有聞所未聞的魔光劍，劍光竟能摧枯拉朽，十分霸道。」

玄見若有所思，沉吟半響，道：「侯爺的而且確眼界開闊，見解精闢。世上劍道千萬，有快有奇有變有幻有剛有柔，不過侯爺可曾聽過有慢？」

宇文旗道：「早已聽聞達摩劍法有一百零八式，配合步法，以巧妙見稱，可不曾親眼見試，還望大師指教。」

玄見道：「其實什麼一百零八式都只是障眼之法，達摩劍以慢為劍旨，總是在敵人攻勢使老的一刻才覷準出招，可之前就是慢條斯理一般，故給入巧妙之感，難以揣測捉摸。侯爺可有興趣一試。」

宇文旗忙說：「不敢。」

玄見忽爾神情肅穆地說：「老衲練劍四十載，雖應四大皆空無執無往，可始終想跟天下名劍一較高下，說來實在慚愧。此去不知歸期，寺內亦無人真箇在這套劍法上有所領悟，能承我衣砵。只盼此刻能跟兩位大俠在眾人面前切磋一番，望弟子中或有人能領略其中一招半式，才稍減老衲有負當年先師教誨及所託之罪業。」

也不等宇文旗答腔，端木流星就突然說：「大師，請。」然後又別過頭，跟宇文旗說：「你先來。」

南陽侯瞅了他一眼，本想罵他要自己當先鋒，好等他可以撿便宜。但轉念即想到，其實跟端木流星的快劍比試，必耗體力。之後要玄見再跟自己比試，實在對大師不公。雖然要玄見先後跟兩人比劃本來就不公平，但既然非打不可，還是應該先由自己上場。

不過宇文旗跟端木流星一樣，自從把七星劍送給凌雲飛之後就再沒佩劍。流星千羽都沒劍在手。玄見在自己少林寺內，當然也不會無時無刻把劍帶在身邊。遠處已有少林弟子趕忙回去拿劍給三位前輩。

可是玄見卻伸出兩根手指，說：「切磋而已，我們就以指代劍好了。」

兩人擺開架式站在沙池中央，其他人都散開到周圍。

玄見木然不動，還是由宇文旗揚聲說：「大師，得罪了。」

只見這邊廂宇文旗伸出雙指，卻不見他縱身向前。那邊廂玄見看到對方伸手向前，就似想了一會，才雙指微微指向左。宇文旗見玄見雙指斜指中路，就舉指一挑。玄見好像看不清楚，眯着雙眼看了一會，才把雙指一轉，平放在胸前。宇文旗大叫一聲好，然後輕輕舉臂，雙指朝下。

不懂的或以為他們只是在指手劃腳，哪有絲毫相鬥的迹象。與其劍決，兩人更似在對奕下棋。可看在大宗師眼裏，他倆卻盡展平生所學，戰況激烈，實不下於生死相搏。只見兩人動作愈來愈慢，期間思考的時間更愈來愈長，額上的汗珠卻如雨下。看來兩人已鬥得難分難解，接下來將會是勝負關鍵的一刻。

只見玄見舉指不定，雙指想撥向右，又想直刺，猶豫不決，反覆思量。最後都是放棄，雙手合什，道：「還是侯爺的千羽神劍技勝一籌，老衲萬分佩服。」

宇文旗忙說：「大師仁厚，相讓在下而已。假如大師最後不顧一切直刺過來，在下無疑可以刺中大師臂胳，但只怕在下的心房亦已經有一個窟窿。如今想起猶有餘悸。」

玄見又說：「侯爺不用替老衲隱瞞，只因如此一攻一守，老衲才有幸在侯爺劍下走過那麼多招。假如真正生死相拼，老衲早就不敵了。」

南陽侯還是說：「就當平手好了。」說罷就退到一旁。

端木流星跟着走到沙池中央，問：「大師需要休息一會嗎？」

玄見說：「如今真氣走得順了，勁走全身，反而讓老衲討了點便宜，端木先生莫怪。」

端木流星也不愛婆婆媽媽，就說：「請。」

只見一開始這邊廂端木流星就像手舞足蹈一樣，右手不停在指來指去之餘，腳下還不停走來走去，但範圍都不離兩步的距離。看那邊廂，玄見也竟然一樣聞歌起舞似的，只是動作慢許多，右手輕輕擺動，雙膝微微屈曲，偶爾踏前一步，又縮回來，向後退一步又似想起錯了步伐般便踏回前。向右跨過一步，有時又向左移過少許。假如端木流星是在跟着熱情洋溢的音樂跳着輕鬆愉快的舞步；那麼玄見就像在旁邊不禁跟着試下扭動身軀的小孩子一樣，有樣學樣，卻完全錯了拍子，亂了步伐似的。

雖然沒殺聲震天，沒血肉橫飛，但其激烈程度可說前無古人，亦後無來者。只見兩人各自跳着自己的舞步，頭上冒出白煙嬝嬝，顯然兩人都把功力提昇到最高境界。在場幾位主持和宇文旗無不看得熱血沸騰，體內勁力都被眼前兩人的激烈戰況牽引而蠢蠢欲動。玄空更要按着玄澄，助他收歛心神。其他弟子雖然隱約明白戰況激烈，但就完全看不出他倆究竟如何盡展渾身解數。

只見端木流星愈跳愈快，不但完全看不到他右手的動作，漸漸更幾乎身影難辨。可另一邊玄見卻跳得愈來愈慢，未致於靜止不動，卻似手上停着一隻蝴蝶，動作大一點也怕把蝴蝶嚇走似的。最後端木流星舞得快，也停得急。玄見慢了半步，還動了一下。

玄見急忙合什行禮，道：「老衲失禮了。」

端木流星向來都木木獨獨，不苟言笑。不過此刻也難掩興奮心情，道：「多謝大師，實在教在下眼界大開，獲益非淺。」

玄見也回禮：「天下間，怕且亦真的只有侯爺的千羽神劍才能跟先生的快劍瑜亮爭輝。」

宇文旗說：「大師不是稍勝半招嗎？」

玄見道：「侯爺不要取笑老衲了，假如端木先生不是讓着老衲，老衲根本無從招架。」

端木流星說：「大師過謙了。跟大師交手，只消我的劍慢了半分，大師已經可以立刻制我死命。而且久戰下去，在下必然力有不逮。」

玄見道：「侯爺跟先生比較，千羽劍法就是比星羅十八劍柔。可跟老衲的達摩劍比，千羽劍就變得剛了。但老衲跟先生比，達摩劍竟也變得剛猛了。可見世間萬事萬物都不離比較之道，唯真如才是本無，始終於一。」

宇文旗又再一次說：「好了，兩位都別再客氣，又算打個平手好了。可惜地上沙痕不能保存。若能公諸於世，天下當知劍道若何。」

沙池上由兩人步法踏出來的痕迹，就是天下兩大劍客對決的證據，亦記錄了天下其中兩套最強劍法的步法精要。若有人能領略其中要旨，可以說一夜之間就能學到星羅十八劍和達摩劍法，只嘆世上應該沒有如此聰穎慧黠之人。不過此次少林論劍，仍成為武林佳話，千古傳頌。

之後武林流傳所謂八字真言，天下武學皆不離這八字真理。

南陽侯說：「有端木先生的快劍，有玄見大師的慢劍，有忠恕門的變劍，有伍福的幻劍，有拓拔狐的剛劍，有在下的柔劍，有大漠蒼龍的奇劍，再加上太越劍法的正劍，就正正是「快、慢、變、幻、剛、柔、正、奇」這八個字。」

玄見又說：「也許世上沒有一套武功能盡得這八字真諦。當中互有刑剋，不能又快又慢，亦無法亦正亦奇，剛柔並濟也不容易。可若得其中二三之妙，幾可天下無敵也。」

【第二十回】

袁何那邊有李宗道，有大漠蒼龍，還有昔日青鋒三老「巨正無形」的其中兩老。個個都是當世大劍客，袁何更是座天神，身負「吟留別賦」奇功。但只得區區五人，就能對抗扶桑海賊？

更重要是，雖然五人都是高手；但都只是江湖人，不曾行軍，不曾打仗，更不懂水戰，而且根本連一艘舢舨都沒有。莫說不懂駛船，可能根本連游泳也不會。如何去跟海賊周旋？

不能找海兵水師的話，去找中土海盜，以牙還牙，以海賊對海賊，本是最佳的辦法。中土不會沒有海賊，但真的為數不多。而且他們的主要勾當都不是打劫商船，而是走私運貨。

偷運的，是鹽。

當時最大的非法買賣就是販賣私鹽。中原最大的海鹽鹽田都集中在沿海地區，而不同地區的私鹽生意自然由當地最大的匪幫壟斷。他們控制海港，用船隻偷運私鹽。浙江最大的匪幫名為七色旗，分為「紅黃藍紫青黑白」。七位旗主，再加總旗主張禁，七色旗就是雄霸浙江一帶。江蘇海運則要看順字號的頭，老大鄧玉的名字在江蘇無人不識無人不怕。山東沿岸則落入名為山東十智的手裏。十兄弟是真正的血緣兄弟，只是部分同父異母，都姓鄭，分別叫智龍、智虎、智豹、智麒、智麟 智鵰、智鷹、智隼、智雁、智鵠。

袁何等人竟然可以在大半年之間就收服了這三地的大幫，然後就有錢，有人，又有三地海港作為他的根據地，造了三艘大船出來，從此雄霸整個東海，更自稱東海霸主。

如此人強馬壯，難道都鬥不過扶桑海賊？

也許扶桑海賊真的更擅水戰，不過南陽侯更相信袁何等人只是未盡全力。難得如今雄據海上，獨霸一方，又深得沿海居民擁護，袁何自然樂做這個海上皇帝，又怎會輕易從這個寶座退下來？一直讓扶桑海賊搞些小破壞，他就一直出師有名，連朝廷海師都不敢惹他們麻煩。由此過去一年就做成了這個拉鋸局面。海賊之患一日未除，袁何的勢力才得以日益壯大。

南陽侯集合來的都是些名門正派中的小腳色，相信除了流星千羽二人，最厲害的就只有玄見及玄木兩位少林主持，可是整個東海已經落入袁何的勢力範圍。沒有人和，沒有地利，難怪宇文旗說此去真的九死一生。本來也想過跟袁何他們一樣，以暴易暴，以眼還眼，都去找匪黨幫手。但一來不恥與邪魔外道為伍，二來想找也找不到。

並非天下太平，只是賊黨都紛紛被吞併。

袁何等人如何收服沿海三省都未算意外，可中原幾個黑道大幫被人一夜之間連根拔起才真箇耐人尋味。

除了海鹽，還有石鹽池鹽。而中原石鹽池鹽藏量最豐富的地方就集中在錦城、渝州和荊州三地，在此三地自然也造就了三股惡勢力的出現。

首先出事的黑道幫派是侯門。侯門由侯仙翁所創，百多年前已在錦城紮根，一直都是當地最強的地下勢力，如今傳至外姓人丘荃手裏。丘荃都已經六十多歲，才老來得子，從此想到多行善積福，近年的手段都收斂了。忙完幫中要事，每天都早早回家，弄兒為樂。

那晚亦一早就寢，可心神不寧，半夜醒來，卻驚覺有陌生人坐在床邊。假如那人要施殺手，只怕他在睡夢中早已一命嗚呼。畢竟跑了江湖幾十年，此時才發難亦於事無補。惟有靜悄悄下床，只盼來人別傷害他的老婆兒子。

出到屋外，見黑衣人竟然是一名少女，而牆上更有被火燒過的痕迹。再仔細一看，原來那些痕迹居然是字，共八個字，寫着：「順我者昌，逆我者亡。」

按道理誰見到這幾個字，都會暴跳如雷，立即發難。可丘荃年事既高，已萌金盆洗手之意；而且想到，假如對方要置他於死地，早晚都難逃一劫。結果他說：「好，老夫從此退出江湖。」

但那名少女卻輕輕搖頭，然後指着屋內，說了兩個字：「走，死。」再隨手一揮，旁邊一株滿枝黃花的銀杏樹竟無故燒了起來。

過了幾天，道上就傳來消息說，侯門將與某幫會結盟，從此聽令於新幫主麾下。

也許丘荃老了，夕陽遲暮，才無心戀戰。不過梅花莊莊主謝鋒在荊州卻如日方中，黑白兩道都吃得開，私鹽生意做得很大，籠絡功夫又做得好，附近大小官員都給賄賂收買。他曾受點蒼派掌門柳青雲指點，一套回風舞柳劍法也發揮得似模似樣，當入高手之列。三、四十歲年紀，生就一副潘安俊臉，好附庸風雅，琴棋書畫都有一定造詣，本來跟正派人士關係也不差。可後來大家發現他原來極其好色，藉恐嚇要脅，常搶別人閨女妻妾。當然始亂終棄，從此惡名昭張，荊州婦女聽到他的名字都又怕又噁心。甚至傳聞荊州婦女幾乎統統足不出戶，迫不得已都要先把臉塗黑弄污才敢出門。

謝鋒為人十分善妒，莊內誰瞧他的女人一眼，那人第二天必被發現身首異處。梅花莊在洞庭湖附近，莊內梅花成林，那天他在林中跟屬下一名賬房管事一起散步。口蜜腹劍，懷疑管事跟其妾侍有染。

素來行事都是寧負天下人，莫天下人負我。正擬在林中把管事殺了，卻有不速之客突然在他的私人梅林中出現。

來的竟然又是一名年輕女子，清秀脫俗。謝鋒即時見獵心起，說話間又客氣又輕佻，問：「姑娘，你是來找在下嗎？」

姑娘答：「你是謝莊主嗎？」

「正是。一個小小姑娘竟然能神不知鬼不覺來到這裏，本事好大，敢問姑娘芳名。」

「你不用知道。」

「未知姑娘有何吩咐，能力所及，謝某定當竭力為姑娘辦到。」

那位姑娘又說：「先生真好人，小女子也不客氣。我來是要了這個梅花莊，也希望謝莊主可以從此替我辦事。」

好一個謝鋒，聽罷反而眉開眼笑，說：「哈哈！這又有何難？謝某正求之不得。只消姑娘願意做在下夫人，梅花莊不就是夫人的家嗎？到時夫人叫愛郎親你的嘴，我絕不會只親你的臉。」

那位姑娘恁地鎮定，仍能客客氣氣地說：「那麼莊主先把所有妻妾送回娘家，然後小女子過兩天再來接收貴莊，這樣好嗎？」

見面前少女手握一支竹竿，雖不像兵器，可謝鋒也不敢怠慢，叫手下遞上佩劍，道：「也許姑娘真的本事非常，但此刻人在敝莊，料想姑娘也知道周圍已有幾十人把這裏重重包圍，難道姑娘還以為你真的能走出這個梅林？只怕姑娘仍是處子之身，難得光臨敝莊，何不多留幾天？好等在下跟姑娘指點周公之禮，豈不快哉？哈哈！」此話一出，即引得眾人訕笑起哄。謝鋒倒沒有虛張聲勢，向來身邊就一直有人跟着護衛，此刻林內四周真的已埋伏了幾十人。

只見姑娘眉頭緊蹙，從袖中抽出巾帕，一面蒙着雙眼一面說：「可惜三哥說要留你一命。我以為你樣子醜陋，誰不知你一張嘴更污穢不堪。見着你面難受，聽你說話就更難受。」

謝鋒一直對自己功夫才幹還不算沾沾自喜，可是對自己的容貌卻向來自負。如今竟然給人說不堪入目，就真的再按捺不住，立即叫手下一湧而上。女子手執竹竿，原來裏面竟藏着一把長劍，只見她長劍一揮……

後來戰況已再沒有人提起。只知道梅花莊的一片梅林美景經過此日之後就給燒毀殆盡，數天後又傳來梅花莊跟侯門一樣已跟別派結盟，成為另一幫派的別支，聽從新幫主的號令指揮。

渝州同樣盛產石鹽，朝陽幫在這裏做私鹽生意之餘，還是當地貪官奸商的打手，恐嚇勒索殺人滅口之事十居其九都可以算到他們頭上。由三位異姓兄弟打出來的江山，難得是十多二十年來大當家喬五、二當家郭忠和三當家崔少棠三人仍能稱兄道弟，沒有互相猜疑妒忌，故朝陽幫在渝州的勢力一直穩如泰山。

其實幾位當家已可算富甲一方，卻仍賊性難改。當日就是想攔途截劫，搶去給當地富商送來的一批珍貴珊瑚。

三位當家只帶了幾名手下，在荒郊山路上埋伏。詎料正想動手之際，竟有白鶴攔路，背後忽聞虎吼，遠處還好像有一頭白熊奔向眾人。竟然在大城市郊遇到兇猛野獸，幾個手下都嚇得屁滾尿流，鳥散四逃。過了一會，才敢回去察看，幾位當家還留在原地，卻仍驚魂未定，失魂落魄似的。然後過了幾天，又傳來朝陽幫跟別派結盟之事。到此刻整個江湖都已經知道正有一股新生勢力興起，而且勢道一時無倆。過去幾十年來都總算平靜無事的江湖，就似要翻起滔天巨浪。正派人士摒息靜氣以觀其變；黑道則嚴陣以待，栗栗自危，擔心下一個目標會否就是自己的幫派，害怕這道波潮早晚會捲向自己。

這個新興幫派就叫做飛雲幫。

並非由淩雲飛所創，可幫主卻是杜如風。

為何要吞併這些黑幫？為何要建立一個新幫派？就得由一年前說起。

神龍姬伯要成就新一代的神龍，心裏面的理想人選本屬意路菲。「神龍劍，青龍潛，龍神附體，飛龍在天」。要成為神龍，就必須集齊上述所有條件，必須要有金龍劍方能斬殺巨蟒。再置諸死地而後生，把金龍劍刺向自己，方能將龍魂注入體內。而且更要身負青龍潛的內力，才能將龍魂鎮住，將龍魂的神力慢慢吸收消化。只是世事難料。

杜如風體內既沒有青龍潛的內力，又把鮮血用來救了義兄和幾位妹妹，龍魂的神力都未能全數保留。但畢竟都有神力加持，仿如脫胎換骨，功力提升了許多，如今已是一等一的高手。

附有龍魂的鮮血就如仙丹靈藥，有病醫病，無病就強身。出林喝過杜如風的鮮血，本來瞎了的雙目都可以復明。殘月也喝過，臂上的傷固然無礙，就連不能說話的毛病也痊癒了。夏侯純自然也能回復心智，只是識魂給壓制得太久，便難免缺損，跟流星千羽兩位夫人一樣，許多前塵往事都忘卻了，本來刁蠻驕縱的性格也蕩然無存，從此變得鬱鬱寡歡，幸好有出林幾姐妹開解陪伴。眾人都覺得這未嘗不是好事，忘記兩位兄長的仇，也不記得自己曾傷害杜如風父親的錯。如今名副其實重新做人。

路菲當然也能甦醒過來。青龍潛內力有一樣神奇的特性。若經重創但又能死過翻生的話，竟可讓本來功力大幅提升。由此既得龍魂鮮血之助，又有青龍潛的神效，如今的路菲都一樣脫胎換骨，功力突飛猛進。

接下來當然是出發去找妹妹和弟弟。把整個百獸谷和大水坑都翻過了無數遍，始終不見二人屍首，深信袁天衣和凌雲飛二人尚在人間。杜如風如今神功已成，固然由他四處打聽。橫行跟路菲商議後就決定跟幾位妹妹留守在百獸谷，也許袁天衣稍後就會回來找他們。路菲就跟杜如風一樣，到處奔走。走前向獸王朱軍乞恕，畢竟是他殺了牛王，幾位妹妹更殺了不少萬獸幫的人。朱軍給白八松救回，經點化開導，明白路菲只是聽命行事，罪魁禍首始終是那個司馬秋雁和清涼先生李宗道。而且牛王也着實把杜如風打落深谷，幸虧大家都大難不死。說到幾個姑娘跟他手下的過節，就更是兩敗俱傷。如此冤冤相報，又何苦？再沒有什麼好計較了，朱軍就跟路菲說：「我都是蠻牛一條，什麼也不懂，我這條命都是白大夫給我的。我也跟那位小姑娘一樣，重新做人，以前一切都不記得了。」路菲也想過跟夏侯純解釋懺悔，但既然夏侯純都不記得，亦無謂惹她傷心難過。

枯等了一個月，就是毫無結果。幾位妹妹也不時到大水坑去守候，亦一樣完全沒有收穫。不過就讓他們在大水坑發現到一樣東西。

橫行他們找到了斬樓蘭。

沒有宿主，這個斬樓蘭已很衰弱，只餘一縷殘念，又真的如鬼魅一樣。大概橫行又真的承受了上一代智天神了凡大師的神識，忽懂誦經念佛。經過十幾天的功夫，淨化了斬樓蘭的怨恨。最終令這股怨念平靜下來，消散於無形。

乾等也不是辦法。等了兩個多月，既無結果，眾人又心裏着急，於是決定回到西域，只盼袁天衣掛念往事，會回去小時住過的地方。但仍然音訊全無，於是他們就去龜茲國與兩位哥哥會合。

袁天衣哥哥袁天經是了大凡大師指定的皇位繼承人，如今已成了龜茲國王。杜如風父親杜劍南則仍留在龜茲國相助袁天經處理政務。猜想袁天衣或會回去探望哥哥，杜如風亦正好乘機回去探望父親。既然神龍已死，白八松也不用再留在百獸谷。而且兩位妻子趙清蘭姐妹的識魂寄居在兩頭兀鷹身上亦已太久，逐漸虛弱，後來更魂歸天國。白八松再無牽掛，便陪他們所有人一起同行。

又過了一個多月，仍然沒有袁天衣和凌雲飛二人的消息。

想過找天下武林人士幫忙。可是杜如風寂寂無名，路菲和隴西五鬼惡名昭張，哪有名門正派肯幫忙？就算幫亦幫不了多少。叫賊匪黑幫幫手打聽？黑幫都是唯利是圖，怎會仗義幫忙？怎肯賣賬？以武脅之？要打贏他們可說易如翻掌，但只威嚇一時，他們還是心有不甘，隨時都想反咬一口。而且陽奉陰違，都不會認真辦事。要做就一定要做到徹徹底底，要收服他們，要他們長時間為你所用。最好的辦法就是完全將他們壓倒，要他們當下屬般聽命於你。所以唯有將這些黑幫吞併，唯有成立一個新幫派。

雖然杜如風智謀過人，但這方法也不是他自己想出來，而是朱軍和李山君二人慫恿他這樣做。李山君曾創立三刀門，朱軍就更是萬獸幫的老大，兩人都深明黑道幫派的能力，便提議杜如風將幾個大幫派收歸旗下，如此人多勢眾，方容易查出兩位弟弟妹妹的下落。

叫杜如風做幫主，亦是無辦法之中的辦法。路菲向來獨來獨往，又曾是璇飛九宮的殺手。倘若由他做幫主，縱沒行差踏錯，也必遭武林視為邪魔妖道。而且他輕功卓絕，還是由他四出奔走好了。李山君也不敢做，如今杜如風的武功已是比他高出許多。

杜如風當上幫主只是勉為其難，當然不想用自己的名字，便用上了五弟的名，一來順口；二來想到，既然五弟僥倖不死，為何不來找他們，原因只有一個，就是怕連累他們。如果是這樣的話，只要聽到如今飛雲幫如日中天，再不怕受人牽連，也許這個五弟就會自動現身。另外，飛雲幫的信物就是橫行常玩的拔浪鼓。他們也完全想不通，既然袁天衣都一樣大難不死，縱然不想糾纏於兩位兄長之間，難以抉擇，但總不會置幾位妹妹於不顧，一定會回來跟她們重聚。可如今芳蹤杳杳，究竟在她身上發生了什麼事？他們只能想到，只要袁天衣一看到飛雲幫幫眾身上的拔浪鼓，她一定會記起橫行這個三妹。只望她到時難捨親情，不忍心不回來跟幾位妹妹重聚。

之前到侯門施下馬威的是殘月。雖然醫好了啞病，但仍然不愛說話，所以才在牆上留字。去把梅花莊燒了的是出林。雖然雙眼都已看得見東西，但打架時還是習慣跟以前一樣，蒙着雙眼看不到可更得心應手。朝陽幫幾位老大看到的猛獸，自然是朱軍、李山君和李夫人所帶去。先去會一會幾個老大，要他們知道飛雲幫的厲害，讓他們心中有個底，到真正去把整個幫派拿下來時，就不用大開殺戒。收服了這些黑道匪幫，除了差他們幫手找人之外，也順道叫他們改邪歸正。要他們完全不再作奸犯科是無可能的了，要餵飽那麼多張嘴，生意還是要做。販賣私鹽的生意仍可繼續，只是不可再姦淫擄掠，不可再打家劫舍，賣的私鹽也得品質優良，不可危害百姓。

可是集合之前吞併的三個幫派，加上朱軍萬獸幫的舊眾，還有李山君三刀門的門人，如今飛雲幫手下有三千多人，但竟然仍然找不到二人蹤迹，一不做，二不休，他們就想到要去挑戰中原武林最大的幫會。

儒以文亂法，俠以武犯禁，污衣就以討飯來警世抗命。中原武林最大的幫會就是這個污衣討飯幫。貴為天下第一大幫，傳聞幫主韓十梅武功非同小可，所以今次還是由杜如風親自出馬。白八松留在龜茲，相助袁天經治國。橫行及夏侯純也在那裏等，盼望袁天衣或凌雲飛會去找他們。路菲習慣獨來獨往。杜如風就帶着殘月和出林，還有朱軍、李山君和李夫人來到帝都洛陽

窮鄉僻壤裏個個都是乞丐，何來人家施捨？只有在大都，才容易討飯。除了討飯，還得無家可歸無處容身才叫乞丐。既然無府無邸，去哪裏找他們的老大。見不到老大，連他們的大本營也不知在何處，又如何找他們幫忙？可叫化就是沒有總壇，沒有城池。不過雖然沒有固定落腳處，但總會聚頭。從線報

得知，他們每年就是有春秋兩次大會，一次在清明過後，一次在重陽之前，由各省長老彙報過去半年的情況。只是洛陽城並非一塊小地方，不知他們在何處召開大會，所以就只好等。等消息。

一年後重回洛陽，恍如隔世。就是一年多前，幾兄弟妹第一次整整齊齊在這裏碰面。殘月和出林都是第一次來到中原，第一次在這裏見到杜如風，然後在這裏遇上柳翼兄妹，在這裏跟司馬秋雁拼命，從這裏出發去百獸谷。對殘月和出林二人來說，一切都是從這裏開始。

這天，杜如風帶着兩位妹妹來到昔日的聞鶯樓。今天這裏依然一片頹垣，並沒有築起新的亭台樓閣，沓無人迹，就似被整個洛陽城的人都遺忘了一樣。當然說不上重遊舊地，當日的凶險還歷歷在目，只是任何一處有關連的地方他們都不肯放過，也許在那裏會找到袁天衣和凌雲飛下落的線索。

自大水坑一役後，殘月總愛黏着小妹出林。向來天不怕地不怕，此刻卻不期然拉着出林的手，心裏閃過司馬秋雁會在此時出現的恐懼。

出林安慰她說：「別怕，有三哥在，到時你砍他一刀，我刺他一劍，替大姐、燕妹和純妹報仇。」

歸根咎底，袁天衣和凌雲飛不知所蹤，都是在往百獸谷的路上發生。而要去百獸谷，本來就是為司馬秋雁所迫。

殘月問：「大姐？魔頭？」

雖然只有兩個字，可兩人心有靈犀，出林已知二姐所說的是什麼意思。不過杜如風就不知道，望着出林。

出林解釋：「二姐擔心大姐會遇上大魔頭司馬秋雁。」

杜如風安慰道：「兩位妹妹還記得二哥曾跟我們提過，姬伯跟他說要將我們幾兄妹變做什麼神魔鬼佛的事嗎？那個姬伯自然胡說八道，但當日那個司馬秋雁為何要引我們去百獸谷？我們實在不知他究竟有什麼居心。不過如果他也跟那幾個瘟神蛇鼠一窩，在背後推波助瀾，無非是要我們到谷中遇上姬伯，要我們當什麼神魔鬼佛的話；那麼他應該不會對大妹出手。總之那班神獸都不是好人，就算如今的什麼熾智座力四神，亦只有白伯伯和已圓寂的了凡大師是好人。司馬秋雁這廝惡賊不消說，就連袁世伯也野心勃勃似的。你們也知道袁世伯如今更已成為什麼東海霸主，還背上了殺害太子的天大罪名。我實在不知道他們兩人之間究竟有什麼瓜葛，又各自在打着什麼主意，究竟還有什麼詭計目的。而且當日我親眼見着袁世伯和五弟師父清涼先生勢成水火，還有那個大漠蒼龍要跟清涼先生為敵也是我從中挑撥，但如今他們三人竟然又全都是一夥。當中究竟發生了什麼事，我實在完全摸不着頭腦。」

出林道：「三哥，但奇怪的是，朝廷公布的消息指當日這座聞鶯樓是袁世伯的，還說是給司馬秋雁搗破摧毀。這明明是顛倒是非，這裏本來就是司馬秋雁的賊窩。」

「三哥我也不明白，也不想知。只要他們不來找我們麻煩，還是別招惹他們。」

「我們可以去官府告密？」

「他們不會相信你片面之詞。如果你表明身分，就更沒有人會相信。小妹，別忘記，我們現在都是邪派黑幫。」

此時，殘月才不屑哼了一聲。

出林笑語：「我們隴西五鬼過去都不算光明正大，難為三哥了，要跟我們同流合污。」

杜如風怕兩位妹妹誤會他嫌棄，忙說：「過去三刀門也沒做過幾件值得自豪驕傲的事，我第一個師父更是殺人如麻的飛天神龍，我的底子都不乾不淨。而且還有一個當殺手的二哥，又有幾位當賊匪的妹妹，五弟也是殺手首領的高足首徒，自己如今更做了黑幫老大，這才叫得償所願，求之不得哩。」說罷，幾兄妹相顧而笑。

提起邪魔外道，出林忽然想起，問杜如風：「三哥，你不是還有端木流星當過你師父幾天嗎？他可是真正的大俠。我們之前不是收到消息，聽說他們要召集武林正派人士一起去對付袁世伯嗎？他會來找你嗎？」

杜如風想了一會，才說：「我本來就寂寂無聞，也許江湖上還在打聽我的出身底細，端木大俠應該還未知道我就是飛雲幫的幫主。就算知道，他亦未必會來找我們。當日我跟五弟二人一起跟端木先生和南陽侯兩位前輩學藝，然後自百獸谷一別後就再沒有互通消息。前輩應該不會知如今我已跟五弟失散，亦未必知道五弟已跟他的師父反目，可能以為五弟還跟我們一起。所以就算他知道我是飛雲幫的幫主，礙於五弟的關係，他應該也不會來找我們幫忙。」

出林問：「萬一將來有什麼變卦，一定要幫，那麼我們怎辦？幫他們，還是幫袁世伯？」

杜如風答：「袁世伯始終是大妹阿爹，縱然他有諸般不是，我們總不能對他出手。總之就兩邊都不幫。過去一直以來都是被這些長輩鬧出來的風風雨雨所累，我實在討厭極了。只望快一點找回大妹和五弟，找一處與世無爭的地方，從此我們兄妹幾人逍遙度日，再不理任何江湖事，不再理會任何人，好嗎？」

殘月和出林二人聽後都不禁嚮往神馳，恨不得立即就可以遠離這個江湖險地。

剛聞打更聲響，二更剛過。收到消息，污衣幫召開大會的地方是城外東郊一個荒廢的窯坊。杜如風立即帶着兩位妹妹和李山君等人前往。可半路中途，已聞殺聲震天。再走近察看，原來污衣幫眾竟跟大批官兵打起上來。

官府要清剿污衣幫倒不難理解。天災戰亂，民不聊生，自然餓殍遍野。若然並非為勢所迫，就是命途坎坷多舛。有頭髮，誰想做癩痢？當然世上不乏好食懶飛之人，但有手有腳，誰想行乞度日？不是得罪權貴惡人被打斷手腳，又或者身染頑疾，才無法自力更生。走投無路，連作奸犯科也沒本事，遁入空門又沒資格，才逼於無奈在街頭行乞。這些人本來就是被社會遺棄的一群，誰會同情？誰會可憐？正經人家都厭棄他們，官府自然也不會對他們格外開恩。難得如今有一個依靠，可以讓這班可憐人互相扶持，守望相助。再有人敢來欺負他們，他們就合力反抗那些權貴惡人。如此一來，他們就成為權貴的眼中釘，亦自然是朝廷口中的亂黨賊匪。

污衣幫既為天下大幫。若然沒直接干犯朝局政事，或謀反作亂；朝廷不會貿然對他們動手。即使要行動，也必計劃周詳，甚至要全國動員，務必一擊即中。這樣的話，朝廷實在犯不着這樣做。而且污衣幫行事向來周密，根本沒有人知道他們在哪兒召開大會。就是幫中成員，不到最後一刻也不知道集會所在。

當日大水坑一戰後，萬獸幫幫眾全軍盡墨。猴王雖然沒參與其中，亦自覺難辭其咎，實在無顏再在幫中立足，從此幫會亦四分五裂。半年後，他已轉投污衣幫，而近月才收到朱老大未死而再次召集舊眾的消息。跟朱軍重會，如今猴王彭大牛便成為了杜如風他們在污衣幫的內應，亦因為這樣杜如風才知道污衣幫今次開會的地方。

所以兵部侍郎左承弼帶着一百名官兵所要對付的，根本就不是污衣幫，而是杜如風等人。

之前被吞併的三個黑幫，當中或有人不甘心，一點也不出奇。幸虧丘荃年事已高，其實樂得退下來，屈居副手。朝陽幫三個當家，也並非大奸大惡，只是不走正途，愛搗蛋惹事。見杜如風武功卓絕，兩位姑娘都身手不凡，獸王等人又竟然有猛獸相伴，反而覺得這樣更好玩，對杜如風也真的心悅誠服。其中最不服氣的就只有梅花莊的謝鋒一人，只是技不如人，唯有忍氣吞聲，然後暗中跟官府通報。過去荊州刺史在謝鋒身上得到源源不絕的油水好處，當然不會想斷了這條財路。梅花莊並非武林正道，飛雲幫自然亦非名門正派，再加鹽加醋，竟慫恿到兵部侍郎答應出手幫助剿匪。要查出污衣幫的行蹤才不易，但要知道杜如風他們的一舉一動，對謝鋒來說又有何難。得謝鋒報訊，左侍郎就帶備官兵到山上埋伏。只是他們沒想到竟會剛巧碰着污衣幫在那裏召開大會。沒想過要捉拿污衣幫的人，但一百名官兵，遇上一百多個乞丐。乞丐以為官兵要來捉拿自己，官兵以為乞丐要造反。根本都不用一言不合，幾乎一見面就已經打起上來了。

眼見前方兩批人馬混戰起來，杜如風想到此番前來原意是要污衣幫出手相助，何不此刻賣一個人情給他們，替他們將官兵擊退。杜如風問過朱軍和李山君，大家都意見一致，他便吩咐眾人上前助拳，但盡量別施重手，叫官兵知難而退就好。

此番前來，也只有杜如風跟兩位妹妹和李山君等人，丘荃和謝鋒都沒有同行，不過朝陽幫三兄弟就一起跟來了。可是他們又怎會想到，官兵一見到他們，竟不再理會污衣幫等人，而是矛頭直指向自己這一邊。另外污衣幫幫眾一見杜如風等人，也居然衝着他們而去。結果杜如風等人如今就要面對官兵和污衣幫合共起來二百多人的圍攻。

杜如風等人從未跟污衣幫有過過節，為何污衣幫的人竟對他們喊打喊殺？原因何在，就得從一個時辰之前說起。

一個時辰之前，污衣幫幫主韓十梅正跟九大長老在窯坊的山洞內開會。

只見這個韓十梅，雖未蓬頭垢面，倒也真的衣衫襤褸。約莫五十多歲的年紀，濃眉虬髯，臉上爬滿皺紋，一雙粗壯的手臂，再加上那雙大得驚人的手掌。與其說他像乞丐，倒不如說他像從山中走來滿身泥濘的野獸更貼切。亦如猛獸一樣，一雙虎目炯炯有神，聽他聲如洪鐘地說：「眼前我們有兩件大事要商量，可此兩件大事都繫於我身邊這位朋友身上。」

聽幫主此言，眾長老的目光自然都投向幫主身邊那個人。只見韓十梅身邊坐着一位男子，年齡也猜不出來。看上去應該是五、六十歲，但說只是三十多歲亦可。神昏形枯，瘦骨嶙峋，雙目緊閉，一雙衣袖空空蕩蕩，看來雙臂都沒有了，只一直一言不發坐在韓十梅身旁。

韓十梅繼續說：「此人姓柳名翼，本是璇飛九宮的殺手。」

眾人聽後固然意外，但聽到韓十梅告訴他們這個柳翼如今雙目被剜，舌頭被割，雙手被斬，就更感駭然，想着究竟是誰人下的毒手，十居其九都猜一定是他的仇家所為。

且聽韓十梅續道：「大家也見得到柳兄口不能語，手不能寫。若果不是我略懂他心通之術，只怕世上再沒有人會知道他的淒酸苦楚和背後狠毒之人所不願他透露的秘密。只可惜就只有我一個人知道，亦沒有任何所謂真憑實據，全憑我的片面之詞，不知大家會否信任在下。」

有長老急不及待說：「幫主你這是什麼話？大夥兒奉你為幫主，自然一切都聽命於你，又怎會有不相信幫主之理？若然幫主這樣說，反而是幫主不信任我們。那麼我第一個把個心挖出來給幫主看，以證我忠心義膽。」說罷竟然真的從懷中抽出匕首。

韓十梅忙說：「黎長老，這只是客氣說話，別當真。」

那個黎長老自然也不是真的打算將自己個心挖出來，聽幫主說過，便悄悄把匕首收回去。

另一位長老又說：「我們大家又不是沒有受過幫主的恩情，大家都見識過幫主的神通，又怎會不相信？幫主實在太客氣了。」

又有一位長老說：「幫主教導我們法咒，我們向來都以為只為醫病療傷。那次跟幫主到雲南，遇到一人給河鱷咬去了半邊身軀，眼看都活不成了，只見他痛得死去活來。幫主去給他念法咒，那人竟然慢慢不覺痛苦，安祥而去。我覺得這才不得了。」

韓十梅說：「常人說好死不如歹活，其實能夠幫人走完最後一程，了無牽掛，去執離苦，才是最大功德。你們也要記住。唏！別說這些了。」

剛才那位長老忙說：「對，是我劏亂歌柄，真該死，幫主請說。」

之前杜如風也問過身邊幾人，想知韓十梅有幾厲害。李山君跟朱軍都對這個污衣幫不甚了解，朝陽幫的老二郭忠就搶着答：「這個污衣幫由那個叫韓十梅的人所創立至今不足十年，聽說那人師承西域的高僧，懂神通，什麼千里眼順風耳，甚至能知過去未來。在雲南一帶冒起，最初那五、六年都只是當地一個小小幫派。既不打家劫舍，也不像我們走私偷運。沒有生意，又何來錢？沒有錢，沒有利，那班人又為何會聚在一起？原來傳聞韓十梅懂什麼法咒符術，能替人醫病療傷。於是一大班老弱傷殘都紛紛投靠於他。中原武林都當那些只不過是南楚巫蠱之術，並沒怎麼在意。到近過去三、四年這個污衣幫才日益壯大，足迹遍布中原各省。後來有人跟那個韓十梅交過手，才發現原來他竟也身手了得，掌法厲害。青城派掌門枯木道長蕭八溪的先天真氣功，大家也都知道有多霸道，但都竟然不是他的對手。華山派掌門樓觀道也很不得了吧，他的一身紫霞功亦有幾十年的火候，都一樣敗在其手上。什麼能知過去未來或許胡吹亂扯，妖言惑眾；可手上的功夫卻是貨真價實，是由兩派門人透露出來。說韓十梅有一套大悲手印的掌法，比青城派的天罡掌和華山派的斷石分金掌都厲害百倍。」

青城派和華山派的掌門都是大宗師，可都是韓十梅的手下敗將，杜如風更加不敢輕敵。從來沒想過要做什麼幫主，成立飛雲幫亦只是權宜之計。如今對手非同小可，更即時打消吞併的念頭。只是兩個弟妹的下落，着實需要污衣幫遍布天下的幫眾幫忙留意。只望那位幫主既然有一顆救人的心腸，也能體諒他只是想念弟妹的苦心。

回到山洞，且聽韓十梅說續說：「韓某大約於一年前來到洛陽，在入城之前於市郊發現奄奄一息的柳兄。他傷得實在太利害，韓某花了好幾天才終於將他從鬼門關救回來，然後他又花了大半年時間才將身體養好。而在這大半年的相處中，又陸陸續續了解到他的過去和某些事情的來龍去脈。如何成為璇飛九宮的殺手，可說來話長，眼前大事要緊，有機會再跟大家解釋。總之就是受人威脅，迫不得已，到頭來兔死狗烹。最初威迫他而後來又要殺他滅口之人就是昔日那個太子小保司馬秋雁，你們都約略聽過此人的事吧。」

眾人點頭，韓十梅就繼續：「大概一個月前，南陽侯宇文旗向武林發出英雄帖，廣邀天下正派武林人士加入他的義師，合力討伐袁何，說是因為袁何謀逆，殺了當今太子。但殺太子其實另有其人。」

有些人聽到這裏已意外得驚呼出來，韓十梅再說：「真正兇手就是那個司馬秋雁。他不但殺了太子，嫁禍袁何。甚至雖然清涼先生李宗道名為璇飛九宮的老大，但其實幕後操控之人都是這個司馬秋雁。那座一夜之間就被夷為平地的聞鶯樓，根本就是他的秘密藏身之所，亦非黃榜上所寫是袁何開設的青樓妓院。」

說到這裏已有長老忍不住問：「這個司馬秋雁竟如此神通廣大？他的武功真的如此厲害？」

「柳兄說，啊！不是他親口說，是他在心裏跟我說，說他的功夫是從西域什麼神人身上學回來，總之真的很厲害。而那個袁何亦非泛泛之輩，黃榜上說他其實是天下五劍之一的河源，亦曾化名成為當日朝中應奉局副總管何園這兩件事都是千真萬確。柳兄心中以為，兩人可說已天下無敵，不相伯仲。韓某固然未曾跟這二人交過手，司馬秋雁之事只怕江湖上所知的人亦甚少，但袁何如今成為東海霸主卻眾人皆知。他究竟有多厲害，從清涼先生和大漠蒼龍都得聽命於他亦可見一斑。只怕縱非天下無敵，亦不遠矣。」

此時又有人問：「那麼他兩人究竟有何目的？」

韓十梅答：「柳兄最初亦只以為兩人各為其主，為兩位皇子籌謀奪嫡。後來他發現，袁何為的可能真的是雄圖霸業，甚至妄想謀逆造反。但司馬秋雁則心腸歹毒，好像只為了天下大亂，搞風搞風，要蒼生蒙難，塗炭生靈。」

有人已氣憤難平，罵道：「世上竟有如此歹毒之人，一心只為了要世人受難，他一定是瘋的了。」

於是有人問：「下屬不是不信幫主，但這位柳先生所言實在太過驚人，當可盡信？」

韓十梅語重心長說：「滿口才有謊言，心是不會騙人的。這二人究竟有什麼企圖，我們可以暫且不理。但殺太子一事，我相信絕對非袁何所為。」

有人接着問：「那麼南陽侯問我們污衣幫會否助他們一臂之力，幫主言下之意是不幫吧？」

韓十梅神色認真地道：「韓某就是來問大家意見。雖然太子非袁何所殺，但此人亦非君子。」

有人即搶着說：「朝廷向來看我們污衣幫不順眼，我們亦不用賣那個南陽侯的賬。」

卻有人反對道：「可流星千羽都是當世大俠，又曾雙劍合璧共抗外敵，誠大英雄也。如此忠肝義膽之人，我們都不幫，還談什麼救急扶危？這又是我們污衣幫立身處世的作風嗎？」

韓十梅道：「污衣幫之所以有今天的聲勢，就是因為幫眾分布五湖四海。既然此刻尚有眾多疑團未解，我想暫時還是不適宜將幫眾集中在一起，以免給人有機可乘。但端木流星和南陽侯的而且確是俠膽仁心，高風亮節，我們就叫在沿海地區活動的弟兄多加關照就是。各位意下如何？」

眾人沉吟半響，都紛紛稱是，道：「謹遵幫主吩咐。」

【第二十一回】

韓十梅續道：「第二件事就跟飛雲幫有關，想來大家也收到一點風聲。霍長老，你就跟大家解釋一下。」

霍長老點一點頭，就說：「飛雲幫才在半年前崛起，可在短短半年間就吞併了錦城、渝州和荊州三地的大幫，幫主杜如風名不見經傳，只知曾拜三刀門門下。可如今三刀門門主李山君和萬獸幫的幫主朱軍都納入其麾下，聽其差遣。其中還有西域隴西五鬼的人。侯門、梅花莊和朝陽幫的幫眾合共起來就有二千多人，再加上三刀門和萬獸幫的人，如今這個飛雲幫手上有三千多人，規模僅次我們污衣幫，誠天下第二大幫。」

有長老連隨說：「過去污衣幫從未跟三刀門、萬獸幫和三地大幫有過什麼瓜葛牽連或過節衝突，這些人無緣無故走來攀交情，只怕並非如此簡單。幫主認識他們嗎？」

韓十梅道：「本來對他們可以置之不理，但巧合的是，柳兄父親和妹妹下落的線索竟然又落在這幾個人身上。柳兄父親被司馬秋雁脅持，當日柳兄曾求杜如風等人幫他從司馬秋雁手上救回父親。後來柳兄遇害，大難不死，但從此就再沒有父親和妹妹的消息。如今竟然可以重遇此人，正好可以向他打聽一下。若然得這班人相助，柳兄家人平安無事，自當感恩厚謝，並且盡快安排他們一家人團聚。但若然為杜如風等人所害，這筆債韓某自然要替柳兄去討回來。這班人竟然在過去短短幾個月就吞併了幾個幫派，來勢洶洶之餘，也實在居心叵測，不知他們究竟在打着什麼主意。俗語有云來者不善，善者不來，不如就趁這個機會摸一摸他們的底，亦正好給兄弟試一試新學來的陣法，這樣好嗎？」

其中已有人急不及待叫好，道：「都很久沒遇到什麼高手，就去秤秤他們究竟有多少斤兩。」說罷，外面剛巧有弟子入來急報說有官兵突襲，如今雙方人馬已動起手來。

眾人頓感錯愕。雖然人在江湖，手上難免有幾條人命，背上有幾條罪名，過萬幫眾中亦總有害群之馬，跟官府也交過手幾次。縱然有錯，但都總是賠錢了事。污衣幫行事從來不會太過份，叫官府難做，故官府亦從來未有迫得太近。為何此刻卻勞師動眾，突然走來大興問罪。九大長老中已有人急不及待要出去一看究竟，但卻給幫主叫住。

只聽他說：「姑娘現身吧。」

韓十梅再大叫一聲：「佈陣。」

一聲令下，九位長老立刻彈起身來。雖然個個都一把年紀，最年輕的也已五十多歲，但也算身手矯捷，九人即時三個三個的排起陣勢。

再聽到幫主叫一聲「天」陣，西北位的鍾長老即揮舞短棍。雖然根本都見不到任何敵人，但仍聽從指令，發動攻勢。此陣勢一起，便停不下來，一個個長老緊接着出招。眾人都不知幫主此舉有何用意，但指令如山，不得不從。未幾，攻勢愈來愈快，陣勢愈收愈窄。當輪到位於南方的離火進攻時，棍指石壁，驀地從石壁中竟然竄出一條黑影來。

黑影落在眾人之間，眾人都未清楚究竟發生什麼事。只聽韓十梅又再大喝：「離陣。」居南面位置的胡長老即二話不說向給圍在陣中的黑衣人進招。

韓十梅的十四式掌法，廿八式棍法，都是由四十二式大悲手印所演變出來。行乞的，又怎會英偉不凡，學富五車？既沒有學過功夫，甚至可能肢體傷殘，又體弱多病。兼且所謂長老，至少在這個污衣幫裏的所謂長老，不單單指在幫內資歷較深，是真的垂垂老矣。縱然學到一招半式，又有多大能耐？明知這班畢竟都是老弱傷殘，既無習武天份，更沒可能骨格精奇，甚至記心都不好了，於是韓十梅便構思了這個陣法出來。

其實也算不上怎麼博大精深，只是借九宮八卦的方位一用。書中有云：「九宮者，即二四為肩，六八為足，左三右七，戴九履一，五居中央。」給九人安排一個數字方位，即已具雛型。然後先有一二三四的順序和九八七六的倒序，再按八卦編出天、地、水、火、雷、風、山、澤和乾、坤、坎、離、震、巽、艮、兌這十六種陣法，合共就有十八種陣法變化。其實都只不過是不同的數字排列和組合，然後各人按數字次序出手。就連廿八式棍法也都太多了，每人只學三、四式，然後都是按次逐一使出。比方剛才提到的「天」陣，即指位於西北位的六號長老先出手，那就是鍾長老了。他亦只懂得三式棍法，分別是如意珠手、跋折羅手、金剛杵手。使過如意珠手，接着就用跋折羅手。你叫他用別的，又或者先用跋折羅手，他都不識，亦不會變通。「天」陣由六號方位開始，依次就是「六八三七九一五二四」。如果是「山」陣，即由東北方八號位置開始，依次就變成「八三七九一五二四六」。之前韓十梅再叫他們變陣，改「離」陣，即把之前的數字次序倒轉回來。離陣由九字開始，倒過來即「九七三八六四二五一」，如此類推。眾人只消記住自己方位數字，按次出手就成。

其實只消記住數字組合，幾乎就可以掌握這個陣法的竅門。

若掌握當中關竅，自然不難破陣，但當局者迷。雖然佈陣的都不算什麼高手，但大悲手印棍法畢竟也是奇招，再由九人輪番使展，給被困陣中的人也實在疲於奔命，哪有空去細想推敲箇中變化的模式規律？不錯，或許遇上大宗師，這陣法就不管用，但這班污衣幫長老就是未遇過。

如今他們所遇到的，亦並非什麼大宗師。

又是姑娘，又一身黑衣，還可以悄無聲色地來到山洞，藏於暗影之中，還有誰？

當然是殘月。

她向來擅於隱身偷襲。杜如風等人循大路上山，以示堂堂正正登門拜訪。不過同時已派殘月先到山上勘察情況，以防埋伏。

出發前，杜如風已千叮萬囑別傷人。此刻縱然被困，殘月還是只守不攻。火影斬都沒有釋出火勁，威力已減去大半。九條棍又一招緊接一招，猶幸殘月功力實在比那九位長老高出許多，才勉強招架得住。只是完全不諳任何陰陽玄術之道，時間一拖，殘月已漸感不支。腦海當然想過豁出去，只消火勁暴發，必能趕退眾人，破陣而出。可自從在百獸谷給杜如風救過後，殘月已當這位三哥如親哥哥一樣，他的說話她不敢不聽。

眼看如今殘月轉眼不被亂棍打死，也得給打到殘廢之際，當然是杜如風來救她。

山下杜如風等人雖然面對雙方人馬，但始終有些官兵還是忙着跟污衣幫的人糾纏。而且官兵雖然想立功，但沒多少個想拼命。那班乞丐更只奉命阻撓，並未有收到要取人性命的命令。再看官兵和那班乞丐的實力，當中並未有高手，故杜如風等人仍然招架得住，只是有點手忙腳亂罷了。

眼見戰況持續膠着，杜如風忽然着急起來，想到殘月自己孤身一人在山上。時間久了，萬一被人發現，打起上來，都不知山上還有多少污衣幫的人，又聽聞那個幫主韓十梅武功卓絕。她才是身陷虎穴，孤掌難鳴。

杜如風曾私下發誓不可以再讓幾位妹妹受傷害，便跟出林說：「小妹，必要時就退，無謂糾纏，我先上山，召二妹回來。你可應付得來？」

出林道：「他們只是人多，要走的話，我們絕對可以全身而退。三哥快去。」

杜如風再沒理會那些官兵和乞丐，直奔上山。衣袂帶風，勁走全身，此時的杜如風人如炮彈。眾人之中就算有人能瞧得見杜如風的身影，想上前攔截已來不及，亦沒有這個能力。

頃刻，只見一柄飛劍，竟被隔空駕鶩一樣，飛進山洞內，直衝向陣中。

韓十梅乍見飛劍出現，大叫一聲：「退。」陣中九人聽聞號令便即時散開。

以前李山君當白虎將之時已是用鏈子刀。李山君的刀法基本上跟大漠蒼龍的青龍劍法如出一轍，同樣劍走龍蛇，只是劍法更精奇，而刀法則需鏈子輔助。杜如風跟過李山君學武，如今功力猛進，用漁絲就能駕鶩長劍。漁絲幼細，旁人看來就似隔空御劍一樣。

只見九個長老一散開，陣勢自潰，殘月即飛身撲向韓十梅，雙手亦火光驟起。

好一個韓十梅，大悲手印送前，掌前一團黑氣乍現，接上殘月的火影斬。殘月手上的火勁逕自熄滅，人更隨即被震退開去。

青龍刀法不及劍法之處在於劍法連綿不斷，可刀法還得一收一放。杜如風得龍魂之助，功力大增，對武學的領會又再深了幾層，把之前學到的星羅十八劍和青龍刀法互補長短，讓刀法上的一收一放也變得一氣呵成。

韓十梅剛震退殘月，飛劍竟劍勢未老，甚至還能拐過彎來攻向自己，韓十梅忙使大悲手印把飛劍撥開。大悲手印以霸道為主，力足開山，但未算快捷和變化多端。先退殘月，再擋飛劍，杜如風的人又竟已來到面前。頓感對方勁力教人透不過氣來，又似切膚割肉，忙再祭起第三記大悲手印。只是時間倉卒，聚勁不足，而且根本沒想過眼前這個才二十出頭的年輕人功力竟如此深厚。韓十梅千鈞一髮間擋下杜如風的隔空刀，但也不得不被震退幾步，體內真氣翻湧，差一點就給震傷了。

好一個杜如風，如今收放自如，飛劍還鞘，躬身行禮，都只是彈指之間。抱拳跟韓十梅道：「前輩，得罪了。」

韓十梅打量一下面前這個年輕人，一派文人秀氣，完全不似黑道中人。而且武功卓絕，但又沒乘人之危。假如他前一刻要乘勝追擊，韓十梅暗忖自己也未必能夠穩守得住，極其量玉石俱焚，此刻實心有餘悸。

杜如風再說：「晚輩實在無意冒犯，妹妹鹵莽，晚輩無禮，望前輩海量。」

韓十梅也清楚杜如風已手下留情，之前那位姑娘亦刻意忍讓，便說：「兩位年紀輕輕，武功竟已有如此造詣，實在難得。」

杜如風心裏只記掛幾位妹妹的安全，此刻殘月無礙，他就擔心起出林的境況，忙說：「晚輩杜如風，跟幾位朋友前來，實在有事需向前輩請教。此刻山下情況混亂，晚輩只擔心若有任何意外，晚輩實難辭其咎。倘若前輩真的不欲被打擾，晚輩自當遵從，就此別過，改日有機會再來跟各位前輩賠罪。」

韓十梅總算定過神來，道：「既然來到，就把事情說清楚吧。」接着吩咐九位長老到外面叫眾人住手。

有長老擔心道：「可是外面還有官兵。」

韓十梅說：「不用跟他們糾纏，你們假意撤退，引他們去追。追不到，自會收兵。」

有長老再問：「若仍有官兵留守？」

杜如風跟殘月說：「若仍有官兵留下來，你就去引開他們吧。」

韓十梅見眼前這個杜如風身手不凡，言語有禮，又有意相讓，而且指揮若定，不失方寸，對他已好感大增。

九位長老聽命後即離去。殘月雖然不願，但不敢違抗之餘，也着實同樣擔心出林的安危，於是也跟着出去了。如此一來，洞內就只剩下韓十梅、杜如風和韓十梅身邊的柳翼。

此時杜如風也認出柳翼，不禁意外，叫道：「柳兄原來尚在人間。」

韓十梅率先道：「杜兄弟，你可認識此人？」

杜如風點頭，但臉上難掩黯然，說：「晚輩實在無顏再見柳兄。」

韓十梅問：「何出此言？」

於是杜如風清楚解釋過去種種，還得由自己和幾位弟妹被神獸擄去之事從頭說起，之後再把如何在青海湖邊第一次見到柳氏兄妹，柳翼如何在洛陽古廟跟他們講述司馬秋雁的惡行，到聞鶯樓的戰況，到往百獸谷途中所發生的一切，一五一十跟韓十梅說了。

直說了兩個多時辰，期間九大長老和出林等人都已回來，個個都洗耳恭聽。杜如風說罷就到韓十梅憶述過去一年的種種與及自己如何懂得神通，又如何利用神通而從柳翼那裏得知關於司馬秋雁和袁何等人的秘密，如此這樣又說了一個多時辰。綜合雙方所言，互相印證對照，過去諸般不明白的地方都總算梳理出十之八九，說罷黎明將至。

因為要解釋如何運用他心通而得知柳翼心中所想，但一開始就提到什麼他心通，只怕各人都不明就裏，以為他信口開河，才將自己過去之事簡述一番。韓十梅道：「自小跟師兄隨一個郎中學醫，十多年前跟師兄鬥氣，要比拼誰的醫術將來會更高明，於是各自雲遊四海訪尋名醫學藝。自己輾轉去到西域吐蕃，一次在山上給毒蠍咬到。尋常毒蠍的毒本來也識得如何用藥，可之前就曾中過蛇毒。看來必然是餘毒未清，之後兩種毒在體內混合起來，竟藥石無靈。以為必死無疑，彌留之際，就讓我遇上師父法首大師。大師是西域高僧，教曉我誦經施咒之術，更傳我大悲手印的掌法和棍法。後來回到中原，就用唸咒之術來幫人。但覺救得一時，也救不到一世。給他們醫好了病，若根本無法維生，還不是死路一條。於是就創立了這個污衣幫。初時都只是教他們一些強身健體的方法和一些醫病的簡單法咒。總之無心插柳，後來就是愈來愈多人加入。」

又再說：「也不瞞大家，剛才杜公子提到的白八松，此人就是在下的師兄。想不到他亦有此等奇遇。杜兄弟，白師兄此時在龜茲國嗎？」

杜如風答：「正是。」

韓十梅道：「待杜兄弟找回弟妹後，可以帶我去見一見他嗎？」

杜如風答：「當然可以。」說罷，杜如風就跪到柳翼跟前，說道：「我二哥當日只是覺魂被封，但仍能聽到周圍的聲音，只是完全動彈不得，又無法張開雙眼和說話。他聽到柳姑娘唱歌，感到根本沒有人靠近傷害她，後來知道柳世伯跟她都死了，應是自殺無疑。柳世伯和令妹之死，我們幾兄弟阻止不到，亦責無旁貸。可此刻我還有未了之事，待找到妹妹和弟弟的下落，我們定要那廝司馬秋雁血債血償。之後，再來給柳兄謝罪，到時任由柳兄處置發落。」

韓十梅搭着杜如風的手，將他扶起。如此按着杜如風的手，韓十梅就能感受到他究竟是虛情假意還是情真意切。

韓十梅跟杜如風說：「言重了。杜兄弟，你亦毋須自責。好吧，說了整個晚上，天都快光了。杜兄弟，你究竟又有什麼事要來找我韓某商量？」

杜如風答：「過去聚眾結社，無非為了可以有更多人幫忙打聽兩位弟弟和妹妹的下落。久聞污衣幫幫眾徧佈大江南北，才斗膽希望幫主可以替晚輩多加留意。如幫主肯相助，晚輩實感激不盡。」

韓十梅道：「這點小事，又有何難？我就叫九大長老吩咐各省堂口，給杜兄弟着緊打聽就是了。」待杜如風叩謝後，韓十梅又問：「剛才杜兄弟的飛劍着實厲害，韓某眼拙，未知那是否天下五劍之一東羅端木先生的承影劍？」

杜如風把腰上插着的三把劍逐一抽出來，道：「晚輩有幸，曾得端木前輩指點，更獲寶劍相贈。另外一把是南陽侯送給我義弟的七星寶劍。晚輩曾想過將此劍給我其中一位妹妹使用，但她說還是由我保管較好，好等我將來可以親手交還給義弟。最後那一把就是金龍劍。」

韓十梅只是輕輕撫一下劍鞘，再道：「韓某向來叮囑幫中子弟別介入江湖糾紛，亦提醒他們別跟武林中人混得太熟，盡量別跟其他門派有任何過節衝突，畢竟他們都學藝未精。那一丁點功夫，對付尋常武者或能自保，可對着真正高手就肯定自討苦吃。他們從來沒見過幾個大俠大英雄，就是連我認認真真跟人動手，其實他們都很少有機會見到。雖然一宿未寐，不過大家聽到剛才那些驚心動魄的往事，想必此刻都跟在下一樣精神亢奮，心情仍未能平復下來。難得杜兄弟遠道來到，而且年紀輕輕，功夫竟已如此高明。何不趁此機會，讓韓某再跟杜兄弟切磋一番，也好讓我這班不肖子弟開開眼界。」

杜如風忙說：「晚輩不敢。」

韓十梅再說：「其實他們都算夕陽遲暮，功夫亦沒可能再有多大進境。能夠讓他們在有生之年看到大悲手印的真正精要，亦算了卻韓某的一件心事。」

聽到此言，杜如風又怎好意思再作推辭。把三把劍插回腰上，站起來，抱拳行禮，跟韓十梅道：「還請前輩指點。」

韓十梅問：「杜兄弟要用劍嗎？」

杜如風答：「不用了。剛才晚輩雖然未能將九位長老的陣法一窺全豹，但已隱約感受到此陣法的奧妙。若論招式，根本無人可破，只能純以內力抵抗。倘若佈陣者功力深厚，而且各人可以多使幾招，那就必然是天下無敵的陣法。」

韓十梅讚道：「杜兄弟果然天資聰敏，武學悟性又高。不錯，若各人功力又深，招式又奇，實在可說是天下無敵。但若然有九個功力深厚之人，還要圍攻，還要倚仗陣法，那就實在太勝之不武了。」

杜如風羞紅了臉，說：「晚輩實在愚笨魯鈍，讓前輩見笑了。」

韓十梅說：「也好，只是切磋比試，本不應動刀動槍。我們比拳腳好了。杜兄弟要小心，我的十四式大悲手印掌法以凌厲霸道為主，切莫大意。」

杜如風也沒再言語，擺起架式，嚴陣以待。

韓十梅彷彿不用運勁，不用預備，單掌一送，已有千軍萬馬之勢。掌勢推來，杜如風只好暫避其纓。韓十梅運起掌勢，就似搞動風雲，甚至好像把洞內空氣全都趕走了似的。洞內氣壓驟降，各人漸感呼吸困難，幾位長老只感昏昏欲嘔，都走到洞外暫避，只能從洞外窺看。出林等人也一樣退到洞口。

大悲手印掌法分為白蓮花手、青蓮花手、紫蓮花手、五色雲手、施無畏手、日精摩尼手、月精摩尼手、合掌手、化佛手、化宮殿手、金輪手、頂上化佛手、菩提手和千臂手共十四式，其實全都純以雄渾內力，從不同位置攻敵。一旦為掌勁所制，敵人就如魚入網中，再難動彈，最後整個人被壓碎在暗黑真空掌勁之下。杜如風將青龍刀法和星羅十八劍的劍法變成掌法和指法使出，但始終只能游走閃避。偶爾還招，雙手還給震得發軟無力。幾次想住手投降，但又顧慮到前輩十四式掌法都尚未使盡，就想還是盡力多支撐一會，讓幾位長老多看幾招。

之前先是出奇不意，而且仗飛劍之利，於是之後那記隔空刀才順利得手。如今雙方公平比試。但其實也不算公平，杜如風根本不敢豁盡全力，再加上無劍在手，更沒想到韓十梅的大悲手印居然會是隔空刀的剋星。叫苦連天的是杜如風，但萬分詫異的其實是韓十梅。自練成大悲手印以來，從未有人可以叫他連使那麼多式仍未能將對方壓下，甚至對方竟然還未使盡全力。

韓十梅把掌法逐一使出。使到合掌手時，杜如風已無計可施，唯有將從來未在人前使過的星羅十八劍的劍氣揮出。所謂劍氣還不是由勁力帶動空氣，但在大悲手印掌力籠罩之下，根本就沒多少空氣。而且此招亦只是新學乍練，劍氣並不凌厲，但總算將面前由掌勁所製造出來的暗黑空間撕出一道裂口。韓十梅不讓對手喘息，再使化佛手。杜如風無暇應變，正想再一次使出從神蟒賴非身上偷學回來的隔空刀。隔空刀名副其實借風成刀，可周圍根本就無風可借。杜如風使不出隔空刀，動作一窒，韓十梅的右掌已近。真空掌勁竟有吸力，猶將杜如風扯向自己，敵人就似主動迎去掌勢一樣。純粹自然反應，杜如風不自覺地運起移花接木心法，右掌同時也送到韓十梅身上，把韓十梅吸扯過來。如此一來，韓十梅打中杜如風，只是手上黑球未再送前。另一邊杜如風也打中韓十梅，只見他掌前慢慢有一股黑氣生出。韓十梅慢慢收招，黑氣漸散，黑球漸細。杜如風掌上壓在韓十梅胸前的真空勁力也逐漸消弭，黑氣生出不久就消散。

杜如風即抱拳道：「晚輩無意偷學，只是情急之下無計可施，望前輩恕罪。」

韓十梅高興道：「痛快！真的英雄出少年。杜兄弟前途無量，假以時日，只怕整個江湖上亦沒多少人能接得住杜兄弟幾招。可縱然天下無敵，若無仁義救人之心，終自食其果，務必謹記。」

杜如風虛心點頭，說：「晚輩定遵前輩教誨。」

韓十梅又道：「剛才杜兄弟應該已感受到我如何運氣發勁。少則得，多則惑，是以聖人抱一以為天下式。專精固守，不失其道。專精抱一，方能將氣勁射出，勢道不滅，且生生不息。」杜如風即跪下行禮，說：「多謝前輩指點。」

韓十梅過去扶起杜如風，拉着他的手，暗運神通。傳聞密宗有六種神通，天耳通能聽千里之言和萬物之聲，神足通能瞬行千里，他心通能知人心，宿命通能知過去，天眼通能窺未來，漏盡通即去執無憂，可成佛也。韓十梅未能盡得六種神通，而且施法成效亦因人而異。事實上他亦只略懂他心通和宿命通，當然更不會時常施展，天眼通更幾乎從來未試過運用。今次也只是姑且一試。他叫眾人下山而去，自己跟杜如風殿後。拖着杜如風的手離開山洞。

此時晨曦初現，旭日剛昇，萬物逢春，生氣勃勃似的。可韓十梅腦海卻只看到一幕幕廝殺場面，血肉橫飛。看着杜如風的臉，只嘆此小子將來都是荊棘滿途，坎坷多舛。

他叫杜如風：「給我一個字，道你心中所想。」

杜如風其實即時就想起袁天衣，但轉念想也不能忘記五弟。把兩人加起來，他就想到一個「雲」字。袁天衣外號寒雲，五弟的名亦有一個雲字。

韓十梅口中沉吟：「雲？既是雨水之源，云亦解言語，有紛雜聚攏之意。」再徐徐閉起雙眼，然後腦中就聽到很多水聲。水聲愈來愈大，大到如驚濤拍岸，白浪滔天，腦中最後浮出一個映像來。

韓十梅張開雙眼，盯着杜如風，口中說道：「船，好大的船。」

杜如風一路下山，一路想着，究竟要找什麼船？要到哪裏找？既然是船，自然是跟此刻南陽侯要討伐袁何一事有關。不想跟袁何等人有衝突，畢竟袁何是袁天衣的父親。去找流星千羽，但又並非跟他們聯手對付袁何，實在於理不合。不能找南陽侯，不能跟袁何為敵，但其實可以找袁何幫忙。求袁何幫忙尋找袁天衣下落，做父親的又怎會不答應？杜如風跟李山君等人商量，各人都覺此為上策。但到底要到哪裏找？袁何如今應身在海上。既知袁何的勢力範圍在東海一帶，而地盤又是從三個沿海大幫手上搶回來。那麼到那沿海三地或多或少都可以打聽到一些消息。

茫無頭緒，納悶不安。有了線索，反而心急如焚。找了一年都大海撈針，難得如今有點眉目，就想盡快查明清楚。要遍訪三地，至少都得花一頭半個月，到時可能時機已失，原來的提示都再沒效用，豈不誤事？所以他們決定兵分三路。

事不宜遲，即刻起行，由洛陽出發，杜如風帶同兩位妹妹先去最近的山東登州。因為他們三人腳程快，若沒結果，還可以追上其他人。李山君夫婦就是第二組，由他們去江蘇松江查探。朱軍跟朝陽幫三人就去浙江明州打聽。

朱軍幾人此刻來到明州。港口城市本來就特別繁盛，貿易頻繁，往來的外地人也多，貨船在此載貨卸貨。商家苦力，還有船員和趁機販賣兜售之人就如過江之鯽。在通往碼頭的大路上，兩旁商店酒家林立，本應熙來攘往，熱鬧非常，可如今卻似蒼涼蕭條。

一來到已覺事非尋常，便立刻叫朝陽幫的三當家崔少棠去給杜如風等人飛鴿傳書。

江湖上有青鳥閣，於各地設有分舵。一頭信鴿沒可能認識所有地方，每一頭都只被訓練成懂得在固定往來之地飛來飛去。一頭懂得由洛陽飛去開封的信鴿，絕不會半路中途去了揚州。由洛陽飛去開封，之後就又開封飛回洛陽。養幾百頭往來不同地方的信鴿，就能將信息傳遞到各省各地。可之前還得將信箋便條送去青鳥閣。也不用親自交去，交到信差手上就可以。

要飛鴿傳書，自然是急事，又或者是機密。青鳥閣傳聞由一位武功已臻化境的老尼姑所創，黑白兩道都不賣賬，置身事外，保持中立，才深得江湖中人信賴。另外所傳都是急件，信差自然需要隨隨便便就找到一個。有什麼人是在街上隨便就碰得到？就是乞丐。

污衣幫既不打家劫舍，又不擄人勒索，一身污糟邋遢，做生意招呼客人都不成。而且要做事，可以工作，又何須當乞丐。就是不想工作，又或者找不到工作，所以才行乞討飯。但只靠人家施捨也不是辦法，於是他們就擔起了信差這項任務。另外由他們傳遞機密還有一個好處，市內滿街都是乞丐，他們還會分幾個人接力傳送消息。教人難以追蹤之餘；又個個都一副爛身爛世，誰會認得他們。

朱軍等人就叫崔少棠去找污衣幫幫忙到青鳥閣，發消息給杜如風，叫他們盡快來明州。

崔少棠走後，朱軍、大當家喬五和二當家郭忠就走進大街。

兩旁商店仍如常打開門口做生意，但沒人光顧還不得止，店主伙記個個都一臉惶恐。盯着朱軍三人的眼神，有些帶着擔心，有些流露懼意，又有些顯得意外疑惑。前面兩間酒家客棧，正正開在彼此的對面。若果不是同一個老板，那麼就完完全全是對着幹的格局。兩家都把酒桌放到路旁，門前都坐了些兇神惡煞之徒，枱上都擱着兵器。之前有父子二人，戰戰兢兢地走過兩家店的門前，小心翼翼地走在大路上的正中央，惟恐靠近任何一家似的。

朱軍三人一時間也躊躇不定。看兩間酒家招牌，一家叫「雲來客棧」，一家叫「開雲客店」。聽過杜如風說曾讓韓十梅測字，看來此行真的跟「雲」字有莫大關連。眼下形勢，要打探消息，自不能一走了之。那麼要選哪一家入去，也着實傷透腦筋，唯有隨機應變好了。

雖非高手，亦算見慣世面，三人昂首向前，來到大路中央。兩家店的人看到他三人身上帶着兵器，都提高警覺，已有人站起身來，有些更手按刀柄，凝神戒備。雖說在港口市集，見到異族人一點也不稀奇；但在右邊那一家，店內明顯有多個扶桑刀客。此間扶桑海賊為患，見到扶桑人都幾乎立即喊打喊殺。一般平民百姓不會動刀動槍，但對着扶桑人也難免臉上露出厭惡鄙視之情。可這間店，竟然有大批扶桑刀客聚集，自然教人聯想到跟扶桑海賊有關。另一邊的店，裏面都一樣坐了不少道上之人，個個挽刀提劍。最矚目是中間一張大枱周圍坐了六個人，而其他人則好像怕了那六個人，紛紛將枱桌移離，個個都寧願坐得遠一點似的。那六人高矮肥瘦各不相像，有人面前放了一雙鐵爪，有人後面的牆上攏着一支給布包着的長兵器，有人腰上掛着一柄鐵勾。

大當家喬五在昔日朝陽幫中武功最好。二當家郭忠則肯動腦筋，對江湖事也了解較深。三當家崔少棠純粹跟他們二人識於微事，才賺到一個當家位置。為人膽小怕事，功夫又不高，幾乎一無是處。

喬五問郭忠可認得那六個人，但郭忠一時間也毫無頭緒。一般人在此時此刻都會避開那班扶桑人，非我族類，敵我分明。但如此擺明車馬，心裏還有個底。不知那六人究竟是何方神聖，反而更教人提防。朱軍等人就是這樣，自自然然走去坐滿扶桑人的那家酒店。

見他們三人進店，又再有幾個扶桑人站起來，怒目而視；但亦僅此而已，並沒有進一步行動。三人坐下良久，店中小二簡直裝作沒看見一樣，企得遠遠，都不敢走近。郭忠大叫：「小二，過來。」店小二只嚇得手揗腳震，裝作沒聽見。後來好像有人點頭給他示意許可，他才冒冒失失地走過來跟郭忠他們說：「客官要什麼？」

郭忠問：「你們不想做生意嗎？」小二都不敢答腔。郭忠把一錠銀元寶放在桌上，再說：「先給我們打兩斤酒來。這裏臨東海之濱，聽聞海產豐盛。有什麼海鮮，也拿一點來吧。」

朝陽幫本是渝州第一大幫，幾位當家都出手闊綽，過慣了大爺的生活。朱軍吃慣野味，不嗜魚鮮，說：「聽聞這地方有一味怪菜，叫什麼叫化雞，這裏有嗎？」小二根本都沒聽，只頻頻點頭敷衍了事。

三人好像一點也不緊張，但其實怎會不緊張？只是緊張又有什麼用？愈緊張愈惹人注意。既然都不知接下來會發生什麼事，可能下一刻就要命喪於此。若然要死，何不做隻飽鬼？個個都過慣刀頭舐血的日子，早就養成今朝有酒今朝醉的脾性。

小二未幾便先送上一埕酒和一碟花生來。三人呷過幾口，郭忠才猛然想起，細聲跟二人道：「哎喲！

我都大意了，竟沒想到。這裏是浙江境內，那幾個自然是七色旗的旗主。只怪我一直記着他們七人，沒想到還有他們的總旗主張禁，又忘記了之前聽聞跟袁何等人交手時，有兩位旗主栽在袁何等人手裏。腰上掛着鐵勾那人是紅旗旗主劉洋，最高大的那位應是黑旗旗主宋勇，前面擺着一雙鐵爪的是藍旗旗主賈萬，其餘三人當中應該有一人就是總旗主張禁。」

朱軍偷偷望去對面酒家，幾乎對對眼睛都是望着自己。再打量一下四周，同樣在這家酒店內，每一個人都是盯着自己，每一個都好像跟自己有十冤九仇一樣。此時，感覺到遠一點有人步近，朱軍等人都暗自運勁，沒想到他們竟這麼快就要出手。

朱軍三人坐的是方桌，來人竟問也不問就坐在其中的空位，朱軍等人都沒有阻止。此人身材高佻，臉容瘦削，約三、四十歲的年紀，一副愁眉不展的樣子，簡直好像從來都不會笑一樣。

只聽那人道：「看來幾位都是外地人，來這裏有事要辦？」

朱軍雖然曾是老大，但向來老粗，他就等郭忠開口，可喬五搶先答：「我們幾兄弟出來散心，久聞明州富庶興旺，又多美食，在下向來饞嘴，過來一飽口福而已。閣下是這兒的老板？」

那人嘴角歪了一下，似笑非笑，道：「要知道江湖險惡，一支槍兩把刀，兄台覺得足夠？」

朱軍用慣長矛弓箭，但這些都不方便，他便帶了一支銀槍。喬五年輕時跟上代崆峒派名宿太清道人學過幾個月破峰刀，然後他就將刀法傳授給兩位義弟。破鋒八式本跟少林破戒刀齊名，只可惜後學者無以為繼，故大家都以為破鋒刀名過其實。

老板再說：「若然真的打算遊山玩水吃喝玩樂，只怕幾位兄台來得不是時候。」一路說來，朱軍等人都仍然不動聲色，裝作尋常過客。

那人也不再糾纏，乾脆下逐客令，道：「本店這兩天有私事要辦，不做生意。這幾碗水酒就當送給你們，走吧。」

各人你眼望我眼，一時都拿不定主意，但無論如何都不能就此發難。三人默言不語站起身來，步出酒家。此時三當家崔少棠正好回來，卻有扶桑刀客攔其去路。江湖中人最要面子，受不了別人欺侮。郭忠即時走去擋在崔少棠身前，一雙怒目盯着眼前那幾個扶桑人，伴着崔少棠回到老大身邊。朱軍竟然一言不發就走過對面的酒家。只是朝那個方向行前一步，身後那班扶桑人就紛紛如驚弓之鳥，匆匆走出店外。七色旗那邊亦有多人衝出來。若果不是給剛剛那個老板喊住，只怕那班扶桑人就要衝過去跟七色旗的人交手了。

本來七色旗那班人都一樣不歡迎陌生人，只是更不喜歡對面那班扶桑人。既然眼前這幾個陌生人並非跟那班扶桑人一夥，對他們的戒心也沒那麼強，都讓開給朱軍等人坐下來。朱軍喊店小二過去，那邊的店小二一樣怕得雙手發抖。

朱軍特意大聲說：「都不知那班人幹什麼，有生意也不做，你們做生意的吧？」小二看一看中央那張大枱幾人的面色，其中有人點頭，他才敢點頭。

朱軍說：「那麼拿三斤老酒來，有什麼海鮮都拿幾碟來吧，還要兩窩清湯越雞，快。」

當知道那班是扶桑人而這邊是七色旗的人，便明白他們兩班人為何如臨大敵一樣，因為很明顯一班就是扶桑海賊，而另一班就是袁何的人。扶桑海賊沒為難他們，一來根本不知道他們幾人的來歷。猜想如果是袁何的人，又怎會去到他們那邊的店。既然不是袁何的人，也不是自己請來的人，十居其九真的是幾個呆頭呆腦的傢伙。朱軍心忖，沒可能此時跟扶桑海賊鬧翻，有什麼事都應該等杜如風來到才再作打算，可離開的話就無法打聽到任何消息線索。雖然杜如風說過不能與袁何為敵，但沒說過不能幫袁何。若然兩幫人真的要拼，他們都寧願站在袁何那一邊。

七色旗的人真的等他們飲飽食醉，然後其中一人才走過去跟他們說：「在下七色旗黃旗旗主馬元林，見過幾位大俠。」

喬五搶着說：「馬旗主，你們搞錯了，我們不是什麼大俠，只是幾個渝州官宦人家家裏的打手。不瞞大爺，只因主子犯事給降罪罷官，我們幾兄弟才落荒而逃，走到來這裏避難。看大爺似乎有大事要辦，我們幾個雖本領不高，但總算有幾分力氣。若然用得着我們幾兄弟，我們定當竭力，任從大爺吩咐。」說罷四人都站起身來，向馬元林抱拳行禮。

好一個馬元林，咧嘴一笑，道：「哪有什麼大事？我們跟幾位一樣，都只是在這兒飲酒吃飯。這兒的飯菜還算不錯，幾位慢用，不阻幾位了。」說罷就逕自回去。

做慣鼠竊狗偷，說真話才非本性。聽杜如風說過曾與袁何和清涼先生為敵，只怕江湖上所有人都知他們朝陽幫已歸順飛雲幫。若然一開始就說明自己是杜如風的人，實在不知袁何等人會如何看待自己。但又想留在這裏替幫主打探袁天衣和凌雲飛的消息，便隨便捏造一個故事出來，說自己幾兄弟都是打手，可以替七色旗效力。

假如飛雲幫的崛起是近年武林中的大事；那麼袁何一夥要抵抗外賊，但同時南陽侯要帶領義師來對付袁何就只會是大事中之大事，誰不知七色旗已供袁何差遣。幾個飯袋酒囊會敢來投靠袁何？會敢跟整個武林正道人士對着幹？會不知道袁何等人如今腹背受敵？馬元林知道幾人只是裝模作樣，便起了戒心。

此時刮起強風，大雨傾盆而下。不知朱軍幾人來歷，兩方人馬都不想節外生枝，都想盡快打發他們幾人離開。但如今狂風已起，水淹大街，朱軍幾人就有藉口留下來。七色旗等人又不好意思趕他們走，只能推說已經沒有房間。朱軍幾人亦想不到其他方法，就只好一直獃在樓下飯廳。

既不能隨便打聽，又不能竊竊私語，朱軍等人都是老粗，又做慣大爺，過去更心狠手辣，如此這般吞聲忍氣，按兵不動，實在有違他們向來的行事作風。悶到發慌之餘，又覺委屈。兼且狂風大雨，吹得圍起來的門板整晚響過不停，教他們幾人根本無法入睡，真的有一刻閃過倒不如乾脆跟七色旗的人說清楚。要麼從此客客氣氣，要麼手底下見真章，總勝過如此互相猜疑，處處提防。

本來最先按捺不住的應該是朱軍，只是跟了白八松一段日子，脾氣不再像已往那般暴躁剛烈。反而崔少棠年紀輕，最先忍受不到的就是他。捱到半夜，終究還是忍耐不住，正要發牢騷之際。忽聞屋外有聲，連忙拿下門板。朱軍和喬五武功較高，二人搶先出去。再聽打鬥聲從旁邊的屋頂傳來，喬五輕功較好，一躍而上。

原來黃旗旗主和另外兩位旗主正跟一個黑衣人和二名扶桑刀客打起上來。只見那黑衣人手執鐵盾，武功十分了得，正給黑旗旗主宋勇攔住。宋勇揮着一支沉重的鐵鑄船槳，在大雨之中舞得倒也虎虎生威。另外兩名扶桑刀客就追着馬元林。馬元林因要保護身邊一個人，且戰且退。只是馬元林輕功實在不俗，而且袖裏箭防不勝防，一旋身就把追上來的一個扶桑刀客射了下來，可是第二箭已給另一人擋下。

眼看馬元林馬上就被追到，喬五挺刀而上。破鋒八式畢竟是玄門正宗，雖未大成，四式一過已足夠叫扶桑刀客破肚穿腸。喬五正欲趕去相助青旗旗主李滿。忽聞哨子聲響，扶桑刀客那邊聽到暗號即鳴金收兵，黑衣人跟餘下的一名扶桑刀客跳上對面酒家的屋頂。朱軍也實在技癢已久，而且習性難改，一枝銀槍當長矛般擲出去，正正從那名扶桑人的背脊入胸口出。

扶桑人一倒下，對面三樓窗扉快開，一把飛刀如箭般射來。眼看朱軍的腦袋非要被飛刀貫穿不可，一隻鐵手於千鈞一髮間把飛刀抓住。而抓着飛刀，手上戴着鐵網手套之人，正正是諢號「一拳震江東」的七色旗總旗主張禁。

七色旗各旗主、順風號老大鄧玉和山東十智都算不上高手，惟這個張禁才真的有兩下子。世人只知有金絲手套，只因其豪華耀眼，戴起來又柔軟舒適，但論殺傷力又怎及得上張禁的鐵網手套。光是手套，就各重十斤，一拳的威力就更有三、四百斤，足可開山劈石。一般武者，中他一拳，非死即傷。

如今雖只小懲大戒，但總算一挫對方銳氣，七色旗的人這晚都士氣高昂。深宵時份，仍興高采烈，大肆慶祝。要知黑道中人，最愛就是喧嘩熱鬧。尤其是船員，天有不測之風雲，難得風平浪靜，難得上岸，就總要大吃大喝一番。馬元林多謝喬五出手相助，朱軍就更要多謝張禁救命之恩。馬元林認出喬五的破鋒刀法，喬五等人亦不再隱瞞，道出他們如今都是飛雲幫的人，聽從幫主杜如風的號令。但七色旗的人都好像沒一個聽過杜如風的名字，更不知他跟袁何的淵源。

只聽張禁道：「聽聞中原武林有一大幫崛起，聲勢一時無兩，而且幫主年少英雄，武功非凡，想不到面前幾位原來就是其中的大英雄。只可惜在下尚未有幸結識貴幫主。將來有機會一定要去拜訪貴幫，一睹這位少年英雄的手采。」

從來馬屁不穿，江湖中人最愛面子，最愛別人誇讚。縱知只是客氣說話，都一樣飄飄然。張禁問他們此行目的，他們也不諱言，說是要來替幫主追尋兩位義弟義妹的下落。可七色旗眾人又似從未聽過凌雲飛和袁天衣的名字。

忽然藍旗旗主賈萬說：「這個凌雲飛，可是李宗道的首徒？」朱軍等人一時間都忘記了清涼先生的原名，郭忠答：「正是。」

張禁就說：「從來未聽過李二哥提起往日舊事，只怕他不易告知。但無論如何，日後有機會，張某儘管一試。」

朱軍等人齊聲道謝，但也不敢再跟他們提到袁天衣即袁何女兒之事了。不過郭忠還是忍不住問：「不知幾位甘冒大險在此大風大雨的晚上所接來的是什麼重要人物？」

馬元林莞爾一笑，道：「郭兄明天就會知道。」

如此熱熱鬧鬧過了一個晚上，翌日風沒那麼大，但雨仍下個不停。兩邊酒家都把門板挪開，疏風透氣，又忙着把淹進來的雨水清理。忙了一個上午，到中午時份，雙方人馬偃息旗鼓，就似昨夜什麼事也沒發生過一樣。此時在七色旗那邊卻出現一個人，叫兩邊人馬都嘖嘖稱奇，個個都目不轉睛地盯着她。

這個昨夜馬元林冒死要護送來的人，既不是高手，亦並非三頭六臂，她只是一個普通人。只是比一般人生得美，比一般美人又穿得少一點。

她不單止是一個女人，還是全明州最冶艷動人的名妓，叫小玉。只見她酥胸半露，粉黛蛾眉，妖冶之中卻竟又有一點秀氣，既嫵媚又婉弱，實在教人難以抗拒。

這時七色旗的手下搬動椅桌，騰出中間的位置，放了一張枱。枱上有一隻大的公雞碗，碗裏有幾顆骰子。眾人圍攏，就此擲骰開賭，個個紛紛拿出銀両來，叫嚷着自己買了的點數。這邊有人聚賭，那邊有人捧出一盤盤的醉雞窩，酒香四溢。即使外面大雨連綿，濕氣極重，但想來整條街還是可以嗅到濃烈酒香。

昨天在對面酒家那個叫朱軍等人離開的老板，其實就是當日璇飛九官的殺手之一天九。昨晚拿着鐵盾跟宋勇動手的是他的三弟人七，而放飛刀欲殺朱軍的則是老二地八。不知為何他們三人竟相助扶桑海賊，而他們三人又各有所好。天九嗜酒，地八愛賭，人七好色。清涼先生李宗道曾經是他們的首領，自然知道他們三人的脾性喜好，跟七色旗的人說了。馬元林就想到不管日後誰勝誰負，此時總要戲弄他們一下。都是那一句，這些人最愛面子，無論如何都要在敵人面前耀武揚威一番。美女、賭局和酒都是用來吊那三人的癮，要他們求不得，只能眼白白看着他們酒色財氣，盡情快活。

天九嗅到酒香，恨不得過去把那班人統統殺光，又或者把自己的鼻子割下來，免得心癢難耐。人七看着對面的小玉，幾乎就要撲過去了。腦袋此刻什麼也沒想到，只一直幻想着對面女子的玲瓏身材和雪肌凝脂。地八最了得，他完全不用忍。

因為他根本忍不到。此刻他就走過對面酒家，大哥九天在後面叫住，他也毫不理會。須知道，酒癮厲害，色迷心竅，但都不及賭害之深。而且雖然沒有醉雞，這邊還是有酒可喝。要帶走對面的女人，根本就無可能，難道真的要把對面七色旗的人統統殺光。就算做得到，自己這邊又會死幾多人？所以縱然色心大動，但人七還是什麼也做不到。不過賭就不同了。地八只想到，賭一下而已，就賭一盤吧。別連累他人，就賭自己條命，也可以吧。

第九章 魔道篇

【第二十二回】

地八走到對面酒家，眾人不禁讓開。

來到枱前，地八伸出左手，說：「就賭這條手臂。」

七色旗的人本來只想激怒一下天九他們，根本沒想過竟有如此瘋狂之人，居然真的走過來。

眾人都面面相覷，拿不出主意之際，崔少棠竟走出來，說：「好，就賭一條手臂。」

這個崔少棠本一無是處，能夠跟喬五稱兄道弟，只因識於微時。但其實他倒算有一項本領，就是運氣好。最初做私鹽生意，本錢都是靠他賭錢贏回來，兩位義兄都當他是福星。要知做偏門生意，有真材實學固然好，但運氣彩數就更重要。假如有雄韜偉略，都毋須鋌而走險。就是想不勞而穫，或少勞多得，或出身低微，才走上歪道。不像做正行生意，循規蹈矩就無風無浪。每次做非法買賣，任你算無遺策，說到底都是要靠運氣碰彩數。所以邪派黑道之人，最講求運氣意頭。這個崔少棠未必鴻福齊天，但就是賭運亨通。

但若果逢賭必贏，那就不是賭，還有什麼樂趣可言。就是賭時那種七上八落患得患失的心情，才令賭徒上癮，才令賭徒覺得緊張刺激。而且世上根本沒有逢賭必贏的道理，那個崔少棠亦只是多數贏，不是一定贏。若出千使詐，那又已經是另一回事，都不是賭了。

地八武功高，懂得使詐。輸得多，就會使詐。不過對着完全不諳功夫之人，他才可以略使武功來蒙騙過去。遇着武功比自己高的，那些招數就行不通了。此刻他走過去，都是賭運氣。他在賭沒有人的功夫好過自己，至少他相信沒有人在骰子上使詐的功夫好得過自己。假如沒有人敢跟他對賭，他就至少可以討個彩，落一落這班七色旗旗主的面。

老大喬五和郭忠出來阻止，但崔少棠卻叫他們放心，說他自有辦法。此時到地八有異議，說：「你沒資格。」

崔少棠不忿，駁斥他：「為何我沒資格？」

地八冷冷說：「你功夫差，一條臂膀都及不上我 根手指。」

「就賭你的手指。」

「我要賭這條臂。你們受不起這個賭注，認輸就可以。」

崔少棠騎虎難下，戰戰兢兢地說：「好，就賭我條命，換你一條手臂，這樣可以吧？」

此時到七色旗的人也出來勸阻。有人搶過來要代替崔少棠，有人罵道根本毋須理會地八，又有人說用我的腳指頭來賭你的人頭才算公平。

地八再說：「賭不起，認輸就好了，別浪費我的時間。」

崔少棠還是推開其他人，大聲說：「我條命，跟你的手，賭不賭？」

地八木無表情，半晌，才緩緩道：「你條命都不值幾個錢，不過你要送我，拿來餵豬也好。」

崔少棠不讓他反口，說：「不過規矩由我來定。」

地八說：「我只賭骰子。」

「好，賭骰子，但賭十粒。」

要知在骰子上使詐，方法不外乎是灌鉛之類，總之就是令骰子重量不平均，方便操控。可這些只是尋常骰子，不過各面點數不一樣，重量還是無法百分百平均。功夫高明之人就能感受到骰子各面輕重之間的分別，從而操控。略使巧勁，就能擲出想要的點數。一般情況都是擲三粒骰或四粒骰，最多擲六粒，從來沒有人會擲十粒的。

快賭才會上癮，輸了又下一局。若一局要花兩個時辰才能分勝負，怎夠刺激快活？數算十粒骰子的點數就是花時間。而且因為十粒實在太難控制，毫無技術可言，真的只能碰運氣賭彩數。要一次過用巧勁去控制十粒骰子已幾乎沒可能，而骰子與骰子之間的互碰互相影響又比只得幾粒骰子高出許多倍，甚至使勁隔空撥動其中一兩顆骰子也因旁邊有太多骰子阻着而不容易做得到。

平時崔少棠都一直聽從兩位義兄的吩咐，可來到賭桌，卻變得獨當一面，只聽他對地八說：「過門都是客，你是閒，我是莊。相同點數當我贏，你先。」

地八也只冷笑一聲，胸有成竹似的。周圍的人都聚精會神地監視着，以防他出千使詐。可是用巧勁擲骰，嚴格來說都不算使詐，動作姿勢都跟常人無異。

只見地八輕描淡寫地拾起十粒骰子，手掌打開，十粒骰子叮叮噹噹的投向碗中。十粒骰子轉動十幾二十回，可看在七色旗那邊的人眼裏，卻好像轉了幾個時辰一樣，教他們看得心驚肉跳。頃刻，骰子停止轉動。定睛一看，只見有七枚六，不少人已嚇得驚呼出來。再看餘下三枚，也許實在太難控制，骰子互碰，致有三枚未如所想，變成一枚三，一枚二，一枚么，總數四十八點。不算十分滿意，但地八心想，都足以穩操勝券。瞧在其他人眼裏，就更絕望氣餒，紛紛思考如何替崔少棠解圍，如何可以保住他的性命。

要十顆骰子都同一點數，只有九千萬分之一的機會。就算武功超凡入勝，都要苦練，才能做得到。

試問有哪個高手會花時間去練擲十顆骰子。地八能夠擲到七顆六，已經是神乎其技的了。之所以其他人都打定輸數，試問崔少棠又怎可能擲得多過七枚六點？

有賭未為輸。都未擲，又怎會放棄？不過大家心裏都只想盡量拖延，圖望可以想到什麼辦法來賴賬不服輸。不過崔少棠已沒理會其他人，透一啖大氣，闔起雙眼，打開拳頭，十粒骰子就這樣掉進大碗裏。

崔少棠當然不懂得運用巧勁。只見十粒骰子碰碰撞撞，轉得幾回就一顆一顆的停下來。眾人一望，看到只得兩枚六，心中即時涼了半截。再看，有三枚四、四枚五，最後一顆骰子仍搖晃不定，又似三，又似么，又似二。有人心算快，已算到，加起來終究還不夠四十八點。

才一眨眼，最後一顆終於也停了下來，是五。

兩枚六，三枚四，五枚五，廿四加廿五，不是四十九點嗎？

願賭服輸就不會嗜賭，就是不肯認輸才會沉迷賭博。其實地八心算都快，只是實在難以相信，對面那個油頭粉面的小子竟然可以勝得過自己。腦袋混亂了一刻，到清醒時，到想展開輕功退出去，已給三位旗主從後用力按住。

大家的注意力都集中到賭枱那一邊，便忽略了那位名妓小玉。到地八給眾人制服，人七已經以快絕身法衝過去挾持小玉。只聽天九仍留在自己那邊的酒家喊過來：「放了二弟。我三弟縱然憐香惜玉，但必要時也不會手下留情。」

大家張眼望去，那個人七整張臉湊到小玉耳邊，大肆輕薄。可憐小玉已嚇到花容失色，兩行淚珠滾滾流下。

七色旗那邊就有人大叫道：「一個換一個，我們都有賺。別理他，快將那個地八甏了。」

七色旗從來都不是名門正派，他們都是幹非法勾當，都是走私偷運，向來都一樣心狠手辣，沒一個想過要救人。

此時朱軍卻挺身而出，仗義執言，凜然道：「雖然他們不仁，但我們不可不義。我們堂堂男人大丈夫，怎可以要一個弱質女流替我們出頭？倘若今日要靠小玉姑娘犧牲自己我們才可以收拾這個傢伙的話，我們豈不是欠了小玉姑娘一個人情？我生平最看不起就是小人跟女子，要女子替我出頭，我朱軍第一個反對。」

朱軍畢竟是老粗，本來說得頭頭是道，把小玉姑娘說成是自願犧牲；但後來又竟然借用小人與女子難養也來比喻，又將小玉姑娘說到一文不值似的。

還是郭忠有心思，他說：「我三弟賭術超凡入聖，輸給他的人不知凡幾，數之不盡。賴皮無恥之徒，願賭不服輸的無膽匪類，我們還見得少嗎？只怪張禁兄見不慣罷了。張兄，別放在心上。將來我們多多親近，多搞幾次賭局，這類鼠輩歪種俯拾皆是，到時你就會見怪不怪的了。」

之前朱軍彷彿義正嚴辭的一番話還未能打動七色旗的人，教他們改變主意；可郭忠之尖酸刻薄才深得人心，讓他們的氣都消了，亦當然激得對方吹鬚碌眼。

只聽張禁開懷大笑，說道：「郭兄說得對。無膽匪類又何止他一人。只怕此人之肉，臭到連豬也不吃，要來沒用，放了他吧。」

士可殺不可辱，一般人都會難以忍受，更何況是最要面子的黑道中人。可是天九等人不是平常人，更不是一般的黑道分子。他們本來就是殺手，被訓練成要完成目的就會不擇手段會不惜負出任何代價的殺手。昔日《刺客列傳》中的豫讓漆身為厲，吞炭為啞，只為幫恩人報仇。天九等人當然不可與之相提並論，但為了完成任務，要徹夜不眠，要易容喬裝，要忍胯下之辱，他們還是可以的。殺手首要任務其實是自保，這樣才可以去殺人。名聲尊嚴這些東西，對殺手而言，根本不重要，甚至根本未曾有過，有過亦早已忘記得一乾二淨。

眾人放開地八，地八也只悻悻然回到自己那邊的陣營，並沒再動手還擊。但人七卻不肯放人。人七實在捨不得。美人在懷，流香送暖，人七只覺此刻天上人間，又怎捨得放開懷中女子？二人退到街上，雨水濕身，人七看着懷中女子全身濕透的模樣，只是更心猿意馬。

七色旗那邊的人看着對方如此猥瑣無禮，就更紛紛破口大罵：「臭色鬼，還不放人？」

「小雜種，未摸過女人嗎？回去親你的娘。快放人。」

朱軍也罵道：「我們幫主最痛恨對女子無禮之人，他一定會將你大卸八塊。」

天九也叫了幾聲三弟，人七就是充耳不聞。

眼看雙方人馬終究還是按捺不住，快要互拼廝殺之際，突然看到大街盡頭竟有兩人正慢步走近。

兩人都戴者斗笠，臉容不見。身材高大者持傘幫另一人擋雨，兩人看似主僕關係，施施然的踱步而來。

眼前人馬沓雜，個個殺氣騰騰，但兩人卻像完全看不見似的。而且步履不徐不疾，完全不似要來調停救人，純粹好像剛巧經過這裏，對眼前的騷動完全不為所動，漠不關心一樣。

走得近些，身材高大的那位把撐傘的手移過一點，瞧一下天九等人那邊。這時天九才認得出對方，竟一改之前老大的氣燄，上前帶着恭敬的語氣說：「原來是夏侯先生。大人一直擔心先生的情況，過去派人四出打探。如今見先生無恙，就好了。」

此人竟然就是夏侯惇。

此時又有兩人竟無聲無息似的在大街的另一邊出現。

是兩名和尚，玄木和玄澄兩位大師。

誰也沒想到少林寺的高僧會在此時此地出現，基本上任何人在此時此地出現都會叫他們提防。可重點不是誰，而是從哪兒來。由大街的另一邊來就是教他們不但意外，還如臨大敵一樣。只因兩幫人把守住通往碼頭的大街，就是覷準了這裏是通往碼頭的唯一通道。任何人要去碼頭都不得不經過這裏，他們才一直在這兒守株待兔。豈料竟有人能從另一邊來，即從碼頭那一邊來，怎不教他們如臨大敵？兩幫人都已在碼頭那一邊派駐手下看守，兩名僧人能無聲無息掩至，碼頭那邊一定已經出事，卻又竟沒半點風吹草動傳來。天九和張禁都各使眼色，忙吩咐手下去打探一下。

眾人一時間也手足無措。夏侯惇身邊的人卻全沒理會在場任何人，正準備進入天九那邊的酒家。見他只是如平常人一般的動作，可眾人都如驚弓之鳥，全都緊張到不得了。就在這如箭在弦的一刻，玄木的寂滅掌已悄無聲息地來到人七面前。總算人七好歹都是一名殺手，警覺性比一般高手還高，即時躲開，可手上的小玉姑娘已給玄木搶過去了。這兩件事幾乎同時發生，但其實都只是一瞬之間。這邊廂玄木救人，那邊廂夏侯惇身邊之人已好整以暇地坐下。奇怪的是夏侯惇卻仍站在旁邊，不敢同坐似的。

此時，天九才發現夏侯惇左邊的衫袖飄飄揚揚，裏面空空蕩蕩，原來他的左臂竟沒有了。

天九仍不動聲色，裝作沒看見一樣。

還是夏侯惇先開口，問：「司馬大人沒有來嗎？」

天九道：「司馬大人沒有交代，可能來了也說不定，屬下並不知道。」雖然司馬秋雁已不再為官，可手下還是慣了稱呼他做大人。

天九是司馬秋雁的人，如今天九相助扶桑海賊，夏侯惇自然想到司馬秋雁亦必在背後搞風搞雨。此刻探子回報，跟天九說，碼頭那邊竟已一個人也沒有，一艘船也沒有。張禁那邊探子所報回來的消息都一樣，都一樣水盡鵝飛，人影都沒見一個。七色旗那邊即有人走出來，向天發射沖天炮。

夏侯惇不禁問天九：「到底是怎麼一回事？你們在這裏有什麼事要籌謀？」

天九卻忽然一臉奉承，道：「夏侯兄，請先坐下，等我慢慢跟你說。」說罷回頭叫人送來酒水，又替兩人斟了。

見跟夏侯惇同來之人卻不為所動，毫不領情似的，但天九仍客客氣氣，乾脆坐在那人旁邊，問：「未知尊駕是誰。在下替司馬大人辦事，敢問尊駕如何稱呼？」

那人頭上仍戴着笠帽，又有黑紗遮面，天九就是坐在其旁邊，亦難辨其容貌。只見那人看一看前面腕中的酒水，再提起來嗅一下，又放下，然後站起身來。天九自然也跟着站起，既是禮貌，也恐防對方出奇不意偷襲。

只聽那人走過夏侯惇身邊，輕描淡寫地跟他說：「走吧。」

夏侯惇也沒再看天九一眼，便跟着那人步出酒家，逕自往對面方向走去。兩人就如磁石一般，對着兩班人，有同性相拒，亦有異性相吸。剛踏進大街，七色旗那邊人馬就不禁退後，可身後天九那班扶桑刀客卻又想跟上來。縱使七色旗的人肯讓夏侯惇兩人走進店內，但對着那班扶桑刀客又立時變得磨拳擦掌。

跟之前一樣，夏侯惇還是只站不坐。那人卻大模施樣地坐在中央的位置，面向大街，而且徐徐摘下頭上的笠帽。只見他臉上有一道疤痕，在面頰位置，由左伸至右，令本來應該也算俊朗的臉上添了一份森寒之氣。

在場所有人都不認識眼前這個才二十出頭的年輕人，七色旗那邊的人就更連夏侯惇也不認識。看着他們二人一主一僕似的大剌剌地走進來，超初以為他們是天九那邊的同黨，但看兩人一直對天九等人未見和顏悅色，天九等人見到他倆亦未見得雀躍興奮。再看二人那種有恃無恐、心高氣傲的神情，就似跟天九等人不熟，不是同一路人馬，只是剛巧天九認識其中一人而已。始終如今大戰在即，任何小事都可左右大局。誰都不想節外生枝，誰都不敢錯判形勢。各人由此更畏首畏尾，小心謹慎，不敢輕舉妄動。

所以張禁還是客客氣氣，先要知道對方的身分，就說：「在下七色旗總旗主張禁，閣下是？」

想不到夏侯惇不來這一套，單刀直入，問：「你們兩班人在這裏幹什麼？你們兩班人要打，為何不到海上打？在這裏幹什麼？等什麼？」

此時那名臉上有疤痕的年輕人跟夏侯惇說：「剛才的酒裏有毒。是一種叫天仙子的毒，我以前見過。看似無色無味，但其實味帶杏仁，色泛靛藍，以後小心。」

夏侯惇聽罷只略略點頭，然後很細聲地說：「多謝公子提點。」

張禁瞧在眼裏，只覺兩人完全不將他們放在眼內。江湖中人最愛面子，既然對方不客氣，張禁也毋須裝君子，語氣變得強硬，說：「既然先生不願意透露身分，只怕應該都不是來做和事老，想來混水摸魚？坐收漁人之利？」

夏侯惇也沒生氣，只問：「難道我們就不可以是袁何請來的幫手？難道張兄就不怕觸怒我們的東海霸主？」

七色旗的人聽見對方竟然說是袁何派來的幫手也嚇了一跳，還是張禁鎮定，說：「東海霸主的稱呼都是沿海居民感激我們袁大哥的恩德而對他的敬謂尊稱，袁大哥從來不會以此自居。只怕閣下不熟悉我們的袁大哥，又何苦走來攀交情？而且要是袁大哥派你們來，又怎會不通知在下？」

夏侯惇也沒再裝下去，說：「只怕想通知都來不及，亦辦不到。」

眾人不解，沒有人答腔。

夏侯惇又再說：「看來碼頭那邊都已經失守，甚至附近海域都已經被人控制了，只怕張兄發出去的沖天炮，都未必有人能夠看得到。之前那位兄弟托污衣幫的人送信去青鳥閣，雖然不知所為何事，只望並非什麼着緊的急事，因為老夫只怕青鳥閣暫時都未能為閣下服務。」

眾人都仍然一臉疑惑，夏侯惇唯有再說：「老夫亦只是猜想。大家都知南陽侯宇文旗要召集武林同道組織一隊義師去對付袁何，道上傳來消息指他們會在這幾天內出發，由朝廷送來的糧餉裝備亦已一應俱全，只是不知他們會在何處上船。然後又有消息指不離登州、松江和明州三地，三擇其一。於是你們就和對面那班人守在這裏。想來你們雙方都一定有派其他人到另外兩個港口守侯戒備，以為可以攔途截劫。本來袁何才是南陽侯要對付之人，可那班扶桑人又想借機混水摸魚，不想袁何獨吞這批糧餉。試想一下，你們既然想到攔途截劫，南陽侯又豈是魯鈍妄撞之人，難道他會沒想到？好了，各人都只想姑且來看一下有沒有便宜可撿，都未敢傾巢而出，而且也實在不知軍餉究竟要從哪個港口上船。只怕宇文旗此刻已身在海上，甚至發幾下炮，好等袁何和那班扶桑海賊都知道他的位置，這樣才起到牽引作用。但這都只是第二步。」

此時朱軍等人才明白，原來兩幫人是想來劫軍餉，而這又竟是南陽侯引蛇出洞之計。

夏侯惇續道：「我不相信宇文旗只一心一意要對付袁何。過去跟端木流星二人合力都不知對抗過多少想來干犯我土的番邦外族。如此熱血為民之人，又怎會放過那班扶桑海賊？也許未曾摸清他們的底蘊，才謀定而後動。就當他們只想對付袁何好了。雖然老夫都不清楚南陽侯除了請到幾位少林高僧相助之外，還有什麼高人會來助拳。」說到這裏，眾人的目光自不然投到玄木和玄澄身上，可暫時仍然不知如何是好，還是先聽夏侯惇說下去。

夏侯惇就逕自去到櫃枱，拿了一埕酒回來，先倒給那位年輕人，再倒給自己。然後一面喝，一面繼續說：「江湖上大家都知如今袁何身邊可說人材濟濟，既有天下五劍的南道北漠，又有昔日青鋒三老巨正無形中的無形劍伍福和巨劍拓拔狐，還有七色旗幾位旗主，又有順字號和山東十智的人，而且袁何本人就已經神功蓋世。換作你是南陽侯，這場仗如何打？根本就毫無勝算可言，猶螳臂擋車，以卵擊石。難道要正面交鋒？料想你們兩班人會來攔途截劫，何不將計就計，引君入甕，先削弱你們兩班人的部分勢力。但南陽侯那邊也實在勢孤力弱，無法兵分三路去逐一對付你們派來的人，只能三選其一，自然以上駟對中駟，中駟對下駟，務必一擊即中，這就是第三步。可第一步才最重要。」

夏侯惇給眾人分析形勢，沒有刻意輕聲說話，猶似不但只對着七色旗的人說，就是對面天九等人，功力深厚的，也一樣可以聽得清清楚楚。

夏侯惇繼續說：「誰發放消息讓你們知道軍餉會在這幾天送來？誰會知道你們的部署？誰能最快把你

們派去三地的人馬通報給南陽侯知道？要這個計劃行得通，關鍵就在於情報。從來行軍打仗，料敵先機更是不二法門。那麼又是誰掌握了當中的情報？可以是污衣幫，可以是青鳥閣。只是污衣幫向來我行我素。雖然青鳥閣過去都一直保持中立，但宇文旗跟青鳥閣的慧青師太是故友，要說慧青師太只會給一個人破例，那個人就一定是南陽侯爺。我會來到此地，亦因為老夫跟青鳥閣的人都有一點淵源。既然青鳥閣向着宇文旗那一邊，那位兄弟就別指望他們會幫你送信了。不過以上都只是老夫的臆測，未知猜得對不對，大家可以過去跟兩位大師求證一下。」

聽到這裏，各人的目光又再投向兩位和尚身上。

此時玄木才慢慢走入店裏，說一聲：「阿彌陀佛，老衲法號玄木。」

夏侯惇答：「原來是少林寺戒律院主持玄木大師。大師，有禮。」

玄木道：「施主高見，未知施主如何稱呼？」

但夏侯惇都未回答，玄木身旁的玄澄卻禁不住搶着跟那位臉上有疤痕的年輕人問：「你是當日那位凌公子？」

此時凌雲飛才站起來回禮，道：「大師，你好。」

玄澄不禁上下打量眼前這個年輕人。如今膚色黝黑，面容瘦削，一臉滄桑憔悴，跟印象中的凌雲飛可謂判若兩人。因為上次交過手，才印象深刻。若只是匆匆寒喧幾句，相信玄澄也未能把他認出來，忍不住說：「想來施主一定經歷過一番生關死劫。」

凌雲飛道：「多謝大師關心。這位是夏侯惇老前輩。」

玄木道：「原來是正劍夏侯先生，老衲眼拙，失敬失敬。」

兩人又再互相行禮。

此時朱軍也忍不住走過來，興高采烈地道：「你就是凌雲飛？當日在越王府都未曾真正見過一面。想不到踏破鐵鞋無覓處，竟然真的可以在這裏找到凌兄弟。」

凌雲飛其實都未算真正見過朱軍，只是一路下來總聽到有關飛雲幫的消息，便道：「閣下想必就是朱老大。」

朱軍笑道：「呵呵！朱某沒做老大了，如今朱某是杜兄弟的下屬，杜兄弟才是老大。你知道嗎？我們飛雲幫……」

凌雲飛打斷他的話，說：「幾位兄長和妹妹可好？」

「他們很掛念你，過去一年來都在不停打聽你跟袁大小姐的消息。」

凌雲飛嘆道：「原來真的還未找到大妹。」

當提到凌雲飛幾位兄長和妹妹，夏侯惇也忽然着緊起來，不期然行前兩步，聽朱軍說話。

朱軍見着，也神色尷尬起來，問凌雲飛：「凌兄弟又怎會跟夏侯先生一起？」

凌雲飛只道：「這些事容後再說。」

既然已經開了口，眾人的身分目的亦已一一揭開，亦毋須再隱藏掩飾，凌雲飛轉過去跟張禁說：「晚輩凌雲飛，七色旗總旗主張前輩大名，仰慕已久。」

張禁也只好客客氣氣地道：「原來凌公子是李二哥的高足，只可惜李二哥向來甚少跟我們提及往事，失敬失敬。」

凌雲飛淡然道：「晚輩跟昔日家師已斷絕師徒之情，李先生不會提起晚輩亦是人之常情。大家都是爽快之人，晚輩亦快人快語。未知前輩如今有何打算？」

張禁只覺委屈了半天。本來在浙江一帶稱王稱霸，奈何技不如人，唯有寄在袁何門下。來到這兒，縱不運籌帷幄，也好歹在自己地頭，總算做回幾日老大，誰不知高手一個接一個地走來。就是眼前這個凌雲飛，正劍夏侯惇都竟然對他畢恭畢敬，份量只怕亦非同小可。

張禁說：「凌公子是來取笑張某嗎？眼下既有少林寺的高僧，又有正劍夏侯惇老前輩，想必凌公子的玲瓏劍法亦必有過人之處，張某又豈敢擅作主張？」

凌雲飛道：「從來江湖事都是手底下見真章。大家此行無非是為了朝廷送來的物資糧餉，但歸根究底南陽侯要找袁何算賬，無非是為報殺太子之仇，但其實殺太子者根本另有其人。」

崔少棠忍不住插嘴道：「對，就是昔日的太子少保司馬秋雁。」

眾人聽罷都大感意外，凌雲飛跟朱軍等人說：「原來你們都已經知道了。」

朱軍答：「是柳翼告訴我們的。」

「柳兄尚在人間？」

「此事說來話長，我們跟杜兄弟去見過柳兄，是他告訴我們的。但可惜柳燕姑娘和柳世怕就不幸死了。」

其餘眾人仍然一頭霧水，郭忠本來想解釋，但都給朱軍阻止，示意等凌雲飛說下去。

凌雲飛就繼續：「殺太子的兇手是司馬秋雁，這事千真萬確，也許之後晚輩和朱老大幾人可以跟各位解釋清楚。可眼下更重要的是，這個司馬秋雁不知什麼原因，亦不知他有什麼陰謀詭計，竟已經跟對面那班扶桑海賊連成一線。當然你們各人都不想此批軍餉落入別人手裏，但最不想的，就是落入那班扶桑海賊手中。對面三人是昔日璇飛九宮的殺手，也許張總旗主亦曾聽李宗道提及過。昔日璇飛九宮的殺手其實亦並非全都是十惡不赦之人，其中不少都是受迫被脅，可那三人卻由始至終都是司馬秋雁的心腹。

真正的罪魁禍首其實是司馬秋雁。與其自相殘殺，可不趁此機會剪其羽翼。」

當着所有人面前叫陣，就似完全不把對面天九等人放在眼內，事實上今天的凌雲飛的而且確有點目中無人。不過講者無心，可聽者有意；而且各懷鬼胎，就更諸多猜疑。張禁猜不透凌雲飛究竟有什麼目的，根本不明白他為何會在此時出現。朱軍等人因為杜如風的關係，從沒想過凌雲飛會有什麼陰謀；但也以為也許他想避過一場廝殺，才刻意叫陣示警，叫對方知難而退。那邊廂天九等人也不明所以，既提防對方故弄玄虛，但亦實在擔心若對方真的衝殺過來，己方是否有能力抵擋得住。

地八就問天九：「是否要撤退？」

天九沉吟半響，說：「去叫寒雲下來。」

玄木擔心凌雲飛此舉是真的為了叫天九等人提防，為免夜長夢多，放虎歸山，說：「不理殺害太子是否另有其人，老衲亦不認識那位司馬秋雁。只是外族侵我河山，殺害我國百姓，老衲雖然是方外之人，但也懂得保家衛國。驅逐蠻夷，凌施主可願跟老衲並肩作戰？」

之前大難不死，凌雲飛本來可以從此退隱江湖。既然連杜如風等人都不願再見，他大可遠走高飛，避世隱居，從此不問世事。

只聽凌雲飛說：「晚輩回來就是要報仇。仇人有兩個，司馬秋雁是其中之一。大師不叫我，晚輩亦會義不容辭。」

朱軍不知道之前凌雲飛為何無故失蹤，但說到要跟司馬秋雁算賬，倒也理解，只是不明白他為何不回來找幾位義兄。有兩位義兄幫忙，更有整個飛雲幫在背後支援，成功報仇的機會不是更大嗎？

正當玄木一馬當先，步出酒家，七色旗等人在背後都已經個個亮出兵刃，對面天九那邊扶桑刀客就更擺好架式，預備迎戰。此際從扶桑刀客身邊就有一位女子，盈盈秋水，姍姍移步，正從樓梯走下來。

在場沒有人認識此女子，就只有凌雲飛一人認得。

她當然就是寒雲，亦即隴西五鬼的老大袁天衣。

凌雲飛當然沒料到袁天衣會出現，更不明白她為何會跟天九等人在一起。

雖然朱軍等人是來查探凌雲飛和袁天衣的下落，可只有朱軍曾跟凌雲飛有一面之緣，袁天衣就見都未見過。究竟她有兩雙眼還是三對手，他們都一頭霧水。在場只有凌雲飛知道對面那位女子就是袁天衣，但看袁天衣的神情，既不惶恐，亦非意外，就似沒看到自己一樣。凌雲飛心忖，縱然自己面容有變，亦不致面目全非，袁天衣怎會不認得自己。心裏即時想到的，自然是受司馬秋雁威脅，可能成為人質。甚至可能像當日小白和夏侯純一樣，給服下什麼穿腸毒藥，才迫於就範，才佯作不認識自己。千愁萬緒在腦海飛快閃過。當日杜如風在青海湖邊曾跟他說，縱千刀萬剮，縱死一千次一萬次，無論如何都要救這個大妹。所以凌雲飛此刻只想到，他一定要去救袁天衣。

其實一見到袁天衣，他整個人已經愣住，再沒走前。玄木當然也看到對面忽然出現了一位女子，更感覺到後面本跟着的凌雲飛突然停下腳步。

凌雲飛叫住玄木：「大師，且慢。」

聽他這樣一說，當時兩邊陣營幾十人都忽然摒息靜氣，等着看凌雲飛的反應。

凌雲飛只想暫時且莫動手，他還未想到如何營救袁天衣的方法，一時間也不知如何編造一個藉口出來叫他們暫且按兵不動，心裏只恨沒有三哥的才思敏捷。想到如果杜如風此刻在此，他一定能想到什麼奇謀妙策。苦無良計，衝口而出：「既然各位都未知司馬秋雁的惡行，夏侯先生知之甚詳，大家何不先向夏侯先生了解一下。」

玄木森然道：「國仇家恨擺在眼前。先攘外，後安內。凌公子此舉，究竟居心何在？是在維護那班扶桑賊寇嗎？」

凌雲飛無計可施，望一望夏侯惇，夏侯惇上前道：「兩位大師本來都沒打算此刻現身，只因我跟凌公子的出現，才打亂你們的部署。不知道我倆有什麼企圖，才不得不現身想查個清楚。既然如此，何不等老夫跟大家明言，先弄清楚殺害太子的真兇，亦可釋除大師跟七色旗眾人之間的恩怨，避免之後跟那班扶桑人動手之際但自己這邊各人仍互相猜疑忌憚。這不是更合情理，更理所當然嗎？」

凌雲飛只想到當日杜如風如何使緩兵之計，竟又照辦煮碗，說：「而且我要教那位姑娘武功。」

眾人又被弄得一頭霧水。

凌雲飛想找小玉，可小玉已回到樓上房間，他唯有硬着頭皮說下去：「剛才那位姑娘給對方輕薄，我要教她功夫，好等她親自去教訓那個無恥之徒。」

本來眾人聽過夏侯惇的分析，都已打算暫時按兵不動，先聽一聽過去種種來龍去脈。可如今聽到凌雲飛要教一位弱質纖纖的姑娘功夫，更說到學會之後就能打倒璇飛九宮的殺手。如此荒謬，如此強詞奪理，不是更此地無銀，不是更無私顯見私嗎？

雖然都未曾真正見識過凌雲飛的能耐，只是聽杜如風說過昔日之事，料想都算英雄出少年；朱軍見狀，即出言替他解圍，道：「要教那位姑娘功夫確實有點勉強，不過要教崔三爺幾道絕技，然後去跟那個地八討回一點賭債，那就實在是一件大事。有趣，有趣。就這麼決定好了。事不宜遲，快去教吧。」

在場個個都丈八金剛。崔少棠固然沒想過要學什麼功夫，然後去跟地八討債。凌雲飛就更連哪個是崔三爺都不知道，更不明白無緣無故說起什麼賭債來。

此時終於到玄澄按捺不住，道：「阿彌陀佛，貧僧並不知道凌公子跟夏侯先生有什麼關係。我們敬重夏侯先生，若夏侯施主一意孤行，我們或許未能阻止得到。但這裏還有七色旗總旗主，又有貧僧師兄；凌施主還是靜候一旁，等幾位前輩主持大局好了。」

凌雲飛明白此刻要眾人暫且按兵不動，不技壓群雄，不露兩手來教他們心服口服是沒可能的了。與其跟其他人再起磨擦，跟玄澄交手反而更好，畢竟兩人之前都已經比試過，即說：「晚輩誅邪之心並未動搖，不過若然大師覺得晚輩未夠資格在這裏說話，大可出手教訓一下晚輩。」

眾人無不錯愕，朱軍即時出來勸阻，道：「大家別衝動，凌兄弟是來幫我們的，別傷和氣。」

看凌雲飛一副胸有成竹的樣子，玄澄心忖難道此子過去一年遭逢奇遇。但看他一臉滄桑，臉上留有疤痕，只怕曾死裏逃生。按理功力只會大不如前。但既然對方都開到口要挑戰，玄澄又不禁好奇，便說：「既然如此，貧僧亦只好再次領教一下凌施主的高招，那麼我們就找個地方切磋一下吧。」

跟扶桑海賊大戰在即，既不願敵人看見己方內鬨，亦無謂讓敵人看見自己的功夫路數。而且上次交手都未能將凌雲飛壓下，玄澄心裏也閃過對方功力會否真的更上層樓之念。

凌雲飛本打算在眾人面顯露一下身手，好讓大家聽他安排，不過也想到不應讓玄澄大師出醜，便說：「大師，我們就到樓上切磋吧。」

要知羅漢拳和金剛掌均以霸道見稱，在室內如此狹窄的地方施展，實覺縛手縛腳，而且一定會打爛很多東西。只怕如果凌雲飛的功夫真的更勝往昔，玄澄非要使上十成功力不可的話，隨時會將整間酒家砸個稀巴爛也說不定。

凌雲飛見玄澄猶豫，不知他在擔心什麼，隨口說道：「大師，放心，又不是生死相搏，切磋而已，一會兒就可以。就只有我們兩人，樓上雖然地方淺窄，但亦足夠了。」

又是講者無心，聽者有意。此話一出，好像擺明瞧不起玄澄似的。凌雲飛其實沒有這個意思，只是自從大難不死之後，性格都有點變了。再不欲禮貌周周，再不想拐彎抹角，行事說話不自覺地變得任性大膽。

玄澄聽罷，自然怒從心起，只應了聲：「好。」

玄木對師弟的功夫甚有信心，不相信師弟三十年的苦練會輸給眼前這個黃毛小子。夏侯惇則完全一副漠不關心的樣子，根本不把他們二人的比試放在心上。其他人當然好奇。

朱軍卻嘆道：「唉！都未跟敵人交手，就竟然自己人先打起上來。」

七色旗的人個個都聽過少林高僧的大名，料想凌雲飛縱然是李宗道的高足，但按理功力仍遠遠不及玄澄大師，根本沒可能是其對手。但既然聽凌雲飛說只二人切蹉比試，旁人不得觀戰，玄木大師和夏侯惇都未有意見，他們又怎敢走上去偷看，就只好在樓下等着。

只見凌雲飛在樓上走廊走來走去，又蹦又跳，又跺腳又撼牆。玄澄看着，只感啼笑皆非，不禁想，此小子瘋了嗎？

瞎搞一會，凌雲飛才回來，跟玄澄說：「大師，失禮了。晚輩只是想樓下的人以為我們打得很激烈而已。」

豈有此理，言下之意是接下來的比試將一點都不激烈。當日百招仍難分勝負，如今竟說能輕易勝過自己，玄澄罵了聲：「狂妄！」話聲未歇，一記羅漢拳就從中路攻去。

羅漢拳其實博大精深。雖為拳法，但其中有隔有迫有沖有閃有點有舉有壓有勾，又掛又踢又圈又劈，幾乎所有招式都網羅其中。而且氣行六脈，勁走全身，霸道無倫。再加上金剛掌，玄澄深信，若功力深厚，足以跟天下任何武學平分秋色。

凌雲飛手上的清風拳旨，融合了千羽劍法的精要，就是更能以柔制剛。過去一年更從夏侯惇身上學會太越八劍。太越劍法以正為首，每一招其實已經是一套獨立的劍法，每一招都攻守兼備，法度嚴謹。再加上無意中在體內滋長的青龍潛內力，在大難不死之後就更突飛猛進，致使如今凌雲飛身上就有高手苦練二、三十年的功力，已跟玄澄不相伯仲，要守的話，凌雲飛只會比玄澄守得更固若金湯；要進攻時，將玲瓏劍法運用於掌上，本來已變化萬千。雙掌齊施，變化倍增。所以玄澄一拳未能制敵，再變招之前，已給凌雲飛一掌推開。只是凌雲飛都未盡全力，固玄澄未有受傷。

一山還有一山高是千古不變的道理。以為羅漢拳加上金剛掌可無堅不摧；誰不知凌雲飛集多家之長，做到滴水不漏之餘，百煉鋼更可化作繞指柔。而且羅漢拳剛烈霸道有餘，但變化不足；凌雲飛的武功亦柔亦變，正好將其剋制，再加上如今功力大增。任玄澄使上十二成功力，都無濟於事。每一招都給凌雲飛料敵先機，每一招都半途而廢。之前玄見提過武學上的八字真言，若得其二三已幾可天下無敵。如今凌雲飛的武功就是亦正亦柔亦變，成大宗師耳。

其實凌雲飛畢竟閱歷尚淺，若非玄澄心浮氣躁，沒料到凌雲飛竟功力大增，也未致於如此醜態百出。數十招轉眼即過，玄澄完全一籌莫展。

凌雲飛突然退開，拱手道：「大師莫怪，是晚輩勝之不武。晚輩熟知大師的功夫路數，可大師完全不清楚我的功夫來歷，這樣不公平。」

玄澄本來也倨傲不群，可上一次已經無法在百招之內取勝。自己年過半百，拳上功夫亦有三十多年的火候，要說勝之不武，自己才是以大欺小。再加上一心大師才剛於少林寺連勝兩位師兄之事，玄澄也明白到真的天外有天，不敢再妄自尊大。

凌雲飛再說：「如大師允許，晚輩可慢慢解釋。」

玄澄心平氣和下來，就說：「阿彌陀佛，凌施主福緣深厚，才有種種奇逢。貧僧坐井觀天，還得向凌施主請教，願聞其詳。」

凌雲飛合什還禮，道：「晚輩不敢。」於是就由越王府的事說起，主要是交代自己如何經南陽侯指點千羽劍法，青海湖邊如何跟師父決裂，如何無意中學會袁何的青龍潛心法和魔光劍，幾兄弟又如何介入袁何和司馬秋雁二人的相爭之中，甚至連幾位兄長跟上一代神獸的淵源也約略交代了一下。說着說着，已過了差不多半個時辰。

一個說得起勁，一個聽得入神，只苦了樓下默默等候戰果的眾人，以為他們兩人竟整整一個時辰都未分勝負，可又沒再聽見打鬥的聲音。玄木功力深厚，感覺到玄澄的氣息，知道師弟無恙，但就是不明白兩人在樓上絮絮不休在說着什麼，但又不好意思上去催促他們。

當說過青海湖邊之事，玄澄就叫凌雲飛暫且停一會，說：「貧僧相信施主，不如我們下去跟他們也說清楚，免得施主又由頭再說一遍。」

凌雲飛想到跟夏侯惇的恩仇就暫且先隱瞞一下，要營救袁天衣一事亦不宜和盤托出，以免其他人知道後又諸多顧慮，意見不一。

下樓之前，凌雲飛叫住玄澄，道：「大師出家人有好生之德，之前想立刻出手，無非想趕在官兵齊集之前就了卻此事。若等到官兵齊集才出手，對方又嚴陣以待，難免傷亡枕藉。晚輩斗膽出個主意，或可出奇制勝，殺對方一個措手不及。」

玄澄說：「施主宅心仁厚，能夠減免死傷，自是最好不過。但貧僧亦有一事奉勸施主。貧僧依然修為尚淺，六筋未淨，不過最近得師兄教訓，冤冤相報，實在果報不止，徒添罪業。只望施主跟司馬秋雁和昔日恩師的種種仇怨日後可慢慢化解，施主亦別太執迷。」

凌雲飛卻道：「晚輩不敢瞞騙大師，既報私仇，亦為武林除害。誅邪之心，意堅志決，不敢或忘。大師不用記掛，晚輩相信天網恢恢。我們下去吧。」

待兩人下樓，眾人當然最着緊是二人戰果如何。凌雲飛搶着說：「得蒙大師指點，晚輩獲益匪淺。」玄澄礙於要顧全少林寺的顏面，委婉地說：「凌少俠武功之高，貧僧固然大開眼界。不過更重要的是，凌少俠過去種種奇逢，還有夏侯先生的遭遇，原來背後都牽扯到不少重大陰謀。貧僧想，大家還先聽一下凌少俠和夏侯老前輩的話，然後才作定奪。」

眾人聽罷凌雲飛和夏侯惇兩人分別講述過去種種經過，明白到司馬秋雁和袁何二人如何相鬥以至太子被殺。當然夏侯惇沒有明言實際下手的其實是自己，亦隱瞞了殺害小白一事，更乾脆騙了一整套謊話，說自己本來是青鋒三老之一，假意倒戈投靠司馬秋雁，後被悉破，被殺手追殺，把自己和凌雲飛的遇襲一概賴到天九三人身上。說是當日三人幪面行兇，兩人被打落山崖，自己幸得凌雲飛相救，才僥倖撿回一命。花了整整一年時間養傷，今次回來，就是要跟他們算清這一筆賬。

之後又到朱軍細數過去一年杜如風等人的近況，道：「凌公子為何不回來跟兩位兄長和幾位妹妹重聚？他們一直記掛着兄弟，就是成立這個飛雲幫，亦無非為了可以有更多人幫忙去打聽你們兄妹二人的下落。」

凌雲飛神色黯然，夏侯惇好像怕凌雲飛露出馬腳似的搶着幫他回應：「因為之前傷勢未癒，所以才不敢露面，怕司馬秋雁仍不肯放過老夫。後來得到線報，知道天九三人在此，便急着趕來，所以才未能及時通知各位。」

朱軍嚷着：「夏侯前輩，這次你就失策了。若一早與我們聯絡，不但白大夫醫術通神，一定可以醫好你們的傷，而且如今我們人強馬壯，不消說那區區幾個殺手，就是司馬秋雁那老賊來到，我們都不用怕。」

夏侯惇唯有莞爾一笑。七色旗的人和玄木大師則覺得，不但凌雲飛恁地狂妄，就連這個朱軍也好大口氣，對這個剛崛起的飛雲幫都起了戒心，以為他們要稱霸江湖。

凌雲飛心裏只不願兩位義兄弟陪他冒險，對手是力天神司馬秋雁，昔日思師的的能力他又怎會不知？如今李宗道更已投靠袁何。萬一要與袁何為敵，莫說根本沒信心，袁何是袁天衣父親，凌雲飛又怎會想把杜如風和路菲牽涉其中，叫他們為難。

交代完過去種種來龍去脈，又說了兩個時辰，都已經二更。就在他們預備吃晚飯之際，大火頓起，陡變橫生。

扶桑海賊那邊只覺事有蹊蹺，是真的意外起火，還是有人縱火呢？但他們明明未叫任何人下手，難道有手下擅作主張？

只見七色旗那邊的人亂作一團，忙着救火，天九那邊的人又怎肯放過此等良機？雖然都怕是對方的詭計，但也不禁蠢蠢欲動。正猶豫之際，玄木和玄澄兩位大師已一馬當先，抱起火柱便向天九那邊攻過來。

雖說有備而來，可一直盤算的都是如何劫軍餉，如何應付七色旗幾位旗主。就是玄木兩位大師和夏侯惇二人來到，亦只籌謀如何單打獨鬥，沒想到這幾位大宗師竟會聯手，更用火攻，更在他們自己預備吃晚飯的時候來出手，實在攻其不備；天九等人方寸大亂。

乘此亂況，凌雲飛已飛進對面二樓，手上更祭起魔光劍。擋者披靡，扶桑刀客幾乎一招都未接上就命喪凌雲飛劍下。

殺了幾個扶桑人，忽見袁天衣的背影，凌雲飛更無暇細想，追上前營救。詎料來到袁天衣身後不足一尺，袁天衣轉身，火影掌送上，凌雲飛身上的青龍潛護身氣勁自然生出。可倉卒發勁，勁力不足，人如炮彈般便給轟出屋外。

凌雲飛才剛從夏侯惇手上死裏逃生，轉眼又再一次墮進鬼門關。

屋外雙方人馬仍然混戰不休，只有朱軍心裏仍記掛此行主要目的是要找尋凌雲飛和袁天衣的下落。良久都未見凌雲飛現身，便且戰且找，終於發現凌雲傷重昏迷，躺在後巷之中。可周圍人馬雜沓，孤掌難鳴，只想帶凌雲飛速離此地。但明白一旦遇上天九三人，又或只是任何一名扶桑刀客，都獨力難支。正徬徨之際，夏侯惇突然出現眼前。

【第二十三回】

當日凌雲飛本來絕非夏侯惇的對手，而且手上的七星劍又借了給杜如風；但突然想起玲瓏劍訣暗藏的相生相剋之道，而且還能使出魔光劍。雙劍齊施，竟不落下風。奈何新招乍練，魔光劍時靈時不靈。魔光劍一消失，眼看就要命喪夏候惇的太越八式之下，青龍潛護身氣勁逕自運起。凌雲飛全身被金球包裏住，甚至將夏侯惇困於其中，然後兩人一起掉到山下。

誰不知山下竟有一個深入地底百尺的地洞，兩人就是這樣一直跌呀跌，跌呀跌。假如是袁何，青龍潛內力深不見底，也許還能安然無恙。奈可凌雲飛體內「吟留別賦」的武功還未成熟，青龍潛的內力不足，跌到中途，青龍潛的護身金球消失，兩人就像從一樓掉到地下一樣，焉有不粉身碎骨之理？

猶幸地洞內枯葉堆積厚近一尺，兩人方能僥倖不死，但已是混身浴血，多處骨折，奄奄一息，就這樣一直昏迷。本來已一隻腳踏進鬭門關，豈料青龍潛有起死回生之效，凌雲飛的傷竟慢慢自行療癒。

夏侯惇功力本來比凌雲飛高，沒有即場死掉，但亦離死不遠。昏迷了整整一天才悠悠甦醒過來，他混身欲裂，身上有幾處骨裂，腳踝扭傷，最嚴重是左手向後拗斷了。莫說站起來的力氣，就連喊一聲也做不到。固然痛得死去活來，但完全動彈不得才更痛苦。夏侯惇不禁老淚縱橫，可也哭不出聲音，只是眼淚不停的流。前一刻還滿腔怒火，要殺凌雲飛洩憤。可下一刻自己卻離死不遠，更諷刺的是他如今連自殺，想快點結束這痛苦的能力都沒有。他只能眼白白等死，等餓死，等渴死。累了，就昏睡過去。

地洞在樹林深處，又被大樹和綿密的植披所覆蓋，就是翻遍整個百獸谷，也不會發現在這峭壁下的樹林之中竟有這樣的地洞。地洞很深，洞上老樹參天，根本沒多少陽光能進來，但隱約還可分辨晝夜。

夏侯惇醒來，再哭。哭乾了眼淚，身體也漸漸沒有水份，但心還在痛，開始想，終究是自食其果，也許一切都是咎由自取，悔意萌生。只是覆水難收，如今就更什麼也做不到。幸虧這兩天春雨綿綿，從洞口落下不少雨水。折騰了兩日兩夜，竟還未死，偶爾閃過一絲求生欲望。猶幸洞內未有毒蛇毒蠍，有飛蟲爬過臉上，絕地求生，也顧不了尊嚴身分，夏侯惇甚至想過張口把這些爬蟲吞了裹腹。可轉念又想，縱非十惡不赦，但亦不見得一生清白無辜。始終是江湖中人，殺害太字殿下都未覺大逆不道，罪無可恕；反而辜負了幾個人才更抱憾終生。人生在世，本就是地獄之行。夏侯惇死意已決，反而心境平靜下來，身上的痛苦也好像減輕了少許。

就這樣昏昏沉沉，都不知過了多少時日。努力張開雙眼，周圍仍是一片昏暗。雖然身上再無力氣，但觸覺猶在，隱約覺得周圍有活物的氣息，好像有人在旁一直窺伺。待定神細聽，夏侯惇已肯定洞內另外一人就是凌雲飛。

青龍潛內力需要時間修復傷口和骨折，故凌雲飛一直昏迷。四天後才醒過來，猶似浴火重生，醒來第一個意識就是滿腔怒火。可第一個想起來的仇人卻並非夏侯惇，而是那班西域神獸。印象模糊，都只曾聽杜如風提起過。但若不是那班神獸，父親就不會客死異鄉，跟路菲父親一樣在那次西域之行中無辜被殺。接着就想到那班播威鏢局的鏢師，不是他們保護不周，父親未必會死。又如果他們不是對事後前往投訴的母親動武，母親也不會死。

但其實之前他並沒懷恨在心，由細到大都好像腦筋不靈，從沒多想。有書就唸，父母吩咐的就照做。父母常說生死有命，富貴由天，要懂得安貧樂道，要懂得感恩戴德。就是父母相繼離世，他都並未太過傷心，小小年紀已覺生亦何歡，死亦可苦。所以二十多年來縱浪裏行舟，亦能樂觀面對，一一度過。縱然被越王府的人扣押，都沒有怪罪過夏侯純。可如今小白被殺，自己竟大難不死，他就變了，變得憤世，變得不甘心。恨那班神獸，恨播威鏢局的人，恨師父李宗道，恨眼前這個夏侯惇。正因為對他恨之入骨，見他如今奄奄一息，痛不欲生，他反而不想下手了。他就是要看他痛苦呻吟，就是要看着他慢慢死去。夏侯惇愈痛苦，凌雲飛就愈痛快。

此刻腦裏就只有復仇二字，只是未想到如何令夏侯惇更痛苦，只怕夏侯惇立刻在他面前死掉。若然他死了，凌雲飛就真的不知活下去還有什麼意義。如此一直幾乎目不轉眼地看着，看了一日一夜，凌雲飛都不累，反而夏侯惇按捺不住先開口，但一個我字也說了半天才能說出來。

他有氣無力地說：「南陽侯宇文旗有兩個妹妹，一個宇文青燕，一個宇文紫燕。他將宇文青燕許配給我哥夏侯博，但我跟嫂子卻更情投意合，後來姦情被悉破，更得悉女兒其實是我跟嫂子所生，我唯有離開越王府，嫂子出家為尼，法號慧青，就是今天青鳥閣的主人。長兄之後氣鬱難紓，不久就病死了。我愧對越王府列祖列宗，對不起兄長，辜負了燕妹，就連親生女兒也救不了。」

夏侯純其實是夏侯惇的女兒，所以他才要殺清涼先生的徒兒來報仇，不知道夏侯純根本未死。以為清涼先生當日在越王府已趕盡殺絕，也許司馬秋雁在背後又煽風點火又加鹽加醋也說不定，總之他就認定女兒是死在清涼先生手上。

凌雲飛一路聽來，頓覺腦海空白一片。雖然師父的而且確殺了夏侯惇的親人，但夏侯純卻尚在人間。師妹無辜被害，就只因為當中的誤會。

凌雲飛心中閃過：「若蒼天有眼，難道小白前世作孽太深？若蒼天無道，難道我若麻木不仁，亦只是順天而行？我究竟應該告訴他女兒未死，還是讓他以為女兒死了，才對他打擊更大？更能教他哀痛欲絕？若以為女兒死了，自然萬念俱灰；若知道女兒未死，但奈何自己如今卻離死不遠，終究無法再見女兒一面，會否更恨錯難返？」但又想到，夏侯純心智迷失，都不知能否復元，這些又應否告訴他呢？

凌雲飛身上傷患漸癒，但傷疤猶在，臉上就是多了一道由跌下來時給樹枝劃破的疤痕。而且雖然可以行動，可氣力不繼，又多天沒進食。勉強聚勁，魔光劍稍現即逝。但就是乘這一剎那，凌雲飛已用魔光劍將夏侯惇的左手斬了下來。

夏侯惇左手已然拗斷，肌肉壞死。再不斬下來，只怕神仙難救。

縱然誤會一場，但夏侯惇畢竟殺了深愛之人，怎能輕易就原諒他。凌雲飛也沒想那麼多，此時只一心一意想着一件事，就是不可以讓眼前人就這樣死掉。用隨身攜帶的金創藥止血，替他包紮傷口，餵他喝水，只望可以救回他的性命。

凌雲飛還未有力氣走出洞穴，自己逃生都難，更何況要帶着一個完全動彈不得的傷者。如是者又過了幾天，只能找些樹葉樹皮裹腹。幸好近洞口的石壁上有一個蜂巢，把衣服罩着身體，冒險去把蜂巢搗了，拿蜂蜜來吃。感到體內有一點真氣，就立刻去替夏侯惇運功療傷。夏侯惇自從說了之前那一番話之後就沒再開口，以為凌雲飛要將他救回，無非想對他百般凌辱。夏侯惇死意已決，但仍無力自殺，便想不管對方如何折磨自己，無論如何都不會開口求饒。

就這樣過了半個月，見夏侯惇已拾回一點力氣，生命再無大礙，凌雲飛才對他說：「我接下來跟你說的話，你信也罷，不信也罷，事實就是這樣。」於是他就把被越王府關押一事，從頭說起，直說到往百獸谷的路上為止。

信又如何？不信又如何？如今只剩半條人命，縱然將來真的能夠逃出這個地洞，沒有了一條手臂，又經此大劫，真元虛耗，即使武功猶在，只怕只餘三成功力。雖未知道凌雲飛經死裏逃生竟能武功大進，就是回想當日縱豁盡全力，都只能拼個兩敗俱傷。如今已成半個廢人，莫說已不是眼前這個手輕人的對手，要找清涼先生報仇，就更機會渺茫。聽到女兒原來尚在人間，夏侯惇還可以怎樣？唯有姑且信之。只是不明凌雲飛意慾如何，問：「你想怎樣？」

凌雲飛道：「我暫時未想到。你當然要死，但還有很多人都該死。我要你幫我先對付那些人。殺光他們後，我就帶你去見你女兒。」

夏侯惇問：「之後呢？」

凌雲飛木然道：「不知道，也許到時才殺你。」

「若我不應承呢？」

「先殺你女兒。」

「你肯定她能夠去到百獸谷？」

「就算我未能肯定，又如何？只能但願如此，不是嗎？」

如此這般，在洞內經過個多月，凌雲飛已神完氣足，夏侯惇又有能力行走了。兩人出了洞穴，即速離該處，再覓地療養。足足又過了大半年，夏侯惇才完全康服，但功力無論如何都今非昔比。清涼先生滅了越王府，司馬秋雁更可能是幕後主使，而且又毒害女兒，可如今夏侯惇無力復仇，但凌雲飛的仇人卻又竟是司馬秋雁和清涼先生，兩人目標一致。而且念頭在心裏日益滋長，夏侯惇愈來愈相信女兒尚在人間，又或者說他愈來愈盼望女兒尚在人間。於是他就跟着凌雲飛，聽其差遣。

凌雲飛要去報仇，要去對付司馬秋雁和清涼先生，他又怎忍心叫兩位兄長和幾位妹妹陪他冒險？於是他倆就秘密行動，四處打聽，得知司馬秋雁跟清涼先生如今勢成水火，各自建立起兩大陣營。一邊是扶桑海賊，一邊是東海霸主的袁何。故才來到明州，圖剪其羽翼，之後再見機行事。

此時，半夢半醒間凌雲飛就是想起這件往事。

不過也不能說夢醒，應該是昏迷才對，因為他已睡了三日三夜。

三天前，被袁天衣打傷，之後青龍潛內力又再一次發揮療傷功效，所以他才一直昏迷不醒。

可是一醒來，見到的卻不是朱軍或夏侯惇，而竟然是袁天衣。更教他糊裏糊塗的是，袁天衣竟對自己異常溫柔。

袁天衣撫着他臉上的疤痕，溫柔地叫着：「三弟，你沒事就好了。」

凌雲飛只覺奇哉怪也，不但袁天衣就在身邊，此刻路菲也來了。

再察看四周，周圍布置簡陋，空氣中有海水的氣味，看來應身處海邊茅屋之中。記憶中，前一刻還在酒家旁邊的後巷，中了袁天衣一記火影掌，身受重傷，昏迷前好像看到獸王朱軍的臉，也好像看到夏侯惇。為何此番醒來，身邊的卻是袁天衣，而且二哥也來了？接着再想到，為何大妹會叫自己三弟？又為何此刻對自己異常溫柔着緊？正想開口問個究竟，路菲忙指手劃腳，意思好像是叫大妹到廚房去。為何二哥好像不能言語？

凌雲飛正要開口，路菲拉着他的手，在上面寫着：「大妹失去記憶，以為我是殘月，以為你是橫行。無法跟她解釋，暫且見步行步。」

後來趁袁天衣到外面買菜燒飯，路菲才跟凌雲飛道明。先說出當日凌雲飛墮下山谷後的種種經過，然後杜如風如何得龍魂之助救了眾人，眾人過去一年又如何四出打聽兩個弟弟妹妹的下落。

接着路菲再說：「當日為救小妹，大妹將斬樓蘭召喚出來，卻不知什麼原因，中途生了意外，沒再把斬樓蘭收回。離魂在大水坑四處遊蕩，最後三妹給她誦經超渡，終化去了這股怨念冤魂。我也不知是否這樣，識魂被壓制得太久，就會有所缺損，如今夏侯純也一樣記憶全失。只是大妹並未完全喪失記憶，卻將過去的事顛三倒四，一定又是司馬秋雁那老賊和那個浴火神鳥在背後從中作梗。如今大妹以為那個神鳥才是親父，叫自己做米小衣，司馬秋雁是義父，袁何是害死她娘親的兇手，當日我和三弟就是幫兇，就是見死不救。但她還記得小時有過幾位結誼金蘭的妹妹陪她一起跟父親學武，她還記得二妹殘月幾人。」

既然還記得幾位妹妹，又怎會誤會路菲是殘月？以為自己是橫行？凌雲飛問。

路菲再解釋：「其實我跟你一樣，又怎會想到竟有此番轉折？當日我在往明州途中就發現大妹，見她竟跟昔日璇飛九宮的殺手一起，已知事有蹺蹊。我猜你跟我的想法也一樣，當然設法營救。但就如你所遇到的一樣，我都中了一記火影斬。只是你有朱軍等人相救，猶幸我傷得不重，僥倖逃去。之後既要養傷，也實在不知大妹為何會性情大變，便不敢再貿然行動，只暗中跟隨。她傷了你之後，也一時之間不知所措。接着我現身，引她追我。她知我身上有青龍潛內力，竟問我是否曾跟她一起學武。我六神無主，一頭霧水，便隨便應着她，然後她以為我就是殘月。其實她內心都很混亂，依稀記得昔日結誼金蘭的是幾個妹妹，為何如今會變成男子。但她都知自己記憶不好，過去往事都是零零碎碎的片斷，便以為自己記錯了。」

凌雲飛猜到了，便說：「因為我身上也有青龍潛的內力，所以她就以為我是橫行。」

路菲答：「既然她有這個想法，我當然推波助瀾。」

凌雲飛說：「所以二哥才要裝作不能言語？」

路菲答：「最初都不以為意，後來她問我不是自小不能說話嗎，我才想起，便跟她說病已好多了，有時就假裝一下口齒不清。」

「那麼我也要裝作走路一拐一拐嗎？」

「都不知她記得哪些，不記得哪些。不用了，若她問到，就說已經癒痊癒好了。只怕裝得不像，反而露出馬腳。」

「那麼如今怎辦？」

「她說要帶我們去見師父，去見那個浴火神鳥。看來只能暫且順着她的意思。我也想過，帶她去找白大夫。但當日夏侯姑娘的失憶病，白大夫都說愛莫能助，無能為力。」

「只怕合我們二人之力，要放倒大妹，讓她乖乖跟我們回去龜茲國，亦非易事。」

「你倒說得對。而且大妹不是完全失憶，只是記憶都亂七八糟，我總覺得一定是那個浴火神鳥或司馬秋雁在背後耍了什麼手段，施了什麼妖法。我們就跟去查個清楚吧。」

凌雲飛想起，就問：「朱軍和夏侯惇二人呢？」

路菲說：「大妹因為你身上的青龍潛內力，便認定你是她的師弟。既然要救你，但又未能跟朱軍他們解釋清楚。也怕朱老大不明就裏，洩露我的真正身分，便只能從他們手上把你搶過來。我都知這絕非上上之策，但當時實在無計可施。只不知另外一人是誰。」

凌雲飛也不作隱瞞，便把夏侯惇為報越王府的仇而殺了小白，接着要來對付自己，之後兩人如何掉進地洞，如何死裏逃生都一五一十說了。甚至要脅夏侯惇幫他報仇一事，凌雲飛也跟路菲和盤托出。

路菲搭着這個五弟的肩膀，不無感慨地說：「雖然十三年前你沒有跟我們一起去西域，但我們幾人的命運竟不約而同都受着那班瘟神所播弄。天兒可憐，我們幾人如今竟能相聚在一起，你師妹和父母的仇，再加上我父母的仇，還有如今大妹的仇。要對付司馬秋雁和李宗道，還有那個浴火神鳥，又豈只單單你一人之事。記住，從今以後，我們兄妹幾人都共同進退，生死與共。雖不能同年同月生，但要死，就一塊兒死，誰也不要再說連累二字。」

凌雲飛從來未感受過這番情誼，只覺此後要面對的種種凶險，縱九死一生，縱天地不仁，縱要歷盡千災萬劫，都有幾位兄妹相陪。縱然要與整個天下為敵，都義無反顧，都勇者無懼。

路菲還安慰他說：「三弟得龍魂之助，如今武功好到不得了。你我靠青龍潛的神效，也功力大進。我們合力，未必會輸給那班瘟神。五弟，二哥有一個請求，報仇之事暫且擱下，我們先去醫好大妹的失憶病，可以嗎？」

凌雲飛答：「二哥，你剛說我們幾兄妹生死與共，又何來一個求字？」

路菲按着凌雲飛的手，說：「對，是二哥說錯了。」

凌雲飛要養傷，不宜走動，便暫且住在海邊小屋。三人難得過了十數天安樂日子，袁天衣日日燒飯煮菜，兩人又輪番替凌雲飛運功療傷。過去二十幾年的人生之中，只覺從未如此安逸寫意。只是有時候凌雲飛覺得十分尷尬，之前認識的大妹，在人前都一副大家姐的模樣，既堅強又成熟，可私底下卻原來十分溫柔。而且過去一直都特別愛惜橫行。雖然如今記憶模糊，但心裏還是這樣想。對着凌雲飛，就以為是橫行，處處關懷，替他夾餸，替他運功療傷，備水給他洗臉。幾乎就想幫他抹身，餵他吃飯。

凌雲飛又怎會不知兩位哥哥都對這位大妹一往情深，十多年來這副心思從未變過，可此刻要讓路菲眼白白看着袁天衣對自己無微不至，怎不尷尬？雖然路菲又擠眉弄眼，又打手勢，叫他不用介意，甚至有時還取笑他，凌雲飛知道路菲心裏始終不是味兒。

日子過得安穩，袁天衣就嚷着要兩人跟他訴說兒事往事，好等她可以回憶起來。兩人無計可施，不是砌詞推搪，就是胡亂編一些無關痛癢的故事出來。幸虧路菲身上帶着飛雲幫的信物拔浪鼓，便拿出來給凌雲飛。袁天衣看到就認得，還記得這是橫行最愛的玩具。又問路菲兩人，知道她手上為何會戴着三串佛珠，只依稀記得是她兩個最親的人送給她的，就問：「是你們兩個給我的嗎？」

路菲點頭，可凌雲飛還是說：「不是我給你的，是出林給你的。」凌雲飛如今做了橫行的替身，此刻的出林，自然是杜如風。

袁天衣着急地問：「如今出林呢？」

凌雲飛說：「我們去見過師父後，就去找她好嗎？」

「她在哪？」

「我們不知道，但她應承幾個月後就會和我們聯絡。」

「她眼睛不好，你們為何不把她帶在身邊？」

「放心，她的眼睛好多了。」

「好想快點見到她。大姐沒用，都不知腦袋出了什麼毛病，我都不記得她是啥樣子了。」

「放心，好快我們就可以重聚。好快。」

路菲兩人就想，還是快點去見到那個米可，查出究竟是怎麼一回事，才有望醫好袁天衣的病。待凌雲飛復元得七、八成，兩人就催促袁天衣出發。走了十幾天，三人來到臨安。

時值夏至，烈陽高照。三人來到客棧投宿。為怕再有意外失散，三人只租了一間大房。袁天衣亦完全心無芥蒂，當兩個大男人是親弟弟，竟三人大披同眠。有時候在房內梳洗更衣，更完全不避男女之別。只苦了兩個大男人，一個強忍心中愛慕之情，一個尷尬得面紅耳熱。

殘月老是一身黑衣，方便夜行。出林則青衣一襲，亦恰如其名。袁天衣外號寒雲，衣衫都是深藍色的。橫行則愛穿白色，不過實在太耀眼，只能在家裏穿着。出外行走，則換過褐色衣裳。凌雲飛一身灰衣，而且到處破損，袁天衣就帶他去換過一套新的褐色衣衫。真的像大姐姐照顧小弟弟一樣，幫他穿衣，看新衣稱不稱身。只是其實凌雲飛還比袁天衣年長幾個月，而且這個小弟弟都已經是二十多歲的男人了。袁天衣本來就貌美如花，只是一開始就知道兩位兄長對她情深早種，才從沒有非份之想，而且當時一顆心仍然記掛着師妹小白。但隨着這個多月的親密相處，畢竟都一樣血氣方剛，如今就連這個五弟心裏都對這個大妹萌起愛惜之情。

過了幾晚，轉了幾間客棧，都一直風平浪靜，直至這晚。

其實過去幾日都已知有人跟蹤。這夜三人同時醒來。袁天衣本來就特別照顧橫行，路菲也不想太接近大妹，免得衝動難受，就讓凌雲飛睡在兩人中間。凌雲飛在路菲掌上寫字，道：「等我去。」寫完，就二話不說，飛出屋外。袁天衣當然想阻止，卻給路菲叫住。路菲假稱可能還有埋伏，說還是留在客棧裏等敵人自動現身好了。

路菲跟凌雲飛二人早有默契，知道有人跟蹤便擬定好一定只讓其中一人去應付，另一人就留下陪伴袁天衣。袁天衣奉命對付袁何等人，但都不知來者是誰。如今袁天衣誰也不認得，萬一出手重了，殺錯良民固然不好。更重要是，不可以讓她看到兩人顯露身手。兩人根本都不懂得火影大法，萬一讓天衣瞧出兩人功夫其實跟自己完全不同，教她懷疑他們二人不是其師弟，就前功盡廢。

那麼究竟是誰盯上他們？路菲和凌雲飛二人都舉目無親，亦不會有人敢打他們二人主意。相反袁天衣既有親人，而且如今更是奇貨可居。不過兄長袁天經遠在龜茲，都不會知中原究竟發生什麼事。袁何應該只關心自己的鴻圖霸業，從來都沒理會過一對兒女的死活。

最初以為女兒已死，傷心了幾年。到後來妻子病歿，傷心變成憤怒。再加上學得《吟留別賦》的絕世武功後，從此更性情大變，要做人上人，要當天下第一，甚至想過做皇帝，兒女私情再沒放在心上。到後來知道女兒當了隴西五鬼的老大，更再沒擔心過。只是近幾個月道上消息傳來飛雲幫一直四出打聽袁天衣的下落，才想起女兒的事。而且近月竟然又傳來扶桑海賊那邊有高手相助，擅使火功，而且還是一名年輕女子，袁何就懷疑此人就是其女兒天衣。不明白女兒縱然不恥父親所為，也應該不會倒戈，一定是司馬秋雁在背後使了什麼毒計耍了什麼手段。若然不是女兒，故然要殺之而後快。若然是女兒，就更加要把她救回來。所以袁何便派拓跋狐一路追蹤打聽。

拓跋狐十多年前立志要到中原打出名堂，闖一番天下。擊敗過幾個小門派的門主幫主，後來遇上當時已名滿天下的神劍千羽宇文旗。兩人交戰了數十回合，終究中原武學更博大精深，從此意志消沉。後得袁何指點鼓勵，重新振作，在原來的劍法上加入中土崇尚的中庸之道。他向來使用重劍，劍勢大開大合。凌厲有餘，可耗力太巨，未能久戰。經袁何指點，竟悟出跟千羽劍法有異曲同功之妙的四両撥千斤之道。助袁何收服沿海三幫，聲名大噪。之前仕少林寺，玄見跟兩位大俠論劍術之道，未幾江湖已傳遍這句順口溜，謂：「少林論武，八字真言，乾坤九劍。」

八字真言分別是「快、慢、變、幻、剛、柔、正、奇」，加上袁何，就由昔日的天下五劍變成如今的乾坤九劍，拓跋狐亦榜上有名。

縱然各擅勝場，除了袁何貴為座天神，神功無敵；其餘八人究竟誰技勝一籌，只怕沒真正生死相搏，也不知鹿死誰手。拓跋狐奮鬥了大半生，一心只求揚名立萬，完成跟自己許下的承諾。要讓中原人永遠記得鮮卑拓跋氏亦有武學大宗師，不讓鮮卑宇文氏專美。如今終於能夠跟其餘八大劍客齊名，於願足矣，便想回到西域隱居。跟袁何求去，袁何就給他這項最後任務，要他查明那名年輕女子的身分。

身無長物才拼死無大害。如今有頭有面，反而愛惜羽毛，不欲犯險，行事小心謹慎。聽聞女子身手不凡，身邊又多了兩個人，便不敢輕舉妄動。引得對方單人匹馬追來，正中下懷。拓跋狐更特意選擇在窄巷現身，守株待兔，就更是佔盡地利。

此際道上消息已經傳開，有人指證殺害太子真兇其實是司馬秋雁。當日聞鶯樓一夜之間分崩離析，竟又牽扯到幾個年輕人身上，而這班年輕人如今又糾黨聚眾，飛雲幫聲勢一時無倆。雖未碰面，拓跋狐已收到線報，猜到眼前的年輕人是誰。而凌雲飛過去幾個月亦不停打探袁何和扶桑海賊兩幫人的消息，亦已知道面前手持巨劍的是何許人也。雖說功力大進，但只知最近兩次出手都換來險死還生，而巨劍拓跋狐的大名卻如雷貫耳，凌雲飛只感戰戰兢兢。

拓跋狐好整以暇，在窄巷請君入甕。一隻手扶着巨劍，一隻手拿着羽扇搧涼。巨劍長約四尺，劍刃更寬約一尺，劍鍔也長，並且以黃金打造，劍莖上還鑲有寶石，整把劍呈十字形，名「斬鐵劍」。一看已知，給它斬中，就算不給開膛破腹，其力亦足以碎筋斷骨。

還是拓跋狐先開口問道：「你就是李二哥的高足？」

凌雲飛也不亢不卑，答道：「晚輩不認識前輩口中什麼李二哥，跟先師李宗道亦已恩斷義絕。」

拓跋狐再問：「欺師滅祖，還敢振振有詞。跟你一起的那個女子是袁天衣吧？」

凌雲飛也沒正面回答，只問：「未知前輩要找我妹妹所為何事？」

「老夫也未敢擅自替李二哥清理門戶，但代他教訓一下不肖弟子，他應該也不會介意。你的劍呢？」

「我沒有劍。」

「什麼意思？你是來找死嗎？你知道我是誰？」

「江湖上能將此巨劍運用得揮灑自如，只怕亦只有拓跋狐前輩一人。」

「既然知道老夫是誰，還敢赤手空拳而來？」

「晚輩跟前輩並無過節，不明白前輩為何要咄咄相逼。」

「好，不難為你。另外那個少年叫什麼名字？」

「你是指我二哥路菲嗎？」

「誰記得你們這班小鬼的名字？只消你去跟那個路菲一起離開，留下袁天衣一人，老夫也不再跟你們計較。」

「恕難從命。」

「嘿！小鬼，膽敢消遣老夫。」

當今乾坤九劍之一，誰不聞風喪膽，光是名氣已夠壓場，但眼前小鬼竟完全不將自己放在眼內。自信功力跟眼前小鬼比較有若雲泥，雖然未敢輕言一定勝得過李宗道，但對付其徒弟，又焉有不敵之理？拋下羽扇，飛身縱前，只以掌為劍，要一招就教眼前小鬼哭着求饒。

只見拳影翻飛，凌雲飛的清風拳旨或剛猛不足，但要立於不敗之地，可比羅漢拳和空明拳都猶有過之。幾招下來，雖未受重招反擊，可拓跋狐已感眼前少年內力之深，甚至猶在自己之上。吃驚之餘，更本能反應，右手抄起斬鐵劍，以雷霆萬鈞之勢劈下。凌雲飛雙拳金光乍現，竟有劍光伸出。而且明明光影本來捉摸不到，但劍光卻如實似堅。不但能擋下拓跋狐的雷霆一擊，甚至更有一股柔勁牽扯，令拓跋狐攻勢盡失方寸。不過巨劍好歹都是一代宗師，斷剛十二式一經祭起，幾可摧枯拉朽，無人能近，即時把凌雲飛震開。自己也不得不後退幾步，重新評估形勢。

斷剛十二式是拓跋狐從西域學來的劍法，配合斬鐵劍，本應所向披靡，奈何耗力極巨。自從經袁何點撥，已懂四両撥千斤之法，便已甚少故技重施。再看眼前小鬼，功力如此深厚已匪夷所思，更教他意外吃驚的是凌雲飛竟然懂得袁何的魔光劍。當年拓跋狐願意跟隨袁何，還不是攝於他的魔光劍。

拓跋狐難以置信，問：「你是袁大哥什麼人？」

凌雲飛答：「晚輩曾經袁世伯指點。」

拓跋狐語氣亦改，好言勸道：「既然曾得袁大哥指點，就算不是正式拜師，都算半個徒兒。你知道袁天衣是他的女兒嗎？」

「知道。」

「也許之前有點誤會，既然如此就好辦。你們幾個就跟我回去，好讓他們父女團聚吧。」

「本應如此，奈何我們還有別的急事要辦，還望前輩見諒。之後，我們必跟袁姑娘一起去拜見袁世伯。」

拓跋狐只感氣結，進退維谷，慍然道：「你真的以為我打不過你？」

凌雲飛也了無懼色，道：「前輩劍法通神，可晚輩實在情非得已，只望前輩可以幫我們轉告袁世伯。縱粉身碎骨，我們亦一定會保護袁姑娘萬全。」

「你吩咐老夫帶個口訊回去？」

「晚輩不敢。」

「好，老夫就見識一下你的魔光劍究竟有幾成火候？」

之前被殺個措手不及，可如今心裏有數，拓跋狐不敢再小覷眼前這個年輕人。

當年輸給宇文旗的千羽劍法，後經袁何提點，拓跋狐就想到，別人出招若要大幅度揮出，他用巨劍使出，只消輕輕一擺就可以。由此悟出此四両撥千斤之法，其法門根本跟千羽劍法如出一轍。由巨劍使來，輕挪微轉，又快又勁，甚至可以後發先至。自悟出此法後，根本無須再使重招，已幾乎打遍天下無敵手。如今重整攻勢，拓跋狐就是如此避重就輕。其實除了袁何之外，若真的跟今天乾坤九劍餘下七人單打獨鬥，拓跋狐都有信心一拼高下。就算未能取勝，至少也可以鬥個難分難解或兩敗俱傷。

只可惜今天的對手是凌雲飛。他集玲瓏劍訣之變、千羽神劍之柔和太越八劍之正於一身，再由魔光劍使出，就是讓拓跋狐疲於奔命，攻勢或被千羽劍法一一化解，或被太越八劍一一擋開，同時又被玲瓏劍訣攻得手忙腳亂。技窮之餘，又老羞成怒，一生榮辱繫於此戰，從沒想過竟會陰溝裏翻船，會被一個寂寂無名的年輕人迫到如此窘境。拓跋狐唯有豁盡所能，猛地祭起斷剛十二式。十二式都是攻招，沒有守勢，遇神殺神，遇佛殺佛，招式都是從西域軍人在戰場上衝鋒陷陣而領悟出來。而且每招都不是為了殺一人，一招就要殺十數人，從不留餘地。十二式一過，即屍橫遍野。再加上選擇在窄巷現身，拓跋狐也是經過一番深思熟慮，就是讓對手不易躲開。

劍勢大開大合，劍勁籠罩整條窄巷，教對手無路可退。斷剛十二式一經施展，兩邊樓房就如給斬瓜切菜般，亂石、木屑、瓦礫紛紛倒下。凌雲飛諸般又變又柔又正的劍招都統統不管用。而且沙石紛飛，視野模糊，凌雲飛被困沙塵之中，眼看隨即就要被拓跋狐的巨劍劈中。

只見沙塵中金光乍現，魔光劍由青龍潛內力驅動，劍光可剛可柔，可長可短。只見金光大盛，魔光劍倏然暴長尺餘，其凌厲之勢實不下於斬鐵巨劍。以剛克剛，變大變長的魔光劍就是比斬鐵劍更大更長更巨更猛。雖然凌雲飛功力經兩次死過翻生後不斷倍增，但如此耗費內力的巨型魔光劍也只能使出一次。

不過只是一招，已足夠震傷拓跋狐。虎口生痛，臂骨欲斷，握劍的雙手軟弱無力，整個人退開十多步，跌坐在屋前的台階，萎靡不振。身上的傷還是其次，努力奮鬥了大半生所賺來的赫赫威名，竟毀於一旦，才教此刻的拓跋狐精神萎頓，萬念俱灰。口中喃喃自語：「殺了我。」

凌雲飛從煙塵中出來，臉中求勝，亦捏一把汗，說：「晚輩跟前輩無仇無冤，剛才亦不過切磋較量，只是晚輩僥倖。我們實在有迫不得已的理由，才未能遵從前輩意思，還請恕諒。」

可拓跋狐根本沒聽到一樣，口中仍然呢喃道：「殺了我。」

凌雲飛不欲再看下去，轉身便走。回到客棧，袁天衣和路菲聽到之前塌樓時的巨響，已等得不耐煩，在樓下守候。三人會合，即連夜動身，免再生事端。

此刻的拓跋狐如喪家之犬，疲累乏力，還不是一塊大大的便宜，正好給對手乘人之危。除了路菲幾兄妹和袁何着緊袁天衣的下落之外，當然還有一夥人對袁天衣虎視眈眈。如今袁天衣記憶模糊，就是任由浴火神鳥操控擺布，他又怎會捨得放棄這個如此武功高強的扯線木偶。自從在明州被路菲帶走後，他就派人一直追查袁天衣的下落。只是他也想不到，竟可冷手執個熱煎堆，在臨安這裏拾到這個大大的便宜。

拓跋狐靠坐在門前，還是一副失魂落魄的樣子，呢喃著：「殺了我。」

只聽門後有聲音道：「就如你所願。」

拓跋狐驀然驚覺，想拾起地上的斬鐵劍。奈何手腳乏力，慢了半刻，一把扶桑刚刀從門後刺出，再從他頸後穿過。

連呼叫一聲也來不及，拓跋狐只來得及心生一念。以為夢想成真，誰不知這麼快就夢醒。這段日子本來是他一生中最得意的時候，亦奈何太短暫了。其實，到死那一刻方覺，一生其實亦彈指而已。數十年來苦苦追求，要名動江湖，到此刻方覺名聲根本全無意義，一生就此枉過。

江湖上才剛傳來乾坤九劍的威名，可轉眼就只剩八劍。而那隻握着扶桑鋼刀的手，赫然是來自一名扶桑僧侶。

此人當然是一心和尚。

【第二十四回】

御河可以說是揚州的命脈，百姓在河道兩旁營生。

河上交通繁忙，兩岸人聲喧嘩，如蟬鳴不休，晝夜不停。有叫賣的聲音，有唱戲的歌聲樂聲，有熱鬧的笑聲，在學堂裏孩子大聲唸書，有酒醉鬧事的，有碰撞爭執的，有阿媽鬧仔的。那邊還有迎親的隊伍，在前面打鑼敲鼓。河中的漕船正在卸貨，挑夫的叫罵聲此起彼落。各人都忙着自己的工作，無暇理會其他人。

只感一陣歪風吹過，漕船上的挑夫滑了一下手，捧着的一大袋鹽就扔了下來，自己也失去重心，掉進河裏。這陣風一直吹，吹跌了篾匠手中的竹籃，藥材舖前正在曬乾的藥材也給傾倒了，算命師拋在桌上的金錢給掀翻，賣扇的扇吹滿一地，酒鋪前有幾埕酒都摔到地上。賣文房四寶的店，裏面的紙張給歪風一帶，周圍亂飛。街上有幾個燈籠滾地葫蘆般給吹得愈走愈遠。歪風吹上虹橋，擺地攤賣字畫的，有幾幅給吹進河裏。賣雞鴨的，就名副其實雞飛狗走似的，亂作一團。茶檔的枱椅都給吹得東歪西倒。

這陣歪風也恁地奇怪，不是直吹，竟能轉彎抹角似的。由河上吹過左岸，掃過幾間店鋪，捲過虹橋又來到右岸，猶未竭息。把在河邊網魚的幾個人嚇了一跳，有幾個錯腳滑進水裏。右岸上一班迎親隊伍，眾人都給歪風吹得手忙腳亂。賣藝的正在表演走繩索，也給吹了下來。演木偶戲的攤檔都給吹倒了，看戲的孩童慌忙走避。有一班挑夫正在幫官大爺搬家，都一樣給這陣歪風吹得腳步不穩，抬着的家具古玩撒滿地上。給官老爺抬轎的轎夫給歪風吹過，掩口蓋面，跌跌碰碰，就這樣連轎上的官老爺也給摔了下來。拖着車的馬驚慌人立，野狗不斷狂吠。此時這陣歪風再吹過一間賣兵器的店鋪，竟把店內的所有東西都捲出店外，刀劍利箭更紛紛給吹到天上，猶似亂箭穿空。劍雨刀風從天而降，途人爭相走避。

少林論武，八字真言，乾坤九劍。除了袁何的魔光劍匪夷所思，見過的人也不多；其餘八人的劍法都已名噪一時。各人劍法上都有獨到之處，什麼青龍劍法、達摩劍法、玲瓏劍訣、千羽神劍、星羅十八劍、太越八劍、斷剛十二式，但其實其中一人的劍法卻不甚了了。

巨劍拓跋狐無功而還，此時就輪到無形劍伍福出場。伍福是伍子胥後人，祖傳一套奇詭的鑄劍之術，五十多歲方掌握箇中竅訣，終鑄成前無古人、薄如蟬翼的無形劍。不過其家傳劍法卻並無獨到之處，只是年輕時曾得點蒼派上代掌門逍遙上人指點，從此潛心苦練輕功。經四十年浸淫，如今已年過六旬，仍身輕如燕，動若脫兔，完全不像已達耳順之年。而且身形矮小，東竄西逃，矯捷無倫。卓越輕功加上幾乎肉眼難辨的薄劍，人就神出鬼沒，劍就無影無蹤，才賺得此幻劍之名。

以為輕功幾可快絕天下，誰又會想到劍法之精深奧妙可天外有天，輕功之快亦竟人上有人。給一個年輕小伙子追到上氣不接下氣，已經豁盡全力飛奔，奈何對方仍窮追不捨。

在輕功的造詣上能跟伍福比肩的，當今武林又能有幾人？

此人當然是路菲。

路菲擅長追蹤。知己知彼，習慣跟蹤別人，亦容易察覺自己被人跟蹤。更深明破解之道，就是反客為主。跟蹤者作賊心虛，一旦被發現，總落荒而逃。若此時乘勝追擊，更能輕易將之擊倒。於是路菲知道有人跟蹤，就乾脆迫其現身，甚至選在光天化日之下動手，就更殺對方一個措手不及。

伍福被迫現身，就正如路菲所料，拔腿便跑。兩人都輕功蓋世，穿過人群市集，猶疾風吹過，根本沒有人看到他二人的身影，只以為歪風大作。由河上追到左岸，又由左岸追到右岸。伍福衝進兵器店，以快生風，更揚起店內刀劍，捲向從後追來的路菲。明白刀劍只能擾敵，再掠過旁邊的染坊。無數大大塊的布帛絲綢正一排一排晾在高高的竹架之上，又紅又黃又藍又紫的布帛隨風飄揚，就似翻起五色巨浪。

借滿天刀劍一阻，將二人彼此距離拉遠一點，再藉着布帛遮擋視線，伍福覷準時機，從腰帶抽出柔如軟鞭的無形劍，回身疾刺。料想路菲趕忙追來，一定躲不過此無形一劍。而且伍福孤注一擲，把全身勁力都運在此招之上，務必一擊即中。

伍福快，路菲也不慢。無形劍無影無蹤，天機靈動一樣無迹無痕，無從捉摸。只是今次路菲比伍福好運。倘若是黑夜，路菲理應難逃此劫。猶幸此刻日正西沉。無形劍本來真的幾近隱形，可始終是鋼鑄，仍會反光。夕陽斜照，劍光閃過一下，布帛晃動，路菲驚覺殺招已在眼前。斜身僅僅避開，劍勁仍劃破胸口上的衣衫，幾乎同一時間還招。

喝過杜如風的血，又曾給袁天衣打傷，經青龍潛內力治癒後又再一次功力大進，如今竟能跟當日司馬秋雁一樣虛空發放指勁，點中伍福肩膊附近肺經的中府穴。氣穴受封，伍福頓時真氣一窒，再加上所有勁力都貫注在劍上，猶似一口氣換不過來，頓感天旋地轉，人也隨之向後倒下。

路菲只求把袁何派來的人打發掉，然後兄妹三人可以盡快見到米可，可以盡快醫好大妹的失憶病。而且明知對方是袁世伯的人，亦不會多加傷害，免再添嫌隙波折。所以路菲幾乎一出手，下一瞬間已即轉身離去。

食髓知味，機不可失，一心和尚又再一次來撿便宜。

幸虧，伍福命大。

有人救他？

不過今次來的人並非為了追查袁天衣下落而來，也不是為伍福而來。

而是為了一心和尚而來。

呼吸不順，混身乏力，仍然為自己竟然栽在一個小子手上而百思不得其解，伍福完全察覺不到身後已站着一個手執扶桑彎刀的和尚。不過一心大師亦一樣完全意想不到，面前竟然也站着一個僧人。來人面容慈祥，卻眼神堅定，而且全身勁力蓄勢待發，劍已出鞘。

當日答應南陽侯拔刀相助，除了義之所在，說到底都是私心。叫弟子忘記一心此人，放下仇怨，自己卻避不過貪瞋癡的毒害。貪戀要跟天下名劍一較高下的虛榮，心中懷着要替師弟玄覺報仇的怒火，執迷不悔。玄見派兩位師弟聽從南陽侯調配，自己則一下山就去追查一心的下落，終於讓他在揚州碰上。仇人見面，分外眼紅。對玄見而言，一心是殺害其師弟的兇手。對一心來說，殺女之仇，亦不共戴天。

一心冷冷的說：「真想不到，你會來送死。」

玄見木然道：「大師都是佛門中人，乘人之危，多行不義，只會自食其果，老衲還是勸大師回頭是岸。」

「貧僧學法時間不及大師長，但修為未必不及大師深。慪宗講求頓悟。中原人無道，中土皇帝對人民不愛，對友國不睦。無德，只顧窮奢極侈，並未廣傳佛法。無智，人人自私自利，故步自封。無勇，不願破舊立新，自命不凡，不肯跟口中的所謂蠻夷小國學習。如此泱泱大國，其實千瘡百孔，無道無德無智無勇。何不推倒重來，讓我們扶桑國來教訓管治一下好了？」

玄見也不是初次認識這個扶桑人，之前都是句句針鋒相對，將中原千年基業說得不值一哂。如今只是老調重彈，玄見倒不感意外，只說：「泛泛空談，大師不覺得如此才顯得小家子氣，只不過癡人說夢，蠅聲蛙躁而已？」

「好，說到底你們中原人就是不肯受教，不願講理，最後就是成王敗寇，都是手底下分勝負。看來不把你們殺個片甲不留，你們是真的不會改的了。那麼大師，請。」

說了一個請字，玄見仍是紋風不動。一心不耐煩，率先搶攻。右手拿着一把長刀，左手反手握着一把短刀，將學自青城派的雌雄龍虎劍運用於雙刀之上，氣勢凌厲。相反，玄見就一派氣定神閒。劍勢既柔且慢，總是在最千鈞一髮的時候，才僅僅將對方的刀撥開盪開。每次都險象橫生，每次都被迫到走投無路才狗急跳牆似的反擊一下。

其實達摩劍才真真正正講求頓悟。正所謂一念之差，放下屠刀，立地即成佛。驟眼看去，達摩劍就跟慈悲刀一樣，都是以守為主；但每招到最後都總藏殺着。就是憑最後那一下轉念變招來險中求勝，來絕地求生。

心中雖有報仇之念，但亦從未想過要取一心性命，只求將他放倒，教他無法助紂為虐之餘，最好就可以把他帶回少林寺，讓他面壁思過，教他痛改前非。

糅合三毒心法，一心的雙刀運用得就是比青城派掌門蕭八溪的雙劍更得心應手，更行雲流水。長刀給玄見擋下，短刀緊接其後。玄見慢了半分，手臂給劃過一道口子。一心以為勝券在握，貪勝不知輸，長刀再刺。玄見就乘對方一刻的疏忽，達摩劍法竟能從完全無法想像的角度，輕輕一挑，即割破一心右手手腕。玄見釜底抽薪，但求兩敗俱傷。但傷亦有輕重之分，臂上的傷就是不及腕上的傷。一心右手再無力握刀，左手揮刀狂舞，狼狽後退。

臉上既羞且憤，又不甘心，又惱恨自己一時大意鹵莽。假若玄見乘勝追擊，一心反而可以埋身近搏，拼個同歸於盡。但偏偏玄見就只求傷敵，並未想過要下殺手，一擊得手即後退一步，讓一心無計可施。右手不但不能發力，將來能否再使勁都成疑問。如今進退維谷，再上前拼命固然自取其辱，逃也不見得玄見會放過自己。

玄見卻說：「既然大師自信佛學修為比老衲深厚，大師何不跟老衲回少林寺一趟，好等老衲好好跟大師學習。」

一心卻咬牙切齒道：「惺惺作態，假仁假義。」

與其束手待斃，一心寧願垂死掙扎。正欲再鬥，頓聞破空之聲，九龍環迴旋飛來，目標當然不是一心和尚。玄見忙舉劍擋格，剛擋開右邊飛來的鐵環，左邊竟又再有一個。擋過鐵環，退後兩步，面前突然滾來一個大鐵球。玄見連敵人的樣子都未見到，只得節節後退，暫避其鋒。

使飛環的是天九，滾地而來的則是人七，因為地八已經在明州伏誅了。

當日天九給玄澄和七色旗總旗主張禁纏上，玄澄羅漢拳霸道凌厲，張禁有鐵網手套，拳勁亦非同小可。天九一人應付兩雙鐵拳，甫交手已處於下風。地八一雙旋棍齊使，倒虎虎生威，奈何他的對手是玄木大師。玄木的一雙戒刀攻守互換，輪刀法，已成天下第一，無出其右。人七以鐵盾護身攻敵，章法嚴謹，且鐵盾刀槍不入，一般對手根本老鼠拉龜。只是喬五跟黑旗旗主宋勇聯手，破鋒刀跟鐵鑄的船槳下下都力發千鈞。雖然傷不到人七，但也教他苦苦支撐，無力還擊。其餘各色旗主對付餘下的扶桑刀客，都綽綽有餘。

天九等人本來以為旗鼓相當，心裏打着有袁天衣壓陣的如意算盤。想不到給路菲和凌雲飛無意中使出調虎離山之計把袁天衣引開，又想不到玄木和玄澄兩位高僧竟又在此時出現。此消彼長之下，形勢頓時變得一面倒，完全不是七色旗等人的對手。

假如是公平比試，自然應該單打獨鬥。可如今是抵抗外侮清剿海賊，猶兩軍對敵，就不用講什麼江湖規矩了。但別以為人多就一定可以取勝。假如兩人合作無間，雙劍合璧，自然相得益彰。但如果從未合作過，聯手起來反而會人多手腳亂。平常流氓打架，當然要人多勢眾。不過換上武林高手，兩人同時搶攻，隨時弄巧反拙，發揮不出各人本來的真正實力，事倍功半。

一開始時被攻得手忙腳亂，但當站穩陣腳，天九漸能適應玄澄和張禁二人的攻勢。而且二人拳路都以霸道見稱，如今二人合作，反而不敢使盡全力，威力自然大減。人七的情況也差不多，本來被對方的鋼刀和鐵槳砸得搖搖欲墜，但當捱過一會，摸到對方的路數，人七竟能借花敬佛。借喬五的刀去擋宋勇的鐵槳，又把宋勇的鐵槳挪過去擋喬五的刀。唯地八跟玄木單打獨鬥，真材實學，無所遁形。

玄木的一雙破戒刀和慈悲刀，攻守互換，再加上四十年的火候，實乃一代宗師，當日一心亦只能稍勝一招半式。若真要拼命，還未知鹿死誰手。百招一過，地八已不勝招架，旋棍給戒刀削斷，人亦給凌遲處斬一樣，身中多刀，頹然倒地。本來已無心戀戰，見地八一死，天九跟人七想也不想，拔腿就逃。殺手第一項任務就是要保命，兩人輕功都不弱，狼奔鼠竄，瓶窿瓶罅，竟給兩人逃之夭夭。

全軍覆沒也沒所謂，劫不到軍餉事少，失去袁天衣才事大。兩手空空，如何敢回去跟司馬秋雁覆命。兩人落荒而逃之後，第一個念頭就是如何找回袁天衣。幾經轉折，終有袁天衣的線索。而且知道一心亦正跟蹤着袁天衣和路菲等人，便一路趕來，並於此刻及時出手相救一心。

飛環只為擾敵，真正殺着是那個滾地葫蘆似的人七。雙手握着鐵盾，滾地而來，猶似鐵球翻滾，更一路撩起頭上晾曬的布條。一條條彩布如蟠龍飛舞，玄見眼前就是一條條彩龍在張牙舞爪。又似群龍戲珠，那個大鐵球更暗藏殺機，教人防不勝防。玄見一時間都想不到辦法應付，只能不斷後退，忽聞背後有人大叫：「大師，讓開。」

青龍劍出鞘，就似一條青龍獨力應付面前七條彩龍。

不只大漠蒼龍，就連清涼先生都到了。

天九收到線報知道袁天衣的下落，清涼先生等人也一樣獲悉巨劍拓跋狐遇害，便也跟着一路追來。

其他人也未必一定出手相助，但青龍就一定會。

自僥倖從姬伯手中逃出生天，青龍便一直只有一個目標，就是要殺光所有跟那些神獸有關的人。天九四兄妹就是由胡憶和賴非訓練出來，所以青龍見到他們就如貓見老鼠一樣，根本不由分說就要殺之而後快。青龍劍法奇詭刁鑽，劍走龍蛇。人七以雙盾擋格，守得亦固若金湯，並翻動無數彩條布帶來擾亂青龍視線。一個攻，一個守，彩布隨着二人相鬥而忽吐忽收，真如無數彩龍翻騰飛舞，煞是好看。

眾人就是被眼前既激烈又絢麗的戰況吸引住，致使一大群扶桑刀客湧現，挾持住五福，甚至天九已帶一心和尚離開，都竟無人理會。

人七一雙鐵盾實在守得猶如鐵桶，四方八面都兼顧得到，任青龍前後左右甚至從上面攻來，都無隙可乘。

但就是百密一疏。根本沒想到青龍劍竟可以從腳下攻來，簡直就好像從地上生出來一樣，劍從地下向上直刺，人七完全避無可避。劍從下顎刺上去，人七之後什麼也想不到，什麼也見不到，什麼也再聽不到了。然後彩布紛紛飄下，蓋着人七。世間上除了青龍之外，根本沒有人知道人七如何被殺，又或者被哪一招所殺。

經此擾攘，天九和一心已不知所蹤，十數個扶桑刀客亦一面挾持住伍福一面撤退。

杜如風一路打聽，並且本來就打算跟其餘各人會合。得到污衣幫的幫眾通風報信，由山東南下到明州，見到朱軍。朱軍就將路菲搶走凌雲飛一事詳細道來，還提到扶桑海賊那邊出現一個穿藍衣的少女。杜如風一聽就已猜到那少女極有可能就是袁天衣，又既然已經有凌雲飛的消息，怎不心急？給污衣幫通報，在臨安發現路菲等人的蹤迹，即動身又再北上。只是如今十萬火急，殘月輕功也高，不過始終不及功力大進的杜如風，而且還要照應出林，便由這位三哥獨自搶先去追查兩位哥哥和姐姐的下落。

追呀追，追呀追，就讓杜如風追到來揚州。未見到路菲，卻見到清涼先生和青龍。本不欲現身，但眼白白看着扶桑海賊帶走伍福，路見不平，實在不能袖手旁觀。

杜如風忍不住問：「你們還不追？」

杜如風有這個疑問，玄見都有；但清涼先生跟青龍面面相覷，竟沒一人動身。

玄見也忍不住問：「李施主，伍先生不是跟你們一起的嗎？為何不趕去設法營救？」

李宗道竟然說：「哦？我跟那人其實不太熟。」

救人如救火，杜如風正心急如焚，不禁衝口而出：「想不到你真的如此冷酷無情。」

李宗道不怒反笑，道：「呵呵！當日杜公子都已不將老夫放在眼內，如今武功大進，成一幫之主，更乾脆教訓起老夫來。好啊！好啊！青龍先生，我當日早跟你說過，杜公子遲早看我倆不順眼，要找你我的晦氣，我沒騙你吧。」

青龍跟杜如風說：「士別三日，刮目相看。好啊！小子，來，就等我看你進步了多少。你若真箇了得，就先殺我，然後再去教訓那個李老頭。」

杜如風根本沒想過要找二人晦氣，又怎會無緣無故跟他們兩人糾纏。心忖兩人都是冷血無情，又怎會理會別人死活，再糾纏下去只會讓那班扶桑海賊逃得更遠，那個伍福就只會更危險。杜如風沒再理會二人，展身就去追那班扶桑海賊。玄見也看不過眼，也一起跟着杜如風離去。

一路北上，清涼先生跟青龍又怎會不知杜如風尾隨在後，只是不欲跟他正面衝突。心知他武功大進，青龍本蠢蠢欲動，躍躍欲試。李宗道卻說：「今日的杜如風已不是昔日的戇直小子，只怕青龍先生都不是其對手。」

青龍說：「就是想領教一下，看一看得龍魂之助，如何脫胎換骨？」

「不過袁大哥特意吩咐，還是找回袁天衣要緊。而且這個小子好歹都跟袁大哥有點淵源，可以算是袁大哥的世侄。難道你真的要殺了他？」

「只怕是他要我的命，而我不是我殺他。那個伍老頭，真的不用理會他？」

「放心，那個小子一定會把他救回來。救不了，也沒所謂。袁天衣的命，伍福的命，你猜袁大哥會着緊誰多一點？我們還是快點走吧。」

就是如此，難得如今杜如風見義勇為，代替他們去救伍福。既可擺脫杜如風，又相信他必能救到伍福，而且還可以讓自己爭分奪秒繼續去追路菲，一舉二得，對清涼先生而言，何樂而不為。

對着扶桑海賊，杜如風可絕不留手。雙劍齊使，用漁絲操控兩把寶劍，真如虛空御劍一樣。飛劍一過，扶桑海賊無不應聲倒下。挾持住伍福的那個扶桑人，見來人武功竟如此出神入化，只嚇得心膽俱裂。無暇細想，只求殺一個夠本，舉刀欲殺手上的伍福。雙劍鞭長莫及，杜如風心念一動，隔空刀竟可由念而生，風中借勁。刀風掠過，伍福身後的扶桑浪人即人頭落地。玄見追來，只見轉眼間十數個扶桑海賊盡喪劍下，不由得心中一寒，想不到眼前這個年輕人身手如此了得，猶在自己之上。

杜如風回頭跟玄見說：「大師，晚輩杜如風，此際身有急事，那位老前輩就交由大師照料了。」說罷都不等玄見答允，即又急速離去。

最先去到登州的自然是袁天衣三人。

來到九丈崖的崖頂，面前海天一色，極目遠眺是茫茫大海。

立秋已過，涼風颯颯。袁天衣回頭跟路菲和凌雲飛說：「兩位弟弟，相信姐姐嗎？」

路菲和凌雲飛都不明所以，不過給袁天衣這樣一問，也只好硬着頭皮點頭。

袁天衣笑靨如花，好像忽然想到什麼鬼主意似的笑着說：「好，那麼就跟着姐姐，我們跳下去。」

說罷即轉頭向崖邊飛奔，路菲兩人想追也追不到，轉眼袁天衣就從崖上跳了下去。兩人欲救無從，亦理會不了那麼多，想也沒想，便跟着一起往下跳。

【第二十五回】

從來灣內海峽都是海賊船最好的匿藏之所。隱藏在山崖狹縫之中，極難發現。四周又是懸崖峭壁，要從陸路進攻亦不得其門而入。米可的賊船就是停泊在九丈崖下，面對滄海海峽，盡得天險之助。

袁天衣跟路菲三人跳下懸崖，就是跳落船上。帆已收下來，各人跳落帆布上，便可減緩衝勢。當然若非輕功卓絕，亦不可如此。三人進入船艙，袁天衣認賊作父，自然先要去見那位假父親。

路菲和凌雲飛二人根本不知袁天衣為何腦袋一片混亂，自然沒有切實的解救方法，一切都只能見步行步。

兩人心裏都有點戰戰兢兢。路菲小時跟過胡憶和賴非學武，深知那班神獸個個都邪功無敵，自己的功夫本來就是他們教的。之後在聞鶯樓再見胡憶，都要合四兄妹的力量才能將其殺掉。雖說如今路菲和凌雲飛兩人都脫胎換骨，但過去的想法還是深印腦海，這班瘟神就是邪功蓋世，萬夫莫敵。誰不知入到房裏，眼前躺着的米可卻是一個齒髮脫落，形枯神萎，病容滿面，完全就像一個一百多歲並且壽元將盡的老人。臉上皺紋深得幾乎連究竟哪些是皺紋哪雙是眼皮也分不到了，眼睛也好像無力再張開來，呼吸混濁，氣若遊絲。再看雙手，只剩皮囊，一丁點肌肉的痕迹都沒有。皮膚布滿斑點，臉上手上都有，整個人就似在逐點逐點衰敗一樣。要說下一瞬間變成一副白骨，誰也不會覺得奇怪。

但奇怪的是，袁天衣好像不以為意，還興高采烈地跟這個老人說：「爹，我回來了。」

那老人好像微微點頭，又好像什麼都沒做過。

袁天衣又說：「你看，我帶兩個師弟回來了，他們是殘月和橫行，你看到嗎？」

米可動一動手指頭，袁天衣就已經意會其中意思，答：「好，我去。」回頭跟路菲和凌雲飛說：「阿爹要吃東西。你們陪師父一會，我去弄點粥，很快就回來。」

天衣離開後，房裏只剩三人。路菲始終大惑不解，不相信米可會衰弱至此。但又想起姬伯都曾經一樣，功力流失，才要吸取那班青龍殺手的精血保命。實在不知應如何應對，又怕對方只是裝神弄鬼。路菲還是暗暗運勁，天機靈動的指勁蓄勢待發。凌雲飛就在路菲身旁，怎會察覺不到，亦跟着手中聚起魔光劍的勁力，預備隨時出手。

高手有洞悉身邊高手的感應能力，米可徐徐張開雙眼。雖仍有氣無力似的，卻字字清楚，說道：「這麼快就想要老夫的命？」說罷，竟慢慢坐起身來，雙目張開，精光乍現。身上還是那副氣力全無的皮囊，但臉上卻換上一副精神飽滿的樣子，道：「你們不是還有很多疑問？幹嗎趕着要送老夫歸西？你們不想知道答案嗎？」

路菲怒說：「你究竟在天衣身上施了什麼妖法？」

米可答：「我並沒有施什麼妖法。老夫亦實在待天衣如親女兒一樣。傻女自幼就心生怨恨。要怪就怪你，怪你沒信守承諾，沒去救她。」

路菲搶道：「你們這班瘟神就是滿口歪理。當日倘若不是你們要把我們一個一個帶走，我們根本就不會分開。」

米可乾脆當沒聽到一樣，繼續說：「傻女還有一個五妹……嗯！你們都知道了。當日在大水坑，她應該是把這個五妹召喚出來。離魂出竅，就如練功入定一樣，不得有半刻分心分神。不知什麼原因，肉身被擾，原來的識魂又暫時被封，致使到老夫找到她時，她就是昏迷不醒，神智不清。到之後醒過來，就迷迷糊糊。不過如今把你們當作幾位師妹，回憶亂七八糟，就全不關老夫的事，是司馬秋雁對他施以迷術，老夫都是後來才知道。」

路菲怒目相向，道：「意思是，你也幫不到她？」

米可答：「老夫實在愛莫能助。」

「既然如此，我也不用留你性命。」

「老夫行將就木，不用你們動手，都已離死不遠。但天衣認定老夫就是她的父親，你會在她面前殺了老夫嗎？」

凌雲飛忍不住問：「你真的快要死？」

米可笑道：「你大可一試。老夫束手待斃又如何？」

凌雲飛也不禁怒從心起，喝問：「你們這班人究竟有什麼居心，幹嗎要害他們幾兄妹？十幾年來都不肯放過他們？」

米可倒大感意外，說：「你們幾人竟然還未知道天命所在？」米可搖頭輕嘆，又道：「天闇道寂，人心敗壞，人間就是要蒙難。你們這班中原人，殘酷無道，征戰連連，幾百年來，殺過多少條人命。鮮卑族的，西夏族的，匈奴人，吐蕃人，還要送一部假的陰陽玄學經書來害我們扶桑國的人。還有路菲你呀，你們粟特人，還不是被這些中原人欺壓迫害嗎？從來所謂大國，無不是攻城搶掠得來，何來禮義之邦？談什麼仁義？什麼國仇家恨？難道只有你們才有國有家，難道其他人就不配有家有國？」

凌雲飛抗議道：「如今不是四海昇平，朝廷都再沒窮兵黷武。」

米可倖然道：「前生作孽，今世就要還。」

凌雲飛問：「那麼關他們什麼事？」

米可斬釘截鐵的答：「你們幾個就是神魔鬼佛，要去翻天覆地，把這裏弄得血流成河，哀鴻遍野。」

路菲憤然說：「我再不會被你們這班瘟神擺布操縱。什麼神魔鬼佛？我此刻就先送你去做鬼。」說罷，挺指欲刺。

凌雲飛忙把路菲右手按下，急道：「二哥，別衝動，大妹還在，我們不能當她的殺父仇人。」

路菲說：「他根本不是天衣的父親。」

凌雲飛說：「但大妹以為他是。」

兩人正不知如何是好之際，外面卻騷動起來。那班扶桑海賊在甲板上走來走去，聽他們說話語氣和腳步聲都似慌張惶恐。米可卻早已料到似的說：「終於來了。」

路菲和凌雲飛當然一頭霧水，此時袁天衣也回來了，緊張地說：「袁何老賊來了。」

路菲和凌雲飛連忙出外查看。只見甲板上眾人手忙腳亂，升帆的升帆，搬動大炮的就搬動大炮，搭弓的搭弓，另外還有不少扶桑海賊沿繩攀上峭壁。

凌雲飛根本不知發生什麼事，想到還是讓二哥留下照顧大妹，就跟路菲說：「我上去看一下。」施展輕功，在峭壁上，拉過幾下繩索借力，如靈猴縱躍，轉眼已翻到崖上。

路菲一時間六神無主，周圍都不見袁何身影，但天衣卻說袁何已到。又見眾人如臨大敵，海上似有什麼危險將至。

米可的船夾在兩邊峭壁之間，十分隱閉。但缺點是夾在狹縫之中，根本無路可逃。路菲走向船頭，終於見到前方有大船迫近，主帆清楚寫着兩個大字：「東海」。路菲心中暗忖，難道那艘就是袁何的帆船？那麼他要來攻擊這艘船？但他不知道其女兒就在這船上嗎？再想，船夾在峭壁之中，根本進退維谷。路菲又完全不諳航海之道，不知道船隻前進容易，卻不利後退。若然要前進，不是要跟袁何正面衝突嗎？路菲一生當然遇過不少生關死劫，向來勇者無懼，勇往直前；可這次卻真的教他束手無策，完全不知如何是好。

凌雲飛翻到崖頂，面前站着兩人，清涼先生李宗道和青龍。

凌雲飛再見昔日恩師，亦真的恍如隔世，眼前完完全全是一個陌生人，心裏竟無半點親厚的感覺，厭惡之情卻揮之不去。

還是李宗道先開口，森然道：「小白呢？」

只記得上一次在赤土石窟見到這個李宗道時，他恨不得要將自己碎屍萬段，如今到凌雲飛自己滿腔悲憤，眼淚不禁奪眶而出。

李宗道見凌雲飛如此，只覺晴天霹靂，腦袋一陣暈眩，四周漆黑一片，身軀不由自主地顫抖起來。

凌雲飛忍不住，哭着叫道：「是你害死師妹的。」

只見李宗道如瘋了一般，歇斯底里地喊道：「是你，是你。」凌雲飛見師父瘋狂如此，他只會變得比他更瘋狂，也狂吼着：「是你，是你。」

李宗道瘋了一般，拔劍向凌雲飛斬去。凌雲飛手上一對魔光劍亦同時祭起，甚至完全不按章法，胡亂就向清涼先生頭上劈去。

青龍看兩人都殺紅了眼，彼此仇深似海一樣，都不願再看。而且此行目的，本來就是為搶回袁天衣。於是沒再理會他們師徒二人，逕自跳落峭壁，先殺幾個扶桑海賊，然後準備再跳到船上。

甲板上的扶桑人一臉惶恐，互相指罵，個個嘰哩咕嚕。路菲都不知他們在幹什麼，亦不知他們因何事內鬨。這邊廂，扶桑人自亂陣腳；那邊廂又見殺聲震天，一個個扶桑海賊從峭壁上掉了下來。上次跟青龍碰面已經是十三年前，但看到他手上的碧綠寶劍，便已認到。路菲見着，竟身不由己，很自然站在天衣那一邊，想也不想便上前攔截。

路菲輕功卓越，一蹤身已來到青龍眼前。除了神龍姬伯，青龍從未想過其他人可以有如此快速的身法。幾乎連意外吃驚也來不及，青龍純粹本能反應，豁盡十成功力，將青龍劍法舞得更快更奇，真如一條青龍在峭壁上蹤躍翻騰。路菲從來不用刀劍，仗着輕功了得，跟敵人追逐，消耗敵人體力，最後才施以致命一擊。任這條青龍如何在石壁上翻騰追逐，就是始終追不到路菲。

崖上，今天的凌雲飛脫胎換骨，跟師父竟鬥個旗鼓相當。交過幾十招之後，李宗道漸感吃力。凌雲飛內力如今已跟師父不相伯仲，劍法更集三家所長，而且雙手運使魔光劍，兼使出玲瓏劍訣暗藏的相生相剋之法。五十招之後，李宗道已無力招架。

由本來傷心憤怒，漸覺深深不忿，不明白凌雲飛為何功力竟在自己之上。再挨過幾招，已開始心生怯懼，難道縱橫江湖數十年，壯志未酬，最後竟死在自己調教出來的徒弟手上。懼意一生，即拔腿便逃，但凌雲飛又怎肯罷休。

只聽李宗道大叫：「你想袁天衣死還是活？」

凌雲飛充耳不聞，攻勢不止。

李宗道被迫得滾地躲開，已完全沒有一代宗師的風範。急忙間，從懷裏抽出沖天炮，厲聲大叫：「假如我不放炮提示，他們就會以為袁天衣不在船上，就會發炮攻船。下面的人一定無路可逃，一定葬身火海，你想袁天衣死嗎？」

凌雲飛目露兇光，瞪着李宗道說：「殺了你，我一樣可以放炮。」

李宗道囁嚅：「不行，此炮有機關，只有我才能發放，其他人放不到的。」

「我就先把你的手斬下來。」

「我再不放炮，他們就認定袁天衣不在船上，說不定下一刻就發炮，你要拿袁天衣的命來賭？」

凌雲飛不敢賭，於是停下腳步，雙手垂下來，劍光收起，冷冷道：「你放。」

李宗道一路向後退，一路說：「你退後五十步。」

他無計可施，叫凌雲飛放過自己已沒可能。叫他後退一百步，也怕他不肯，李宗道只望五十步可夠拉遠兩人之間的距離，夠時間讓自己逃生。

崖上的李宗道已窮途末路，崖下的青龍亦一樣一敗塗地。任他的青龍劍法舞得再龍飛鳳舞，就是始終連路菲的衣角也沾不到。路菲的天機靈動，能虛空發射指勁。雖然未能綿綿不絕，但偶爾幾下，已教青龍防不勝防。苦無對策，心生一計。與其追擊路菲，自己跟船艙距離較近，倒不如打袁天衣主意。青龍一念及此，即飛身跳落船上，更旋身走入船艙。

接着忽見天上沖天炮一爆，即聞隆然巨響。崖下的船給炮彈擊中，船頭爆破，幾個扶桑海賊給炸到粉身碎骨，路菲也給木屑打中，一陣暈眩。迷糊間，又聞巨響，只見青龍給轟了出來，由船艙穿過甲板，再被釘在石壁上，全身焦炭，已然氣絕。轉頭一看，竟見袁天衣全身冒火，從船艙下面走上來。

此時遠處再傳來發炮巨響，一炮緊接一炮。

崖上的淩雲飛只嚇得魂飛魄散，望向崖下，火勢衝天而起，整艘船已給轟得肢離破碎，只怕船上所有人都已葬身火海。就算想救，亦欲救無從，跳下去亦只是跳進火海之中。

不用回望，已知後面有人。淩雲飛卻不願回頭，不知如何面對此人，不知如何開口。但終究忍不住，轉身向着杜如風，淚如泉湧，哭着說：「二哥跟大妹死了。」

回想過去，在腦中即時顯現的，都是一段又一段的畫面。

柳翼求路菲幾兄妹去幫他救父親，當時一眾人你追我逐，來到古廟前面，他回身揮臂擋去袁天衣從後發來的暗器。

崔少棠在擲骰之前的神情，好像很有信心，又好像戰戰兢兢。但那一刻也是他最得意、完全做回自己、最威風八面的時候。

張禁接住地八的飛刀，救了朱老大一命。

拓跋狐在臨安窄巷等候淩雲飛時，一手扶劍，一手搧涼，這亦是他生前最躊躇滿志、最意氣風發的一刻。

李山君十三年在龜茲國，正要跟年輕的青龍決戰；天九三人在洛陽市郊西溪河邊預備圍攻袁何；又或者三人在明州客棧，後面全是扶桑刀客，三個畫面都有一種大戰一觸即發的張力。

玄澄跟凌雲飛第一次交手，在雨中作戰；玄木跟地八在明州大街決戰。少林高僧的風範，還是教人敬佩萬分。

玄覺誤殺小丸，之後走到小丸屍首跟前，悔咎不已，緊握左拳，打算自盡那一幕，卻教人又欷歔，又滿腔熱血。

至於青龍，他殺敗人七那一幕，面前彩布飄下，教人目為之眩。

神龍第一次在龜茲國的茶寮出現時，後面站着十四個青龍及朱雀殺手。之後在半空中，拖着當年還小的路菲，看着下面正要變身的了凡那一刻，氣勢逼人。

神鳥第一次現身，坐在湖中小島，然後火燒草寮，都同樣經典。賴非在驛站出現，身後有巨蟒相伴；白八松當日在梧桐林旁的湖上飛來，後面跟着大群飛鴉；奇幻無比。胡憶殺敗所有玄武殺手；及後在聞鶯樓裏跟路菲四人決戰，緊張莫名。

至於司馬秋雁，記得他還是阿曼時，垂死之際，跟胡憶說要學武功。這一幕更能表現出他如何不甘心，亦解釋了他之後如何變得武功蓋世又如何處心積慮要將江湖弄得翻天覆地。同樣，在青海湖邊的石屋，還未表露身分之前，躲在一角，那時的袁何更深藏不露，更諱莫如深。清涼先生亦一樣，在越王府，夏侯昌明給他看劍；那時他最陰險，最口蜜腹劍。

端木流星跟南陽侯一起騎鶴去少林寺那一幕也實在太耀眼了。一心和尚跟小丸兩人戴者蓑衣笠帽，大雨滂沱，被少林寺的僧眾包圍着。被人輕視，被人欺負，一心心裏一直就是這樣想。

柳燕唱歌，好淒酸。吉本拉姆送丈夫去少林寺，好堅強好溫柔。赤鳳凰年輕時，在綠洲草寮搔首弄姿地跳舞，好性感。小白剛到越王府時，裝瀟灑地叫陣的模樣，好天真，好可愛。夏侯純失憶之後，好可憐。

橫行在飯堂跟玄空辯論，大快人心。出林在大雪山，要攔住路菲時，很威風。被萬獸幫捉了，跪在水澗時，卻又叫人心痛。還有喝過杜如風的血，開眼重見光明那一刻，都教人感動。殘月嘛？腦海中她總是倚在窗邊，一言不發。在天衣手上寫字叫她回來時，又教人愛惜不已。

袁天衣殺敗青龍後，渾身着火從船艙裏走出來那一幕，霸氣迫人。凌雲飛哭着跟杜如風說：「二哥跟大妹死了」，這個五弟就是如此溫馴善良。路菲好像最堅強，可在大雪山追袁天衣，大叫：「四妹」，那一幕，就是他最軟弱最無助的一刻。杜如風含淚在百獸谷推着馬車，一副委屈的樣子，他就是這樣。

接下來都是零碎的畫面。

杜如風回去登州市郊跟眾人會合，一道神情落寞哀傷的身影，殘月和出林遠遠見到，都已經忍不住傷心流淚，也忍不住撲進這個三哥的懷裏，不住抽泣。

另一個畫面，一個黑衣幪面人，漏夜潛入青鳥閣，在偌大的書架前，不住翻看書箋。書中記錄的都是各大門派的細表，派中由掌門以至新加入的門生都一一羅列，其長相特徵和功夫家數都有詳細說明。此時房外中庭已靜悄悄聚集了大批尼姑，正躡手躡腳迫近。忽然眼前一晃，眾尼姑好像瞥見有人，卻又似見鬼一樣，就連想驚呼一聲都來不及，眾人都已給點了穴道，動彈不得。房門打開，黑衣人在眾人面前施施然走過，好像覺得人人凝立不動，是很理所當然似的，根本沒當一回事。

又換過另一個畫面，在渝州山上的村莊裏，竟見清涼先生瑟縮在豬欄內，旁便就是糞坑，惡臭無比，地上全是污水糞尿。只見這個李宗道蜷縮躺在地上，滿臉泥濘，眼神惶恐疲憊，好像忽然間老了二十年。如今看去就似一個七十多歲的年老乞丐，滄桑萎頓，正慌慌張張地側耳聽着外面的動靜。

此時，畫面再轉，黑夜的海上，一艘一艘小艇上坐滿了人，總數有五艘，每艘都坐了八人，眾人都出力地划槳。划了一會便將船槳放下，改以徒手來划。又划了一會，面前出現一艘大船的船尾，桅帆上大大兩個字寫着：「東海」。

船上的船員正為某些事而開始爭拗起來似的。本來船上眾人的焦點都在前方，小艇上的人可以偷偷上船。此時甲板上有人回頭向下望，發現原來後面竟有敵人偷襲，正要呼叫。一把寶劍飛來，穿過頸項，教他欲叫無從。另一把寶劍亦已插在船身。原來兩把寶劍劍莖上都繫着漁絲。握着漁絲的手一拉，那名想呼叫示警的船員便被拉下，掉入水中。另一隻手又一拉，人已借力登上大船甲板。

當日米可的船給炮彈擊中，船上眾人無一倖免，袁天衣和路菲亦理應葬身火海。但原來峭壁下有一道狹穴，袁天衣二人就是能夠及時躲進狹縫內，避過一劫。

當日凌雲飛跟杜如風在九丈崖上重會。杜如風傷心欲絕，失魂落魄，一時間都沒有主意，凌雲飛都一樣悲痛萬分。兩人默然相對一會，亦毋須互相安慰。

凌雲飛說：「三哥，保重，我要去追李宗道。放心，如今他傷不到我。」

凌雲飛無意中望了杜如風腰上三把劍一眼，杜如風才想起，忙把七星劍抽出來。

凌雲飛搖頭道：「三哥，你留着，我不需要了。」說罷便走。

杜如風望着凌雲飛漸漸遠去的背影，也沒有追。崖下的火海，他亦不忍再看。由見到凌雲飛那一刻起，由得悉二哥和大妹遇害那一刻開始，他腦海就一直只想着一件事，一直不由自主地提醒自己，要回去保護殘月和出林。無論如何他都不可以死，無論如何都一定要回去好好照顧兩位妹妹。

之後整整一個月，凌雲飛就是四出打探李宗道的行蹤。得污衣幫的相助，便一直追蹤到去渝州。可憐這個清涼先生，昔日一派宗師風範，又是殺手組織的瓢把子，威武不屈。如今卻淪落至此，竟比喪家之犬也不如，一直逃避徒弟凌雲飛的追殺。人心就是如此，假如面對司馬秋雁，清清楚楚就是技不如人，還可以俯首稱臣。但栽在自己一手調教出來的徒弟手上，就是不甘心，不服氣，反而垂死掙扎。當日匿藏在豬欄，就是要逃避凌雲飛。

杜如風回去之後，就召集朱軍等人，誓要替兩位兄妹跟袁何討回公道。那夜偷襲袁何的船，船上是山東十智的人。只因前方又來了一艘大船，山東十智的人凝神戒備，才給杜如風等人有機可乘，偷襲得手。杜如風如今手起刀落，絕不手軟，挺劍指着鄭智龍，問：「袁何呢？他在哪兒？」

又見遠方另一艘大船上，船頭站着兩個人，一個面如冠玉，一個滿臉麻子，正是南陽侯宇文旗和端木流星。

宇文旗道：「看來杜兄弟應該得手了。」

端木流星說：「只怕如今他的武功猶在你我之上。」

宇文旗也沒有太大感慨，只說：「從來長江後浪推前浪，一代新人換舊人。」

此刻端木流星若有所思，腦海閃過從此退出江湖的念頭。宇文旗彷彿心有靈犀，也自言自語似的道：「從此雲遊四海，逍遙自在，一睹天下之大，亦未嘗不是一件美事。只可惜……」

端木流星不明所以，望着宇文旗。

宇文旗續說：「只可惜江湖似又再翻起另一場腥風血雨。昨日得報，有人公然挑戰整個武林，說要殺光所有門派的大弟子。」端木流星也不禁動容，問：「是誰？」

「不知道。」宇文旗望着前面山東十智的船，又再道：「只希望不是你我認識的人。」

第十章　鬼道篇

【第二十六回】

這日來到益州，在溪邊一間荒廢了的磨房內，幾個人正看着一人寫字。

寫字的是一個四、五十歲的儒生，青衫一道。後面站着六個年紀較輕的男子，都幾乎同一副打扮，神情畢恭畢敬，似是儒生的學生。

卻聽其中一人道：「師父，我們就在這裏等他出現？」

原來寫字的人是他們師父，只聽他答：「此人輕功甚是了得，就算我們如何躲避，終究都是避不了。何不以逸待勞，守株待兔？」

另一人又道：「師父，你猜他究竟有何企圖？難道真的是打大師兄的主意？」

師父還是一派氣定神閒地說：「等他來到，你問他便是。為師跟你們說過，練字最重要是紀律。世人多說書不必有法，各自成家，大錯特錯矣。練字必奴書，孜孜不倦，心存敬畏，律度備全，過此一路，才進妙境，練功亦如是。你看你們，如今慌慌張張，神昏氣洩。字都寫得不好，又焉能在武功上有長進？你們各人也找個地方，坐下來練字吧。」

從來文無第一，武無第二。功夫可以分高下，書法又焉能定勝負。世上只有一個書聖。就是草聖，都莫衷一是，又張旭又懷素，都各領風騷。世人無法如王羲之般兼攝眾法，備成一家。要學張旭般揮毫落紙如雲煙就更難上加難。講天賦論才情，這位點蒼派掌門望塵莫及。

柳青雲為點蒼派第七代掌門，人稱書劍雙絕。但字當然沒可能如王羲之或張顛，其劍法亦不入乾坤九劍之列。只是江湖同道給他面子，劍法未能獨當一面，但加上一手不錯的書法，都算江湖中獨一無二就是了。

點蒼派的大本營本來在雲南大理，此刻來到益州，是為了參加武林大會。

南陽侯號召集武林同道參與，為的就是公審東海賊寇。

有徒弟這樣問：「難道侯爺真的活捉了那個袁何？」

柳青雲就答：「為師不知道，只知侯爺邀請了六大派的掌門到魚泉山青鳥閣的總壇，於寒露之日，公審袁何為首的那班賊寇。」

又有徒弟接着問：「如今距寒露之期尚有半個月的時間，我們應該會早到吧。」

另一個徒弟不禁問：「師父，雖說袁何謀逆造反，但亦已盛傳太子非他所殺，真兇是昔日太子小保司馬秋雁。其實弟子一路都不明白，這些朝局之亂，向來都是黨同伐異，歷朝如此，更何況我們遠在大理，又跟我們何干呢？」

柳青雲卻答非所問，轉而問另一個弟子：「濟仁，那麼你倒猜一下，其餘五大派的掌門又會否應約？」

這個程濟仁就是點蒼派的大弟子，年紀亦只不過比柳青雲少十多歲而已，都已經三十歲，道：「弟子相信其餘五位掌門都會如期赴約。」

有師弟不明白，就問：「是義不容辭？但我們之前都沒有派人相助，那個南陽侯會否跟我們秋後算賬？」

程濟仁道：「師父常教導我們，學武之人，固然要行俠仗義。我們沒派人去相助，只因我們遠在大理，個個都不熟水性，根本幫不上忙，侯爺又怎會不明白這個苦衷？但此番牽涉朝局之爭，我們這班江湖中人，又能了解當中幾多來龍去脈？我相信，此次武林大會尚有另一個目的，才吸引到六大派聚首一堂。」

終於有師弟恍然大悟，道：「是因為近月那則謠言，有人竟公然要跟全個武林為敵，聲稱要殺光所有門派的大弟子。但師父，如此荒誕之事，會是真的嗎？」

只聽柳青雲道：「為師也不清楚，本來也半信半疑，但聽聞終南派和上清派的大弟子於近月相繼遇害，相信並非巧合。各派掌門聚首一堂，此事當然比那袁何一人更關乎整個武林禍福。而且竟還聲言要殺掉各派的大弟子，這就等如將整個中原武林連根拔起一樣。看來真的有人跟中原武林同道仇深似海，要一舉滅了整個中原武林。」

有徒弟問：「師父，弟子不明白，為何殺各派的大弟子，就等如滅了整個武林？為何不直接去挑戰各派掌門？」

有弟子即罵：「你想人家去對付師父嗎？」

之前那個弟子忙申辯：「弟子不敢，弟子不是這個意思。只是不明白，為何要針對各派的大弟子？」

柳青雲道：「師父不在，還有師伯師叔。但若後繼無人，從此青黃不接，武林就只會日夕凋零，一代不如一代，那麼從此中原武學就會逐漸失傳，這不是比殺為師的遺害更深更遠嗎？」

剛才那個弟子又忙說：「我們點蒼派百年基業，師父又武功蓋世，大師兄都盡得真傳，就算真有如此歹毒之人，諒他們也不敢打我們的大師兄主意。那麼按理，想出如此歹毒之計，要幹出如此惡毒之行，斷非一人所能辦得到。若是一班人的陰謀，會是那班扶桑海賊，定還是那些西夏蠻夷？」

柳青雲糾正他道：「你跟師兄弟說笑一下還可以，絕不能在外面信口雌黃。為師既非武功蓋世，你大師兄亦未盡得真傳。」那個程濟仁忙跪拜認錯，道：「請恕弟子無能，辜負師父一番心血。」其他師弟亦連忙下跪。

柳青雲再說：「其實除了此事，為師尚有一事未跟大家說明。」

大家聽到竟然還有更重要的原因在背後，個個都摒息靜氣等候師父說下去。

柳青雲就再道：「侯爺信中還提及他手上有一本《吟留別賦》，但不欲據為己有，願與武林同道一同參詳。」

即刻有弟子問：「就是近月從污衣幫和少林高僧玄澄口中傳來，在江湖上已鬧得沸沸揚揚的那本奇書《吟留別賦》？」

接着又有弟子插嘴：「盛傳此書來自一班西域異人，那班異人還自稱什麼神獸，袁何跟司馬秋雁兩人都是學會了書上的武功才得以神功無敵。」

有弟子忙駁斥道：「什麼神功無敵？也許只是自吹自擂，或造謠生事之人加油添醋，誇大其詞。我就不相信那些什麼神功可比得上少林和我派的正道武學。甚至可能只是什麼陰險歹毒的邪功，全都是污糟邋遢的招數。」

柳青雲不讓他們爭拗，遂說：「就是邪功，也得了解一下，才知已知彼，相信其餘五大派的掌門都是跟為師同一副心思。我派武學，縱非天下無敵，亦算博大精深。我們毋須覬覦別人的武功，更不應妄自菲薄。只是為師無能。一套回風舞柳劍法，本應可跟天下名劍瑜亮爭輝。奈何為師天資所限，只能窺其二三，有負先師所授，有辱先祖所傳，致使如今世人只知有乾坤九劍，卻未聞有回風舞柳之名。為師實在百死莫贖。你們……」師父說話欲言又止，神色凝重。眾弟子都不知如何安慰，還是大師兄先開口道：「師父……」

都未說，柳青雲已打手勢叫他噤聲。

此時忽聞一人道：「柳掌門，不用死，只須將那個程濟仁留下便可。」能如此神出鬼沒，當今世上除了司馬秋雁，另一個就是路菲。

光聽聲音忽東忽西，已知來人身法之快功力之深已非己所及。既然劫數難逃，但就算死，也不能失掉點蒼派的名聲，柳青雲搶在眾弟子身前。路菲現身，發出幾下天機靈動的指勁。總算這個點蒼派掌門，雖未盡得先輩神髓，一套回風舞柳劍法，倒也舞得狂風掃落葉似的，盡把路菲的指勁擋去。

但路菲倏忽即逝，柳青雲大叫：「護着大師兄。」

眾弟子聞聲，即圍攏擋在一名弟子跟前。

只見路菲在四面牆身游走，連珠炮發，幾下指勁，已把幾個弟子打了下來。此時柳青雲再飛身上前施救，路菲變招，使出天雷地震，拳勁雄渾，竟把長劍打得彎了。柳青雲棄劍以落葉飛花掌接上，總算擋得一時。

路菲未能一擊得手，又再施展白行夜渡的絕世輕功，飛出屋外，叫道：「柳掌門，這又何苦？為了一個弟子，而要讓一眾弟子陪葬？留得青山在，哪怕無柴燒的道理，難道柳掌門不明白？」

點蒼派眾人都已是強弩之末，三個弟子給路菲點中穴道，已無力再戰。柳青雲的回風舞柳劍若只得先輩三、四成火候，那麼他的落葉飛花掌就只會更不濟，絕對無可能是天雷地震的對手。各人氣喘如牛，又自知不敵，就如待宰之羊，卻仍不肯出賣同伴。

只聽柳青雲道：「臨陣退縮，見死不救，如此絕仁棄義之事，若然做了，一世蒙污，耿耿如懷。若然今次做了，就不禁一件污兩件穢，從此再不能挺起胸膛做人。與其做一個貪生怕死的小人，倒不如當一個死去的君子。如此顯淺的道理，難道兄弟你又不明白嗎？要殺老夫的弟子，除非把我們所有人都殺光吧。」

本來仍聞外面衣袂帶風之聲，料想敵人還在施展輕功，伺機突襲。頃刻，風聲戛然而止，更覺四周寂靜無聲，就似風也停了下來一樣，甚至世界在那一刻也停止轉動，時光停止流逝。此時，路菲竟推門入內。柳青雲等人才第一次看清楚敵人面目，只見面前站着一個胡族的年輕人，膚色較漢人黝黑，輪廓分明，英挺秀拔，傲氣不群，亦算一個美男子。只是眉宇間有一股憂鬱之情，憂思愁緒彷佛早已浸入骨髓。

路菲開口說：「你們護着的那個人不是程濟仁。」

眾人都一臉惶恐，沒有人答腔。

路菲再說：「你們各人都肯為那個程濟仁以身擋箭，那麼那個程濟仁又怎會不為師父和幾個師弟赴湯蹈火？但那人卻叫都未叫過一聲，一切就只為配合你們的行動。既然都想到李代桃僵，柳掌門，我就求你，把那人交給晚輩吧。莫再遲疑，只怕遲了就來不及。」

不但柳青雲丈八金剛，其餘幾個弟子都一樣一頭霧水。雖然不知眼前年輕人所為何事，又或者屬於哪個幫派哪個異族，要將中原各門派的大弟子趕盡殺絕。但既然要殺人，又怎會一副低聲下氣的口吻，而且還竟然求對方束手待斃？世上哪有如此殺人的殺手？世上又有誰聽過如此荒謬之事？

而就在點蒼派眾人都聽得糊裏糊塗之際，一把森寒的女聲，以雄渾內力道：「已經太遲了。既然不知哪一個是程濟仁，就個個都要死。」聲音又遠而近，第一個「已」字好像還遠在幾十丈之外說出來，但說到「死」字時，人已彷佛來到屋前。

只見牆角開始冒煙，頓感四周熱力迫人，頃刻整個磨坊就變成了烤爐一樣。室內溫度不斷升高，牆邊掛着的布條也居然着起火來。任柳青雲當了十年掌門，在江湖上亦行走了差不多三十年，也從未見過如此恐怖的情景，亦不相信世上竟有如此可怖的功夫。其弟子就更驚駭莫名，只想到來的一定是索命的厲鬼，凡人根本沒可能有此能耐。

只聽路菲急得慌了，叫着：「師姐，不要。」

袁天衣厲聲叫道：「殘月，走開。」

同時一條火舌直射進屋內，路菲見狀忙搶在柳青雲等人身前，運起青龍潛內力，金球乍現，把火舌擋住。

路菲竭盡全力抵擋，無暇再想，頭也不回地叫道：「快走。」柳青雲等人驚魂未定，亦實在方寸大亂。未見過如此可怖的武功，亦不明白為何此刻這個殘月會倒戈相向替他們擋着其師姐。但又實在間不容髮，柳青雲帶着弟子連忙向屋後走去。

要中原武林青黃不接，要中原武學從此日漸式微，這是米可臨死之前的遺言。

話說當日米可的船快將遇襲，袁天衣回到船艙，路菲就跟凌雲飛到外面察看。船艙內只剩下米可和袁天衣。

米可氣若遊絲似的道：「天衣，記住，中原人跟我們不共戴天，但千千萬萬人，你殺不了多少。外面山壁上有一道狹縫，你到外面躲避一會。之後回去，把所有門派的大弟子都給我殺了。時間無多，天衣，你過來。」

天衣感到米可將要離世，雖然難過，但更覺委屈憤怒。以為父親被中原人迫害，自己也好像從來未開心過，此刻更被敵人咄咄相逼。米可叫袁天衣背向自己，然後雙手搭在其背上。袁天衣頓感一股暖意從背部流遍全身，這股暖流愈來愈熱，瞬間五臟六腑都似要燃燒起來一樣，很快就燒到四肢百骸。袁天衣只感火勁要從體內燒出來，她甚至看到自己身上真的已冒出火光。頃刻，也許身體已適應了這種灼熱，沒再感到難受，反而遍體生暖，渾身是勁。

回頭看這個假父親，米可已然氣絕，再無半點氣息，猶似一具乾屍。看着米可的屍體，袁天衣只感滿腔怒火，不吐不快。就在那時，青龍擺脫路菲，衝入船艙。袁天衣二話不說，一掌劈去。火光一閃，青龍已給轟出船外。

得米可傳功，袁天衣的火影大法終於大成，致使如今連路菲想阻她殺人，要抵擋她的火功，亦只能苦苦支撐。袁天衣不住吐勁，縱使路菲祭起青龍潛護體金球將自己包住，亦被迫得節節後退。

袁天衣怒目而視，說：「你不是我師弟，你根本不懂火影大法，你究竟是誰？」

路菲只感徬徨無助。以他的輕功，雖然能一走了之。但如此的話，袁天衣就會追上柳青雲等人，必將他們趕盡殺絕。若跟天衣拼命，也許能鬥個兩敗俱傷，但試問路菲又怎會這樣做。進退維谷，久守必失。只怕再守下去，自己都要死在火勁之下。向來都沒什麼心思計謀，只有一股不屈的傲氣。不知如何是好，就衝口而出：「不錯，我不是你師弟，我叫路菲，是你義父司馬秋雁的徒弟。我不是懂得白行夜渡嗎？我不是懂得天機靈動嗎？這些都是師父教我的，是他派我來相助米姑娘。」

袁天衣卻越聽越氣憤，手上加勁，火勢更猛，狠狠地問：「來幫我？那麼為何阻我？」

「米前輩要姑娘殺光所有中原門派的大弟子，就是要中原武學從此凋零式微。一定要把全部門派的大弟子都殺了，不能有所遺漏。但若然身分敗露，給他們有所警惕；又或者多殺了幾人，讓他們知道難以招架，繼而各大門派聯手起來，就難竟全功。所以一定要逐一擊破，而且不能暴露身分，亦不能趕盡殺絕。」

「如今他們不是要召開什麼武林大會嗎？不是已經打算聯合起來嗎？」

「只是為了公審東海賊黨，未必是為了對付我們。」

「既然如今暴露了身分，那點蒼派的人就更不能活下去。」

「我就是特意要放走他們，讓他們回去發放消息，等他們以為要殺人的是殘月及其師姐。」

「殘月是我師弟，他的師姐就是我。」

「我不是殘月。」

「你是誰？」

「我是路菲。」

「但殘月呢？」

「你不是問過我嗎？你不是在青鳥閣看到殘月和出林都已經加入了什麼飛雲幫嗎？殘月已經不是你的師妹。」

「但那個殘月是女兒家，你是男子。」

「我不是殘月。」

「殘月不是我師弟嗎？」

「殘月是你師妹。」

「那麼橫行呢？」

「橫行是你師弟。」

「為何我什麼都不記得？連自己究竟有的是師弟還是師妹都會不知道。」袁天衣心神不寧，思緒混亂，說話歇斯底里，手上火勁也不期然燒得更猛。

路菲豁盡全力抵擋，掌上發勁所祭起來的護身金球，眼看快要破滅，急嚷着：「師父說你曾受過傷，記憶混亂，才誤以為殘月是師弟。」

「你為何又要冒認殘月？」

「是你以為我是殘月，我才將錯就錯。」

「我為何要信你？」

「我要加害於你，早就害了。我不是幫你殺了終南派和上清派的人嗎？」

「那麼橫行知道你不是殘月？」

「他當然知道，只是不想你胡思亂想，怕你傷心。」

「我父親也知道你不是殘月？」

「當然也知道，不然早就揭穿我的身分。」

袁天衣說到這時，已心神大亂，也急得眼淚直流，不明白為何自己什麼也不記得似的，大叫着：「那麼橫行死了嗎？」

怒氣和冤屈一發不可收拾，猛地吐勁，火舌四散，如火藥爆炸一般。路菲的護身金球被破，人亦如炮彈般被轟得穿牆而出。

路菲已經第二次被袁天衣打傷，每次都是憑藉絕世輕功，飛身後退來卸掉大部分的勁力，才能大難不死。造物弄人，袁天衣最愛路菲，但就是兩次差點把他送進鬼門關。

青鳥閣總壇在魚泉山上，被樹林包圍，正值寒露時節，紅葉黃葉遍野，山上種滿紅杉、楓樹和銀杏。

此際滿山秋色，本應是遊人登山賞葉的好季節。只是如今周圍站滿了哨崗，有來自六大派的弟子，亦有不少州府的府兵。

青鳥閣本來是一座尼姑庵，百年前由恒清師太所創，最初為思鄉想家的僧尼養鴿傳書。後來規模日漸擴大，經百年發展，分舵現已偏布神州大地。如今青鳥閣的主人是一位尼姑，叫慧青師太。可今天主持這個武林大會的卻非這個慧青師太，而是南陽侯。

宇文旗正跟端木流星在庵堂後面的山邊上，觀賞紅葉。兩人相識多年，由最初生死相鬥，到之後屢次聯手殺敵，一起出生入死。雖未結義金蘭，但兩人情誼可比親生兄弟還要親密，默契可比結髮夫妻還要深厚。看着面前如此秀麗美景，昔日的南陽侯一定醉酒狂歌，可此刻卻心情納悶，鬱鬱寡歡。漫山紅葉都似蒼涼蕭殺。在宇文旗眼中，就更似血染大地。

他道：「我實在不知這次做得對不對。」

端木流星道：「先生不是說過但求無愧於心。」

「就是於心有愧。」宇文旗認真地跟端木流星說：「我有事未曾跟先生說明，袁何的信中……」

端木流星卻不讓他說下去，道：「我有一句說話，先生願意聽嗎？」

「當然，請說。」

「我不會比先生聰明，只是先生近日諸事煩擾，才一時還未想清楚。有話要說，就跟天下人說，跟幾位掌門說。只跟我一個人說，何益？這亦非我所認識的南陽侯的作風。」

「就只怕你認識的南陽侯並非真正的南陽侯，真正的宇文旗恐怕要令先生失望了。」

「抱歉，我從來未期望過。」

也許再多的安慰鼓勵說話都不及摯友此刻的取笑調侃。昔日豪情壯志、玩世不恭的神情又再次回到宇文旗的臉上，他說：「我真的有一事一直隱瞞先生。」端木流星好奇地看着對方，宇文旗興致勃勃地說：「我真的有一個妹妹仍待字閨中，先生可曾想過納妾？」

「我沒聘禮。」

「我送你。」

「我連祖屋都賣了。」

「我給你蓋過一間，更大的。」

「但我不能人道。」

「哎喲！這個我可不能代你，但我相信妹妹也不介意。」

「你真的是一位好哥哥。」

「當然，你就考慮一下吧。」

此時六大派的人已全齊集到青鳥閣。

當中當然有點蒼派眾人，還有青城派的枯木道長蕭八溪，有崆峒派的掌門飛霞子燕飛霞，有崑崙派的掌門，人稱烈火道人的東方白。華山派掌門樓觀道被扶桑一心大師所害，來的是他的大弟子唐桂元。少林方丈玄空亦未有親臨赴會，就由一路跟隨南陽侯討伐袁何而來的玄木和玄澄兩位大師做代表。

除了少林之外，其餘五大派都來了七、八人，差不多四十人擠在大殿中。

經各人寒喧一番，各派掌門和代表坐下後，宇文旗便首先發言，道：「誠蒙各位武林翹楚賞面，在下實在深感榮幸，先跟大家正式道謝。」說罷就抱拳一拜，各人都起身抱拳還禮。

飛霞子燕飛霞在眾人之中算是最具江湖中人的豪氣，愛交朋結友，但又不可一世，說話都算直腸直肚，道：「我們亦先恭喜侯爺不負眾望，不但掃蕩了東海一帶的匪幫，就連扶桑海賊也聞風喪膽紛紛挾着尾巴逃回老家，相信今後聽到流星千羽這四個字都要立刻嚇得屁滾尿流，從此不敢再踏足中原一步。」

宇文旗道：「燕掌門過獎了，這既非在下一人之功勞，端木先生當然功不可沒，玄木和玄澄兩位大師都出了不少力。各門派弟子的鼎力相助，在下亦銘感五內，不敢或忘，將來必厚謝回報。只是不是在下不敢邀功，事實上真的未竟全功。今次相約大家前來，就是共謀此事。」

各人心裏打着的算盤，一為好奇《吟留別賦》究竟是一本怎樣的奇書；二為共謀對策，應付奸人圖殺各派大弟子之事。至於討伐東海賊幫又或者驅逐扶桑海賊，其實他們都欲置身事外。只是畢竟於心有愧，如今當着其他人面前，就更誰都不願示弱認錯，唯有等宇文旗說下去。

南陽侯卻欲言又止，忽然走到門前，轉身向眾人叩拜。眾人一驚，都紛紛站起身來，忙說：「侯爺請起。」

宇文旗站直身子，道：「在下欺騙了各位，在下手上並沒有《吟留別賦》這本書。」

眾人自然大惑不解，不明白南陽侯為何要欺騙大家，為何要誘騙大家聚集在一起，難道背後有什麼天大陰謀，要將武林中人一舉殲滅。於是有人不禁按劍，隨時準備動手。各人都凝神戒備，卻沒有人敢開口質問。

宇文旗續說：「這要由在下收到袁何的書信開始說起。在下於三個月前收到袁何派人送來的書信。」

宇文旗一面說着，一面把書信拿出來，再道：「信中這樣寫道：要見老夫，要知真相，要一窺《吟留別賦》，請於寒露之日，連同六大派掌門於魚泉山青鳥閣總壇等候，老夫自會帶同奇書現身。少一個人，天涯再遇。」

眾人都各自沉吟，未有人開口詢問，宇文旗就再道：「袁何之言未可盡信，《吟留別賦》在下亦不敢據為己有，只是在下自知，若非袁何自動現身，憑我一己之力，實在沒可能將此人拿住。在下甚至不知道即使面對此人，我又可以怎樣。但無論如何，在下一定要見一見他，不但為了向皇上覆命，也是為了向自己交代。」

此時終於有人按捺不住，燕飛霞首先問：「為何要我們六大派盡數在此？背後一定另有陰謀。」

點蒼派的柳青雲即問：「侯爺可有派人監視四周？」

宇文旗道：「在下已派了益州府兵在四周布防，還有各大門派之前派來相助在下的弟子，外面共有約兩百人散布於周圍據點，一有異常即會點炮示警。益州府軍還有一千兵馬候命，敵人絕無可能大舉來襲。就算來到山下，之後都有府軍從後支援包抄。而且之前在下已收服了浙江七色旗和山東十智一千人等，沒有消息指出袁何於近月又再於中原招兵買馬。按道理他手上應該沒多少人馬可以調動。」

柳青雲又再問：「那麼什麼清涼先生，什麼大漠蒼龍，還有巨劍拓跋狐和無形劍伍福，這幾人還是跟袁何一起？」

宇文旗再道：「拓跋狐已經在臨安伏法，此事千真萬確，已得到證實。那個青龍和伍福，都跟袁何一樣，近幾個月都消聲匿迹。只是道上有消息傳來，在瀏州一帶好像有人見過那位清涼先生李宗道，但亦僅此而已，並未有進一步的消息。」

燕飛霞說：「然則，袁何等人若要對付我們，極其量都只是幾個人偷偷上山。但侯爺，青鳥閣那班尼姑可信嗎？會否都已經跟袁何那廝惡賊合謀，要來個甕中捉鱉，又或者偷偷在我們的飯菜中落毒？」

宇文旗說：「各位的膳食都是由端木先生的家眷和府兵負責，並未假手於人，而且亦經仔細檢查，大家可以放心。而且亦有一事，在下都未曾向各位說明。並非在下存心隱瞞，只是此事一直都是我跟這裏主人之間的秘密，世上應該沒多少人知悉。青鳥閣的慧青師太，其實是在下舍妹。」

宇文旗瞟一眼端木流星，又再道：「在下有兩個妹妹，一個宇文青燕，一個宇文紫燕。大妹於十多年前出家，得當年青鳥閣的閣主昭慧師太收留，後來更承繼了這個青鳥閣。」

到此時，向來自命不凡，性格火爆的烈火道人東方白也終於忍不住，嚷道：「何須大驚小怪？既然來到，就好等那個什麼袁何見識一下大家的斤両。老夫就不相信單憑他們幾個人可以耍出什麼花樣。侯爺你只管放心好了，有我東方白在此，其他人老夫就不知道，但崑崙派絕不會臨陣退縮。」

其他人聽罷都有點恨得牙癢癢，只是一切都還未清楚，各掌門亦都聽過此人脾氣就是如此，都不跟他斤斤計較。

宇文旗即說：「多謝東方掌門。在下絕無意思要各位以身犯險，只是要袁何這廝惡賊現身，實在無計可施，唯有暫時聽從他的要求。」

此時，向來孤芳自賞，不愛爭名逐利，亦甚少介入武林糾紛的青城派掌門枯木道長首度開腔，問：「既然甚少人知道侯爺跟閣主的關係，那麼為何袁何特意要來這裏？叫齊六大派前來，又有何用意？」

宇文旗答：「多謝蕭掌門提點。在下猜想，袁何好可能是想用《吟留別賦》來換取在下代朝廷答應赦免他的罪，要各位掌門來到就是想希望大家做一個見證。在青鳥閣這裏進行，就是可以立刻飛鴿傳書公布天下，不容我等之後反悔毀約。」

蕭八溪再問：「難道他不怕侯爺已布下天羅地網？」

宇文旗又爽快答道：「在下雖然未曾真正跟此人交過手，但一路走來，聽過近幾個月江湖上有關他和《吟留別賦》的傳聞，玄澄和玄木兩位大師亦跟在下提及過，又聽過昔日朝中工部尚書殷天鵬大人親述，及想到強如李宗道和大漠蒼龍兩人都對他唯命是從，看來此人真的有驚人藝業。也許雙拳難敵千軍萬馬，但他要走，請恕在下說來過於小心謹慎，只怕在下竭盡全力亦未必能夠將他留住。」

當個無名小卒才可以口不擇言，身在高位之人就是要謹言慎行，這點道理古今皆然。說話都小心翼翼，明明意思是即使全部人聯手都未必打得過一個袁何，卻偏要說到什麼竭盡全力都未能把他留住。

蕭八溪再問：「既然神功無敵，又何須理會朝廷的通緝令，大可到別處另起爐灶，東山再起？」

「袁何本來就曾當過龜茲國的太宰，只怕他心高氣傲，志在千里。」

蕭八溪不肯放過，還問：「侯爺都不是其對手，又怕你何來？」

「要活捉此人，也許真的不易。但若他想成就大業，在這片中原境地，只怕亦寸步難行。即使苟且偷安，只怕從此亦得隱姓埋名。」

「那麼若然真的要求朝廷特赦，侯爺可會應承？」

就在宇文旗還在左思右想之際，忽聞有人以內力傳音道：「飛雲幫幫主杜如風求見。」

【第二十七回】

聲音從遠處傳來，外面把守的官兵和門派弟子都起了一陣騷動，各人東張西望，卻連鬼影都沒見一個。可轉眼間，一個少年跟兩個少女已來到大殿門前。

雖然聽聞過飛雲幫聲勢浩大，幫主杜如風跟袁何亦淵源甚深，但始終各派眾人都自命名門出身，不屑跟匪幫黑道為伍，對他們在如此短時間之內崛起都心存芥蒂，總覺得他們心懷不軌，行事亦非正道所為。而且知道杜如風只是一個年紀輕輕的少年，就更不相信他真有過人之處，各人心中都對這個飛雲幫只有不滿之情，絕無半點親厚之意。再想到明明只邀請六大派到此共商大事，個個掌門都德高望重，論資排輩，又怎輪到這個小子來摻上一腳。如今卻又見他們好像不請自來，無禮之極。悄無聲息地就來到大殿，更是藉此向眾人耀武揚威，由此眾人臉上都一臉不悅不忿。

杜如風跟眾位掌門都不認識，便只是逐一抱拳行禮，並未有出言招呼，這就讓五大派的人更為不滿。只有少林兩位高僧不受名利所困，玄澄又曾跟杜如風有一面之緣，過去又跟凌雲飛不打不相識，反而開心此際跟這個年輕人重聚。

杜如風先去跟南陽侯叩拜問好，道：「晚輩見過宇文大人。」

宇文旗輕輕扶住杜如風的手，道：「闊別逾年，想不到杜兄弟經歷多番奇遇，如今更武功大進，成一幫之主，實在難得。」

杜如風沒有答腔，只點頭微笑。宇文旗就帶他引見各位掌門，最後來到端木流星跟前。

一聲不響，杜如風跪拜行禮：「晚輩得前輩指點，雖然未敢跟前輩叫一聲師父，但心內常念，此生不忘。」

端木流星向來木木獨獨，世間是非恩怨，都淡然處之，甚少會心情激動，可此際也難禁內心翻湧。

其實不知道杜如風的星羅十八劍有多少造詣，但至少眼前少年心存感激，他亦覺得十分安慰就是了。只是轉念間，卻愁眉深鎖，內心惴惴不安。

杜如風沒想過要出鋒頭，但不請自來卻是真的。宇文旗不想把他牽涉其中，因為之前已聽聞當日袁何追擊扶桑海賊的賊船，意外炸死了杜如風的義兄義妹，知道杜如風要找袁何報仇。若然讓他們二人碰上，只怕誰都未開口，就已經打起上來。但眾人不明就裏，很自然就以為是宇文旗特意邀請他們來助拳。

玄澄第一個不滿，面有慍色地道：「宇文施主，當日杜兄弟發現袁何賊船，自動請纓，我們作為誘餌，施以聲東擊西之計，都算同仇敵愾，還說得過去。如今施主叫杜兄弟來，貧僧卻不敢苟同。難道施主打算跟袁何周旋到底，特意叫杜兄弟來助你一把？」

拔刀相助自然義之所在，但宇文旗跟袁何之間的恩怨是治亂之責；可杜如風跟袁何之間的瓜葛卻是私怨家仇。以私仇來治亂，就是公私不分，就是借刀殺人，就是將公義跟私仇混淆，縱然能儆惡懲奸也不得人心。

宇文旗不虞玄澄會質疑他，不禁意外，可他第一時間卻去看端木流星臉色，竟見他也一臉憂色，就更感失望。縱使過去如何正直不阿，磊落光明，可稍有行差踏錯，仍是會即刻惹來千夫所指。失望之情一閃而過，還是要解釋清楚。可宇文旗還未開口，杜如風已搶先道：「大師誤會，宇文大人並沒有通知在下，只是晚輩得道上朋友通報消息，才不請自來。」

此時，卻到其他門派中人發了一陣牢騷，東方白也怒氣沖沖道：「此次武林大會不是秘密進行嗎？怎會走漏風聲？侯爺，難道汝軍陣營中有細作？」

正在各人都議論紛紛之際，柳青雲也忍不住說：「一定有細作內奸，難怪我們會在路上給殺手追殺。」

眾人一聽都大感意外。

燕飛霞問：「什麼殺手？」

柳青雲答：「就是揚言要殺光所有門派大弟子的那班人。」

燕飛霞再問：「可知是誰？」

柳青雲答：「只知其中一人叫殘月，另一人是其師姐。」

跟杜如風一起來的兩個少女，自然就是殘月和出林。要日夜兼程，所以他們三人先來，朱軍就帶同過百名幫眾隨後趕來。

柳青雲說出殘月的名字，殿上數十人之中第一個作出反應的就是殘月自己，聽她道：「混賬！」

殘月自幼就只跟幾位姐妹一起長大，過去都是殺人搶掠，從來不諳俗規，慣了我行我素。自得杜如風餵過龍血，才回復說話能力，但每次開口都只是一兩個字。既目中無人，又不擅辭令，所以幾乎一開口就罵人。

眾人本來都已經看這三個年輕人不順眼，如今更給這個少女頂撞。點蒼派的人最是不滿，怒目相向。其他人都一樣滿腹牢騷，恨不得點蒼派的人出手教訓這幾個囂張無禮的後輩。

宇文旗作為東道主，忙出來調停，先轉移大家視線，問柳青雲：「柳掌門一切可好？程少俠沒事吧？」

柳青雲礙於南陽侯的面子，也只好將這口氣暫時吞下去，道：「多謝侯爺關心，只是兩個無知小輩，柳某還有能力應付。」

從來學武之人，十居其九都說自己門派的功夫最了得；要不然，難道要改投別派。其實也並非只為了自己面子，要保住門派的顏面亦算理所當然。

只是文人相輕。從來武者之間，亦一樣各不相讓。東方白就忍不住說：「那麼那兩個人都真的只是窩囊飯袋，竟還敢說要殺光各派的大弟子，看來這個什麼要將中原武林連根拔起的陰謀都只是一班無知鼠輩跟大家開的玩笑，不足為懼。」

點蒼派的人固然啞子吃黃蓮，自知那兩人的武功只怕比少林兩位高僧，甚至比流星千羽兩位大俠都猶有過之。但聽東方白之言，又似將點蒼派的武功說得一文不值，卻又無法辯駁。眾弟子心裏都討厭極了，恨不得那兩人即刻出現，即刻去找東方白麻煩，看他如何招架。

此時，燕飛霞卻想起，問：「那麼那個殘月跟其師姐是啥樣子？高矮肥瘦，七老八十，還是三、四十歲？一男一女，定還是兩個都是女子？他們的武功是自出何門何派？柳掌門也跟我們說一下吧。」

柳青雲既然說到兩人武功平平，便不欲煞有介事親自描述，打眼色叫弟子代說。程濟仁就道：「兩人都只是約二十出頭，殘月是一個少年，輕功算不過不失。其師姐自然是女子，略懂一點火功，但也不算利害就是了。」

說罷，又再聽殿中一把女子聲音道：「胡說八道！」

第一次聽到那女子出言無禮都已經無名火起，再聽她出言頂撞，就更火冒三丈，程濟仁忍不住罵道：「豈有此理！雖然不應跟你這種無名小輩斤斤計較，但在座位位都是武林上的泰山北斗，豈容你在此放肆？」

殘月根本沒理會過程濟仁，只是憂心忡忡地問出林：「大姐？」

出林也十分着緊焦急，問杜如風：「會否真的是大姐和二哥？」

一個輕功，一個火功，但又只是武功平平，杜如風也不敢妄下判斷。雖然是凌雲飛親口跟他說袁天衣和路菲已死，但也着實沒親眼見到，心情七上八落。當然希望二哥和大妹未死，卻又不明白若然那少年是路菲，他又怎會冒認二妹。當然更不想原來誓言要殺光各大門派大弟子的兇手竟然是他們二人。若真是如此，他們二人究竟為何要這樣做，自己又應如何化解他們二人跟整個武林之間的恩怨。此際杜如風就是千頭萬緒，頭大如斗。

大殿上，程濟仁教訓完殘月，但對方根本都沒理會過他，顏面何存？真的老羞成惱，口裏再罵：「臭丫頭！」一面說着，一面已向對方出手。

點蒼派的落葉飛花掌當然沒有少林的金剛掌或污衣幫韓十梅的大悲手印那麼霸道，以靈活多變為主。一掌送前，幾跟少林的寂滅掌一樣，悄無聲色。出林熟知二姐脾性，出手幫她反而會惹她發怒，隨後可能更一發不可收拾。杜如風本來應該代二妹出手，免她出手太重。但此刻心頭百般思緒，慢了半刻，殘月一記火影斬後發先至。猶幸今天的殘月比以前懂事，未有使上多大勁力，只是隨手一揮，已將程濟仁震退。

無功而還固然丟架，但程濟仁此刻都沒想到面子這回事，再次遇上火功，已給嚇得心驚膽怯。點蒼派的人就更個個都驚駭莫名。其他人見狀，提高警覺之餘，也實在大惑不解。一個少女竟然輕描淡寫一招就將點蒼派的大師兄擊退，固然教人意外。但更奇怪的是，為何就連柳青雲，貴為一派掌門，都竟如臨大敵一樣。

東方白本來又想借機出言譏諷一番，話在口邊，卻聽枯木道長道：「小姑娘，這是火影斬嗎？你才是如假包換的殘月。」

眾人都一時間未能反應過來。

聽蕭八溪續說下去：「也許各位掌門都貴人善忘，又或者未曾將幾個後輩放在眼內，江湖上的小道消息都只當道聽途說。不過老夫不敢大意，還記得什麼隴西五鬼，還記得西域什麼四大神獸，都記得璇飛九宮的殺手個個如何武功了得，其中一個更輕功卓絕。雖然明明只有四人，不明白為何叫隴西五鬼，但此四人所使的就是火功。而這四人就是如今飛雲幫幫主杜公子的義妹。李宗道是璇飛九宮的老大，其首徒凌雲飛都跟他們義結金蘭，所以才起了飛雲幫這個名字。璇飛九宮的殺手之中輕功最了得的，如沒記錯的話，名字就叫路菲，亦跟他們兄弟姐妹相稱。而這班年輕人，當中幾個小時候就是被什麼西域神獸擄去，由此更學到《吟留別賦》上的奇功。假如老夫說得不對，還望杜幫主指正。」

都未等杜如風辯解，程濟仁就嚷着：「原來揚言要殺光所有門派大弟子的就是你們。」

東方白又道：「只怕他們打的主意還不只這些。侯爺說過袁何會帶《吟留別賦》來交易，看來他們不但想滅了整個中原武林，還想將《吟留別賦》據為己有。」

飛霞子都插嘴道：「難怪飛雲幫在過去一年不斷招兵買馬，原來就是要一統武林，幾個小伙子恁地如此狂妄狠毒，竟然想將所有武林正道人士都殺光殺淨。」

成立飛雲幫本來就只為打聽袁天衣和凌雲飛的下落，又怎會變成是成就一統武林的部署？甚至即使袁天衣說過要殺光所有門派的大弟子，但都沒說過要將整個武林趕盡殺絕？從來以訛傳訛。而且好事不出門，醜事就不但傳千里，還給加鹽添醋。只怕從此之後，江湖上人人都認定杜如風他們就是武林的大魔頭，比司馬秋雁和袁何都要狠毒百倍。

連華山派的大弟子也來撿便宜，唐桂元說道：「以為袁何和司馬秋雁狼子野心，但他們兩人都只是幫兩位皇子奪嫡，各為其主，才搞到滿城風雨。這個杜如風和他的同黨才是我們中原武林的大敵。今日無論如何都不能放虎歸山。」

轉眼間五大門派的弟子已經將杜如風三人重重包圍。還未拔劍，就只欠一人發號施令而已。

蕭八溪甚少開口，但其說話就好像更有份量，道：「過門都是客，還是由侯爺作主。」

說罷卻未有人回應，各人面面相覷，又東張西望，大殿裏就是再沒有南陽侯宇文旗的身影。

東方白不禁杯弓蛇影，嚷着：「侯爺不會跟姓杜這小子串通吧？」

此時端木流星穿過人群，誰不讓路，什麼也沒說，只是擋在杜如風身前，神情木然地望着眾人。

杜如風五內翻湧，明白端木流星要袒護自己，感動不已，說着：「多謝前輩。」

端木流星也沒答話，只是微微點頭。

那邊廂玄木問玄澄：「師弟有何意見？」

玄澄答：「師弟跟那個杜幫主亦只是有一面之緣，但師弟跟凌公子甚是投緣。凌公子既然跟他們幾人患難與共，師弟相信他們亦絕非陰邪奸狡之徒。」

玄木沉吟半響，道：「經過之前一心之事，前車可鑑，我們再不能魯莽行事。」說罷便逕自跟端木流星一樣穿過人群，去到杜如風前面，道：「阿彌陀佛。」

杜如風忙合什還禮，道：「大師，你好。」

玄木便道：「實在難怪各位掌門有此懷疑，杜幫主可有話要說。」言下之意，玄木就是要給杜如風一個機會自辯。若有人想快刀斬亂麻，趁他們勢孤力弱時動手，就是跟玄木過不去，亦等如跟整個少林寺為敵。要跟端木流星反面，誰也不敢。要跟整個少林寺為敵，就更是誰也惹不起。

杜如風實在騎虎難下，不知如何應對，只想憑住一片赤誠，有話直說好了，道：「不錯，隴西五鬼是我四位義妹。路菲是我義兄，昔日雖曾當殺手，但完全是受司馬秋雁所迫。我義弟凌雲飛，曾拜李宗道門下，事前亦完全不知道李宗道也是璇飛九宮的人。我二哥如今已痛改前非，若有人仍要追究，我杜如風甘願代罪。至於刺殺點蒼派之人，在下不明白對方為何要插贓嫁禍，我們絕不會加害各位。而且二妹一直在我身邊，飛雲幫亦從來沒想過要一統武林。什麼要將整個中原武林殲滅，這罪名實在不明從何而來。要跟所有武林正道人士為敵，於我何益？再說，若那兩人武功平平，就更無可能是我兩位義兄義妹。」

如今眾人之中，程濟仁給殘月輕易擊退，最為不忿，搶着說：「難道如此幾句就要我們相信你片面之詞？」

出林此時說：「你們也沒有證據，單憑一個名字就可以證明我們跟追殺你們之人是一夥嗎？難道那人說他自己是端木流星，你就要去跟端木前輩問罪。」程濟仁一時語塞，不知如何駁斥。出林再說：「就算真是如此，諒你也不敢。」

杜如風忙厲色瞪着出林，道：「不得無禮。」

出林就是不服氣，還要向程濟仁做個鬼臉。

雖然無禮，但看在眾人眼裏，反而不禁會想，如此一個孩子氣的少女，叫什麼隴西五鬼都已經夠奇怪，還打算殺光所有正道人士，實在教人難以想像。不過不少人又轉念想，就是她們單純天真，所以才會給杜如風和路菲等人利用。

無憑無據，各執一詞，自然拗不出一個結果來。此時蕭八溪又再說：「既然杜幫主不肯承認，柳掌門你就不要隱瞞了。」

眾人又再丈八金剛。蕭八溪續說：「那兩人是否武功平平，柳掌門最清楚不過。難道貴派幾位留在房裏休息的弟子，不是因為中了凌厲指勁，穴道被封多時，致使十多天後體內血氣仍然運行不暢；還是因為突染怪病，才致至今仍行動不便？」

柳青雲明白要指證杜如風等人跟那兩名殺手的關係，實在不能再有隱瞞；但始終關乎門派面子，才仍猶豫不決。

蕭八溪不肯罷休，再說：「難道一派的榮辱，就比整個武林的生死存亡更重要？」

柳青雲最終還是像個洩氣皮球般，面有愧色地說：「之前只為顧存顏面才未有直言，那兩名殺手武功其實十分厲害。那個自稱殘月的男子輕功出神入化之餘，指勁和拳勁都十分霸道。而他的師姐就更厲害，隨手就發放凌厲火勁，簡直匪夷所思。老夫縱橫江湖幾十年，從來未見過如此可怖的武功，一定是記在那本《吟留別賦》上的奇功。」

可東方白又忍不住揶揄道：「也許只是柳掌門孤陋寡聞，老夫就不相信世上有什麼神功奇功。」

此時輪到燕飛霞也不恥東方白處處針鋒相對，大聲叫道：「此際大敵當前，幾位掌門若不同仇敵愾，只怕給敵人有機可乘。那個輕功了得的少年，一定就是路菲。那個使火勁的女子，就是隴西五鬼的老大寒雲袁天衣。真相已經呼之欲出。杜幫主毋須再砌詞狡辯。只是不知杜幫主想說你們跟路菲和袁天衣二人已恩斷義絕，互不相干；還是想說你們全不知情。不過無論如何，杜幫主此刻當務之急，應是思量究竟選擇束手就擒，還是非要我們幾位掌門出手不可。」

實在百辭莫辯，杜如風百感交集。既開心原來路菲和袁天衣二人未死；但又傷感，不明二人為何要跟整個武林為敵。不過正如飛霞子所言，此際最迫在眉睫，還是思考如何脫身，如何跟端木流星和兩位少林大師解釋。

自己倒沒所謂，被人脅迫都已經不是第一次。小時受神獸脅迫，就連學得星羅十八劍都算給兩位大俠威迫利誘，到青海湖畔又受清涼先生欺壓，就連小白和夏侯純兩位姑娘都曾挾持父親來要脅自己，之後司馬秋雁就以柳老先生和柳翼來做人質，而去百獸谷都是被司馬秋雁迫着去，就是無意中得到龍魂加持其實都是迫不得已，杜如風真的習慣了。但自得龍魂之後，曾跟自己起誓，再不要讓幾位妹妹受委屈。不知幾位掌門功力若何，但就算能一人力敵眾掌門，但又試問如何向端木流星和兩位少林大師出手？

正愁腸百結，外面有官兵入內通報說：「請問宇文侯爺在哪裏？屬下實在不知如何是好，山下有逾百飛雲幫眾聚集，正要上山。」

誰不動容，誰不以為飛雲幫就要攻上山來。眾人心裏都是閃過同一個念頭，就是盡快將杜如風三人拿下。不然待他們所有人集合起來，只會更難應付。個個凝神戒備，只等誰一拔劍，就一呼百應。也不用理會什麼江湖規矩，合眾人之力先將眼前三人打倒才再作打算。

不過杜如風卻先開口道：「二妹、小妹，你去叫他們別上來。」兩人都知事態嚴重，刻不容緩。殘月輕功好，搶先飛過眾人頭上。正要穿過大殿大門時，蕭八溪大聲喝道：「休想走。」

剛聞其聲，人也飛了過來，天罡掌跟少林金剛掌同屬霸道一路，氣勁形成一堵圍牆攔在殘月面前。殘月正想還招，但杜如風竟然更快，以柔勁將殘月送回出林身邊，同時以大悲手印把天罡掌勁吸過來再送回去。

杜如風深知今天若要全身而退，必須力壓群雄。但又不能傷害各人性命，故出手都留了三分力，掌勁只把蕭八溪震退兩步。由此杜如風已知這位青城派掌門內力深厚，亦同時明白即使集合所有人圍攻他一人，他都有信心可以支撐一會。但兩位妹妹若給人聯手攻擊，只怕不易應付。稍有差池，杜如風都不會原諒自己。

不能讓兩位妹妹冒險，於是杜如風揚聲道：「晚輩斗膽，想領教蕭掌門的先天真氣功和天罡掌。若晚輩未能在三十招之內稍勝一招半式，即自廢一臂，聽從大家發落。」

他要把所有人的焦點都集中到自己身上，就是要促成兩人對決之勢，不讓他們圍攻兩位妹妹。而且他心裏雪亮，今日五大派的人一定不肯罷休。只怕連山下幫眾，他們都想一併除去。唯今之計，唯有靠自己一人之力力敵各派掌門，才望有轉圜餘地。

本來五大派的人不一定要應承如此單打獨鬥。只是明言三十招之內可取勝，這口氣，蕭八溪如何嚥得下，他怎會不應承。不過亦心中忐忑，若然真的三十招之內就敗在對方手上，固然自己從此無法再在江湖上立足，就連青城派的招牌也保不住。況且經剛才對碰一招，不但給對方震退，還隱約覺得對方武功古怪，竟似污衣幫幫主的獨門秘技大悲手印。自己之前就曾是那個韓十梅的手下敗將，心忖難道此小子都懂得大悲手印的十四式掌法。只聽他道：「杜幫主，聰明。這樣大家就無法一起向你出手。好，老夫也只好豁出去。不過老夫有一事相問。」

「前輩，請說。」

「杜幫主可認識污衣幫幫主韓十梅？」

「晚輩曾得韓幫主指點。」

「難怪，難怪杜幫主胸有成竹。杜幫主福緣深厚，竟得多位高人指點。只不過既然要打，老夫可是押上自己和本門的名聲，斷不能敷衍了事，必拼盡全力。杜幫主，要小心了。」

「晚輩亦必竭力以赴。」

「好，來吧。」

「停手。」

在場個個都在江湖上打滾了幾十年，跟人交手都不下百次，誰不知道切磋比試的少，生死相搏的多。所謂比試，誰不是賭上自己的前途名聲和所屬門派的面子聲譽？不管是三十招還是三百招，到最後還不是你死便是我活。三十招一過，蕭八溪跟杜如風就只能兩個活一個。玄木固然不想事情鬧到一發不可收拾的地步。而幾位掌門之間縱然不算交情深厚，但也明白沒有一人能獨善其身。若蕭八溪死掉，難保下一個不是自己。

玄木道：「大家此番前來，本來是為了相助宇文施主共商有關東海逆賊一事。如此一來，只怕壞了侯爺大事；而且此際侯爺尚未回來。大家是否應該等侯爺回來再作定奪，再從長計議？」

飛霞子卻道：「少林百載清譽，誰不敬重？但大師多番維護，難道大師真的忍心置整個武林的禍福於不顧？還是大師看我們哪個門派哪位掌門不順眼，想借飛雲幫之手除去這顆眼中釘？大師明言好了，燕某膽小，不想殃及池魚。」

假如是昔日的玄木，只怕已經跟那個燕發霞打起上來，但今天玄木和玄澄都強忍怒氣，實在不知如何才可以叫這班人冷靜下來。

不容對方拖延，亦看到剛才杜如風露了一手，各人心忖只怕沒一位掌門能獨力應付，東方白忙道：「蕭掌門亦無謂跟這幾個小子一般見識，大家一夥兒上，砍了他再說吧。」

此時群情洶湧，下一瞬間似乎大家就要一湧而上之際，又再一次聽到有人喊道：「住手。」

今次出手幫杜如風的當然是端木流星。只是他都沒理會眾人，一面叫停，卻一面只看着正從內堂走來的娘子。

大殿上個個殺氣騰騰，可吉本拉姆排眾而出，完全不怕周圍的刀光劍影。各派弟子看到吉本拉姆的出現，看到她那無畏無懼的神情，只覺此人莊嚴聖潔，而自己心中本來已萌起的殺念都頓時平伏下來。

吉本拉姆走到夫君跟前，拿出一封書信道：「這是侯爺拿給孫大嫂，叫大嫂稍後才將信交給宇文夫人。大嫂心裏不安，拿來給我。妾身心緒不寧，但也不敢擅自偷閱。大嫂沒識得幾個字，我拿去給三東叔。三東叔看了，他叫我拿來給你看。」

自古亦然，竊人私信自然私德有虧，偷看朝廷官員的私函或公函就更有違律法。雖說道上之人，犯法的事又怎會做得少；但始終各位掌門自重身分，雞鳴狗盜的事都不屑為之。而且夫人只將信拿給夫君，各人就等端木流星的反應。端木流星一時拿不定主意，但他最相信的兩個人就是南陽侯和自己的妻子。此事有關宇文旗，夫人拿來自然認為他必須一看，他就把信拆了。只讀了一半，把信交回夫人手上，人已飛進內堂。

眾人都錯愕得不知如何是好，玄木接過書信，說：「老衲是方外之人，就由我來讀吧。」接着就照信上所寫，道：「多想跟夫人逍遙自在，回吐蕃，看天下。奈何人在江湖，妹妹在朝，朋友在野，身繫宗族名聲，從來取捨進退都並非一人之事。為夫再不能連累他人，只能獨力以死相搏。此間群雄聚首，正好作證。既已鞠躬盡瘁，朝廷將不再追究。此後夫人回吐蕃，為夫只能魂隨夢訪。若有疑難，端木先生必能為夫人作主。別怕騷擾先生，先生愛麻煩，不會介意。只恨今生福薄，未能早跟夫人結識。只望我倆緣深，來世能早點重聚。愛郎絕筆。」

【第二十八回】

就在寒露之期的前一日，時值黃昏，魚泉山下，疊溪蜿蜒，流水淙淙。四周林蔭幽閉，溪上漂着紅葉，一個老翁伏在溪邊喘息。

這老人身上又污糟又邋遢又臭，可能整整一個月都沒有洗身了，指甲又長又黑，鞋都破了，臉容瘦削，眼窩深陷，眼神無光，就似餓了很久，又似幾日來都沒有好好睡過一覺一樣。本來只是一個淒苦的老朽，雖然可憐，但沒多少人會理會，淒苦的人俯拾皆是。不過他緊緊握着的那把寶劍，若放在有識之士面前，大家都會立刻對持劍之人另眼相看，肅然起敬。可是如今在水澗見到，劍鞘都沾滿泥污，而且由一位老朽捧着，就誰都以為只是爛銅爛鐵，又怎會想到這竟是越王八劍之一的掩日？

一直逃避凌雲飛的追殺，寢食不安，投棧不成，走的都是崎嶇山路。夜裏或躲在山洞，或匿藏在大樹上歇息一會，一有任何風吹草動就立刻驚醒過來。如此折騰，三個月後，已給折磨得不似人形。

山澗石上舖滿青苔。曾被譽為天下五劍之一，一代宗師竟然會在石上滑了一跤。跌坐在溪邊，望去天空，夕陽餘暉，頓感身同此境，自己同樣是夕陽遲暮。昔日豪情壯志，一切都煙消雲散。如今雞皮鶴髮，無力再逐鹿江湖。半生叱吒風雲，到最後竟淪落到餓死荒野。此際縱未功力全失，亦不足半成。聽到腳步聲響，對方已來到面前。

從樹叢中走出來的正是凌雲飛。

只見他亦滄桑滿面。李宗道幾個月來沒有吃得飽沒有睡得足睡得穩，凌雲飛又何嘗不是。只是一個如日方中，一個夕陽遲暮；一個一直心專志堅，一個一路擔驚受怕。也許真的天網恢恢，亦萬劫輪迴。

李宗道已經不是第一次給徒弟打敗。而且當日在赤土石崖，是師父追徒兒，師父曾跟徒兒說：「走不動了嗎？」

今日是徒兒追師父，輪到凌雲飛跟李宗道說：「走不動了嗎？」

只想到天理循環，李宗道不禁老淚縱橫，可忽爾又仰天狂笑。

凌雲飛看在眼裏，心裏閃過一個回憶片段。不久前他看過一個人，同樣曾經威風凜凜；但再見面時，夏侯惇已變成一個落寞老人。

李宗道說：「你還等什麼？」

凌雲飛也不知自己要等什麼，腦袋就是空白一片。

李宗道忽然想起什麼，狠狠的說：「小白怎死的？」

聽到小白的名字，凌雲飛不禁悲憤填膺，髮指眥裂，道：「是你害死她的。」李宗道沒有答腔，凌雲飛再說：「若果不是你殺了越王府上下，夏侯惇就不會以為你連夏侯純姑娘也殺了。夏侯姑娘是他的女兒，他以為女兒死了。要替女兒報仇，他才殺了師妹。」

李宗道終於知道是誰殺了小白，只感肝腸寸斷，自言自語似的說：「夏侯惇……夏侯惇……我以為當日你跟小白一同墮進深谷，才禁不住大開殺戒。」

「但我跟師妹根本都沒事。」

「我又怎知道？」

「你誤會師妹死了。他又誤會夏侯純死了。結果就真的累死了師妹，你們兩個都是兇手。」

李宗道悔咎不已，痛哭流涕，一面哭一面說：「我不知會如此，我怎會想害小白？小白是我女兒，我怎會想害她？」

好像難以置信，但又彷彿本應如此，才會弄至如此田地，報應不爽，凌雲飛只感百般滋味在心頭。

李宗道還是一直哭着說：「我害死他的女兒，他又殺了我的女兒。好啊！也許我們真的有十世宿怨。我今生不能拿你的人頭，來世我一定要殺你全家，毀你祖墳，要你死無葬身之地。」凌雲飛看着眼前的李宗道面目猙獰，心腸惡毒，實在厭惡之極，忍不住要叫他難受，就說：「他的女兒未死。」

李宗道大駭，忙問：「她不是跟你們一起掉進山下？」

「我沒事，夏侯姑娘也一樣沒事。」

「你為何不殺了她？」

「你瘋了，我為何要殺她？」

「那麼為何他的女兒可以不死，但我的女兒卻死了？」

「一切都是你咎由自取。」

「胡說，是他害我，是他害我妻離子散，是他害我，是他害我。不是他，青兒就不會離開我。」

凌雲飛也被弄到心煩意亂，究竟這個青兒又是誰？

李宗道哭了一會，想到往事，心情慢慢平伏下來，望着遠方，若有所思地說：「青兒是南陽侯的妹妹。他將妹妹送去跟隨我師父，美其名是仰慕他老人家的學識，要跟我師父學老莊之道孔孟之德，但其實是想偷學我師父的武功。師父沒教他，她就來打我的主意。我以為她會真心對我，就教她劍法。為了要娶她為妻，更不惜跟師父反目。那天我又再跟師父爭執，本來師父就有病，我無意中打了他一掌，他就捱不住了。師父死了，要守孝，本來打算一年後才成親，而且青兒亦懷了我的骨肉。想不到當一生下小白，她就走了，到那裏也找不到她。我恨她，恨師父，恨忠恕門，恨我自己，甚至連小白都恨。半輩子都錯了。我不想跟小白扯上任何關係，所以就說她是師父拾回來的孤兒。就是這樣，可能一直想着這件事，自己竟然真的拾了你這個孤兒回來。」說到這裏，李宗道勉強站起身來，反而凌雲飛累了，就坐到另一邊的溪邊。

李宗道一面一拐一拐地行，一面說：「後來聽說青兒去了越王府，一定又是去偷學他們的太越劍法。我都恨越王府。我當時想，假如沒有越王府，她就會回到我身邊。」

「站住。」凌雲飛在後面叫道：「你還想走？」

李宗道突然想到什麼似的，回頭焦急地說：「我不走，雲兒，你幫我。你幫我殺了夏侯惇，幫我替小白報仇。對，不錯，就是這樣。雲兒，你如今武功大進，連為師都打不過你，也許你可以做得到。不，你一定做得到。你去幫我殺了青鳥閣的慧青師太，去把司馬秋雁殺了，他們才是罪魁禍首，他們才罪有應得。雲兒，你會幫我嗎？」

凌雲飛想，這個李宗道真的瘋了，都不知他在胡言亂語些什麼？

李宗道急得慌了，說：「雲兒，你不應承嗎？你不知道，他們才是大魔頭。璇飛九宮背後真正的主人其實是司馬秋雁和那個慧青師太。你不相信？真的是這樣。你不相信？我跟你說，那個慧青師太就是青兒，司馬秋雁才是殺太子的兇手。」

竭斯底里過後，鎮定下來，李宗道開始把過去的事慢慢說清楚。

當年那個宇文青燕離開越王府後，竟出家為尼，給青鳥閣的昭慧師太收留，後來更成了青鳥閣的閣主。知悉後，李宗道就去找她。既然都出家為尼，自然不再眷戀昔日的兒女私情。李宗道恨她不念舊情，兩人竟交起手來。更教李宗道氣憤的是，自己居然不是這個女子的對手。糅合玲瓏劍訣及太越八式，慧青師太的劍術就是比李宗道更勝一籌。李宗道因愛成恨，又不甘心竟敗在自己一手調校出來的徒弟手上，由那時開始他就處心積慮要報仇。首先他要成立一個更大的門派，規模要比青鳥閣更大，要有好多好多弟子。但若要成事，他就需要錢。於是他開始接下殺人的買賣。

雖然人脈甚廣，但始終不會有人找上門，每次都是得悉別人私下恩怨，然後主動去游說，而且還得小心翼翼掩飾身分。後來接了一宗買賣，但當時李宗道根本不知道原來暗殺對象竟然就是太子。

當日太子微服到京城一間酒樓飲宴作樂，身邊只帶了兩名護衛。以為手到拿來，誰不知其中一名護衛竟然武功奇高。李宗道吃了大虧，負傷而逃，最後還被此人逮着。此人就是當時仍是護衛的司馬秋雁。司馬秋雁沒有殺他，反而收為己用。當日兩人都算臭味相投，李宗道更慫恿司馬秋雁出手去收服青鳥閣。得青鳥閣之助，線報源源不絕。後來更打正旗號，璇飛九宮之名在江湖上愈叫人聞風喪膽，他們的生意就愈多。

因愛成恨，自己又打不過宇文青燕，何不一拍兩散。李宗道心忖，我做不成正人君子，你也休想誠心禮佛。我滿腔怨憤；你都要雙手沾血，從此悔咎一生。

青鳥閣表面上仍是保持中立，黑白兩道都依賴他們的飛鴿傳書。他們只是暗中將情報通知司馬秋雁，根本無人知道他們跟璇飛九宮的關係。一個壞人，只要他不被揭破，不被判罰，他就仍然是一個好人，古今中外皆然，誰不是這樣？

凌雲飛聽到這裏，也不禁問：「慧青師太為何又要同流合污？既然都四大皆空，大不了一死了之。」

李宗道說：「哼！別說得如此輕鬆。也許很多人都不怕死，但亦並非個個都能慷慨赴義，很多事情都是身不由己，取捨進退從來都不只是一個人的事。司馬秋雁手段毒辣，既恐嚇要血洗青鳥閣，還揚言要揭破南陽侯宇文旗的真面目。雖然宇文青燕都不恥兄長所為，才毅然出家為尼，但始終不忍心兄長名譽掃地，結果最後還是屈服。」

凌雲飛眉頭緊皺，怒目向着面前的李宗道。

李宗道又說：「老夫知道，你一定想問，為何我不用南陽侯的名聲來要脅青兒？我當然想過，但他卑鄙，我也不見得清白無辜，師父是我害死的。」

李宗道悲痛了一會，欷歔了一會，發瘋了一會，又把過去的秘密和盤托出，猶似整個人給掏空了一樣，此刻已筋疲力盡，疲憊不堪。倚在樹旁，闔起雙眼，就似快要睡着一樣。

凌雲飛在後面森然問：「你說完了？」

李宗道沒有答他，卻說：「我好想睡一會，我已經很久未睡過了。雲兒，為師真的很睏。」

凌雲飛在心裏這樣說：「我的劍好快，你就好似睡着一樣，什麼也感覺不到，這是徒兒最後可以為你做的事。安心上路吧。」口中只說：「我送你。」說着，手中劍光已起。

此時，卻停到有人喊：「住手。」

世上只有幾位義兄妹會關心凌雲飛的生死，但此刻幾位義兄妹都自身難保，分身不暇，還有誰會一路追蹤着，並跟到來這裏？

只有一個，就是夏侯惇，他要凌雲飛帶他去見女兒。

要馬不停蹄地追蹤他們二人，夏侯惇都一樣沒好好休息過。而且功力已今非昔比，要追趕二人就更感吃力，此刻的他一樣，是一副老弱殘軀，跟李宗道一樣蒼老了十幾二十年。

他之前在樹林裏一直聽着李宗道說話，到此刻才現身。李宗道看着眼前人，一時間也認不出他就是夏侯惇。望了一會，驀然想起，卻嚇得驚呼亂叫，喊着：「別殺我，別殺我。一切都是司馬秋雁主使的，別殺我。」

夏侯惇望着此刻跌坐在地上瘋瘋癲癲的李宗道，怎會想得到眼前人就是曾經叱吒武林的清涼先生？

夏侯惇跟凌雲飛說：「凌公子，你也看到，他已經如此，你還忍心殺他？」

凌雲飛木然道：「假如是裝的，就應該死。假如不是裝的，師父斷不會想如此度其餘生，就更應該死。」

夏侯惇道：「那我呢？」

凌雲飛問：「你說呢？」

夏侯惇黯然低首，想了一會，道：「對，我都應該死。既然李先生都跟你說了，我也跟你說一下。宇文青燕離開李先生之後，的而且確是來到我們越王府。依樣葫蘆，青妹最初也是打我兄長主意，更跟他正式拜堂成親。但兄長武功不高，她漸感厭惡，終日叫我教她太越劍法。我都一樣鬼迷心竅，教了她，更跟她苟且胡混。她生了純兒，兄長還一直以為是自己的骨肉。之後，都一樣，不辭而別。我亦跟李先生一樣，同樣去過青鳥閣，同樣敗在已出家為尼的宇文青燕手上，同樣深深不忿。自覺於心有愧，就離開了越王府。輾轉投靠袁何，後來又變節改投司馬秋雁麾下，大概都是跟李先生同一副心思，想幹一番大事，以為如此青妹就會回心轉意。同時又不甘心她竟是一閣之主，比自己更有一番作為。自己都不知自己幹了什麼，糊塗了一生，一輩子錯完又錯。李先生都沒有殺到我的女兒，但我卻真的把他的女兒害了。他應該死，我更應該死十次，死一百次。」

凌雲飛道：「我沒說過不殺你。」

夏侯惇泰然道：「好。回想起來，我一生人竟然未做過一件好事，但最後悔，還是害了李先生的女兒。凌公子，報仇真如飲鴆止渴，輪迴萬劫。我知道我沒資格叫公子放棄復仇之念。這樣吧，杜公子也曾承諾過在老夫臨死前會帶我去見我女兒，但其實純兒都不知有我這個父親，還是不見好了。可以用這個來換李先生一命嗎？我這條殘命，自然亦隨時都可以給公子拿去。」

凌雲飛沒想到夏侯惇竟然會在死前覺悟前非，更沒想到他竟會為李宗道而犧牲自己。如今已風燭殘年，能夠見女兒一面可比自己的性命更要緊，但他居然願意為李宗道放棄這個機會。凌雲飛的怒氣已經消弭大半，心內仍執着的只是對錯是非。可又再想，縱使可以忘記舊恨，但卻又添新仇，路菲和袁天衣不是被他們那班人害死的嗎？假如放過李宗道，教他如何向杜如風交代。

就在他內心還在苦苦掙扎之際，此時又響起另一把聲音。一位女子從樹林中走來，關切地問：「我的純兒還在嗎？她在哪裏？」

這世上若還有誰會着緊夏侯純的生死，那就一定是她的娘親。來人正是青鳥閣的閣主慧青師太。過去狠下心腸不聞不問，決意跟前塵往事一刀了斷。可如今重遇故人，還驚聞其中一位女兒已經不在人世，幾十年來積壓在內心的思念一下子爆發出來，一發不可收拾。再不管什麼清規戒律，再不想當什麼青鳥閣閣主，甚至過去所有陰謀秘密都不想再守。此刻她只想可以立刻見女兒一面，見到女兒無恙，聽到女兒叫她一聲娘。

夏侯惇見到慧青師太，還不一樣恍如隔世。可實在無顏再見故人，是他殺了她的女兒。本來就沒指望可再見伊人一面，如今重遇，兩人之間更間隔着殺女之仇。而且夏侯惇亦自知，自己已無復當年的威武，手已殘廢，臉容亦蒼老不少。雖然慧青師太都一樣削髮為尼，又始終過了那麼多年，但畢竟都算養尊處優，容顏仍留有幾分昔日的秀麗。可此刻的夏侯惇就跟一個老叫化沒有分別，他閃縮地避開慧青師太的目光。

相反李宗道看到慧青師太，只以為到了天國，竟能再見到他的青兒，不禁口中呢喃道：「是青兒，是我的青兒，你來接我去天國嗎？」

慧青師太之前亦都聽到他們的說話，她又何嘗不覺得有負兩人。眼看兩個曾經威震江湖的一代名劍，竟淪落如此，她都一樣於心有愧。不過都已經是四十多歲的婦人，少時的愛戀之火早已熄滅，如今只有母親關懷子女的哺育之情。

慧青師太垂頭道：「是貧尼辜負了兩位。」

夏侯惇忍不住叫回對方昔日的名字：「青妹。」

慧青師太說：「世上再沒有宇文青燕，貧尼法號慧青。」

夏侯惇失落地說：「我知道，但你真的這麼多年來都沒有記掛過昔日舊事？」

慧青師太說：「我已經跟你說過，過去一切都只是奉兄長之命行事，你又何苦還戀戀不捨。一切愛慾恨仇都只為人帶來痛苦，施主還是及早回頭吧。」

夏侯惇說：「你沒愛過我不要緊，但你還記我們的女兒嗎？她一直盼着可以得見娘親一面。」

慧青師太衝着凌雲飛問：「我的女兒如今在哪兒？」

凌雲飛當然已猜到她是誰，不過還在猶豫應否如實相告，跟他們說夏侯純已記憶盡失，再記不起昔日一人一事之際；那句「我的女兒如今在哪兒」聽在李宗道耳裏，卻似閻王問罪。

想起女兒已經沒了，突然真的瘋了一樣，拔劍疾刺。夏侯惇左臂已斷，單手握劍，動作遲緩，給李宗道手中的掩日貫穿胸膛。凌雲飛跟慧青師太武功再高，也誓想不到李宗道會突然出手。到反應過來，夏侯惇已返魂乏術。

只見李宗道瘋瘋癲癲的說：「青兒，我殺了他，他想殺我們的女兒，不過沒事了，小白沒事，我們的女兒沒事。」

李宗道根本已油盡燈枯，再毅然運勁，激動不已，竟血氣上沖，真氣散亂，猶走火入魔，咯血不止，頹然倒下，伏在夏侯惇旁邊，瞪着雙目，竟也死了。

回到青鳥閣內堂，一人說道：「草民袁何見過侯爺大人。昔日在宮中已見過侯爺，不過侯爺又怎會認得小人？」

宇文旗道：「袁先生有何打算？」

袁何氣定神閒地坐着，一派悠然，道：「大人窮追不捨，袁某實在惶惶不可終日，只求大人高抬貴手，放小人一馬。」

宇文旗道：「謀逆是大罪。助弘毅陰謀奪嫡，謀朝篡位。又勾結西夏，通番賣國。混入朝中，惑亂朝綱。條條都是十惡不赦的死罪。你叫我如何饒你？」

「汰弱留強，有能者居之，何罪之有？古語有云，上樑不正，袁某只是撥亂反正。從來興兵起義，得天下就是推翻暴政，功敗垂成就變成亂臣賊子。大人別來跟老夫說道理，更何況道理並非在你那一邊。」

「聽聞袁先生目空一切，不可理喻，果真如此。」

「然則大人是絕不肯放過老夫的了。」

「皇命難違。」

「大人應該也聽到消息，殺太子的真兇其實是司馬秋雁，大人為何只針對老夫？」

「司馬秋雁當然也不能放過。但皇上不認識他，卻認識你，信過你。你就是皇上的眼中釘，心中刺。而且如今沒有司馬秋雁的消息，但先生卻稱霸海上。試問，皇上又怎可以讓你耀武揚威下去？」

「還以為侯爺是個人物，我行我素，原來都只是一丘之貉，隨波俗流。你留得住老夫？」

「留不住。但叫袁先生今後不能隨心所欲，不時騷擾先生一下，在下還可以做得到。」

「那麼如何是好？難道叫我束手就擒？」

「若先生肯留下一臂，在下或可向皇上求情，未嘗不可一試。」

「只是我單手都可以斃了你。」

「先生不會如此慷慨，難道願意留下雙臂？」

「不如這樣，我用一樣東西來交換。」

「縱然《吟留別賦》是武學奇書，在下自知江郎才盡，不再奢求更上層樓，奇書於在下無益。」

「大人你誤會了。跟侯爺說在下有《吟留別賦》，只為幫侯爺預備一個藉口，好叫那班貪得無饜的掌門乖乖自投羅網，我根本沒有《吟留別賦》，世上亦根本沒有一本叫《吟留別賦》的武學秘笈。」

宇文旗不明白。袁何沾沾自喜地再道：「神功就如菩薩顯靈，可不是誰也見過菩薩。只是菩薩忽然在某地出現，你見到了，就得道開悟，如此而已。」

「我對《吟留別賦》沒興趣，先生亦不用把觀音菩薩也搬出來。先生或神功蓋世，但開悟得道，只怕跟先生此生無緣。你叫齊所有掌門到來，究竟所為何事？」

「當然是做一個見證，好教侯爺日後不能反口抵賴。」

「你要在下做什麼？」

「『不是一開始已說了嗎？袁某怕痲，只求大人格外開恩。」

「恕難從命。」

「我都未開出條件，侯爺不用這麼快就一口拒絕。」

「任何條件，在下都不會答應。」

「那麼若然是大人的秘密呢？世人無不敬重的美鶴公，原來都只是雞鳴狗盜之輩。不，比鼠竊狗偷更不堪，竟然不惜犧牲親生妹妹的貞潔和一生幸福，去偷取別人的劍法。而世人無不敬畏的千羽神劍，原來就是將偷學回來的劍法改頭換面就當作自創的絕世神招。如此欺世盜名的伎倆，袁某都甘拜下風，真的要向侯爺學習。」

「你如何知道？」

「若要人不知，除非己莫為。」

「我並非介意誰告訴你，我只擔心你對她做了什麼。」

「世上除了令妹，李宗道對閣下的事亦心中有數。」

「原來如此，實在是在下疏忽。當年妹妹把劍法教了我之後，就只管埋頭鑽研，都沒再理會其他事情。那麼袁先生打算叫清涼先生指證在下？」

「李先生的說話或許都未必能夠叫人信服，不過慧青師太的說話，我相信很多人都願意聽一聽。」

「你捉了舍妹？」

「不用草民去捉，有人替草民代勞。」

「難怪先生約在下來青鳥閣。」

「大人不知道的事，還多着哩。」

宇文旗神情落寞，不期然摸一摸懷中之物。

袁何笑道：「原來侯爺有此打算。」宇文旗一時錯愕，不明所以，袁何再說：「震天雷是袁某之作，裏面的火藥有袁某特製的硫磺，有一種特別的氣味，袁某一嗅就知道。想必是大人從山東十智手上得來。震天雷威力無儔，侯爺打算藉此來跟老夫同歸於盡，亦不失為下下之策，真的可以一試。」

宇文旗此時從懷中取出一枚震天雷，嘆氣道：「想不到我連自盡的資格也沒有。先生的而且確有過人之處，只是鋒芒太露必遭天譴。先生之事，在下再無能為力。只望蒼天保佑，邪不能勝正。」說罷就站起身來，步出內堂。

袁何在後面說道：「侯爺既然堅決不肯放過老夫，那麼外面那班人，老夫還是留不得吧。」

「放心，袁先生只是觸犯皇法，過去並未跟武林同道為敵，我自會跟一眾掌門解釋，讓他們下山回去。就算先生神功無敵，亦無謂樹敵如林，成眾矢之的。今後先生何去何從，不勞其他人操心，自有皇上定奪。也許神州大地各州各府都會貼上黃榜，懸賞通緝；又或者皇上從此忘記了先生，先生從此可逍遙法外，尚未可知。告辭了。」

「侯爺大人要去做什麼？」

「先生不是要揭發在下的惡行嗎？亦不勞先生費心，我自己去說好了。」

「呵呵！想不到侯爺真的如此光明磊落，抑或想到什麼法子來替自己開脫？若然肯誠心悔改，又何須等到此時此刻才來大徹大悟？」

「之前未敢承認，只因不想損害妹妹名聲。如今既然先生都知道了，我又怎敢勞煩先生替我守着這個秘密？」

「好，一拍兩散。侯爺可輸得起？」

「先生放心，要你贏不到罷了。我輸，又何妨。」

由內堂出來，先遇上正要衝入去阻止他跟袁何同歸於盡的端木流星。宇文旗只是笑了一下，逕自回去大殿。此時各人剛聽罷玄木讀出書信內容，轉頭就見到南陽侯返回殿上，正要跟他問個究竟。

宇文旗作勢叫大家稍安無燥，道：「多謝大家關心，在下沒事。」

有人問：「袁何呢？」

宇文旗答：「他走了。」

眾人都大感意外，燕飛霞問：「大人不是要捉拿此欽犯嗎？」東方白又說：「有我們幾位掌門聯手，當可手到拿來，大人別放過此獠。」

眾人若真有此心，一早就加入宇文旗的義師。如今知道袁何已經離開，才紛紛討好逢承。而且已經有人忍不住問：「那麼那本《吟留別賦》呢？」

宇文旗說：「根本沒有《吟留別賦》這本書，只是袁何誘騙大家來的藉口，讓大家來此做證，要脅揭破在下的秘密。」

眾人又再大惑不解，各掌門都自重身分，並未追問，但不少門下弟子已衝口而出：「什麼秘密？」只聽從大殿門外傳來一把女子的聲音道：「是貧尼的秘密。」

走入大殿的正是慧青師太和凌雲飛。

青鳥閣閣主的名字當然如雷貫耳，但見過師太一面之人卻其實不多。青城山在魚泉山附近，崆峒派和崑崙派都離此地不遠，蕭八溪、燕飛霞和東方白三位掌門跟慧青師太是認識的，可其餘各人就不知此人是誰，但亦猜到半分。既然已經知悉宇文旗跟慧青師太是親兄妹，那麼兄長要掩飾妹妹不可告人的秘密亦不足為奇。大家對慧青師太的事沒多少興趣，既然一窺《吟留別賦》的願望落空，大家的心思又再回到杜如風身上。但慧青師太畢竟是此處主人，侯爺又是此次武林大會的東道主，總不能不給面子，才唯有等慧青師太說下去。

慧青師太來到宇文旗面前，合什行禮，道：「阿彌陀佛，貧尼見過大人。」

宇文旗道：「師太有禮。」

宇文旗見妹妹面有淚痕，眼神疲憊，似經歷一番大劫，可此際亦不便問明究竟，只說：「師太，過去種種都是兄長的錯。兄長逍遙自在了那麼多年，名聲也響了那麼多年，多賺了。只可惜壞了宇文家的清譽，毀了你的一生。不過若然再隱瞞下去，先祖泉下有知，都只會蒙羞，不會欣慰。兄長只是向先祖交代，不求輕恕，只求還留有顏面日後見列祖列宗。」

可慧青師卻急切地道：「貧尼已經萬事皆休，李宗道跟夏侯惇都死了，一切都是貧尼的錯。既然過去都已經過去，就由貧尼一個人承擔好了。」

眾人聽到兩位一代名劍都竟然死了，自然萬分錯愕。杜如風等人重會凌雲飛，欣喜不已。聽到李宗道死了，望向凌雲飛，凌雲飛黯然垂首，自是確認此言屬實。

又聽宇文旗忍不住流淚道：「兄長毀了你一生，害你出家為尼，要你一直替我守着這個秘密，事到如今你還維護我？」說到最後，竟跪在慧青師太面前，頭也抬不起來，哭着道：「假如我到此時都不肯認錯，就真的錯了。」

慧青師太也連隨跪下，扶着宇文旗，聲淚俱下道：「哥，放下屠刀，立地成佛。知錯，就好了，是好事。」

宇文旗抬頭向着師太，哽咽說：「妹妹，你可以原諒哥哥嗎？」慧青師太只一面哭一面不住點頭。眾人到此刻仍然摸不着頭腦，只覺一定事態嚴重，不然一向風流瀟灑的宇文大俠，絕不會如此激動失儀。在場只有凌雲飛一人知道背後真相。所有人都想知道究竟發生什麼事，但只有一個人真正着緊，真正關心。此人就是端本流星。

慧青師太扶起宇文旗，宇文旗凝神一會，終鼓起勇氣大聲跟所有人說：「二十多年前，我叫妹妹去跟昔日磐固先生學習四書五經，其實是叫她去偷學玲瓏劍訣，之後又叫她去越王府偷學太越八式。妹妹將學到的劍法再教我，我才得以劍術大進。什麼千羽神劍，其實是我集兩家所長而得來，並非真正自創。如此卑劣之行，竟隱瞞了大家二十多年，辜負了大家的厚愛，枉稱神劍。從此江湖上再沒有千羽神劍這個名字，亦沒有宇文旗這個人物。若然日後我再提劍動武，再使一招半式，天誅地滅，人神共棄。」

南陽侯說罷無不引來一眾嘩然騷動。過去以為光明磊落的大俠竟然是偷學別派武功的卑鄙小人，誰會想得到會有如此變化，會聽到如此震撼的醜聞。不過當然最意外還是端木流星，過去比肩齊名，可生死摯友原來是無恥之徒，更當眾許下從此退出江湖的誓言。縱然經歷過無數大小風浪，此刻也覺晴天霹靂，六神無主。

雖然宇文旗沒有明言，但眾人已紛紛私下猜想，宇文旗為何要差使妹妹去做這件事，一個弱質女流又如何做得到，自然是用美色去引誘。如此一來，偷學固然卑鄙；叫妹妹去出賣色相就更無恥，更不近人情，這可比偷學武功更大罪，更教人齒冷髮指。

就在他們還在議論紛紛之際，只聽慧青師太也朗聲道：「貧尼欺騙了李宗道，又欺騙了夏侯惇，心中有愧，故出家為尼。得先師收留，後來更成為這裏的閣主。只是奸賊司馬秋雁不知為何會知道我跟兄長偷學武功一事，竟以此事來要脅，又威嚇如不應承，就要殺光這裏所有師姐師妹。我迫於無奈就範，跟他們同流合污，幫他們組織了那個璇飛九宮出來。當中很多殺手都是被迫為虎作倀，身不由己。之後璇飛九宮一事，侯爺全不知情。雖然背後操縱的是那個惡賊司馬秋雁，可貧尼亦罪無可恕。如今已無顏再當青鳥閣的閣主。跟兄長一樣，世間亦再沒有青鳥閣的慧青師太，此雙手亦從此再不會使出玲瓏劍訣或太越劍法。若違此誓，天誅地滅，人神共棄。」

慧青師太刻意隱瞞了組織璇飛九宮一事，根本就是李宗道的主意。逝者已矣，亦無謂在他身上多添罪名。

只是宇文旗害的都只是自己妹妹，可璇飛九宮殺過的卻不少是武林中人。點蒼派和華山派都有弟子遭其毒手，此時就有弟子不滿喊着：「璇飛九宮殺我師兄，難道師太以為這樣就可以贖罪？你害的可是活生生的一條人命。」

又有人喊着：「何止一條人命，璇飛九宮殺過的人還少嗎？那幾十條幾百條人命，就只是你說兩句，又或者從此退出江湖就能抵過來嗎？」

亦有人說：「難道侯爺真的全不知情？」

有人道：「我們總不能只聽他們片面之詞。」

有人說：「也許侯爺家財千萬，以為用錢來抵償就可以了事？」

再有人說：「就是要賠，也得因人而異，武功高者，又豈能跟一般人等同視之？」

宇文旗亦大感意外，沒想到妹妹竟為了自己而給司馬秋雁利用，更感內咎，遂向眾人道：「舍妹只是受奸人所迫，若大家一定要追究到底，這筆賬也算到我宇文旗頭上好了。」

過去除了侯爺的身分，除了行俠仗義，驅除胡虜；宇文旗最教人敬重的，還不是他手上的七星劍和千羽劍法。如今誓言不再用劍，猶再沒武功一樣，大家都不再怕他，連他侯爺的身分也彷彿忘記了似的。說話都沒再客客氣氣，有些人甚至已根本不把他放在眼內。

再有人說：「常言道，死罪可免，活罪難饒。至少讓我們每人在你身上打上一拳，消消氣再說吧。」

翻面無情，不少江湖中人就是如此衝動無禮。有人竟真的想出鋒頭，惡狠狠的走上前道：「就等我先來證實一下，侯爺是否從此不再動武？」還未說完就已經揮拳向宇文旗身上打去。

宇文旗凜然不動，只倚仗護身氣勁守着。只是那名崑崙派的弟子拳到中途已給氣勁盪開，人也隨着勁力被帶走幾步。發勁將來人掃開的是端木流星。

眼見虎落平陽，摯友被小人欺負，恨不得將此人的手臂整條斬下來。只是如今好友是戴罪之身，實在不宜再干犯眾怒，但也實在看不過眼。端木流星向來就不苟言笑，此刻更木然瞪着眾人，只覺眼前個個都臉容醜惡，全都小人嘴臉，教人討厭。

宇文旗過去有錯，但如今能當眾認錯，浪子回頭，知錯能改就是更難得更需要勇氣。過去跟南陽侯一起到邊關抗敵，千羽神劍的手采，都不比此刻。此時的南陽侯，在端木流星眼中，就是更教人敬佩，更威風凜凜。

回想自己曾懷疑對方利用杜如風去對付袁何，只覺自己以小人之心度君子之腹，更感慚愧，亦惱恨自己竟對好友失去信心。在端木流星心裏，假如南陽侯有錯，自己就更不堪，而眼前這班所謂名門正派就更個個都是無恥小人。

宇文旗勸止端木流星，道：「先生，是我不仁不義在先，不能怪誰。」

端本流星沒理會宇文旗，只向着眾人道：「誰一生從沒行差踏錯，誰一生清白無悔，就來。我端木流星代替宇文先生，不還手不走開，接大家一拳一掌。」

宇文旗道：「先生，如此我只會更無地自容。」

端木流星卻跟他說：「誰理會你心情？別來阻我。」

轉頭又跟眾人說：「我端木流星今天就要帶宇文先生和慧青師太離開，從此遁跡江湖。誰要為難他們，可踏着我的屍體過去。」

其實在場眾人，沒一個跟宇文旗有深仇大恨。就算有同門親友死於璇飛九宮手上，都明知青鳥閣只是在背後通風報信，並未參與刺殺行動。而且很多人都只是第一次見到這位慧青師太，對方又是女流之輩，腦海根本想像不到她殺人的畫面，都沒多少個真的對她恨之入骨。只是剛才群情洶湧，才不禁激動起哄。如今端木流星一夫當關，更誰也不敢再上前興師問罪。

可蕭八溪還是排眾而出，義正嚴辭道：「倘若我們就此放過璇飛九宮的同謀，你叫我們幾個掌門又如何向天下武林同道交代。難道先生一句說話，就要我們幾位掌門做縮頭烏龜？」

杜如風也想過挺身而出，阻止那班掌門咄咄相逼。只是之前被認作武林公敵，此刻開口求情只會讓大家更認定彼此狼狽為奸，令南陽侯更添污名。

玄木和玄澄當然也想過要開口幫南陽侯開脫。也擔心過，這豈不是叫少林跟整個武林為敵？所以雖然兩人心裏已決定無論如何都要護住南陽侯和慧青師太兩人全身而退，但未到最後關頭，可以不出手就不出手。

杜如風跟少林高僧不會袖手旁觀，但暫時還是先按兵不動。因為他們一出手，就再沒迴轉餘地。

只聽宇文旗跟慧青師太說：「妹妹，既然你說立地成佛，就等兄長去把前塵往事做個了斷，徹徹底底痛改前非，之後跟你學佛，好嗎？」慧青師太垂淚點頭。

宇文旗正要走到眾人前面，端木流星卻忽然拔過一名崑崙派弟子的佩劍。星羅十八劍以快劍飲譽武林，眾人都未看清楚究竟是怎麼一回事，端木流星已快劍刺過宇文旗和慧青師太二人的雙臂。說時遲那時快，更將自己的左臂齊肩削了下來。

難得宇文旗跟慧青師太二人真的不閃不避，但看到端木流星斷臂掉下，宇文旗即上前扶住，給他點穴止血，熱淚盈眶，說：「你怎麼如此胡來？」

端木流星咬緊牙關道：「你真的還有一個妹妹要許配給我？」宇文旗一面哭一面笑，道：「對，可惜我未能再學星羅十八劍。」

「我教她品茶，如何？」

「好啊！更好。」

顛危危地站起身來，端木流星昂首叫道：「兩人雙手已廢，再加上我這條臂胳，算是給你們一個交代。若還有人不服，我端木流星縱然只得單臂，都隨時候教。」

端木夫人走來扶住夫君，端木流星仍能一派溫柔，跟夫人說：「叫你擔心了。」

夫人卻一面流淚一面笑着道：「妾身好自豪好開心，老爺不用擔心。」

宇文夫人跟孫大嫂和三東叔也從內堂走來，獨孤沙羅扶住宇文旗，孫大嫂扶住慧青師太。也許江湖就是如此，見血方休。眾人看到他們三人血濺當場，誰還敢再上前相逼。如今端木流星已失一臂，任誰去跟他交手，就算只是門下弟子，都只會被批評是乘人之危，勝之不武。爭來爭去都是爭名逐利，爭一口氣，爭面子。氣已消了，再去糾纏只會自取其辱。看着兩位名動江湖的大俠，如今一個已武功盡失，一個殘廢，從此世上再沒有流星千羽。當中有些人也不禁欷歔，有些卻又暗暗盤算自己何時可以突圍而出，取而代之。

又人不禁想到，真的世事難料。不久前在江湖上才流傳「少林論武，八字真言，乾坤九劍。」如今還剩下幾人？拓跋狐、夏侯惇和李宗道都先後死了，宇文旗和端木流星都成了廢人，大漠蒼龍、伍福和玄見又不知所蹤。

端木流星幾人正想離開之際，一人飛身來到大殿。其實都不可以用飛身來形容。因為當眾人留意到時，他已經在杜如風面前出現。

是路菲。

只聽他氣急敗壞地跟杜如風說：「大妹就快來到。」轉頭急忙跟眾人喊道：「大家快走，大家快從後山離開。」

各人都來不及反應，杜如風問究竟發生什麼事，路菲答：「大妹跟司馬秋雁一起，他們要來殺我們！」

【第二十九回】

青鳥閣在魚泉山腰，大殿向南，夕陽斜照。可此刻從大殿向遠山望去，還以為火雲飄至。而且正值寒露之日，本應漸冷，可此時卻如烈陽普照，幾如炎炎夏日。

點蒼派的人一見到路菲已如驚弓之鳥，異口同聲嚷着說：「就是此人要殺光所有門派的大弟子。」

可轉眼又感到外面灼熱難當，料想來的必是那位使火功的女子，點蒼派的人就更膽怯生畏，都沒再理會路菲，個個指着外面道：「她來了！她來了！」

有些掌門本來還想充英雄，叫大家不用慌張。可話在口邊，心裏卻不禁發毛，只感來人武功實在匪夷所思，竟然人都未見到，已感到她的凌厲火勁。只怕未到她跟前十步，都已經給她的火勁燒死。

杜如風不明所以，凌雲飛跟他說大妹記憶混亂，完全不記得他們幾人，致使被米可和司馬秋雁利用。路菲就解釋他們兩人如何在九丈崖下死裏逃生，但米可臨死前還迷惑大妹，叫她殺光所有門派的大弟子。

眾人既知司馬秋雁和袁天衣是要來大開殺戒，個個自然如臨大敵，但卻又群龍無首。有人又即時想到也許一切都是對方的陰謀詭計，先叫他們自相殘殺，如今失去流星千羽兩大高手，又沒有人能一呼百應，指揮眾人行動。不但門下弟子驚惶失措，就連幾個掌門都六神無主。

凌雲飛着緊宇文旗等人的安危，又跟兩位大師相熟。雖然跟司馬秋雁勢不兩立，但也不想兩位大師跟袁天衣交手，便跟玄澄說：「大師，你們快帶侯爺幾人下山，我們幾兄妹誓要從那惡賊手中救回義妹，就由我們擋着吧。」

雖然玄澄知道凌雲飛武功卓絕，但臨陣退縮，畢竟有失少林派的面子，未敢即刻應承，望向師兄，看他的打算。玄木明白此中得失利弊，但武者本性，素聞司馬秋雁神功蓋世，難禁想會一會此人。

凌雲飛再三催促：「救人要緊，大師莫再遲疑。」可玄木還是猶豫未決，凌雲飛轉頭跟殘月和出林說：「你們去帶宇文前輩幾人下山吧。」

殘月搖頭，出林說：「不去，我們要救大姐。」

玄木想起小丸姑娘之事，明白與其儆惡懲奸，救人才真正功德無量，終於跟師弟玄澄說：「我們去救人吧。」說罷即要護着宇文旗幾人離開。

宇文旗最初也推搪拒絕，說：「縱然幫不上忙，但在下亦非貪生怕死之徒。」

可玄木訓斥道：「逞匹夫之勇，又豈是英雄所為。家眷在旁，就更應珍惜生命。知錯能改，勇氣可嘉。退有時就是比盲目向前需要更大勇氣。侯爺不是到此刻才畏縮吧？」

宇文旗想了半晌，說：「大師教訓得是，僅遵大師吩咐。」

就這樣，玄木和玄澄帶着宇文旗和端木流星幾人走進內堂，再從屋後下山。

他們一走，有些人已想跟隨在後，只是幾位掌門都舉棋未定。假如一走了之，日後傳了出去，貽笑天下，而且如此多人從同一個方向逃去，只怕會引來敵人追殺，到時他們逃得一定快過南陽侯幾人。將他們留下做擋箭牌，可心安理得？不過要自己留下來面對司馬秋雁和袁天衣，勝算不大之餘，又實在犯不着。雖然對方聲言要殺光各大門派的大弟子，但各人仍心存僥倖，心忖也許可以逃過一劫。見路菲等人都已經嚴陣以待，既然有人願意打頭陣，各個掌門心裏都打着這個算盤：就由路菲等人先跟對方交手好了，到時再見機行事，隨機應變。

很快，火雲直飄進殿內，司馬秋雁則穿頂而下，二人同時飛降到殿內供奉的木製緊那羅王菩薩像前。居高臨下，看着眾人，就似天神睥睨蒼生。

司馬秋雁說：「呵呵！濟濟一堂，太好了，省卻不少功夫。」

除了路菲幾兄妹，眾人都是第一次跟這個司馬秋雁見面。見他五十多歲的年紀，臉容憔悴，身披一件黑色斗篷，身材倒算壯健，但實在不覺得對方有什麼霸氣。只是剛顯露的一身輕功，各派掌門都自知難望其項背。

殘月和出林再見大姐，只見袁天衣厲眼瞪着眾人，眼神沒一絲柔情暖意，完完全全不認識她們似的，至此實在不得不相信大姐已忘記她們，不禁又擔心又傷心。

袁天衣當然認得路菲和凌雲飛，但只當路菲是司馬秋雁的徒弟。見他沒走來跟司馬秋雁會合，以為他已吃裏扒外，倒也沒放在心上。見凌雲飛混在人群當中才教她擔心着緊，忙嚷着：「橫行快過來。」

她以為凌雲飛就是橫行，見凌雲飛面有難色，就以為師弟給杜如風等人挾持，怒從心起，罵道：

「混賬！你們這班人對我師弟做了什麼？」

袁天衣正要出手，凌雲飛忙說：「我不是你師弟，我是你五哥。」指着殘月和出林，又說：「她們才是你的義妹，你認得她們嗎？」

殘月叫着：「大姐。」

出林也叫道：「大姐，我是出林，你快醒醒吧。」

杜如風和兩位妹妹看到袁天衣如此模樣，大感心痛。

袁天衣知道自己記憶混亂，雖然不會即時相信她們的說話，但看到她倆情真意切，哭着叫自己大姐，也不禁心情起伏。此時司馬秋雁突然出手點了袁天衣穴道，教她動彈不得。

路菲各人怕他要狠下毒手。

司馬秋雁一面搖頭一面說：「幾個黃毛小子到此時還不是一樣，一有什麼事就驚惶失措，害怕成這個樣子，如何做大事？老夫怎會殺她？她可是我的寶貝，是我的軍符。有着她，老夫就好像手握千軍萬馬一樣。」

路菲說：「你究竟想怎樣？」

「我想怎樣？我什麼都沒想。你們幾個小子，以為當日被那班神獸擄去就很慘很痛苦嗎？你們可知我比你們痛苦一百倍一千倍。你們還有幾個兄妹互相扶持，我可什麼也沒有。你們還感到兄妹之情，我可什麼也再感覺不到。對着珍饈百味，我食不知味。對着良辰美景，我都一樣無動於衷。甚至對住如花美眷，我都提不起一絲興趣。佛說人生七苦，七情六慾都是業，我說什麼也感覺不到才是真正的痛苦。沒有喜悅，亦不曾悲傷；沒有憤怒，亦不覺得滿足安慰，我什麼感覺都沒有。唯有看到別人痛苦掙扎，才覺稍有趣味。你們可不能怪我，老夫只是身不由己。」

杜如風罵道：「你真的是一頭妖魔。」

其他門派的人聽着也覺駭人聽聞，不明世上怎會有如此邪惡無道之人。

司馬秋雁說：「既然浴火神鳥叫袁天衣去殺各門派的大弟子，但你們幾人又一定會出手阻止，左右為難。如此好了，我來幫你們，不用你們傷腦筋。就由你們來代替袁天衣去把那班人殺掉好了。如此的話，你們就不用怕傷害到兄妹感情。你看，老夫不是一直替你們着想嗎？當然如果你們不應承，即是我手上的兵符原來得物無所用，那就毀去好了。如何？」

袁天衣落在司馬秋雁手上，只要他出手，根本不費吹灰之力就可以要了袁天衣的性命。

五大派的掌門及弟子自然個個立刻拔劍戒備，只聽華山派的大弟子道：「司馬大人，我們華山派向來與世無爭，回到華山，亦絕不會將今日之事宣揚出去。前輩跟那班飛雲幫的人的恩怨，我們亦不會過問。就此別過，告辭了。」

說罷，轉頭就想離開。才跨出一步，刀勁虛空劈來。眾人只覺眼前勁風一吹，那個唐桂元已身首異處，倒在地上。眾人都來不及悲憤髮指，只想到司馬秋雁武功真的如此厲害。又想到下一刻就要跟杜如風等人拼死廝殺，亦明知就算過了杜如風等人那一關，仍有司馬秋雁黃雀在後。此刻只有心膽俱裂，彷彿已注定劫數難逃，都未真正交手都已經個個命懸一線。

司馬秋雁對着路菲等人大喝：「若仍要老夫出手，下一個就先斃了袁天衣。」

此言一出，路菲等人怎敢再猶豫。路菲第一個想出手，卻給杜如風攔住。

杜如風說：「二哥，真的要這樣？」

路菲都又慌又亂，問：「還可以怎樣？」

凌雲飛搶着說：「等我去，就算日後要追究，都只是我一個人的事。」

路菲推開他，罵道：「反正我已經殺了兩個門派的人，就由我去，你們不要動手。」

就在他們爭拗之際，輪到崑崙派的幾個弟子想奪門而出。隔空刀再次橫空飛來，又一顆人頭落地。

司馬秋雁再快指點了袁天衣幾個穴道，袁天衣頓時雙腳無力，也痛得叫了一聲，跪在地上。

路菲等人就更加焦急，此時杜如風叫道：「今日之事勢難善罷，就算我們不殺眼前這班人，司馬秋雁也絕不會放過他們。我們一起上吧，快點擺平他們，再去想辦法如何對付那廝惡賊。」

說罷，各人無暇再想，紛紛擺起架式。杜如風抽出腰中雙劍，凌雲飛雙手祭起魔光劍，出林拿出手帕蒙着雙眼，殘月雙手火光乍現。

路菲從杜如風身邊一晃，下一瞬間已在對面人群之中，出手快如閃電，點中幾名崑崙派門下弟子的穴道。東方白正要上前施救，路菲又已不見了。凌雲飛、殘月和出林也跟着衝入人群之中。只有杜如風留在原地，揮動漁絲，雙劍如兩道白練騰空，又似天火電笑，力拒突圍而出的蕭八溪和燕飛霞兩位掌門的攻勢。

蕭八溪拔出一長劍一短劍，使出青城派絕技雌雄龍虎劍法。飛霞子也刺出崆峒派八仙劍法的第一式鍾離搖扇。八仙劍共有九式，其餘八式分別是拐李葫蘆、洞賓持劍、采和挑籃、果老敲鼓、湘子吹蕭、國舅拍板和仙姑採花，當然還有最後一式八仙過海。但就是任蕭八溪的雌雄龍虎劍再攻守兼備再出奇不意，亦任燕飛霞盡把九式八仙劍一一使展過，兩人就是無法穿越杜如風祭起的劍網。

另一邊廂，東方白施展崑崙派的絕學縱鶴擒龍跟路菲鬥輕功。只見兩人龍騰虎躍，在眾人之間游走，就似亂石穿空，又似流星飛雨，眾人根本看不到他倆如何相鬥，亦無暇兼顧。凌雲飛的對手是柳青雲。柳掌門以為不用跟路菲或袁天衣對陣，可穩操勝券。誰不知凌雲飛的一雙魔光劍竟毫不遜色，甚至處處將點蒼派的回風舞柳劍法制肘住。想起袁天衣的人功仍猶有餘悸，再遇他們的同黨，竟然個個都是絕世高手，幾招下來柳青雲已感絕望，劍法亦愈來愈雜亂無章。殘月和出林就合力對付一眾弟子，根本沒一個弟子是她們二人的對手，只是人多勢眾，才教二人應接不暇。

最先解決對手的是路菲。跟路菲比拼輕功猶自尋死路，任縱鶴擒龍再快，都快不過路菲的白行夜渡。東方白再使落雁掌，碰上路菲的天雷地震，同樣一籌莫展，然後路菲一記天機靈動就把東方白放倒了。路菲解決了東方白之後便即刻趕去相助兩位妹妹。另一邊凌雲飛加勁，雙劍豪光更盛，即打斷柳青雲的佩劍。魔光劍再刺，柳青雲也應聲倒下。有凌雲飛和路菲增援，殘月跟出林很快就擺平所有門派弟子。

殿內就只剩杜如風跟兩位掌門仍在糾纏，甚至好像只有四把劍分開各自相鬥。撥開杜如風的七星劍，蕭白溪左手拿着短劍直刺。同樣飛霞子盪開承影劍，再使崆洞派另一絕學花拳繡腿，飛身踢向杜如風。以為杜如風再騰不出雙手來接招，可惜兩人都想不到杜如風根本不用雙手抓住漁絲。漁絲綑在腰際，只憑腰肢一扭一擺就能舞動兩把神劍。再拔出腰間的金龍劍一劍劈向蕭八溪。心隨意轉，隔空刀無徵無兆就同時接過燕飛霞的飛腿。蕭八溪倒在跟前，燕飛霞給震飛老遠。就此，五人不消一盞茶的時間就把五大派所有人全部打倒。

司馬秋雁居高臨下，看着殿上躺着三十多人，個個軟攤在地，眉開眼笑道：「了不起！了不起！幾個小子武功竟如此進步神速，實在太新奇了。當日在聞鶯樓都只有路菲敢跟老夫交手，如今其他人是否都蠢蠢欲動，想試一下能否殺掉老夫呢？行呀，但你們五個打我一個，實在太不公平了，我也不喜歡為難兩個小女娃兒。這樣吧，路菲，你先去點了那兩個女娃兒的穴道再說。」

杜如風森然道：「迫虎跳牆的話，我們唯有玉石俱焚。」

司馬秋雁一臉不耐煩，說：「別在我面前裝模作樣，做不做？」說罷就微微提起右手，不管是隔空刀還是天機靈動，司馬秋雁彈指之間，就可以取了袁天衣的命。

路菲迫於無奈走去點了殘月和出林的穴道，讓他們遠遠的躺着。

司馬秋雁就再說：「如今你們很了不起喏，老夫實在怕，三個打我一個都太多了。兩個吧，兩個還可以。念在你們跟我昔日在西域路上算是同甘共苦，別說我不公平，我已經處處讓着你們，對你們幾個小子實在太好太仁慈了。好吧，兩個打我一個，可以吧？你們選，殺了一個，留下兩個來跟我打。打勝了，就把袁天衣帶回去。打輸了，也不要緊，我還會留着幾個女娃兒的性命。這樣很公平吧？那麼選一個吧。」

十三年前在西域被神獸擺布，要幾個父母自己決定選哪人的孩子去送死，幾個孩子卻個個都自告奮勇甘願犧牲。想不到十多年後舊事重演，又要三個兄弟自己決定誰先死去，可是三個都同樣甘願自我犧牲。三人你望我，我望你。三人都是同一副心思，想鬥快自盡，但都一樣閃過給其餘兩人阻止。

杜如風忙說：「且慢，萬一我們當中兩人同時自盡死去，只留下一人對付司馬秋雁，固然是自尋死路。若三人同時自盡而亡，那就更荒謬。我們三人的武功都各有千秋，難分高下，憑武功去選亦根本不是辦法。」

幾兄妹都強忍着眼淚。縱然悲傷；但更教他們感動難過可不是生離死別，不是不捨，而是真的竟能嘗到此番情誼，實在死而無憾，才感動落淚。出林固然淚流不止，就連平素冷漠如霜的殘月都默然垂淚。

杜如風一面哭一面說：「當日是我自以為是害到大家遇險，二哥，五弟，給我將功補過吧。」

凌雲飛也哭着說：「你們才是青梅竹馬的義兄妹，我跟大家認識的時間最短，讓我去吧。」

路菲最是硬朗，從不屈人前，也難掩熱淚盈眶，溫柔地向着袁天衣說：「大妹大個了，再不是昔日的傻妹子。誰犧牲，她都不想。今日的她，一定會選擇犧牲自己。我們應該尊重她的意願，別要她內咎一生，別要她對不起我們任何一人。難過，就由我們來難過。內咎，就由我們內咎。思念，就由我們來思念好了。」

司馬秋雁全沒想到路菲竟然會這樣說，竟然看到他們如此磊落光明的情誼，看到他們個個都居然真的只為他人設想，不禁茫然若失。

袁天衣給司馬秋雁點了穴道，不能動彈，但耳能聽，口能言。聽到他們三人的說話，看到他們悲傷的神情，竟似曾相識。十三年前她被朱雀組的女子挾持，幾位兄長同樣在她面前呼天搶地，爭着要代她犧牲。十三年後，同一幅畫面又再在眼前出現。剛才中了一記天機靈動，痛得跪在地上。此際記憶被刺激，穴道被封，真氣逆行，大量氣血上沖，頓感頭昏腦脹。一幕幕畫面不由自主地在腦海湧現。路菲在大雪山上追來，從後大叫四妹的的畫面；杜如風在青海湖邊的石屋跟自己說要日後好好保重的畫面；自己帶凌雲飛去買新衣替他穿新衣的畫面；還有小時路菲跟杜如風都把自己手上的佛珠戴到她手上的畫面。此時看一看自己的右手，真的戴着三串佛珠，眼淚無聲無息奪眶而出，滴在佛珠上。她終於記起了，她終於記起自己是誰，記起眼前三人是誰。

只聽路菲怒目跟司馬秋雁說：「我們今日三人就拿你狗命。」剛才司馬秋雁只感到一刻的失落，轉眼就沒事了，輕描淡寫道：「隨你們吧。」話聲剛歇，手已揚起。

袁天衣抬頭呼叫：「哥！」

司馬秋雁指勁破空而出，眼看袁天衣必死無疑。

魚泉山下，本來有逾百州府的官兵和各派弟子布防，散據各個要點。可如今卻見漫山烏鴉，至少有幾百頭，每個官兵或弟子身上都站了幾頭，或站着頭上，或站在肩膊上，或站在眼前，猶似被烏鴉監視挾持着，個個都不敢動彈，煞是詭異，就似所有人都被烏鴉制服了。山下朱軍跟李山君帶着逾百飛雲幫的幫眾，韓十梅又領着過百污衣幫的弟子。

朱軍走到韓十梅面前，韓十梅問：「這就是師兄的訊號嗎？」朱軍答：「不錯，幫主，看來已經萬事俱備，白大夫就是叫我們回去跟他會合。」

韓十梅道：「好，袁何跟司馬秋雁那邊應該也塵埃落定，我們就先出發吧。」說罷就轉身帶着數百人，連同那些被制服的官兵和門派弟子，下山而去。

眼看袁天衣必死無疑，卻見火光乍現，她渾身冒火。

火勁不但把天機靈動的指勁消弭於無形，甚至瞬即由紅轉橙，橙轉黃，黃轉白，白變藍。藍火一起，就連司馬秋雁也感灼熱難耐，再不能站在袁天衣身邊，不得不從菩薩像前飛身下來，叫道：「了不起！真的了不起！當年的浴火神鳥都未臻此境，你這個小丫頭居然做得到！」

此時整幢青鳥閣傳來一陣震動，頃刻就要坍塌一樣。杜如風等即時想到，難道司馬秋雁又要把整座青鳥閣拉下來。望去遠處，只見外面群鴉閉天。群鴉飛去之後，更有過千頭信鴿跟着。這過千頭信鴿就是從青鳥閣飛出來，所以才搖撼了整座樓房，猶地動山搖一樣。天上一片黑，一片灰，本來的天空都見不到了，讓人難禁想到大劫將至，天道不彰，修羅地獄，轉眼就要降臨人間。群鳥飛過，遮天蔽日，致使地上流光閃耀。

袁天衣身上仍冒着藍火，走到路菲面前，彷彿隔世重逢，問他：「你捨得我死？」路菲脈脈凝望，說：「殺了他，就來陪你。」

袁天衣搖頭，嫣然一笑，轉頭厲眼對着司馬秋雁，說：「現在就陪我，殺了他。」司馬秋雁聞言，竟掉頭就走。袁天衣二話不說，飛身去追。路菲跟着追去，頭也不回，嚷道：「三弟、五弟，留下救人。」

其實那些五大派的人都未死，只是給他們打暈，或給點了穴道，才倒地不起。杜如風的血有療傷之效，不過也沒可能給每一個人餵血，不然血都流乾了。他用血開水給眾人服下，凌雲飛就去給眾人推宮過血。直過了大半個時辰，暈了的就甦醒過來，給點中穴道的也能行動自如，脫骱的給扶正，流血的給止血，眾人大致都安然無恙，沒有人有性命危險，只是都一臉疲累洩氣，亦有些面有愧色。雖然是給杜如風等人打傷，但亦都給他們救回。而且假如不是如此，落在司馬秋雁手上只怕更凶多吉少。而且，實實在在技不如人。此時，路菲和袁天衣也回來了。

所有人臉上都是掛着問號，路菲說：「給袁世伯救走了。」

也許世上會有一世的朋友，但就真的沒有永遠的敵人。路菲就跟大家解釋大半個時辰前究竟發生了什麼事。

話說他們二人追到山腳，路菲的輕功本已跟司馬秋雁不相伯仲，但就是因為始終不相伯仲才一直讓兩人分開一段距離。此時就得比內力，看誰先力竭。途中袁何突然出現，攔其去路。

袁何說：「菲兒，莫再追了。」

路菲不明白，說：「是他殺了當今太子，嫁禍於你。」

「老夫知道。」

「他差點就害了天衣的性命。」

此時袁天衣也來到。袁何關切地問：「小衣，沒事吧？」

袁天衣想不到會在這裏見到父親，但也不算十分錯愕。自於青海湖重逢，她已知道父親已變了第二個人，野心勃勃，不擇手段，如今在他眼中彷彿只見到權力二字。袁天衣沒答他，只是問：「你為何阻我們？」

袁何也不禁冷言冷語道：「既然沒事就離去吧。別管為父的事。」

袁天衣還是不肯罷休，問：「你們究竟要幹什麼？」

「為父的事，幾時到你來管？」

「我要殺了那人。」

「殺不得。」

「為何殺不得？」

「我說殺不得就殺不得。」

「是你叫他向我施迷術，讓我什麼也不記得的？」

「是你自己心裏有鬼，可怪不得誰。」

此時輪到路菲也忍不住，怒意漸生，問道：「當日天衣的確是出了意外，之後可能記憶混亂，但斷不會認賊作父，以為米可才是親生父親。」

袁何答：「我沒有叫他這樣做。」

袁天衣只感心寒，常說父毒不吃兒，但她只覺父親根本沒將她的生死放在心裏，問：「剛才他要殺我，你還維護他？」

袁何亦面有愧色，卻說：「他不會殺你。我們只是要對付宇文旗和那班六大派的人。」

袁天衣已不禁又失望又憤怒，問：「為什麼？」

既然硬來不行，就來使軟，語調亦變得溫柔，袁何說：「小衣，你別怪為父，為父有更重要的事要做。為父有治國之才，做的所有事都只想為萬民造福。」

「你要做什麼？」

「過去都錯了。以為可以在朝中努力向上爬，藉扶植二皇子而得以一人之下萬人之上，但根本費時失事。什麼東海霸主亦不值一哂，沒多大作為。後來有機會跟司馬秋雁說過，知道那班扶桑人也幫不到為父。司馬秋雁見大勢已去，就來跟我講和。有他做內應，我才知道那個浴火神鳥的賊船在哪兒。小衣，小時就是他把你搶走，我終於替你報了仇。」

路菲搶着說：「但你知道當日我和天衣也在船上嗎？若果不是米可救我們，我們都已經給你炸死了。」

袁何抗辯：「是那天殺的李宗道害的，是他發沖天炮告訴我你們不在船上，我們才發炮攻擊。不過我也替你們報仇了，叫韓十梅不斷給那個叫凌雲飛的小子通風報信，讓他追上去。你看，他終於也殺了他的師父。」

路菲和袁天衣都一樣十分混亂，問：「你們究竟想怎樣？」

袁何逕自豪情壯志，一副成竹在胸的神情道：「浪費了十多年的時間，本來一開始就應該如此。由我回去掌管龜茲國，有白大夫幫我整理朝綱，有司馬秋雁幫我開疆闢土，如今還有韓十梅過萬污衣幫的幫眾在中原境內裏應外合，先攻下西域周邊幾個小國，然後再一舉收服這片神州大地。兩年吧，最多三年，必能成功。到時為父就是中土黃帝，從此勵精圖治，必可千秋萬載。」袁何見女兒跟路菲一臉不屑，也沒失望沒惱怒，只說：「你們幾個心無大志，就去找個地方隱姓埋名，逍遙自在吧。總之別來阻我，也別再去理會那些江湖事了。」

袁天衣仍記住那個司馬秋雁，深深不忿，問：「剛才路菲他們為了我，不惜犧牲自己，假如我不是及時清醒過來，他們可能就已經死了。」

袁何根本沒放在心裏，說：「求仁得仁，又要怪誰？如今不是沒事了嗎？我知道那班六大派的人都沒死，為父都沒趕盡殺絕。少林兩個和尚帶着宇文旗從後山走了，我都沒去斬草除根。你們就別再嘮叨，快走吧。」

路菲搶着問：「白大夫也答應跟你們聯手？」

袁何道：「由始至終，他都幫着司馬秋雁，只是你們幾個小子不知道罷了。」

路菲再問：「那麼你的兒子呢？杜世伯呢？你打算如何處置？」

袁何也開始氣上心頭，喝道：「一個是我兒子，一個是我朋友，我會對他們怎樣？就算我要對他們怎麼樣，也輪不到你來干涉過問。」

袁天衣卻說：「我去接他們回來。」

袁何冷冷地說：「他們要留下，不用你們擔心。為父再說一次，你們幾個別多管閒事，別自作聰明。若壞我大事，我不會饒恕你們，別說我沒警告過你們。」

說罷即頭也不回，飛身離去。袁天衣和路菲兩人看着袁何遠去的背影，只覺毛骨悚然。從小就認識的人竟然要挑起戰火連天，將來會死多少人？會有多少百姓被戰火牽連？一想到這裏，他們二人都不敢再想下去，於是就回到青鳥閣跟杜如風等人會合。

聽過路菲解釋後，大家憂心忡忡，只覺大劫將至，誰也不能獨善其身。但那些名門正派的掌門卻沒一個挺身而出，沒一個出來說要怎麼做。

只聽出林跟大姐說：「三姐還在龜茲，我們一定要去接她回來。」

凌雲飛也跟着說：「我也要去接夏侯姑娘，我應承過慧青師太要帶她去見女兒。我也想，縱使夏侯姑娘如今記憶盡失，但我覺得她都應該來拜一拜她的父親。」

杜如風即說：「我要去接父親。」

袁天衣就說：「我要去接大哥和三妹。」

大家不約而同看着路菲，路菲卻說：「那麼我去接誰？」

袁天衣嬌嗔似的道：「大哥不在，你是二哥，你不是要照顧我們嗎？」

路菲笑着說：「好，我們就一起去接他們回來。」

其他人看着這幾個年輕人，個個都彷彿仍稚氣未脫，卻竟然全無懼意，要去挑戰袁何和司馬秋雁。雖然五大派的人不知道誰是白八松，但至少知道鼎鼎大名的污衣幫幫主。要去挑戰他們幾人，幾跟上刀山渡火海沒什麼分別，但面前幾個少年和少女卻完全不當一回事似的。

路菲等人又怎會不知前面等着他們的是刀山火海。只是眾人都沒有多想，心裏只有親人。既然別無選擇，就只能勇敢面對。

第十一章 佛道篇

【第三十回】

十三年後重回西域路上，風景依舊，人面全非。路上已再沒有龐大的商旅，路菲幾人當然亦非昨日的黃毛小子。

眾人急忙趕往龜茲國。雖然明知沒可能快過司馬秋雁，可救人如救火，只望可以早一刻到，能夠從這班瘟神手上救回親人就多一分勝算。各人都心急如焚，一直趕路，都不敢有所耽擱，每人帶着三匹馬，跑累了一匹，就換過另一匹。沿途風餐露宿，艱難處就比跟高手大戰幾日幾夜猶有過之。如此馬不停蹄，風塵僕僕。十多天後，來到昔日袁天衣被浴火神鳥帶走的綠州時已經是深夜。

可綠州已非綠州，草寮前再沒有湖泊。漫天星宿，沙漠靜如深淵，萬籟俱寂，滿天星塵卻彷彿又有萬語千言，星空也映得沙漠光亮如畫。草寮中的人依稀聽到有聲，都急忙點亮燈籠，走出來。又一次恍如隔世，相隔的何止萬里，也不單單是歲月，還有苦苦的思念。

草寮內出來的除了李山君和赤鳳凰兩夫婦，還有杜如風的父親杜劍南。

各人下馬，杜如風即跟父親叩頭、相擁。

路菲盯着李山君問：「橫行和夏侯姑娘在哪兒？」

李山君都算戴罪之身，面有愧色道：「我也不知道，白大夫只吩咐我帶杜老先生到這裏來等候你們。他叫我跟你們說，橫行和夏侯純兩位姑娘早已離開，他亦不知道兩人下落。袁天經是自願跟白大夫他們合作，他們沒有強迫過他。白大夫說一切都到這裏為止，你們好好讓杜老先生回去頤養天年，亦無謂再多生事端。」

路菲仍然咄咄相逼問：「這是白大夫叫你說的？」

「正是。」

「你一早已知他跟司馬秋雁合謀？」

李山君點頭。杜如風接着問：「朱軍都是。」

李山君答：「朱老大都知。」

杜如風再問：「如今所有飛雲幫的兄弟都去了龜茲？」

「不但這樣，昔日袁何在東海三地收復的鹽幫，合共一千幫眾，亦都已經到了龜茲。」

「污衣幫的人呢？」

「一半以上來到跟韓幫主會合。」

「韓十梅亦一早已經是他們的人？」

「跟青鳥閣一樣，污衣幫本來就有份建立璇飛九宮，韓幫主跟司馬秋雁和白大夫亦早已認識。」

「他們為何要這樣做？」

「你們不是已經知道了嗎？」

凌雲飛也不禁問：「他們就是要謀反作亂？」

「他們認為是起義，是撥亂反正，是救民於水火。」

路菲問：「你呢？你也相信他們？」

「白大夫神功蓋世，又神機妙算，我相信他們此番行動必經過深思熟慮。」

路菲再冷冷的問：「我只問你，你相信他們？」

此時，輪到赤鳳凰插嘴道：「我跟夫君只想平安度日，靜度餘生。只要你們不再追究，明天返回中原，白大夫應承過我倆，我們亦可以從此隱居，不問世事。」

路菲問：「如果我們一意孤行？他們會如何？」

此語一出，眾人都不敢出聲。李山君無奈道：「我也不知道。」
袁天衣也終於忍不住問：「他們要殺我兄長？」
赤鳳凰只感失望惶恐，說：「我們真的不知道。」
出林也按捺不住問：「你們真的沒見過我三姐和夏侯姑娘？」
赤鳳凰說：「小妹，我們真的沒見到。也許她們已經回去中原去找你們。你們就不可以信我們一次？」
路菲森然道：「為何信你？」
出林也說：「你叫我們如何信你？你出賣我們。」
李山君和夫人兩人望向杜如風，只望杜如風會信他們。杜如風卻跟父親說：「爹，你有見過橫行妹妹和夏侯姑娘嗎？」
杜劍南說：「我一個月前已經給白八松軟禁，為父根本不知究竟發生什麼事，亦不知道兩位姑娘如今在哪兒，究竟白兄他們要幹什麼？風兒，你跟我說清楚。」
杜如風望向路菲，等他決定。
路菲跟袁天衣說：「三弟剛跟父親重聚，必然有很多話要說。大妹，我們明天一早才趕路吧。」

袁天衣望一望杜如風，又望望兩位妹妹，才回頭跟路菲說：「我累了，我們就好好睡一覺，明早才出發吧。」

路菲望向杜如風，目光再掃到李山君二人身上，他出手如電，點了李山君二人穴道。赤鳳凰不是怕這班年輕人要為難他們夫婦二人，而是想到若他們繼續去找白八松和司馬秋雁算帳，莫說自己未能說服他們折返，任務失敗，恐司馬秋雁怪罪下來，秋後算賬。最叫她失望還是未能抽身而退，無法跟夫君從此退隱江湖，不禁怒道：「你們以為單靠你們幾人就可以抵抗千軍萬馬？單是一個白大夫，你們已經打不過。還有袁何，還有司馬秋雁，還有韓十梅，還有飛雲幫的人、污衣幫的人和東海三幫的人。你們為何要如此蠢如此笨？你們就不肯聽人勸告？你們就不懂得收手？」

杜如風出手快，路菲只會更快，颯颯兩下風聲，路菲已點了兩人啞穴，說：「夜了，有什麼想說？明天再說吧。」

眾人都累了，杜如風跟父親解釋了過去的種種，如今連父親也覺得背上有千斤重。明白他們幾人個個都重情重義，而且如今武功高強，更責毋旁貸，絕不會棄同伴而去，絕不會向惡勢力低頭。但為人父者，始終擔心。可惜他愛莫能助，只好叫他們快點睡覺，爭取時間休息。

如今路菲幾人都功力深厚，一有異常，熟睡之中仍能即刻察覺。但杜如風知道路菲一定不放心，便跟他說：「二哥，你先睡吧。一個時辰後，我會叫你，我們輪流看守吧。」

路菲也明白，此刻不是逞強的時候，便安心去睡。如此這般，三個年輕人就輪流當值。縱腦海仍千頭萬緒，但也實在累了，各人都先後睡去。

將近黎明之時，還在夢中。

杜如風在夢裏見到韓十梅。

他只覺身在聞鶯樓的樓頂。當日給胡憶催眠，夢裏同樣來到此處。夢中正要將路菲救起之際，見袁天衣來到，心生妒意，竟把路菲推出樓外。雖然是夢境，但一直都愧咎於心。此番竟重返舊夢，杜如風再一次救起路菲，此時袁天衣也趕到。杜如風心裏再沒有妒忌之情，反而幫袁天衣一起扶起受傷的路菲。忽覺危機四伏，忙擋在他兩人身前，誓要保護他們兩人周全。

出現在三人面前的是滿臉殺氣的韓十梅。

韓十梅問：「杜公子，別來無恙嗎？」

杜如風答：「忙着誅奸除妖，不亦樂乎。」

「誰竟如此大膽，敢惹怒我們的杜少俠？未知此人所犯何事？如何十惡不赦？」

「謀反作亂。」

「神州歷朝歷代，誰不是謀反作亂而得天下？難道漢高祖都是十惡不赦之人？」

「草菅人命。」

「秦始皇一統天下，只怕手上殺的人，比誰都多。神州大地本來就是由鮮血鋪出來。」

「可如今四海昇平，何苦作亂？」

「餓殍遍野，天災連連，朝廷又賑災不力，各地官僚層層剋扣，滿街都是叫化，個個都無家可歸，這種情景，我見得太多了。你視而不見，又或者不聞不問，都是幫兇，別振振有詞。」

「你們謀反作亂，之後就能扭轉這個局面？」

「不敢保證，只能一試。」

「萬一變本加厲，萬一重蹈覆轍，無辜被害的人還不是枉死嗎？」

「做大事者豈能畏首畏尾？杜公子，你還年輕，有很多事情都不明白。不要緊，你將來自然會明白我們的苦心。別逞強，回去吧。」

「晚輩就是不明白，還望前輩指點。」

「老夫不是跟你說了嗎？殺十人可救百人，殺百人可救千萬，就是如此。」

杜如風深深吸一口氣，道：「我不明白，真的不明白。我只知作一惡以行萬善，那並非真善。」

韓十梅臉上殺氣再現，狠狠的道：「無知橫蠻，還敢來教訓老夫？」

話聲甫落，大悲手印所祭起的黑氣已籠罩杜如風全身，真空掌勁猛地把杜如風拉扯過去。杜如風拔出七星和承影，韓十梅忙使化佛手將兩把寶劍盪開。杜如風中門大開，韓十梅的金輪手蓄勢待發，杜如風再拔出腰間的金龍劍，頃刻劍氣縱橫，星羅十八劍的劍氣雖未能波及十尺之外，但已足夠跟金輪手鬥個旗鼓相當。金龍劍長驅直進，千鈞一髮之際，劍給韓十梅的合掌手挾住。杜如風扭動腰肢，兩把由漁絲牽住的寶劍竟如被召喚一樣，各自從不同角度攻向韓十梅。但好一個韓十梅，好一套大悲手印掌法，祭起千臂手，韓十梅背上真如生出千臂一樣，把雙劍刺來的攻勢一一化解。口中再唸起法咒，杜如風只覺得暈頭轉向，天旋地轉似的。韓十梅再使頂上化佛手，如泰山壓頂，把杜如風硬生生從樓頂轟入樓內。

同時，袁天衣也一樣在造夢。

袁天衣當日被胡憶催眠，夢中她跟路菲在大雪山的木屋內。可如今重返故夢，屋內卻沒有路菲的身影，袁天衣忙出外去找。一出門，見到的卻是父親袁何。

雖然是親生父女，但闊別經年，兩人都性情大變，相見如同陌路。可畢竟骨肉相連，天倫之念猶在。

袁何率先開口，道：「小衣，你不認得為父嗎？」

袁天衣不但不覺得驚喜，反而心底不期然有一陣寒意，只怕父親要加害她幾位義兄，不禁戰戰兢兢地問：「你怎麼會在這兒？」

「我來接你。」

「二哥他們呢？幾位妹妹呢？」

「他們走了。」

「去了哪？」

「為父不知道。」

「我要去找他們。」

「還找他們幹啥？他們都走了，你回來為父身邊不好嗎？」

「我要跟她們一起。」

「既然要跟他們一起，又何苦來這裏？」

「不是我要來這裏。」

「你不是要來阻止為父嗎？」

「我只是來接大哥和三妹回去。」

「這不就是來跟為父作對嗎？為父需要經兒去幫我幹大事。」

袁天衣含冤受屈似的，但仍不肯讓步，再一次說：「女兒要帶大哥回去。」

「好哇，那麼你其餘所有兄妹都會離你而去。」

袁天衣只感又驚又怒，嚷着道：「他們不會。」

「他們不會走，是你自己要離他們而去。」

「我沒有離開他們。」

「難道你就不怕，你來找我，就再沒有人去保護他們。他們可能一個個遭人所害。」

「不會，二哥會保護他們，三哥和五哥都會保護他們。」

「但他們去了保護你嘛，沒有人留下來，那幾個小娃兒叫什麼名字？什麼橫行，什麼殘月，他們就要死了，都是你害的，都是因為你沒去保護他們。」

袁天衣大駭，哭着叫着：「他們不會死的。」

袁何竟然又說：「就算她們不死，那麼你有想過自己嗎？你們幾個人來，以為如此就能阻到我們？白八松在此，司馬秋雁在此，還有污衣幫幫主韓十梅，還有成千上萬的污衣幫幫眾、飛雲幫的兄弟和三大鹽幫的人，你們能阻得到嗎？小衣，你試想一下，如果你死了，就真的再沒有人去保護你幾個妹妹，你忍心她們從此孤苦無依？就好像你當日孤苦伶仃一樣，身邊一個親人都沒有。難得如今有幾個妹妹跟你相依為命，你忍心不理她們？你忍心她們以後再見不到你？」

袁天衣忽然化悲憤為力量似的，忍着眼淚，鼓起勇氣說：「我以前自私，一直想他們陪在我身邊。但女兒想通了，只要我們心意相通，只要我們彼此心裏記掛着對方，不在身邊也不要緊。即使他們統統不在我身邊，女兒都有能力自己一個人站起來。只要彼此心中惦念，女兒再孤苦伶仃也不怕。相反，心裏一個人都沒有，天下再大又有什麼用？阿爹，收手吧。」

「你心裏想着的都只是幾位兄妹，為父記掛的是天下人。」

「假仁假義。」

袁何老羞成怒，魔光劍倏地從雙手伸出來，喝道：「豈有此理，忤逆不孝，還敢來教訓為父？好，我就去把她們殺了，看你到時後不後悔。」

隱約聽到屋中傳來幾位妹妹的笑聲，袁天衣一驚，火勁自然而生，全身冒火，擋着袁何去路。袁何揮劍斬去，魔光劍甫接觸到火勁，就似給熔化掉一樣，勁力全失。袁何再使火影掌，雙掌燃起紅火。可袁天衣猛地提升功力，身上紅火轉為白火，袁何的紅火即時被比下去，掌上的火勁根本難損袁天衣分毫。袁何無計可施，再聚起青龍潛內力，金球罩着全身，圖一鼓作氣衝入屋內。

同樣凌雲飛也在造夢。

當日凌雲飛中了胡憶的迷術，夢中他在越王府門前打敗幾位高手，一心要在小白面前耀武揚威。今天在夢裏，他再一次見到小白，小白仍然笑靨如花，　臉溫柔地看着他。凌雲飛茫然若失，奪淚盈眶，跟小白說：「對不起，我未能好好保護你。師妹，對不起。」

正想去撫她臉龐，小白的頭突然就掉了下來，只嚇得凌雲飛魂飛魄散，痛得他撕心裂肺，肝腸寸斷。再望去身邊，播威鑣局的郭山林倒下。旁邊的清涼先生也混身浴血，面容扭曲，滿腔怨憤地盯着自己，然後慢慢綣縮在地上，快速地老去，只剩下一具乾屍似的。

此時凌雲飛背後響起一把聲音說：「他們都是你害死的。」

說話的人正是白八松，只聽他說：「口口聲聲說自已無辜，口口聲聲話自己被人擺布威脅，其實一切都是你們自作孽，怎可以怪人？」

凌雲飛完全不明白他的意思，白八松就更狠狠地教訓他，道：「還裝出一副可憐兮兮的樣子，還懵然不知。假如你當日一早就給變成白虎的李山君給殺了，你師父李宗道根本就不會在越王府大開殺戒，不會以為他們累死了小白，那麼夏侯惇自然也不會要找小白姑娘做替死鬼。小白之死，根本罪魁禍首就是你。假如你沒有跟杜如風去青海，李宗道可能在當日就已經殺了袁何，又怎輪到他到今時今日還來做什麼皇帝夢，要興兵作亂，妄想稱帝。所以將來戰火漣天，塗炭生靈，都是你害的，是你害死千千萬萬的人。假如當日你沒有從赤土石窟把金龍劍帶回來，司馬秋雁就不會要你們去百獸谷。你們不用去百獸谷，你自然也不用跟師妹分離。就算當日給夏侯惇找到你們，大不了做一對同命鴛鴦，死後也可相宿相棲。你惹禍在先，又不顧而去在後，小白之死，還不是你的責任？之後李宗道跟夏侯惇兩人先後死去，你當然難辭其咎。說起來，甚至慧青師太萬念俱灰，宇文旗落得身敗名裂，武功盡失，端木流星變成殘廢，統統都可以算到你的頭上。你哪有資格貓哭老鼠？哪有資格呼冤喊屈？」

此刻的凌雲飛也覺生無可戀，原來一切都是自己一手造成，頓感萬念俱灰，身軀被掏空了一樣，再無所思所念，再沒有絲毫感覺。

白八松語氣稍緩，勸道：「回去吧。輕生也於事無補，好好回去懺悔思過。帶同你幾位兄長和妹妹回去吧，別再惹事生非，你們闖出來的禍已經夠多了。」

當日胡憶都只能當面施展迷術，可白八松更厲害，竟能離魂入夢，而且還能幫韓十梅和袁何分別進入杜如風和袁天衣二人的夢中。

路菲沒有給迷惑，因為他根本沒睡。三個少年輪流看守，路菲排在最後。雖然此刻慵慵欲睡，但始終還一直醒着，未曾入夢。

杜如風在夢中給韓十梅一掌壓下，穿過樓頂墮入樓內，可一切原來都只是杜如風釜底抽薪之計。

大悲手印可說是隔空刀的剋星，讓隔空刀沒風可借。但如今杜如風的人在韓十梅腳下，不再受大悲手印的真空吸力所制，隔空刀從下而上揮出，叫韓十梅擋無可擋，避無可避。而袁天衣在夢裏也運起十成功力，藍火一出，即把袁何祭起的青龍潛金球逼得節節後退。袁天衣只是徐徐行前，袁何已狼狽慌亂，呼叫着女兒停手。袁天衣卻心意已決，一推，袁何連着金球也掉進山下去了。

凌雲飛則一臉木然，低着頭，彷佛喃喃自語，道：「我從來沒想過害人，亦沒想過要成就什麼豐功偉業，甚至沒想過如何幫人，只是一直憑良心行事。作百佛寺，不如活一人。活十方天下人，不如守意一日。人得好意，其福難量。我只憑好意去做，若然都有錯，亦只能嘆世事如此。白前輩，你的教誨在下心領了。但人沒好意，猶無舵之舟，寸步難行。也許前輩都是出於一番好意，不過晚輩亦一樣義無反顧，得罪了。」語畢，魔光劍乍現。

白八松怒眉睜目，身後群鴉襲向凌雲飛。魔光劍竟愈伸愈長，直取白八松胸膛。劍光刺中白八松，卻見白八松身軀幻化成萬千白蝶，就連那些烏鴉也驟然變成了白蝶。無數白蝶撲向凌雲飛，眼前只見白濛濛一片。

白蝶飛散，凌雲飛眼前豁然開朗。山巒之間旭日初昇，凌雲飛始覺自己原來站在當日越王府後山的索橋上，旁邊站着一臉慈祥泰然的白八松。腳下白雲翻湧，兩人就似騰雲駕霧一樣。

凌雲飛不禁問：「白前輩，這是夢境嗎？」

白八松微笑道：「凌公子天生慧根，很多人都不知置身夢裏，到夢醒才知剛才只是南柯一夢。」

凌雲飛若有所思道：「也許人生亦若此，到死時方知人生若夢。但前輩，若人生若夢，苦苦追求，努力掙扎，還有何意義？」

白八松道：「世間一切萬事萬物就是由人的意志交織而成，朗朗乾坤，茫茫宇宙，就是充斥着正念邪念善意惡意。由一念開始，再分正邪善惡，再二生三，三生萬物。由此交織出眾生日夜，輪迴不息。可天闇道寂，邪念長正念消，乾坤倒逆，宇宙萬物就是終歸虛無。而我們所能做的，就是存正念，守正道，扭轉乾坤。」

「所以要受苦？」

「百煉方能成鋼，人本若此。」

「所以前輩就要考驗我們？」

「本座是熾天神，熾天神掌變。變就是劫，人就是需要歷劫才能成長。」

「我們幾兄妹就是要歷萬劫？」

可凌雲飛別過頭，身邊已經再沒有白八松的身影，而且轉眼夢醒。

三人驀然驚醒，彼此互使眼色，路菲第一時間搶身出屋外察看。

只見整個沙漠，草寮四周都布滿成千上萬頭烏鴉和白鴿。天上群鳥亂飛，遮天蔽日。又見那些白鴿腳上還綁着爆竹似的火器。

路菲回去解開李山君和赤鳳凰的穴道，兩人也到屋外一看，只感絕望驚惶，李山君說：「這是袁何設計的火器，由司馬秋雁從當日越王府中得來。那些並非尋常的爆竹，而是厲害百倍的火藥。只要這些雀鳥發動攻勢，衝將下來必將我們所有人炸得粉身碎骨。司馬秋雁說過，假如你們一意孤行，他就不會手下留情。若然你們過了卯時還未離開，就會動手。看來如今還有時間，你們快走吧。」

此時空氣中傳來一下一下的咚咚聲響，從遠而近。

是鼓聲。

只見兩人走下小陟坡，夏侯純一路搖着拔浪鼓，橫行則一路唸着六字大明咒。也許就因為這兩種聲音加起來，擾亂了群鳥的聽覺，教牠們糊裏糊塗，無所適從。但夏侯純記憶盡失，就連功夫也忘記了，只能步步為營，一步一驚心。

地上站滿了烏鴉和白鴿，夏侯純再也不敢行前。袁大衣見到，就跟殘月和出林說：「去接三妹回來。」

出林雖然如今能看得見，但始終太細微的東西還是瞧不清楚。殘月怕她誤踏雀鳥，觸動牠們身上的火藥，便小心翼翼地拖着出林前行。幾個妹妹久別重逢，如今夏侯純也做了她們的五妹。

此時旭日初昇，朝陽如火，群鳥感知，紛紛飛起。橫行大叫：「大姐，來不及了。我料理得來，不用擔心我們。」

只見橫行祭起日月經輪，月經輪在地上不斷張開變大，然後帶着沙粒升起，由此竟利用沙粒造成了一道圓桶似的屏障，將自己、殘月、出林和夏侯純四人圍在裏面。頭上還有日經輪不斷旋轉，如此就築成了一道銅牆鐵壁。

草寮內，路菲跟凌雲飛說：「五弟，你去護着杜老先生他們幾人。」說罷路菲、袁天衣和杜如風三人就踏出草棚。

袁天衣身上火勁暴發，杜如風拔出腰間雙劍。凌雲飛祭起青龍潛內力，金球即把他和杜劍南、李山君及其夫人罩着。路菲也將自己裹在金球之內。

忽聞群鴉叫囂，過千頭雀鳥在頭上盤旋，頃刻紛紛俯衝而下。信鴿撞到由日經輪築起的沙牆，未有即時爆炸。旋即有烏鴉再撞去信鴿的爪子，觸動火器。一旦一頭爆開了，周圍信鴿腳上的火器也被引發，如此連珠炮發，火花漫天，又似天崩地裂，整片綠州轉眼就被過千枚火器從高空轟炸下來。

橫行默唸六字大明咒，沙桶守得滴水不沾。袁天衣全身釋出凌厲火勁，群鳥遇火即爆，根本無法欺近到她的身邊。路菲乘着金球，再施展白行夜渡的輕功，在空中蹤躍飛跳，把無數灰鴿黑鴉擊落。杜如風手執漁絲，舞動兩把寶劍，運劍成盾，亦把無數雀鳥掃落下來。凌雲飛讓杜劍南三人躲在金球之內，亦守得固若金湯。所有雀鳥全都在金球外爆破，未能傷害球內各人分毫。

過了片刻，過千頭雀鳥盡數粉身碎骨，地上屍橫遍野，全都是給炸到肢離破碎的雀鳥屍體，觸目驚心。橫行收起日月經輪，沙塵散落。袁天衣收起火勁，杜如風還劍回鞘，路菲回到地上。凌雲飛也沒再運勁，青龍潛的金球消失。

李山君走出草棚，看着滿地雀鳥的屍骸，猶有餘悸。他知道這是司馬秋雁處心積慮的殺着，當日叫清涼先生去將越王府拿下，本來就為了打這批火器的主意。之後叫南陽侯約五大派的人到青鳥閣，順道將所有信鴿帶走，亦因為一開始已打算將火器加在信鴿身上。如此這般，這過千頭信鴿就如千軍萬馬，甚至比百萬雄師有更大的殺傷力。未到生死關頭，他都不會使出這最後的撒手鐧。原以為所向披靡，一定能把敵人盡數殲滅。事實上假如要對付的，縱然是饒勇善戰的大軍，還是雲集江湖五大派的高手，都只怕在如此暴烈的火鳥攻擊下，全軍盡墨。誰不知遇上路菲等人，卻竟一敗塗地。

橫行剛才還一夫當關，英姿煥發。危機一除，見到袁天衣，便又變回一個孩子模樣，摟着袁天衣撒嬌，嘟着嘴道：「大姐，我好想你，你究竟去了哪？你不理三妹了。」回頭又跟夏侯純道：「她就是我們的大姐，快來叫聲大姐。」

夏侯純戰戰兢兢的走前，叫了一聲大姐。

沿途袁天衣已聽幾位兄長交代過過去一年多所發生的一切。自己都曾經失憶，又知道對方的身世，更感憐惜，抱着夏侯純道：「太好了，一切都沒事了，有我們幾位哥哥姐姐在這裏，不用擔心，我們會保護你，照顧你，沒有人可以再傷害你。我們永遠都在一起。」

雖然此番話是對着夏侯純說，但聽在各人心裏，就似大家向彼此許下的承諾，此志不渝。各人都心情激盪，既暖在心頭，也士氣大振。就連杜劍南也沒想到昔日幾個無知小孩，到今天竟然都變成絕世高手，更肝膽相照，義薄雲天，便走上前跟路菲說：「事不宜遲，你們快去接皇上回來吧。」

路菲望一望袁天衣，又望一望杜如風，幾人已心意相通。

等杜如風走開，路菲就跟杜劍南說：「杜世伯，你是我們三弟的父親。我們幾兄妹大部分都無父無母，如杜世伯不嫌棄，我們也可以叫你一聲爹嗎？」

其實路菲話未說完，杜劍南都已經熱淚盈眶，不住點頭，良久說不出話來，道：「求之不得，求之不得。」

話畢，所有人都跪下，跟杜劍南叩拜，齊聲叫着：「爹。」

杜劍南逐一走去扶起他們，喜極而泣道：「好孩兒，快起來，快起來，太好了，太好了。」又喃喃自語道：「娘子，你見到嗎？你見到嗎？我多了七個孩兒，我們還有女兒啊！」

路菲說：「爹，原本我都打算讓幾位妹妹留下保護父親，但其實如此也並非萬全之策。大妹說得對，我們幾人從此永不分離，生死與共。孩兒斗膽作主，我們一起去接大哥。爹，這樣好嗎？」

杜劍南執着路菲的手，說：「不錯，我們一家人，永不分離。好，我們就一起去。」

而杜如風逕自走開，就是去跟李山君說話。杜如風亦跪拜在李山君跟前，說：「多謝師父師娘多年來教導養育之恩，無以為報。」說罷又叩了三個響頭，接着站起來說：「你們走吧。」

赤鳳凰始終不忍心，問：「你們真的要去？」

杜如風回望幾位兄妹和父親，道：「放心，只要我們在一起，縱刀山火海，猶勝人間樂土。」

李山君回想當日捨棄一班一起出生入死的白虎將兄弟，一直愧咎至今。見到杜如風他們幾人如此不離不棄，更感無地自容，也終於忍不住道：「讓我們跟你一起去。」見杜如風猶豫，就再說：「我不會出賣你們。」

路菲上前說：「三弟不是這個意思，只是我們未必有命回來，前輩犯不着跟我們去拼命。」

李山君說：「惶恐終日，愧咎一生，如此活着，又有什麼意思？」

【第三十一回】

袁何並非泯絕天良，如果可以的話，當然不想傷害親生女兒。韓十梅亦欣賞杜如風，如非迫不得已，亦不想向這班年輕人出手。白八松更只為成就幾個少年英雄，難道他會趕盡殺絕？之前離魂入夢，一方面想勸誘他們離開；另一方面就是想知道他們的心意想法。既然知道他們心意已決，亦知道火鳥的攻擊終究無功而還。難道真的要拼到最後玉石俱焚才肯罷休？

本來打算先奪取龜茲，再攻陷鄰近小國，之後集合軍力，侵吞中原，讓路菲等人肩負起保家衛國的重任。誰不知計劃落空，第一步已經給路菲幾兄妹破壞。想不到他們幾人感情如此深厚，意志如此堅定，一定要從他們手上救回袁天經。白八松無計可施，唯有再想辦法。雖然如此，但既已成就幾位少年英雄，亦算功德圓滿，可功成身退。他便帶着袁何和韓十梅二人，還有數千幫眾，一起離開龜茲。往北走，繼續尋找合適人選，到時便去扶植他，去教導他，去幫助他建立可跟中原一較高下的強國，去為神州大地帶來史無前例的巨變。

消亡只為重生，終結亦代表新的開始。

只是司馬秋雁不走，他留下來等。

等路菲他們。

在十三年前差點被白虎將等人殺死的驛站等。

當年的驛站已殘破不堪，如今就更荒廢已久。司馬秋雁一人站在廢置的廣場中央，正在練武，動作緩慢地演練着天雷地震的拳法套路，後面遠遠站着天九和被他挾持及雙手被綁的袁天經。

又似時光倒流，又似舊事重演。當日玄武組的人一行黑騎殺到，如今路菲等人都一樣策馬趕來。不過不同的是當日的阿曼是待宰的羔羊，如今卻變成操刀的屠夫。

眾人下馬，路菲推開破落的城門，廣場中央就站着司馬秋雁。

這次花半個月來到龜茲，路上一直都算天清氣朗，可此刻卻強風大作，終於刮起沙塵暴來。

路菲帶頭走前，身邊是袁天衣和杜如風，凌雲飛守護着杜劍南、李山君和赤鳳凰，另一邊橫行則擋在殘月、出林和夏侯純身前，如此這十一人就面對眼前一個司馬秋雁。

司馬秋雁心裏雪亮，他能勝得過眼前這幾兄妹嗎？

當日在青鳥閣，他自知單打獨鬥還有勝算，以一敵二也可能勉強應付得來，但之後看到袁天衣一身藍火，單是一個袁天衣已教他招架不住。他怎會不知道？

明知不敵，卻仍糾纏不休，因為他有袁天經這個人質？

才一個時辰之前，袁何、白八松及韓十梅親眼見着司馬秋雁將袁天經帶走。

袁何也質問過白八松：「你叫我眼白白看着他帶走我的兒子？」

白八松說：「你怕？」

「難道我不應該怕？」

「當然不應該。你以為司馬秋雁會對經兒怎樣？」

「不是要拿他當人質嗎？」

「不錯，是拿他當人質，但並非為了要傷害經兒。」

「卻為了傷害我另一個女兒。」

「你以為司馬秋雁怕死，所以要以經兒來做人質，迫路菲他們就範？但這招不是已經試過了嗎？路菲他們根本就不怕。你以為司馬秋雁要殺他們？你以為他有這個能力？別說他沒有，就算有，就算讓他殺得到，又如何？他為何要殺他們？他只是不甘心，他只是生無可戀，他的目標從來都不是路菲他們。他只是意難平，一直都是意難平。拿經兒當人質，不是怕路菲他們要跟他拼命；相反，他就是怕他們不肯拼命。我們走吧，經兒不會有事。」

司馬秋雁仍一副鬱鬱寡歡的神情，不過如今眉宇間卻多了一股怒氣怨氣，冷冷道：「我本來是混世魔王，那班神獸答應過我的，老夫將會天下無敵。老夫為何要跟那個袁老頭鬥？他根本就不是老夫的對手。老夫只是要天下大亂。我殺太子，因為我知道鳥盡弓藏，兔死狗烹。但單憑我一雙手，就可以令朝局混亂，社稷不穩，整個神州大地本來就傾覆在即。我再跟扶桑人勾結，就令到朝中百官分化，整個江湖同樣雞犬不寧，人心惶惶，袁老頭都只是我手上一枚棋子罷了。那個白八松，竟然說原來一切都只為了成就你們幾個人，要你們當上什麼神魔鬼佛，廢話連篇。老夫才是神，老夫才是魔，你們這班黃毛……」

路菲卻打斷他的話，走上前搶着道：「你知道什麼是神？什麼是魔？神有什麼目的？魔要做什麼？鬼為何不肯投胎轉世？佛又如何成佛？神要救人，魔要害人，鬼不捨，佛不忍，都只為他人。你卻從來都只想着自己，又如何成魔？我以前也不知道神龍姬伯為何說我們幾兄妹必然會封神入魔化鬼成佛，但我今天終於明白了。捨生而已，我們幾兄妹從小就懂了。你才一直懵然不知，糊塗一生。」

司馬秋雁只覺醍醐灌頂，難道他們幾個才是真命天子，腦海不禁想到自己根本由一開始就注定一敗塗地。

路菲再說：「而且亦並非一個神一個魔，神魔鬼佛本屬一家，我們個個都是神魔鬼佛。你區區一個末世小魔，你才沒資格，要如何跟我們鬥？」

司馬秋雁驚怒交集，喝道：「我先殺了那個袁天經。」

路菲再走前一步，森然道：「當日我已說過，犧牲的不是被你殺去的人，犧牲是活下來的，會內咎，會思念，會難過。但我們從來都不怕犧牲，你認命好了！」

那邊的天九卻大聲叫道：「你們放心。」一面鬆開袁天經雙手的繩索，一面木然說：「我都有三個弟妹，妹妹給袁何殺了，我以為司馬秋雁會幫我報仇，但結果連我兩個弟弟都死了，他竟然說要去跟袁何聯手。我真的羨慕你們。幫我殺了……」還未說完，司馬秋雁的隔空刀已破空飛來。

當時風沙漫天，隔空刀無聲無息。如果不是刀風在風沙中劃出一道缺口，天九根本不會察覺，他連忙飛出手中的九龍環，可惜司馬秋雁到此已豁出去，隔空刀灌注十成功力，先破飛環，再劈中天九。

但只消一瞬間，路菲已如電撲出。司馬秋雁亦不再閃避，一雙天雷手跟路菲的天雷手正面對碰。一把路菲震退，隔空刀如影隨形緊接其後，杜如風即上前打出大悲手印，真空掌勁頓把隔空刀的勁力消弭於無形。好個司馬秋雁立即變招，天機靈動的凌厲指勁破空激射，凌雲飛揮舞一雙魔光劍，盡把指勁擋下。接連三招都無功而還，此時袁天衣突然從沙塵中出現，雙手搭着司馬秋雁的左手，藍火一出，司馬秋雁左手差點就燒成焦炭。痛得他狂呼亂叫，揮拳打去袁天衣。路菲身法快絕，青龍潛內力所聚起的金球一撞就把司馬秋雁迫退。

十多年來從未遇過危險，再一次感到死亡的威脅，慌亂生畏，掉頭想走。一轉臉，只見到面前一人雙手各一個經輪，封其退路。司馬秋雁根本連那人是誰都瞧不清楚，卻已給嚇得不敢衝前。本能反應，即向上跳，路菲運起的金球卻又在頭上東竄西跑。稍一遲疑，又風沙蔽目，不虞殘月從後殺到，右腳腳彎給火影斬劈中。一個踉蹌，跪倒在地。

此刻的司馬秋雁已如瘋了一般，怒叫狂吼，隔空刀刀勁四射，只求逼開眾人。此刻狂風大作，隔空刀借風生勁，刀勁竟從未如此凌厲。整個廣場都刮着人風，由此整個廣場就充斥着千刀萬斬。袁天衣火勁護身。殘月躲在橫行身後，橫行雙手的月經輪就如鐵盾，盡把刀勁擋開。隔空刀可破青龍潛的護身金球，路菲在空中避開刀勁，漸感不支。

因為右腳受傷，未能施展白行夜渡，只能奮力衝前。本來就沒想過有命回去，但到真的命懸一線，司馬秋雁卻不由自主萌起求生意慾。不想死，只想逃。雖然左手已廢，但隔空刀可招隨心發。一面豁盡畢生功力，隔空刀勁如狂風掃葉，右手天機靈動的指勁亦連珠炮發，一面衝向城門。

大悲手印耗力極巨，杜如風忙拔出雙劍抵擋。凌雲飛亦雙手齊使魔光劍，力擋刀風指力。風沙飛舞，幾乎目不視物，司馬秋雁眼前什麼也看不到，只有城門。望去杜如風和凌雲飛兩人中間，他們身後的城門就是開着。雖然只是白馬過隙，可在司馬秋雁心裏，已閃過一念。這一念就是：「我可以走，我一定不會死在這裏。」

杜如風和凌雲飛兩人中間忽然閃出一個蒙着眼的少女。隔空刀勁及破空指勁都給兩位兄長擋下，而且視野模糊反而完全影響不到出林。出林低下頭，側耳傾聽，口中唸唸有辭，道：「五妹，燕妹，我幫你們報仇。」長劍一揮，火勁破空直射。司馬秋雁身軀被火勁掃過後，再也走不了。這一切當然都只是發生於電光火石之間。司馬秋雁只想到，為何身體會着火的呢？再想別的都來不及。火光為記，路菲立刻辨出司馬秋雁身影。當日在聞鶯樓給司馬秋雁點中眉心，封鎖覺魂；今天路菲終於可以禮尚往來，一雪前恥。指勁從高空射下貫穿司馬秋雁的後腦。只見他前額開了一個血洞，一代力天神終於結束了其由坎坷到叱吒風雲的一生。

袁天衣第一時間去照料袁天經。天九給司馬秋雁十成功力的隔空刀擊中，已然氣絕。

袁天衣跟兄長說：「我們走吧，別回去了。」

袁天經也明白，再回龜茲，難保白八松等人不會又再重施故技，難道又要幾個弟弟妹妹再次冒死相救嗎？十三年前路菲父母和凌雲飛父親就是在驛站遇難。路菲及凌雲飛拜祭過後，一行人就抖擻精神，起程回中原。

這日來到益州，橫行和夏侯純先去飯館等候其他人。旁邊坐着幾個門派中人，正興高采烈地議論紛紛，其中一人道：「崔三爺的故事我們就聽過很多次了，當日固然驚險萬分，不過只怕都未及這次武林大會的一成。」

又有人連忙插嘴道：「只可惜師父未有帶我們同行，只能聽師兄回來講述當日的情況。不過其凶險處，聽着都覺怵目驚心，如今回想起來都猶有餘悸。」

又有人說：「這個當然，五大派高手合力對付司馬秋雁一個，盤腸大戰，就連我們二師兄都不幸戰死了。」

有人道：「聽師兄說那個司馬秋雁的邪功的確厲害，甚至好像可以隔空取人首級。」

另一個回應：「但還不是敵不過我們師父的落雁掌。就是中了我們師父的落雁掌，才知大勢而去，落荒而逃。」

有人補充：「近日道上傳來消息，說這個司馬惡賊已在西域伏誅，究竟是哪個高手所為？」

剛才那人即說：「哪有這麼多高手？這個司馬惡賊都算高手之中的高手，但還不是栽在我們師父手上。名字叫司馬秋雁，我派的落雁掌就正好是他的剋星。一走是傷痕纍纍，捱到去西域，終究傷重難支。」

剛才被稱為崔三爺的卻問：「不過此人一定很厲害，他手下那幾個什麼天九、地八，武功都已經很高，當日只有少林寺戒律院主持玄木大師才能拿下那個地八，天九和人七都給逃了。而且竟然連流星千羽兩位大俠都身受重傷，還聽聞南陽侯宇文大俠如今已武功盡失。你們以為這是真的嗎？」

其中一人答道：「只怕是真的了，道上已傳來消息，宇文先生和端木先生兩位大俠都決定退出江湖，就連青鳥閣亦已人去樓空。雖然討伐惡賊是重要，但代價也實在太大了。」

再有人一副老大的口吻道：「都是那兩個袁何和司馬秋雁在搞風搞雨。聽聞他們兩人十三年前曾一起跟商旅到西域，就是那次在西域讓他們遇上什麼神獸，學到那本奇書《吟留別賦》上的神功。於是野心勃勃，回到中原後就興風作浪。一個妄想當武林盟主，一個甚至竟然狂妄大膽到要當黃帝。光他們兩個人就幾乎挑翻了中原武林半個江湖。什麼乾坤九劍，如今可以說全部都沒有了。聽聞玄見大師回到少林寺就閉關修行，再沒見人。而袁何和無形劍伍福則至今還下落不明，只怕不是退隱，就是獵犬終須山上喪，可能已經躲在什麼地方死了。」

其中一人就說：「就是如此，我們更應打醒十二分精神，將來振興江湖，就要靠我們了。」

橫行一直聽着，忍不住揶揄道：「就憑你們？」

除了那個崔三爺就是當年朝陽幫的三當家，其餘的都是崑崙派的人。

也不知他們為何會走在一起。不管是崑崙派的人還是這個崔少棠，都不曾見過橫行和夏侯純，以為只是兩個女娃兒不知天高地厚，在旁邊頂嘴嬉鬧。但在大庭廣眾，怎可以落了崑崙派的面子，其中一人便喝道：「放肆！大人在這裏說話，怎輪到你兩個女娃兒來插嘴？」

橫行說：「江湖人說江湖事，有何不可？」

崑崙派一眾弟子聽到都哄笑一堂，兩個少女竟學人說起江湖事，又自命江湖人。

其中一人道：「小孩子罷了，師弟，別跟他們計較，別辱了崑崙派的威名。我反而想到一件事，崔三爺，聽說之前飛雲幫幫主杜如風都在那次商旅之中，跟司馬秋雁和袁何等人一起去西域，同樣學到《吟留別賦》上的神功，此事當真？」

崔少棠答道：「當日我親眼見過他跟污衣幫幫主交手，雖然都算厲害，但還不是韓十梅的對手，看來應該不是真的。他那位義弟凌雲飛就更裝模作樣。明州一戰，未打之前還一臉自鳴得意。但一交起手來，就腳底抹油，臨陣退縮，根本就是一個無膽匪類。」

於是立刻有人附和道：「就連司馬秋雁都是我們師父的手下敗將，那個杜如風和凌雲飛的武功又怎比得上司馬秋雁，自然更不值一哂。想必是江湖上幾位名家都先後受傷退隱，好事之徒就刻意吹捧一些後起之秀，讓大家聊起來有個話題罷了。」

橫行又怎忍得到？這次她更大大聲說：「只怕那個東方白如果此刻見到司馬秋雁，一定抱頭鼠竄。又什麼崔三爺，只怕都一樣只管自吹自擂，連五哥做了什麼去了哪裏都糊裏糊塗，還敢說三哥的功夫不濟。」

一班崑崙派弟子聽他們對師父不敬，已氣得立刻就要去教訓二人。再聽她說什麼三哥、五哥，又覺這兩個小孩一派胡言，完全不可理喻。

其中一人站起來，怒道：「混賬，胡言亂語。你再不住口，我就扔你出去。」

店小二嚇了一跳。其他食客本來都覺得那兩個少女說話無禮，但始終是女兒家，不忍心她們受傷害。聽到崑崙派的人都只是想趕她們離去，手段已十分克制，心裏都對崑崙派的人又多了一份好感尊敬。

此時杜如風等人來到。一行十人走入店內，本已矚目。眾人得悉他們原來竟是兩名少女的同伴，就更感詫異。但看路菲等人當中只有一人身上帶着兵器，其餘各人都一副尋常百姓的打扮，絕不似道上之人。當中幾個都是年輕人，但又有胡人，又有中年漢子和婦人，甚至還有一個好像剛還俗的和尚，飯館裏的人完全猜不透他們是什麼來歷，為何如此大膽，敢去招惹江湖中人。

崑崙派的人看到兩位少女原來有一大班同伴，自然個個提高警戒。但看對方各人都一臉笑意，不似要來撩是鬥非。而且向來門派之間的挑釁較技，他們還見得少嗎？又自恃這邊崑崙派的弟子都有六、七人，便沒怎麼擔心，先看一下情勢再作打算好了。

橫行一見到袁天衣，就撒嬌道：「大姐，那班崑崙派的人要欺負我。」

袁天衣真的像長輩般，循循善誘的問：「無緣無故，他們怎會欺負你？」

橫行自知理虧，鼓起腮幫，沒有回答。袁天衣看一看夏侯純，夏侯純一臉怕事似的答：「他們說的話，三姐不愛聽，三姐便跟他們頂嘴。」

袁天衣再問：「他們說了什麼？」

夏侯純說：「他們說三哥和五哥的壞話。」

杜如風好奇問：「他們說我什麼壞話？」

出林卻搶着說：「如果說三哥生得醜，這就不是壞話，是事實唷！」

夏侯純忍住笑，跟杜如風說：「他們說三哥武功差，又說五哥是無膽匪類。」

這次輪到凌雲飛搶着答：「這又真的是事實，三妹，別動氣。」

路菲卻走來問橫行：「他們如何欺負你？」

夏侯純也幫着答：「他們要趕我們出去。」

路菲卻又再問橫行：「從來不是我們的三妹去保護大妹嗎？為何這次倒過來，要我們的大妹去保護三妹？」

橫行嘟着嘴道：「你懂什麼？」

袁天衣卻說：「你們有所有不知，三妹最近開始嘗試把日經輪吸收於體內，去醫治她不老的病，這段時間不宜運功。」

眾人大喜，但路菲又忍不住要捉弄橫行，道：「哎喲！你不說我也不為意，真的好像長高了。」

橫行跟路菲做個鬼臉，再跟袁天衣說：「大姐，如果我將來長得跟你一樣高，」橫行指着路菲，說：「你就幫我燒了他的頭髮，好不好？」

袁天衣也笑着說：「好，不用高過我，高過五妹，我就幫你燒他的頭髮。」

向來甚少說話的殘月也插嘴，卻結結巴巴地說：「二哥，該死……高過我，我幫你。」然後作勢砍他一刀。

路菲忙說：「哎喲！你們聽到嗎，二妹說了十個字，是最多的了。」

眾人都開懷大笑，完全沒理會過對面那班崑崙派的人。

如此欺人太甚，有幾個崑崙派弟子已氣得恨不得上前教訓這幾個不知天高地厚的少年。崔少棠當然認得杜如風和出林幾人，在明州也見過凌雲飛。之前說凌雲飛是無膽匪類，都只是一時衝口而出。其實當日明州一戰，崔少棠才是無膽匪類，只有賭博時才渾身是膽。本來就武功平平，到一交起手來就躲在一角。假如此時跟凌雲飛相認，只怕要當面對質，心虛的只會是自己。又說過昔日幫主的壞話，此刻怎好意思再跟杜如風等人相認，便拉着崑崙派的人，說：「別跟他們計較，我們走吧。」

崑崙派的人又怎會願意就此離開？只聽其中一人道：「在下是崑崙派弟子胡康，未知幾位是道上哪一派的門人。」

但路菲等人卻沒有人答腔。

杜如風跟大家說：「當日最厲害還是小妹。我們不是商量過嗎？以後打架這回事就全部交給小妹。小妹，你去吧。」

出林卻躲在後面，靦靦腆腆地說：「我的手帕不見了。」

杜如風緊張地問：「丟了在剛才的店嗎？我去幫你找回來。」路菲又捉弄他們，說：「小妹，你看，我們的三弟多着緊。不過，二哥我一直都不明白，為什麼一定要手帕呢？」

出林說：「要來蒙着雙眼嘛。」

路菲說：「閉眼不就可以嗎？」

出林尷尷尬尬地說：「我怕會忍不住想張開眼嘛。」

眾人聽後又再笑作一團。

路菲又說：「小妹實在了不起，常人只怕看不見，小妹卻怕看得到。二妹也了不起。常人只會絮絮不休，忙於立言、立功、立德，惟恐別人不聽自己的意見想法。二妹卻惜字如金，更超凡脫俗。」

見二哥取笑兩位妹妹，此時輪到杜如風也來調侃一番。放下對袁天衣的愛慕之情，如今真的當她妹妹一樣，反而可以坦誠面對，甚至拿她來開玩笑，說：「大妹都不得了。小時聽父親說，古時聖人開導民智，燧人氏教人鑽木取火。如今大妹就是聖人，要火有火，有光有光，簡直就像一支活生生的大蠟燭哩！」

到凌雲飛也忍不住來摻上一腳，道：「三妹才更厲害。她不快活，仙女聖人都要來哄她開心。」路菲忙說：「不對，那麼最厲害應是五妹。只要她喊一聲，所有人，就連三妹都趕來護着她，還不是她最厲害嗎？」

看着這班年輕人如此目中無人，那個胡康已氣得拔出佩劍。此時竟到杜劍南走出來說：「等我去吧。」眾人無不錯愕。

杜劍南一臉和和氣氣地走到胡康跟前，從懷裏抽出一本書冊塞在胡康手裏，說：「大人有大量，別跟這些無知小孩計較，他們都是我的孩子。家鄉生了一場瘟疫，害得他們全部腦筋子都有問題。你看他們都一直傻笑着，瘋瘋癲癲似的。別理他們，我們此刻就走，不打擾幾位大爺。這本詩集，就送給大爺當作賠禮。」一面說還一面叩頭。說罷即回頭推着路菲等人離開。

胡康看着手上的書冊，封面上寫着四個大字：「吟留別賦」。

只聽路菲在對面說：「不錯，幾位妹妹才了不起，我們這幾個哥哥實在一無是處，半點本事也沒有。他們沒說錯，別錯怪好人。別鬧了，我們走吧。」

就這樣，路菲等人開開心心地離開，首先步出飯館的是李山君夫婦，跟住是仍開懷大笑的路菲和袁天經，袁天衣拖着仍一臉賭氣的橫行，凌雲飛跟在夏侯純、出林和殘月後面，最後杜如風扶住父親出來。到他們一行人離開，那個胡康仍良久拿着那本書冊出神，心裏仍一直問着這個問題：「究竟這班人是誰？」

從此江湖上再沒有人見過他們，亦再沒有人聽過他們幾兄妹的名字。漸漸大家只記得青鳥閣武林大會上司馬秋雁和袁何都是大敗在五大派手上，《吟留別賦》亦慢慢被人遺忘，再沒有人提起了。

幾個月後，路菲等人拜訪少林寺。方丈玄空親自出來迎接，玄木和玄澄都很高興再見到這幾個年輕人。玄空更帶他們到山下的小屋，原來宇文旗和端木流星一夥人就是在少林山下隱居休養，而玄見亦伴稱閉關，留在那裏陪着他們。凌雲飛帶夏侯純跟慧青師太相見，又帶夏侯純回到魚泉山下去給夏侯惇拜祭，之後又回到琅琊山給小白和柳忠良父女上香，橫行替他們誦經超渡。

吟留別賦

作者：　佘宗明
出版經理：　林瑞芳
責任編輯：　陳文威、趙步詩
封面及內頁插圖：　利志達
內頁設計：　陳逸朗
出版：　明窗出版社
發行：　明報出版社有限公司
香港柴灣嘉業街 18 號
明報工業中心 A 座 15 樓
電話：　2595 3215
傳真：　2898 2646
網址：　http://books.mingpao.com/
電子郵箱：　mpp@mingpao.com
版次：　二〇一九年一月初版
ISBN：　978-988-8525-27-0
承印：　美雅印刷製本有限公司